Die Töchter des Amtmanns

Camilla Collett

Die Töchter des Amtmanns

Roman

Aus dem Norwegischen
und mit einem Nachwort versehen
von
Berit Klein

CARL BÖSCHEN VERLAG

Die Originalausgabe erschien 1855 unter dem Titel *Amtmandens Døttre* bei Johan Dahl, Christiania (heute Oslo).
Die Übersetzung des Romans wurde von NORLA Norwegian Literature Abroad (Oslo) gefördert. Verlag und Übersetzerin danken herzlich.
Illustration: Berthe Morisot, „Im Speisezimmer" (1886)

Die deutsche Bibliothek - CIP Einheitsaufnahme

Collett, Camilla:
Die Töchter des Amtsmanns : Roman / Camilla Collett
Aus dem Norwegischen und mit einem Nachwort versehen von Berit Klein
- 1. Aufl. - Siegen : Böschen Verl., 2000
ISBN 3-932212-24-X

ISBN 3-932212-24-X

© Carl Böschen Verlag
Birlenbacher Str. 199, 57078 Siegen
Tel.: 0271 / 8909485
Fax.: 0271 / 8909486
Internet: http://members.aol.com/boeschen
Textverarbeitung: Andreas Wiehe
Herstellung: Winddruck Kollektiv, Siegen
Alle Rechte vorbehalten

Das Werk einschließlich aller seiner Teile ist urheberrechtlich geschützt. Jede Verwertung außerhalb der engen Grenzen des Urheberrechtsgesetzes ist ohne Zustimmung des Verlags unzulässig und strafbar. Das gilt insbesondere für Vervielfältigungen, Übersetzungen, Mikroverfilmungen und die Einspeicherung und Verarbeitung in elektronischen Systemen

Inhalt

Die Töchter des Amtsmanns
        Erster Teil 9
        Zweiter Teil 119

Berit Klein, Nachwort 269

Kommentar 281

Erster Teil

An einem Nachmittag vor ein paar Jahren war ein Reisender, der von Süden her gekommen war, bei der Pferdewechselstation ... abgestiegen, die in einem der nördlichen Ämter des Landes lag. Es war gerade zur Zeit der Dämmerung. Er hielt sich in der kleinen Gaststube des lärmerfüllten Bauernhäuschens auf und schien die passende Beute für das Unwohlsein zu sein, für diese ganz absonderliche Unruhe, von der man an solchen Stätten der Erholung überfallen wird; ein Unwohlsein, das dieses Mal durch die ganze Tristesse eines dunklen, regnerischen Oktobertages noch verstärkt wurde.

Die Kutsche hatte bereits anderthalb Stunden auf sich warten lassen, da sie eine halbe Meile über schlechten Weg herbeigeholt werden mußte. Der Reisende hatte in der Zwischenzeit alles versucht, was man bei solchen Gelegenheiten unternimmt, um die Ungeduld zu bekämpfen und die Minuten zum Weitergehen zu bewegen. Er hatte den letzten Rest seines Reiseproviants hervorgeholt, ohne einen Bissen genießen zu können, hatte in einem interessanten Buch geblättert, ohne seine Gedanken zum Lesen auch nur einer Seite sammeln zu können, er hatte sicher zum siebten Mal die Bilder an den Wänden betrachtet, von den vier Jahreszeiten in Regenbogenfarben bis zu den Kupferstichen an jeder Seite des Spiegels, die beide in genau der gleichen Ausführung *Christianus VII Rex* darstellten und gegen die alte Redensart zu protestieren schienen, daß man zuviel des Guten haben könne. Endlich streckte er sich, so lang er war, auf dem harten Stück Möbel aus, das unter dem Namen Sofa als außergewöhnliche Bequemlichkeit manchmal in den norwegischen Pferdewechselstationen zu finden ist, und tat, als ob er schliefe.

Die alte Wirtin war in der Zwischenzeit hereingekommen und nahm aus einem Eckschrank einige Gläser und Tassen, die sie eifrig zu putzen begann. Während dieser Arbeit, bei der sie sich mehr Zeit nahm, als ihre Pflichten als Wirtin zuzulassen schienen, betrachtete sie den Ruhenden auf dem Sofa mit unverhohlen neugierigem Blick. Dieser war ein sehr junger Mann, und trotz des Zustands körperlicher Müdigkeit und allerschlechtester Laune, in welchem er sich befand, mußte er doch, ihrer Miene nach zu urteilen, einen vorteilhaften Eindruck auf die Alte machen.

„Der Kutscher bleibt lange weg; er hat wohl einen langen Weg", rief sie schließlich aus.

Georg Kold, so hieß der Fremde, sah unwillig auf, ohne zu antworten. Erleichtert über den gemachten Anfang, fügte sie hinzu: „Verzeihung, aber ist Er vielleicht der erwartete Bevollmächtigte des Amtmanns?"

Ein kurzes und barsches „Ja" schreckte sie keineswegs ab. Ihr Interesse wuchs augenscheinlich, und ob unser Reisender wollte oder nicht, er mußte sich auf ein

Gespräch mit ihr einlassen. Er nutzte so die Gelegenheit, um einige Aufschlüsse über die Familie einzuholen, die sie genau kannte, über die Lage des Hofes usw. Zuletzt fragte er, ob der Amtmann viele Kinder habe.
„Ja sicher hat er Kinder, er hat einen Sohn."
„Aber keine Töchter?"
„Doch, Gott bewahre, da waren Fräulein Marie und Fräulein Lovise, die heirateten, die eine den Bevollmächtigten, die andere den Hauslehrer, der eine Pfarrstelle bekam. Nun ist nur noch Fräulein Amalie zu Hause."
„Ist Fräulein Amalie erwachsen?"
„Erwachsen? Ja, zum Himmel, sie ist wohl erwachsen, sie ist genau so alt wie *Lisbeth-Marie*, sie hatten Konfirmandenunterricht zusammen – Lisbeth-Marie, das ist nun meine Tochter, müssen Sie wissen, und sie wird zweiundzwanzig an Michaeli."
„Ist sie hübsch?"
„Wie?"
„Ist das Fräulein schön?"
„Das will ich meinen", sagte die Frau. „Ja, das ist wohl ein schöner Mensch, das. Sie müßten sie sehen, wenn sie zur Kirche kommt, es leuchtet weit um sie herum, so schön ist sie."
„Tod und Teufel!", murmelte der Fremde und sprang auf. „Ist das die Kutsche, die kommt? Das wird eine gefährliche Affäre, das!", fügte er hinzu, seinen Gedanken verfolgend.
„Nein, gefährlich ist der Weg überhaupt nicht; wenn Sie schön fahren, legen Sie die Meile in zwei Stunden zurück", tröstete die Frau ihn. „Ja, da kommt sie!"
Die Berechnung der Wirtin von zwei Stunden erwies sich nichtsdestotrotz als allzu optimistisch. Mit einem ganz anderen sachkundigen Gewicht versicherte der Kutscher, daß es keine Möglichkeit gebe, diesen Weg in weniger als drei Stunden zurückzulegen. Wer unsere Wege im richtigen Frühjahrs- und Herbstschlamm nur ein wenig kennt, weiß, daß dies keine Übertreibung ist. Als Kold das hörte, befahl er sich in Gottes Gewalt und überließ dem Kutscher die Zügel. Die Dunkelheit nahm zu, und man hörte keinen anderen Laut als die schweren, platschenden Tritte des Pferdes und das Heulen des Windes in den nassen Bäumen. Derart allen äußeren zerstreuenden Eindrücken entzogen, gab sich Kold ganz dem Strome seiner Betrachtungen hin. Seine natürliche Unbefangenheit und seine Sehnsucht nach dem Ziel begannen dem unangenehm ängstigenden Gefühl zu weichen, durch welches man ergriffen wird, wenn man im Begriff ist, in einen wildfremden Kreis einzutreten, und das in einem Zustand der Müdigkeit und Anspannung. Wie tut es dann gut, zu einer Mutter oder einer lieben, umsorgenden Tante zu kommen! Man fürchtet den ersten Eindruck, den man von der Umgebung empfangen wird, der man sich für längere Zeit anschließen soll, und man fürchtet sich vor dem Eindruck, den man selbst machen wird. Um ehrlich zu sein, müssen wir zugeben, daß die erste Sorge, wie die Familie ihm gefallen wür-

de, ihn weit mehr beschäftigte als die andere. Ob hierzu noch eine kleine, heimliche Furcht vor Fräulein Amalie kam, wagen wir nicht zu entscheiden.

Schneller als Kold erwartet hatte, bog der Wagen in die Allee ein, die hinunter zum Hof des Amtmanns führte. In der tiefen Dämmerung konnte unser Reisender noch die Umrisse eines großen unregelmäßigen Gebäudes undeutlich erkennen. Nach einer durch den Kutscher beantworteten Frage, die von einer Tür oder einem Fenster aus zu hören war, kam Bewegung ins Haus. Licht verschwand und zeigte sich bald in dem einen, bald in einem anderen Fenster, und Kold, der eingetreten war, hörte Türen schlagen und Geräusche wie von flüchtenden Schritten. Da sich kein Mensch zeigte, wagte er sich noch durch eine weitere Tür, die angelehnt war, und befand sich nun in einem Zimmer, das dem Aussehen nach die gute Stube der Familie war. Auf dem Tisch lag ein umgekippter Nähkorb und auf dem Boden ein Strickzeug, das von einer halberwachsenen Katze aufs beste bearbeitet wurde. Ein Licht stand noch auf dem Tisch, ein anderes, abgesetzt auf einer Kommode, flackerte ungemütlich, da die Tür offen stand. Aber nun kam der Amtmann herein. Er war ein Mann um die sechzig, klein und feingliedrig, mit einem edel geschnittenen Gesicht, über welchem ein eigentümlicher Schleier von Krankheit, Müdigkeit oder Kummer ruhte – welches von den dreien zutraf, konnte der erste Blick nicht leicht bestimmen. Das ergrauende Haar kräuselte sich in dünnen, zierlichen Locken. Mit unverkennbar dänischem Akzent hieß er den neuen Hausgenossen willkommen und entschuldigte die Abwesenheit seiner Damen mit häuslichen Verrichtungen, aber er hoffe bei Abendtisch usw. Er verbeugte sich hierauf, und nachdem er mit viel Sanftmut das Strickzeug aus den widerstrebenden Krallen der Katze befreit hatte, nahm er das Licht und lud Kold freundlich ein, ihm in ein für ihn bestimmtes Zimmer nach oben zu folgen. Das herzliche Wesen des alten Mannes ließ Georg sofort den ersten unbehaglichen Eindruck vergessen, und er überwand ihn gänzlich, als er sich allein in dem hübschen, gemütlichen Raum sah, wo er all die Bequemlichkeiten vorfand, die ein müder Reisender sich wünschen konnte.

Eine Stunde später wurde Kold zum Abendtisch heruntergerufen. Als er in die Stube kam, fand er zwei herausgeputzte Damen, die ihm vom Amtmann als dessen Ehefrau und Tochter vorgestellt wurden. Die Frau des Hauses begann eine gezierte Entschuldigungsrede, die er jedoch halb überhörte, da seine Aufmerksamkeit ganz auf die jüngere Dame gerichtet war. Die befürchtete Schönheit fand er weniger gefährlich, als er erwartet hatte. Sie war schon ein sehr schönes Mädchen, groß und üppig von Wuchs und blonder als die Mutter, die kleiner und feiner gebaut war. Man konnte sie für Schwestern halten, doch mußte man vielleicht die Ältere als die schönere bezeichnen. Nachdem er diese Beruhigung erhalten hatte, die um ein Haar einer Enttäuschung glich, speiste er mit dem besten Appetit von dem reichhaltigen Abendessen, mit welchem man den neuen Hausbewohner ehren wollte.

Wir verlassen ihn hier ruhig eine Stunde. Indem wir den Beobachtungen, die er selbst erst nach längerer Zeit mit Sicherheit anstellen konnte, vorweggreifen, wollen wir den Leser mit ein paar Personen seiner neuen Umgebung bekannt machen. Wir sind daher gezwungen, mit einiger Ausführlichkeit bei einer von ihnen zu verweilen, weil diese Person erstens unabwendbar in die Erzählung eingreift und weil ihre Charakterisierung auf eine gewisse Weise alle übrigen in sich einschließt.

Die Frau des Amtmanns, Frau Ramm, war eine in mancher Hinsicht nicht wenig begabte Dame. Sie hatte viel gelesen, viel erlebt, und sie redete davon in einer Sprache, die geziert und fließend zugleich war. Und konnte sie unterdessen die Gelegenheit bekommen, den ein oder anderen schönen kleinen Grundsatz zu entwickeln, so tat sie das gerne. Sie war in ihrer Jugend romantisch gewesen. Für diejenigen unserer jüngeren Generation, die nicht richtig wissen, was das sagen will, bemerken wir in aller Kürze, daß es ein selbstgemachter Begriff war, der in keinerlei Zusammenhang mit der tieckschen – mittelalterlichen Romantik gestanden zu haben schien. Es war nicht die Poesie selbst, sondern nur ein Surrogat für diese; unechte, geliehene Federn, ihr abgelegter Prunk, der zu Dienstmägden und Kammerjungfrauen herabsteigt. Bei Frau Ramm hatten jedoch die Zeit und das praktische Leben – sie war eine praktische und tüchtige Frau – unbarmherzig diese Seite ihres Wesens abgeschliffen, so daß sich die Spuren nun nur noch fragmentarisch zeigten, wie die Vergoldung auf einem alten Möbel. Frau Ramm war gastfreundlich und höchst zuvorkommend Fremden gegenüber. In der Kunst, ein Haus einzurichten, Gäste zu empfangen und zu unterhalten, konnte sich keiner mit ihr messen, und keiner versuchte sich daran. Sie genoß auch ein außerordentliches Ansehen dort in der Gegend. An sie wandte man sich in allen Fragen des Geschmacks. Es war keine Festlichkeit von einiger Bedeutung ohne ihren Rat und Beistand möglich. Ein Zweifel daran, daß sie eine Dame von überlegenen Fähigkeiten und der feinsten Bildung war, konnte nicht im geringsten aufkeimen. Sie gehörte zu den Menschen, die noch dreißig Jahre leben können, ohne einen Strahl von jenem Ruhm verloren zu haben, der sie umgibt. Sie dürfen bloß nicht aus dem Abstand, aus der Beleuchtung gerückt werden, in die sie hineingestellt sind.

Aber ein vorurteilsfreier Blick, der Veranlassung hatte, sie näher zu beobachten, entdeckte bald, welcher Art diese Bildung war. Ihr mangelte es am Kern. Jene Zuvorkommenheit, mit welcher sie Fremde bezauberte, kam nicht von innen heraus. Sie war nicht die überströmende Wärme eines wohlwollenden Gemüts, die alle umfaßt, auch den geringsten Gast. Sie war ein Festkleid, das sie je nach Gelegenheit an- und ablegte. Und so stand es ungefähr mit all den Eigenschaften, durch die sie andere am meisten einnahm. Ihr Äußeres entsprach dem auf merkwürdige Weise. Nicht viele Damen in Frau Ramms Alter konnten sich rühmen, sich so gut gehalten zu haben. Sie hatte eine geschmeidige, leichte Figur, die man noch immer mit Vergnügen bei einem Tanz ansehen konnte, wenn sie bei wichtigen Anlässen die Feierlichkeit dadurch erhöhte, daß sie den Ball eröffnete. Sie hatte einen reichen Haarwuchs, lebhafte blaue Augen mit einem harten Ausdruck und eine blühende Farbe, deren ursprünglicher Rosenschimmer nun jedoch in ein stereotypes, etwas ziegelsteinfarbiges Rot übergegangen war. Dieses Äußere wußte sie durch ein Kostüm zu betonen, das, wenn sie sich draußen zeigte, sowohl geschmackvoll als auch kostbar war. Ihre Jugendlichkeit war von einer kristallisierenden Art. Sie erweckte das Mißtrauen, daß sie durch die Kälte und Trockenheit der Seele erreicht wird, die gegen den schmerzvollen Eindruck des Lebens bewahren. Denn es wird schließlich doch eine Regel, daß eine wahrhaft seelenvolle Frau die rechte Schönheit nur auf Kosten des Körpers gewinnt. Nur durch dieses Erblassen entsteht jener Ausdruck, der rührt, weil er von Kampf und Sieg zugleich erzählt.

In ihrem häuslichen Leben wurde Frau Ramm als eine Frau geschätzt, die ihren Kreis äußerst glücklich machte. Und ihr Mann und ihre Kinder liebten sie, wie gute Menschen es tun, aus Notwendigkeit und aus einem Drang des Herzens. Der Amtmann hatte sich in sie verliebt, und, wie Tausende an seiner Stelle tun, sie gewonnen, sie geheiratet, ohne groß nach ihrer Liebe zu fragen. ‚Sie wird schon noch kommen.' Doch für diesen Irrtum, daß ‚sie schon noch kommen wird', hatte er mit frühzeitigem grauen Haar und einem Nachlassen seines Durchsetzungsvermögens gebüßt, das bei Männern eintritt, die sich von einer minder edlen Natur als der eigenen beherrschen lassen. Sein weicher, liebevoller Sinn hatte sich vergeblich gegen ihre Glanz- und Herrschsucht gestemmt. Man konnte ihm vorhalten, daß er sich nicht kräftig genug den unglücklichen Ehen seiner zwei ältesten Töchter entgegengesetzt hatte. Und doch liebte er seine Kinder zärtlich. Er konnte denen, die noch zu Hause waren, noch immer mit einem Blick folgen, in dem eine innerliche Bitte für ihre Zukunft lag.

Erst als Georg K. seinen Appetit einigermaßen zufriedengestellt hatte, bemerkte er, daß die Zahl der Tischgäste außer um *Edvard*, seinen Schüler, um ein weiteres Wesen vergrößert worden war, nämlich um ein halbwüchsiges Mädchen. Sie war mit dem für ihr Alter so wenig vorteilhaften Kostüm bekleidet, das noch dazu wenig sauber war und deutlich von denjenigen der anderen zwei Damen abstach. Sie nahm überhaupt nicht an der Unterhaltung teil, sondern starrte auf ihren Teller nieder, von dem sie ab und zu mit einem schüchternen und gleichzeitig forschenden Blick aufsah. Nach Tisch war sie verschwunden. Kold fragte nach ihr, und gleichsam ein wenig verdrießlich darüber, daß dem Bevollmächtigten die Kleine nicht vorgestellt worden war, ergriff der Amtmann das Wort und sagte: „Das ist Sofie, unsere jüngste Tochter. Sie ist ein wenig schüchtern, aber ein gutes Kind. Ich möchte Sie bitten, Herr Kold, sich ein bißchen ihrer Ausbildung anzunehmen. Hier gibt es nur wenig Gelegenheit für sie, etwas zu lernen, und wir waren immer dagegen, unsere Kinder fortzuschicken. Sie werden sie etwas verwahrlost finden, aber ich hoffe doch, daß die Lust kommen wird. Es ist mein Wunsch, daß sie die Vormittagsstunden mit Edvard teilt." Kold machte eine stumme Verbeugung.

Nachdem die Person, die eine der Hauptrollen in den folgenden Blättern spielt, für den Leser eingeführt worden ist, wollen wir Kold seiner neuen Stellung übergeben und in der Zwischenzeit zweieinhalb Jahre dahinziehen lassen. An einem Wintertag gegen Abend finden wir ihn wieder in seinem Zimmer. Er ist nicht allein. Auf dem Sofa sitzt ein kleiner, kräftig gebauter, schwärzlicher, etwas pockennarbiger Mann mit durchbohrenden, nicht gerade sehr gutmütigen Augen. Dieser ist mit einem nachlässigen, fast schäbigen Reiseanzug bekleidet. Aus einem Meerschaumkopf dampft er ungeheure Wolken. Er ist Arzt und heißt Müller. Er hat einmal großen Einfluß auf Georg Kold ausgeübt. Er war sein Lehrer und hatte ihn auf die Universität vorbereitet. Ja, was noch wichtiger ist, er war Georgs Freund und Stütze, als dieser als Jüngling ohne Verwandtschaft allein in der fremden Stadt da stand. Dadurch war zwischen ihnen ein Verhältnis entstanden, das sich auf die Überlegenheit des Alters und das Übergewicht der Persönlichkeit auf der einen und auf Dankbarkeit auf der anderen Seite gründete. Seitdem waren allerdings einige Jahre vergangen. Jetzt war Müller auf dem Weg in den Distrikt, in dem er angestellt worden war, und er hatte, da dieser ihn bei der Familie des Amtmanns vorbeiführte, seinen ehemaligen Schüler mit einem Besuch überrascht.

Das Zimmer, in dem sich die zwei Freunde befanden, war fast zu hübsch für einen Hauslehrer auf dem Lande. Soweit sich durch den Tabaksrauch noch erkennen ließ, waren die Gegenstände, die Kold selbst gehörten – ein Bücherschrank, Jagdgeräte und einzelne Kunstgegenstände – alle wertvoll und schön. Die etwas antike Möblierung, die zu der Zeit noch nicht ihre Wiedergeburt erlebt hatte und die man auf dem Lande gerne in Schlaf- und Abstellkammern schob, paßte besonders gut dazu. Das Ganze harmonierte unterdessen vollkommen mit der Persönlichkeit, die es bewohnte. Obgleich in seiner häuslichen Tracht, offenbarte Kold doch in seinem Äußeren eine Sorgfalt, die nicht ganz gewöhnlich bei uns ist. Man kann fast von einer Eleganz sprechen, die für ihn natürlich zu sein schien.

Müller ließ seinen Blick prüfend umhergleiten und begann schließlich, mit seinen kleinen, bohrenden Augen Kold selbst zu messen.

Endlich sagte er mit ironischer Resignation: „Ich sehe, daß du wenigstens zu einem Teil der Alte bist."

„Finden Sie?", sagte Kold lächelnd. „Das ist ja eine gute Warnung, lieber Müller. Sie wissen, es taugt nichts, einen alten Freund in neuer Gestalt zu treffen. Ich habe wirklich die alte, unverbesserliche Abscheu gegen schmutzige Leibwäsche und ungekämmtes Haar wie vor sechs Jahren. Ich habe nun ein für allemal darauf verzichtet, in dieser Weise genial zu sein."

„Nun, bitte schön! Schmück dich, parfümier dich nur für die Elfen und die Stallmägde hier oben. Meinetwegen gerne, wenn du bloß keine dummen Streiche machst. Daß es dir gut geht, freut mich, das freut mich *wirklich*. Du weißt wohl, daß ich es desperat von dir fand, aufs Land zu ziehen. Mir wurde ganz beklommen, als ich den Hof sah. Herrgott, wie mag es hier gehen!, dachte ich. Nun denn, mein armer *Byron*, beginnen dich so die Lord-Grillen zu verlassen? Erzähl mir nun richtig ausführlich, wie es dir geht."

„Gut, das versichere ich Ihnen, viel besser, als ich erwartet hatte. Ich habe an mir selbst erlebt, daß ein tätiges Leben das Allergesündeste für denjenigen ist, der wie ich eine Zeit in allerlei Qualm und Trubel gelebt hat. Ich repräsentiere, wie Sie vielleicht wissen, einen Dualismus hier vor Ort. Ich bin, das will nun sagen, ich war sowohl Lehrer für den Sohn als gleichzeitig auch Bevollmächtigter im Kontor des Alten. Aber, was Sie mir vielleicht kaum glauben werden, beide Arten der Verrichtungen haben mich wirklich interessiert."

Müller schüttelte den Kopf. „Das ist auch brav, aber auf Dauer genügt das nicht. Es ist doch nichts für dich. Eine beständige Tätigkeit ermüdet auch. Die Jugend drängt nach Reiberei mit der Welt, nach Umgang, Mitteilung."

„Ich vermisse das nicht. Das ist gerade das Gute beim Landleben, daß es nichts von dem Rastlosen, Selbstverzehrenden hat wie das Leben in einer großen Stadt. In der Natur finde ich genug Gegengewicht gegen die Müdigkeit, von der Sie reden. Ich streife bei Jagd und Fischerei umher, allerdings am wenigsten um zu jagen und zu fischen. Oftmals gehe ich zwei Meilen ins Gebirge mit einem Buch in der Tasche. Sie glauben nicht, wie dieses Naturleben frisch und beständig verjüngend ist; bald wirkt es anspornend und geisterweckend, bald erfrischend wie ein Bad. Nach solchen Touren oben im Gebirge ist die Erholung unten auf dem freundlichen Hof mit meinen gewohnten Beschäftigungen äußerst behaglich. Dazu trägt natürlich mein Verhältnis zur Familie bei."

„Ah, dein Verhältnis zur Familie", fiel Müller ein, „erzähl mir doch einmal ein wenig davon."

„Sehr gerne", antwortete Kold, ohne den lauernden Blick zu bemerken, den Müller im selben Augenblick auf ihn heftete. „Edvard, mein Schüler, ist ein tüchtiger Bursche, obgleich schlimm verwöhnt von der Mutter. Es war ein Vergnügen, mit ihm zu arbeiten. Er machte im Herbst sein Abitur und ist jetzt fertig. Der alte Ramm ist ein herzensguter, liebenswerter Mann. Er behandelt mich wie einen Sohn, und ich glaube, daß er mich wie einen solchen lieb gewonnen hat."

„Wirklich!", brach Müller aus. „Er hat dich lieb gewonnen wie einen Sohn! Aha, ja, ja! Das ist verdammt schön von dem Mann. Ist er nicht Däne von Geburt?"

„Doch, aber aus einer norwegischen Familie. Er hat in den interessantesten Verhältnissen in Kopenhagen gelebt. Gott weiß, was er hier oben wollte. Welche Entbehrungen man zu ertragen lernt! Der innere Kern in ihm ist jedoch immer noch frisch, nur im Äußeren ist er wohl etwas verändert. Er hält sich meist in seinem Arbeitszimmer auf und ist das, was man im allgemeinen ungesellig nennt, obgleich weit davon entfernt, unzugänglich zu sein; mir gegenüber ist er sehr freundlich und mitteilsam."

„Kein Wunder! Der arme Mann ist doch endlich auf einen kultivierten Menschen getroffen, mit dem er sprechen kann. Deine Vorgänger sind dahingegen, falls ich diese Art Subjekte recht kenne, ein paar fatale, unwissende Tölpel gewesen, was?"

„Ich glaube es fast. Hier ist eine Reihe solcher Personen im Haus gewesen, die bald als Bevollmächtigte, bald als Lehrer für die Kinder tätig gewesen sind, die der Alte aber gleichwie zu nennen scheut. Es scheint jedoch, daß die Damen des Hauses mehr Behagen in ihnen gefunden haben. Ein paar von ihnen sind doch mit den Töchtern verheiratet."

„Ein paar von ihnen verheiratet mit den Töchtern! Tod und Teufel, mein armer Georg, wie viele von diesen Töchtern sind noch übrig?"

„Nur zwei", antwortete Georg lächelnd, „will sagen im Grunde nur eine; die andere ist ein Kind und ist lange Zeit nicht zu Hause gewesen."

„Nur zwei und doch im Grunde nur eine", wiederholte Müller, „oh ja, eine ist, verdammt nochmal, auch mehr als genug, um Unglück zu verursachen. Dieses Unglück ist bereits geschehen. Du, mein armer Kerl, bist von allen am wenigsten geeignet, ihm zu entgehen."

„Endlich!, da haben wir es!", sagte Kold und lachte laut. „Jetzt ist es an mir zu sagen: ich sehe, Sie sind zu einem Teil noch der Alte. Ich glaube gerne, daß Sie das ganze Menschengeschlecht zum Zölibat verurteilen würden, wenn Sie könnten, und überließen es unserem Herrgott, es wieder zu erneuern, wenn die lebende Generation im Begriff ist, auszusterben. Wenn ich Ihnen nun sage", fuhr er in dem Ton fort, der wenig Hoffnung darauf hat, einen Gegner zu überzeugen, „wenn ich Ihnen nun sage, daß sich keine Andeutung auf irgendein Verhältnis zwischen mir und Fräulein Amalie findet, werden Sie mir dann nicht glauben? Und habe ich nun in zwei Jahren die Gefahr glücklich überstanden, so denke ich doch, daß ich hiernach sicher bin.".

„Zwei Jahre, von denen du das eine auf Reisen und in Kristiania aufgrund der A.schen Sache zugebracht hast, und Fräulein Amalie vermutlich das andere bei ihrer Tante. Jetzt ist sie nach Hause gekommen, so kann der Roman ja gerade beginnen. Paß auf, wenn ich das nächste Mal komme, so hast du die Schlinge ums Bein, und so adieu Zukunft, adieu all meine Träume davon, daß einmal etwas aus dir werden sollte! Oh, Georg, Georg, es ist aus mit dir!"

Er war aufgesprungen und maß den Boden mit langen Schritten, während sich Georg in resignierter Erwartung bequem auf dem Sofa zurechtlegte.

„Aber Herrgott, sehen Sie sie doch erst einmal an, bevor Sie urteilen. Sie haben sie nicht gesehen, sie war ja draußen, als Sie kamen."

„Ach, Unsinn, das Aussehen tut nichts zur Sache. Sie ist eine von Evas Töchtern, das ist genug. Weißt du denn nicht, daß es eine Macht gibt, die stärker ist als jeder Wille, alle Vorsätze, alle Vernunftschlüsse, und das ist die Macht, die im täglichen Zusammenleben unter einem Dach auf dem Lande liegt oder was man auf gut norwegisch *husvarme*, die *häusliche Wärme* nennt? Komm mir nicht mit euren mystischen Naturübereinstimmungen, die die Seelen mit unwiderstehlicher Macht zueinanderziehen! Komm mir nicht mit euren Vorausbestimmungen und wie das Gewäsch alles heißt. Hier ist nicht die Rede von so etwas. Verstand, Wille, Geschmack geben hier ihr Recht über den Mann auf, und er wird Beute für einen engherzigen Glücksfall, den lumpigsten Zufall. Sie ist häßlich – in kurzer Zeit wirst du finden, daß die reizende Unregelmäßigkeit ihrer Züge auf ganz andere Weise pikant ist als die kalte, regelmäßige Schönheit. Ist sie etwas bejahrt, wirst du bei dem Vorzug des reiferen Alters verweilen, und ist sie ein hoch aufgeschossenes Schulmädel, wirst du sie zu einer Psyche machen. Sie hat rotes Haar ... Du kannst deinen ehemaligen Geschmack für Brünette nicht mehr begreifen und beginnst endlich, die Schönheit in den raphaelischen Haarreflexen zu fassen. Ja, du lachst, du. Du lachst so klug, so mitleidig, als ob du nicht fassen kannst, wie ein bedächtiger Mensch zum Phantasten werden und gegen Windmühlen kämpfen kann. Du denkst, man kann diese keimenden, zärtlichen Sehnsüchte nehmen und sie hermetisch verstecken wie Spargel und grüne Erbsen, bis die Zeit kommt, da du besseren Bedarf für sie hast? Bilde dir das nicht ein, mein Freund. Es sind leider noch keine luftdichten Dosen für sie erfunden worden. Ob du willst oder nicht, sie werden Hannes, Mines, Thrines Gestalt annehmen. Sie wird sich in der Nacht in deine Träume schleichen, und ihre Stimme, die vielleicht der einzig frohe Ton im Haus ist, wird für dich in deiner einsamen Stube wiedererklingen. Du weißt nicht, lieber Georg, wie viele unglückselige Verbindungen auf diese Weise geschlossen werden, wie sehr sie die Zahl der vielen gottverlassenen Ehen hierzulande vergrößern. Hast du andernorts von so vielen unüberlegten Verlobungen, so vielen Auflösungen gehört! – Ach, würden sie doch die Verlobung wieder lösen! Aber ein verschrobenes Pflichtsystem hält die meisten davon ab, was unter solchen Umständen die einzige Rettung wäre. Die häusliche Wärme ist ein rein nationales Unglück; sie kann ihre Macht nur in einem derartigen Zusammenleben wie dem norwegischen ausüben, in unserer weiten, menschenleeren Landschaft. Sie ist genauso norwegisch wie der Aussatz und die Bierpustel. Und sind die Verlobungen, die diese Verrücktheiten, diesen Bierrausch des Herzens beschließen, etwas anderes als ein *delirium tremens*, der Höhepunkt des Wahnsinns?"

Nachdem er kräftig an der Pfeife gezogen hatte, die unter der langen Rede zu erlöschen begonnen hatte, fuhr Müller mit einer Stimme fort, die in Tonlosigkeit abgesunken war:

„Ich bin selbst, wie du weißt, eines seiner Opfer gewesen. Nach dem Tod meines Vaters aller Mittel für meine Lebenshaltung beraubt, nahm ich im Augenblick der Not einen Hauslehrerposten im Amt des nördlichen Trondheim an. Es gab dort eine einzige Tochter. Ich sah sie von Anfang an mit unerfahrenen Augen. Ich war damals jünger als du jetzt. Und es dauerte nicht lange, bis es zu wirken begann. Alles verschwor sich auch wunderlich dazu. Sie hatte einen krankhaften, schlimmen, alten Drachen von Mutter, einen von diesen Vampiren, die buchstäblich ihr Leben damit fristen, an dem ihrer Töchter zu zehren. Das arme Mädchen hatte nie gewußt, was Jugend war. Die Mutter gestattete ihr weder

Nacht noch Tag, von ihrer Seite zu weichen. Ich begann dann mit Mitleid. Die geizige Hexe von Haushälterin mußte außerdem so dünne Brotscheiben schneiden und so viel Zichorie in den Kaffee mischen, damit Bolette, wenn sie Woche hatte, mich umso reichlicher bedenken konnte. Nichts ist bestechlicher als der Appetit eines Zwanzigjährigen. Was das Äußerliche meiner Liebsten angeht, will ich nur bemerken, daß das einzig junge Wesen dort im Haus eine Dienstmagd war, die schielte. Ich hatte mich damals nicht speziell auf Tenotomie gegen Schielen festgelegt und daher keinen Grund, diese Art Augen interessanter zu finden als andere. Also, die Magd schielte, aber Bolette schielte nicht. Wir verlobten uns dann, und ich war es in gutem Glauben ein ganzes Jahr, nachdem ich zurück nach Kristiania gekommen war. Du kennst meine Prinzipien in diesem Stück. Hier muß man unbarmherzig wie ein Chirurg sein. Die Operation muß gewagt werden, sollte auch der Patient unter den Schmerzen sterben."

Kold bemerkte, daß sich in diesem Stück unmöglich irgendein Prinzip aufstellen lasse. „In vielen Fällen wäre es barbarisch, zu brechen. Und Bolette, wie ging es ihr seither?"

„Ja, siehst du, sie starb wirklich daran", sagte Müller und wandte sich zum Ofen, um seine Pfeife auszuklopfen. „Dieser Tabak ist kein Landhändlertabak, denn den kenne ich, das ist gerade die schwache Seite der Landhändler; woher hat der Alte den? Das war eine traurige Geschichte", fuhr er mit einer Stimme fort, als ob ihm etwas in die falsche Kehle geraten wäre. „Eine Auflösung ist eine Auflösung, dachte ich, deshalb schrieb ich meinen Brief ohne Broderie, kurz und verständlich. Es kam zu jäh über sie, die Arme! So weit im Norden muß man lange auf Briefe warten. Sie wurde im selben Augenblick krank und war vier Tage später tot, ohne ein Wort gesprochen zu haben. Die Mutter schrieb mir noch einen sakramentalen Brief. Arme Bolette, es war besser so. Ja, das war es, verdammt nochmal. Ich würde ihr vielleicht das Leben sauer gemacht haben. Sie hatte so einen weichen Charakter. Aber mich hat es gerettet. Nachdem diese Geschichte beendet war, war ich auch gründlich kuriert von jeglicher Schwärmerei und wie diese jugendlichen Beklommenheiten alle heißen. Ich begann, mit doppeltem Eifer ins Krankenhaus zu gehen und meinen Geschäften nachzukommen, und fast ohne die notdürftigsten Hilfsquellen vollendete ich mein medizinisches Studium. Ich habe erreicht, wovon ich nie geträumt hatte. Glückt es mir dann zwischendurch einmal, ein Menschenleben zu retten, denke ich, daß die Götter es gnädig als ein Sühneopfer für meine arme Bolette nehmen."

Nach einer Pause sagte Kold: „Es ist wohl wahr, daß die Gewohnheit und das zufällige Zusammenleben viele schlechte Verbindungen in unserem Land knüpfen; aber ich glaube doch, aufrichtig gesprochen, daß Ihr eigenes Unglück Sie einseitig macht. Sie übertreiben die Gefahr. Können Sie wissen, wie viele ihr entkommen sind?"

„Doch, ich kann", antwortete Müller lakonisch. „In einem Zeitraum von annähernd drei Jahren sind von etwa dreißig Exemplaren, die unter meine Observation gefallen sind, ganze fünf der Gefahr entgangen."

„Fünf der Gefahr entgangen!", sagte Kold, durch eine so prompte Beweisführung aus der Fassung gebracht. „Und durch welche Wunder?"

„Kann ich dir auch erklären. In zwei Fällen war das Mißverhältnis hinsichtlich des Alters allzu groß; in einem dritten war *sie* bucklig, in einem vierten wurde *er* auf wundersame Weise gerettet. Er bekam nämlich zweimal in Folge, als er sich gerade dazu entschlossen hatte, ihr seine Gefühle zu offenbaren, eine Halsentzündung, und da er Fatalist ist, traute er sich kein drittes Mal, aus Angst zu sterben. Der fünfte Ritter, der das Abenteuer mit dem Drachen bestand, war jener Nielsen, der Kaplan bei dem Pfarrer in S. wurde. Das war ein Stück von einem Original, wie du dich wohl erinnerst. Ich hatte ihm im voraus eine kleine Warnung gegeben. Er und eine Nichte des Pfarrers, ein sehr schönes Mädchen, das dort im Haus war, begannen auch damit, sich ernsthaft gegenseitig nicht ertragen zu können, und, als er abreiste, war es förmlich zu einem Krieg zwischen ihnen ausgeartet."

„Na, sehen Sie!"

„Aber später", fuhr Müller unerschütterlich fort, „trafen sie sich in Sandefjord, und nun sind sie verheiratet. Ich bin gerade Pate für das erste geworden."

„Sie müssen ein Kontrabuch über all das geführt haben", sagte Kold verblüfft.

„Du hast recht, ein kleines Annotationsbuch wäre nicht so schlecht. Noch habe ich aber die Zahl im Kopf, obgleich sich die Nummern fortwährend vergrößern. Deren Anzahl ist nun – laß mich sehen – auf neunundzwanzig gestiegen! Neunundzwanzig Opfer der Epidemie in weniger als drei Jahren! Ich weiß nicht, was für eine fatale Ahnung es ist, die mir sagt, daß du die dreißig füllen wirst."

Kold lachte aus vollem Hals. „Lieber, bester Müller, sehen Sie mich doch an! Sehe ich aus wie ein mondsüchtiger, schmachtender Ritter?"

„Du siehst gut aus. Nun ähnelst du Byron wieder weniger als zuvor, da du magerer warst und dir diese melancholische Bleichheit zugelegt hattest. Du bist wieder so geworden wie damals, als ich dich zuerst kannte. Da warst du glücklich und strahlend wie ein junger Faun. Später kamst du in eine Sphäre hinein, wo ich dir nicht folgen mochte. Aber es war nicht schwierig, die Veränderung zu sehen, die nach und nach mit dir vorging."

„Georg", fuhr Müller fort, der den mißmutigen Ausdruck bemerkte, der sich auf Georgs Gesicht gelegt hatte, „du weißt, es ist keine Neugier, die mich treibt. So tief interessiere ich mich für dich, wie ich es für irgendwen nur kann. Gott weiß, weshalb eigentlich, vielleicht weil wir so unterschiedlich sind. Erzähl mir einmal vorbehaltlos, was dir vor ein paar Jahren fehlte und was dich hier heraufrieb. Wir sind jetzt einmal in die vertrauliche Ecke gekommen. Diese gemütliche Stube und das Bullern des alten, vortrefflichen Ofens haben mich ganz sentimental gestimmt."

„Ein anderes Mal", sagte Kold sichtlich verstimmt; „lassen Sie uns die kurzen Stunden nicht damit verderben, alte, fatale Geschichten hervorzukramen."

„Ein anderes Mal ist ein Schelm; doch, wie du willst. Willst du dich schriftlich damit befassen, so sehr gerne, doch einigermaßen kurz und ohne Koloratur. Ich bin nun mal eben kein Freund der lyrischen Poesie."

„Schreiben? Ich Briefe schreiben?", sagte Georg lachend. „Also eine Beichte! Das wage ich nicht, Ihnen zu versprechen, Müller."

Ein Mädchen unterbrach sie hier, um zu melden, daß man die Herren zum Abendtisch erwarte.

Müller sah auf seine Uhr. „Ein gesegneter Brauch hier auf dem Land! Man läßt uns drei, vier Stunden die ungenierteste Freiheit und erinnert uns erst mit der gedeckten Tafel an seine Anwesenheit. Die restliche Zeit des Abends wollen wir der Familie opfern; ich muß außerdem ja auch Fräulein Amalie in Augenschein nehmen."

Kold hatte in der Zwischenzeit seinen Überzieher mit einem Frack vertauscht und band mit viel Grazie ein schwarzes Halstuch um. „Ja, sehen Sie", sagte er etwas verlegen, als er sich umdrehte und Müllers satirischer Miene begegnete, „der Landrat kleidet sich immer zu Tisch."

In der Tür wandte er sich um und sagte ernst: „Ich werde Ihnen vielleicht einmal schreiben. Bis dahin dürfen Sie glauben, was Sie wollen ... daß ich ein Luftikus bin, ein so unreifer Junge wie – wie der Georg, den Sie einmal kannten."

Am nächsten Tag, als die Freunde wieder zusammen in dem Zimmer waren, verharrte die Unterhaltung bei den Klängen einer Gitarre oder eines Klaviers, die von unten herauftönten. Man lauschte eine Weile.

„Was das angeht", sagte Müller und machte eine Bewegung mit der Hand hin zu jener Seite, „bin ich beruhigt. Mit ihr könntest du gerne zehn Jahre ohne Schaden unter einem Dach verbringen. Es ist nicht, weil sie nicht schön genug ist, jung genug, darauf kommt es, wie gesagt, im Grunde wenig an. Aber da ist eine Kluft zwischen dir und ihr, die ich nicht berechnet hatte. Du bist ein Kind deiner Zeit, sie ist es nicht. Sie ist ‚romantisch', wie die Leute es in meiner Jugend nannten. Sie trägt das Zeichen einer Epoche, von der du nichts weißt, die man aber gerne auch die Lafontainesche nennen kann, weil sie an allerlei unwahren und verschrobenen Idealen laborierte, die besonders dieser Verfasser in Mode brachte. Mit einem Mal kam eine kritischere Zeit und schlug Klüfte in die Familien. Deshalb gehen die Alten jetzt oft wie ängstliche Hühner um den Teich herum und sehen nach den Entenjungen, die sich in einem Element tummeln, das sie einfach nicht kennen. Und sie können nicht begreifen, was das für eine Brut ist, die sie ausgebrütet haben. Doch zu diesen gehört Amalie nicht. Sie ist die Tochter ihrer Mutter, eines der ‚wohlgearteten' Kinder. Ich sah es direkt an der Art, wie sie gekleidet war und wie sie die Augen aufschlug, sieh, so! Aber ich kam sofort ins Reine, als die Rede auf ihre Lieblingsschriftsteller kam. Ich wage darauf zu schwören, daß sie ein Lieblingslamm, eine Lieblingstaube oder etwas derartiges hat, daß sie ferner für ‚ewige, unzertrennliche Treue' schwärmt, die man jedem Bengel zu halten verpflichtet ist."

Kold hatte Lust zu widersprechen, doch mußte er sich selbst heimlich eingestehen, daß diese Charakterisierung treffend war. „Fräulein Amalie ist ein herzensgutes, braves Mädchen, ungeachtet einiger kleiner, romanartiger Grillen. Wir zwei sind seit langem im Reinen miteinander. Man muß mich einmal als einen schwarzen Verräter gegen ihr schwaches, unbeschütztes Geschlecht geschildert haben, denn zu Anfang zeigte sie mir gegenüber eine auffällige Ängstlichkeit. Blieben wir zufällig allein in der Stube, wurde sie von einer jungfräulichen Verwirrung überfallen. Und ein paar Mal, da ich sie unerwartet draußen im Freien traf, stieß sie einen kleinen Schrei aus und stürzte in den Wald. Doch allmählich merkte sie wohl, daß von meiner Seite nichts zu befürchten stand, und ihr Wesen wurde zutraulicher."

„Schließlich", unterbrach Müller ihn, „ging es in ein schwesterliches, vertrauliches Verhältnis über."

„Ganz richtig; lange Zeit vertraute sie mir alle ihre Betrachtungen über das

Leben und die Freuden und Leiden, die sie bewegten, an. Aber ich muß sie wohl nicht zufriedengestellt haben in dieser Rolle, denn nach und nach hörte es auf, sie wurde wieder geheimnisvoll und wortkarg."

„Und nun findet sie dich unausstehlich ... genug von ihr. Doch du erwähntest noch eine Tochter. Wo ist sie? Wie alt ist sie?"

„Sie ist in Dänemark bei einem Onkel."

„Wie sieht sie aus? Kommt sie bald zurück? Von ihr hast du noch nichts erzählt."

„Es gibt auch nicht großartig etwas über sie zu sagen ... Gutes schon gar nicht. Dieses Kind hat mir die Hölle heiß gemacht. Sie hat mir förmlich Leid angetan. Ich war recht erfreut, als sie abreiste."

„Ei, Leid! Aber auf welche Weise?"

„Das ist schwer zu sagen. Sie war ein sonderbares Wesen. Ich war so unglücklich, sie unterrichten zu müssen. Doch Gott bewahre mich! Wenn etwas auf der Welt ein Werk der Geduld war, so war es das, mit ihr lernen zu müssen."

„Sie war also dumm?"

„Dumm", sagte Kold, merkwürdig verloren. Er sah lange mit abwesendem Blick auf Müller.

„Naja, ich frage, ob sie dumm war oder klug?"

„Ja, das ist es ja eben, ob sie es war oder nicht. Man könnte sich den Kopf über sie zerbrechen. Manchmal bildete ich mir ein, daß sie ausgezeichnete Anlagen hatte, aber im allgemeinen mußte man glauben, daß sie ungeheuer wenig begabt war. Sie lernte ihre Lektionen so schlecht und zeigte sich so unwissend, daß es zum Verzweifeln war. Da ich dachte, daß es ihr schwerfalle, auswendig zu lernen, versuchte ich es mit allerhand mündlichen Vorträgen. Doch vergebens, denn hierbei war sie ebenso zerstreut und unaufmerksam. Sie schien nur auf den Augenblick zu warten, da sie wie der Wind davonlaufen konnte."

„An deiner Stelle hätte ich mir die Arbeit schlicht verbeten."

„Das wollte ich auch tun. Ich wollte dem Vater sagen, daß sie einfach nichts lernte, daß ich es nicht verantworten könne, weiterzumachen; aber ich hatte nicht richtig das Herz dazu. Er ahnte es einfach nicht. Weil es mit Edvard so brillant gelaufen war, hatte er uneingeschränktes Vertrauen zu mir. Und dann – und dann war da etwas, das mich zum äußersten trieb. Einen Tag kam sie und sagte, daß sie solche Lust habe, Englisch zu lernen. Meinetwegen, dachte ich, nun kann ich ja die Geduld einmal auf Englisch versuchen. Doch wieder lag ich falsch. Sie lernte diese Sprache in unglaublich kurzer Zeit und mit einer Leichtigkeit, die mich erstaunte. Mit dem übrigen ging es wie zuvor. Es war unmöglich, herauszufinden, ob es Dummheit oder Querköpfigkeit oder was auch immer war."

„Das wolle der Teufel, daß man es nicht herausfinden sollte."

„Kam ich hinunter in die Stube, war da auch immer etwas los. Die Mutter beklagte sich ständig über sie. ‚Es ist mir geglückt, meine anderen Töchter zu netten, gebildeten Mädchen zu erziehen, aber ich weiß mir keinen Rat mit Sofie.'

Der alte Ramm hingegen hat diese Tochter sehr gerne. ‚Meine Sofie ist etwas wild, aber das gibt sich schon noch', sagte er. Mir gegenüber hegte sie ein Mißtrauen, das an Unwillen grenzte.

Einen Tag, kurz bevor sie reiste, warf ich ihr das vor, doch da gab sie mir eine Antwort, die mir erneut ein Rätsel war. In diesem Augenblick sah sie nicht aus wie ein Kind; und derjenige, der verlegen wurde, war ich."

Müller hatte diesem Bericht mit ziemlich unschuldiger Miene zugehört. Die letzte Bemerkung, die Kold unvorsichtig entfuhr, war unterdessen genug, um die unermüdliche Neckerei seines Freundes zu wecken, worunter dieser jedoch eine ernste Sorge zu verbergen suchte.

„Sieh an, ich danke dir, nun kann ich die Lektion auswendig. Paß auf, nun kommt die Metamorphose, dieser uralte, vom Himmel gefallene, wohlbekannte, merkwürdige Taschenspielertrick der Natur: Am nächsten Tag, als der weise Pädagogus über eine neue Behandlungsart unverbesserlicher, eigensinniger Kinder meditiert, geht die Türe auf und ‚mit schüchternen, verschämten Wangen, sieh´t er die Jungfrau vor sich steh´n'; ja, ich habe auch einmal Schiller gelesen."

„Das kann gerne so sein", sagte Kold, halb lachend, halb ärgerlich, „doch ich war durchaus nicht so glücklich, eine Metamorphose zu erleben. Sofort danach, mit dem ersten Dampfboot, reiste sie nach Kopenhagen zu einer Schwester des Amtmanns, Staatsrätin D., und dort ist sie seither. Glück auf der Reise! Es war, als ob uns der Kobold verließ. Seitdem haben wir Frieden im Haus."

„Aber mit dem nächsten Dampfboot kommt der Kobold wieder; hüte dich, mein Junge, denn dieser Kobold hat viele Gestalten und viele Namen."

Die letzten Worte Müllers, indem er seinen Freund an beiden Armen faßte, waren noch: „Georg, sei auf der Hut! Mach keine Dummheiten!"

Müller war abgereist. Kolds erstes Gefühl war Erleichterung. Sein ehemaliger Lehrer war mit seiner gewöhnlichen Überlegenheit aufgetreten und mit dem Anspruch auf alte Vertraulichkeit, die Kold nicht mehr geben konnte, die ihm zu entziehen er aber auch nicht den Mut hatte.

Aber der Besuch, so kurz er auch war, hinterließ doch Spuren im Dasein unseres Freundes, die er selbst nicht bemerkte. Die idyllische Zufriedenheit, der er sich selbst gerühmt hatte, hatte einen empfindlichen Schlag erhalten. Es war Unruhe in seinen Sinn gekommen. Bald zogen seine Gedanken hin zu früheren Umständen, die durch die Gespräche mit dem alten Bekannten in die Erinnerung zurückgerufen worden waren, bald wurde er wirklich von der Angst ergriffen, daß Müller Recht haben könnte, daß das freiwillige Exil, in dem er sich im Augenblick so wohl befand, doch erschlaffend auf seinen Geist und hemmend auf seine Entwicklung wirken könne. Die aktuellen Ereignisse, die die Zeit hervorgebracht hatte, stellten sich durch das Prisma des Abstandes doch in ganz anderem Maße wichtig und interessant dar, als er sie vielleicht aus der Nähe gefunden haben würde. Er fühlte den Drang nach einem bewegteren Leben.

In einer solchen Stimmung spazierte er an einem Nachmittag in seinem Zimmer auf und ab, als der Amtmann mit einem Brief in der Hand eintrat. Georg hatte schon bemerkt, daß Sofies Briefe an ihre Familie dem Alten außerordentliche Freude bereiteten. An den Tagen, an denen sie erwartet wurden, zeigte er eine Ungeduld, als ob es sich um die wärmste Geliebte handele. Er hatte ihm jedoch nie direkt etwas aus ihnen mitgeteilt. Nur dieses Mal hatte sein väterlicher Stolz der Versuchung nicht widerstehen können. Das mußte er seinem lieben Kold zeigen, damit dieser sich auch mit ihm freuen könne.

Bei Kold weckte dieser Brief die größte Verwunderung. Er wurde fast von einem unbehaglichen Gefühl ergriffen. Eine solch sichere Auffassung, eine solche Reife in den Urteilen, dieser Liebreiz und diese Leichtigkeit in der Darstellung und nicht die Spur von Haltungslosigkeit, diesem Schwulst, der den Übergang vom Schulmädchen zu einem erwachsenen Mädchen kennzeichnet. Konnte es Sofie gewesen sein, die das geschrieben hatte? Er wurde ganz beschämt, als der Amtmann ihm herzlich auf die Schulter schlug und munter rief: „Nun, macht Ihnen Ihre Schülerin nicht alle Ehre? Ja, ich erkenne auch den Teil, den Sie daran haben, lieber Kold!" Eine ungeteilte Freude verursachte Kold, den Eifer zu sehen, mit dem sie die Musik betrieb, wofür sie die besten Lehrer erhalten hatte. Sie äußerte sich hierüber bald mit einer Freude, die ihre Begeisterung für die Kunst zeigte, bald mit einer Niedergeschlagenheit, die eine tiefere Quelle hatte, als den bloßen Schreck vor den mechanischen Schwierigkeiten.

Der Besuch des Amtmanns gab Kold genau das, was er in dem Augenblick brauchte. Er gab seinen losen, schwebenden Gedanken einen Halt, an den er sich binden konnte. Kold konnte den Brief nicht aus seinem Kopf bekommen, und er begann, all seine Zusammenstöße mit diesem sonderbaren Wesen, das ihn geschrieben hatte, durchzugehen. Darunter waren viele Züge, die er Müller instinktiv verschwiegen hatte und die nun in einem Licht für ihn aufgingen, in dem er sie nie zuvor gesehen hatte.

Kold hatte eine ältere Freundin, mit der er zu einem bestimmten Zeitpunkt seines Lebens viel von dem ausgetauscht hatte, das ihn damals bewegte. Dieser Freundin hatte er versprochen, daß er ihr die ein oder andere kleine Aufzeichnung seines jetzigen Aufenthaltsortes zusenden würde. Bislang war dieses Versprechen unerfüllt geblieben, und er hatte sich oftmals Vorwürfe deshalb gemacht. Er fand immer, daß nichts gut genug war. „Nun will ich es versuchen", sagte er, „ich will alle diese kleinen Züge sammeln, und wenn ich sie auf dem Papier sehe, wird sich zeigen, ob es etwas ist, das ich Margrethe anbieten kann."

Aus Georgs Aufzeichnungen an Margrethe

Dieses Kind verwirrte mich in hohem Maße. Mitunter versagte meine Geduld, und ich hielt ihr ernsthaft vor, daß sie so faul und unaufmerksam war. Da konnte sie mich mit einem so demütigen, so flehentlichen Blick ansehen, daß ich kein weiteres Wort sagen konnte. Ein anderes Mal nahm sie es so gleichgültig auf, als ob es sie einfach nichts anginge. Vielleicht kommt es daher, daß sie mich nun einmal nicht leiden kann, dachte ich. Unten zwischen den Ihren wird sich ihr Wesen natürlicher entfalten. Hier werde ich sie besser beobachten können. Aber hier war sie so gut wie nie zu sehen. „Es ist fast unmöglich", sagte ihre Mutter, „Sofie dazu zu bekommen, mit einer hübschen Arbeit still zu sitzen. Kann sie dahingegen aber im Garten liegen und in der Erde graben und pflanzen, den Stallmägden beim Füttern der Tiere helfen, so ist sie vergnügt. Denken Sie sich, was mir kürzlich passierte. Die Frau des Bischofs kam ganz unerwartet hierher und fragte nach Sofie. Sie stand im Schuppen und schnitt mit den Kleinbäuerinnen Flachs. Ich holte sie in Hast herein, damit sie sich umzog. Sie trat ein, wohl in ihrem Sonntagskleid, doch mit Spelzen im Haar und einem so verzweifelten Gesicht! Ja, Sie können sich denken, daß das angenehm war!" Solche Geschichten bekam ich oft zu hören. An einem Tag, an dem der Hirte krank geworden war, bat sie inständig darum, an seiner Stelle gehen zu dürfen. Man muß die Sorglosigkeit kennen, mit der Kinder auf dem Land aufgezogen werden, um zu begreifen, daß sie die Erlaubnis erhielt, einen ganzen Tag vollständig alleine in der wilden, einsamen Trift zu verbringen. Auf diese Weise sah ich sie fast nur bei Tisch. Dort saß sie stumm, doch äußerte sie etwas, so glaubte die Mutter immer, etwas Dummes darin zu finden oder auch etwas, das im Zwiespalt mit der Wohlerzogenheit lag, die sie ihr beizubringen versuchte. Amalie behandelte sie währenddessen mit einem gewissen albern altklugen, halb bekümmerten Beschützergehabe. In diesen kleinen Konflikten mit ihrer Familie fühlte ich immer große Lust, sie zu verteidigen, und ich suchte durch viele Zeichen, dies an den Tag zu legen. Sie wollte es nicht verstehen ...

Die Grotte war wohl ihr liebster Aufenthaltsort, ihr eigentlich rechter Gerichtsstand. Aus diesem Grund ging ich selten dort hinunter, ungeachtet dessen, daß dieser Ort auch für mich etwas höchst Verlockendes hatte. Sofie hatte nun einmal eine Art Eigentumsrecht darauf, und ein paar Mal, als ich sie da draußen getroffen hatte, zeigte ihre Miene unmißverständliche Anzeichen davon, daß ihr die Überraschung unangenehm war. Einmal kam ich jedoch aus dem Tal, und ich bekam Lust, auf die Klippen zu klettern, die diese merkwürdige Wölbung bilden, um zu sehen, wie sie sich oben schließt. Hier sah ich durch einen Spalt Sofie ausgestreckt, unbeweglich auf dem Grund der Grotte liegen. Erschreckt lief ich hinunter, denn ich dachte, ihr könnte etwas zugestoßen sein. Sie schlief, müde von ihrer Arbeit. An ihrer Seite lag ein Spaten, der allzu schwer für ihre zarten Kräfte schien. Über ihrem Angesicht, das grell durch den Schein von oben beleuchtet wurde, ruhte ein Ausdruck von Kummer, den ich nie zuvor gesehen hatte. Er kam aus der Tiefe der Seele, nur im Schlaf konnte sie ihn so haben oder war es zumindest möglich, ihn festzuhalten. Es ist mit gewissen Gesichtern sonderbar, die im Schlaf oder in todesähnlicher Ruhe eine Schönheit annehmen, die man ansonsten nicht bemerkt, vielleicht weil sie den für diese Form harmonischen Ausdruck nicht gewonnen haben. Zum ersten Mal bemerkte ich, daß Sofies Züge schön und regelmäßig waren. Doch noch mehr wunderte es mich zu sehen, daß ihr Kopf auf einem großen Buch ruhte. Es war keines ihrer gewöhnlichen Bücher, das sah ich sofort, aber welches Buch konnte sie interessieren, um darin zu lesen? Es ging damals gerade äußerst kläglich mit unseren Schulstunden. Dies zu erfahren, war eine Unmöglichkeit, wenn ich sie nicht wecken wollte. Sie hielt es mit dem Arm umspannt, als ob sie ihr Geheimnis schütze ...

Ihr Mißtrauen mir gegenüber war grenzenlos. Nur ein einziges Mal glückte es mir, es zu überwinden und sie in ein ordentliches Gespräch zu verwickeln.

Ich war auf der Jagd oben im Gebirge, an dessen südöstlichstem Ausläufer die kleine Alm des Hofes liegt. Ich wählte den Weg über die Alm in der Hoffnung, das eine oder andere Mitglied der Familie dort zu treffen, die nicht selten dort oben Besuche machte. In jedem Fall konnte ich mich auf dem hübschen Abhang ausruhen und von der Sennerin ein wenig zu essen bekommen. Noch lange bevor ich zur Alm heraufkam, hörte ich eine wundersam widerhallende Musik, die sich bald nah, bald fern anhörte, und ich unterschied schließlich zwei Frauenstimmen, die sich gegenseitig zu jauchzen ablösten. Aber was für eine Stimme hatte die eine! So bebend, voll und glockenrein, so jubelnd stark und doch so biegsam hallte sie in den entferntesten Höhenzügen wider und füllte jeden Winkel in den stillen Wäldern dort unten. Ich war nun so nah, daß ich die Almwiese überblicken konnte, ohne selbst bemerkt zu werden. Es war Sofie, die sang. Wer hätte sich denken können, daß dieses schmächtige Mädchen eine solche Stimme des Jüngsten Gerichts hatte. Margit erteilte wohl den Unterricht, doch es war erkennbar, daß sie ihre Schülerin mit einer Art stolzen Erstaunens betrachtete. Bei all diesem Locken und Jauchzen näherten sich die Kühe müde und matt der Gattertür. Sofie sprang ihnen entgegen und auf das Gatter hinauf, und während sie die große, weiße Leitkuh tätschelte, sang sie noch ein Stückchen eines alten Liedes mit derselben wunderlich biegsamen und vibrierenden Stimme, die, indem sie an die Kuh gerichtet war, einen ganz eigenen Ausdruck komischer Melancholie erhielt. Unwillkürlich entschlüpfte mir ein Beifallsruf, als ich aus meinem Versteck trat. Sofie wandte sich mir mit einem Gesicht zu, in dem äußerster Schrecken geschrieben stand, machte eine Bewegung, die alle Kühe zu eiliger Flucht zurück in den Wald aufschreckte, und war mit ihnen verschwunden. Ich genauso schnell hinterher; mein Hund führte auf der Spur, und nach einem kurzen Kreuzzug durch das Dickicht des Waldes fand ich sie auf einer

Felsspitze sitzend, die sehr steil gegen Osten in das Tal überhängt. Sie rührte sich nicht; sie schien kaum zu bemerken, daß ich mich zu ihr niedersetzte. Unsicher begann ich:

„Was soll diese Flucht bedeuten, liebe Sofie? Wie kann dich meine Überraschung über deinen Gesang so erschrecken? Sei doch nicht so scheu, so mißtrauisch. Ist es denn verwunderlich, daß mich deine Stimme erstaunt?"

Anstelle einer Antwort begann sie, bitterlich zu weinen.

„Ich verstehe dich nicht."

„Versprechen Sie mir nur, daß Sie es nicht zu Hause erzählen werden."

„Was?"

„Daß ich singen kann – daß ich gesungen habe."

„Aber, Gott, weshalb dürfen die zu Hause es nicht wissen? Zu singen ist doch nichts Schlechtes."

„Weil ich dann mit dem Organisten spielen muß. Er ist so garstig, so garstig. Sie müßten bloß wissen, was die arme Lovise ausgestanden hat."

„Lovise?"

„Ja, meine Schwester Lovise; die, die Caspersen heiratete, der Hauslehrer bei uns war."

„Ach so!", sagte ich und griff unwillkürlich nach meinem Hut.

„Sie müssen wissen", setzte sie fort, „daß Lovise, als sie in meinem Alter war, eine ganz unbedeutende Stimme hatte, aber sie war munter und froh und trällerte den ganzen Tag. Mutter glaubte, daß etwas Ausgezeichnetes in der Stimme war, und der alte Organist wurde bestellt, um sie auszubilden. Aber weil sie so lange vernachlässigt worden war, mußte die Sache gründlich gemacht werden. Das will sagen, daß man um acht Uhr begann und daß der Unterricht bis zwölf Uhr dauerte, genau so lange, wie auf der Tenne gedroschen wurde. Dann aßen wir, und anschließend begannen sie wieder! Und die ganze Zeit saß Lovise dort mit dem Notenblatt vor sich, das ihr so schwer zu verstehen fiel, und der eklige, alte Kerl saß an ihrer Seite mit seinem Kautabak im Mund, haute ihr mit einem dünnen Stock auf die Finger und schlug ihr den Takt in den Rücken. Lovise kam immer verheult aus diesen Gesangsstunden und sagte oft: ‚Hüte dich, zu singen, Sofie, sonst mußt du Musik lernen.'"

„Lernte deine Schwester denn etwas?"

„Ja, jetzt passen Sie auf. Nach Ablauf von anderthalb Jahren hatte sie zwei Stücke zu singen gelernt, nämlich: ‚Schöne Minka' und ‚Woher kommst du, oh kleiner Stern', und der Lehrer wurde entlassen. Doch jetzt begann eine neue Plage für sie. Jedes Mal, wenn Fremde kamen, mußte sie vortreten und singen. Keine Entschuldigung half. Mutter sagte, daß es eine Schande sei, wenn der Vater so viel Geld für sie ausgegeben habe, daß sie ihnen nicht die Freude machen könne. Oh, wie viele Male hat sie nicht mit so verzweifelter Stimme ‚Schöne Minka, halt mit deiner Klage inne!' gesungen. Wenn ich nur daran denke!" Hier brach sie wieder in Tränen aus. „Lovise bekam solche Angst, wenn sie einen

Wagen hörte, daß sie über Stock und Stein davonlief."

„Wein nun nicht länger darüber, liebe Sofie. Deine Schwester hat offensichtlich nie Talent gehabt, aber das hast du unverkennbar. Findest du denn nicht, daß du eine Sünde damit begehst, es derartig zu verbergen und zu unterdrücken?"

„Nein, nein", rief sie heftig aus, „damit entgehe ich gerade einem großen Unglück."

„Aber eine rohe Behandlungsart ist nicht für jeden, der singen lernen will, unumgänglich. Deine Stimme verlangt nach einer ganz anderen Ausbildung als die, die hier gegeben werden kann. Das werden deine Eltern schon verstehen."

Sie sah mich mit großen Augen an.

„Ach", sagte sie, „selbst wenn ich lernen könnte, derartig zu singen, wie ich es mir denke, welchen Nutzen hätte ich denn davon? Lovise singt nimmer mehr."

Das Wort ‚Nutzen' machte mich fast lachen, doch ich hütete mich wohl. „Ja, eben Nutzen", sagte ich. „Erstens ist es nützlich, andere erfreuen zu können. Und ich zweifle nicht daran, daß du deinen Eltern bald eine Freude bereiten würdest, die die arme Lovise ihnen wohl nie bereitet hat, wenn sie auch noch so willig ‚Schöne Minka' sang. Es würde ihnen nie einfallen, *deinen* Gesang als ständigen Vergnügungsapparat für Fremde zu mißbrauchen. Die Musik würde dich selbst freier und vertrauensvoller machen, sie würde deine Seele bereichern. Das ist noch das Allernützlichste. Glaube mir, liebe Sofie, für eine junge Dame ist all das Schöne nützlich, und sie kann sich nie zu viel davon aneignen. Ihre Seele drängt nach all dem Gleichgewicht, all der Selbständigkeit, die sie erreichen kann."

Wieder sah sie mich lange und forschend an. Es lagen Verwunderung, Schmerz und Zweifel in diesem Blick. Sie wollte etwas sagen, doch sie schwieg. Ein ausdrucksvolleres Gesicht habe ich nie gesehen.

Ich benutzte die Gelegenheit, von der ich fürchtete, daß sie so bald nicht wiederkommen würde, um dies für sie darzulegen, und ich redete so nett und vernünftig und gab mir so viel Haltung wie ich konnte.

Sie ging stumm an meiner Seite, ein wenig voraus, halb zu mir gewandt. Einmal schlug sie zwischendurch die Augen sehr weit auf; es war, als ob sie die Worte einsaugte. Als wir zur Alm kamen, bat ich Margit, mir etwas Eßbares zu beschaffen, denn ich war ordentlich hungrig geworden. Doch dies übernahm Sofie mit einer Freundlichkeit und Geschäftigkeit, die ich nie zuvor gesehen hatte. Wir waren die besten Freunde geworden, als das Pferd kam, um sie abzuholen. Wir wanderten hinunter durch den Wald, während ich es am Zaum führte. Aber als wir den Siedlungsweg erreichten, stieg sie auf, bevor ich ihr helfen konnte. Sie hatte eine kleine Mütze, die Edvard gehört hatte, auf dem Kopf und schlug nun einen weißen Mantel um sich, der ihr gewöhnliches unkleidsames Kostüm gänzlich einhüllte. Vom Pferd herab reichte sie mir ihre Hand und sagte mit einem Ausdruck, der gleichzeitig flehentlich und befehlend war: „Sie halten ja Ihr Versprechen, kein Wort von dem Gesang." In dem Augenblick sah sie wieder nicht aus wie ein Kind. Sie sauste davon wie ein Pfeil.

Habe ich mich gänzlich in ihr getäuscht? Verbarg sich nicht gerade hinter all diesen Widersprüchen eine fein ausgeprägte, mit starken Instinkten begabte Seele, die für ihre Befreiung kämpfte, ohne zu wissen, wie sie die Wirklichkeit, in die sie gestellt war, handhaben sollte? Aber was war es? Was rührte sich in ihr? Wie wird es sich entwickeln? Ist es in der neuen Umgebung vielleicht schon ausgelöscht? Sie ist nun seit zweieinhalb Jahren dort und wurde dort unten konfirmiert. Ihre Tante führt ein elegantes, gesellschaftliches Haus. Ob sie durch Kopenhagen verpfuscht zurückkommen wird, ohne eigene Prägung und Individualität? Ihre Mutter vertraute uns kürzlich an, daß die Tante eifrig wünsche, Sofie dort unten zu behalten, weil sie dort ‚ihr Glück machen' könne. Sie hatte bereits zwei ernsthafte Anbeter, über einige andere von ‚zweitem Rang' hinaus. Doch alle Überredungen waren an Sofies Wunsch, nach Hause zu kommen, gescheitert. Und sie kommt nach Hause. Sicher ist, daß es nicht die Sofie ist, die abreiste: das aufgeschossene Kind mit blauem Leinenrock und Spitzenhöschen und langen Zöpfen den Rücken herunter. Es ist die siebzehnjährige Sofie, die wiederkommt, vielleicht ‚herrlich in der Jugend prangend wie ein Gebild aus Himmels Höh´n.' Und was dann? Ach, lieber Müller, mein alter, ehrlicher, ungeschickter Bär mit deinen Theorien über die *husvarme*, die häusliche Wärme, und deiner Sorge! Meine Sorge ist, daß deine Unglücksprophezeiungen gar nicht eintreffen werden; meine Sorge ist, daß ich keinen Grund zur Sorge habe. Ich werde nie mehr berauscht, blindgläubig hinaus in jene lockenden Tiefen stürzen, wo man Perlen und Schätze auf dem Grund zu sehen glaubt. Schillers ‚Taucher' war ein Held, ein jugendlicher Held beim ersten Mal, beim zweiten Mal ein Narr. Ach, ich werde nie mehr ein Narr sein! In unseren Tagen hat man Taucherglocken erfunden, wo man sich vorsichtig herablassen und ruhig alles beobachten kann, ohne danach auch nur einmal so viel wie einen Schnupfen zu bekommen.

Es war dieses Schwanken zwischen Vergangenheit und Zukunft, zwischen alten Erinnerungen und unbestimmten Sehnsüchten, in denen seine Seele gewiegt wurde, das Kold an einem schönen Apriltag dazu trieb, hinaus ins Freie zu wandern. Das Terrain, in dem der Hof lag, senkte sich zum Fluß hinunter in einer langen, von Wiesen und sparsamem Laubwald eingenommenen Terrasse. Einen ganz anderen Charakter stellte deren entgegengesetzte Breite mit einer Reihe zerbrochener, üppig überwachsener Klippenmassen dar, die gleichsam das Fußstück zu den Höhenrücken bildeten, die das Tal begrenzten. Auf dieser Seite lag die Mühle, nur von einem Zaun eingeschlossen, und zur Rechten lief zwischen die Klippen ein Fußweg hinein. Schon dieser Weg, der sich durch die tiefen Felswände entlang eines Baches wand, war höchst verlockend, doch wurde er es noch mehr dadurch, daß er zu der erwähnten Grotte führte. Am Ende des Passes hatten die Klippen ein natürliches, geräumiges Gewölbe gebildet, dessen schöne Formen und symmetrische Linien einen fast daran zweifeln lassen konnten, daß es ein Werk der Natur war. Das Innere wies jedoch Spuren davon auf, daß Menschenhände der Natur zu Hilfe gekommen waren. Kies und Steine waren sorgfältig weggeräumt, der Grund geebnet und mit Sand bestreut, und eine Unebenheit der Felswand sowie ein paar lose Felsblöcke waren mit Hilfe von Moos in Sitze verwandelt worden. Das Gewölbe, das ziemlich tief war, wäre aber zu dunkel gewesen, wenn nicht nach oben ein Spalt im Fels ein durch Büsche und Schlingpflanzen gedämpftes, aber doch ausreichendes Licht eingelassen hätte. Außen an der rechten Seite der Grotte stürzte sich ein Bach in mehreren kleinen Wasserfällen von den Klippen, weitete sich vor ihr in einen Halbkreis aus und setzte darauf seinen Weg hinunter fort. Die Aussicht von diesem Punkt war freundlicher und belebender als der Charakter des Ortes vermuten ließ. Sie gab dem Sinn ein mildes Gegengewicht gegen den dunklen Eindruck, den das Gewölbe machte. Durch den Gebirgspaß, der sich mehr und mehr öffnete, sah man den Bach munter hinunter zum Fluß strömen, wo man das Dach der Mühle unter einigen uralten Birken undeutlich erkennen konnte, und die helle, fruchtbarere Landschaft jenseits bildete den heitersten Hintergrund. Wir haben vorhin angedeutet, daß sich Sofie seit ihrer frühesten Kindheit ein Eigentumsrecht auf diesen Ort angemaßt hatte, das ihr auch niemand streitig machte. Noch als ganz kleines Mädchen, als der Zugang oftmals äußerst schwierig war, hatte sie den Weg dorthin gefunden, beschützt durch das Unbewußtsein von Gefahr, das der unsichtbare Wächter der Kleinen ist.

Zu diesem Ort steuerte Kold seinen Gang. Obgleich der Weg fast unzugänglich war, da das Wasser aus dem Gebirge in Frühling und Herbst den Bach über seine Ufer trieb, gelangte er mit einiger Anstrengung doch dorthin. Vom Eingang der Grotte betrachtete er die Landschaft. Das grüne, spielende Moos, der plätschernde Bach und der klare, blaue Himmel gaben allem einen frühlingshaften Schein, der den Betrachter betörte. Man kann einen Menschen, einen Ort hundertmal gesehen haben; an einem Tag fällt uns ein, diesen Menschen, diesen Ort zu betrachten, das heißt, mit dem inneren Auge anzuschauen. Wir sehen dann etwas ganz Neues oder Fremdes. Zum ersten Mal bemerkte Kold, indem er sich in dem Gewölbe umsah, daß nur der vordere Teil regelmäßig war, während die Natur im inneren Teil verschiedene Nischen und Vertiefungen gebildet hatte. Hier fiel das Licht des sonnenklaren Tages bläulich durch den erwähnten Spalt. Spähend glitt sein Auge umher. Es kam ihm vor, als ob jeder Stein, jede Ritze ihm einige Aufklärung über das Wesen, das ihn in diesem Augenblick beschäftigte, geben können müßte. Im Sand meinte er die Spur eines Fußes zu finden, des kleinsten Fußes auf dem ganzen Hof. Ein paar Steine in der Felswand, von denen etwas vertrocknetes Moos heruntergeglitten war, ließen sich bewegen. Er war auf ein heimliches Versteck gestoßen. Sorgfältig durchsuchte er jede Spalte. Vergebens! Durch das Wühlen im Kies fand er endlich etwas. Es war ein kleiner, runder, zylinderförmiger, hohler Gegenstand von harter Substanz, der eine auffällige Ähnlichkeit mit einer Walnußschale hatte. Er besah ihn von allen Seiten, er starrte auf die kleinen, gekräuselten Linien, als ob eine jede von ihnen eine bedeutungsvolle Rune sei. Eine Walnußschale war es und blieb es.

An Müller

Hof des Amtmanns, den 29. März

Ich habe einen ungeheuren Bogen Papier hervorgeholt, habe alle die Federn, die ich besitze, gespitzt und beeile mich ‚lieber Müller' zu schreiben. Ich habe die Tür verschlossen, obwohl ich weiß, daß mich keine Seele stört, alles in dem Glauben daran, daß das alte ‚frisch begonnen, halb gewonnen' ausdrücklich auf das Briefeschreiben, diese launischste, schwierigste aller menschlichen Leibesübungen, gemünzt ist. Wenn Sie wüßten, wie viele Briefe auf meinem Sinn lasten und je wärmer ich daran dachte und fühlte ... doch nichts davon an dieser Stelle. Aber nun will ich Müller schreiben, ich muß, ich will. Man muß vielleicht lange auf ein solches Zusammentreffen sowohl äußerer als auch innerer Bedingungen für einen Brief warten; für einen ordentlichen, langen, vernünftigen, gemütlichen Brief. Diese Bedingungen sind: der Monat März draußen, der sich im Kalender ‚Frühlingsmonat' nennt – ich würde ihm nun einen ganz anderen Namen geben, wenn ich ihn nicht ganz ausstreichen könnte – und Quarantäne sowie schlechte Laune im Innern. Glauben Sie aber nicht, daß wir keine Sonne haben. Sie strahlt Tag für Tag, Woche für Woche am blaßblauen Himmel mit einer wahrhaft verzweifelten Ausdauer. Sie erblindet uns fast mit den Reflexen von weißen Dächern, ohne daß sie die Schneemassen zu vertreiben vermag. Der einzig schneefreie Fleck, den ich oben auf dem Bergrücken erahne, das erste, für das ich meine Augen am Morgen aufschlage, ist in den letzten drei Tagen nicht größer geworden. Lockt der Sonnenschein einen hinaus und ist man über einen unbeschreiblich schlechten Weg an der Ecke angelangt, wird man von dem schneidenden Nordwind getroffen, der einen direkt wieder hineinjagt. So vergeht der Tag unendlich eintönig. Der Hof ist wie ausgestorben – der einzige Laut, den man hört, ist der Schlag des Dreschers von der Tenne, vom frühen Morgen bis zum späten Abend, unaufhaltsam, rastlos wie die Schläge eines ungeduldigen Herzens. Wie traurig ist dieser Laut! Diese Zeit auf dem Lande ist unerträglich! Wenn der Sommer kommt!

Doch ich wollte ja beichten, das ist wahr. Und Sie merken wohl, daß ich mit dieser langen Einleitung genau das tue, was auch Kinder machen, die aus Furcht, weil sie zu spät zur Schule kommen, noch einen Umweg zur Schule machen. Ja, ehrlich gesagt, die Beichte, die ich abzulegen habe, wird schwieriger, als ich gedacht hatte, und es wird mir schwerfallen, mein Versprechen zu erfüllen – nicht aus Angst vor Ihnen, bester Müller, oh, bilden Sie sich das nicht ein! Sie sollen keinen Grund zum entferntesten Spott haben. Sie sollen im Gegenteil Freude an mir haben. Wie soll ich mich erklären? ... Ich habe wenige Ereignisse anzuführen. Mein Unglück liegt in einer einzigen großen Enttäuschung, die Menschen Ihrer Art nie durchleben müssen und die Sie daher schwerlich bei anderen verstehen können. Diese Enttäuschung habe ich in einer Welt erlitten, die ich mit solch brennender Sehnsucht suchte. Sie kennen ja meine armen, jugendlichen Illusionen hinlänglich. Sie sind ihnen oft genug unbarmherzig zu Leibe gerückt. Seither trennten sich unsere Wege. Es gab ganze Jahre, in denen ich Sie kaum sah. Ich glaubte, Sie hätten mich ganz fallen lassen, bis Sie mich plötzlich hier oben in meiner Einsamkeit überraschten. Das war schön, das war treu von Ihnen! Ich kann als Wiedergutmachung nicht weniger tun, als mein Versprechen zu halten und Ihnen zu erzählen, wie ich den dazwischen liegenden Zeitraum verbracht habe. Es geschieht mit einer eigentümlichen Rührung, daß man in späteren Jahren zurück an seine erste Jugend denkt, jene glückselige Periode der Grünheit. Man weiß nicht, ob man sie bedauern oder bewundern soll. Man wird das Glück, das die Jugend bereitet, wohl großartig verwerfen, aber man tut es nicht ohne ein heimliches, nagendes Bedürfnis und viele sehnsüchtige Blicke zurück. Sie wissen ja, daß ich, der am wenigsten von solch einem Glück träumte, in Mode kam und überall mitkommen sollte. Es war gerade zu jener Zeit, als das Gesellschaftsleben in unserer Stadt einen neuen Aufschwung nahm. Man versuchte sich in allerlei fremdartigen Reunions. Es gab Ball auf Ball, Schlittenfahrten, Soirees und Martineen. Mitten in diesem Festleben mußte ich oftmals daran denken, wie ich mich in jenen Tagen, als ich unbekannt war, wenn der Statthalter einen Ball gab, an die Einfahrt zum Stiftshof gestellt hatte, um die Damen aussteigen zu sehen. Hier müssen Sie sich in Erinnerung rufen, wie sich das Heranwachsen in der einsamen Gebirgsgegend, wo ich aus Mangel an menschlichem Umgang Romane und Gedichte las, auf mich ausgewirkt hatte. Meine Mutter, eine begabte und sehr schöne Frau, trug auch noch dazu bei, meine Begeisterung für das andere Geschlecht und den Drang, es zu bewundern, zu verstärken. Eigenschaften, die auch für meine Vorfahren charakteristisch gewesen sein sollen und die der Grund für manch eine romantische Begebenheit in meiner Familie waren. Ich glaube, ich habe Ihnen einige davon erzählt, doch ginge man lange genug in der Zeit zurück, würden sie vermutlich in einem Drachenschwanz oder etwas Vergleichbarem enden. Was für ein Wunder also, daß ich, noch bevor ich würdig war, dabeizusein, mit brennendem Eifer die Ideale zu meinen Träumen zu suchen begann! Sie müssen wissen, wie ich die Spur einzelner Damen verfolgte, die die Menge als Schönheiten bezeichnete. Meine Huldigung war umso wahrhaftiger, weil ich selbst unbemerkt war. Kein Troubadour konnte sich in Demut und Ausdauer mit mir messen. Wenn ich sie in ihrer leichten Ballkleidung aussteigen oder wie Erscheinungen vor den geöffneten Fenstern herflattern sah, erschienen sie mir Wesen einer höheren Art als wir anderen, irdischen, plumpen und bestiefelten Geschöpfe zu sein, und das Glück, mit ihnen zu tanzen, zu reden, verlor sich in meinen Gedanken in etwas Überschwengliches, in etwas, das ein Sterblicher nicht ertragen kann. Meine Extasen bildeten einen wundersamen Kontrast zu den rohen, spottenden Bemerkungen meiner Kameraden. Wie verbittert stürmte ich aus deren Gesellschaft! Es ist gleichgültig, bei welcher Gelegenheit ich in diese Sphäre gezogen wurde, die der Gegenstand meiner Begierde war. Ich stand innerhalb des Kreises und sah die Zauberei mehr und mehr weichen. Die Schönheit übte, wo ich sie fand, noch immer ihre Macht über mich aus, doch letzten Endes lernte ich einzusehen, daß sie wertlos ist, wenn sie nicht durch andere Vorzüge unterstützt wird und daß innere Qualität hinzukommen muß, um sie zu tragen und sie geltend zu machen. Leider mußte ich selbst praktisch diese Erfahrung machen. Ich verliebte mich ein paar Mal blind in Wesen, die wenig dazu geeignet waren, meine Erwartungen zu erfüllen und meinen Glauben zu erhalten, und als ich mich zurückzog, beschimpfte man mich als Betrüger, während ich selbst am bittersten enttäuscht war. Ich lief wieder in die Falle, und dieses Mal blieb ich ernstlich liegen. Zwei Jahre war ich verlobt. Wie schön sie war, dieses Fräulein W., wie schön sie war! In diesem Gesicht, dieser wunderschönen Gestalt lagen die reichsten Versprechungen auf all das Glück, von dem ein Mann träumen kann ... Versprechen, die sie fortwährend brach, jedes Mal wenn sie den Mund öffnete, denn trotz ihrer verlockenden Macht war sie ohne Seele. Ich weiß nicht, was ihr am meisten geschadet hatte, eine falsche Erziehung oder eine nichtssagende Umgebung. Sie war die Inkarnation der modernen weiblichen Erziehung, die alles für den äußeren Anstrich, aber nichts für das Geistes- und Gemütsleben tut und die bei weniger tiefsinnigen Naturen schließlich Unehrlichkeit in allem hervorruft. Affektation anstelle von Gefühl, Zimperlichkeit anstelle von Schamhaftigkeit und Plauderei anstelle von geistreicher Unterhaltung. Dann hundert Mal lieber die simple Erziehung unserer Mütter und Großmütter. Neben der modernen Bildung kommt mir deren Spinnrock und naive Orthographie rührend und ehrwürdig vor. Fräulein W. hatte alles gelernt und wußte nichts. Sie hatte eine Menge Romane in verschiedenen Sprachen gelesen, doch sie verstand vielleicht nicht eine einzige. George Sand war für sie ebenso gut wie Storm Bang. Sie ging auf alle Bälle, nicht weil sie diese noch nicht über hatte – sie war von ihrem achten Lebensjahr an die Primadonna aller Kinderbälle – sondern weil sie diese Freude bis zum Bodensatz leeren mußte – denn was sollte sie an deren Stelle setzen? ... Sie war ... doch genug davon, mein bester Freund, es war noch nicht das Schlimmste ... das Schlimmste war, daß sie mich im Grunde nicht liebte, und mich trotzdem heiraten wollte. In diesem Punkt war sie unanfechtbar und ohne Stolz. Sie, die für eine Bagatelle die beleidigte Miene einer Königin aufsetzen konnte, ertrug mit einer Geduld, die mich zur Verzweiflung brachte, meine Bemerkungen über die Unterschiedlichkeit unserer Charaktere, ja, machte schließlich sogar aus meinen offenkundigen Andeutungen, das Verhältnis zu lösen, einen Scherz. Endlich brach ich selbst das Band und ertrug geduldig den Tratsch der Stadt. Man beurteilte mein Verhalten sehr hart, galt doch Fräulein W. als eine der ersten jungen Damen. Und das ist die traurige Wahrheit, daß sie es vielleicht sogar war, sie war in jedem Fall nicht schlimmer als die Menge. Sie war weder mehr noch weniger das Produkt eines Gesamtzustandes. In diesen Jahren wurden meine sognefjord´schen Luftschlösser in Grund und Boden getrampelt. Ich hatte mir die Frauen als das für alles Gute und Tüchtige begeisternde Prinzip gedacht, und ich fand einen Haufen von Geschöpfen, die, bereits von Geburt an jeglicher seelischer Freiheit beraubt, durch die Erziehung verblöden, willen- und hilflos dem ersten besten Versorger anheimfallen. Von der unwürdigen Bedeutungslosigkeit, in welcher sie sich für uns befinden, bekommen wir, die Männer, leider die Wirkung am besten zu fühlen, die sich im übrigen leicht durch alle unsere Zustände nachspüren läßt. Die Anziehungskraft wird zunichte gemacht, die Erotik wird ausgeschlossen. Unser Egoismus ist nicht der amerikanisch-großartige, der zum eigenen Vorteil seine Frauen so sehr emporhebt, wir bringen es nur soweit, unseren Frauen gegenüber kleine Egoisten zu werden, wir selbst trüben die Quelle, aus der wir Lebenskraft und Begeisterung gewinnen sollten.

Man braucht sich bloß das Gesellschaftsleben anzusehen. Mir gingen mit einem Mal die Augen auf, als mich nichts mehr fesselte. Jeglicher Reiz war verschwunden. Welche Leere und Kälte, wenn die geistreiche Beeinflussung auf beiden Seiten fehlt und das bißchen Verliebtheit das einzige Verbindungsglied abgeben soll! Überall bemerkt man ein Bestreben, sich zu trennen. Wo es sich auf irgendeine Weise einrichten läßt, schleichen sich die Männer davon und überlassen den Damen den Platz. Man sagt, daß die Herren ihre Pfeife rauchen, und es ist natürlich lauter Galanterie. Man langweilt sich, man langweilt sich fürchterlich, man merkt, daß etwas schiefläuft, und man fragt sich, woran es liegen kann. In dieser inneren Hohlheit flüchtet man sich zur „Personalkritik", ein feinerer Name für Tratsch, und man versucht das Lächerliche der Mängel abzuwenden, indem man über sie spottet. Man spottet über alles. Es gilt nur, dies auf eine geistreiche und behende Weise zu tun, an Frau A.s Teetisch eine solche Schilderung von Frau B.s Soiree zu geben, daß die bezeichnete Dame vergißt, daß sie im selben Augenblick Studien für die nächste Dame liefert. Um Gottes Willen keinen Gefühlsausbruch, keine Bewunderung für irgendetwas, gleichgültig für alles und im Umgang nicht unhöflicher, als man gerade sein kann, um nicht grob zu sein – sieh, daß ist gerade der Grundton in unserer neuausgebrüteten Gesellschaftigkeit. Keine Spur mehr von diesen treuherzigen Tugenden, die das gesellschaftliche Leben unserer Eltern belebt haben und von denen sie noch immer mit Rührung erzählen, dieses Wohlwollen, diese ritterliche Zuvorkommenheit, diese ausgelassene Freude, all das hat Platz für etwas gemacht, das „zeitgemäß-europäisch" genannt werden muß, das aber, in unsere schwermütige Atmosphäre überführt, nichts anderes als eine Karrikatur werden kann. Ich habe Menschen mit einem natürlichen, wohlwollenden Sinn gekannt, die sich Gewalt angetan haben, um unerträglich zu werden. Wenn man solch beklagenswerte Anstrengungen sieht, muß man an den Esel aus der Fabel denken, der den Schoßhund spielen will, kurz – wir wollen alle gerne französische Schoßhunde sein, und doch bleiben wir norwegische Esel. Ich fand es zum Schluß unerträglich; es war, als würde alles in mir erstarren, und ich fühlte ein solches Mißvergnügen mit mir selbst und mit anderen, daß ich den geringsten Anlaß ergriff, um fortzukommen. Nun kann es Sie nicht länger wundern, das ich diesen Posten mit Begierde ergriff. Es brauchte eine totale Veränderung, um wieder Mensch zu werden.

Aber ich sollte die Stadt nicht verlassen, ohne einen versöhnenden Eindruck mitzunehmen. Das war meine Bekanntschaft mit Margrethe D. ‚Noch eine!', höre ich Sie sagen, ja, noch eine. Ich hatte sie schon vorher bei Gesellschaften gesehen oder richtiger: übersehen. Sie war nicht eigentlich schön, wenn man sie nicht kannte. Vielleicht war sie es einmal gewesen. Sie war schmächtig, hatte einen schwachen, leidenden Ausdruck, war aber unendlich fein und graziös. Nun weckte die Passivität, die sie ausstrahlte – sie saß fast immer allein, wenn sie aus war und sich zwischen anderen befand – gerade mein Interesse, und dieses Interesse stieg mit jedem Gespräch, das wir zusammen führten. Bald suchte ich keinen anderen mehr als sie, ich hatte sie ja entdeckt. Denn keiner kümmerte sich um sie, sie hatte ja nicht das Aushängeschild der Schönheit. Es entwickelte sich ein schönes Vertrauensverhältnis zwischen uns, eines von denjenigen, die leider viel zu selten zwischen Frau und Mann sind. Auf keiner Seite war etwas Erotisches im Spiel. Wir waren beide auf unsere Weise fertig. Von ihrem Schicksal wußte ich nur, was die Stadt darüber wußte, daß sie sich einer ansehnlichen Partie widersetzt hatte und daß sie aufgrund einer Grille offenbar eine alte Jungfer zu bleiben trachtete. Bei ihr fand ich alles, was ich bei meinen früheren Inklinationen vermißt hatte: große Anlagen zu Aufrichtigkeit, richtigem Gefühl, Gedankenreichtum und Scharfsinn in der Auffassung. Ihr mangelte es an Leichtigkeit im gewöhnlichen Gesellschaftsgerede, und sie nahm wenig Anteil daran, doch in tiefergehenden Materien gewann sie eine Art von Beredsamkeit, die ich niemals bei einem anderen Menschen angetroffen habe. Ihre Sprache war dann sinnig, blumenduftend, nicht blühend – und so echt weiblich. Bei ihr schüttete ich all meine Klagen aus. Sie war die erste, die mein Verhalten mild und schonend beurteilte, indem sie mir zugleich die Quelle für all meine Enttäuschungen zeigte. Nie habe ich bei einem jungen Wesen – sie war nur ein paar Jahre älter als ich – einen solchen Blick, der weniger durch das Gewohnte voreingenommen war, und so viel geistige Selbständigkeit unter dem Druck der kleinlichsten Verhältnisse gefunden. Margrethe war eine dieser herrlichen Naturen, die sich aus sich selbst heraus entwickeln, trotz aller Hemmnisse, und die das Martyrium der Ausnahme ruhig und still in sich selbst tragen. Aber es lag über ihrem Wesen der Hauch von Wehmut oder vielleicht Lebensmüdigkeit. „Ihr klagt über uns", sagte sie, „und mit Recht; unsere einzige Entwicklungsmöglichkeit erhalten wir durch den Schmerz, aber unglücklicherweise macht uns dieser gleichzeitig unfähig fürs Leben." Ja, sie selbst war ein solch gebrochenes Rohr, dem der Wind nur noch melodische, aber auch vereinzelte schneidenede Töne entlockte. Wieviel schulde ich Margrethe! Meine frohen Illusionen konnte sie nicht retten, aber sie hat meinen Glauben gerettet ...

Als Kold diesen Brief einen Tag später durchsah, um ihn zu versiegeln und abzuschicken, nahm er ihn, öffnete sein Pult und legte ihn sorgfältig zwischen einige andere Papiere. Noch bevor eine Viertelstunde vorbei war, hatte er einen anderen Brief an Müller fertig. Auf der ersten Seite, die ganz ohne Einleitung begann, erzählt er trocken und kurz wie ein Buchhalter von allen seinen unglücklichen Liebeleien. Die restlichen Dreiviertel des Briefes enthielten Betrachtungen über ein öffentliches Ereignis, das damals Zeitungen und Gemüter erhitzte. Und er schloß damit, daß er zwei schielende Subjekte im Kirchspiel entdeckt hatte, die Müller, wenn er das nächste Mal käme, gut haben sollte.

Diesen Brief bekam Müller, und er las ihn sehr aufmerksam durch. „Der leichtsinnige Halunke", sagte er, „eins, zwei, drei, vier! Er ist doch aufrichtig ... und dann redet er so gleichgültig davon, als wäre es Töpferarbeit, die genietet werden muß. ‚Enttäuscht, für immer geheilt – Illusionen, die nicht mehr gerettet werden können', bah, ich kenne das, das dauert gerade so lange, bis ihm das nächste glatte Gesicht über den Weg läuft. Nein, er muß fort, das taugt nicht für ihn, er muß fort."

Fortsetzung an Margrethe

20. Mai

Hier herrscht in den letzten Tagen eine entsetzliche Geschäftigkeit im Haus wegen der Rückkehr der Tochter, die, glaube ich, übermorgen erwartet wird. Die Unruhe ergreift auch mich. Ein neues Zimmer ist eingerichtet. Es wird geschlachtet, gebacken, gescheuert und geschmückt, als ob man eine Prinzessin und nicht das arme Kind erwartet, das als halbes Aschenbrödel herumlief, bevor es reiste. Damals hielt ich zu ihr, vielleicht wird es jetzt umgekehrt, daß die anderen an der Reihe sind, vielleicht ... Das ist das letzte, was ich von ihr zu berichten habe.

Der Frühling ist auch gekommen. Er kam in dieser Nacht. Die Luft wurde gestern mit einem Mal schwül, und heute morgen fiel ein warmer Regen. Auf der Kommode steht ein Glas mit Leberblümchen und gelben Schlüsselblumen. Sollten sie von Amalie sein? Sie ist doch gut, die Amalie. Die Wiesen sind leuchtend grün, man kann das Laub ausschlagen hören, und über dem Birkenwald hängt ein durchsichtiger, hellgrüner Flor. Ich habe alle Fenster zum Garten hin geöffnet. Die gelben, klebrigen Knospen an den Pappeln glänzen im Sonnenschein, und ein starker Duft erfüllt das ganze Zimmer. Dennoch hat die Luft etwas Drückendes. Dieser Übergang von einem langen, bedrückenden Winter zu unserem üppigen Frühjahr ist fast zu stark für die Nerven eines gewöhnlichen Menschen. Mir ist unwohl zumute. Nirgendwo ist Ruhe. Ich habe versucht zu arbeiten, doch unmöglich. Welches Leben plötzlich über den stillen Hof gekommen ist! Menschen- und Tierstimmen klingen munter durcheinander. Draußen summt es, daß der Frühling da ist. Und jeden Augenblick kommt eine Hummel brummend durch das Fenster herein, um es zu erzählen. Die Tiere merken es auch; sie brüllen ungeduldig im Pferde- und Viehstall ... Die Armen werden noch lange im Stall gehalten, weil sie nicht von dem schlechten Gras fressen sollen. Das schlechte Gras ist nämlich eine Art üppiges, lockendes, sehr grünes Gras, das zu allererst aus der Erde sprießt, das aber giftig sein soll. Gott bewahre uns alle vor dem schlechten Gras! Amen.

Schlechtes Wetter hatte Sofies Heimkehr um einige Tage verzögert, doch nun traf sie endlich ein und weckte eine vernehmliche Freude in der stillen Nacht. Erst am nächsten Vormittag ging Kold mit klopfendem Herzen die Treppe hinunter. Er fand Sofie in der guten Stube mit ihrer Mutter und ihren Geschwistern. Sie grüßte ihn, allerdings ohne sich zu nähern. Kold wußte nicht, ob er ihr die Hand reichen sollte oder nicht. Wenn so etwas überlegt werden muß, ist es zu spät. Es wurden einige allgemeine Willkommens- und Höflichkeitsphrasen gewechselt, Klagen über das Wetter angestellt, und Kold, der sich in der Spannung, in der er sich befand, unbehaglich fühlte, zog sich bald zurück. Er eilte hinauf in sein Zimmer, nahm Ørsteds Handbuch hervor und las beharrlich und vertieft ein paar Stunden, beendete daraufhin einen weitläufigen Vorschlag für den Amtmann und ritt dann aus. Erst jetzt war er dazu gezwungen, seinen Gedanken Gehör zu schenken. Sein Zusammentreffen mit der Neuangekommenen war zwar sehr flüchtig gewesen, aber der Eindruck war doch allzu unbefriedigend. Hatte er denn Erwartungen gehabt? Über ihr Wesen konnte er nicht urteilen. Die Leichtigkeit und Sicherheit, mit der sie die nichtssagenden Phrasen, aus denen die Unterhaltung bestanden hatte, entgegennahm und wiedergab, behagten ihm nicht ganz. Ob sie schön war, wußte er auch nicht. Sie hatte ein Halstuch um die Wangen gebunden und ein großer Schal umhüllte ihre Figur, die ihm dünn und schlank vorkam. Ihre Gesichtsfarbe war etwas rot und echauffiert. Dies dürfte für jemanden, der weiß, wie ein paar Reisetage in unserer scharfen Frühjahrsluft die schönsten Züge angreifen können, nicht auffällig sein. Aber unser Held war entweder nicht so liberal wie der dänische Dichter, wenn er sagt:

> „Ob Kummer oder der Ostwind
> Den Rosen auf den Wangen geschadet hat,
> Glaub mir, mein Freund, das besagt nicht viel."

oder, was wahrscheinlicher ist, er hatte gar nicht über die Einwirkung der Luft auf die menschliche Haut nachgedacht. Er dachte wohl, was hunderte pokkennarbige und tätowierte Adamssöhne vor ihm gedacht hatten, daß der Teint einer Dame frisch und rein wie ihr Ruf sein soll. Und Sofies starker Teint mißfiel ihm.

Einige Tage kam Sofie nicht zum Vorschein, da sie Zahnschmerzen hatte und sich in ihrem Zimmer aufhielt. Eine Einladung zu einer Familie in der Nachbarschaft wurde indes angenommen. Es war der erste Pfingsttag. Der Frühling stand in seiner vollen Blüte. Die ganze Familie reiste frühzeitig dorthin; später am Abend stellte Kold sich ein. Es war eine große Gesellschaft dort. Das vorderste Zimmer war fast ganz gefüllt. Da er niemanden suchte und sich nicht hindurchdrängen wollte, blieb er in einer Ecke stehen, wo ihn die zunehmende Dunkelheit annähernd einhüllte. Der Tanz sollte gerade beginnen. Von dem Saal her, wo die Möbel zur Seite gerückt waren, klang ein lustiger Walzer von Strauß, und die Herren, darunter einige Gäste aus der Stadt, die Herren Landhändler, der Kaplan und die Söhne des Hauses kamen gerade stürmisch herbei, um Damen aufzufordern. In etwas Abstand sah Georg Sofie. Das mußte sie sein. Es konnte keine andere sein, doch hatte sie etwas gänzlich Fremdes für ihn. Es schien ihm, daß sie mehrere Aufforderungen zum Tanz ausschlug. Er stand dort und grübelte darüber in einer Ecke nach, während sich die Stube leerte. Da kam Amalie aus dem Saal geflogen, und mit einer Miene, die Dinge von äußerster Wichtigkeit verkündete, zog sie die Schwester mit sich zu einem Fenster.

Da stand sie nun drei Schritte von ihm entfernt; das Tageslicht fiel stark auf sie.

„Du mußt tanzen, Sofie. Du mußt endlich tanzen. Um Himmels Willen, schlag es nicht aus ... das wird übel aufgenommen ..."

„Ich tanze nie."

„Wie, Sofie, du und nie tanzen?", schrie Amalie ... „Du liebtest den Tanz doch leidenschaftlich! ... Kannst du dich nicht erinnern, als du klein warst, tanztest du so lange rund, bis du taumeltest und dich an Stühlen und Tischen schlugst? ... Du hast außerdem Unterricht in Kopenhagen genommen ... es ist also nicht dein Ernst."

„Mein voller Ernst", antwortete Sofie mit festem, aber doch etwas betrübtem Ton.

„Aber, Gott segne dich, Sofie! ..."

„Es gibt ja genug Damen", unterbrach Sofie sie etwas heftig. „Elise Breien sieht aus, als brächte sie ein großes Opfer damit, zu spielen. Das kann ich ja gut übernehmen!" ... Und damit war sie bereits im Saal, und während der ersten Pause, die sich in der Musik einstellte, hatte sie schon halb bittend, halb mit Gewalt den erwähnten Platz am Klavier eingenommen. Hier spielte sie unerschütterlich fast den ganzen Abend Walzer auf Walzer, Reigen und Galopp. Vielleicht glaubte sie, dadurch die erzürnten Götter am ehesten zu versöhnen.

Nach alter, winterlicher Gewohnheit hatte man Lichter im Saal angezündet, doch konnte man sie kaum sehen. Von allen Seiten strömte die nächtliche Sommerklarheit des nördlichen Horizontes herein. Das Klavier war so gestellt, daß ein starker Lichtschein auf die Spielende fiel.

Ebenso sicher wie jedes Kunstwerk seinen Rahmen und seine ihm eigentümliche Beleuchtung braucht, jeder Edelstein seine Einfassung, ebenso sicher wie es Weine gibt, die nur aus grünen Gläsern schmecken, so sicher ist auch, daß die Schönheit, die lebende Schönheit an ihre Bedingungen geknüpft ist, unter denen sie dann hervortreten wird. Verstünde man das richtig, verstünde man das Zufällige zu sondern, würde man ihr nicht so oft Unrecht tun. Und verstünde die

Schönheit selbst, das Zufällige richtig abzuwehren, würde sie öfter schön sein. Sofie bestätigte das, als sie so vor dem Klavier saß – abgesondert, frei, nur in ihrer eigenen jugendlichen, graziösen Sicherheit ruhend. Ein dunkles Seidenkleid ohne all den Schmuck aus Schleifen, Broschen, Ohrringen, hob durch Schnitt und Farbe wundervoll ihre feine, schlanke Figur hervor. Die unnatürlich hohen Frisuren waren damals gerade dabei, dem griechischen Knoten zu weichen, der ein junges Gesicht so sehr kleidet. Sofies reiches, schönes Haar war auf diese Weise geordnet; doch da diese Mode im Norden noch nicht bekannt war, gab sie ihr etwas Fremdes unter den anderen. Im Abendschein hatten ihre Züge eine leuchtende Marmorblässe angenommen, doch näherte man sich ihr, so entdeckte man, das es ihr nicht an einer gesunden, jugendlichen Gesichtsfarbe fehlte.

Auf dem Sofa hatten die Gastgeberin und Frau Ramm Platz genommen. Die Frau des Amtmanns strahlte in Seide und Goldschmuck mit ihrer reinsten Festmiene.

„Ich gratuliere Ihnen aufrichtig, daß Sie Ihre Sofie nach Hause bekommen haben", sagte die kleine, dicke Frau Breien. „Ich kenne sie fast nicht wieder, so hübsch, so schön ist sie geworden. Sie bekommt den schönen Teint, der in Ihrer Familie liegt, Frau Ramm. Passen Sie auf, sie wird noch schöner als Lovise."

„Oh, ja, wirklich! Sie hat sich gemacht ... Wenn Sofie bloß mehr Farbe bekäme und etwas voller werden würde", sagte Frau Ramm, die in diesen moderaten Ausdrücken ihre mütterliche Bewunderung im Zaume zu halten suchte.

„Ihr ehemaliger Lehrer muß sie sicher so, wie sie ist, vollkommen finden; denn er hat die Augen nicht von ihr genommen, seit er gekommen ist. Da steht er in der Türe wie eine Säule. Meine Elise ist beim letzten Walzer sitzengeblieben. Es wäre nicht ein so schreckliches Wunder gewesen, wenn Herr Kold ... Aber, Gott bewahre, Elise wird deshalb nicht sterben, wenn Herr Kold nicht weiß, was die Höflichkeit erfordert ... Gott helfe mir, nun setzt er sogar die Lorgnette auf. Ja, ja, Frau Ramm, passen Sie auf!"

„Was meinen Sie?", sagte diese mit unvergleichlich unschuldiger Miene ... „Ach so, ... nein, das will ich nicht hoffen. Dieser Mensch hat es wahrlich schon bunt genug in unserem Haus getrieben", fügte sie mit einem Seufzer hinzu. „Sehen Sie, mein Mann wollte Kold unbedingt als Lehrer für Edvard. Er war ihm so über alle Maßen empfohlen worden. Ich bezweifle nicht, daß er ein gebildeter und tüchtiger Mensch ist. Das ist genug für meinen Alten, um ungeheuer stark auf ihn zu setzen. Wir Frauenzimmer aber, meine gute Frau Breien, haben einen schärferen Blick, wir beurteilen den Wert eines Mannes anders. Bildung und Talente sind ein großer Vorteil bei einem jungen Menschen, aber in meinen Augen können sie nicht den Mangel an Gefühl und Charakter ersetzen. Bereits bevor er kam, kannte ich einige Geschichten über den jungen Herrn, die ihm nicht gerade zur Ehre gereichen und die von solcher Beschaffenheit sind, daß es das Herz einer Mutter hinlänglich ängstigen kann ..."

„Oh, von denen weiß ich auch ein wenig", flüsterte Frau Breien.

„So? Lassen Sie uns doch hören, ob Ihre dieselben sind?"
„Daß meine zuverlässig sind, dafür wage ich einzustehen", meinte die dicke Frau. „Ich habe sie von Elise, die, wie Sie wissen, mit ihrer Cousine in Drammen korrespondiert. In Drammen kenne ich mich aus; da weiß man genauso gut darüber Bescheid, was in Kristiania geschieht, wie über das, was vor Ort selbst passiert; ja, viele Male besser. Eine Dame war in solchem Maß in ihn verliebt, daß sie Gift nahm. Sie war später mit einem verlobt, den wir beide kennen ... aber ich nenne keine Namen. Zwei andere Damen brachen mit ihren Verlobten, überzeugt davon, daß die erwähnte Person sie mochte. Und kaum hatten sie es getan, zog er sich zurück! So geht es, wenn man das schmutzige Wasser wegschütten will, bevor man das saubere hat!"

„Mir ist es anders berichtet worden", tuschelte die Frau des Amtmanns, der die etwas zynische Ausdrucksweise der kleinen, dicken Frau nicht recht behagte. „Aber das ist jetzt egal. So viel ist sicher, daß ihm auch die Stunde schlug. Er wurde schließlich tödlich von einem Fräulein W. eingenommen, einem sehr schönen, gebildeten und in allen Beziehungen ausgezeichneten Mädchen. Sie verlobten sich, alles ist eine Weile herrlich ... dann wird er kalt und verwunderlich ... plötzlich löst er die Verlobung ... keiner kann den Grund verstehen!"

„Löste *er* die Verlobung? Löste er sie wirklich *selbst!* Das nenne ich schändlich!", schrie Frau Breien in so lauter Entrüstung, daß sich die Frau des Amtmanns bekümmert nach allen Seiten umsah. „Die arme Tilla Torp war sechs Jahre lang verlobt, und ich will *ihren* Verlobten in dieser Hinsicht nicht loben, aber den Triumph hat er ihr doch gegönnt, daß er sie die Verlobung lösen ließ."

„Sie können begreifen, liebe Frau Breien, daß ich wegen meiner kleinen Mädchen unruhig wurde, als ich hörte, daß er ins Haus kommen sollte. Mit Sofie hatte es keine Not, sie war ja noch ein reines Kind, und sie konnte ihn außerdem nicht ertragen. Es gab ständig Streit zwischen ihnen. Aber Amalie, das arme, unerfahrene Mädchen ... Ein Herz, das so sehr die reine Unschuld ist!"

„Nun ja! Darf ich jetzt hören, wie es eigentlich zusammenhängt zwischen Amalie und ihm", unterbrach Frau Breien sie und rückte gierig einen Zoll näher. „Ich habe mehr als einmal geglaubt, daß es klipp und klar zwischen ihnen wäre."

„Das dürfen Sie wirklich gerne hören. Amalie war zu Anfang schüchtern und äußerst zurückhaltend. Sie hatte auch diese Gerüchte gehört. Er zeichnete sie unterdessen augenscheinlich aus, jedoch, ich muß sagen, auf eine bescheidene, ehrerbietige Art. Nie versäumte er, ihr in den Wagen und wieder heraus zu helfen, und einmal geleitete er sie von Meiers nach Hause, weil es geregnet hatte. Und das konnte wahrlich nicht um des Spaziergangs willen sein. Wenn ein junger Herr in unserer Zeit so weit geht, braucht es nicht viel Ratevermögen, um zu sehen, wohin es führt. Aber es muß etwas zwischen die Jungen gekommen sein. Amalie zieht sich plötzlich zurück ... ihre Zurückhaltung – doch das bleibt unter uns – geht in kompletten Unwillen über. Sie kann ihn ganz und gar nicht ausstehen. Beachten Sie, sie reden nie zusammen. Ihm kann man nichts anmerken, er muß eine sonderbare Macht über sich haben. Aber daß das arme Mädchen in diesem Verhältnis gelitten hat, das weiß ich. Unter diesem sorglosen Äußeren, fürchte ich, versteckt sich ein gebrochenes Herz, Frau Breien."

Amalie, die in demselben Augenblick mit dem Kaplan vorbeitanzte, bekräftigte die Aussage ihrer Mutter durch ihr Aussehen keineswegs. Ihre etwas schwere Figur nahm sich in dem weißen Rock noch stattlicher aus, und ihre Wangen, beim Tanz noch glühender, wetteiferten farblich mit dem Rosenkranz, den sie schräg über das Haar gelegt hatte.

„Wenn ich mich nicht sehr täusche", sagte Frau Breien und folgte dem tanzenden Paar mit ihren kleinen, blinzelnden Augen, „so hat unser ernster Kaplan große Lust dazu, das gebrochene Herz zu heilen. Nie zuvor habe ich ihn tanzen sehen. Und heute abend ist er einer der Eifrigsten."

Das Paar hatte gerade ein Stückchen vor ihnen angehalten. Während der Kaplan mit den Händen unter dem Frackschoß seine Dame eifrig zu unterhalten schien, bildete er einen ganz sonderbaren Kontrast zu dieser.

Kaplan Brøcher hatte eine große, magere, dünne Figur, die er sehr gerade hielt; ein langes, umso schmaleres Gesicht, ein scharfes Vogelprofil; große, hellblaue, blond eingefaßte Augen und eine etwas vorstehende Mundpartie. Ein Paar tüchtige Backenbärte würden irgendwie ein Gleichgewicht in diesem Gesicht hergestellt haben; aber die Natur hatte dem Kaplan diesen Schmuck versagt. Er schien sein Gesicht auch nicht zu lang zu finden; er war vielmehr bestrebt, es noch zu verlängern, indem er sein dünnes, flachsartiges Haar in einen Hahnenkamm zwang. Seine Gesichtsfarbe war von jener rötlich unbestimmten Art, die genauso weit von dem Purpur der Gesundheit wie von der warmen, bräunlichen Farbe entfernt ist, die eine kräftige, cholerische Seele andeutet. Nach dieser Schilderung würde man wohl schließen können, daß Brøcher kein schöner Mann war. Das war er auch nicht. Aber er hatte eine Eigenschaft, die seinen Mangel an persönlicher Schönheit vollkommen ausglich. In den gebildeten Familien auf dem Land fliegen die Söhne frühzeitig aus dem Nest, um ihr Glück anderswo in der Welt zu suchen.

Die Töchter hingegen fliegen nicht aus, sie bleiben zurück im Nest, um darauf zu warten, daß das Glück sie aufsucht. In einer so abseitigen, aber familien- und töchterreichen Gegend repräsentierte der Kaplan das Glück. Er war wirklich so gut wie die einzig denkbare Partie in der ganzen Umgebung. Das hinderte jedoch die jungen Mädchen nicht daran, ihn bis auf weiteres als heimliche Zielscheibe für ihr unschuldiges Vergnügen zu gebrauchen. Der steife, pedantische, in Kleidung und Manieren äußerst ordentliche Kaplan ging zwischen ihnen wie eine große Blindekuh, die sich kurze Zeit geduldig zwicken und necken läßt, die aber, wenn es am besten ist, schon einen Griff in den Schwarm machen kann. Und diese Unsicherheit ist gerade das Pikante bei dem Vergnügen. Bislang hatte man jedoch nicht bemerkt, daß er etwas Derartiges im Sinn hatte. Das Erotische schien ihm ein durchaus fremdes Element zu sein und noch hatte man nichts bei ihm erlebt, das den Anschein erweckte, daß er einer Dame „den Hof machte". Die Symptome, die die zwei Frauen vom Sofa aus entdeckten, konnten ihnen daher nichts anderes als in hohem Grad auffällig sein.

In diesem Augenblick wurden die Symptome bedenklich. Amalie hatte zerstreut die Blätter von einer Blume abgezupft und warf nun den Stiel fort, als sie ging. Diesen Stiel nahm der Kaplan eilig auf und steckte ihn in die Westentasche.

„Nun! Habe ich recht?", sagte die kleine Frau und zwinkerte. „Was sagt meine gnädige Frau Amtmann dazu?"

„Nichts, Frau Breien, nichts", sagte die Frau des Amtmanns mit einer Ruhe, die man wohl stoisch nennen muß. „In solchen Dingen werde ich ganz die Jugend walten lassen. Mein Bestreben war, meine Mädchen so zu erziehen, daß sie selbst ihre Wahl zu treffen verstehen. Zwang kenne ich nicht, und er soll in unserem Haus nicht erfahren werden."

Die zwei Damen beobachteten nun stillschweigend, indem sie einen bedeutungsvollen Blick wechselten, wie sich der alte Amtmann, der aus dem Spielzimmer kam, Kold näherte und diesen durch einen Schlag auf die Schultern aus seiner gedankenvollen Stellung weckte. Seine träumende Miene wich sofort einem Ausdruck ehrerbietiger Freundlichkeit. Der Alte faßte ihn vertraulich unter den Arm und zog ihn zu einem Fenster hin, wo sie eine eifrige Unterhaltung aufnahmen, die unterbrochen wurde, als man zu Tisch bat.

Der Abend und ein gutes Stück der Nacht vergingen auf diese Weise schnell. Auf dem Land vergnügt man sich, sieht aber nicht so oft auf die Uhr wie in den Städten.

Sofie war die ganze Zeit, ohne daß sie es selbst dachte, das Zentrum des kleinen Kreises. Sie übte unbewußt Macht über alle aus. Diese offenbarte sich in den schmeichelnden Blicken, die ihr die Mutter zuwarf, in Amalies schwesterlicher Verliebtheit. Aber während die Alten in der Gesellschaft, die Sofie schon als Kind gekannt hatten, ihr treuherzig ihre Bewunderung zeigten, war es bei den Jüngeren mehr Neugier als freiwilliges Wohlwollen, mit der sie sich um sie drängten.

Nur mit Kold hatte Sofie den ganzen Abend nicht ein Wort gewechselt.

Sofie hatte nie eine Vertraute oder Freundin. Aber in ihrer Kindheit hatte sie ein Tagebuch geführt, in das sie gewissenhaft ihre kleinen, täglichen Erlebnisse niederschrieb. In Kopenhagen hatte sie damit aufgehört. Sie war mit dem, was um sie herum geschah, zu sehr beschäftigt, um dazu Zeit zu haben. Und sie fühlte außerdem selbst, daß sie in einer Übergangsphase steckte, in der man seinen eigenen Eindrücken mißtraut. Nach ihrer Heimkehr erwachte der Drang nach dem Altvertrauten wieder, doch da ihr der Gedanke an ein zusammenhängendes Tagebuch zuwider war, beschränkte sie sich darauf, hin und wieder auf losen Blättern niederzuschreiben, was sie stark ergriffen hatte. Von diesen Blättern, die vielleicht getreuer als etwas anderes ein Bild von ihr wiedergeben, teilen wir einige mit, die sie direkt nach ihrer Heimkehr schrieb.

24. Mai 18..

Wie sonderbar es ist, zu wissen, daß ich wieder zu Hause bin! Bin ich wirklich daheim? In den Träumen in der Nacht werde ich wieder fortgetrieben. Es schwebt mir als etwas Unerreichbares vor. Ich lande hundertmal auf dem norwegischen Boden, ich sehe das Zuhause und trete ein unter sein Dach. Dann verwandelt sich wieder alles. Ich bin in lauter fremden Umgebungen zwischen fremden Gestalten. In diesem Streit erwachte ich diese Nacht. „Ist es denn nicht wahr!", rief ich laut, und sieh! Alle die bekannten Gegenstände traten so seltsam beleuchtet aus der Dunkelheit hervor. Das Portrait von Urgroßmutter über der Kommode wurde fast lebendig, weil der Rahmen im Schatten lag. Ich glaubte leibhaftig, daß ihr strenges, steifes Gesicht sich wegen meiner Verwunderung zu einem Lächeln verzog. Es war eine unserer norwegischen hellen Sommernächte. Ich mußte zum Fenster hin aufspringen, es öffnen, um den Duft der Hecke unten einzuatmen und den Møllefossen zu hören, der sein altes Lied für mich sang. Wie viele Erinnerungen stiegen nicht bei diesem Laut hoch! Und so mußte ich zu diesem wunderbaren, klaren Nachthimmel aufsehen, gegen den sich die Gebirgslinien so scharf und dunkel abzeichneten. Nicht lange danach ging die Sonne rot wie die Glut über dem Höhenrücken auf ...

Ich kann nicht ohne die norwegische Natur leben. Fern von ihr muß ich mitten in all den Freuden und Genüssen, die die Welt zu geben vermag, dahinsiechen. Alles ist neu und frisch in ihr, und doch erkenne ich alles so gut wieder. Mit meiner Umgebung ist es genau umgekehrt. Es ist alles wie es war, als ich es verließ, doch erscheint es mir verändert. Ich ging heute in die Stube, die zum

Garten hinaus liegt. Sie kam mir so merkwürdig, eng und niedrig vor. Und die Malerei, die Antiochus und Stratonike, diesen kranken Königssohn, der seine Stiefmutter liebt, darstellt, kam mir nicht wie dieselbe vor. War es bloß die Idee, die mich hinriß? Der Kopf des alten Mannes in dem Kupferstich überraschte mich hingegen als etwas Neues, das ich nie zuvor gesehen hatte ... Die Aufnahme, die ich zu Hause erfahren habe, hat mich überrascht. Mutter und die Geschwister kamen mir so lieb entgegen. Es war, als hätten sie mich mit Sehnsucht erwartet! ... Und Vater! Hatten sie sich einen alten Wunsch gemerkt oder ihn erraten? Ich habe mein eigenes Zimmer bekommen. Die kleine Kammer vor Amalies Zimmer ist instand gesetzt worden und niedlich eingerichtet. Oh, all das habe ich nicht erwartet! Ich habe ihnen ja keine Freude bereitet, als ich zu Hause war. War ich nicht ein Mißton in ihrem Leben? Mit heißen Tränen habe ich unter Fremden daran gedacht. Aber künftig will ich ihnen Freude bereiten. Alles für sie Unverständliche in meinem Wesen werde ich zu beherrschen wissen. Sie sollen es nicht kennen, sich nicht darüber ängstigen. Ach, ist es für mich selbst verständlich?

In der Grotte bin ich noch nicht gewesen. Gestern, als die Fremden dort hinunter sollten, konnte ich mich nicht überwinden, mitzugehen. Kann man inmitten einer herausgeputzten, lachenden Gesellschaft zu Gott beten?

30. Mai

Wir waren auf einer Gesellschaft in der Gegend, Vater und Mutter, Kold, Amalie und ich. Der ganze Bezirk war dort. Ich sah alle meine Bekannten wieder. Auch bei ihnen diese Veränderung, die ich nicht begreifen, noch weniger beschreiben kann. Ich war so froh, sie zu treffen, besonders Meiers, meine alten Spielkameraden. Aber es war gerade so, als ob sie daran zweifelten, daß meine Freundlichkeit aufrichtig gemeint war. Es geschah mitunter, daß sie meinen einfachsten Worten eine spitze Bedeutung unterschoben. Vilhelm Meier nannte mich „Fräulein" und sagte „Sie" zu mir, so daß ich nicht wußte, ob ich wütend werden oder lachen sollte, weil ich vergaß, diese Artigkeit zu erwidern. Emma D. war bei weitem nicht so schön wie zu jenem Zeitpunkt, als ich reiste. Das Schlimmste war, daß ich fast in einen ernsten Streit mit dem jungen Breien geraten wäre, weil ich seine Eltern hübscher fand als ihre Portraits. Ohne die geringste kritische Absicht sagte ich, daß ich diese fürchterlich fand. Mit einer wahrlich herausfordernden Miene fragte er mich, was ich meinte, und bat mich, so nett zu sein, „mich zu erklären". Mehrmals am Abend hieß es: „Ja, Sie sind wohl so schwierig geworden, – – nun, da Sie so lange im Ausland gewesen sind, denken Sie wohl, nichts tauge hier oben bei uns." Es war etwas an den meisten, das mich bedrückte, so daß ich recht froh war, als ich mit Vater im Gig saß und mit ihm durch die schöne, helle Frühjahrsnacht fuhr. Vater war so aufgeräumt; wir hatten einander so viel zu erzählen. Ich glaube nicht, daß man in dem anderen Wagen, der hinterher fuhr, so lebhaft war. Kold hatte sich zum Kutscher gesetzt, und sowohl Mutter als auch Amalie erwachten aus einem leichten Schlaf, als wir vor der Tür anhielten.

1. Juni

Erst heute morgen war ich in der Grotte. Sie war wenigstens nicht verändert. Sie kam mir ergreifend, prächtig vor. Der Weg dorthin durch die Kluft, die Aussicht, der Bach, alles lieblich, eigentümlich. Wie wundersam war mir zumute, als ich diesen Spiel- und Tummelplatz meiner Kindheit wiedersah ... Spiel- und Tummelplatz! Nein, gespielt und getummelt habe ich nicht, aber ich habe dort unten gearbeitet, gegrübelt, geträumt und geweint.

> Auf, auf Tara,
> Vergnügt sollen wir fahren
> hoch über tiefe Täler.

Wie ein ferner Traum schwebt mir mein allererster Besuch dort unten vor. Es war ein Sommernachmittag. Ich war als ganz kleines Mädchen mit dem Kindermädchen draußen, um spazierenzugehen. Obgleich es ihr verboten war, hatte sie mich mit zur Mühle genommen. Während sie sich in eine Unterhaltung mit dem Müller vertiefte, hatte ich mich von ihr geschlichen und den Weg hinein zum Gebirgspaß gefunden. Die Aussicht schloß sich bald. Das Terrain war damals noch recht unwegsam und zugewachsen, und ich sah mich plötzlich allein zwischen den tiefen Felswänden. Die alten Ammenlieder hatten immer eine abenteuerliche, dunkle Vorstellung über eine Natur in mir geweckt, die anders war als die des Gartens. Und in meinen Gedanken hatte ich sie immer in den dunklen Wäldern jenseits des Flusses angesiedelt, die ich von den Fenstern aus sehen konnte. Nun, nun war ich da. Hier mußte die gesegnete Landschaft sein, von der in dem Lied gesungen wird:

> Es ist so gut, zu weiden –
> es fällt kein Niederschlag.
> Dort lacht die Sonne
> Hoch oben in der Föhre.

Mein Herz klopfte wohl, aber unwiderstehlich trieb es mich weiter. Ich schlüpfte unter Büschen entlang des Baches her, wanderte durch Wälder von Farnkraut und himmelshohen Venuswagen. Mir dünkte, ich ging so weit, so weit. Dann kam ich zum Übergang über den Bach. Ein halbverfaulter, moosüberwachsener Baumstamm – vielleicht einmal umgeweht, vielleicht von Menschen hingelegt, um als Brücke zu dienen. Heute würden wir es uns gut überlegen, sie auszuprobieren. Ich kroch unterdessen getrost über sie hinweg und stand auf dem Platz vor der Grotte, der eine kleine, geschlossene Welt für sich abgibt. Die Herrlichkeiten, die sich vor mir ausbreiteten, ließen alle Furcht vergessen. Hier unter den geschützten Felswänden reiften Erdbeeren in ungestörter Fülle. Jeder Spalt in den Klippen hing voller Blumen. Ich lief vom einen zum anderen und wußte nicht, wonach ich zuerst greifen sollte. Ich spähte lange vorsichtig in die Öffnung hinein, die halb durch blühende Heckenrosen verdeckt war. Damals hatte ich nur ein Wort für alles, was in der ganzen Tierwelt schädlich und schrecklich war. Nein, ich konnte ruhig hineingehen; es gab keine Bären. Aber drei Schritte von mir entfernt, mitten auf dem Sand in der Höhle lag ein schönes, schwarzes, glänzendes Band. Das mußte ich haben. Zu meiner unsäglichen Verwunderung war es nicht mehr dort, als ich kam. Ich suchte in dem Spalt – mich schaudert, wenn ich es sage – ganz betrübt. Das schwarze Band war und blieb verschwunden. War es eine Schlange? Ich habe dort seither nie wieder eine gesehen.

Die innerste Wölbung war halb gefüllt mit kleinen Steinen und Kies. Das tröstete mich bald. Darunter waren so merkwürdig schöne Steine. Sie waren weiß wie Marmor und fast rund. Es gab auch welche, die glänzten. Ich suchte und suchte. Ich mußte einen für jeden zu Hause mitnehmen.

Einen für Vater,
Einen für Mutter,
Einen für Schwester,
Einen für Bruder
Und einen für den, der den Fisch lockte.

Aber das brauchte Zeit. Und bevor ich es wußte, hatte es zu dämmern begonnen. Wie selig eilte ich nun mit meinen Schätzen: den Erdbeeren, Blumen, Steinchen in der Schürze fort. Keine Furcht hinderte mich mehr. Wie auf unsichtbaren Händen getragen, kam ich über den schäumenden Bach, durch die Wälder von Farnkraut und Venuswagen. Atemlos, zerrissen, ohne Schuhe, aber strahlend vor Freude gelangte ich nach Hause. Hier kam Mutter mir entgegen. Sie war wütend, und ich wurde hart bestraft. Die Steine warf man in den Teich und meine Kleider in die Waschwanne. Das Kindermädchen war lange Zeit böse, weil sie meinetwegen Ärger gehabt hatte. Vater wußte von all dem nichts.

Aber die Grotte war entdeckt. Viel später einmal, als Mutter Kold diese Szene erzählte, sagte dieser: „Sofie darf sich damit trösten, daß es Kolumbus und Magellan nicht besser ging, als sie mit ihren Trophäen nach Hause kamen. Sie bekamen auch Strafe zum Dank."

Ach, sie lachten darüber. Aber wie glücklich, wie stolz und fromm ich nach Hause gekommen war, wußten sie nicht.

Als ich größer wurde, beschäftigte ich mich ganze Tage dort unten. Keiner kümmerte sich noch um den Ort. Und wer meine Anstrengung gesehen hätte, würde sie ebenso lächerlich wie wirkungslos gefunden haben. Doch ein Kind weiß nichts von dem Senkblei des Kalküls, das den Mut der Erwachsenen niederzwingt und ihre Kraft lähmt. Die Phantasie trägt ein Kind über alle Hindernisse, über das Unmögliche; und es erreicht bisweilen, was die Klugheit nicht vermag. Während ich begann, den ungeheuren Kieshaufen wegzuräumen, lag die Grotte, ausgeschmückt wie ein kleiner Feenpalast, schon fertig in meinen Gedanken. Edvard, der mich einen Tag unermüdlich meinen kleinen Korb füllen und leeren sah, lachte höhnisch und fragte, ob ich die Geschichte der Mesdemoiselles Danaiden kennen würde. Aber Spott entmutigte mich nicht. Ebenso wichtigtuerisch wie er zeigte ich ihm, wie der Tropfen aus dem Fels eine Rinne in den Stein gegraben hatte. Wie froh war ich, als Vater mir einen Arbeiter bewilligte, der an einem Tag mehr ausrichtete als meine monatelangen Anstrengungen. Auf diese Weise erhielt die Grotte schließlich – durch den Fall des Tropfens auf den Stein – das Aussehen, das sie nun hat, und ist unser gemeinsamer Lieblingsort geworden.

10. Juni

Gestern ritt ich auf meinem kleinen, flinken Braunen durch den ...wald und als ich so nah an ...dorf vorbeikam, daß ich die weißen Schornsteine hinter dem Föhrenwäldchen leuchten sehen konnte, wollte ich es mir nicht nehmen lassen, abzudrehen, um ein wenig bei der alten Madame Brandt hereinzuschauen. Sie erkannte mich nicht wieder und glaubte zunächst, daß ich jemand Fremdes wäre, dann dachte sie, ich sei Amalie. Aber als sie sich endlich gesammelt hatte und mich in die Stube führte, wo noch das Gewehr und der Schrotbeutel von Hans an dem alten Platz hingen, brach sie in Tränen aus, obwohl sie sagte, sie habe alle ihre Tränen ausgeweint. Ach, daß der schöne, brave Hans sterben mußte, dieser liebe Sohn, ihre einzige, einzige Freude! Ich erkundigte mich nach Lorenz. Da sah sie mich mit unsagbarem Kummer an und sagte: „Frag nicht nach ihm. Ich habe keine Kinder mehr." Ich wagte nicht weiterzufragen, aber ich dachte: ‚Ach, warum gerade Hans!' Sie erzählte mir umständlich von seiner Krankheit und seinem Tod. Solche Berichte können schauderhaft sein, das ist sicher. Aber die mütterliche Trauer muß beredter sein als jegliche andere, denn sie hob Madame Brandt bisweilen zu etwas so Rührendem im Ausdruck, ja, fast Sublimem empor, zu dem ich die einfache, schlichte Frau nie imstande geglaubt hätte. Ich selbst war so bewegt, daß ich nichts sagen konnte. Plötzlich kam ein Lächeln über ihr Gesicht: „Nun sollst du mal sehen!", sagte sie und zog mich hinein in die Kammer. Hier war das große Familienstück mit Silhouetten über dem Kanapee an eine andere Wand gerückt, und dort hing stattdessen ein Portrait. Es war von einem Kranz aus Hahnenfuß umgeben, diesen feinen, hübschesten Blumen, die wie Miniaturrosen aussehen und die sie, wie sie sagte, selbst gepflückt hatte. Der Sohn des Schulmeisters, der sich damit abgab, ‚Leute zu schildern', hatte es aus dem Gedächtnis heraus in Wandfarbe gemalt. Eine fürchterliche Karikatur! Doch es ähnelte Hans. Es arbeitete etwas in mir, worüber ich selbst erschrak, doch es löste sich in Weinen auf. Es war, als müsse ich ersticken. „Nicht wahr, es gleicht ihm?", sagte sie. „Außerordentlich", sagte ich. Um nichts in der Welt hätte ich ihre Freude darüber zerstört.

Wird man es glauben, daß jenes kindliche Ereignis, als ich plötzlich, *ohne zu begreifen, weshalb*, in Schreck und Schmerz niedergestürzt wurde, einen Eindruck bei mir hinterließ, den ich nicht verwinden konnte! Ich wurde ernster. Gerade wenn ich am glücklichsten war, konnte mich eine Angst überfallen, so daß ich mich in eine Ecke verkroch und weinte. Lauerte nicht hinter meiner Freude etwas Böses, eine Sünde – folgte ihr nicht eine Strafe nach?

Das schwarze, schöne, glänzende Band, nach dem ich so begierig griff, war es eine Schlange?

13. Juni

Heute kommt Amalie und erzählt mir, daß man es affektiert gefunden habe, daß ich an jenem Abend in der Gesellschaft bei Breiens nicht getanzt habe. Unbegreiflich! Es ist, als ob man einen armen Mann, der gezwungen ist, sein Bein abzusetzen, beschuldigen würde, daß er sich vor anderen wichtig machen wolle. Amalie hatte recht, als sie sagte, daß ich den Tanz mag. Ja, ich habe ihn seit meiner frühesten Kindheit geliebt. Als Kind gab ich mich dieser Lust richtiggehend hin; auf Bällen tanzte ich so unermüdlich, so gewaltsam mit Jungen, kleinen Mädchen, Großen und Kleinen. Es war mir gleichgültig, daß Vater oft schimpfte und bekümmert war. Lange Zeit danach gaukelte die hüpfende und flötende Melodie in meinem Ohr. Ich tanzte alleine im Wald und unten auf dem Wall, bis ich mit klopfendem Herzen ins Gras sank. Aber die unbewußte, naive Freude ist jetzt verschwunden und mit ihr die Zauberei.

In Tante Charlottes Haus hatte ich oft Gelegenheit zu tanzen. Ich freute mich immer maßlos darauf. Einmal, als ich von einem Ball nach Hause kam, fragte die Tante mich, mit wem ich getanzt hätte. Und ich antwortete, daß ich es nicht wisse, weil ich mich so vorzüglich vergnügt hätte, daß ich es nicht bemerkt hätte. Das erweckte Gelächter, und man neckte mich, so daß ich schließlich verzweifelte. Ich versicherte, daß es mein Ernst sei, daß die Herren, mit denen ich tanzte, alle einander glichen. Und sie fragten gerne dasselbe: Wie es mir in Kopenhagen gefalle und wie lange ich dort bleibe. Aber nun beschloß ich, darauf zu achten. Von diesem Augenblick an verlor sich meine Freude mehr und mehr. Ich entdeckte, daß es große Unterschiede zwischen diesen Herren gab und daß ich sie nicht immer selbst gewählt haben würde. Da war zum Beispiel einer, der einen unangenehmen Atem hatte; ein anderer war sehr korpulent und benutzte außerdem eine Brille, weshalb er immer aus dem Takt kam und mir auf den Fuß trampelte. Ich sagte darauf zur Tante, daß ich beschlossen hätte, fortan nur mit jenen zu tanzen, die ich leiden könne. Als sie merkte, daß es mir ernst war, hielt sie mir vor, daß das auf gar keinen Fall angehe, daß man mit dem, der sich anbiete, tanzen müsse. Ja, sie sagte, daß ein junges Mädchen nicht einmal eine Ablehnung wagen dürfe, nur um einen einzigen Tanz auszusetzen. Und Cousine Laura erläuterte das Gefährliche daran mit einem ganzen Teil fürchterlicher Beispiele. Kurz darauf wurden wir zu einem Ball eingeladen. Auch vor diesem war ich unruhig und schlaflos, aber nicht länger aus *Freude*. Die Frage, *mit wem* ich wohl tanzen würde, erfüllte mich mit Furcht. Als wir in den Saal traten, begann gerade die Musik zu spielen, und die Herren sammelten sich, um zum Tanz aufzufordern. In einer Art von Angst drängte ich mich in die erste Reihe, wo ich ein paar junge Herren sah, die ich gut leiden konnte, in der Hoffnung, von ihnen bemerkt zu werden. Doch ein schamvolles Gefühl trieb mich sofort zurück, und ich versteckte mich in der hintersten Damenreihe. Hier wurde ich gar nicht bemerkt. Der Tanz hatte längst begonnen, als zufällig einer meiner Tanzpartner vom letzten Ball kam und mich aufforderte. Das war der Schlimmste von allen, ein unerträglicher Narr, der nie seinen Mund öffnete, ohne etwas zu sagen, das mich verlegen machte. Ach – ich schwankte einen Augenblick, doch die Töne der Musik rissen mich unwiderstehlich hin. Ich wurde von einem Wirbel erfaßt und stürzte mich in den Tanz mit ihm. Kaum war er beendet, als der Dicke mit Brille kam ... Ich war nun wieder zur Besinnung gekommen und wollte nein sagen – aber in demselben Augenblick sah ich die Augen meiner Tante scharf auf mir ruhen. Ich wagte es nicht. So ging es den ganzen Abend, ohne daß ich die Kraft dazu hatte, meinen Vorsatz auszuführen. Mit einem unerträglichen Gefühl der Beschämung kam ich nach Hause. Mir war zumute, als sei ich zutiefst gekränkt worden, und doch hatte mich niemand beleidigt.

Eine Woche später, an einem schönen, sonnigen Vormittag, herrschten Lärm und Geschäftigkeit im Haus des Amtmanns. Man wollte eine Gebirgswanderung machen. Kold war bereits am Tag zuvor zur Jagd ausgezogen. Er sollte bei der Almhütte zu der kleinen Gesellschaft stoßen. Von dort wollte man zu einem nahegelegenen, großen Waldsee wandern, um zu fischen. Sofie stand reisefertig am Fenster und dachte: ‚Wie sonderbar, daß der Ausflug nun erst beginnen soll. Mir ist, als wäre er längst vorbei.' So viel war bereits darüber geredet, geträumt und gestritten worden. Frau Ramm, die gerne an der Spitze solcher Unternehmungen stand, regelte sie nicht auf kurze, improvisatorische Weise, die sich immer als die einzig glückliche erwiesen hat. Die Vorbereitungen waren ungeheuerlich, und nicht selten ging die fröhliche Stimmung, in welcher man den Plan ausgeheckt hatte, verloren. Man war halbwegs gelangweilt darüber, noch bevor man überhaupt aufgebrochen war. Einen ganzen Tag im voraus wurde gebraten und geschmort, als gelte es, eine ganze Kompanie zu versorgen. Denn Kolds Versicherung gegenüber, daß er für Wild sorgen werde, erwies sich Frau Ramm als überaus vorsichtig und bereitete sich auf etwas vor, für den „möglichen Fall", daß Kold nicht erfolgreich sein sollte. Drinnen in der Stube konnte man aufgrund der Reiseutensilien und der gepackten Körbe nicht einen Schritt tun. Der sehnsüchtig erwartete, fast feierliche Augenblick, als man erklärte: „Nun ist alles fertig", war endlich da. Der Hausherrin fiel nur noch ein, daß es nützlich sein könne, Senf mitzunehmen, einer rief nach einer Reitpeitsche, ein anderer nach einem Sonnenschirm, als Amalie bei einem Blick aus dem Fenster ausrief: „Gott! Da kommt Lorenz Brandt!"

„Bist du verrückt!", schrie Frau Ramm, fügte aber besonnener hinzu: „Na, das hat gerade noch gefehlt!" Unbehagen breitete sich auf allen Gesichtern aus. Sofie seufzte tief vor Ungeduld.

„Schnell Kinder! Weg mit den Sachen", sagte Frau Ramm. „Er darf nichts bemerken. Wir können um Himmels Willen keinen Menschen mitnehmen, der uns den ganzen Ausflug verderben würde."

In stummem Einvernehmen war schon jeder eilfertig dabei, die Spuren der bevorstehenden Reise zu tilgen. Die Kleider wurden herausgeworfen und die Körbe unter Sofas und Tische geschoben. Die gesamte Gesellschaft, gerade noch voller Leben, stand anschließend wie versteinert.

Die Person, die diese unbehagliche Störung hervorrief, näherte sich in der Zwischenzeit mit kräftigen Schritten dem Hof und trat ohne Umstände durch die Stubentür ein. Es war ein Mensch, der nach Figur und Bewegungen zu urteilen noch der Jugend zuzurechnen war, dessen Alter man aber nur schwer bestimmen konnte. Es war unmöglich zu sagen, ob die Jahre oder die Ausschweifungen die Züge hatten altern lassen und Furchen in sie gegraben hatten. Er trug eine grüne, abgeschabte Jacke, die in einer glücklicheren Zeit einmal einem wohlbeleibten Mann gehört zu haben schien. Darüber hinaus trug er eine Lodenhose, ungeputzte Stiefel und eine Mütze, auf deren Wachstuchüberzug eine Konkarde saß, über deren Farbe man hier nicht länger streiten konnte. Eine rautierte, aus Werggarn gearbeitete Weste mit glänzenden Knöpfen hatte er bis zum Hals zugeknöpft. Sie schien gemeinsam mit einem blaukarierten, zerfetzten Halstuch freundlichst verstecken zu wollen, was sich darunter befand. Ein großer, magerer Pudel von schmutzig weißer Farbe folgte ihm.

„Ah, guten Tag, guten Tag, meine Freunde, wie ist das Leben hier so? Ihr ergebenster Diener, meine gnädige Frau! Es ist lange her, daß ich das Vergnügen hatte, Sie zu sehen. Immer dieselbe; gleichbleibend jung und blühend! Auf Sie passen die schönen Worte des Dichters: ‚Und Idunas ewig junger Frühling, auf ihren Wangen steht die Farbe.' – Puh, zum Teufel, wie heiß es ist!"

„Guten Tag, Brandt, wie geht es Ihnen?", sagte die Frau des Amtmanns mit saurer Freundlichkeit. „Sie werden vermutlich Ihre Mutter besuchen. Amalie, hol' Brandt ein wenig Frühstück, er muß sicher gleich weiter. Es ist noch ein ganzes Stück bis ...dorf."

„Oh, das eilt nicht – mit der Weiterreise, meine ich. Es ist Zeit genug, Mutter heute abend zu umarmen. – – Das wird eine Überraschung! Sie hat mich ein Jahr lang nicht gesehen. Bruder Hans mußte dann draufgehen, der arme Junge. Ich bin nun ihre einzige Stütze."

Die allgemeine Lust, hierüber zu lachen, verstob in eine mitleidige Verlegenheit, die Brandt jedoch gar nicht bemerkte. Im selben Augenblick erfaßten seine Augen Sofie, die sich in eine Ecke zurückgezogen hatte.

„Was ist das! Ist das Sofie, die ich da sehe! Bist du wieder zu Hause? Nein, ist das Sofie?"

Sofie reichte ihm mit Überwindung die Hand. „Guten Tag, Lorenz."

„Na, ich muß sagen! Man erlebt ja manches Wunder in dieser völlig verrückten Welt. Aber, Gott möge mir verzeihen, ich hätte geschworen, daß dies unmöglich ist. Ist das Sofie! Du warst ein ganz zierliches, kleines Ding, bevor du reistest, aber verdammt dünn und bleich – ich erinnere mich, daß ich dumm genug war, dich auf Bällen zu verschmähen – –"

„Bitte schön, Brandt!", unterbrach die Hausherrin und suchte, das Gespräch abzuschneiden, „nimm ein kleines Frühstück. Amalie, schenk das Glas ein!"

„Vielen Dank", sagte er und langte tüchtig zu. „Etwas dünn und bleich fand ich dich, wie gesagt, aber du hattest, potztausend, etwas Apartes an dir. Du warst nicht wie die anderen Zimperliesen – – na, na, werd nicht böse, ich sage ja, daß ich ein Dummkopf war, der dich nicht richtig beurteilte und nicht verstand, daß du zu denen gehörtest, die mich mit freundlichen Augen betrachteten – Das war damals" – hier leerte er das Glas mit der Geschwindigkeit eines Taschenspielers – „als ich der schöne Lorenz Brandt war."

Sofie, die sich zurückgezogen hatte, starrte ihn nur mit Blicken an, in denen sich Widerwille mit Schreck abwechselte. Sie suchte in diesen aufgedunsenen, rötlich-bleiernen Zügen, in denen alle niederen Leidenschaften miteinander stritten, vergeblich die Spuren vergangener Schönheit. Lorenz Brandt war tatsächlich einmal der hübscheste Junge gewesen, den man sehen konnte. Und er war die Hoffnung und der Stolz der armen, alten Madame Brandt. In jener Zeit kam er oft zu der Familie des Amtmanns, wo die jungen, lebhaften Mädchen ihn immer mit Freude sahen. Da er außergewöhnliche Fähigkeiten zeigte, nahm sich ein Verwandter seiner an und ließ ihn studieren. Es gehört nicht hierher, zu berichten, inwieweit der rauhe Ton unter den Studenten einer bestimmten Periode ihn mitriß und auf Abwege brachte, bis er in den Zustand jener Erniedrigung trat, in welchem wir ihn nun sehen. Vergeblich waren alle Versuche, die teils der Amtmann, teils andere wohlwollende Menschen bislang unternommen hatten, um ihn zu retten. ‚Kann eine schöne, edle Form in diesem Grad zerstört werden?', dachte Sofie. Wo war das reine Profil, dieser feingezogene Mund? Und diese Augen, deren tiefes, reines Blau den gesamten Vorrat ihrer Schwester an hübschen Vergleichen erschöpft hatte? Das helle, lockige Haar, das mit seinem ungewöhnlichen Reichtum einem Bildhauer als Modell gedient hatte, fiel nun unordentlich aufgelöst wie die Takelage auf einem sinkenden Schiff.

„Danke, nicht mehr, Frau Ramm! Rein gar nichts mehr", sagte er und leerte das vierte Glas. „Diese Farbe taugt nichts bei solchen Temperaturen. Nein, der Braune, der kühlt! Ich weiß nicht, ob Sie bemerkt haben, Frau, daß es kein besseres Mittel gegen Hitze gibt als Cognac. Der alte Ole Holm lehrte mich das. Und es ist merkwürdig, ganz merkwürdig! Wenn Sie einen Kleinen zur Hand haben, versuchen wir es einmal. Nicht? Aber Sie müssen es dem Amtmann als sehr probat empfehlen. Haben wir nicht die Ehre, ihn hier unten zu sehen?"

„Mein Mann ist heute gerade so überlastet mit Geschäften", sagte Frau Ramm. „Er kommt wohl kaum herunter."

„Ih, natürlich, dann wollen wir ihn nicht belästigen. Es ist außerdem passender, daß ich hinaufgehe und ihn begrüße."

„Vater fühlt sich auch nicht ganz wohl", sagte Amalie.

„Ihm geht es wirklich außerordentlich schlecht", fügte ihre Mutter mit bedenklicher Miene hinzu.

„Außerordentlich schlecht und doch mit Geschäften überlastet! ... Das ist ja eine große, blutige Sünde. Aber wie können Sie, Frau Ramm, die Sie die Zärtlichkeit selbst sind, so etwas zulassen? Nein, das darf nicht zugelassen werden. Dafür ist er uns allen viel zu kostbar. Wenn kein anderer vernünftig mit ihm reden will, dann werde ich – ich werde augenblicklich – –"

Frau Ramm verstand die rohe Ironie, die sich hinter diesen Worten verbarg nicht. Sie wollte gerade mit einem neuen Vorstoß die ihrem Mann zugedachte Visite abzuwehren versuchen, wußte sie doch, daß mit dieser nur die Absicht verbunden war, Geld zu „leihen", wie Lorenz das nannte, als ein Ereignis seine

Gedanken in eine andere Richtung lenkte, die ihr noch weniger behagte.

Krøsus, das arme, verhungerte Biest, hatte den Korb unter dem Tisch aufgespürt und hatte begonnen, auf eine solche Weise Nachforschungen anzustellen, die sofort Brandts Aufmerksamkeit dorthin lenkte. Noch bevor die Hausherrin es verhindern konnte, war der Korb auch schon entdeckt. Brandt zog ihn hervor, so daß die Gläser und die Flaschen klirrten.

„Ei, ei, was ist das! Flaschen, Brot, Konfekt! Wo soll's den hingehen? Und jetzt sehe ich erst, daß Fräulein Amalie in einem kuriosen Anzug steckt. Sie sehen ja aus wie das Fräulein Ginevra, die auf Falkenjagd will! Drei – vier", sagte er und hielt die Flaschen gegen das Licht ... „Ich glaube, Gott, das ist rheinischer Wein! Wage ich, so dreist zu sein, zu fragen, wohin der Ausflug gehen soll?"

„Wir wollten einen Ausflug zur Alm machen", sagte Sofie endlich.

„Und", unterbrach sie Frau Ramm, „als Sie kamen, waren wir gerade dabei, zu beratschlagen, wie wir dorthin kommen. Da wir so viele sind, mangelt es an Beförderungsmöglichkeiten. Das beste wird sein, wir verschieben das Ganze."

„Ach, weshalb das! Sie haben doch den Stall voll mit Pferden, was steht also im Wege?"

„Wir haben nur drei", sagte Amalie. „Mutters Wagenpferd und die zwei braunen, die für Sofie und mich sind. Die anderen Pferde sind auf der Alm. Brøcher sollte auch noch mitkommen, aber er hat kein Pferd."

„Da ist Brøcher in der Allée mit zwei Pferden!", rief Edvard. „Ein Damenpferd, das ist für dich", sagte er zu Amalie, die errötete.

„Sehen Sie!", sagte Brandt, „der vortreffliche, gesegnete Kaplan! Ja, da ist er, verflixt nochmal, und in Jagdkluft; ja, Gott vergebe mir, er sieht grün wie ein Papagei aus. Und mit Sporen; na, mein Junge! Das will ich sehen! Wenn du mit denen redlich vom Pferd herunterkommst, so werde ich euch beide, dich und die Sporen, morgen früh zum Frühstück verschlingen. Aber es ist auch egal. Wir haben dich nichtsdestotrotz lieb. – So ist uns allen geholfen! – Jetzt nehme ich die alte, blasse Stute."

„Der alte Falbe lahmt ja, Edvard", sagte die Amtmännin verzweifelt und blinzelte mit dem Auge.

„Lahmt es? Iwo, das werden wir gleich haben!", und Brandt stürzte hinaus, so daß er beinahe den eintretenden Brøcher in der Türe umgerissen hätte.

Nun brach ein Klagelied aus.

„Was glauben Sie wohl, Brøcher!", rief Frau Ramm aus, „Alles war fertig, wir warteten nur auf Sie, so fällt dieser versoffene Mensch wie aus dem Himmel herein! ... Wir müssen ihn mitnehmen, das ist das Ende vom Lied."

„Wie ist das gräßlich!", jammerte Amalie. „Das war aber auch eine Idee von dir, Mutter, ihm Frühstück anzubieten ... War er nicht schon vorher munter genug? ... Welch himmlischer Ausflug es hätte werden können!"

„Bitte ihn schon mitzukommen", bat Sofie.

„Ja, das ist, Gott weiß, das Beste. Man kann genauso gut hineinspringen wie langsam hineinkriechen", sagte Edvard. „Kümmert euch nicht um ihn, ihr andern, ich nehme ihn auf mich", fügte er wichtig hinzu.

Brandt stürmte herein. „Viktoria! Nun ist das Fahrwasser klar! Der Falbe ist nicht mehr gelähmt als sie, Frau Amtmännin. Das nenne ich, zur Niederkunft des Schneiders kommen. Es mangelt ohnehin an Kavalieren für so viele Damen. Ich sehe Herrn Kold nicht! Wo ist seine Herrlichkeit hin?"

Der Zug setzte sich in Bewegung. Zunächst fuhr die gnädige Frau in einem Gig zusammen mit der Haushälterin, um im voraus alles für die Bedürfnisse der Gesellschaft arrangieren zu können. Danach folgten die beiden Schwestern, begleitet vom Kaplan, zu Pferde. Edvard und Brandt, ebenfalls zu Pferd, schlossen den Zug. Der Amtmann stand freundlich nickend oben am Fenster. Erst jetzt zeigte er sich, gleichsam wie das verschreckte Wild am Ausgang des Verschlags lauscht, ob die Gefahr bald vorüber sei. Bei Gelegenheiten wie dieser, wo das Haus auf dem Kopf stand, bekam man ihn nie unten zu sehen. Er verschanzte sich, so gut er konnte, hinter seinem Pult.

Brøcher hatte mit den beiden Damen den Königsweg schon verlassen und ein gutes Stück auf dem schmalen, aber wohlgebahnten Waldweg zurückgelegt. Dieser durchschnitt auf der Länge einer Meile die nördlichsten Ausdehnungen des Bezirks. Sie hatten Edvard und Brandt ganz aus den Augen verloren. Der Kaplan unterhielt sich ausschließlich mit Amalie. Er schien kaum zu bemerken, daß Sofie dabei war, so daß sich diese mehr und mehr zurückhielt. Etwas, das sie am Zaumzeug richten wollte, ließ sie ein wenig zurückbleiben, und vielleicht nutzte Brøcher dies für ein vollständiges tête á tête mit Amalie. Wohlan, er setzte die Pferde in gleichmäßigen Trab, und schon bald sah sich Sofie einsam und verlassen in dem dunklen Wald. Einen Augenblick verweilte sie und überließ sich mit unerklärlichem Wohlbehagen dem Gefühl, alleine zu sein. Sie nahm den Hut ab, hängte ihn an den Sattelknopf und während das Pferd in sachtem, wogendem Schritt geradeaus ging, ließ sie die kühle Waldluft ihren Kopf frei umströmen. Diese balsamischen Lüftchen schienen auf den Braunen eine ähnliche Wirkung auszuüben: Er schüttelte mit dem Kopf, als wolle er ihn am liebsten abwerfen. Da das aber nicht glücken wollte, gab er sich damit zufrieden, in aller Gemächlichkeit die wenigen Grashalme zu suchen, die zwischen dem Moos am Grabenrand hervorkamen.

Nach und nach wurde es zu spät für Sofie, um noch daran zu denken, Amalie wieder einzuholen. Sie beschloß daher, auf Edvard und Brandt zu warten, die nachfolgten. Bald konnte man Hufschläge auf dem dumpfen, dröhnenden Felsengrund hören. Doch wie erschrak sie, als sie sah, daß Brandt alleine war.

„Wo ist Edvard?"

„Edvard hat beim Jochumsplatz einen anderen Weg genommen. Er wollte einen Stangenzaun beim Schmied holen, aber er holt uns auf der Alm wieder ein. Und du, Sofie, weshalb bist du alleine?"

„Ich habe ein wenig getrödelt und wollte dann ebenso gut warten, bis ihr kamt", sagte Sofie und verbarg ihre Furcht hinter der allerruhigsten Miene. Sie spürte, daß Brandt, ebenso wie einzelne Tiere, am gefährlichsten war, wenn man ihnen Angst oder Mißtrauen zeigt.

„Wolltest du das? Nun, das ist schön, das wirst du nicht bereuen. Ich werde dich, Gott weiß, beschützen."

„Aber lassen Sie uns nun zusehen, daß wir die anderen einholen."

„Eilt das so sehr? Es ist so lange her, daß ich dich zuletzt sah. Ich muß dem Zufall richtig dankbar sein, daß er mich zu deinem Ritter macht", fügte er galant hinzu, während ein größeres Erschlaffen der Züge und eine gewisse Niedergeschlagenheit seines Blickes andeuteten, daß er wieder nüchtern zu werden begann.

„Ja, es ist lange her, daß wir uns sahen. Ich glaube, fünf – sechs Jahre."

„Ich kann mir gar nicht vorstellen, daß du diejenige bist, die so ein zartes, kleines Küken war, das man mit einem Atemzug umblasen konnte. Es ist ehrlich von mir gemeint, ob du es glaubst oder nicht, ich wagte nicht mit dir zu tanzen, weil du zu leicht warst. Ich hatte Angst, daß du Schaden nehmen könntest. Jetzt gleichst du hauptsächlich Lovise! ... Wenn ich dich sehe, muß ich an manch vergnügliche Szene denken, die sie und ich gemeinsam erlebt haben. Kannst du dich daran erinnern, als wir damals in den Tomsbach stürzten, die Stränge lösten sich, und wir standen dort in dem gräßlichsten Wetter und wußten uns keinen Rat!"

„Ja, aber Sie dachten nicht lange nach, sondern nahmen Lovise auf die Arme und trugen sie eine Viertelmeile durch den tiefen Schnee nach Hause."

„Pah, das war nichts, um sich selbst zu loben. Lovise war das schönste Mädchen des Bezirks, und viele hätten mich um diesen Spaziergang beneidet."

„Und dann stürzten Sie wieder wie der Sturmwind hinaus, um den armen Broch zu holen, der auf dem Schlachtfeld zurückgeblieben und unter die Felle gekrochen war ..."

„Und ihr schicktet ihm Muffe und Futtertüte mit – wie wurde er verrückt! ... Nein, aber erinnerst du dich, Sofie, als ich den Priestertalar anbekam und eine Traurede in Brochs Manier hielt? Marie und Wilhelm Meier waren das Brautpaar. Da dachte Marie wohl am wenigsten daran, daß Broch das nächste Mal selbst so gut sein würde, eine Rolle zu übernehmen, und zwar die des Bräutigams, haha!"

„Oh, lachen Sie nicht darüber", sagte Sofie mit Widerwillen. „Niemand kann wissen, was die Zukunft bringt ..."

„Nein, du hast, mein Gott, recht. Das kann keine Mutterseele wissen ... Das weiß wohl niemand besser als ich."

„Und können Sie sich an den Tag erinnern, Brandt", fiel Sofie ein, bange darüber, daß sie etwas gesagt hatte, daß er auf sich selbst beziehen konnte, „als Sie einen Preis gewannen, den die Damen ausgesetzt hatten, indem Sie drei Mal über das große Pferd des Majors sprangen."

„Ob ich mich daran erinnere? Das war ja damals, als ich Abiturient mit den besten Noten geworden war. Dein Vater richtete ein Fest für mich aus, abends tanzten wir! – Wie hatte ich an diesem Tag nicht alles gerne gemacht! – Welche Lustigkeit! Welche Freude! ‚Es waren schöne Zeiten, Karlos.' Die Zeiten haben sich geändert."

„Ja, sicher hat sich vieles verändert", sagte Sofie peinlich berührt. Sie ritten eine Weile ganz stumm.

„Ich weiß nicht, weshalb ich gerade jetzt an alte Zeiten denken muß. Das ist wohl verwunderlich ... Wenn ich dich so zu Pferde sehe, schlank und rank wie eine Königin und mit den langen, im Winde fliegenden Locken, dann werde ich zehn Jahre in der Zeit zurückversetzt und ziehe wieder mit deinen Schwestern auf die Alm. Genauso spielte die Sonne auf den grünen Hügelchen, die Heide blühte, und wir hörten das Getöse des Baches näher und näher. Beinahe könnte ich glauben, daß die zehn Jahre, die dazwischen liegen, ein Traum waren ... oh, ein Traum!"

Er schwieg wieder still wie in einer Art Gedankenlosigkeit. Erneut trat eine peinliche Pause ein. Da sie im selben Augenblick eine Stelle erreichten, an der sich der Weg teilte, brach Sofie, um doch irgendetwas zu sagen, aus: „Welchen Weg müssen wir jetzt nehmen? Kennen Sie ihn, Brandt?"

„Den *rechten* Weg – ! Ja, Tod und Hölle, den kannte ich, habe ihn nur falsch genommen", schrie Lorenz mit schallendem Gelächter. Sofie fuhr zusammen.

„Wie Sie mich erschrecken!", sagte sie und ließ Brandt ein Stück zurück, indem sie ihr Pferd in Galopp setzte. Als sie die Höhe eines Abhanges erreicht hatte, hielt sie an und ließ ihre Stimme über die stillen Bergrücken erklingen. Ein ferner Ruf antwortete ihr. Daraufhin wartete sie auf Lorenz, der langsam nachfolgte.

„Vergib mir, Sofie", sagte er demütig, „wenn ich dich erschreckt habe. Sei nun ganz ruhig." Sofie sah ihn überrascht an. Er war bleich wie der Tod, und die Augen leuchteten so sonderbar. In diesem Moment erinnerte er an die Schönheit, die ihn dereinst ausgezeichnet hatte.

„Aha!", rief Lorenz in ganz anderem Ton. „Da kommt wohl der Ritter Sankt Georg, der dich von dem Drachen befreien will."

„Na, Gott sei Dank, daß ich Sie lebend antreffe!", sagte Kold und drehte sein Pferd behende zwischen die beiden anderen, ohne Brandt zu grüßen. „Die Gesellschaft ist ungeheuerlich verschreckt. Es ist Ihnen doch nichts zugestoßen!"

„Weit gefehlt, nicht im geringsten; ich kenne mich viel zu gut im Wald aus, so daß ich mich unmöglich verirren könnte."

„Mir schien, ich hätte Sie rufen hören, oder habe ich mich geirrt?"

„Ich wollte bloß das Echo an der Jutulswand ausprobieren. Sie haben sich wirklich grundlos diese Mühe gemacht."

Ein dankbarer Blick von Lorenz traf sie, und er sagte mit einem gewissen Selbstgefühl: „Herr Kold scheint überhaupt nicht zu bemerken, daß Fräulein Sofie einen Begleiter hat."

„Vergebung, Herr Brandt, ich habe es in der Tat beobachtet, und ich versichere Ihnen, daß ausreichend Rücksicht darauf genommen wurde, daß Fräulein Sofie Sie dabei hatte."

„Und doch sage ich", meinte Lorenz hitzig, „daß Fräulein Sofie ebenso sicher in meiner Obhut ist wie in der von drei ‚Truppisten' Ihrer Art. Wenn zehn von solchen hier wären, würde ich zu dem stehen, was ich gesagt habe."

„Da ich nun aber höchstens ein Truppist bin, so ist es für einen so tapferen Mann, wie Sie es sind, nicht wert, sich mit mir einzulassen."

„Für Ihre Sticheleien werden Sie mir ein anderes Mal Rechenschaft ablegen", sagte Lorenz bleich vor Wut.

„Gegen Sie sticheln! Armer Mann! Es ist lange her, daß jemand dies der Mühe wert fand", fuhr Kold zu Sofie gewandt unbarmherzig fort.

„Was meinen Sie damit?", brauste Lorenz auf, „jetzt müssen Sie zum Tod und Teufel raus mit der Sprache – –"

„Um Gottes Willen, Brandt, fassen Sie sich, seien Sie ruhig!", rief Sofie, „sonst muß ich mich doch über Sie beklagen!"

„Wenn Sie auf diese Weise als mein Ritter auftreten", sagte sie zu Kold, „so versichere ich Ihnen, daß ich bis jetzt keinen Grund zur Angst gehabt habe."

„Und ist das meine Schuld, Fräulein Sofie?", sagte Georg, durch Sofies Rede leicht verletzt.

„Das nenne ich wie ein Engel geredet!, sagte Lorenz plötzlich mild. „Ihretwegen soll es vergessen sein. Ich vergebe Ihnen." Er reichte Kold feierlich die Hand.

„Oh, tausend Dank!", sagte Kold mit dem verwundertsten Gesicht und trieb sein Pferd voran vor die der anderen. Die Alm war bald erreicht, und hier verweilte die Gesellschaft, um Mahlzeit zu halten.

An dem großen Waldsee treffen wir die Gesellschaft dann wieder. Dieser Waldsee lag so tief und verborgen im Schoß des Urwaldes, daß man, bevor man es vermutete, gerade auf ihn stieß. Und da gab die große, windstille Spiegelfläche innerhalb des dunklen Rahmens einen ganz überraschend malerischen Anblick. Obgleich die Sonne hoch am Himmel stand, schien sich der Abend hier schon gelegt zu haben. Ein Zipfel ihrer Strahlen glimmte nur noch auf das östliche Ufer und gab den gelben Seerosen, die sich an der Mündung brüsteten, einen strahlenden, metallartigen Glanz. Die übrige Wasserfläche lag in den tiefen, bläulichen Schatten des Waldes, der sich zu allen Seiten erhob und mit knapper Not von jenem kleinen Fleckchen abgelassen zu haben schien, auf dem der Fischer Anders seine Hütte gebaut hatte.

Vor dieser machte die Gesellschaft halt und lud die Körbe und die Reiseutensilien ab.

„Wie schön es hier ist!", war der allgemeine, erste Ausruf.

„Höchst malerisch, höchst eigentümlich! Nein, wie sonderbar einsam und still!", ließen sich einzelne Stimmen vernehmen.

„Seht, Kinder, hier wollen wir unseren Tee trinken", sagte die Frau des Amtmanns, „das wird herrlich werden."

„Sieh an", dachte Kold, der gerade dabei war, einige seltene Pflanzen aus seinem Hut in einen Rindenkorb umzufüllen, „nun soll wieder gegessen werden. Wir kommen gerade von einer unendlich großen Mahlzeit auf der Alm. Aber so sind diese Lusttouren: *Essen*, das ist die Hauptsache. Man ißt nicht, um ein wenig mehr körperliche Anstrengung aushalten zu können, aber man sucht die Anstrengung, um desto besser zu speisen ... Doch ich kann mir die Mühe sparen, mich zu beklagen ... wer in dieser Gesellschaft wollte es verstehen? Nicht einer!", und im selben Augenblick konnte er eine Grimasse nicht unterdrücken, die einen Moment seine hübschen Züge verzerrte.

„Sollen wir schon wieder essen, Mutter?", brach Sofie naiv aus. „Ich dachte, wir wollten fischen; jetzt sollten wir wirklich unser Essen selbst verdienen."

„Ihr mit eurer Fischerei! Ja, davon werden wir fett werden. Wäre ich nicht dabei, so würdet ihr geradewegs verhungern. Mach die Tür auf, Edvard."

In der Hütte war keine Menschenseele. Anders und seine Tochter waren wahrscheinlich zu einem nahegelegenen anderen Waldsee gegangen, um zu fischen. Nicht selten sind diese so reich an Forellen, daß das arme Volk damit sein Dasein in dem öden Gebirge fristet. Die Stube war ansonsten nett, die Holzstühle und Tische weißgescheuert zur Sankt Hanszeit, Birkenlaub unter der Decke und auf dem Absatz des Kachelofens. Und in dem kleinen Fenster mit dem grünen Rahmen stand eine halslose Flasche mit frischem Reisig, Löwenzahnblüten und Hundsrosen. Auf dem Tisch lag Kingos Psalmbuch aufgeschlagen, durch Abnutzung und Alter braun geworden. Dessen ehrwürdiger, großer Druck trat wie aus Stein gemeißelt unter einem Paar ungeheurer, stark konvexer Brillengläser hervor, die als Lesezeichen auf ihm lagen. Das einzig lebende Wesen neben den summenden Fliegen war ein halbausgewachsenes, weißes Schwein, das sich verwirrt aus der Asche erhob und, durch den Anblick so vieler unerwarteter Gäste verschreckt, aus der Türe stürzte.

„Wie nett und gemütlich es hier ist!", sagte Amalie. „Es wird reizend sein, hier in dieser kleinen Fischerhütte an dem stillen, klaren See Tee zu trinken. Seht bloß, wie niedlich! ... Hier in dieser Hütte würde ich gerne wohnen wollen ... hier fehlt nichts ..."

„Außer einem Herzen", parodierte Edvard. „Nicht wahr, Amalie, es war ‚eine Hütte und sein Herz', woran du dachtest?"

„Was für ein Unsinn", sagte Amalie geziert. „Was soll das heißen? Das paßt hier ja wie ‚Guten Tag, Axtstiel'."

„Nicht so ganz", bemerkte Kold. „Sollte Ihnen diese Kombination wirklich gar nicht eingefallen sein, Fräulein Amalie? Es ist doch sowohl hübsch als auch natürlich ... Seien Sie doch mal aufrichtig!"

„Ich verstehe nicht ein Wort von dem ganzen, können Sie mich mit Ihren Kombinationen verschonen", sagte Amalie, die jetzt ernstlich gekränkt war.

„Kold und dein Bruder beziehen sich auf ein französisches Stück mit diesem Titel, das großen Erfolg am Theater hatte", erklärte Frau Ramm belehrend. „Der

Verfasser, Scribe, schwärmt darin entsetzlich vom Hüttenleben. Das kann wohl hübsch sein, aber solche Liebe mit trocken Brot und Quellwasser macht sich doch besser in Romanen und Komödien als in der Wirklichkeit." Kold sah sich um, als ob er Hilfe suche. Sofie war nicht zugegen.

Brandt, der nach einer tüchtigen Stärkung auf der Alm seine gute Laune wiedergefunden hatte, brach leicht plump aus: „Fräulein Amalie braucht sicher nicht lange nach einem Herzen für ihre Hütte zu suchen. Vielleicht wird es schwieriger, die Hütte zum Herzen zu finden. Was glauben Sie, Herr persönlicher Kaplan?" Amalie flüchtete errötend, aber Brøcher, der lange vergeblich ein kleines Pfarramt gesucht hatte, antwortete bloß mit einem wütenden Blick.

„Ja, nun habe ich vergeblich in jedem Winkel gesucht", sagte Sofie, die hinzutrat.

„Nach einem Herzen?"

„Nein, nach einem Teekessel. Denkt euch, es gibt keinen. Was machen wir jetzt?"

Unter viel Gelächter setzten sich nun alle in Bewegung, um etwas zu finden, worin man Wasser kochen konnte. Endlich wurde der einzige Topf der Hütte gefunden, der jedoch mit Milchsuppe gefüllt war und erst geleert und gründlich gereinigt werden mußte, wenn er für den besagten Zweck benutzt werden sollte. Man einigte sich darauf, daß derjenige, den das Los traf, wer auch immer es sein sollte, sich dieser wenig verlockenden Arbeit annehmen sollte. Das Los traf Sofie, und sie faßte den Topf mit den äußersten Fingerspitzen und trug ihn unter vielen Neckereien hinunter an den Strand, wo sie unverzüglich mit der Arbeit begann. Hinter ihr stand Amalie und unterbrach manchmal die Anstrengungen der Schwester mit einigen schwärmerischen Ausrufen über die Landschaft. Brandt war in fortwährender Bewegung. Er fuhr auf und nieder mit unmäßigem Eifer und Dienstfertigkeit, er zitierte und deklamierte, und redete unterdessen immer wieder verblümt von der wahren Prinzessin im Märchen, die sich der Arbeit der Zofe annimmt, von der Zofe, die sich als Prinzessin verkleidet und als solche auftritt etc.

Kold, der ausgestreckt vor dem Haus im Gras lag, begriff schließlich, daß all das Gerede Sofie galt, und er wußte nicht, ob er lachen oder sich ärgern sollte. Er war selbst viel zu sehr mit ihr beschäftigt, um die geräuschvolle Bewunderung eines anderen nicht unerträglich zu finden.

Sofie hatte sich noch nie in einem solch einnehmenden Licht gezeigt wie in dieser Stunde. Die erhabene Waldnatur schien für eine Gestalt wie die ihre der richtige Rahmen zu sein. Die vollkommene Schönheit hat Momente, in denen sie fehlerhaft ist, und je geistreicher sie ist, desto mehr ist sie diesem Gesetz des Zufalls unterworfen. Sofies Schönheit war von dieser Art; sie war sehr von der Tagesform abhängig. Wer sie in Augenblicken gesehen hatte, in denen Traurigkeit und Mißmut sie niederdrückten, kannte sie nicht wieder, wenn Freude diese Züge aufleben ließ oder sich ein tieferes Gefühl in ihnen widerspiegelte. Der ungewöhnliche Ruhm ihrer Schönheit, der sich später, dank unserer käfferartigen Verhältnisse, in so weitem Umkreis verbreitete, war deshalb auf eine Weise unverdient, weil ihre Schönheit nicht von der Art war, die von der Menge beurteilt werden muß. Die Neugierde, die sich gierig an ihren Weg lagerte, fühlte sich daher nicht selten enttäuscht.

Sofies Haar war über die Maßen schön. Das war ein Familienerbe, auf welches Frau Ramm ein wenig stolz war. Ihr Haarreichtum fiel schon ins Auge, als sie noch Kind war, doch nur als hübsche Einzelheit. Nun war er aufs Genaueste mit der Harmonie des Ganzen verschmolzen. Er war von tiefer, kastanienbrauner Farbe und fiel so glänzend, glatt und weich, daß er auch in Unordnung ein zierlicher, anmutiger Schmuck war. Sofie trug ihr Haar in vielen Flechten, da es zu schwer war, um es in eine einzige zu zwingen. Die langen Locken vorne berührten ihren Hals und ihre Schultern. Sofie hatte jene blühende Hautfarbe, die einen reichen Haarwuchs begleitet. Dieser Farbton war jedoch ebenso veränderlich wie der Ausdruck und die Farbe ihrer Augen, von denen manche behaupteten, sie seien braun, andere, sie seien blau. Wir wollen dem Leser in aller Heimlichkeit anvertrauen, daß sie blau waren, aber einen bräunlichen Ausdruck hatten. Mund und Nase waren hier, auf unserem antiklassischen Boden, tadellos. Beim Betrachten dieses Angesichts dachte niemand daran, daß sie hübscher hätten sein können. Hier paßten wirklich die Worte eines Dichters: ‚wer kann wissen, wo der Mund aufhört und das Lächeln beginnt'.

Sofies Gestalt hatte die Formen jener Schlankheit und Feinheit, die andeuten, daß sie niemals in Wohlbeleibtheit ausarten werden: der lange Hals, die abfallenden Schultern, die feinen Glieder. In ihren Bewegungen war sie leicht und pfeilschnell wie ein Wild. Nach und nach war sie wohl bestrebt, eine größere Ruhe in diese zu bringen. Es kostete sie nicht wenig Mühe, sich daran zu gewöhnen, zu gehen statt zu laufen, ein Hang, den sie seit ihrer Kindheit hatte, wenn sie sich im Freien herumtrieb. Wenn man diesen schnellen, schwebenden Gang sah, mußte man an die Bachstelze denken, die notgedrungen der Erde folgt, um sich auf das Fliegen vorzubereiten.

Kold fühlte, daß das Rätsel, das Sofie umhüllt hatte, nun im Begriffe stand, sich aufzulösen, und ihr eigentliches Wesen wie die Puppe aus der Hülle entsteigen wollte. Dies verursachte ihm eine sonderbare Angst. Nun ließ es sich nicht länger vermeiden. Das zur Hälfte geträumte Bild mußte sich vervollständigen – oder zerstört werden. Er konnte seine Augen nicht von ihr lassen, doch er war nicht weit davon entfernt, Unruhe zu verspüren, wann immer sie den Mund öffnete, um etwas zu sagen. Glücklicherweise war Sofie ziemlich schweigsam.

‚Weshalb sollte sie anders als andere sein?', sagte er zu sich selbst, während er oben von der Anhöhe einer jeden Bewegung Sofies folgte. ‚Habe ich mich nicht früher schon täuschen lassen? Weshalb sollte sie dieser Unaufrichtigkeit entgehen, die vielleicht die natürliche Waffe der Frauen gegen die Welt ist? Diese Unaufrichtigkeit, diese Verstellungsfähigkeit, werden sie mit ihnen geboren? Sind sie ihnen vielleicht schon in der Wiege auf die Seele gedrückt wie das unsichtbare Brandmal der Sklavin? Wie sollte dieses arme, vernachlässigte Kind ihm entgangen sein? Doch vielleicht gerade weil sie vernachlässigt wurde. Könnten sie doch bloß so wild wie der Weißdorn aufwachsen, könnte man ihnen diese niederträchtige Verpfuschung, die sie Erziehung nennen, sorgsam vom Halse halten ... Sofie ist naiv, und sie hat viel allein gelebt ... Oh, ich will lieb zu ihr sein, sie unterstützen, wenn ich kann ... Sie ist doch anmutig! Nein, nein, ihr gegenüber will ich gerade streng sein, ohne Barmherzigkeit. Wenn sie nicht mehr als die übrigen versteht, das Echte in ihrer Seele zu schätzen, wenn sie es nicht kleinlich, unerbittlich, mit grenzenlosem Stolz bewacht! ... Wenn auch sie es in einem unreifen Gefühl abschüttelt! Erhöre *keinen, keinen, Sofie, bevor du nicht selbst liebst* ... Und gibst du diesem Gefühl Raum, *so verleugne es nicht, verbirg es nicht, lüg nicht* ... Oh, könnte sie stark und wahr sein! ... Wie fein und schwebend ihre Gestalt ist, wenn sie sich aus der gebeugten Stellung erhebt! ... Wenn sie ihren Blick erhebt, ist es, als habe er einen tiefen, grübelnden Gedanken verborgen, und wenn sie ihn dann furchtsam, bittend uns zuwendet, ist es, als wolle sie sagen: ‚Habe ich etwas versäumt? Oh, seid nicht böse', und dann ist sie umso aufmerksamer allen gegenüber. Sie hat schwarze Augen, glaube ich ... Wie seltsam, daß ihr Blick noch nie den meinen traf. Daß sie mit Lorenz sprechen mag! Sie lächelt ihn an! ... Wie kann sie es ertragen, daß dieser versoffene Landstreicher sie mit verliebten Augen ansieht!'

Die arme Sofie ahnte weder, daß sie der Gegenstand dieser langen Betrachtung war, noch, daß Lorenz´ Galanterie ihr im Besonderen galt. Er war wie eine Bürde über die Gesellschaft hereingebrochen, und nun war sie der Meinung, daß es recht und billig sei, daß auch sie ihren Anteil daran trage. Sie bemitleidete ihn außerdem, und ohne Vorsatz suchte sie, die Schonungslosigkeit und die schlecht verborgene Geringschätzung durch Freundlichkeit zu mildern.

Der Tee war fertig und wurde unter viel Lärm und Heiterkeit eingenommen. Munterkeit kam jedoch nicht auf, denn dazu war die Gesellschaft zu unterschiedlich. Der eigentlich tiefere Einklang fehlte. Ab und zu kam es zu einigen kleinen Reibereien zwischen Frau Ramm und Lorenz, die Kold amüsierten und Amalie aufbrachten. Trotz der Aufmerksamkeit der gnädigen Frau und der Haushälterin, hatte Brandt es doch verstanden, sich den Resten der mitgebrachten Spirituosen zuzuwenden: etwas kaltem Punsch und einer halben Flasche Cognac, die für den alten Anders bestimmt gewesen waren. Man fürchtete nicht ohne Grund die Folgen. Brandt, der nüchtern traurig und verschlossen, ja, geradezu kleinlaut war, wenn man ihn nicht reizte, wurde im Rausch unverschämt, prahlerisch und äußerst anzüglich in seinen Äußerungen. Das schlimmste war, daß immer ein Fünkchen Wahrheit in dem steckte, was er sagte. Seine Spöttelei hatte diesen verzweifelten Humor, mit welchem Menschen in seiner Position sich an den Glücklicheren zu rächen suchen, die sie verachten. Und das traf bisweilen allzu gut. Besonders Frau Ramm fürchtete ihn wie die Pest. Bereits als Junge hatte Lorenz hinlänglich scharfsinnig all ihre Schwächen begriffen, und mit einer eigentümlichen Schadenfreude suchte er sie in einigen von ihnen zu treffen.

Ausflüge aufs Land, die für einige wenige übereinstimmende Menschen so ergiebig und herrlich sein können, sollten nie in einer gemischten Gesellschaft unternommen werden. Die Menschen werden nicht bedeutender und besser, weil man sie hinaus in die große, erhabene Natur verpflanzt – genauso wenig wie ein mittelmäßiges Gemälde sich besser ausnimmt, wenn man es in einem brillanten Rahmen aufhängt. Hat man eine solch schlecht zusammengesetzte Partie de plaisir erlebt, so hat man sie alle erlebt. Man wird überall dieselben Grundelemente wiederfinden: viel Essen und Trinken, wie Kold bereits bemerkte, dasselbe Gerede und dieselbe Zänkerei um Nichtigkeiten, nur lauter und harmloser als zu Hause in der guten Stube, eine sonderbare Lust, Lärm zu machen, viel geheuchelte Naturbegeisterung, die ebenso unmotiviert daherkommt wie der Applaus von der Galerie und in welcher das bißchen wahre Gefühl bescheiden oder ehrlich verstummt. Manchmal kommt der Zufall mit einem kleinen Abenteuer zu Hilfe, das jedoch selten von der angenehmen Art ist: eine durchnäßte Jacke, ein verrenkter Fuß etc. Das Ganze endet damit, daß man sich freut, nach Hause zu kommen. Und das ist eine wahre Freude, daß man glauben könne, einzig und allein für diese Freude habe man alles veranstaltet.

Wir werden daher einige Stunden überspringen, die der Leser leicht mit eigenen Erinnerungen füllen kann, bis wir unsere Gesellschaft wieder aufsuchen. Die Heiterkeit hatte ihren Höhepunkt erreicht. Pausen begannen einzutreten. In einer solchen Pause bemerkte der Kaplan: „Hier toben und lärmen wir, als ob es Anders und seine Familie nicht gäbe. Das ist wohl artig, in der Stube eines fremden Mannes zu tun, als sei man zu Hause."

„Ja, Sie haben wirklich recht!", sagte Amalie. „Wenn ich es recht bedenke, ist es im Grunde schändlich. Wenn jemand dasselbe mit uns machen würde! Unsere Zimmer stürmen, während wir draußen wären, alles durcheinanderwerfen – was würden wir sagen? Anders hat genau denselben Grund, sich zu beklagen."

Diese Frage löste einen kleinen Streit aus. Während der gefühlvollere Teil der Gesellschaft, darunter die Hausangestellte, Amalie unbedingt recht gab, meinten einige der anderen, daß man beides nicht vergleichen könne.

„Tja, Kinder, es sei nun wie es sei, es ist jedenfalls zu spät, um etwas zu ändern. Ich werde unseren Wirt noch zufriedenstellen, so daß er für den Besuch dankbar sein wird. Was meint Ihr, wenn ich diesen Schein ins Psalmbuch lege? Das wäre eine fromme Überraschung."

„Wenn Brandt bloß nicht die Scheibe zerschlagen hätte", fuhr Amalie fort. „Denkt, wenn die armen Leute es nicht merken und sich direkt an das offene Fenster legen. Die Nachtluft wird so ungeheuer schädlich sein. Ich glaube, ich setze mein Tuch hinein. Das wird meine Überraschung sein."

„Ich finde, daß es am meisten um die Blumen schade ist", fügte Sofie hinzu. „Seht nur, wie jämmerlich sie niedergetreten daliegen! Hagebutten, Glockenblumen und rote Pechnelken. Vielleicht ist Kari eine ganze Meile gegangen, um sie zu finden. Und wir behandeln sie, als wären sie Gras."

„Es ist unleugbar die einzige und kostbarste Vase des Hauses", sagte Kold und betrachtete melancholisch die Scherben der halslosen Flasche. „Das schlimmste ist, das sie von solcher Art ist, die man unmöglich ersetzen kann."

„Brandt kann das zweifellos. Er versteht sich auf alle Operationen mit Flaschen", meinte Edvard. „He, Brandt, Sie könnten nicht zufälligerweise den Hals einer solchen Flasche brechen?"

„Von zehn, wenn du willst, mein Junge. Ist das rheinischer Wein?" – – –

„Aber, wenn ich diese Brille im Psalmbuch liegen sehe", sagte Frau Ramm, „fällt mir ein, wo die alte Synneve hin sein kann? Ich habe sie glatt vergessen."

„Ja, die alte Synneve!", riefen alle. „Tod und Plage, sie kann doch nicht in die Siedlung zum Tanz gegangen sein", sagte Edvard.

„Synneve hat diesen Ort die letzten zwanzig Jahre nicht mehr verlassen, will sagen, seit sie das letzte Mal zum Abendmahl gegangen ist", versicherte der Kaplan amtlich. „Sie wird vermutlich immer kindischer. Unbegreiflich! Wir müssen ihr solch einen Schreck und solche Angst eingeflößt haben, daß sie sich irgendwo versteckt hat, wenn sie nicht gleich in den Wald gestürzt ist."

„Hinaus, um sie zu suchen", brachen alle aus. „Halli, hallo, eine Jagd auf die alte Synneve!", rief Edvard. Krøsus stürmte bellend voran.

In dem kleinen Kuhstall saß die alte Synneve in die Ecke des leeren Viehstandes gekauert. Neben ihr stand das Schwein, als ob einer Schutz beim anderen suchte. Die kleine welke, zusammengeschrumpfte Gestalt mit dem grauen Haar, das unter der schwarzen Kappe herauslugte, stach sonderbar von den jugendlich frischen, farbig gekleideten Gestalten ab, die sie umringten. Sie stierte sie mit tierischer Verwunderung an. Die alte Synneve hatte gewiß schon längst die Erinnerung an derartige Gestalten, wie sie aussahen, sich gebärdeten und kleideten, verloren. Deren Anwesenheit war aus dem Kreis ihres Vorstellungsvermögens verschwunden, das sich enger und enger um den wilden, öden Fleck drehte, auf dem sie vegetierte, und das nach und nach wie die ältesten, moosbewachsenen Tannen erlosch. Vergeblich versuchte man, sie dazu zu bewegen, hineinzugehen oder sie zum Sprechen zu bringen. Die Damen boten ihr Essen und Leckereien an, doch es gelang ihnen nicht, daß sie aß, während sie anwesend waren; entfernten sie sich aber, verschlang sie alles gierig.

Nun war es Abend. Der Waldsee war ganz im Schatten versunken. Die Sonnenglut auf den höchsten Tannenspitzen verkündete dennoch, daß die Sonne noch am Himmel stand. Die Seerosen schlossen ihre Becher und legten sich auf den breiten, glänzenden Blättern zur Ruhe. Es frohlockte und jauchzte von den nächstgelegenen Almen, die Kuhglocken klangen im Takt heimwärts. In der tiefsten Ferne tönte ein Alphorn. Kold und Edvard standen auf einem Holzfloß, das mit einem Weidenband am Ufer befestigt war. Sie waren dabei zu fischen, Edvard sehr eifrig, Georg zerstreut, in die Umgebung versunken. In einem kleinen Einbaum mitten auf dem See, einer Art Boot mit flachem Boden, das nur in stillen Gewässern benutzt werden kann, lagen Amalie und Sofie und waren damit beschäftigt, Wasserlilien einzufangen, von denen einige wenige dort wuchsen. Die beiden Schwestern hatten sich, getrieben von Brandts Aufdringlichkeit, schließlich in das Boot hineingeschlichen und sich vom Land abgestoßen. Die ganze Landschaft spiegelte sich mit minutiöser Klarheit in der stillen Tiefe: die dunkle Wand der Tannen, das strahlende Himmelsdach, das Haus auf dem moosbewachsenen Felsufer mit einem Kartoffelacker so groß wie ein Stubenboden, zwei Johannisbeersträuchern und einem roten Klatschmohnbusch, die den Garten repräsentierten, das weiße Schwein, das in diesem Moment den Weg herabspazierte. Alles wiederholte sich im Spiegelbild des Wassers mit annähernd lächerlicher Genauigkeit.

Oben vom Haus ertönten abwechselnd Lorenz Brandts Gelächter und die scharfen, unsanften Stimmen der Amtmannsfrau und der Haushälterin.

Kolds Blick streifte beständig über die Tiefe, während er mechanisch die Angel auswarf oder einholte oder Edvards Ausrufe der Hoffnung oder Ungeduld einsilbig beantwortete. Keine fünfzig Schritt von ihm entfernt lag Sofie über das Boot gebeugt. Ihre langen Locken berührten fast die Wasseroberfläche. Er mußte die graziöse Lebhaftigkeit bewundern, mit welcher sie bald die beschwerliche Lockenpracht zurückwarf, bald nach den Blumen griff, die ihr, offensichtlich zahm und unbeweglich, doch neckend auswichen und mit ihren langen, wankenden Stielen bald untertauchten, bald zur Seite trieben. Sie schien demselben Element anzugehören, auf welchem sie mit den Blumen wiegte, träumend, flüchtig, rätselhaft, fremd unter den anderen. Und sie schien aus dem tiefen Bergsee emporgestiegen zu sein, angelockt von der Zauberei der menschlichen Stimmen. Sie selbst lockte die Menschen, und Amalie an ihrer Seite schien ein solches Menschenkind zu sein, das sich, getrost oder leichtsinnig, in ihre Gewalt begeben hatte.

Man kann in einem Augenblick, wo man von etwas tief ergriffen ist, recht zornig werden, wenn ein anderer hinausposaunt, wofür wir noch keine Worte haben oder haben wollen. Kold wurde aus seiner stummen Betrachtung durch Brandts laute, nachdrückliche Reden geweckt:

„Ist es nicht, wie ich sage? Seht Euch die beiden Schwestern an! Die eine nennt sich eine Schönheit und brüstet sich und gebärdet sich als solche. Doch neben der anderen ist sie, Gott verd- mich, nichts anderes als eine Zimmerlerche, eine aufgeplusterte Stallmagd ... Sie hingegen hat noch keinen Namen, doch ich will ein Feigling sein, wenn sie nicht einen bekommt. Es wird ein Name sein, der von Lindesnæs bis zum Nordkap klingt. Das ist was, das! ... Da versteht Ihr Euch nicht drauf ... Ihr wollt etwas haben, das ins Auge sticht. Das ist eine Figur! Das sind Augen! Das nenne ich einen Teint, der sich gewaschen hat! ... Und denjenigen, der etwas anderes sagt, den erkläre ich zum Philister. Zu einem Stockfisch erkläre ich ihn ..."

So schmal wie die Stengel der Lilie,
So voll wie, so voll wie ... so voll ..."

„Wie eine Bestie", ergänzte Edvard und warf die Leine ärgerlich zurück ins Wasser. „Schrei doch nicht so verdammt laut!"
„Ich sage bloß, mein Freund Edvard, daß du deine reizenden Schwestern sich nicht selbst derartig auf der treulosen Tiefe überlassen solltest. Es ist unsere Pflicht, ihnen beizustehen. Unsere Ritterpflicht ...

Der schöne Wassermann sich von dem Meer aufschwang,
Bekleidet mit Tang,
Seine Augen waren liebevoll, seine Rede war süß,

„Bleiben Sie weg vom Floß, Brandt, Sie erschrecken die Fische ..."
„Sind Sie rasend, Mensch!", schrie Kold.
Aber es war zu spät. Während des Refrains: „Oh, hüte dich, mein Kind, vor den falschen Männern" hatte Brandt bereits das Weidenband gelöst und mit einem Tell'schen Fußtritt das Floß vom Land abgestoßen. Edvard rettete sich durch einen verzweifelten Sprung. Kold aber trieb auf dem kleinen erbärmlichen, schwankenden Fahrzeug samt dem ebenso schwankenden Brandt auf das Wasser hinaus.
„Seien Sie nicht ängstlich! Es besteht keine Gefahr", sagte dieser, „es besteht überhaupt keine Gefahr. Jetzt werden Sie sehen, wie gut es gehen wird. Können Sie den Grund sehen? Diese Waldseen sind teuflisch tief."
„Aber sind Sie denn völlig wahnsinnig, Brandt? Her mit der Stange, weg von der Seite! Das Floß kippt ja!"
„Ich sehe, Sie haben Angst. Das tut mir leid, außerordentlich leid. Das muß eine teuflische Plage sein, eine solche Angst. Moderne Ärzte behaupten, daß sie etwas rein Physisches ist und in einem Organ begründet liegt, das sich an irgendeiner Stelle hinter – Gott weiß, wo es war, befindet. Das mag wohl so sein. Ich muß sagen, es ist ein Gefühl, daß ich nie gehabt habe. Stützen Sie sich auf mich. Plumpsen wir, so plumpsen wir beide, das ist klar, das ist sonnenklar. Und es wäre ein Wunder Gottes, wenn wir nicht hineinfallen würden. Doch es ist egal. Gerettet sollen Sie werden, mein Ehrenwort darauf! Ich würde nicht den Namen des besten Schwimmers verdienen. Ich bin von Vippetangen hinüber zur Hovedø geschwommen. Wie finden Sie das? Ich verdiente nicht den Namen ... au, Tod und Teufel! Nein, sieh an, nun geht es! ... Ich verdiente nicht den Namen des besten Schwimmers, sage ich, wenn ich es nicht auf mich nehmen könnte, einen solch leichten, windigen Patron aufs Trockene zu bringen. Sie werden mir ganz genau denselben Nutzen bringen wie ein Wichtigtuer. Ha, ha!"
Während Lorenz fortwährend dummes Zeug redete, hatte Kold den Damen

im Boot zugerufen, daß sie sich nähern sollten ... Sie waren jetzt so nah, daß sie ein Ruder ausstreckten. Und das Floß hätte schnell beilegen können, wenn sich nur Brandt ruhig verhalten hätte. Was Kold befürchtete, geschah: Brandt kann das Boot nicht erwarten. Er will es mit einem gewaltigen Sprung erreichen, doch verliert die Balance. Das Floß schlägt über und die beiden unglücklichen Segler stürzen ins Wasser. Das war eine Szene! Eine ungeheure Masse aufplantschenden Wassers hüllte für einen Augenblick die ganze Gruppe ein, die in dunkler Bronzefarbe auf der goldgelben Fläche der berühmten Nereidengruppe in dem großen Bassin nicht unähnlich war, wenn das Wasser springt. Krøsus, der hinterher geschwommen war und bereits das Boot erreicht hatte, tat noch das seine dazu, indem er seinen tropfenden Pelz über den armen Damen ausschüttelte. Kold, ein tüchtiger Schwimmer, kam sofort auf; instinktiv griff er nach dem Boot. Doch das gellende: „Um Gottes Willen, Brandt ertrinkt! Helft ihm!" der Schwestern trieb ihn sofort zurück. Es war Lorenz ergangen wie es so oft berauschten Menschen ergeht, wenn sie ins Wasser fallen. Er wurde von einer Art Lähmung erfaßt. Nach einigen verzweifelten Zügen mit den Armen, die ihn weiter hinaustrieben, stieß er plötzlich einen derben Fluch aus und sank unter. Ihm nachzutauchen, ihn an seinem langen Haar zu greifen, war eine Angelegenheit von einer Sekunde für Kold, worauf es ihm glückte, wenn auch mit ungeheurer Anstrengung, Brandt an Land zu ziehen, wo Edvard ihm die notwendige Hilfe leistete.

Der Schreck war vorüber. Brandt lag bewußtlos am Strand, erbärmlich anzusehen. Alle waren damit beschäftigt, ihn zu reiben, zu tätscheln und zu schütteln, um ihn ins Leben zurückzurufen. Amalie fand die Gelegenheiten für eine Ohnmacht in unserer Zeit viel zu selten, als daß sie ihr hätte widerstehen können; sie lag mit geschlossenen Augen in den Armen Brøchers. Als sie sie endlich wieder öffnete und Sofie und Edvard damit beschäftigt sah, Lorenz den Frack auszuziehen, so daß das bloße Hemd zum Vorschein kam, wurde sie erneut ohnmächtig. Frau Ramm wußte nicht, wen sie ausschimpfen sollte, da der eigentliche Urheber des Unglücks außer Stande war, ihr zuzuhören. Es war nicht zu verstehen, wem ihre Klage am meisten galt, den Verunglückten oder Amalies neuem Reitkleid, das verdorben worden war. Ein wenig abseits, gegen eine Tanne gestützt, stand Kold, bleicher als gewöhnlich. Das Wasser rann aus seinem dunklen Haar. Er sah aus wie der schöne Wassermann des Volksliedes. Er versuchte, so gut er konnte, sich der Haushälterin zu erwehren, die den Schal der Amtmannsfrau ergriffen hatte und Kold damit mit aller Kraft abrieb und trocknete.

„Das ist vergebliche Mühe, liebe Kinder", sagte die Amtmannsfrau, als Lorenz keinerlei Lebenszeichen von sich gab. „Hier ist alle menschliche Hilfe vergebens. Was für ein Zufall! Laßt uns einander geloben, ruhig und gefaßt zu sein. Nur ruhig, nur ruhig! Ich werde selbst seine Mutter benachrichtigen."

„Das ist nicht notwendig", sprach Lorenz plötzlich mit schwacher Stimme, „das werde ich selbst machen ... Prrruh!", sagte er und blies Wasser aus wie ein Wal, während er sich aufrecht setzte. „Welch ein Bad! Aber ich sagte es, ich dach-

te es bei meiner Seele wohl, daß es so kommen würde! Wo ist Kold? Wurde er gerettet? Gott sei Dank, da ist er! Dieses verdammte, kalte Bad hat mir die Besinnung geraubt. Ich weiß kaum, wie ich ihn an Land bekam."
Diese Verwechslung Brandts kam unerwartet. Alle brachen in ein unbändiges Gelächter aus. Frau Ramm mußte mitten in ihrer schlechten Laune lachen, und Amalie vermochte nicht länger, ihre Ohnmacht beizubehalten, sondern stimmte herzlich mit ein. Sogar die alte Synneve wurde dadurch herausgelockt. Man sah ihren grauen Kopf aus der Stalltüre herausschauen. Nun war die Fröhlichkeit wieder hergestellt, und man drängte verstärkt zur Heimfahrt. Frau Ramm bestimmte, daß Edvard noch am selben Abend Brandt zum Hof seiner Mutter begleiten sollte, der glücklicherweise im selben Bezirk lag. Brandt war nach dem unfreiwilligen Bad zahmer geworden, so daß er sich in alles fügte. Alle rüsteten sich. In dem Moment, als man aufbrechen wollte, zog Sofie Edvard zur Seite und schien ihn eifrig um etwas zu bitten.

„Wie kannst du so etwas verlangen, Sofie", rief der Bruder. „Madame Brandt kann doch unmöglich ärgerlich auf uns sein, weil Lorenz sich betrinkt und ins Wasser fällt. Sie müßte eher sauer sein, weil wir ihn wieder rausgezogen haben ..."
„Pfui, schäm dich, Edvard!"
„Was ist es, worum deine Schwester dich bittet?", fragte Kold, da er aus Sofies Miene las, daß sie heftig und mit Unwillen ihr Anliegen wiederholte.
„Sie hat sich in den Kopf gesetzt, daß die alte Madame Brandt traurig werden würde, wenn sie Lorenz heute abend sehen müßte. Und sie will deshalb, daß ich im nahegelegenen Krogvold einkehre, ihn dort ausschlafen lasse und dann erst morgen früh nach Hause bringe. Finden Sie nicht, daß ich heute schon genug Verrücktenwächter war? Soll ich mir nun noch dazu meine Nacht in einem solchen Loch verderben um einer Grille willen? Und Sofie denkt nicht daran, daß dieser Mensch triefend naß ist. Aber das ist die gewöhnliche *unpraktische Veranlagung* der Frauenzimmer", fügte Edvard hinzu, sehr zufrieden darüber, daß er dieses neue, vortreffliche Wort anwenden konnte, das gerade in Mode gekommen und zu einer Art Schlachtruf und Wappenzeichen für alle Stockprosaisten geworden war.

Kold bat sich aus, daß der Auftrag, Lorenz nach Hause zu führen, ihm übertragen werden müsse. Und er tat dies auf eine Weise, die jeglichen Einwand von Seiten Edvards unmöglich machte. Er übertrug es diesem, direkt nach der Heimkehr einen Eilboten mit trockenen Kleidern für sich selbst und Brandt zum Krogvold zu senden. Mit gedämpfter Stimme fügte er noch etwas hinzu.
„Nicht nötig, eine Weste kann er von mir bekommen und ich werde schon eines von Vaters Hemden beschaffen", sagte Edvard laut.
Sofie war durch dieses Arrangement nicht ganz beruhigt. Von Kold konnte sie kein Versprechen hinsichtlich dessen erflehen, was ihr auf dem Herzen lag. Aber als er sich auf das Pferd schwang, warf sie ihm einen bittenden Blick zu, der mehr sagen kann als jedes Wort.

Als Brandt am nächsten Morgen im Krogvold erwachte, nüchtern und körperlich gestärkt, fand er sich alleine. Vor seinem Bett hing ein sehr schöner, vollständiger Anzug. Kold war der Ansicht gewesen, daß er keine andere Rolle zu spielen hätte, als die der guten, dienenden Geister, die ebenso schnell verschwinden wie sie ihren Auftrag ausgeführt haben. Nachdem er Lorenz in das beste Bett, das aufzutreiben war, gebracht hatte, ihm etwas Warmes zu trinken gegeben und ferner dem Bauern einige Verhaltensregeln für den nächsten Morgen eingeprägt hatte, zog er eilig nach Hause.

Mit der Besinnung am Morgen danach kam Brandt die Erinnerung an die Geschehnisse des gestrigen Tages klar zurück. Und nun überließ er sich einem dieser Anfälle von Reue und Zerknirschung, die für ihn sind wie die sogenannten „lichten Momente" für einen Wahnsinnigen: unglückselig, voller Elend. Er weinte über sich selbst. Der ganze Zusammenhang ging ihm auf, seine Rettung durch Kold, seine eigene prahlerische Unverschämtheit, das Vergnügen der anderen. Ein unendlich bitteres Gefühl gegenüber seinem Retter bemächtigte sich seiner, und es wurde keineswegs gemildert, als er die Kleider sah und daran dachte, daß er gezwungen war, auch noch dieses neue Opfer von *ihm* entgegenzunehmen. Ein Funke noblen Widerwillens kämpfte in ihm, sich dieses Almosen der Verachtung anzueignen, doch gab es einen anderen Ausweg? Er war ein zärtlicher Sohn und vor allem mußte er sich vor seiner Mutter anständig zeigen, um sie nicht allzu sehr zu erschrecken. Er war ein zärtlicher Sohn, deswegen wagte er auch nicht, sich so niedergeschlagen und zerknirscht, wie er war, zu zeigen. Sein nächster Gedanke galt daher dem Mittel, das ihm etwas von seiner Unbefangenheit und guten Laune zurückgeben konnte.

Fortsetzung von Sofies Tagebuch

Obwohl der Aufenthalt in Kristiania nur zehn Tage dauerte, wollte es der Zufall, daß ich auch hier zum Ball eingeladen werden sollte. Hier sollte ich die gesamte feine Gesellschaft der Stadt sehen. Ich ging in der heimlichen Hoffnung, daß ich zwischen meinen Landsleuten den unbehaglichen Eindruck verwinden und mich mit meinem lieben Tanz wieder versöhnen würde. Doch ich irrte mich. Alles, was mich dunkel und unbestimmt gestört hatte, trat hier bestimmter und ausgeprägter hervor. Hier waren die Individualitäten stärker ausgeprägt und die Kontraste daher augenfälliger.

Ich kam in einer der ersten Damenreihen zu sitzen. Auf der Tanzfläche hatten sich die Herren zum Teil in Gruppen plaziert, zum Teil schlenderten sie zwischen den Reihen auf und ab, genau wie die Offiziere, die die Reihen mustern. Im selben Augenblick ertönte die Musik, die gesamte erste Reihe wurde aufgefordert, abgesehen von einer einzelnen armen, auffallend schweren, jungen Dame. Ein Herr neben ihr sagte nur diese Worte zu seinem Nachbarn, doch so laut, daß die Arme sie wohl hören konnte: „Gewogen, doch nicht für leicht befunden." Weshalb setzt sie sich einer solchen Demütigung aus? Wer von uns kann davor sicher sein? Weshalb werden wir ihr ausgesetzt? Alle diese Fragen stürmten konfus auf mich ein, während eine Damenreihe nach der anderen verschwand und die meine nun aufgefordert wurde. Ein unerträgliches Gefühl der Scham überfiel mich; ich wünschte mich hundert Meilen weg. Ich fühlte, daß ich abwechselnd bleich und rot wurde. ‚Ich will einfach nicht tanzen', sagte ich zu mir selbst. Es kam mit einem Mal über mich. Und wirklich, nachdem ich ein paar Aufforderungen abgeschlagen hatte, fühlte ich mich beruhigt und gleichsam in meinen Augen erhoben. Ich saß zwischen zwei jungen Damen, die hübsch und sehr niedlich waren. Ein kleiner, dünner Kavalier mit einem platten, nichtssagenden Gesicht lorgnettierte uns sehr stark, doch schien er mit sich selbst nicht einig werden zu können. Meine Nachbarinnen verspotteten ihn tüchtig hinter meinem Rücken. Ich erwartete nicht weniger, als daß sie ihn verschmähen würden. Wie verwunderte es mich daher, als er sich vor der einen verbeugte und sie sich mit dem verbindlichsten Lächeln erhob!

Die andere blieb diesen Tanz sitzen. Ich versuchte, ein Gespräch mit ihr zu beginnen, doch es war nicht möglich, eine ordentliche Antwort zu bekommen, so verstimmt und zerstreut war sie nun. Eine Menge Damen waren diesen Tanz über sitzengeblieben. Es fehlte nicht an Kavalieren, aber diese standen nur herum und sahen zu, und diejenigen, die tanzten, sahen aus, als verrichteten sie eine schwere Arbeit. Keine der Parteien schien richtige Freude daran zu haben, und ich wußte nicht, was ich glauben sollte. Könnte es damit zusammenhängen, daß die Damen einfach nicht mit demjenigen tanzen dürfen, mit dem sie tanzen wollen, und daß die Herren allzu leicht mit derjenigen tanzen dürfen, mit der sie tanzen wollen?

Es verwunderte mich ebenfalls, daß die häßlichsten Herren des Balls fast immer die hübschesten Damen aufsuchten, so als ob sie nicht ohnehin schon genug in die Augen fallen könnten. Wenn sich ein solcher Herr Rechenschaft ablegen würde, warum und mit welchen Gedanken eine solche Dame ihm zum Tanz folgt, so würde es doch ganz bestimmt demütigend für ihn ausfallen. Mir kommt es vor, daß die unglücklichen Kavaliere auch die unglücklichen Damen aufsuchen müßten, so könnten sie sich doch auch eines freiwilligeren, von Herzen kommenden „Ja, danke" sicher sein: Ein freiwilliges „Ja, danke", oh, wer gibt das nicht! Wir tanzen, mit wem es sein soll, wenn wir nur tanzen dürfen, wir tanzen mit Nadeln in den Schuhen, wenn wir nur tanzen dürfen!

Unter den Tanzenden gab es einen Herrn, der mir unter den anderen auffiel. Es war eine große, schlanke Person mit einem bleichen, ausdrucksvollen Gesicht. Er war nicht ganz jung, und aus der Art, wie man ihm aus dem Weg ging, schloß ich, daß es ein Mann von Bedeutung war. Das Auffälligste war die Freude, die Lebhaftigkeit, mit welcher er tanzte. Es ist nicht möglich, die ritterliche Grazie, die wahre Vornehmheit, die über ihm ruhte, wenn er sich während der Unterhaltung zu seiner Dame hinunterbeugte oder sie zum Tanz führte, und die Lebenslust, die Freude, die aus seinen Zügen, aus jeder seiner Bewegungen strahlte, zu beschreiben. Er sah aus, als habe er seine Dame durch tausende von Gefahren gewonnen, und nicht, als sei sie ihm durch einen Machtspruch zugefallen. Wie gerne hätte ich mit ihm getanzt! Es war, als müsse ich ihm entgegenfliegen und mich mit ihm in den Wirbel beim Klang der Musik stürzen, die im gleichen Moment mein Herz geradezu schmerzhaft schlagen ließ. Und doch hätte es mir keine Freude bereitet, wenn er mich aufgefordert hätte. Ich hätte ihm mit demselben ‚Ja', derselben Verbeugung, demselben reglementierten Lächeln antworten müssen, von dem er wußte, daß ich es dem erstbesten Narren, der gekommen wäre, gewidmet hätte. Er erschien mir zu gut dafür.

Meine Leiden bei Bällen, spiegeln sie nicht im Kleinen das Leben wider?

Oh, in diesen Worten liegt gleichsam die Summe meiner Kindersorgen! Glückliche Kinder, deren größte Furcht ein abhandengekommenes Schulbuch gewesen ist, die keine anderen Sorgen gekannt haben, als den Verlust einer Puppe! Durch welche dunkle Fügung wurde mein Sinn derartig früh für die Betrachtung der ernsten Seiten des Lebens geweckt, für eine tiefe Sorge, eine Angst vor dem, was wir unsere Bestimmung nennen? – Unsere Bestimmung ist zu heiraten, nicht aber glücklich zu werden. In diesem Sinn habe ich meine zwei älteren Schwestern ihre Bestimmung erfüllen sehen. Sie nahmen ihre Männer mit Überlegung, freiwillig, und doch hätten sie sie unter keinen Umständen selbst gewählt. Wie lebendig stehen diese Szenen nicht noch vor mir. Sie hinterließen einen Eindruck auf mich, der nicht getilgt werden kann. An meine beiden Schwäger, die nacheinander als Lehrer hier ins Haus kamen, habe ich die unbehaglichste Erinnerung. Als Marie mit Broch verlobt wurde, diesem sonderbaren, steifen, unerträglichen Pedanten, über den sie so viele Male selbst gelacht hatte, war ich noch ganz klein, aber ich erinnere mich noch gut. Als wir versammelt waren und es verkündet wurde, sagte ich zu ihm: „Wie kannst du das glauben, sie will dich nur zum Narren halten." Marie, die so früh sterben sollte, wurde zuerst aufgeopfert. Sie war die älteste. Sie soll so schön gewesen sein, doch ich habe keine genaue Erinnerung daran. Vielleicht hatte ihre Schönheit diese ernste, geistige Prägung, die ein Kind nicht versteht. Aber Lovise war frisch und strahlend wie ein Frühlingstag, als sie nach zwei Jahren in Kopenhagen bei der Tante nach Hause kam. Diese Schönheit, der fremde Schnitt ihrer Kleider, ihr ungezwungenes und doch geziertes Wesen machte einen tiefen Eindruck auf mich. Es war, als ob alles, was sie berührte, verschönt wurde. Ich sah zu dieser Schwester mit einer Art stummer Bewunderung auf. Mit einem Scharfsinn, den nur Kinder haben, wußte ich alles zu durchdringen, was sie anbetraf. Aber sie war das erwachsene Mädchen und nur auf kindliche Weise wagte ich, mein tiefstes Interesse und meine Hingebung an den Tag zu legen. Ich machte Botengänge für sie, erriet jeden ihrer kleinen Wünsche und suchte, ihr auf jede Art zu gefallen.

Von Tante Charlotte hatte ich zu meinem zehnten Geburtstag eine Wachspuppe bekommen, und da ich fand, daß sie Ähnlichkeit mit Lovise habe, gab ich ihr den Namen meiner Schwester. Doch nach und nach identifizierte ich sie ganz mit Lovise. Ich dichtete in ihr Scheindasein alles, was Lovise bewegte. Bekam Lovise ein neues Kleid, sollte die Puppe genau dasselbe bekommen. Mit dieser Lovise sprach ich, vor ihr wagte ich ohne Scheu, mein Herz auszuschütten. Ich beriet, ich tröstete sie in schwierigen Situationen, ich träumte die schönsten Zukunftsträume mit ihr. Die Puppe hatte ihren Wohnort in einer tiefen Nische in der Grotte. Hier saß sie wie eine kleine, verzauberte Prinzessin, vor der Welt verborgen, und wartete auf den Tag, an welchem das Glück kommen und sie holen sollte ...

Ja, Lovises Schicksal habe ich mir ganz anders zu Herzen genommen. Das sie so etwas tun konnte! Wie ich diesen Caspersen haßte! ... Er war jünger und hübscher als Broch, hatte einen sogenannten ‚guten Kopf' und eine Art ‚Mutterwitz', den er eifrig übte. Doch diese Eigenschaften dienten lediglich dazu, seine Roheit und seinen Dünkel in ein stärkeres Licht zu setzen. Mutter und meine erwachsenen Schwestern behandelte er immer plump und respektlos. Und er schämte sich nicht, Edvard den Grundsatz einzuprägen, daß alle Frauen eine Art untergeordnete Wesen sind, die keine bessere Behandlung verdienen. Das trug üppige Früchte. Edvard, ursprünglich ein ganz lieber Junge, wurde uns Schwestern gegenüber tyrannisch und unartig. Nichtsdestoweniger verliebte sich Caspersen in Lovise und ließ sich herab, um ihre Hand anzuhalten. Nie vergesse ich diesen Tag. Am Morgen hatte er einen Freiersbrief geschrieben. Bei Tisch waren alle stumm. Lovise saß errötend am Tisch und rührte nicht ihr Lieblingsgericht an, das – ich weiß nicht, ob zufällig – an diesem Tag serviert wurde. Mutter sah feierlich aus, und als wir uns vom Tisch erhoben, half Caspersen ihr, den Stuhl wegzurücken. Am Nachmittag sprach Mutter von der Bestimmung der Frau und davon, was Kinder ihren Eltern schuldig seien. Ich verstand nun, was los war. Ich wußte auch, was Lovise antworten würde. Ich wußte, daß sie einen anderen liebte. Sie hatte es nie gesagt, aber ich wußte es trotzdem. Ich war so sehr mit ihr diese stumme Liebe eingegangen, daß sie geradezu meine eigene geworden war. Ich wechselte wie Lovise die Gesichtsfarbe, wenn sein Name genannt wurde, obgleich ich ihn nie gesehen hatte.

In der folgenden Nacht nach diesem feierlichen Tag erwachte ich dadurch, daß sie im Bett lag und ein Schluchzen unterdrückte. „Bist du wach, Sofie?", fragte sie. Wollte sie mir ihr Herz öffnen oder war es aus Furcht, es zu offenbaren? Ich glaubte das letztere und tat, als ob ich schlief. Aber als es ruhig geworden war, stand ich auf und schlich mich zu ihrem Bett. Sie schlief. Hier saß ich bis zum hellen Morgen. Ich wagte nicht, meinen Posten zu verlassen, ich mußte mich davon überzeugen, daß sie geborgen schlief, gerade so, als ob ich ihren Schlaf beschützen könnte. Am nächsten Tag wurde bekannt gegeben, daß sie mit Caspersen verlobt war. Da stahl ich mich aus der Stube, stürmte über die Wiesen und verbarg mich im dichtesten Wald. Hier weinte ich bitterlich.

Als ich Caspersen Lovise Liebkosungen erweisen sah, kam es mir vor, als erlitte sie eine öffentliche Beschämung. Ich konnte es nicht ertragen, es empörte mich an Stelle meiner Schwester, ich konnte es nicht im Haus aushalten und verbarg mich im Wald und in der Grotte.

Unterdessen näherte sich der fürchterliche Tag, an dem Lovise Caspersen angetraut werden sollte. Ich glaubte beständig, daß der Himmel ein Wunder geschehen lassen würde, um es zu verhindern. Es geschah kein Wunder, außer daß Lovise wunderlich gefaßt war. Es schmerzte mich mehr, als daß es mich freute. Ob ich wollte oder nicht, mußte ich in der Kirche dabei sein. Hier sah ich Lovise vor dem Altar mit dem Mann stehen, den sie weder liebte noch achtete und der sie seither so grenzenlos unglücklich gemacht hat.

Aber nach der Zeremonie, da niemand nach mir fragte, eilte ich hinunter zur Grotte. Seit Lovises Verlobung hatte ich meine Puppe Lovise kaum gesehen. Zum letzten Mal nahm ich sie hervor. Ich sprach nicht mehr zu ihr, denn sie war ja tot. Sie sollte, sie mußte tot sein. Eine solche Erniedrigung wagte sie nicht zu überleben. Und so nahm ich dann die kleine Tote, zog ihr weiße Kleider an, legte sie in den Sarg und setzte sie an der tiefsten Stelle der Nische bei. Sechs dicke Kerzen brannten in angemalten Zinnleuchtern, und ebenso wie die Alten ihre Toten mit all ihren irdischen Schätzen begruben, nahm ich die Kleider und Kostbarkeiten der Puppe und all mein Spielzeug und versteckte sie darin. Als alles gerichtet war, küßte ich sie und weinte solch aufrichtige Tränen um sie, als ob es meine Schwester gewesen sein könnte. Anschließend mauerte ich die Öffnung vollständig mit Lehm und Steinen zu. Eine neue Lage Erde und Moos verdeckte die Spuren gänzlich. Was hier verborgen wurde, sollte nie, nie mehr ans Tageslicht kommen. Ich fühlte, daß ich gleichzeitig meine Kindheit einmauerte. Körperlich und seelisch ermattet kam ich nach Hause und schlich mich hinauf in mein Zimmer.

Und es ist wahr, hiermit endete meine Kindheit und ein neuer Abschnitt meines Lebens begann. Die Leere, die Einsamkeit, die in unser Haus einkehrten, nachdem meine beiden Schwestern es verlassen hatten, waren auch richtig dazu geeignet, die traurige Richtung, die meine Gedanken eingeschlagen hatten, zu nähren. Mutter hatte wohl ernsthafte Kämpfe mit ihnen zu bestehen, bevor sie sich fügten. Sie glaubte daher, daß es nützlich sei, ihre anderen Töchter bei Zeiten zu bearbeiten, um bei diesen dem, was sie „Romangrillen" nannte, vorzubeugen. So hörte ich dann in reinen, trockenen Worten ausgesprochen, was ich mit Schrecken geahnt hatte, daß es kaum einmal dem Los einer Frau zufalle, daß sie denjenigen heiratet, den sie liebt, und daß es dennoch ihre Bestimmung ist, irgendjemanden zu heiraten, weil der unverheiratete Stand der allerkläglichste ist. „In dieser Hinsicht seid ihr alle Prinzessinnen", sagte sie. Mir schwindelte zwischen all diesen Zuständen ... Ohne jegliche Zuneigung verheiratet zu werden, derartig willenlos und doch freiwillig an eine dunkle Macht, hinein in ein ganz anderes, ungeliebtes Dasein geschleudert zu werden! Und dann, wenn man einen anderen liebt! ... Arme Lovise! Oh, Gott, laß mich nicht lieben wie sie! ... Trockne diese Quelle in meiner Seele aus! ... Laß mich diesem Schicksal entgehen! Ich will alleine leben – alleine bis ans Ende meines Lebens, niemals lieben, niemals jemanden ehelichen. Dieser kindliche Wunsch mag lächerlich gewesen sein, doch noch immer kann ich nicht über ihn lachen ...

Der ledige Stand begann, eine Art heilige Bedeutung für mich anzunehmen. Manchmal war er doch sicher eine starke, freie, eigene Wahl der Seele. Wenn ich mit den alten Jungfrauen des Bezirks zusammenkam, beobachtete ich sie mit gespanntem Interesse. Ach, sie waren wenig dazu geeignet, die Idee hübsch oder aufbauend zu machen. Welch ödes Leben! Ihre Gedanken und Anschauungen über jedes Ding, wie übertrieben borniert, wie versteinert! Wie erbärmlich ihre Beschäftigungen! Die alte Jungfrau Møllerup hat in den letzten zehn Jahren unablässig an einem Strumpf gestrickt, ihn wieder aufgeribbelt, und diese Strafe, die erschreckend an die der Danaiden erinnert, hat sie auf sich gezogen, sagt Mutter, weil sie so schlecht war, „wegen einer Grille" einige gute Angebote abzulehnen. Eine alte Frau, die wieder kindisch wird, kann vielleicht ihr Leben damit ausfüllen zu stricken, ewiglich zu stricken, doch würde sie es wieder aufribbeln? Ich glaube nicht ... Sie hat Kinder gehabt ... Über allen diesen einsamen, verlassenen Wesen lag dieselbe Prägung, ich weiß nicht wovon ... von einer alten Jungfrau. Oh, Gott, könnte dieses Dasein nicht schöner gemacht werden? Lehre es mich, lehre mich, es zu tragen, es zu füllen. Ich will lesen, ich will lernen, ich will Tag und Nacht arbeiten.

Damals hatte ich schon viel gelesen, allerdings oberflächlich und ohne eine besondere Auswahl zu treffen. Es gab Dinge, die meine Seele eher erschlaffen ließen statt sie zu bereichern. Doch selbst bei einer besseren Auswahl fehlte es mir an der Hauptvoraussetzung, um das Gelesene zu verstehen und es mir anzueignen: mir fehlten Kenntnisse. Ein glühender Eifer, etwas zu lernen, ergriff mich. Unter dem früheren Lehrer, Herrn Caspersen, hielt ich mit Edvard Schritt, das will sagen, ich war die ersten Auszüge der gewöhnlichen Schulbücher durchgegangen. Nun begannen meine Selbststudien. Ich las spät und früh, je weiter ich eindrang, desto mehr wuchs das Interesse. Aber ich versteckte meine Bücher ebenso verschreckt wie Amalie ihre Romane. Auf diese Weise hielt ich heimlich mit Edvard Schritt, bis ich ihn überholt hatte.

Eines Tages bat ich ihn so nett darum, mir ein botanisches Werk zu leihen, von dem ich wußte, daß er es in seinem Regal stehen hatte. „Ich will mir nur die Bilder ansehen", sagte ich. Aber er äußerte höhnisch: „Du brauchst dich nicht damit anzustrengen, so etwas zu lernen. Caspersen sagt, daß Frauenzimmer nur dazu geschaffen sind, den Männern das Haus zu führen, und das man alle gelehrten Frauen ins Narrenhaus einsperren müßte." Das tat meiner Lust zu lernen keinen Abbruch. „Ich tue es nicht um der Männer willen sondern um meinetwillen, daß ich lerne." Aber nie mehr bat ich Edvard um irgendein Buch. Alle jene, die ich teils aus Vaters Buchsammlung, teils durch Ausleihen bekommen konnte, brachte ich hinunter in die Grotte, wo ich mir eine kleine Bibliothek einrichtete. Ein Stein verschloß die Öffnung so kunstvoll, daß niemand sie entdecken konnte. Wie glücklich ich war, wenn ich hinunter zu meinen Schätzen eilen konnte! Ich ging immer ungerne nach Hause, aber doch, wie mir schien, reicher als zuvor. Alles, was ich tagsüber erlebte, setzte ich mit dem in Verbindung, was ich gelesen hatte. Die Geschichte interessierte mich besonders lebendig. Vom Stein am Eingang aus konnte ich sehen, wenn jemand kam. Näherte sich jemand unten an der Mühlenpforte, kam das Buch augenblicklich in sein Versteck. Ich hatte eine außerordentliche Scheu, Kenntnisse zu verraten, selbst vor Vater. Und Edvard und Caspersen hätten mich auf die Folterbank legen müssen, bevor sie etwas gemerkt hätten.

Meine Freuden und meine Sorgen waren also nicht die eines Kindes. Ich hatte einen eigenen Maßstab für sie. Nur in dem Verhältnis, in welchem sie zu meinem eigenen großen Kummer standen, bekamen sie Bedeutung. Einen körperlichen Schmerz, eine enttäuschte Hoffnung, den Verlust von etwas, das ich lieb hatte, nahm ich mir dahingegen nur wenig zu Herzen. Ein Instinkt sagte mir, daß das beste Gegengewicht gegen diese Grübeleien in einer Tätigkeit läge, und kaum hatte ich diese Idee, als ich mit grenzenlosem Eifer an den Verrichtungen im Hause teilzunehmen begann. Doch dies geschah mit einer Unstetigkeit, einer fieberhaften Unruhe, die niemals etwas durchführte.

    Caspersen reiste, und nun sollte Kold kommen. Ich haßte ihn schon, bevor ich ihn gesehen hatte. Als er das erste Mal am Tisch saß, verwunderte es mich zu sehen, wie jung und hübsch er war und daß er eine ganz andere Sprache als die anderen redete. Er kam nicht pfeifend in die Stube hinein, er fluchte nicht, wenn er mit den Leuten sprach. Ich haßte ihn nur noch mehr dafür. Ich schlußfolgerte einfach: je mehr Grund sie haben, sich selbst zu erhöhen, desto mehr erniedrigen sie uns. Herr Caspersen fand mich und meine Schwestern immer gut genug, um seine Haushälterinnen zu werden, für Herrn Kold mußten wir da doch etwas noch Geringeres sein. Mit diesem Unwillen, so glühend, wie er sich nur im Kopf eines unerfahrenen Kindes verwurzeln kann, bin ich ihm begegnet. Wie peinlich waren diese Schulstunden mit ihm! Ich wußte, daß ich mit all meiner Lernbereitschaft, all meinem Fleiß doch nur das geringe Wesen in seinen Augen bleiben würde, auf das er mit Recht herabsah. Die himmlische Geduld, die er zeigte, konnte das etwas anderes als Geringschätzung sein? Wenn ich ihn dann eine geschlagene Stunde sitzen und sich anstrengen ließ, um mir die Elemente von irgendetwas zu erklären, über das ich schon längst hinaus war, fühlte ich selbst die Grausamkeit und das Lächerliche darin, aber ich war wie verstockt. Einem Verbrecher muß derart zumute sein. Nur manchmal schimpfte er, und ich fühlte mich dadurch sonderbar zerknirscht und geehrt. Jedes Zeichen seines Unwillens hätte mich stolz machen können. Oh, ich meinte, fühlen zu können, wie ich ihm zuwider war. Wenn der Unterricht vorüber war, rannte ich, als könnte ich vor meiner eigenen Unverträglichkeit davonlaufen.

    Habe ich ihm Unrecht getan? Einmal, ein einziges Mal kam mir dieser Gedanke in den Sinn, doch war er so flüchtig, so unklar, eine Sternschnuppe, kein Leitstern. Wir trafen einander auf der Alm. Er kam mir hier ganz anders vor als zwischen den anderen, wo er beständig so wundersam ist und alles mit einer solchen Miene sagt, daß man nie recht weiß, was er meint. Er sprach die Worte so seltsam aus. Ich zweifelte, ob ich recht gehört hatte. Er munterte mich auf zu singen. Zu singen! Aber als wir wieder nach Hause kamen, war er derselbe. Und ich sah, daß ich mich geirrt hatte. Habe ich mich geirrt? Ich weiß es nicht. Doch noch immer ist dieses Vorurteil in mir verwurzelt, daß ich nicht in seiner Nähe sein kann, ohne mich beklemmt zu fühlen.

In der Zwischenzeit war ich schon ein großes Mädchen geworden, aber ich kam mir selbst so wenig anmutig vor, daß ich nie in einen Spiegel sehen wollte. Ich mochte wohl schöne Damenkleider leiden. Jedes derartig schöne Auftreten konnte einen tiefen Eindruck auf mich machen. Wie bewunderte ich die Kleider, die Lovise hatte. Aber nie stellte ich mir mich selbst in einer solchen vor. Mutter sagte viele Male: „Du darfst dir das Haar hochstecken und kannst ein langes Kleid bekommen, Sofie, du bist bald ein erwachsenes Mädchen". Aber immer flehte ich darum, meine kindliche Kleidung behalten zu dürfen. ‚Ich komme früh genug in die erwachsene', dachte ich. Der Gesang wurde nie erwähnt. Doch das nächste Mal, als Vater darauf anspielte, daß ich zur Tante sollte, war ich plötzlich dazu bereit, ob wegen des Gesangs, weiß ich nicht. Vielleicht war eine heimliche Unzufriedenheit mit mir selbst der Grund, vielleicht hoffte ich, daß das Leben in größeren, weiter entwickelten Verhältnissen mir die Antworten auf die Rätsel, die mich plagten, bringen würde und mich mit mir selbst und den Meinen versöhnend zurückführen würde. Ich will über die Erfahrungen, die ich in diesem Punkt machte, schweigen. Mein Schmerz, meine Enttäuschungen gehören mir und ich muß sehen, mit ihnen zurechtzukommen. Aber was ich tun kann – und ich will es tun – ist, daß sie nicht störend für andere werden.

Meine Kindheit war also traurig, trauriger vielleicht als diejenige vieler anderer Kinder, die weniger als ich die äußerlichen Bedingungen für das Glück genossen. Es waren Schatten, unsichtbar für alle anderen. Aber in diese Schatten sind doch einzelne Funken von Hoffnung und Zuversicht gefallen. Es war an einem Nachmittag im Herbst, genau der Tag, bevor ich reisen sollte. Einige Tage zuvor hatte ich meinen fünfzehnten Geburtstag gefeiert. Ich hatte Abschied von der Grotte genommen und saß nun auf dem Stein vor dem Eingang, wehmütig, fast außer Stande, mich von dem Ort loszureißen. Ein kalter, unbehaglicher Nebel nach langandauerndem Regenwetter hatte den ganzen Tag über der Landschaft gelegen. Der helle Hintergrund zwischen den Rahmen aus Felswänden war durch einen grauen Vorhang geschlossen. Man konnte eben die zwei hohen Tannen bei der Mühle erahnen. In den unbestimmten Umrissen sahen sie riesengroß und fast bedrohlich aus. Sie standen dort als Wächter vor der geheimnisvollen Zukunft, dieser Zukunft, die mich mit einem dunklen Grausen und Angst erfüllte. Ich dachte an Lovise, meine arme Schwester, die ich kürzlich wiedergesehen hatte. Wie verändert, oh, Gott! Ich dachte an Jungfrau Møllerups danaidische Strümpfe, und die Trostlosigkeit des Daseins überfiel mich. Ich merkte nicht, daß ein Windhauch zwischen dem Gebirgstrakt hindurchstrich, daß es sich mit einem Mal in der Luft aufklärte, bis ich plötzlich die Wipfel der Tannen wie zwei Kirchturmspitzen blinken sah. Und nun sah ich den Nebel sich in großen, schweren

Massen zusammenrollen und sich hinunter auf die Flußniederung senken. Mit einem Mal lag die ganze Landschaft klar in der Abendsonne. Und ebenso schnell, wie von demselben Naturgesetz hervorgebracht, ließ sich ein Gedanke hell und warm in mir nieder: *„Zu lieben und für denjenigen zu leben, den man liebt!"* Die Vorstellung eines solchen Glücks überwältigte mich. Ich sank auf die Knie und drückte mein Gesicht gegen den Stein. Ich ging nach Hause, verwirrt wie ein Bettler, der davon geträumt hat, wo der riesige Schatz vergraben liegt, und der bebend daran denkt, daß der Traum wahr sein könnte.

Auf dem Lande ist es ein alter Brauch, eine „Großstube" zu haben; das bedeutet, ein oder zwei Zimmer im Haus bleiben unbewohnt, um nur zwei, höchstens drei Mal im Jahr zu großen Anlässen benutzt zu werden. Dann werden die Gardinen aufgerollt und die Überzüge von den Möbeln und Lampen genommen. Es wird gewienert und geputzt, allerdings bemüht man sich vergeblich darum, den Zimmern die unbeschreibliche Note der Einöde zu nehmen, die erdrückkend in der Luft solcher Räume liegt, die nicht ständig von Menschen bewohnt werden, und die über allem Geschaffenen schwebt, über der ganzen Natur, wenn sie nicht von menschlicher Beeinflussung beatmet und durchdrängt wird. Ist es Winter, so spotten die durcheisten Wände jeglicher Anstrengung, es warm zu bekommen. Der Ofen qualmt und glüht, aber in der Stube herrschen die Temperaturübergänge aller Zonen. Auf Kosten einer „Großstube" wohnt die Familie das ganze Jahr hindurch beengt.

In Folge dieses Brauchs hatte die Familie sich in dem kleinen, im Sommer sehr muffigen Wohnzimmer, das zum Hof hinaus lag, zusammengedrängt. Aber Sofie hatte die Autorität genutzt, die eine junge, schöne, kürzlich nach Hause gekommene Tochter in einem Haus ausübt, und die Mutter dazu gebracht, die Stube zum Garten hin, ein großes, schattiges Zimmer, zu benutzen.

Einen Morgen kam Kold hinunter und fand die Familie versammelt. Die Glastüren zum Garten standen offen und ließen die holdselige Sommerluft hereinströmen. Ein jeder schien sich durch den Umbau besonders wohl zu fühlen, und man konnte nun nicht begreifen, weshalb er nicht schon früher vorgenommen worden war.

Die Amtmännin und Sofie nähten an der offenen Türe, Amalie schenkte Tee ein und auf dem Sofa lag Edvard mit den Beinen auf der Lehne und schickte Amalie zum dritten Mal mit einer Tasse weg, die ihm nicht richtig paßte. Als Kold hereinkam, erhob Edvard sich, denn er erwies seinem Lehrer doch immer Achtung. Kold war seit der Begebenheit auf der Alm beachtlich in der Gunst der Familie gestiegen. Besonders auf die Frau des Amtmanns und Amalie konnte eine solche kleine Romanat ihre Wirkung nicht verfehlen. Sofie erinnerte sich, wie bereitwillig und mit welcher Aufopferung seiner eigenen Bequemlichkeit er ihren Wunsch ausgeführt hatte. Und sie konnte nicht umhin, ihn mit milderen Augen zu betrachten. Nun kam auch der Amtmann. Er nahm fast nie an ihren Ausflügen teil, sondern begnügte sich damit, die Berichte darüber zu hören. Er hatte sich gerade in dem Lehnstuhl niedergelassen, und Edvard hatte ihm die angezündete Pfeife gereicht, als ihm die gestrige Geschichte erzählt wurde, und das von allen Seiten so lebhaft, daß er nicht wußte, wem er zuhören sollte. Die Hausherrin wußte einen neuen Auftritt von Brandt zu erzählen, der sehr viel

Gelächter erweckte, aber der Alte schüttelte den Kopf.

„Der arme Mensch; so ist er denn völlig verloren!"

„Wie kannst du ihn beklagen, bester Freund?", sagte seine Frau. „Hier kann man nur mit dem Mitleid haben, dem er Scham und Sorge bereitet, dem er eine empörende Undankbarkeit zeigt; und vor allen andern mit seiner alten, ehrwürdigen Mutter."

Alle waren hierin mehr oder weniger einig und meinten, daß Lorenz kein Mitleid mehr verdiene. Kold sagte, so weit er Brandt kenne, könne nichts Besonderes an ihm verlorengegangen sein; derjenige, der derartig jeden Funken von Ehrgefühl ausgelöscht habe, könne es nie in hohem Grad besessen haben.

„Mein lieber Kold", sagte der Amtmann mild, aber doch ernst, „das ist sowohl hart als auch falsch geurteilt. Danken Sie Gott, daß Ihre Natur und eine bessere Ordnung der Dinge die Versuchung von Ihnen ferngehalten haben. Brandts Studentenzeit fiel in eine wohlbekannte Periode, die mehrere als nur ihn auf Abwege brachte und in welcher die besten am allerleichtesten strauchelten. Damals war der Student fast gänzlich auf sich selbst angewiesen. Die Häuser der Stadt standen ihm nicht so offen wie jetzt, öffentliche Vergnügungen gab es kaum, und wohin sollten wohl die jungen Menschen gehen, die, mit der Brust angefüllt von Lebenslust und Begeisterung, zur Universität kamen? Sie suchten zusammen Zuflucht, und eine Tradition aus den alten, derben Trinkzeiten machte Punsch und Spaß unentbehrlich. Für die schwachen Charaktere wurde auf diese Art Freude gleichbedeutend mit Zecherei. Diejenigen, die am begabtesten waren, waren unter diesen Verhältnissen der Gefahr am meisten ausgesetzt, zum einen weil sie unbewußt nach größerer Lebensfülle strebten, zum anderen weil sie vor allen anderen gesucht wurden. Auf diese Weise wurde Lorenz mitgerissen. Ach, wie viele Erwartungen knüpften sich nicht an diesen Menschen! Wir glaubten einmal alle, daß etwas Außergewöhnliches aus ihm werden würde."

„Wer könnte all das Entschuldigende verneinen, das in den Verhältnissen liegt! Aber wenn Sie, Herr Amtmann, glauben, daß die gesellschaftlichen Bedingungen nun so viel besser für die Studenten seien als vorher, muß ich das doch bezweifeln. Immer noch fehlt es an öffentlichen Zerstreuungen, und der Zugang zu den Familien ist schwierig genug."

„Darüber müßten Sie doch am wenigsten klagen", unterbrach ihn die Frau des Amtmanns, „Sie, der so ungeheuer gefragt war. Man trachtete Ihnen ja förmlich mit Einladungen nach dem Leben."

„Mir, gnädige Frau?", sagte Kold lächelnd, „ich versichere Ihnen, daß ich zwei Jahre lang in einer Dachkammer gelebt habe, ohne daß eine Seele wußte, daß es mich gab."

„Aber dann wurden Sie doch entdeckt, und ich weiß positiv, daß Sie überall dabei waren."

„Kristiania soll in der letzten Zeit so ungeheuer gesellschaftlich geworden sein", bemerkte Amalie.

„Das ist wahr. In der letzten Zeit trieb ich mich viel auf Bällen und in Gesellschaften herum, leider. Kristiania bekam wirklich plötzlich den Drang nach höherer Gesellschaftlichkeit. Aber man hatte keine Zeit abzuwarten, bis sie natürlich von selbst kam. Alles sollte sofort einen europäischen Zuschnitt haben. Dazu wurden brauchbare Subjekte benötigt. Ein gewisses Talent, sich zu produzieren, war das einzige, was gefordert wurde. Diese auserwählten Nummern wurden in Gebrauch genommen und unabläßlich abgenutzt. Ja, sie wurden in dem Grad abgenutzt, daß viele sich am Ende selbst nicht wiedererkannten. Ich rettete mich, wie Sie sehen, rechtzeitig, gnädige Frau ... Eine Stadt kann gesellschaftlich sein, aber es ist nicht gesagt, daß sie deshalb auch gastfreundlich ist. Und es wird der großen Menge, die außen vor steht, wahrlich wenig helfen, zu sehen, daß eine Handvoll ihrer glücklichen Kameraden eifrig hervorgezogen wird, zu sehen, wie einige, oftmals zufällige und zweifelhafte Verdienste ihr Glück machen. Nein, Gott weiß, es gibt nur wenige äußere Aufmunterungen, und ist der Ton nun besser und die Ausschweifungen seltener, so ist der Grund hierfür ganz woanders zu suchen."

„Sicher", fügte der Amtmann in tieferer Erkenntnis des Wertes der Zivilisation hinzu, „in einem ernsthafteren wissenschaftlichen Streben, mit anderen Worten in der Zeit selbst, die auch bei uns ihre Bahn gebrochen hat. Es muß für den jungen Menschen heutzutage ein tröstendes Bewußtsein sein. Die Tage der Dunkelheit sind vorbei. Die Grundlage für das Gute ist geschaffen. Nun gilt es, darauf aufzubauen."

„Ach ja, diese Grundlage! Es hätte keine Not, wenn sie schon gelegt wäre, aber es ist ja gerade sie, an der wir arbeiten, und wir tun es im Schweiße unseres Angesichts. Wir bewegen den Stein, nachher wird er leicht zu rollen sein. Unsere Nachkommen werden beurteilen können, wie schlecht unsere Zeit es gehabt hat! Die vorige Generation, die in zynischer Gedankenlosigkeit das mit Füßen getreten hat, für das wir nun kämpfen, war im Vergleich zu uns glücklich zu schätzen, war sie doch in ihrer Roheit einträchtig. Nun herrscht eine wechselseitige Spaltung zwischen uns. Jede Person, die das Richtige will, trifft oft in ihrem Nächsten auf den erbittertsten Widerstand."

„Wahrhaftig, diese Zersplitterungen, dieser ewige Streit darin ist ja traurig anzuschauen, noch trauriger für denjenigen, der davon berührt wird", bemerkte der Amtmann.

„Nein, die Verhältnisse sind nicht günstiger! Anlaß zu Ausschweifungen gibt es noch immer in reichlichem Maße. Aber uns sind die Augen geöffnet worden, unsere Zeit ist selbstbewußt. Deshalb werden wir widerstehen. Wir können uns hinreißen lassen, aber nicht so leicht verlorengehen wie Lorenz Brandt."

Als die Unterhaltung der beiden Männer eine ernsthaftere Wendung genommen hatte, verließen die beiden älteren Damen diese gerne freiwillig. Kold aber hatte bemerkt, daß Sofie, offensichtlich in ihre Arbeit vertieft, ihr aufmerksam folgte. Dieses junge Mädchen war daran gewöhnt, daß die Anschauungen, die es sich über das Leben bildete, von denjenigen seiner Umgebung abwichen. Das hatte sie viele Male verwirrt und uneinig mit sich selbst gemacht. Sie sprach selten ein Urteil außer über die gleichgültigste Sache aus. Nun war es geschehen, daß Kold mit seinen Äußerungen plötzlich ihre stummen Gedankengänge beleuchtete. Wenn sein Blick sie streifte, war er manchmal über die gespannte Teilnahme überrascht, die sich in ihrer Miene offenbarte. Er fühlte dann große Lust, sie in die Unterhaltung einzubeziehen, doch wollte es sich nie richtig fügen. Die Zurückhaltung, die er zwischen ihnen gepflanzt hatte, kam ihm mit einem Mal sowohl peinlich als auch töricht vor. Er wartete nun bloß auf einen Anlaß, durch welchen sich die Zurückhaltung leicht und von selbst lösen könnte.

Er kam, aber ganz anders, als Kold erwartet hatte. Eine Begebenheit, unsichtbar für die anderen, die ihn hingegen tief in seinem Innern ergriff, gab seinem ganzen Verhältnis zu dem jungen Mädchen eine Farbe, eine Bedeutung, die es ansonsten vielleicht nie bekommen haben würde.

Als sie eines Tages im Saal zum Garten versammelt waren, kam die Post und fiel wie eine Bombe in die laute Unterhaltung. Einen Moment danach herrschte tiefste Schweigsamkeit, die nur durch den raschelnden Laut der Blätter unterbrochen wurde. Bisweilen pflegte Frau Ramm diese Stille durch einen dahingeworfenen Ausruf zu unterbrechen, wenn irgendetwas aus ‚Dagens Krønike' ihr Interesse weckte. Dieses Mal fand sie jedoch nichts zu bemerken, doch richtete sie eine Frage an Kold. Einen Augenblick später ging dieser hinaus.

„Was ist denn mit Kold?", sagte die Frau, „er antwortete nicht auf meine Frage und, als er ging, war er bleich wie die Wand."

Unwillkürlich ergriff Sofie das Blatt, in welchem er gelesen hatte.

„Gib her", sagte ihre Mutter und machte sich daran zu suchen. „Ich sehe überhaupt nichts ... Unter den Todesfällen stehen bloß die alte achtzigjährige Frau S. sowie ein Fräulein D. – keine von beiden geht ihn an. Daß zwei Häuser in Lillesand abgebrannt sind, kann er sich doch nicht zu Herzen nehmen."

Kold zeigte sich unten bei Tisch etwas stiller als gewöhnlich. Auf die teilnehmenden Fragen, die man nicht unterlassen konnte, ihm zu stellen, antwortete er ausweichend. Man hatte sich gänzlich geirrt. Die Aufforderung, die Familie auf einem Ausflug am Nachmittag zu begleiten, schlug er aber aus.

Er stand in seinem Zimmer am Fenster, als es im Haus still geworden war.

Er leerte die alte Schale der Reue, aus welcher wir die Erinnerung an unsere Toten trinken – diese Reue, die ja nichts anderes ist als der ewige, unfruchtbare Kummer der menschlichen Natur über ihre eigene Unzulänglichkeit. Kämen die Toten zurück, vermöchten wir dann mehr?

„Margrethe!", flüsterten seine Gedanken, „bist du tot, meine zärtliche, kluge Freundin? Soll ich niemals mehr deine Stimme hören, die so gut zu trösten verstand! Und du bist einsam gestorben, nicht geliebt, nicht verstanden, nicht anerkannt ... Ja, es ist nackt und kalt auf solchen Höhen! Auch von mir hast du dich vergessen geglaubt, obgleich Gott weiß, wie oft meine Gedanken dich aufgesucht haben, bewundernd und dankbar. Es ist wahr, du hast davon keinerlei Anzeichen gesehen, nicht ein einziges. Nicht einmal diese armseligen Blätter bekamst du. Oh, wenn du es aus deinem Himmel kannst, so tröste mich darüber, selbst kann ich mir nicht verzeihen!"

Acht Tage später nahm Kold ein versiegeltes Paket entgegen, das einen Teil der schriftlichen Hinterlassenschaft Margrethes beinhaltete und das, an ihn adressiert, an ihrem Aufbewahrungsort gefunden worden war.

Mit jenem wunderlichen Gefühl – halb Wehmut, halb Grauen – mit welchem wir die Handschrift lieber Verstorbener betrachten, starrte Kold lange auf die bekannten Schriftzüge. Oh, diese Zeichen, in denen das Menschenleben noch in all seiner Größe und Geringfügigkeit pulsiert, in seiner liebenswürdigen Schwäche. Welch Kontrast zu der Unzugänglichkeit und der kalten, abweisenden Vornehmheit des Todes! In diesem Kontrast liegt der Grund dafür, daß alles, was uns an deren vergängliches Dasein unter uns erinnert, Kleider, Dinge, die sie benutzt haben, ein Wort auf einem Zettel hingekritzelt, um einen Füllfederhalter auszuprobieren, die Saiten der Sorgen weitaus bitterer und heftiger rührt als die Betrachtung ihrer seelischen Vollkommenheiten. In diesen finden wir wiederum, daß sie den schwindelnden Abstand verringern, und eine milde Zuversicht erfüllt uns, daß das Ewige in uns einmal auch uns dorthin führen wird, wo sie sind. Ein gleichgültiger Brief erschüttert uns mehr als einer der tieferen Art, die bloßen Schriftzüge mehr als der Inhalt selbst.

Unser Freund verbrachte einen großen Teil der hellen Sommernacht damit zu lesen. Das meiste davon waren lose Aufzeichnungen ohne Datum und Ordnung; einige von ihnen hatten eine Brieform angenommen, in der Kolds Name eher zufällig figurierte. Vielleicht hatte sie nie daran gedacht, sie abzusenden, bis der Tod sich meldete, und sie hatte wohl dem verzeihlichen Drang nachgegeben, den ein jeder Sterbende fühlt, wenigstens in der Brust eines einzigen Wesens verstanden zu leben.

Wir wollen den Leser, der uns wohlwollend durch Sofies Selbstbiographie gefolgt ist, nicht mit noch etwas Ähnlichem belästigen. Nur zum Gegensatz zu dieser unmittelbaren Auffassung, die ein junges Mädchen vom Leben hat, wollen wir einige Züge einer anderen weiblichen Lebensphilosophie mitteilen. Und dies ist eine Philosophie, die durch Schmerz und Erfahrung gereift ist.

Auszüge aus Margrethes Blättern

Ich dachte wohl, daß es einen anderen Zusammenhang hatte. Es gibt etwas tief Betrübliches und Demütigendes in diesen Fakten, soweit ich Sie selbst davon habe erzählen hören. Betrüblich für Sie, demütigend für uns. Das ganze Rätsel liegt darin, daß keine der Damen, in die Sie sich verliebt haben, Sie wirklich geliebt hat. Doch gab es nicht im geringsten ein Hindernis dafür, daß Sie mit jeder beliebigen von ihnen hätten verheiratet werden können. Gott sei Dank, daß es nicht geschehen ist.

Eine Art Gefühl haben sie wohl gehabt, und sie wären ganz beleidigt gewesen, hätte man es nicht Liebe genannt. Es hatte alle ihre Launen und Ansprüche. Eine Art Gefühl hatten sie, sonst würden sie keine Verbindung eingegangen sein können. Aber das echte Gefühl war es nicht. Es war nicht jene unwillkürliche, ungerufene und unwiderstehliche Macht, die, gleich der Pflanze, die im Schatten geboren wird, sich ungesehen und ungepflegt von ihrem eigenen Saft ernährt und die man nicht ausreißen kann, ohne gleichzeitig die Wurzeln des Lebens auszureißen.

Es war das unechte Gefühl, das Treibhausgefühl, des Zufalls unreife Frucht. Es war der matte Reflex von der Begierde des Mannes, der durch ein Zusammenspiel geschmeichelter Eitelkeit, vernünftiger Berechnung und einer ererbten Gewohnheit zur Unterwerfung entsteht.

Es ist dieses Gefühl, mit welchem der Mann sich zufrieden gibt. Er verlangt kein besseres, und erobert er es obendrein mit ein bißchen Mühe, ist er stolz wie ein Gott.

Wenn es möglich wäre, dürften die Männer überhaupt nicht wählen. Sie wählen meist nach sinnlichen Eingebungen, sie setzen Besitz über alles.

Die Frauen dürften auch nicht wählen. Sie sind so wenig entwickelt, daß sie nicht einmal aus Vernunft vernünftig wählen können. Man würde sich darüber entsetzen, die Motive zu sehen, die die Frauen oft dazu bewegen, ein Angebot anzunehmen.

Die sogenannten „gestifteten Partien" enthalten daher oftmals eine größere Sicherheit für das gegenseitige Glück als man meint. Man soll sie nicht verachten.

Es gibt nur eines, das in Wahrheit wählen sollte, und das ist die weibliche Liebe ...

Die Männer wählen wie Narren und büßen wie Märtyrer.

Von allen den geträumten und wirklichen Eigenschaften, die einen Mann für die Frau einnehmen, auf welche seine Wahl fällt, vergißt er nur eine kleine Nichtigkeit, und das ist ihre Liebe.

Merkt er trotzdem, daß das kleine Ding fehlt, so denkt er: „Es kommt noch." Jeder Mann glaubt, Pygmalion zu sein, der früh genug die Bildsäule beleben kann, wenn die Zeit kommt, da sie notwendigerweise vom Piedestal herabsteigen muß. Aber die Ehe entzündet kaum etwas Liebe. Es muß, im Gegenteil, ein tüchtiger Fond mitgebracht werden, um sie auszuhalten.

Ein Mann kann, selbst wenn er kein zärtlicher Ehemann ist, doch ein braver Ehemann sein. Er kann seinem Beruf genauso eifrig, genauso gewissenhaft nachgehen. Seine Pflichten haben eine bestimmte Begrenzung.

Eine Ehefrau hingegen muß zärtlich sein, will sie brav sein. Die Aufgabe einer Ehefrau hat nicht solche Grenzen. Sie besteht aus einer Schar unbestimmbarer, verschiedenartiger, namenloser Einfachheiten, unsichtbar wie der Tau, der fällt, und die ihre Bedeutung nur durch die Gesinnung erhalten, aus welcher sie hervorgehen. In dieser, in der Liebe, liegt ihre Grenzenlosigkeit. Ohne diese schrumpft sie zu einem Joch zusammen; eine triviale Pflichterfüllung, in welcher sie augenblicklich ihre Begrenzung sucht.

Ein Mann kann den ganzen Tag an seinem Schreibtisch sitzen, ohne ein einziges Mal an sie zu denken, für die er doch arbeitet. Dagegen denkt er viel daran, wie sich der Artikel, an welchem er arbeitet, wohl in dem Blatt ausnehmen wird und welche Wirkung er vielleicht auf die nächste Beförderung hat.

Die Ehefrau, die liebt, denkt in all ihrem Tun einzig und allein an ihn. An ihn, für ihn, durch ihn, alles. Er ist ihr Ehrgeiz, ihre Öffentlichkeit, ihre Staatsratsabteilung ...

Es ist merkwürdig, wie man, wenn man in ein Haus eintritt, fühlen kann, ob dieser belebende Funke anwesend ist oder nicht. Man merkt es sehr stark an der Atmosphäre drinnen in den Stuben. Wo er herrscht, wird alles eine milde, beseelte Prägung von Schönheit haben; wo er fehlt, ist alles tot, kalt und nüchtern, selbst in der reichsten Umgebung. Entweder reißt sie sich dann mit Gewalt vom Joch los und läßt die Maschinerie laufen wie sie kann, während sie ihr Leben außerhalb des Hauses zu betäuben sucht. Oder sie geht ganz darin auf, sie wird selbst eine knarrende Maschine, die man am liebsten meidet.

Madame Dudevants Romane erregen nun Aufsehen. Es ist wahr, sie sind entsetzlich, entsetzlich wie die Ursachen, die sie hervorgebracht haben können. Hier nützt es nichts, eine allgemeine, bürgerliche Kritik anzusetzen oder mit einem gewöhnlichen Maßstab für das Unüberschreitbare anzukommen. Wir müssen diese Romane ruhig, aber mit dem schreckerfüllten Interesse lesen, mit welchem man von einem sicheren Standpunkt aus einen dieser gewaltigen Naturausbrüche, der in der Nähe Grauen und Verheerung verbreitet, beobachtet. Sie passen nicht auf unsere Verhältnisse. Wir und die französische Gesellschaft können ungefähr die zwei Extreme repräsentieren: das Beginnende, Unentwickelte, in seiner Knospe hart Zusammengeschlossene, das nur von Kälte und Verwahrlosung bedroht werden kann; und das raffiniert Überkultivierte, das seiner Auflösung nahe ist, und es ist aus dessen Morasten, aus welchen George Sand ihre Notschreie über die ganze zivilisierte Welt aussendet. Sie stellt keine Bedingungen, sie will eine totale Loslösung, eine vollkommene Gleichstellung mit den Männern in allen bürgerlichen und gesellschaftlichen Verhältnissen, eine Teilhaftigkeit ihrer Sitten, Gewohnheiten und sogar ihrer Kleidung. All das geht nun weit über unsere demütigen Wünsche hinaus und wirkt nur abstoßend. Nein, das verstehen wir nicht. Bis zu ewigen Zeiten muß der Mann unsere natürliche Stütze und unser Beschützer bleiben. Wehe dem, der diese Unterstützung entbehren muß, und wehe einem jeden, der glaubt, sie entbehren zu können! Madame Dudevant will die Auflösung der Ehe, die bei uns der einzige Hafen und die einzige Rettung ist, obgleich man auch hier ebenso wie dort fühlt, daß sie glücklicher werden könnte. In Frankreich werden sie zumeist aus finanziellen Gründen geschlossen; dort mit Geld und ohne Liebe, hier ohne Geld und ohne Liebe, doch mit dem großen Unterschied, daß die Männer hier unverdorben sind, wodurch das Mißverhältnis doch weit weniger fühlbar wird. Ja, man soll nichts anderes sagen, als daß diese mit einer sonderbaren und zärtlichen Schonung gegenüber ihren Ehefrauen gleichsam unbewußt etwas von der Unbilligkeit in den verschiedenen Lebensverhältnissen auszugleichen suchen. Nein, George Sand paßt einfach nicht bei uns. Sie paßt einfach nicht. Sie hat keine Zunge für unsere stummen Klagen, ihre Schriften reiben nur auf und irritieren, wie aller falscher Trost. Wir brauchen keine blutrünstige Freiheitsmegäre, wir brauchen nicht einmal eine schriftstellernde, dozierende Madame Roland, aber wir bedürfen dieser Kräfte, die unsichtbar wirken, still in ihrem Kreis, und die unmerklich die Fäden abnagen, die uns an den alten Ballast binden. Es war die arme, unbekannte Madame Le Gros, die durch ihre stille Ausdauer in der Sache der La Tude die Bastille umstürzte. Unsere Befreiungsversuche bewegen sich noch auf unsichtbaren Gebieten, und wir verstehen uns nicht im geringsten auf die Eroberungen, die außerhalb dieser zu machen sind. Gott befreie uns davon, mit den Männern um deren bürgerliche Ämter zu konkurrieren oder ihnen das Vergnügen, Uniform oder Tschakos zu tragen, abzustreiten. Was wir wollen, ist eine größere Freiheit der Gedanken und Gefühle, die Aufhebung der unzähligen lächerlichen Rücksichten und Vorurteile, die diese hemmen; ehrlichere, weniger verschrobene Tugendbegriffe, eine gesündere Moral, die von selbst alle Antastungen eines unmoralischen, öffentlichen Urteils abweisen wird, vor welchem nun der beste nicht sicher ist; eine größere geistige Unabhängigkeit der Männer, die eine größere Annäherung zuwege bringen und uns erlauben würde, mehr für sie zu sein, und das in einem tieferen Verstand als jetzt.

Ein Verfasser, der im übrigen gegen den Emanzipationsschrei eifert, der sich in Frankreich erhoben hat, sagt: „Die Frauen haben nur eine Quelle für ihre

Erfahrungen, ihre Liebe ist ihr Verstand, ihr Glaube, ihre Genialität, ihre Emanzipation." Sehr gut, wir verlangen keine bessere. Aber dann muß diese Liebe erst emanzipiert werden, will sagen: aus Barbarei und Sklaverei errettet werden. Beschütze doch, oh, Menschheit, diese, unseres Lebens erste Blüte. Denn von ihr aus soll fortan aller Segen reifen! Achte auf ihren Wuchs und ihre Frucht. Zerstöre nicht leichtsinnig ihre Herzblätter in dem stupiden Glauben, daß die groben Blätter darüber gut genug sind. Zwischen ihnen besteht ebenso ein großer Unterschied wie zwischen dem Tee, mit welchem wir gewöhnlichen Erdbewohner vorliebnehmen und Tee nennen, und jenem Tee, den der Kaiser des himmlischen Reiches einzig und allein trinkt und welcher der wirkliche Tee ist. Er ist die erste Ernte und ist so zart, daß er mit Handschuhen an den Händen gepflückt werden muß, nachdem sich die Einsammler vierundzwanzig Mal gewaschen haben, glaube ich.

Ja, es gibt viele solcher harten Bedingungen in unserem Leben, die bewirken, daß wir nur unvollständig unserer Aufgabe entsprechen können. Ja, ja, es sei den tausend tauben Ohren zugeschrien, es gibt etwas Unebenes, etwas Verkehrtes in unserer Stellung. Sollten nicht die bitteren Klagen von beiden Seiten einen Grund haben? „Wir hören keine", werdet Ihr sagen. Aber sie kommen doch, diese Klagen, gleichwie jene unerklärlichen Klagerufe, die von der blanken See aufzusteigen oder durch die Luft zu klingen scheinen. Doch wenige Ohren sind geschaffen, sie zu hören.

Ja, wir verdienten, besser gestellt zu sein. Wir sind besser, viel besser als das, wozu uns die Erziehung, unsere Institutionen und die allgemeine Meinung abgestempelt haben. Es gibt herrliche Naturen, die genau wissen, ihr Recht gegenüber dem einzelnen zurückzugewinnen. Das Individuum feiert viele Siege über die Geringfügigkeit der Generation. Kommt es daher, daß die Männer, die verheiratet sind, unser Geschlecht mehr achten und im Umgang liebenswerter gegen es sind als die Jungen? Sie ehren es wenigstens in ihren Ehefrauen und Töchtern. Keiner Frau ist damit gedient, in einem Kreis von Junggesellen erwähnt zu werden. Und es ist eine bekannte Sache, daß die einzige Art, in welcher man hier geehrt und ausgezeichnet werden kann, nicht genannt zu werden ist.

Es wird von der hohen Stellung, die die Amerikanerinnen in ihrem Land einnehmen, erzählt. Es kann schon sein, daß dies auf etwas Verborgenem beruht, auf etwas, das wir nicht recht anerkennen wollen. Deshalb kann es doch ebenso gewichtig in seinen Resultaten sein. Ich will meinen, daß die praktische Art, in der diese erzogen werden, die Gesetze, die ihnen alle Vorteile einräumen, Männer, die mit klug berechnetem, feinem Egoismus ihre Stellung verteidigen, sie von der Wiege an zu diesen stolzen, unabhängigen Wesen machen, deren

Einfluß sich vom Wohnzimmer hinauf durch alle Verzweigungen des öffentlichen Lebens erstreckt. Daneben will ich versuchen, einen Umriß, nur einen schwachen Umriß der Lebensbedingungen unserer jungen Mädchen zu geben. Noch bevor sie das Licht der Welt erblickt haben, haben die Gesetze sie schon beraubt. Es wird da schon als eine Notwendigkeit vorausgesetzt, daß sie von einem Mann, der sie ehelichen will, versorgt werden müssen. Der Ehestand wird so für sie eine Art Brotstudium, ebenso wie Recht und Kriegswissenschaft für die Söhne. Die Erziehung wird danach angelegt, will sagen, viel mehr darauf, eine Bescheinigung zur Berufung zu erreichen, als eigentlich darauf, diese verwalten zu lernen. Derart wachsen sie auf, ohne wirkliche Kenntnisse, ohne tiefere Interessen, in einem unbeschäftigten Leben, angefüllt mit leeren Freuden. Es ist, als ob die Eltern in einer Art mitleidiger Schwäche von diesen nicht genug beschaffen könnten, sie nicht genug für das ernste Schicksal, das auf sie wartet, betäuben könnten. Sie sollen sich wenigstens vergnügen können und es gut haben, solange sie bei ihnen sind. Oftmals kommt eine heimliche Herzenssorge hinzu, die in ihrem Innern tobt gleichwie jene schleichenden Waldbrände, die man im klaren Sommerlicht nicht bemerkt. So stehen sie dann an der Grenze: Hilflosigkeit auf der einen Seite, eine kümmerliche Zufallspartie auf der anderen. Die Wahl ist nicht so schwierig. Die Seidenschnur ist ja immer ehrenvoller als der Strick. Sie heiraten dann. Und nun erwartet man, daß wenigstens die besten unter ihnen sich eine Bedeutung schaffen, die edler ist als diejenige, die einige elendige Balltriumphe ihnen bereitet haben. Aber nein, das will nur besagen, daß sie nun erst in die hoffnungslose Nacht der Dunkelheit und Bedeutungslosigkeit hineingleiten. Ein auffälliges Dahinwelken bezeichnet diesen Übergang. Man weiß nichts mehr über diese Wesen, die einst unter dem Namen der hübschen dieser oder jener genannt wurden. Man kennt sie fast nicht mehr, wenn sie draußen ihre verbleibende Gestalt zeigen. Sie sind nicht länger Individuen, sie sind norwegische Hausmütter. Wissen Sie, was eine norwegische Hausmutter ist? Ich auch nicht richtig, aber ich weiß, daß ich nicht eine einzige Frau kenne, die in einem weiteren Kreis belebend wirkt, sei es durch Liebenswürdigkeit oder durch Geist, und doch kenne ich viele, die es sowohl könnten als auch müßten.

Oh, du traurige Stadt, wo man dazu verdammt ist, immerzu den Bodensatz der Erinnerungen zu leeren! Besitzest du keinen Trunk für die Hoffnung und das Vergessen? Derjenige, der einmal in deinem Schoß herzensbetrübt geworden ist, kann nie wieder froh werden. Überall, wo man geht, stößt man auf Kreuze, die bezeichnen, wo eine Freude, eine Illusion begraben liegt. Überall spuken sie herum, diese ruhelosen Geister. Sie schweben auf den Treppen an dir vorbei, sie treffen dich an den Straßenecken, sie winken dir aus den Fenstern bald von diesem, bald von jenem Haus, das selbst wie ein Monument dort steht, öde und versteinert.

Oh, du große, du kleine Stadt! Was ist das für eine Schauer von Kälte und Unmut, der über dir brütet! Du bist groß genug, du Tausendschnäbler! Groß genug, um langsam das Individuum, das dich nicht länger amüsiert oder gegen welches du ansonsten etwas hast, zu Tode zu hacken. Doch nicht groß genug, daß solch ein Unglücklicher einen Winkel finden kann, um sich darin zu verstekken. Der Mann, der den Schatten eines Fleckes auf seiner Ehre hat, die Frau, die einmal lächerlich gemacht worden ist, kann sich ebenso gut direkt ein Grab graben und sich hineinstürzen, falls er oder sie es nicht vorzieht, sich in Tromsø oder Kristiansand zu begraben. Groß bist du, du hast bereits die Leidenschaften einer großen Stadt und verzehrende Verlangen und Forderungen, und doch wie klein und wie arm, da du nicht vermagst, auch nur eines davon zu befriedigen! Du weist uns alle freundschaftlichst aufeinander, wir, deine Kinder, sollen voneinander leben, voneinander zehren, solange eine Falte unseres verborgensten Lebens unentdeckt ist. Aber das macht uns nicht liebenswert, derartig eifrig auf unserem Posten für einander sein zu sollen. Wir werden unendlich anständig, unendlich korrekt, aber unendlich unbehaglich. Ein jeder vernagelt sich und all das Seine so gut er kann, und derjenige, der nun wirklich etwas zu verteidigen hat, ein Herz, eine Individualität z.B. oder ein anderes großes Unglück, derjenige, der rechtschaffen von seinem Eigenen leben will und am wenigsten nach anderen drängt, der wird auch in der gewöhnlichen Einschätzung am höchsten besteuert. Hier gibt es keine Fülle des Lebens, des Genusses, die sich dazwischendrängen kann, keine Begebenheiten, keine Erschütterungen, keine wohltuenden Trennungen außer durch den Tod, keine mildernde Helldunkelmalerei. Kein Gefühl, das aus der Quelle der Illusion und Fantasie schöpft, kann aushalten. Es muß müde werden. Freundschaft und Liebe zu allererst. Deren Gang ist eigentlich nur ein langer Grabesmarsch durch alle Stadien der kalten, entkleideten Wirklichkeit. Und die Bewunderung und der Enthusiasmus? Oh, die Unglücklichen, die sich einmal so etwas zugezogen haben und vielleicht danach noch zehn Jahre leben müssen! Nicht einmal der Groll kann aushalten, der doch, wie bekannt, das Zäheste ist. Der Groll, der jahraus, jahrein seinen Widersacher an derselben Straßenecke trifft, vielleicht zum selben Glockenschlag, der wird auch müde davon, seine Blicke zu schärfen. Man wird selbst stumpfsinnig und hinfällig wie diese, und das Unglück hat zwischenzeitlich so sehr überhandgenommen. Ja, wir werden so herzlich müde von einander, wir, deine lieben Kinder, du große, du kleine Stadt, und doch müssen wir miteinander auskommen, bis wir fortgetragen werden. Und wenn dann die Glocken läuten, weiß ein jeder von uns, für wen sie läuten. Und dann werden wir doch wehmütig, wenn wir daran denken, wie lange wir durch ihn christlich gelebt haben.

Ich weiß doch etwas, das in deinem Kreis treu ist und das nicht ermüdet, und das ist die Sorge. Sie brütet über sich selbst und kümmert sich nicht um andere.

Einmal hörte ich Mutter, die mich nicht in der Nähe glaubte, zu der alten Tante Hanne sagen: „Margrethe spricht nie darüber, aber es ist deutlich, daß sie dahinschwindet. Aber ist es denn nicht ein Rätsel, daß ein Mädchen wie sie einhergehen kann und sich über den unbedeutenden Menschen grämt? Über M. will sie nichts hören." „Oh, laß sie in Frieden", sagte Tante Hanne.

Nun ist es schon sonderbar bitter, andere auf unsere Kosten das als gering und verächtlich herabsetzen zu hören, für das wir selbst unser Leben geben würden, um es zu erreichen. Eine Linderung würde es sein, zu hören, daß sie uns für ein solches Glück unwürdig schimpften. Denn das ist die Wahrheit. Ein jeder aufrichtige Mensch muß sich unwürdig für ein großes, ein außerordentliches Glück finden. Unbedeutend nennen sie ihn? Kennen sie ihn? Was hilft es mir außerdem, was sie sagen und meinen? Die Stimme, die sie lispelnd und fad finden, für mich ist sie Musik, ja, die einzige, die ich verstehe, die mir zu Herzen geht. Man hat gesagt, daß er kalt ist, daß er leer ist, affektiert, daß er sich den einzigen Reiz, den er hat, bei seinem Schneider in Hamburg holt: All das sagen die Damen, und doch reden sie eifrig über ihn. Die Männer behaupten, daß er Charakter hat. Was geht mich das an! Über mich übt er diese unbedingte Überlegenheit aus, diese geheimnisvolle Macht, die mein Gefühl bis zuletzt frisch und scheu halten würde, was bedeutet, daß nichts zu schwer oder trivial geworden wäre, falls ich es für ihn hätte tragen können, für *ihn*; und was bedeutet, daß ich vor Kummer darüber sterben muß, daß es nicht geschehen konnte.

Es ist mir einmal zu Ohren gekommen – wie, durch wen, weiß ich nicht – daß der Grund, weshalb zwischen uns keine Verbindung entstand, seine große Furcht gewesen sein soll, eine Liebe wie unsere in die Armut eines norwegischen bürgerlichen, häuslichen Lebens herabzuziehen. Sollte er sich verheiraten, dann mußte es mit einer reichen Frau sein. Nein, ich höre die Hohlheit in dieser Phrase klingen, in welcher viele vielleicht einen Trost gesucht haben würden. Nein, nein, ich weiß es besser. Es gibt keine andere Armut, die uns trennt, als diejenige, die er in seinem Herzen birgt. Ich war reich. Ich war reich genug für uns beide.

Oh, man sollte einen treuen Sinn nicht verachten! Wenn die kalten, bedrükkenden Tage kommen!

Wie kann ein Mann ausdauernd und kaltblütig eine Frau kränken, von der er sich geliebt weiß! Und doch sehen wir sogar bei uns Männer, die sich in dem geistigen Verführerfach versuchen und die Macht mißbrauchen, die ihnen der Zufall einmal über ein armes Geschöpf eingeräumt hat, indem sie es systematisch verfolgen und verletzen. Sie müssen sich doch daran erinnern, daß das Ende, das unerbittliche Ende all solcher Bravour hier in unserer kleinen Gesellschaft ein prosaischer Hausvater ist, und das einzige und das Höchste, das zu erhoffen und zu gewinnen ist, eine brave, treue Ehefrau, am liebsten eine solche, die einen frischen, unberührten Sinn mitgebracht hat, und Töchter, die sie mit Leben und Blut gegen das Unglück verteidigen werden, diesen Schatz zu verlieren.

Es wurde kürzlich über ein junges Mädchen geredet, das mehrere Jahre unter solcher Behandlung war. Ihre Jugend war darunter verwelkt, ihre Zukunft vergeudet. Sie hatte geliebt und war von einem Menschen von dämonischem Charakter geliebt worden. Und in diesem Verhältnis machte sie all diese privilegierte Mißhandlung durch, alle Arten und Grade dieser heimlichen Tortur, bei der alle Welt alleine anwesend ist, um gleich dem herbeigerufenen Arzt den Pulsschlag zu zählen und zu merken, wie weit man gehen kann. Diese Arten, Ihr kennt sie, Ihr, die Ihr sie kennt! Diesen Drang, uns leiden zu sehen, dieses Verfolgen, so lange wir fliehen, dieses eisige „Was nun?", wenn wir scheu und überwältigt stehenbleiben, diese Unermüdlichkeit darin, unsere Schwäche anzuspornen – lokkende Rede und kalte Miene, dunkle Worte und brennende Blicke! Diese Strafen, wenn wir schwach sind, diese Strafen, wenn wir Stärke zeigen. Diese Raserei, wenn wir uns losreißen wollen, diese Eifersucht ohne Zärtlichkeit! Oh, Gott, was sage ich! Über wen sprachen wir? Über sie, die um ihr Leben betrogen wurde, wie ich ... wie ich. Man lobte ihre Milde und Versöhnlichkeit. Ich glaube, daß es Abgestumpftheit, ein Mangel an Fähigkeit war, weiter zu leiden! Sie kam in sein Haus, sie verkehrte mit ihm, freundschaftlich, sie hatte sogar der Freundin, die ihn bekam, dabei geholfen, zu nähen ...

Bin ich unversöhnlich? Ich glaube doch an eine innere Versöhnlichkeit, die durch Gebet und Fasten erlangt werden kann. Ich glaube sogar, daß, wenn es ein begabter Mensch war, man diesen dazu bringen könnte, sich über die geistigen Resultate seines Lebens zu freuen. Aber die Scham, aber der Schreck, der in den Nerven sitzt! Der eine muß doch erbleichen beim Anblick des anderen, und wenn der Übeltäter es nicht kann, so muß es der Benachteiligte.

Oh, Gott, du weißt, ich habe mit Groll und Bitterkeit gekämpft! Hilf mir in diesem Kampf zu siegen! Du weißt, es hat Stunden gegeben, in welchen ich fand, daß dein Himmel zwei wie uns nicht beherbergen könne, und doch muß diese elendige Stadt uns beide einschließen.

Nein, ich kann den Glauben an ihn nicht fallen lassen. Tausendmal verdamme ich ihn, aber dann kommt doch eine Stimme, die sagt, daß seine Härte nur der Übermut der Jugend war, Roheit, dieses unser nationales Erbteil. Ich glaube doch an einen Diamanten hinter dieser Kruste von Arroganz, Eitelkeit und Weltlichkeit. Aber der Diamant muß in seinem eigenen Staub geschliffen werden. Nur mit etwas ebenso Starkem, ebenso Edlem, ebenso Ausdauerndem kann es glücken, ihn ans Licht zu bringen. Ich weiß, was es ist, wo es sich findet. Ich weiß es, niemand, niemand sonst.

Sieben Jahre später, 9. Juni

Mein Geburtstag! Ich entdeckte heute, daß ich noch immer jung an Jahren bin. Ich finde, daß ich so unendlich lange gelebt habe. Nur fünfzehn Jahre war ich alt, als ich ihn kennenlernte. So lange ich verzaubert war, war ich wie die im Berg Eingeschlossenen. Sie nehmen nichts von der Außenwelt wahr, sie erinnern sich nicht daran, sie haben den Maßstab für das, was wir ansonsten Zeit nennen, verloren. Wenn sie herauskommen, erkennen sie niemanden. So ist es mir ergangen. Ich war ein treuherziges, geblendetes, naives Kind. Ich bin mit dem Blick des Alters und des Leides erwacht, der, selbst verletzt, alles durchschaut. Dazwischen liegt die Jugend ausgelöscht. Ich habe nichts von ihren Freuden oder harmlosen Genüssen gekannt ... Ich habe nichts gelesen, nichts gelernt, nicht einmal, einige Freundinnen zu gewinnen. Alles sieht so befremdlich und verwundert auf mich. Diese verblaßten Gesichter, diese gealterten Gestalten kenne ich doch wieder. Ich habe sie wie in einem Traum gesehen, da waren sie jung und schön und leuchtend vor Hoffnung. Die Zeit ist närrisch über alles hinweggefegt. Auch er! Auch von seinem Leben, das so erwartungsvoll war, hat sie grausam die Parodie hervorgezogen. Er ist verheiratet. Sein Schicksal hätte doch viel herrlicher sein sollen als das, das ich ihm hätte bereiten können! Seine Frau ist nicht reich, jedenfalls nicht an Geist und Liebenswürdigkeit. In seinem Haus soll alles andere als Schönheit und Anmut herrschen. Er könne keine Kinder leiden, hörte ich ihn oft sagen, weil sie störend wirkten für die Ruhe und Harmonie des Lebens, ohne welche erwachsene Menschen nicht leben können. Es mußten zur Not ein paar sein, die, wie Thorvaldsens Marmorgenies, ungefähr dieselbe Wirkung in einer Stube erzielen könnten. Er hat sechs Kinder, doch keines von ihnen ist schön. Er soll ein zärtlicher Vater sein. Ich kann diese Details ohne Schadenfreude niederschreiben, aber auch ohne Sorge; nicht gleichgültig, aber doch ohne Regung, wie etwas, das mich nicht angeht, nicht länger angehen soll. Jetzt kann mich nichts mehr berühren.

Wenn ich aus meiner Ecke die jungen Mädchen sich in einem Ballsaal bewegen sehe, so reizend, so leicht, ihrer Jugend so sicher, so strahlend vor Freude und Gedankenlosigkeit, erfüllt es mich mit Wehmut, einer fast *mütterlichen* Wehmut – falls ich mit meinen sechsundzwanzig Jahren diesen Ausdruck zu benutzen wage. Ein Heer von Ängstigungen steigt in dieser Wehmut auf, Ängstigungen, denen ich keinen Namen, keine Form geben kann. Unsere Väter und Großmütter sammelten alle diese zahl– und namenlosen Fragen unserer Zeit in einem einzigen großen und verständlichen, dem bekannten Klassiker: „Kannst du Grütze kochen?", aber, ach, in unserer Zeit hat man ja entdeckt, daß das nicht genügt, daß das Glück in einem Haus nicht gesichert ist, wenn sie diese Wissenschaft und alle ihre Verzweigungen mit hineinbringt. Ich würde lieber sagen ... nein, ich weiß nicht, was ich sagen wollte oder wo ich enden und beginnen soll. Wenn ich nun sagte: „Hast du, junges Mädchen, bloß in Gedanken den ungeheuren Sprung von deiner gegenwärtigen Existenz zu der nächsten, die dich erwartet, gemacht, zu dieser Existenz, nach welcher du gemäß dem Gesetz, das der Schöpfer in dir, die du deinen Anteil an des Lebens Mühe und des Lebens Freude verlangst, niedergelegt hat, selbst still strebst? Hast du irgendwann eine ganze Viertelstunde lang ernsthaft diese Zukunft mit dem Jetzt verglichen, in welchem du lebst? Nun atmet alles nur für dich. Eltern, ältere oder jüngere Geschwister, die Dienstleute und Freundinnen, alles um dich herum scheint nur für deine Vergnügungen, für deine Bequemlichkeit, für das Glück, das du machen sollst, da zu sein. Und ein jeder, der dich sieht, findet es so natürlich. Du bist so einnehmend, diese Rosen, dieser Flor kleiden dich so gut, als ob du niemals dieses luftige Kleid der Freude ablegen solltest. Alle leben und atmen nur für dich. Ihr Lohn ist, dies tun zu können. Weißt du, was es bedeuten wird, auf einmal für alle anderen leben zu müssen, den Lohn und Dank aber nicht bei ihnen suchen zu dürfen? Hast du daran gedacht, was es bedeuten wird, von deinem Florhimmel gerade hinunter in die massivste Wirklichkeit zu sinken, deren Bewacherin und verantwortliches Haupt du zu sein bestimmt wirst? Verstehst du, oh du Priesterin der Nichtigkeiten, du Vesta des Alltagslebens, verstehst du es, auf die tausend kleinen, schwelenden Lampen aufzupassen, daß nicht eine einzige von ihnen verlischt? Kannst du alle Mißtöne aus der Kinderstube und der Küche auffangen, kannst du den täglichen Einherjerkampf gegen die Roheit und die Unvollkommenheit kämpfen, ohne daß der Adel und die Mildheit deines Wesens Schaden nehmen? Kannst du beides sein, der Geist und das Werkzeug und so unglaublich viele sich widersprechende Dinge auf einmal, oftmals in einem Atemzug, daß es nicht aufgezählt werden kann? Kannst du, derartig zerspalten in deinem Wesen und zehnfach erdrückt und ermattet unter der schwer zu handhabenden und widerstreitenden Realität, gleichzeitig die Seele in der Erziehung deiner Kinder und die geistreiche, belebende Freundin deines Mannes sein? Und, meine junge Schwester, kannst du die Enttäuschung ertragen, daß die Welt deinen besten Wert nur in deiner Schönheit gesehen und geschätzt hat, und kannst du so an deinem Spiegelbild mit einem bereitgehaltenen Trost vorbeigehen? Kurz, kannst du all das, ohne zu verzagen, kannst du jeden ewigen Tag den Stein hinaufrollen und ihn jeden Abend ruhig wieder hinunterfallen sehen, weil ein Alf dir zugeflüstert hat, daß er doch jedes Mal einige Zoll höher liegt? Jeden Tag einige Zoll näher am Ziel! Und sollte es da passieren, daß dein Wille, dein Eifer stärker gewesen ist als deine körperliche Organisation und daß sich in dieser etwas meldet, was wir Nerven nennen, etwas, dessen Dasein und mysteriösen Bericht an die Seele die Doktoren eingestehen, wenn man sie nicht gerade als Ehemänner oder gute Bürger befragt ... Sollten diese Nerven einen Aufstand machen, so bewahre dich der Himmel! Dein ganzes Wesen wurde ein einziger leidender, zitternder Nerv, der dich dazu bringt, wegen einer Tür, die aufgeschlossen wird und den Schlaf aus deinen Nächten hält, zu erzittern ... Kannst du dann so tun, als hättest du keine Nerven, weil du selbst der große Nerv des Ganzen bist, von dessen Ruhe und Stärke alles abhängig ist? Ich frage dich nicht, oh, junges Mädchen, ob du all das für den Mann, den deine Seele gewählt hat, kannst. Denn dann, du Auserkorene deines Geschlechts, dann weiß ich, daß du es kannst, und dein leuchtendes Auge bekräftigt, daß du es kannst. Aber kannst du all das auch für den Mann – den du bekommst, der dir durch den Würfelwurf des Lebens zufällt, nicht mehr und nicht weniger zufällig als der Tänzer, der jetzt gerade kommt, um dich aufzufordern, und den nicht abzuweisen du einige wichtige Gründe hast, unter anderen den, daß es dazu kommen könnte, daß du sitzenbleibst, während du vielleicht nur einen einzigen Gegengrund hast, nämlich den, daß du ihn im Grunde nicht magst? Kannst du all das und vieles andere, was mein Gedanke erschreckt überspringt, für diesen Mann, und kannst du den Lohn nur in dir selbst suchen und vielleicht in der Hoffnung auf einen ruhigen Winkel einmal bei deinen Kindern – eine Hoffnung, die am Ende doch müde zu dem Wunsch nach einem Grab herabsinken wird?

Ich habe dich lange aufgehalten, junges Mädchen, viel zu lange, ich sehe dein Auge verdrießlich und ungeduldig auf mir ruhen ... Ich verstehe dich. Du gibst mir die Frage lieb zurück: Ob ich selbst all das könnte? Nein, nein. Wenn ich eine aus unserer Mitte diese Aufgabe ganz nach Gottes Willen lösen sehe, still und mutig und ohne ihres Herzens Jugend und Milde zu verlieren, dann erfüllt es mich mit Bewunderung. Ich verbeuge mich tief vor dieser unbemerkten Größe, diesem täglichen Heroismus, tiefer als vor irgendeines Mannes Tat, wie glänzend diese auch immer sei. Aber ich könnte es nicht ... Der Himmel sei mir gnädig! Ich könnte es einfach nicht.

Ein Jahr später

Gestern ging er vorbei, aber er blieb, von einem Bekannten aufgehalten, draußen vor einem Fenster, an dem ich saß, stehen. Ich hatte ihn lange Zeit nicht so nah gesehen, und ich beobachtete ihn hinter der Gardine mit dieser bebenden, halb neugierigen Angst, mit welcher man ein erlegtes Raubtier betrachtet, das uns einmal in Schrecken versetzte. Er war älter geworden, diese stolze und herausfordernde Haltung war gebeugt und die Eleganz, die seine Person auszeichnete, war verschwunden. Er sprach lebhaft, aber der Wind trug den Laut fort, doch glaubte ich, seine Stimme zu hören. Da sah er hinauf ... Himmlische Barmherzigkeit, war es Wahnsinn, der mich im selben Augenblick berührte! Dieser Blick ging mir, wie ehemals, durch die Seele; er zog mich wie mit unsichtbaren Armen herunter zu ihm. Ich hätte mich in Wehmut und Sorge zu seinen Füßen auflösen können. Ja, es muß Wahnsinn gewesen sein. Ich habe die weibliche Treue immer verdächtigt, eine Art Wahnsinn zu sein.

Nein, nein, das ist gegen die Absprache, jetzt will ich Ruhe haben.

Ich habe in heiligen Büchern und Reden gesucht, ich habe in den Kirchen gelauscht, doch nie wird dieses Leid beim Namen genannt. Jedes andere menschliche Leid, jeder andere menschliche Irrtum wird erwähnt, aber dieses Leid nicht. Weshalb nennen die Pastöre es nie? Es ist doch Gottes sorgenvollstes, demütigstes Kind, und er hat viele, viele davon. Ich wollte, es könnte mit einem Namen angesprochen werden, daß es ihn in seinem Winkel hören und sagen könnte: „Hier bin ich, den du suchst, ich, der dich von all deinen Kindern am nötigsten braucht."

Oh, bin ich noch immer nicht weiter gekommen! Oh, Gott, diese Bürde ist zu schwer zu tragen!

Mai 1834
Nun ist der Frieden gekommen, der Frieden des Todes, das weiß ich. Deshalb ist er hell und froh. Er ist sicher. Ich weiß, daß ich sterben muß. Und ich denke daran, wie an eine Reise, die an einem lieblich klaren Sommermorgen vor einem liegt. Hier habe ich nichts mehr zu tun. Gott wird in seiner Barmherzigkeit verzeihen, daß ich nicht den Mut hatte zu leben, außer für das eine, das eine. Oh, ihm sei gedankt, der den Faden kraftlos machte! Wie viele Leben, die augenscheinlich eben und ruhig dahingehen, sind nicht ein einzig langer Todeskampf? Er will mich in seinen Himmel aufnehmen, daß ich dort vollkommener, reiner und ohne Eile und ohne Bitterkeit leben kann. Vielleicht dort, vielleicht dort!

Doktor E. hat etwas in seinem Angesicht, das sagt, daß er über Menschen und Menschensorgen nachgedacht hat. Er muß mich verstanden haben, da er mir schon vor langem anvertraut hat, daß mein Zustand tödlich wäre. Für die anderen läuft es unter einer nervösen Schwächung, die mit Nafta und Valeriana geheilt werden kann. Vor kurzem bat ich ihn, mir zu sagen, wann; bei mir brauche er nicht die gewöhnlichen Künste anzuwenden. Er meinte: „Wenn die Blätter von den Bäumen fallen." Ihm stiegen Tränen in die Augen, als er die Freude sah, die es mir verursachte. Er mußte versprechen, die Meinen nicht zu beunruhigen, bis es unumgänglich war. Ohne Lärm, wie ich gelebt habe, will ich fortgehen. Wenn die Blätter abfallen, still und lautlos wie diese. Keine Krankenstube, keine Frauen zur Nachtwache, kein Moschus, keine Nachfragen, keine dieser Zeremonien, mit welchen sich der Tod in einem Haus meldet und es so schlimm für andere macht.

20. Juni

Es wird Kold betrüben, zu hören, daß ich tot bin. Er wird vielleicht denken, daß ich mich von ihm vergessen glaube. Auch das wird ihn betrüben. Mein junger Freund, könnte ich Ihnen sagen, wie ruhig, wie vertrauensvoll ich dieses Schweigen nehme. Und doch würde es mich innerlich gefreut haben, hätte ich etwas von Ihnen gehört. Nein, ich weiß, Sie haben mich nicht vergessen. Kann ein Bruder eine liebe Schwester vergessen? Und eine solche war ich doch für Sie. Eine andere Macht, Sie wissen, daß Sie sie nicht gehabt haben und nie über mich bekommen konnten. Das Beste, das Weichste in Ihnen vermochte ich hervorzulocken. Lassen Sie uns dankbar dafür sein, daß wir einander in der Versteinerung hierinnen fanden und daß unser Treffen so schön, so warm und so kurz war.

So hören Sie doch noch ein letztes Wort von Ihrer Freundin. Sie glauben jetzt, daß Ihre Empfindung tot sei und daß Sie unempfänglich für ein neues Gefühl seien. Die ersten Enttäuschungen hinterlassen immer diesen Glauben, bis man bemerkt, daß auch das eine Täuschung war. Vielleicht haben Sie das bereits erfahren. Sie werden sich wieder gefesselt fühlen, tiefer, wahrhaftiger als jemals zuvor. Ist es ein junges Mädchen, das edel und liebenswert ist, oh, so bete ich für sie! Behandeln Sie sie behutsam, kränken Sie sie nicht. Seien Sie nicht roh und sagen: „Dieses junge Mädchen liebe ich, sie soll die meine werden", sondern sagen Sie: „Dieses junge Mädchen will ich dahinbringen, mich zu lieben, wenn nicht, muß ich ihr entsagen." Überfallen Sie sie nicht, so daß sie durch diese Attacke verwirrt Ihnen die Hände reicht, ohne sich besinnen zu können, weshalb sie es eigentlich tut. Lehren Sie sie, Sie zu kennen, lehren Sie sie, an Sie zu glauben. Können Sie nicht ihr Vertrauen gewinnen, so sehen Sie alles für verloren an. Lassen Sie ihr Gefühl durch eine tiefe und innerliche Würdigung dessen, was das Beste in Ihnen ist, reifen. Wie der Most braucht es seine Zeit zu gären, und ist es dann echt, wird es von seiner eigenen Süße überströmen. Achten Sie dann darauf und nehmen Sie es wie eine Gabe aus ihrer Hand. Nehmen Sie es, wie es gewonnen ist: demütig, verständig, ritterlich. Denn so wahr wie die Menschen wenig darauf achten und es bitter vermissen, so wahr es Ihre Meinung ist, daß sie eine Mühe des Lebens wie diese mit Ihnen teilen soll, so ist es das einzige, das aushält, ja, so wahr wie Gott lebt und mir in meiner letzten Stunde treu sein wird, bekommen Sie nicht dieses Kleinod mit, so ist das andere es nicht wert, es zu besitzen.

Sankt Hans Abend

Es geht schneller, als ich geglaubt hatte. Heute nacht dachte ich, daß meine letzte Stunde gekommen wäre. Ich bin heute doch aufgewesen, ich habe in meinen Schubladen aufgeräumt und habe geschrieben und geordnet. Alles ist jetzt überwunden, auch der Gedanke an den schwarzen Schrein, vor dem ich einen eingewurzelten, kindischen Schreck gehabt habe. Sollen schließlich die Schrekken der Zerstörung hermetisch aufbewahrt werden! Daß ein Mensch nicht die Erlaubnis bekommen kann, sich in der Erde, aus der er stammt, zur Ruhe zu legen, außer in dieser abscheulichen Gewahrsamskiste, die uns von der Mutter, die sich so innerlich nach der Wiedervereinigung mit uns sehnt, trennt! Wie süß ist nicht die Vorstellung, daß dieser Mutter Arme uns fest und zärtlich umschlingen, daß wir ab sofort eins mit ihr sind. Doch kann es nicht anders sein, dann legt mich in den Schrein, aber mit so wenigen Anstalten und so schnell wie möglich. Es gibt nichts für die Ärzte an meinem armen, ausgezehrten Körper zu entdekken. Die werden doch bloß sagen, daß die Lunge ein bißchen zu klein oder das Herz ein bißchen zu groß gewesen ist. Keiner darf mich anrühren, außer der alten Tante Hanne ... Tante Hanne ist lieb zu mir gewesen – sie hat einen stillen Gedanken für mein Schicksal gehabt ... Sie ist eine von denen, die in ihrem einsamen Zimmer über einem Strickzeug gesessen und das einzige, das in ihrem Leben zu erinnern wert gewesen ist, still gehegt haben. Sie hat nicht vergessen, daß die Jugend ein Herz hat – ein Herz, an welchem sie sterben kann. – Ich will in meinem blauen Seidenkleid und mit dem roten Korallhalsband und den Armbändern in den Schrein hineingelegt werden – – die hatte ich einen Abend an – einen glücklichen Abend – oh, mein einziger – mein Gedanke und mein Traum hier in dieser Welt – für einen einzigen solchen Abend ist es doch wert, daß Leben auszuhalten – – Danke dafür, daß es dich gegeben hat, daß du mein Dasein erfüllt, es reich und wundervoll gemacht hast – Danke, danke für alles. Für die Freude, die du mich hast erahnen lassen, für den glückseligen Betrug des Traums – für das Übermaß des Schmerzes – alles ist groß und schwerwiegend gewesen und ist von der Art, die mitgenommen werden kann.

Zwölf Uhr. Keine Wolke am Himmel – die Luft glüht und duftet – der Fjord ist ein einziger Brandspiegel – – Oh, Gottes Erde, du bist schön – lebe wohl, du schöne Erde Gottes.

„Arme Margrethe", sagte Kold, da er diese Blätter beendet hatte. „Ja, geh in dein Grab, du und deinesgleichen, wo immer sie auch sein mögen. Hier brauchen wir nur geschäftige und harte Hände, keinen Geist oder zu tiefe Gefühle. Geh wieder zur Ruhe, armes Kind! Du bist zu früh aufgestanden. Der Morgen ist grau und kalt, und der Nebel liegt dicht über den Wiesen ... Schlaf süß und sicher, bis die Sonne und die Vögel hervorkommen.

Aber ich will diese Schmerzenskörner nehmen, die ich in deiner Spur aufgesammelt habe, du Hingewelkte, und sie treu verstecken und niederlegen – doch wohl für immer an einem Ort. Lebe wohl, Margrethe, hab Dank für deine Freundschaft."

„Lebe wohl!", sagte er und drückte das letzte Blatt an Stirn und Mund, bevor er es niederlegte. Jetzt erst sah er, daß die kurze Sommernacht verschwunden war und daß die Dämmerung bereits rot auf die ausgebreiteten Papiere fiel. Das Grauen des Todes, das am Abend über ihnen geschwebt hatte, war verschwunden. Margrethe hatte es selbst milde fortgenommen! Angefüllt mit der wunderbaren Beruhigung, die oft von selbst nach einem starken Aufruhr des Sinnes eintritt und sich auch apathisch dem Körper mitteilt, rollte er die Gardinen vor dem ersten einbrechenden Sonnenstrahl herunter und legte sich zu Bett, um sofort in den süßesten Schlaf zu fallen.

Georg Kold war eine dieser feinorganisierten Naturen, über die man sagen kann, daß sie nicht zur Bildung erzogen werden, sie besitzen sie und ihre Schönheit als Wiegengabe. Er war empfänglich, und ein warmes und leicht hingerissenes Gefühl, eine Reinheit des Charakters ersetzte bei ihm, was ihm vielleicht an Stärke fehlte. Wer ihn gesehen hatte, als er nach Kristiania kam, strahlend vor Jugend und Hoffnung, hübsch, offen, froh wie ein Gott, würde ihn nun unterdessen verändert gefunden haben. Er hatte recht glücklich den Instinkt unserer Jugend ausgebildet, eine unsichtbare Rüstung über seine am leichtesten angreifbare Seite zu ziehen. In der Kunst, jeden natürlichen Gefühlsausbruch zu dämpfen und ungerührt zu erscheinen, wo er es am wenigsten war, konnte er sich mit den Besten messen. Man denke an seinen Brief an Müller, der sofort die Vergessenheit eines Augenblicks entgelten mußte. Müller hatte vielleicht mehr als irgendein anderer seinen Freund in dieser Richtung beeinflußt. Zu hart hatte diese Eisennatur eine von ihr so grundverschiedene Natur berührt, die ihr aufgrund ihrer Art unverständlich sein mußte. Ihre Freundschaft war die gemeinsame Reise des Tonkruges und der Vase; nur indem die letztere ausweicht, rettet sie sich.

Im Gespräch mit anderen war Kold geschliffen, gewandt, nicht ohne einen Anstrich von Ironie, die für einen tieferen Beobachter gerade seine wunden Punkte offenbart hätte. In seiner jetzigen Umgebung gab es auch niemanden, der einen Blick in diese Natur getan hätte, es sei denn, es wäre der Amtmann. Die Frau bezeichnete ihn immer als ein Ungeheuer der ‚Unempfindsamkeit'. Und für die Jüngeren, die nicht so leicht den Glauben an etwas Gleichgestimmtes aufgeben, war er in jedem Fall ein Rätsel.

Verräterischer spiegelte sein Äußeres eine jede stärkere innere Bewegung wider. Auch seine physische Verfassung war von dieser delikaten Art, die leicht den Angriffen der Seele nachgibt, und er mußte sich mehr als einmal damit abfinden, als krank zu gelten, wenn ihn etwas nur stark angegriffen hatte.

Margrethes Erinnerungsblätter hatten ihn tief erschüttert. Er erkannte dieses ahnungsvolle Entgegenkommen wieder, mit welchem sie, anscheinend am wenigsten mit ihm beschäftigt, die tiefsten Saiten in seiner Seele traf. Keiner hatte wie sie die Fähigkeit, die stumme Sprache des Gedankens zu erraten, Zweifel zu lösen und Trost zu äußern, wo es am wenigsten erwartet wurde. Doppelt eindringlich erreichte ihn diese Stimme, da sie vom Grab zu ihm klang, durch einen nun verstummten Schmerz verklärt.

Sie übte eine augenblickliche Wirkung auf seine Gedanken und Gefühle gegenüber Sofie aus. Das halb neugierige Mißtrauen, mit welchem er sie bislang betrachtet hatte, wich mit einem Mal zärtlichem Interesse und Mitleid. Wie Margrethe stand auch sie einsam in ihrem Kreis, ohne wie diese eine Lebenserfahrung zu haben, um sich auf diese zu stützen. Eine unendliche Lust, sich ihr zu nähern, ergriff ihn, doch eine ebenso tiefe Scheu hielt ihn zurück. Er konnte sich nicht überwinden, sie in eine dieser allgemeinen, täglichen Diskussionen einzubeziehen oder im Beisein der anderen ein Wort an sie zu richten. Sie allein anzutreffen, wollte ihm nie glücken. Dadurch bekam ihr gegenseitiges Verhältnis etwas Gezwungenes und Fremdes, das Aufmerksamkeit zu erwecken begann. Ein jeder, der ein wenig vom Leben auf dem Land kennt, weiß, wie vernagelt so etwas werden kann.

Darüber verstimmt, ärgerlich auf sich selbst, ging er eines Abends zur Ruhe. Da hatte er folgenden Traum:

Der kleine Auftritt auf der Alm, den er in jenen Blättern an Margrethe mitgeteilt hatte – diese Blätter, die sie nicht bekam – wiederholte sich noch einmal. Sofie saß in ihrem kindlichen Kleid mit den dicken Flechten auf dem Rücken auf dem Tor und sang. Er klatschte in die Hände und rief ein schmetterndes Bravo! Da wandte sie ihm ein Gesicht zu, in welchem ein Schmerz gemalt stand, ein Entsetzen, das ihn selbst fast versteinerte – aber es war nicht länger das Kind Sofie. Er sieht ihre Gestalt vor sich her in die Bäume gleiten, aber erreichen kann er sie nicht. Jedes Mal, wenn er glaubt, ihr nahe zu sein, verschwindet sie wieder. ,Dort am Rand der Klippen muß sie stehenbleiben, dort sitzt sie auf den Steinen', denkt er. Aber sieh! Dort ist sie auch nicht – aber aus der Tiefe klingen Töne zu ihm herauf, wilde, jammernde, hinsterbende und wieder schmelzende und lockende wie ein Meerjungfrauengesang. Er will hinunterstürzen, doch er erwacht mit einem Schrei. Noch immer hört er die Töne, noch immer jammern sie in der Tiefe, da springt er verwirrt auf und ans Fenster und lauscht. Das ist der Klang eines Klaviers, den er hört. Das ist Sofie, die singt. Ihr Instrument ist also gekommen. Über Sofie hatte er ihre Musik glatt vergessen.

Mit ungeduldiger Hast kleidete er sich an und eilte herunter in die Gartenstube. Sofie war alleine. Einen Augenblick hielt er wieder unsicher inne. Sie saß ihm mit dem Rücken zugewandt, bekleidet mit einem frisch geplätteten, hellgestreiften Morgenkleid. Ihre langen Locken, an diesem Tag vielleicht nicht dazu bestimmt, herabzuhängen, waren glatt zu den Seiten gezwungen, doch gleichsam sich gegen diesen Zwang wehrend, bildeten sie in ihrer wellenden Fülle eine Frisur, wie diejenige, die man an den antiken Kaméen sieht. Bei Kolds Eintritt wandte sie das Gesicht mit einem Ausdruck leichter Überraschung. Sie erinnerte ihn an den Traum.

„Sieh, da ist ja das Klavier, so bekommen wir Musik hier im Haus, das wird herrlich!"

„Nur daß Sie nicht zu viel vom Guten bekommen", sagte Sofie lächelnd. „Was meinen Sie zu Übungen wie dieser?", und sie begann ein paar chromatische Läufe. Kold hielt sich die Ohren zu.

„Genug, genug! Spielen Sie jetzt etwas Schönes oder singen Sie etwas, ich bitte Sie ... Sie singen doch, nicht wahr?", aber gleichzeitig fürchtete er wieder, die alte, traditionelle Antwort zu bekommen „Oh, nein! Ein wenig, es ist nicht wert, es zu hören", doch glücklicherweise antwortete sie:

„Ja, ich singe. Gesang ist meine Freude. Wenn ich nun etwas richtig Schönes wüßte, würde ich es für Sie singen ... Sie haben mehr als irgendjemand anderes ein Recht darauf."

„Ich?", sagte Kold überrascht.

„Ich schulde eigentlich Ihnen meinen Gesang. Es wäre vielleicht nie etwas daraus geworden. Erinnern Sie sich nicht an das eine Mal, als Sie mich auf der Alm trafen? ... Doch wie sollten Sie sich an eine so unbedeutende Begebenheit erinnern! ... Für mich wurde sie wichtig."

Kold verstand sie, doch er ließ sie reden.

„Sie ermunterten mich, dieses Talent zu entwickeln, und Sie taten es auf eine Weise, die mich die Dinge von einer ganz neuen Seite sehen ließ ..."

„Ach, wirklich!"

„Von dem Augenblick an bekam ich eine solche Lust, und ich ergriff deshalb begierig das Angebot, das ich oft ausgeschlagen hatte, meine Tante in Kopenhagen zu besuchen. Hier habe ich so fleißig wie möglich gearbeitet, aber die Zeit war zu kurz. Nun bereue ich fast, daß ich sie abgebrochen habe."

„Sie haben sie selbst abgebrochen, und weshalb taten Sie das?"

„Ich weiß nicht, ich wurde von solchem Heimweh erfaßt, daß ich es nicht länger aushalten konnte."

„Und nun sehnen Sie sich wieder nach Dänemark hinunter? Haben Sie hier oben vielleicht nicht alles so herrlich gefunden, wie Sie dachten?"

„Nein ... doch ... nein allerdings ... doch natürlich", sagte Sofie in einer solchen Verwirrung, über die sie beide in ein Gelächter einstimmten. „Doch kann ich nicht verleugnen, daß mir vieles anders vorkommt, als es mir vorschwebte. In Dänemark gibt es doch so viel Gutes und Liebenswürdiges, wonach man sich wieder sehnen kann."

„Ich kann das Heimweh wohl verstehen", sagte Kold, „doch glaube ich, daß es mich niemals würde unterjochen können, vorausgesetzt, daß mein Aufenthalt in dem fremden Land freiwillig war."

„Das kommt daher, daß Sie es noch nicht ausprobiert haben."

„Nein, es kommt daher, daß ich im voraus davon überzeugt bin, daß es mir Enttäuschungen bereiten würde, wenn ich ihm nachgeben würde. Ich würde es zwingen, das zu Hause von allen unwahren Vollkommenheiten zu entkleiden. Es sollte nur die Erlaubnis haben, die wirklichen Vorzüge bewußt zu machen. Im Heimweh ist außerdem eine Portion Schwachheit verborgen, eine Bequemlichkeit nämlich, ein Widerwille für neue Eindrücke."

„Und doch, und doch, fürchte ich, es würde Sie überlisten. Aber woran kann es liegen, daß dieses Gefühl solch eine Macht hat, wenn es eine Stimme gibt, die uns sagt, daß wir Unrecht tun, indem wir ihm nachgeben?"

„Ja, worin kann das stecken? Das ist das Mysterium der Nationalität. Ich denke mir, daß die Naturbeschaffenheit eines Landes gleichsam seine Stoffe absetzt und sich sein Bild in seiner Bevölkerung widerspiegelt und daß das Individuum, losgelöst von diesem seinem Erdboden, eine Entbehrung fühlt, die ihn wieder zu ihm zieht mit all der Macht der Erinnerung. In Dänemark muß sich ein Norweger, so weit ich beurteilen kann, klarer als an sonst irgendeinem Platz seiner nationalen Eigentümlichkeit bewußt werden – und umgekehrt ein Däne hier oben."

„Vielleicht liegt es zu einem großen Teil daran, daß die zwei Nationen in dieser Zeit sich so wenig mögen", bemerkte Sofie. „In Dänemark tut man sich schwer, etwas Norwegisches anzuerkennen."

Kold stutzte, und fast hätte er gesagt: ‚Haben Sie diese tiefsinnige Erfahrung im Salon Ihrer Tante gemacht; doch wohl nicht durch die zwei ‚von erstem Rang'?'

„Finden Sie das komisch?", sagte Sofie, die sein Lächeln sah.

„Nein, gar nicht, im Gegenteil, es ist ja traurig, aber es mußte ja einmal so kommen."

„Was meinen Sie?"

„Ich meine nur, daß man aufgrund der alten Bande und der alten Gewohnheiten zueinander gezogen wird, daß man aber, wenn man dann die Verschiedenartigkeit bemerkt, sich umso stärker abgestoßen fühlt. Um Fremde zu sein, gleichen wir uns zu sehr, und um Landsleute zu sein, gleichen wir uns allzu wenig. Aber deshalb sind die Dänen uns gegenüber nicht ganz gerecht. Denn inmitten unserer Roheit und unseres Egoismus bewahren wir doch eine ursprüngliche Frische, einen gesunden Verstand, woraus mit der Zeit vielleicht etwas Gutes werden kann. Ein Däne muß sicher bei einem unverdorbenen Norweger die Spur einer derben Natur bemerken; er muß ebenso bemerken, daß ihm der Duft von altnordischer Dichtung und Tannenzweigen anhängt."

„Ja, aber es ist ja gerade der Duft von altnordischer Dichtung und Tannenzweigen, den die Dänen nicht vertragen können", sagte Sofie.

„Das ist wahr, es weckt unbehagliche Erinnerungen in ihnen. Unsere lieben *nicht-mehr* Landsleute würden uns im Grunde am liebsten ganz ignorieren, um, wenn möglich, die Erinnerung daran, daß wir keine Landsleute mehr sind auszulöschen. Wir hingegen, die wir keinen Grund zu Ärger haben, sondern vielmehr dazu ungemein vergnügt zu sein, wir schätzen recht herzlich alles, was dort unten groß und tüchtig ist, alles, was sie uns voraus haben. Das soll mich wahrlich nicht daran hindern, es sehr zu schätzen, einige Zeit in Kopenhagen zu verbringen. Aber ich habe leider keine Patentante dort.

„Sie können sich auch nur schwer eine Vorstellung davon machen, wie verschieden sich das Leben gegenüber hier darstellt. Das Dasein kommt mir dort leichter, sorgloser, oberflächlicher vor. Man ist vergnügter mit sich selbst und seinem Nächsten, und man nimmt alles auf eine weniger beschwerliche Weise auf ... Wenn man traurig über die Bürde des Tages ist, greift man mit ungeschwächter Lust nach Vergnügungen. Man hat Lust auf alles, man hat Zeit für alles ... aber hier ..."

„Hier", ergänzte Kold, „hier nimmt man die Disharmonien des Lebens recht gründlich, und wenn man müde von der Bürde des Tages ist, gibt es keine Zeit für Vergnügungen, wovon es auch nicht großartig mehr gibt als diejenigen, die die wilde Natur anbietet. Aber", fügte er ernster hinzu, „diese republikanische Abgeschlossenheit, diese Entbehrungen, in denen wir genährt werden, macht gerade die Charaktere stark, wenn auch streng, und die Gemüter tief, wenn auch schmerzensvoll und nach innen gekehrt ... Ja, Norwegen ist eine strenge Mutter für ihre Kinder."

Sofie richtete bei diesen Worten ihre Augen auf Kold, und es war, als ob sich Angst in ihrer Miene malte.

Als Kold dies bemerkte und lächelnd fragte, ob sie an Heimweh nach Dänemark leide, sagte sie:

„Ich glaube es fast, ich weiß nichts Besseres, als daß Sie mir zwischendurch einen kleinen Vortrag über all die Enttäuschungen, die uns dieses Gefühl bereitet, halten dürfen."

„Ich will gerne die Vorträge halten, die Sie wünschen", sagte er mit Wärme. „Sie wissen ja, Sofie, daß ich ein altes Recht dazu habe ... und daß ich etwas nachzuholen habe", fügte er mit Betonung hinzu.

„Und ich", sagte Sofie errötend, „will als Gegenleistung für Sie singen ... wenn es ein wenig unsere ‚Disharmonien' mildern könnte."

„Gut!", sagte er mit strahlender Miene, „das ist eine Abmachung. Ich halte Reden für Sie, und Sie sollen für mich singen. Wir wollen gleich beginnen."

„Mit dem Gesang oder mit den Reden?"

„Mit dem Gesang!"

Sofie beugte sich hinunter nach einem Notenblatt, aber im selben Augenblick trat ihre Mutter ein. Sie schien etwas verwundert über dieses lebhafte tête à tête.

„Sind Sie so zeitig in Bewegung, Herr Kold! So machen Sie uns wohl das Vergnügen, mit uns Tee zu trinken? Sofie, sieh zu, daß er fertig wird."

Sofie ergriff vergnügt diesen Vorwand, um mit dem Gesang auszusetzen, auf den sie mit einem Mal keine Lust mehr fühlte.

Das Eis war gebrochen. Sie suchten einander, nicht verstohlen, sondern offensichtlich, ohne Zwang. Bei Tisch, auf Spaziergängen, in Gesellschaften schlossen sie sich einander an. Es ist wahr, sie hatten einander viel zu sagen. Zu Beginn stutzte man, aber Frau Ramm, die es von der einzigen Seite nahm, von welcher so etwas aufgenommen werden kann, beschloß, delikat zu sein.

Glückliche Zeit! Keiner von ihnen dachte daran, diesem Verhältnis einen Namen zu geben. Sofie hörte bloß auf ihn, sie sog seine Worte ein, sie glaubte alles, was er sagte; er war wieder ihr Lehrer geworden, und sie sollte ja das Versäumte nachholen. In Sofies Leben war ein neuer Abschnitt eingetreten: einer der Erhellung, des Bewußtseins. Ihr ganzes Wesen nahm die Prägung davon an;

es wurde sicherer, vertrauensvoller, eigentümlicher, manchmal etwas rücksichtslos. Sie entwickelte eine erstaunliche Tätigkeit, stand mit der Sonne auf, und wenn sie sich dann, nach einem so langen Tag, den sie mit Lesen, Musik, Gesprächen mit Kold und häuslichen Verrichtungen zugebracht hatte, zu einem süßen und festen Schlaf hinlegte, schien es ihr, daß der Tag dennoch zu kurz gewesen sei. Die Hilfe, die sie im Haus leistete, erfreute ihre Mutter sehr. Diese hatte sich daran gewöhnt, keinen sonderlichen Nutzen an Amalie zu haben, die ihre Zeit zumeist mit sogenannten Frauenzimmernettigkeiten zubrachte, damit, mit Wandfarbe zu malen und zwischenzeitig ein wenig auf einer Gitarre zu klimpern.

Kold hatte in gewisser Weise Sofie anders gefunden, als er es erwartet hatte. Es war nicht ihre Schönheit und eigenartige Grazie. Diese hatten ihn wohl überrascht, doch an diese Möglichkeit hatte er gedacht. Er bemerkte auch wohl die Schlinge, die diese um seinen Sinn legen wollte. Doch da er alle die Leiden, die eine fordernde, nach Glück dürstende Seele durchmachen kann, wenn sie allein von der Schönheit und von nichts anderem leben soll, frisch in Erinnerung hatte, hatte diese Eigenschaft ihn bislang eher fern gehalten. Aber er entdeckte eine Seele bei Sofie, eine Seele, die stark genug war, um die seine zu treffen. Ihre geistige Natur war ihm rätselhaft gewesen. Er glaubte an etwas Starkes und Begabtes in ihr, aber er hatte dies immer mit etwas Einseitigem, Exzentrischem, etwas in vielen Stücken Verkehrtem vereinigt. Er hatte von Kampf und Widerstand geträumt. Das Verständnis, das sich plötzlich zwischen ihnen entfaltete, so schön und harmonisch, so bereichernd für sie beide, überraschte und verzauberte ihn. Es würde der beste Schutz – das bildete er sich wenigstens ein – gegen ein blindes Verlieben sein, das wiederum alles trüben würde. Margrethe hatte ihm das Glück dieses jungen Mädchens anvertraut. Ihre letzte Bitte an ihn war für sie, die Unbekannte, gewesen. Und er würde Margrethes Vertrauen nicht enttäuschen. Er war wirklich so eifrig, so erfüllt von dieser neuen Aufgabe, daß er nicht dazu kam, sehr bei Sofie selbst zu verweilen, will sagen bei ihrer Person, ihrer Kleidung und diesen tausenden Zufälligkeiten,

„Wovon sich der Gott spinnt
Die starken Bänder über die Herzen zum Netz"

... In hinreißenden, eindringlichen Worten strömte seine Lebensbetrachtung in eine Seele über, die allzu willig war, sie aufzunehmen. Er fand nicht allein ein offenes Ohr, sondern viele Male eine Gedankenselbständigkeit, eine Reife, die ihn auf den kühnsten Ausflügen traf und die sich oftmals in der weiblichen Fähigkeit zu erraten, über ihn selbst hinaufschwang.

Ob Kold nun fühlte, daß diesem Schutz nicht ganz zu trauen war? ... Doch gleichsam instinktiv vermied er jedwede persönliche Berührung, sogar die ehrerbietigste, die sich jeder Herr gegenüber einer Dame erlauben kann. Auf ihren Spaziergängen bot er ihr niemals die Hand, um sie über Steine am Bach zu führen, niemals den Arm an einem schwierigen Platz auf dem Gebirge. Sofies natürliche Behendigkeit machte dies zum Teil überflüssig. An einem Tag hatte sie auf einem solchen Spaziergang einen Dorn in die Hand bekommen, der sie sehr schmerzte, aber sie unterdrückte den Schmerz, und Kold würde sie vielleicht nur zur Geduld oder einem anderen Hausmittel ermuntert haben, bevor er, ein anderer Daphnis, versucht haben würde, ihn herauszuziehen.

Einige Wochen waren vergangen. Es war schon Mitte Juli, der Monat Juli mit seinen warmen, farbenreichen Abenden und strahlenden Nächten. Die Sense klang, und Millionen von Blumen sandten ihren letzten Duft in die Häuser hinein. Glückliche Zeit! Glück ohne Namen und Ziel, das eine neue, gefährliche Verzauberung unter dem berauschenden Atem des Sommers bekam! Und Sofies ganze Gestalt strahlte im Widerschein dieses Glücks. Sie erblühte wie eine Rose. Es war die Leichtigkeit und die Lautlosigkeit eines Geistes über allem, was sie unternahm. Ihr Gesang war ein Jubel, ihr Gang eine schwebende Flucht. Man sah sie kommen und verschwinden wie einen Geist. „Du erschreckst mich mit deiner Schnelligkeit", sagte ihre Mutter viele Male. „Du kannst unmöglich jetzt schon dort gewesen sein", aber Sofie versicherte, daß sie dort gewesen und ganz gemächlich gegangen wäre.

Es kam Kold vor, daß diese Zeit nie ein Ende nehmen könne! Und sie endete – allzu schnell! Er erhielt plötzlich vom Amtmann die Aufforderung, eine Geschäftsreise nach Kristiania zu machen. Kold war an diese Aufträge gewöhnt; der Amtmann wußte, daß er ihm mit ihnen ein Vergnügen bereitete. Dieses Mal traf es ihn wie ein Donnerschlag. Mit Überwindung riß er sich los, und während er in unruhigem Eifer die Reise unternahm, träumte er sich schon wieder zurück. Beim Abschied reichte er Sofie die Hand und empfahl ihr die Bücher, die sie während seiner Abwesenheit lesen sollte, und versprach ihr gleichzeitig, einige neue mitzubringen.

Ein Verhältnis zwischen zwei jungen Personen, das, nur auf gegenseitigem Interesse begründet, kein bestimmtes anderes Ziel hat als einen rein geistigen Austausch, gehört aus guten Gründen zu den sehr seltenen bei uns. So etwas scheint glücklicheren, freieren und weiterentwickelten Zuständen als den gegenwärtigen anzugehören. Wenn es sich dessen ungeachtet dennoch entwickelt, erweckt es eine Aufmerksamkeit, wie alle diejenigen Phänomene, die nicht in natürlichem Grund keimen. Mütter und Vormünder können diese Art Freundschaften nicht vertragen. Sie sind ihnen zu *unpraktisch*, oftmals dem Glück der Töchter hinderlich. Und die Mütter haben recht. Wozu dieser gefährliche Stolperstein? Unsere Kinder können ja auf dem gewöhnlichen Wege glücklich werden, ohne daß gefragt wird, ob sie einen Geist oder eine Seele haben ... Ein kleines bißchen Jugend und deren Anmut und ein Quentchen praktische Tüchtigkeit, mehr ist doch nicht nötig; das knüpft das Band, und damit basta. Was kommt bei einem höheren Streben für eine junge Frau heraus? Während sie ihren Geist bereichert und seine Lebensanschauung aufklärt, vergißt sie die Kränkungen, die draußen in den falschen Auslegungen der Welt lauern, vergißt vielleicht sogar das Glück, das in der Zwischenzeit in Gestalt eines gemachten Mannes oder eines Vetters, der avancieren kann, angeklopft hat. Und sie muß dennoch froh sein, wenn ihr platonischer Freund, für den sie allen diesen anderen trotzte, nicht selbst der schlimmste Verräter wird. Die Mütter haben, wie gesagt, ganz recht. Hier, wie in allen Konflikten zwischen beiden Geschlechtern, hat *sie* alles zu verlieren, *er* dagegen nichts. Ein junges Mädchen, das mit all seiner Wärme schriftlich und mündlich eine solche Verbindung unterhält, muß entweder eine außergewöhnliche Seelenstärke besitzen, um sich über die Folgen hinwegzusetzen, oder eine Naivität, die nichts ahnt. Es war eine besondere Vereinigung dieser beiden Eigenschaften, die bewirkten, daß sich Sofie dieser Verbindung so unvorbehalten hingab.

Der eigentümliche Pakt, den sie geschlossen hatten, erweckte daher schnell Gerede. Es ist wahr, sie erlegten sich keinen Zwang auf. Man hatte sie spazierend oder zu Pferde getroffen, und auf den Heimfahrten richteten sie es immer so ein, daß sie zusammensaßen.

Auf einem Ball, kurz bevor Kold reiste, sprachen sie fast gar nicht mit anderen. Es wurde in allen Ecken geflüstert. „Derartig vor der ganzen Gesellschaft!". Das mußte doch eine *Verlobung* sein, aber dann waren sie wiederum so sonderbar kalt! Noch niemand hatte ihn ihre Hand nehmen sehen, und die Stellung, die er während ihrer langen Gespräche einnahm, die im übrigen im Beisein aller geführt wurden, war so gemessen, so feierlich, als wäre es eine Königin, die er vor sich hatte. Das Schlimmste war, daß Sofie, nachdem Kold gegen Mitternacht heimfuhr und sie nicht tanzte, einschlief; und sie schlief bis zum hellen Morgen, als der Ball endete. Sofie ahnte nichts, bis man bei der nächsten Gelegenheit mit Gratulationen ankam. Da staunte sie aufs äußerste und bestritt es trocken und entschieden. Ihre Mutter bestritt es auch, jedoch mit der geheimnisvollen Miene, die Interpretationen je nach Behagen zuließ. Das verwirrte ganz und gar, aber es milderte nicht die Stimmung.

Wenn sie aus gewesen war, fand man Hunderte von Dingen an ihr zu bemerken. Der eine fand sie zu frei, der andere zu steif, wieder ein anderer fand, daß sie allzu deutlich an den Tag legte, daß sie sich langweilte – kurz, es war unbegreiflich, wie die liebenswürdige, gebildete Dame, Frau Ramm, zu dieser Tochter kommen konnte, die so verwunderlich, so verschroben, so apart, so kindisch, so – man wußte selbst nicht, wie sie war. Das Kindische bestand darin, daß sie bisweilen den steifen Kreis der Erwachsenen brach und sich den Spielen der Kinder, zu deren großer Freude, anschloß. Bei der Pastorenfamilie schlüpfte sie gerne rauf zu der alten Jungfer Nandrup, die, obgleich immer bettlägrig, doch voller Lebendigkeit war. Diese alte Frau verspürte gleichsam neues Leben an dem Tag, an welchem das junge, schöne Mädchen zu ihr hereintrat, sie freundlich fragte und darauf mit großem Interesse ihre vielen lustigen und traurigen Geschichten anhörte. Doch war es besonders dann, wenn Sofie abwesend war, daß man Lust dazu fühlte, sie zu kritisieren. Wenn sie anwesend war, übte ihre Persönlichkeit Macht über alle aus, und gegen deren Willen, imponierte sie ihnen. Ein Urteil vergrößert sich immer in seinen ferneren Schwingungen gleichwie die größeren und größeren Ringe, die den kleinen Stein umkreisen, der in den Teich fällt. Im nächsten Bezirk hatte das Gerücht sie zu einem reinen Fabeltier gemacht.

An einem Tag, da die Amtmanns außer Sofie fortgereist waren, kam eine Familie aus einer entfernten Gegend, um einen Besuch abzustatten. Sofie empfing sie alleine, und indem sie die Verpflichtung fühlte, die ihr als Wirtin oblag, bot sie alles auf, um den Fremden zu behagen. Ein reizender Mittagstisch, der Gang durch den Hof ließ diese die Abwesenden nicht vermissen. Sie reisten gänzlich erfüllt von ihrer zuvorkommenden Aufmerksamkeit ab. Zum Schluß müssen wir bemerken, daß sich Sofie am besten mit den alten Herren der Gegend stand, die mehr oder weniger ihre warmen Bewunderer waren. Männer sind niemals so kleinlich in ihren Urteilen wie Frauenzimmer, und da keine gekränkte Eitelkeit mit ins Spiel kam, nahmen sie Sofies Liebenswürdigkeit rein und unverfälscht auf. Das Fremdartige in ihrem Wesen vergnügte sie, ohne sie abzustoßen, ihr bloßer Anblick weckte frohe Erinnerungen. Sie deuchte ihnen der Widerschein eines Ideals zu sein, das sie vor langer, langer Zeit einmal erträumt und das Mutters Prosa und ein dreißigjähriger Bürostaub nicht ganz begraben hatten.

Die Besuche von Lorenz Brandt bei der Familie des Amtmanns waren in der letzten Zeit häufiger geworden, da er sich fürs erste bei seiner Mutter niedergelassen hatte. Leider sah man, daß es mit jedem Mal weiter bergab mit ihm ging. Der grüne Frack, die aus Werggarn gearbeitete Weste und die Wachstuchmütze mit der Kokarde (jene Kleidungsstücke, die Kold ihm vermacht hatte, hatte er wieder verkauft, da sein Stolz es nicht zuließ, sie zu tragen), alles nahm augenscheinlich ab. Und er selbst schien sich mit starken Schritten der letzten, traurigen Stufe zu nähern, diesem tierischen Zustand der Abgestumpftheit, wohin Scham und Reue nicht mehr gelangen. Gegen die anderen war er lauter und unverschämter als je zuvor, wohingegen er Sofie eine ebenso übertriebene pathetische Bewunderung erwies. „Gott weiß, wer am meisten zu beklagen ist", sagte Amalie zu ihr, „Mutter und ich, zu denen er so unartig ist, oder du, der du der Gegenstand seiner Hochachtung bist." „Es gibt keinen Zweifel darüber, daß ich am unglücklichsten bin", meinte Sofie, „denn ich bemühe mich doch, seine Gefühle für mich niederzustimmen, während du und Mutter euch keine sonderliche Mühe gebt, die zu mildern, die er für euch hegt." Seine Aufdringlichkeit begann wirklich, sie in hohem Grade zu belästigen. Wenn es ihr möglich war, vermied sie anwesend zu sein. Ihn draußen alleine zu treffen, verursachte ihr in Gedanken eine große Angst.

An einem Nachmittag befand sich Sofie oben in ihrem Zimmer, das vor einem größeren lag, welches Amalie gehörte. Sie saß auf dem kleinen, niedrigen Sofa zwischen den Fenstern und las in einem Buch, das Kold ihr geliehen hatte. Draußen fiel ein lange erwarteter Regen erfrischend auf die trockenen Felder nieder. Ab und zu, wenn ein schwacher Blitz vor den gesenkten Augenlidern aufblinkte, sah sie auf, während sie mechanisch dem noch fernen Grollen des Donners folgte. Sie hörte so, in ihr Lesen vertieft, daß die äußere Tür ging, daß ihre eigene geöffnet und wieder geschlossen wurde und daß sich sachte Schritte näherten. Da sie glaubte, daß es Amalie wäre, sah sie nach einer Weile gleichgültig auf. Vor ihr stand Lorenz Brandt mit einem starren, fast verwirrten Blick, der auf sie gerichtet war:

„Oh, weshalb so ängstlich!", sagte er, „bin ich ein Ungeheuer? Noch habe ich ja nichts gesagt!"

„Was wollen Sie? Wen suchen Sie?"

„Dich, genau dich – keinen anderen; ich habe dir etwas zu sagen."

„So ist dieses Zimmer nicht der Ort dafür. Wie können Sie es wagen, hier einzudringen?" Sie erhob sich, um zu gehen, aber es war vergebens. Brandt hatte sich mit seinem Knotenstock auf eine Weise vor die Tür gestellt, die zeigte, daß er darauf bedacht war, jedwede Flucht abzuschneiden. Er war in einem Zustand, der für alle seinesgleichen der schrecklichste war: Er war nüchtern. Das Haar, vom Regen aufgelöst, hing über dem eingefallenen Gesicht. In den ansonsten matten, glanzlosen Augen mit dem rötlichen Weiß leuchtete ein dunkles Feuer, ein verzweifelter Entschluß.

„Hier, an keinem anderen Ort kann ich mit dir reden. Nicht da unten. Glaubst du, ich habe im Sinn, ein versteinertes Herz wie das deiner Mutter zu rühren oder für deine alberne, verschrobene Schwester eine Romanszene zu geben?"

„Schweig!", rief Sofie in Wut. „So wagen Sie über diejenigen zu reden, denen Sie wenigstens Achtung schulden! Menschen, die Ihnen in Ihrem ganzen Leben nichts anderes erwiesen haben als Güte und Nachsicht ..."

„Güte und Nachsicht!", sagte Brandt bitter. „Deine Mutter hat mich also mit Güte behandelt? Oh ja, sie verwöhnte auch den Jungen, sie auch, so lange er hübsch und hoffnungsvoll war, so lange ihm das Glück zulächelte, mit anderen Worten: als das vorbei war, trat man nach ihm wie nach einem räudigen Hund. Dein Vater, der arme, verschüchterte Alte, wagt natürlich auch nicht ..."

Sofie unterbrach ihn wieder. „Nennen Sie nicht Vaters Namen", sagte sie. „Sie wissen selbst nicht, was Sie sagen, wie abscheulich es ist ... Bedenken Sie, wessen Schuld es ist, daß Vater und Mutter ihr Verhalten gegen Sie geändert haben?"

„Du hast es nicht geändert, Sofie. Du, die beste, die edelste deines Geschlechts, du hast mir Anteilnahme und Güte gezeigt ..."

„Nein", unterbrach Sofie erschreckt, „ich habe nicht mehr Güte gezeigt als die anderen ..."

„Doch, doch, leugne es nicht! Du hast mich nicht wie einen Elenden behandelt, einen Verstoßenen. In deinem Betragen lag etwas ganz anderes. Diese Zärtlichkeit, mit der du schon als Kind an mir hingst, die ich, der von allen vergötterte Jüngling, damals nicht richtig zu schätzen wußte; sie ist noch nicht in deinem Herzen für mich ausgelöscht – oh, unterbrich mich nicht – das ging mir klar auf, als ich dich das erste Mal nach vielen Jahren wiedersah. Von jenem Tag an, von jenem unvergeßlichen Abend auf der Alm, datiert sich eine neue Richtung in meinem Leben. Da ertrank ich gleichwie der alte Mensch in mir: Du wurdest meine Lebenshoffnung, mein neuer Leitstern, ja du, Sofie, bist vom Himmel zu einer großen, einer herrlichen Mission auserkoren, zur Rettung eines Menschen. An deiner Hand wird er umkehren zu der menschlichen Gesellschaft, die ihn verstoßen hat."

„Ich!", brach Sofie endlich aus. „Was meinen Sie?"

„Ja du und kein anderer!", fuhr Brandt mit derselben wunderlichen Mischung aus Schwulst und wirklichem Gefühl fort. „Siehst du, ich weiß sehr wohl, daß ich tief gesunken bin und daß die Menschen ein Recht haben, aber auch nur eine Art Recht, mich zu verstoßen; denn noch lebt, ich fühle es, etwas Gutes und Tüchtiges in mir, das ihre Härte noch nicht zu zerstören vermocht hat. Ja, wehe dieser herzlosen Gesellschaft! Auf sie schiebe ich die größte Schuld, die bitterste Schuld. Anstatt einer verirrten Seele die Hand zu reichen, anstatt ihn in seiner eigenen Achtung aufzurichten, stürzt sie ihn mit Verachtung tiefer in den Schlund und behandelt ihn wie einen Ehrlosen, noch bevor er es ist. Das Schreckliche an meiner Stellung, Sofie, ist das fast Unmögliche, umzudrehen, da die Brücken überall abgebrochen sind. Da steht der Willige händeringend und bricht verzweifelt seine Kraft an dem Unmöglichen, bis er wieder seine Ohnmacht fühlt, der arme Willige. Das Schreckliche ist, daß man als verloren angesehen wird, während man noch gerettet werden könnte. Ich könnte dir Auszüge davon erzählen, die dich rühren würden, die so gut sind für Tränen und die einen Stein rühren könnten. In jenen lustigen Tagen, die der Anstoß zu meinem Fall wie zu demjenigen vieler anderer wurden, hatte ich einen Kameraden, einen Freund. Er war der Geist unserer Zusammenkünfte, der böse Geist, muß ich hinzufügen. Der Wildeste, der Extravaganteste war er in allen Gesellschaftskreisen der erste und der letzte. Dazu mit einer gewissen Überlegenheit begabt, zog er die Jüngeren und Schwächeren mit sich an den Rand des Verderbens. Er selbst rettete sich rechtzeitig und erhielt durch eine gewaltige Protektion eines der guten Pfarrämter des Landes. Hier hatte er schon einige Jahre Gottes Wort von seinen beschmutzten Lippen verkündet. Da dachte ich an ihn, an diesen Freund, der so viel Schuld an meinem Unglück gehabt hatte, und zu einer guten Stunde beschloß ich, ihn aufzusuchen. ‚Nun soll sein gutes Beispiel auf mich wirken', dachte ich, ‚es wird mich stärken, seine wahre Frömmigkeit und seinen ehrenvollen Wandel zu sehen.' Und ich bereitete mich auf dieses Wiedersehen vor. Sofie! Lange Zeit hungerte ich, um mir anständige Kleidung zu beschaffen ... Was heißt es, zu hungern! Aber vier Monate lang schmeckten meine Lippen nicht den Trunk des Fluches, um mich ihm würdig vorstellen zu können. Und ich kam – und empfing er mich gut? Oh ja, ich hungerte nicht, und ich bekam ein Dach über den Kopf, aber wie einem Bettler wurden mir Essen und Bett in einem abgelegenen Zimmer zugeteilt, wo man Handwerksleute und umherstreifende Personen beherbergte und wenn ich mich zeigte, verkrochen sich seine Frau und seine Kinder, als wäre ich ein Aussätziger. Auch hierher in diesen abgelegenen Ort war mir das Gerücht vorausgeeilt, hierher, wo er, geachtet und zufrieden, die Früchte seiner Scheinheiligkeit genoß. Ja, er war einer dieser vielen entweihenden Priester hier im Lande, die die Schlaffheit nach dem Ausschweifen wie eine Maske der Frömmigkeit benutzen, mit der sie ein armes, gutgläubiges Bauernvolk blenden. Glaub doch nicht, daß er mich gehen ließ, ohne mich zu sehen – nein, bewahre! Am nächsten Morgen wurde ich vor sein Angesicht vorgelassen, und seine Hochehrwürden hielt eine salbungsvolle Ermahnungsrede und verabschiedete mich darauf, indem er mir einen ganzen Speziestaler in die Hand drückte. Ich hatte nicht genug Fassung, ihm diesen ins Gesicht zu werfen, dem elendigen Heuchler! Wenn Freunde einen so behandeln, was glaubst du, habe ich dann von Fremden ertragen müssen? Ja, auch hier im Haus, wo ich einmal wie ein Sohn geliebt war, trifft mich diese Geringschätzung, die umso fürchterlicher ist, da sie sich unter einem glatten, kalten Betragen verbirgt, das ich nicht zu fassen bekommen kann und das mir wie ein Aal aus den Händen gleitet. Derartig bin ich gejagt worden wie ein verletztes, wie ein ermattetes Tier, bis ich vor deine Füße sank. Sofie, von dir erwarte ich das Leben – du hast es in der Hand – bestimme!"

Sofie, in deren mitleidigen Zügen man die Anteilnahme lesen konnte, mit welcher sie seiner Schilderung gefolgt war, vergaß darüber beinahe seine eigentliche Absicht. Vielleicht hatte sie sie immer noch nicht recht verstanden. Seine letzten Worte brachten sie plötzlich in die Wirklichkeit zurück.

„Wie denn?", rief sie, „Sie können doch nicht meinen ...?"

„Daß du dein Schicksal mit meinem vereinen sollst, daß du meine Rettung werden sollst, meine Hoffnung, meine Stütze ... Ja, das meine ich ..."

„Niemals", rief Sofie und trat mit Grauen so weit zurück wie sie konnte. Aber da sie die wilde, fast verzweifelte Gebärde bemerkte, mit welcher Lorenz ihrer unwillkürlichen Bewegung folgte, riß sie sich gewaltsam zusammen, näherte sich wieder, und, indem sie ihre bebende Hand auf seinen Arm legte, sagte sie mild:

„Besinnen Sie sich, Brandt. Es kann nicht Ihr Ernst sein. Ich sollte es wagen, eine solche Berufung auf mich zu nehmen! ... Ich, so jung, so unerfahren, die nicht ein bißchen von der Welt kennt, sollte das über Sie vermögen, was andere nicht gekonnt haben, die Ihnen weit näher stehen? ... Sie sagen, daß ich Sie selbst aufgemuntert habe ... Oh nein, nein, das ist unmöglich, daß Sie sich so irren können ... Ich bin Ihnen gegenüber freundlich und höflich gewesen wie jedem anderen gegenüber ... Und weshalb sollte ich es leugnen? ... Auch Ihr Schicksal, das ich mit dem verglich, welches wir uns einmal ausmalten, ging mir zu Herzen, und es konnte mir nicht einfallen, das zu verbergen ... Ich habe Sie viele Jahre nicht gesehen, und der Kontrast mußte mich daher schmerzlich ergreifen! ... Wäre ich Ihnen, wie die anderen, Schritt für Schritt gefolgt, so wäre es mir wie ihnen gegangen, fürchte ich, und Sie wären nun ebenso zornig auf mich."

„Diese lange, wohl studierte und höchst moralische Rede kleidet dich ganz ausgezeichnet", sagte Lorenz bitter. „Das ist ein erbliches Talent, merke ich. Ich erwarte nun nur noch das Kapitel über meine alte, niedergebeugte Mutter, das deine Mama so unvergleichlich vorzutragen weiß – mach weiter! Ich höre andächtig zu."

„Ich will überhaupt nicht weitermachen. Wir haben schon allzu lange darüber gesprochen. Laß uns gehen ... Laß uns gehen! Aber zunächst sollen Sie mir versprechen, daß es das letzte Mal sein soll ..."

„Und das ist alles, was du mir zu sagen hast? Und damit glaubst du, mich abfertigen zu können?", sagte Lorenz und trat einen Schritt näher.

„Mein Gott, was wollen Sie denn? Was kann ich, was soll ich tun?"

„Du sollst die Meine werden ... Oh, Sofie, verkenne nicht deine Berufung! Was glaubst du, wozu ein solcher Engel hier in die Welt gesetzt worden ist, wenn nicht um die Verlorenen zu erretten? Es ist die Bestimmung der Frau, sich aufzuopfern."

„Nein, es ist nicht die Bestimmung der Frau, sich in ein sicheres Unglück zu stürzen, ohne jemanden retten zu können ..."

„Sofie", sagte er und fiel auf die Knie, wobei er mit Heftigkeit ihre Hände ergriff. „Sprich dieses Urteil nicht so hart, nicht so entschieden. Ich verlange jetzt kein Versprechen von dir, gib mir bloß eine Hoffnung, eine klitzekleine Hoffnung darauf, daß du mich erhören willst, wenn ich mich darum verdient gemacht habe ... Ich weiß es, so wie du mich jetzt siehst, kann ich nur deine Abscheu wecken ... Dein Unwille ist so natürlich! Du sollst mich nicht sehen, ohne daß ich mich vor dir in einer Erscheinung zeige, die dir würdig ist ... Doch ja, sehen muß ich dich, um mir Kraft für das neue Leben, das ich führen werde, zu holen, meine Wiedergeburt – nur sehen, um einen Strahl der Hoffnung in deinen Augen zu lesen. Damit werde ich allem trotzen, der Verachtung der Welt, ja, wenn die Hölle selbst aufsteigen würde, um mich zu versuchen."

„Ich bitte, ich beschwöre Sie, Brandt", sagte die todbleiche Sofie, „lassen Sie mich ... Schweigen Sie ... Vergessen Sie, daß Sie jemals darüber gesprochen haben. Stehen Sie auf, um Gottes Willen, stehen Sie auf! ... Brandt ... Gott weiß, wie nahe mir Ihr Unglück geht! ... Wie willig will ich an alles Entschuldigende für Sie glauben, an alles, was noch immer gut ist und gerettet werden könnte, aber nicht durch mich, nicht durch mich! Ich werde immer freundlich zu Ihnen sein ... Ich werde nicht vergessen, daß Sie uns ein Bruder gewesen sind ... Ich werde Sie gegen alle verteidigen und Ihnen in Rat und Tat beistehen wie eine Schwester ... wenn Sie selbst es wollen, wenn Sie mich nicht zwingen, Sie zu scheuen und zu hassen ..."

„Also ‚Ritter, treue Schwesterliebe, widmet Euch dies Herz'. Besten Dank. Rat habe ich genug, Tat allerdings weniger – und ist das dein letztes, unwiderrufliches Wort?"

„Komm, komm!"

„Aha, ich verstehe", sagte Lorenz nach einer Pause, während sein Auge scharf auf ihr ruhte. „Ein anderer hat sich zwischen dich und mich gedrängt. Das waren also deine bescheidenen Skrupel, daß du dieser Berufung nicht gewachsen seist! Aber mich narrst du nicht; sieh nur, wie rot du wirst! So hat er sich doch in dein Herz geschlichen, dieser glatte Windbeutel, so hat er dich doch zu bestechen gewußt mit seinen neumodischen, herzlosen Phrasen! Hüte dich vor diesem Menschen, Sofie, er wird dein Unglück verursachen."

Sofie antwortete nicht, aber unwillkürlich bückte sie sich nach dem Buch, das heruntergefallen war, während eine brennende Röte ihr Gesicht bedeckte. Brandt erriet diese Bewegung, er riß ihr das Buch aus der Hand, sah auf das Titelblatt und schrie: „Dachte ich es nicht! Da steht sein Name, der Verfl-!" Und wie ein Rasender riß er das Buch in viele Stücke und trampelte darauf herum. „Oh", brummte er, „wenn ich bloß wüßte, weshalb ich diesen Menschen so hasse!"

„Seine größte Sünde war wohl, daß er ins Wasser sprang und Ihr Leben gerettet hat", sagte Sofie mit Verachtung.

„Ja, Himmel und Hölle, du hast recht – das auch, dafür hasse ich ihn gerade", schrie Brandt mit steigender Wut ... „Hat er sich damit nicht einen neuen Triumph bereitet und mir neue Demütigungen? ... Oh, ich verstehe, er ist seither doppelt interessant geworden, unwiderstehlich ... Aber seine Zeit wird auch noch kommen! Wenn nur meine Qualen ihn tausendfach treffen möchten! Ja, wenn er sich nur vor deinem Fuße winden möge, verzweifelt und unerhört wie ich! ...

Und du, Sofie, nimm dich in acht! Du sollst künftig fühlen, was es heißt, einen Menschen in den Abgrund zu stürzen."

Er ging mit einem schrecklichen Blick. In der Tür gab er seinem Hund, der lange draußen gewinselt hatte, einen brutalen Tritt, so daß das arme Vieh heulend zur Seite taumelte. Amalie, die wenig später herbeikam, fand Sofie auf dem Sofa sitzend, am ganzen Körper zitternd. Sie konnte kaum andeuten, was sich ereignet hatte.

„Dieser schreckliche Mensch!", rief Amalie und suchte die Schwester liebevoll zu beruhigen. „Daß man so etwas ausgesetzt sein soll! ... Sieh, da geht er! ... Und gerade über Mutters Nelken ... Das ist doch schrecklich!" Und die Schwestern sahen Brandt nun mit Schrecken und einer gewissen Genugtuung, gefolgt von seinem niedergeschlagenen Hund, quer über die Blumenbeete springen, über den Zaun klettern und im Feld verschwinden. Ein Gewitterschauer ergoß sich im selben Augenblick unter gewaltigen Blitzen.

Nachdem Amalie gegangen war, schloß Sofie ihre Türe, eine Beute für neue Gedanken und Regungen. An Lorenz Brandt dachte sie nicht mehr.

Ende des ersten Teils

# Zweiter Teil

Die Fremden, die einmal, während die Amtmanns abwesend waren, einen kurzen Besuch auf dem Hof abgestattet hatten, waren ein Probst Rein und seine verheiratete Schwester, Leute mittleren Alters, beide in einer südlicheren Gegend des Landes wohnhaft. Sie befanden sich auf einer Reise in einen Bezirk im Distrikt des Amtmanns, in welchen der Ehemann der Frau, ein Landmilitär, versetzt worden war.

Der Weg führte sie fast genau am Hof vorbei. Der Probst hatte in jüngeren Tagen den Amtmann und seine Frau gekannt. Es interessierte ihn daher in hohem Grade, diese alten Freunde nach Verlauf so vieler Jahre wiederzusehen.

Man wird sich erinnern, daß die Reisenden nur Sofie zu Hause antrafen. Ebenso wird man sich des behaglichen Eindrucks erinnern, den diese auf sie machte, was in einem sonderbaren Gegensatz zu den barocken, unklaren und teils unsanften Urteilen stand, die sie sich durch Erzählungen von Sofie gemacht hatten. Inwieweit unterdessen der günstige Eindruck seinen Grund in einem unterlaufenen Irrtum hatte, ist schwer auszumachen. Vorurteile und vorgefaßte Meinungen üben eine große Macht über uns aus und spielen oft den besten von uns einen Streich.

Nachdem die zwei achtbaren Geschwister, in dem bequemen Reisewagen wohl eingepackt, sich ein Stück weiter in der Allee etwas mühselig umgewandt und ihrer jungen Gastgeberin ein letztes Lebewohl zugewinkt hatten, bemerkte der Probst:

„Das war ja recht unglücklich, daß wir die Familie nicht zu Hause angetroffen haben."

„Sag lieber, daß es sehr glücklich war", antwortete die Schwester, „daß wir die ältere Tochter und nicht die jüngere antrafen. Das soll ein reines Ungetüm sein, kapriziös und voller Einfälle. Wild und verwegen wie ein Kosake soll sie alle die Pferde des Vaters hetzen. Sie wäre im Stand gewesen, uns die Türe direkt vor der Nase zuzuschlagen."

„Bewahre! Da war diese Schwester etwas ganz anderes!"

„Nicht wahr! Das war ein netter Mensch! Ich bin ganz und gar von ihr eingenommen ... Und hübsch! Daß man nicht mehr von einer solchen Schönheit geredet hat! Da ist das Gerücht gegen die Gewohnheit zu bescheiden gewesen."

„Ich habe doch sagen hören, daß Fräulein Ramm ein einnehmendes Mädchen sei", bemerkte der wortkargere Bruder.

„Und so zuvorkommend und behaglich! ... Und dann das Anrichten, wie geschmackvoll war es? Die Gerichte waren so einfach und doch delikat. Ich weiß, was es heißt, so etwas auf dem Lande zu leisten ... Und wie fein hat sie bei Tisch nicht aufgelegt und uns gleichzeitig unterhalten. Das ist keine leichte Aufgabe, das weiß ich wohl."

„Sie entwickelte besonders viel häusliche Geschicklichkeit", sagte der Probst gedankenvoll.

„Und das war nichts Oberflächliches, das versichere ich dir! ,Ja, ja, meine kleine, feine Dame', dachte ich, ,das alles ist sicherlich sehr hübsch und niedlich. Aber da gehört noch anderes dazu als einen Tisch geschmackvoll zu decken und auf behagliche Weise Honneur zu machen. Es gibt andere Dinge, die sich nicht mit Handschuhen an den Händen machen lassen, und das ist wohl recht eigentlich nicht deine Sache, sondern dafür läßt du Mama sorgen. Doch, da werden wir bald dahinter kommen.' Wie kurz die Zeit auch war, streifte ich doch im ganzen Haus mit ihr umher. Wir waren auf den Dachböden und im Keller, in der Molkebude und in der Webstube. Und das muß ich sagen, ich tat ihr im Stillen Abbuße. Sie war wahrhaftig überall zu Hause, und obgleich sie versicherte, daß sie nur einen unbedeutenden Teil zu den äußeren Verrichtungen beitrug, wußte sie doch so gut Bescheid und sprach so kundig über jedes Ding, als ob sie sich für nichts anderes in der Welt interessiere als zu weben, zu käsen und zu buttern."

„Ob sie wohl musikalisch ist?"

„Das glaube ich kaum. Die Jüngere hingegen soll ein musikalisches Genie sein. Aber daher darf man neben den Noten auch die Unarten ertragen. Solch begabte Kinder sind niemals nur reine Freude ... Hier von diesem Hügel nimmt sich der Hof wirklich schön aus. Ob die Mühle da unten dem Amtmann gehört? Sieh dich doch um, Frederik!"

„Wie alt mag sie sein?", sagte der Probst und sah zur anderen Seite hinaus.

„Wer? Die Älteste? Das werde ich dir ganz genau sagen können. Sie muß genau ein-, zwei- bis dreiundzwanzig, höchstens vierundzwanzig sein. Als ich vor zwanzig Jahren Frau Ramm sah, war das Jüngste ihrer kleinen Mädchen drei bis vier Jahre alt, und sie war erneut in anderen Umständen."

„Vierundzwanzig Jahre! Da sieht sie über die Maßen jung für ihr Alter aus!"

„Vom Wesen her nicht. Diese Sicherheit haben ganz junge Mädchen nicht, die sind verlegener über ihre Person, affektierter, wenn du willst ... Weißt du was, Frederik, das wäre eine Frau für dich!"

„Was fällt dir ein!", rief der Probst fast heftig und richtete sich aus der bequemen, ruhenden Stellung auf. „Ein so junges, schönes Mädchen! Mit ihren Ansprüchen!"

„Hm, ja, Ansprüche! Warum nicht? Ein Mann wie du in deinen besten Jahren, noch keine fünfzig, der einer solch verwöhnten, kleinen Dame eine Stellung bieten kann, nach der sie lange seufzen muß. Die ältesten zwei, verheirateten Töchter Frau Ramms lebten beide in mittelmäßigen Verhältnissen."

„Aber vier Stiefkinder, Mikaline! ... Ein großer ländlicher Haushalt!", wandte der Bruder ein, der sich nicht ungerne widersprochen sah.

„Vier Kinder! Nun ja, Kinder sind die Gabe Gottes! ... Ernsthaft gesprochen, lieber Frederik, der Plan ist nicht so schlecht. Kehr du wieder auf dem Hof ein, wenn du wieder hinunterreist, nimm dir ein paar Tage Zeit bei der gastfreien Familie und sieh dir so die Dinge etwas näher an ... Es ist außerdem nicht passend, sie mit einem allzu kurzen Besuch abzuspeisen."

Die halb scherzende Wendung, die das Gespräch genommen hatte, griff tiefer in die stillen Gedanken des würdigen Probstes ein, als die Schwester wußte. Sein Besuch beim Amtmann war nicht ganz zufällig gewesen. Probst Rein hatte sich in einem fortgeschritteneren Alter mit einer Cousine von Frau Ramm verheiratet. Nach einer kurzen Ehe, an welcher es nicht das Geringste auszusetzen gegeben hatte, war die junge Frau gestorben und hatte ihm vier kleine Kinder hinterlassen. Ein Witwer kann ja nicht besser das Andenken seiner Ehefrau ehren, als dadurch, so schnell wie möglich wieder zu heiraten. Zeigt er dadurch nicht, daß er die süßen Annehmlichkeiten des häuslichen Lebens, die die Verewigte ihn kennengelehrt hat, nicht entbehren kann? Je schmerzlicher sein Verlust gewesen ist, je eher, je lieber sehnt er sich danach, ihn ersetzt zu bekommen. Im allgemeinen umfaßt er dieses Anliegen mit mehr Wärme als das erste Mal. Rein war in diesem Zustand. Er sehnte sich innerlich nach neuer, ehelicher Verbindung. Die Einsamkeit ermüdete ihn, die Verwaltung des Hauses und die Erziehung kleiner Kinder machte es außerdem notwendig. Es gab kein weibliches Wesen in seiner Gegend, das in Betracht kommen konnte. Das Gerücht hatte ihm die Töchter des Amtmanns Ramm als ungewöhnlich wohlerzogene, häusliche und liebenswerte Mädchen genannt. Er wußte, daß es noch eine erwachsene Tochter gab, die unverheiratet war; die andere dachte er sich erst im Heranwachsen begriffen. Als daher seine Schwester die Reise zu ihrem neuen Heim antreten sollte, bot er sich zu ihrer Überraschung als Begleitung an. Es würde ihn freuen, dieses kennenzulernen, und es gab ihm darüber hinaus Gelegenheit, die alte Bekanntschaft mit Ramms zu erneuern; etwas, das er so lange gewünscht hatte. Daß die Reise noch eine Triebfeder hatte, wollte er sich selbst nicht so recht eingestehen.

Die Verwechslung der beiden Schwestern verursachte unterdessen eine schlimme Verwirrung. Er war nicht enttäuscht worden, weit gefehlt! Das Unglück war, daß er etwas anderes gefunden hatte – viel mehr, als er erwartet hatte. Sofies Wesen, ihre Jugend und Schönheit waren Eigenschaften, auf die der bescheidene Mann bei der Weggefährtin, die er suchte und die ihm sein vorrückendes Alter besänftigen sollte, nicht mehr rechnete. Doch war er für diese Vorzüge nicht unempfindlich. Sie hatten einen Eindruck auf ihn gemacht, den er mit aller Macht zu verwinden strebte.

Als er nach Ablauf einer kurzen Zeit zurückkehrte, traf er die Familie zu Hause an. Alle eilten hinaus und umringten ihn mit frohen Willkommensrufen, noch bevor er vom Wagen gestiegen war. Rein stutzte nicht wenig, als er eine unbekannte, etwas wohlbeleibte, recht hübsche junge Dame an der Seite von Frau Ramm sah, die diese ihm als eine Tochter des Hauses vorstellte. „Aber meine liebenswürdige Gastgeberin?", fragte er, verwundert gegen Sofie gewandt, die sich hinter den anderen zeigte.

„Das ist unsere jüngste Tochter, die bereits so glücklich gewesen ist, die Bekanntschaft des Herrn Probst zu machen."

„Ja sicher, ja sicher", sagte dieser in einer Verwirrung, die er so gut er konnte verbarg.

Doch nun sollte der Kampf des guten Mannes erst recht beginnen. Es galt, Rahel zu vergessen und seinen Sinn Lea zuzuwenden. Amalies freundliches, gezierteres Wesen, das einen Ausdruck jungfräulicher Bescheidenheit hatte, die zum Teil wahr, zum Teil gekünstelt war, ihr anmutiges, gesetzteres Äußeres behagten ihm ebenfalls. In den zwei Tagen, die der Gast sich bei ihnen aufhielt, war sie an der Reihe, im Haushalt anzupacken. Sie legte auf, sie schenkte Tee ein usw., und diese Beschäftigungen kleideten sie gut, sie paßten sozusagen zu ihrer Persönlichkeit, indem sie zugleich eine gewisse unnatürliche, affektierte Seite daran hinderten, hervorzukommen. Er konnte vor sich selbst nicht bestreiten, daß dieses häusliche, schlichtere Mädchen die Passendere für ihn war, und er war bestrebt, all seine Aufmerksamkeit ihr zuzuwenden. Das geschah, wie gesagt, nicht ohne Anfechtungen. Da Amalie für die Aufwartung zu sorgen hatte, fiel die Unterhaltung mehr der jüngeren Schwester zu. Der Probst war ein Mann, der recht wohl verstand, Wert auf weibliche Liebenswürdigkeit zu legen. Sofie hatte jene Grazie, die gleichsam durch die Kultur wiedergeboren und freigemacht wird, was sagen will, daß die äußere Bildung mit der inneren in einem glücklichen Zusammenklang gestanden hat. Diese glückliche Harmonie wird selten von unseren jungen Mädchen erreicht; deshalb verfallen sie, indem sie über die unbewußte Grenze der Kindheit treten, so leicht der Steifheit und Affektiertheit. Denn das, was wir Affektiertheit nennen, besteht wohl letztlich nur in einem Streben, einem Tasten nach einer Form für den innerlich erwachenden Menschen, während man schmerzlich das Mißglückte fühlt. Die am reichsten Begabten sind dennoch ebenso wie andere, ja, oftmals noch mehr, der Affektiertheit ausgesetzt. Sofie entging diesem Anflug vielleicht dadurch, daß sie so frühzeitig in eine kultivierte Umgebung hineingesetzt worden war.

Aber es wurde dem armen Mann erst richtig schwer, als Sofie zu singen und zu spielen begann, ein Talent, von welchem er noch nicht wußte. Der Probst hatte in jüngeren Jahren Geige gespielt, er war ein großer Liebhaber der Musik. Wenn sie ihre herrliche Stimme erhob, vergaß er glatt die nichtssagende Unterhaltung, die er mit Amalie über das Landleben, über die Lage des Hofes usw. begonnen hatte. Und er antwortete zerstreut und ins Blaue hinein, wenn sie unverdrossen dort begann, wo sie stehengeblieben waren.

‚Ach', dachte er, ‚dieses junge Mädchen ist eine von diesen auserwählten Naturen, diesen Duftgewächsen der Poesie, die durch ein Mißverständnis aus unserem harten Erdboden aufgeschossen sind, die dort aber nie Wurzeln schlagen werden. Sie ist nicht für die Wirklichkeit geschaffen, nicht für das häusliche Leben.' Wie falsch dieser Schluß auch war, suchte er darin doch eine Art Beruhigung. Aber als dann während eines Spaziergangs über die Felder das Gespräch zwischen ihnen auf ganz praktische und ländliche Gegenstände kam, wollte diese Auffassung von ihr wieder nicht passen. Sofie war mit diesen Dingen groß geworden, und sie wußte so viel Schönes über sie und sprach so natürlich über sie, als ob sie erst hier in ihrer richtigen Sphäre wäre. Die Worte seiner Schwester: „Das wäre eine Ehefrau für dich!" klangen da wieder recht verlockend für seine Ohren. Diese fatale Verwechslung, die von Beginn an seine Gedanken zu der Falschen hingezogen hatte! Der würdige Mann reiste verstimmt nach Hause, wütend auf sich selbst, aber von vielen Bitten begleitet, bald wiederzukommen, und das für einen ordentlich langen Besuch.

Schneller, als er selbst dachte, geschah es. Einige Familienangelegenheiten machten sofort danach eine erneute Reise zur Schwester notwendig. Und auf der Rückreise versäumte er es nicht, bei der Familie des Amtmanns abzusteigen, wo er mit ehrlicher Freude empfangen wurde. Auch auf Sofie hatte er einen guten Eindruck gemacht. Es war etwas Mildes, Vertrauenerweckendes in seiner Art, sich zu geben, das keineswegs den Respekt ausschloß, den sein Alter und seine Würde verlangte. Er hatte jene Jugendlichkeit des Sinnes, die so viele ältere Männer charakterisiert und die einen so eigenen Kontrast zur inneren Abgelebtheit und der altklugen, nüchternen Lebensanschauung unserer jüngeren Generation bildet. Er liebte die Jugend, er verteidigte ihre Fehler, wenn sie bloß jugendlich waren, er ging mit Wärme auf ihre Interessen ein, ohne daß er selbst jedoch hätte jung sein wollen. Nichts in seinem Wesen oder Äußeren offenbarte irgendein Bestreben danach. Dieses war kräftig und kerngesund. Rein war ein sehr schöner Mann gewesen. Er war es noch. Das schwarze, kräftige Haar war nur unbedeutend ergraut. Nachdenken und geistige Anstrengung hatten keine zerstörerischen Spuren in sein Gesicht hineingedrückt, aber es leuchteten Verstand und Güte, mit Bestimmtheit gepaart, aus ihm heraus. Seine Gestalt, seine herrliche Stimme, seine Haltung, die imponierend und sogar etwas chevaleresk war, schienen besser zu einem vornehmen Militär zu passen als zu einem geistlichen Mann. Sofie sagte zu Amalie, daß sie Rein so gut leiden mochte, daß sie nicht in die Kirche gehen wolle, um ihn predigen zu hören. Ihr Pfarrer hatte Rein nämlich ersucht, den Kirchendienst zu verrichten, da er selbst verhindert sei. Diese Äußerung, im Scherz gesagt und aufgenommen, beinhaltete doch einen traurigen Ernst. Frau Ramm ging fast jeden Sonntag mit ihren Töchtern in die Kirche. Bei ihr trat das Bewußtsein, das ist die *Betrachtung*, daß sie in der Kirche war, an die Stelle der Andacht. Aber für diejenigen, die mit dem Drang nach einer höheren Erbauung kommen, wird dies nicht ausreichen. Sofie teilte das Schicksal mit tausend Kindern. In einer sterilen Zeit und besonders unter einer vertrockneten und weltlich gesinnten Mutter aufgewachsen, mußte sie den Segen einer bereits zu Hause geweckten, lebenden Verbindung mit der Gottheit entbehren. Glücklich ist, wer bequem zu diesem Segen kommt, der das Amulett mitbringt, bevor der Kampf des Lebens beginnt; und wem er, wie Sofie, nicht vorbehalten war, der gerade aus diesen Kämpfen und Leiden heraus ihn sich schmerzlich erstreiten konnte! Ihr offener, religiöser Sinn suchte Gott frühzeitig in der Natur, in allem, was dort groß und schön war, während sie dunkel das Bedürfnis nach einer innerlichen Ruhe in ihm fühlte. Aber diese Annäherung, dieses innerliche Aneignen des Höchsten, wo sollte man das suchen, wenn nicht in der Kirche? Aber genau hier, in der Kirche ihres Heimatbezirks, hatte Sofie es am wenigsten gefunden. Die ganze Handlung hier verursachte Sofie Unruhe und Verstimmung. Als Kind wurde ihr oft schlecht, und sie mußte hinausgebracht werden. Dies wird kaum jemanden, der ein wenig über den Gottesdienst in vielen unserer Kirchen auf dem Lande weiß, verwundern können, wenigstens auf die Weise, wie er vor zwanzig bis dreißig Jahren ausgeübt worden ist. Man denke sich zu den geist- und gottverlassenen Reden die Masse an Psalmen, die die Gemeinde, die Glocken und der Organist jeder in seinem Tempo und seiner Tonart vortrugen, dazu die vielen Zeremonien, Kindstaufen, Altargänge und Katechisation, die sich auf einmal zusammenhäuften. Wie mußte das nicht den Gottesdienst aller Feierlichkeit berauben und breittreten, bis man schlaff an Körper und Seele war! Man denke sich dies in erstarrender Kälte oder in der erstickenden Sommerhitze!

Der Sonntag, an dem Rein predigen sollte, war ein schöner, sonnenklarer Tag. Die ganze Ramm'sche Familie zog zur Kirche, um ihn zu hören. Das kleine, enge, dunkle Gotteshaus war vollgestopft mit Menschen. Aber Rein hatte angeordnet, die große Chortüre zu öffnen, so daß der frische Sommerwind hereindrängen und die Luft reinhalten konnte. Die Sonne schien draußen durch das dichte Laub, das vor dem Eingang gleichsam einen hellgrünen, durchsichtigen Teppich bildete. Das sah so schön aus. Jedes Auge suchte diesen Punkt, und ein jeder konnte nach seinem Bedürfnis darauf ruhen oder sich in dem großen, duftenden, hellen Gottessaal draußen verlangend verlieren! Die Psalmen waren sparsam und mit mehr Sorgfalt ausgewählt. Er hielt darauf eine Rede, die nach den Forderungen unserer Zeit kaum befriedigend gewesen sein würde, die aber, durch seine milde und würdige Persönlichkeit unterstützt, den besten Eindruck machte. Sie war kurz und zusammenhängend und war darüber hinaus in hübscher, verständlicher Sprache abgefaßt. Die Gemeinde lauschte, als ob sie sich zum ersten Mal in der Muttersprache angesprochen hörte. Eine lebendige Aufmerksamkeit war an die Stelle der gewöhnlichen Totenstille getreten. Selbst der alte, weißhaarige Mann, der nie auf seinem Platz unter der Kanzel fehlte, wo ihn immer ein süßer Schlaf überfiel, war heute munter; er beugte sich ein paar Mal vor, um den fremden Pastor zu sehen.

Frau Ramm fuhr vollkommen zufriedengestellt mit ihren Töchtern nach Hause und war sehr stolz auf ihren Gast.

In seinem Verhalten gegenüber den zwei Töchtern des Amtmanns hatte Rein die Partie übernommen, die einem bedächtigen, ältlichen Mann anstand. In den drei Tagen, an denen er sich bei der Familie aufhielt, beschäftigte er sich ausschließlich mit Amalie. Er erwies ihr all die Aufmerksamkeit, die für sein Alter passend war, und Amalie, der diese Auszeichnung schmeichelte, kam ihm vertrauensvoll und freundlich entgegen. Sie vertraute ihm sogar an, daß ein kleines, häusliches Leben auf einem Pfarrhof auf dem Lande das Ideal all ihrer Wünsche wäre – Äußerungen, die der Zuhörer nicht anders als günstig für sich selbst deuten konnte. In einem vertraulichen Gespräch mit den Eltern am letzten Abend hielt er um ihre Hand an. Er sprach dies mehr als einen Wunsch, denn als ein Begehren aus, und da er sich nicht wie ein verliebter Jüngling an sie selbst zu wenden wagte, legte er seine Sache in ihre Hände. Sowohl der Amtmann als auch seine Frau waren freudig überrascht. Die Partie war ansehnlich. Der Probst war ein in allen Hinsichten geachteter Mann, dessen Haus den Ruf von Ordnung und Wohlstand hatte. Sie versicherten daher ohne weiteres, daß sich ihre Tochter besonders geehrt durch sein Angebot finden würde.

Amalie wurde zu den Eltern gerufen. Aber hier trafen sie doch einen Widerstand, den sie nicht erwartet hatten. Amalie sank auf die Knie und bat sie schluchzend, sie nicht unglücklich zu machen und zwei Herzen zu zerschmettern, die für einander geschaffen waren. Endlich kam heraus, daß sie schon seit langer Zeit heimlich verlobt mit Brøcher war.

„So, da haben wir es!", sagte Frau Ramm.

„In Gottes Namen, mein Mädchen", sagte der Amtmann und hob sie auf, „beruhige dich! Hier ist nicht die Rede davon, dich unglücklich zu machen. Niemand will dich zwingen. Wir haben dir die Aussicht auf eine Verbindung mit einem angesehenen, braven Mann gezeigt, der im Stand sein würde, dich mit allen Gütern des Lebens zu umgeben. Du hast selbst ein, in menschlichen Augen wenigstens, geringeres Los gewählt."

„Einen solchen Stümper wie Brøcher, der vielleicht in zehn Jahren Aussicht auf ein Pfarramt oben in der Finnmark hat", fügte die Frau hinzu.

„Oh!", rief Amalie, „wir sind beide jung und brauchen nicht so viel. Liebe und Genügsamkeit können auch das bescheidenste Leben versüßen ..."

„Aber vom Gehalt des Herrn Personalkaplans könnt ihr doch, zum Teufel, nicht zu leben denken, wie?", sagte der Amtmann.

„Oh, Vater", stammelte Amalie mit niedergeschlagenen Augen, „wenn doch? Du weißt der große Platz unter Bratli steht leer. Brøcher hat die Hoffnung, ihn zu billigen Bedingungen zu pachten. Er liegt so lieblich am Wasser!"

„Das alte, baufällige Nest! Du träumst wohl", rief ihre Mutter.

„Wir setzen es instand. Oh, wir werden uns auf Galterud einrichten wie in einem Paradies."

Der Vater schüttelte den Kopf, aber Frau Ramm nahm es bei weitem nicht so resigniert.

Als Amalie gegangen war, brach sie aus: „Hat man so etwas an Torheit schon gehört! Wie kann Amalie Geschmack an diesem steifen, trägen Pedanten finden? So ein Erzprosaist! Ein Mädchen mit ihren Gefühlen und ihrem Geschmack! ..."

„Ja, ja, Mariane, daran ist leider nichts zu machen. Wir", in gewissen Verbin-

dungen sprach der Amtmann immer im Plural, „wir haben die Partie selbst für annehmbar gehalten und Brøcher Zuvorkommenheit erwiesen."
„Du drückst dich so wundersam aus, lieber Freund ... Wir sollten Brøcher Zuvorkommenheit erwiesen haben! Wir sollten ihn ermuntert haben! Wir haben Brøcher die Zuvorkommenheit erwiesen, die wir einem jeden Gast in unserem Hause erweisen."
„Ja, ja, liebe Mariane, ich meine ja auch nur, daß ... daß wir ihn auf eine Weise behandelt haben, die ... die ihn nicht gerade abgeschreckt hat ... Nun, geschehen ist geschehen. Glaubt Amalie dadurch glücklich zu werden – in Gottes Namen! ... Nun schmerzt es mich bloß, daß wir Rein eine Enttäuschung bereitet haben."
Rein nahm den Korb mit viel Anstand entgegen. Er tat, als wäre nichts passiert, und sprach sich mit großer Anteilnahme über Brøchers Stellung aus, die er in einem tröstlicheren Licht darzustellen suchte. Er versprach sogar, daß er seinen Einfluß für ihn geltend machen wollte und reiste vom Hof – wie es schien – sehr getrost.

Alles das war geschehen, während Kold nicht zu Hause war. Er wurde nun täglich zu Hause erwartet. Die Abende wurden bereits dunkler und kühler, die Heuernte war fast zu Ende gebracht. Frau Ramm schien seiner erwarteten Heimkehr mehr Aufmerksamkeit zu widmen als gewöhnlich. Sie arrangierte in seinem Zimmer alles mit einer eigentümlichen Sorgfalt, wobei sie Äußerungen fallen ließ, als ob sie ihn halb und halb als einen Sohn des Hauses ansah. Man wird sich erinnern, daß die Amtmännin, als sie das gegenseitige Interesse bemerkte, das sich bei den jungen Leuten zu entwickeln begann, nachdem sie einander lange mit Kälte behandelt hatten, die Partie übernahm, zu tun als habe sie nichts bemerkt. Sie erlegte sich ein Schweigen auf, das sie im Stillen an sich selbst bewunderte. Dieses Schweigen war im Grunde nichts anderes als die lauernde Unbeweglichkeit des Jägers, indem er wohl weiß, daß ein Zwinkern mit dem Auge ihm die Beute verspielen kann. Sie glaubte, daß es nun nicht notwendig wäre, dieses länger beizubehalten, und machte deshalb Andeutungen. Diese unterließen es nicht, Sofie, die – wir müssen wohl damit heraus – in der letzten Zeit genug damit zu tun hatte, mit sich selbst zurechtzukommen, auf das Peinlichste zu verschrecken. Sofie war durchaus nicht mehr so ruhig wie sie früher gewesen war. „Gott", sagte sie zu sich selbst, „Mutter sagt es, alle, die mich sehen, spielen darauf an, und was sagte nicht dieser abscheuliche Lorenz! Habe ich das verdient? Habe ich mich so verrückt benommen? Allen Anstand vergessen? Mein Gewissen warf mir damals nichts vor. Ich fühlte mich so stark und sicher in seiner Gegenwart, ich war so glücklich dabei, ihn reden zu hören, den ganzen Tag meine Ideen mit ihm austauschen zu können, ihn so vieles zu fragen und Antwort zu bekommen, noch bevor ich gefragt hatte. Daß ich ihn unvorbehalten suchte und er mich, daß wir am liebsten ungestört sein wollten, war darin etwas Schlechtes? ... Ich bekam keine Zeit, darüber nachzudenken. Manchmal, wenn Skrupel aufkeimten, die andere geweckt hatten, konnte er ihn sofort lesen, und er wußte ihn so beredt zu besiegen, daß ich mich über meine Feigheit schämte. Ich fürchtete seinen Spott mehr als alles andere ... Feigheit nannte ich jene Furcht, aber wie soll ich wohl dies nennen? Nun würde ich es gar nicht zu tun wagen ... nein, um keinen Preis. Ich begreife nicht meinen Mut damals. Nun erzittre ich, wenn ich nur daran denke, ihn wiederzusehen ... Ich kann nie mehr allein mit ihm reden ... diese Freude ist vorbei!"

Ein jeder würde gefühlt haben, daß das hübsche Lehrerverhältnis, in welches Kold sich zu seiner früheren Schülerin gesetzt hatte, von bedenklicher Art war. Mit einer Individualität wie der seinen, würde es sich unter keinen Umständen lange auf der wirklichen oder eingebildeten leidenschaftslosen Spitze gehalten haben können, auf welcher es bis hin zu seiner Abreise balanciert hatte. Ein jeder

Stoß von außen ist gefährlich, aber am aller gefährlichsten ist eine Trennung. Allzu frühzeitig war diese zwischen sie getreten. So lange Sofie in seiner Nähe war, hatten ihre Gespräche, die neue Welten für sie geöffnet hatten, sie ganz erfüllt. Kaum war er fort, so stellten sich die Leere und die Entbehrung ein, und da begann sein Bild sie mehr zu beschäftigen. Zug für Zug stieg dieses Bild wieder in all seiner einnehmenden Macht vor ihr auf, bald in dieser, bald in jener Situation. Das Lächeln, mit welchem er dieses oder jenes gesagt hatte, eine eigentümliche Grimasse bei etwas, das ihm mißfiel. Der Klang seiner Stimme, nur lebhafter, eindringlicher. Bevor sie es wußte, war diese Gestalt eins mit ihrer geistigen Entbehrung geworden. Sie übertrug all ihre Sehnsucht auf diese, sie flocht sie in all ihre Träume ein. Sofie hätte sich vielleicht noch für einige Zeit über die Veränderung, die in ihr vorging, täuschen können, hätten andere sie in Frieden gelassen. Da ist nichts, das die Neugierde und die Angriffe der Menge mehr anspornt, als das erwachende Leben im Innern eines jungen Mädchens. Und je reiner und tiefer dieses ist, je innerlicher es seinen Schatz schützen will, desto unbarmherziger gehen sie zu Werke. Das ist eine unbeschreibliche Sünde! Selbst die sogenannte unschuldige Neckerei ist niemals ganz unschuldig. Aber in diesem Stück denken alle, selbst die besseren, leichtsinnig. Menschen, die sich ihres feinen Gefühls wegen rühmen, die es für eine grausame Sünde halten, eine Blume auf einem Grab zu stehlen, machen sich kein Gewissen daraus, den Frieden in einer jungen Brust zu rauben, daraus, ein Mysterium zu kränken, bei welchem die Engel den Finger auf den Mund legen und welches der Dichter, der arme irdische, nur furchtsam und mit linkischer Hand zu entschleiern versucht.

An einem Tag saßen die Damen zusammen in der guten Stube und nähten, als die Frau ausbrach:

„Wer ist das, der die Allee heraufgefahren kommt? Sieh du nach, Amalie, die du scharfe Augen hast."

„Das ist sicher Kold", antwortete diese, „ich meine, ihn an seinem grauen Hut zu erkennen."

Sofies Herz stand fast still, schlug aber darauf so gewaltig, daß sie, um sich nicht zu verraten, so tun mußte, als habe sie etwas auf dem Fußboden verloren.

„Räumt in der Stube auf ... nehmt die verwelkten Blumen raus ... Und Sofie, meine Haube mit dem blauen Band!", sagte die Frau, während sie vor dem Spiegel ihr Kleid richtete.

„Bah", sagte Amalie, „blinder Alarm! Es ist kein anderer als der alte Leutnant Hanck. Er bleibt bestimmt über Nacht."

„Daraus wird nichts werden", sagte die Frau, während sie verdrießlich ihre Alltagshaube wieder aufband. „Der alte Quatschkopf! Empfange du ihn, Amalie, sag, daß niemand zu Hause sei. Sag, was du willst, laß ihn nur draußen vor der Tür ..."

„Soll *ich*?"

„Dann eben Sofie! Aber halte ihn nicht auf, Sofie!"

Aber Sofie war schon lange aus der Stube. Die Entdeckung, daß es nicht Kold war, sondern ein anderer, hatte sie nicht beruhigt. Sie war mit solcher Hast durch den Garten und den Pfad hinuntergestürmt, als ob sie vor ihrer inneren Regung fliehen könne.

„Ist es so weit gekommen!", sagte sie zu sich selbst. „Ich kann mich nicht mehr beherrschen. Nun habe ich mir sein Kommen hundert Mal vorgestellt, ich habe es mir in allen Situationen ausgemalt, zu jeder Zeit des Tages, wenn ich alleine war und wenn ich von anderen umgeben war; ich habe probiert und mich vorbereitet, doch vergebens. Oh, wie soll das gehen! Das Beste würde sein, wenn er käme, wenn hier eine Gesellschaft wäre – alle Leute des Bezirks, je mehr, je besser. Zwischen diesen Gesichtern werde ich keck und trotzig, und wenn das erste Wiedersehen wohl vorbei wäre, und er nichts merkte, würde es besser gehen ... Ich habe gehört, daß junge Mädchen ein Gefühl hegen können, und das lange, ohne daß sie es selbst ahnen. Das ist sicher hübsch, das, aber ich verstehe es nicht, es kommt mir unmöglich vor. Ich kann mich nicht selbst täuschen. Ich kenne mein Schicksal, ich wußte es fast im voraus, es schwebte wie eine dunkle, namenlose Gefahr über meinem Kopf, gerade von jenen Zeiten an, als ich die Puppe einmauerte. Ja, ich weiß, daß dieser Mensch eine gefährliche Macht über mich bekommen hat, daß ich mit ihm um mein Leben kämpfen muß, daß ich ihm mein Bestes opfern muß, damit er mich zur Vergeltung grenzenlos unglücklich machen wird. Oh, Gott! So ist dieses Elend doch über mich hereingebrochen! Aber er kommt! Ich werde ihn wiedersehen. Das ist ganz sicher, daß er kommt, das ist kein Traum ... Ich werde ihn wiedersehen!" Eine unendliche Glückseligkeit füllte im selben Augenblick ihre Brust. Sie stieß einen dieser klingenden Seufzer aus, der dem jubelnden Aufschwung der Lerche vom Feld herauf ähnelt. Und als ob sie auch deren Flügel ausgeliehen hätte, flog sie über die Brücke hinweg über den gefährlichen Pfad zur Grotte hin.

Georg kam zu keiner der Zeiten, die sie sich gedacht hatte. Er kam nämlich mitten in der Nacht, als alle schliefen. Auch mit ihm war eine Veränderung vor sich gegangen, nur weniger bemerkbar für ihn selbst. Seine Freunde und Zerstreuungen hatten ihn fortwährend beschäftigt. Gerade gegenüber dem geistigen Rahmen, in welchen er sie gestellt hatte, fühlte er sich sicher. Er war so stolz, so glücklich in der Aufgabe, die er sich selbst gestellt hatte. Sie spornte all seine gelähmte Willenskraft an. Alles, was steif und verkommen in ihm gelegen hatte, dieses Tiefste und Geistreichste, das ein Mann niemals mit einem Mann austauscht und das in manchem Leben ewig begraben liegen kann – alles schwoll an und ließ neue Gewächse sprießen. Und ihr gehörte es. Vor ihr Bild legte er in demütiger Erwartung den ganzen Flor nieder.

Da konnte es wohl geschehen, daß sie in einer stillen, gefährlichen Stunde plötzlich aus dem Rahmen heraustrat, und da war es nicht länger die in tiefer Verlorenheit über seine Weisheit lauschende Sofie. Sie legte vielmehr den Finger ganz sachte auf seinen Mund und sah ihm dazu ins Auge hinein, als ob sie in

Gelächter ausbrechen wolle. Solche Visionen schloß er immer in der Tiefe seiner Seele ein, freudig erschreckt gleichwie der Gierige, der Schatz auf Schatz anhäuft, aber Ruhe haben will, um ihn zu zählen.

Was vornehmlich dazu beitrug, Georgs unschuldigen Selbstbetrug beizubehalten, war der ungestörte Besitz seines Geheimnisses. Er selbst vermied mit geiziger Ängstlichkeit alles, was die Vermutung in diese Richtung lenken konnte. Dadurch konnte er jedoch nicht vorbeugen, daß das Bewußtsein darüber durch sein ganzes Wesen ausstrahlte. Man erkannte den vorherigen, ungeselligen, mißmutigen Kold nicht wieder. Man drängte sich um dieses glückliche Gesicht, gleichwie man sich an einem lang vermißten Sonnenschimmer unter anhaltendem trüben Wetter erquickt. Es ist nicht so pikant, das Geheimnis eines Mannes zu stören wie das eines jungen Mädchens. Kam es daher, oder ahnte man wirklich nicht den Grund für diese Veränderung an ihm? So viel ist sicher, daß niemals die entfernteste Andeutung darüber gemacht wurde. Es war nicht der kleinste Stein auf die ruhige Wasserfläche gefallen, in welcher sein Glück sich spiegelte, so siegesmutig wohlbehaglich, so eigentumssicher.

Der Tag vor der Abreise war so gekommen. Es war ein Sonntag. Die Augustsonne, die am Tag heiß gebrannt hatte, versank hinter den zackigen Bærumshöhen, und die frischere Luft draußen lockte die Leute hinaus auf die Straße. Kristiania war damals nicht so lebhaft wie heutzutage. Der ganze Druck eines Sonntagnachmittags lag über der stillen Stadt. Vereinzelte Spaziergänger trieben in den Straßen umher, unsicher, wohin sie mit ihren Abendsehnsüchten sollten. Hier und dort zeigte sich ein Mann in Hemdsärmeln, der im geöffneten Fenster resigniert seine Pfeife rauchte. Kold schweifte ebenfalls eine Zeit planlos umher und versuchte schließlich die Landstraße, aber der Staub trieb ihn sofort zurück. Die Umgebung Kristianias ist eigentlich nur für die, die Pferde und Landhäuser besitzen. Für diese die Herrlichkeit, mit welcher sie protzen, für die anderen der Staub ihrer Wagen, die Stadt und ihr Sommerüberdruß. Oben auf der Festung war es lebhafter, aber diese Lebhaftigkeit hatte etwas Begrenztes, Spießbürgerliches an sich, das weit davon entfernt war, den Sinn munterer zu stimmen. Hier machten die herausgeputzten Bürgersleute der Stadt in breiten Reihen ihre friedlichen Runden um den Wall herum, nur stehenbleibend, um nach dem Rauch des erwarteten Dampfbootes zu spähen. Der Hafen bot an solchen Tagen, wenn das Wetter schön war, bisweilen einen lebendigen Anblick, in welchem die Betrachtung etwas Linderung durch die Menge der Segelboote fand, die den Inseln entgegeneilten. Aber heute war die See windstill, und die Stille wurde nur durch einen vereinzelten plätschernden Ruderschlag unterbrochen, der sich unter dem Wall verlor, oder durch die eintönige Ablösung einer Schildwache. Kold stand lange auf der Brustwehr von Tridschlers Bastion und sah gedankenvoll auf das Wasser hinaus. Ab und zu warf er einen flüchtigen Blick auf die stumm Vorbeigehenden. Unter diesen bemerkte er kaum junge Menschen. „Wo ist Kristianias Jugend an einem solchen Tag?", brach er fast laut aus. „Unsere Hauptstadt besitzt keine Vergnügungsorte wie jede andere größere Stadt, wo man im Schutze des Waldes Erfrischungen für eine Bagatelle genießen kann und durch Musik und den Anblick einer bunten, beweglichen Menschenmasse erheitert wird. Ein solches Ventil für die gesunde, unverdorbene Lebenslust, das von allen Ständen benutzt werden könnte, findet sich nicht. Man muß in Staub und Sonnenhitze lange Wege wandern, um hinaus in das einsame Grüne zu kommen. Aber der Student, der die ganze Woche über seinen Büchern gegrübelt hat, fühlt am wenigsten einen Drang nach einer wertherschen Träumerei in der Natur; er will Gesellschaft, Leben, Realität, und hat er kein Tivoli, in das er gehen kann, so zieht es ihn nach Langvig, wo er, in Ermangelung schöner Damen, mit herausgeputzten Näherinnen tanzen kann. Weshalb sollte er das nicht? Wenige haben in den Familien Zufluchtsstätten. Die meisten dieser armen jungen Menschen sind sich gänzlich selbst überlassen. Wie quäkerartig still ist die Stadt nicht an einem solchen Tag. In ihm sonnt sich wohlbehaglich unsere Hydra, die Roheit. Manch eine junge, verlassene Seele hat an einem solchen Sonntag ihren ersten Schritt auf der glatten Bahn gemacht – oh, gastmildes Kristiania, zu dessen Lob von reisenden Magnaten und Künstlern so viel gesagt und geschrieben wurde, wenn du doch deine vielen Türen öffnetest und deinen eigenen Kindern Platz an deinem Herd gäbest!"

Es ist nicht sicher, daß Kold alle diese Betrachtungen anstellte. In jedem Fall hatte er keinen Grund, sie auf sich selbst anzuwenden. Er stand gerade und überlegte, welche der vielen Einladungen für den Abend er annehmen sollte, ohne daß er besondere Lust zu irgendeiner von ihnen hatte. Seine gesellige Laune verließ ihn plötzlich an diesem letzten Abend. Die Sehnsucht zog ihn, und er war im Geiste schon zu Hause. In dieser Stimmung wurde er von einem alten Bekannten angesprochen, der vorbeiging, ein Student, der nicht zu den Glücklichen gehörte, die häufig eingeladen werden. Mit ihm ging Kold den Wall ein paarmal rund. Zufälligerweise hatte noch niemand Sofies Namen ihm gegenüber genannt. Es fiel ihm nicht ein, daß dieser Stern von anderen als von ihm entdeckt worden sein könnte. Da fragte der Student ganz unschuldig, ob es Töchter in der Familie gäbe, bei welcher Georg wohne, und als dieser mit einer gewissen Vorsicht diese Frage beantwortet hatte, fragte der andere ebenso arglos, ob eine von diesen jenes Fräulein Ramm wäre, das im Frühjahr während eines kurzen Aufenthalts in der Stadt ein solches Aufsehen durch seine Schönheit erregt hätte, daß man eine Zeit lang über nichts anderes geredet habe usw. Man hatte nur beklagt, daß das Fräulein gehinkt haben solle, da sie nicht tanzte. Kold verneinte trocken und auf das Entschiedenste, daß er irgendein hinkendes Fräulein Ramm kenne.

Der Stein war in den Teich gefallen. Diese wenigen Worte hinterließen eine Unruhe, ein merkwürdiges Mißbehagen bei ihm, das ihn direkt nach Hause in seine Unterkunft trieb, wo er einzupacken begann und darauf die Pferde bestellte. „Daß mir das nicht früher eingefallen ist!", sagte er, „es ist ja offenbar besser in der Nacht zu reisen, womit ich der Hitze und dem Staub entgehe." Er war grob zu den Kutschpferden und gönnte sich keine Rast, was auch seinen Grund in seinem Widerwillen gegen die Landstraße hatte.

Um zwei Uhr in der nächsten Nacht hielt er draußen vor dem Tor, wanderte die Allee hinunter und schlich sich still auf den Hof hinein. Schon wollte er anklopfen, doch er überlegte es sich noch einmal, ging sachte durch das kleine Zauntor in den Garten und suchte sich eine Bank unter einem spanischen Flieder. Es war eine wunderschöne Augustnacht, zu der Zeit, wenn der Mond seine nächtliche Herrschaft über die Erde wiedergewinnt. Dessen kühle Frische senkte sich sofort wie ein Bad über Kolds müde Glieder. Gegen die letzte Verbrämung des Lichts am Horizont zeichneten sich Wald und Feld scharf in dunklen, bronzierten Umrissen ab. Aber der Mond, der sich hinter den Bäumen des Gartens erhob, beleuchtete mit seinem milden Schein schon die Spitzen der nächsten Gegenstände. Er strebte danach, durch das Laubwerk zu brechen, das in langen, wunderlichen Schatten an der Hauswand zitterte. Eine junge, schlanke Pappel streckte ihren Schatten wie eine Schildwache vor einem Fenster zur oberen rechten Seite, das das erste war, das Kold mit seinen Blicken suchte. Darunter ruhte alles im Halbdunkel. Ein einzelner Strahl schlich sich den Gang vor der Treppe zum Blumenbeet hinauf, aber er traf nur ein Büschel ranker, weißer Stockrosen, die sich gespenstisch aus der Dunkelheit erhoben. Kein Laut war vom Haus zu hören; nur eine Grille sang in der Mauer. Das Brausen des Wasserfalls unten im Tal und der taktmäßige Schlag eines Wachtelkönigs waren so monoton, daß sie mit der Stille der Nacht verschmolzen. Kold war seltsam zumute. Er sog tief und beklommen den Duft ein, der die Atmosphäre erfüllte, eine eigentümliche Mischung von Rosen und frischem Heu. Er wünschte sich hundert Sinne, um die Herrlichkeit dieser Nacht vollständig genießen zu können. Sie war in diesem Augenblick ein Bild seiner eigenen Seele. Was dort nun in ihr vor sich ging, war so verschieden von allem, was er bislang gefühlt und erlebt hatte, so wie diese Nacht in ihrer magischen Dunkelheit, ihrem wechselnden, verzaubernden Licht, mit ihren berauschenden Düften es von einem nebligen Märztag war. Alle Bilder der Vergangenheit zogen bleich und merkwürdig fremd vor diesem Hintergrund an ihm vorbei. Das Glück, von dem er früher geträumt hatte, wie farblos, wie nichtssagend war es gegenüber demjenigen, das ihn nun erfüllte!

Während er diese Träumereien verfolgte, hatte ihn die Müdigkeit übermannt, und er schlummerte, an einen Baumstamm gelehnt, ein. Als er erwachte, waren die Schatten der Nacht fort. Die Morgenröte warf ihren ersten Schimmer auf die Fenster und zündete alle Farben an. Ein frischer Morgenwind schüttelte die Blätter und störte den feinen Perlenschleier, den der Tau über die blühenden Rosenbüsche gebreitet hatte. Ein Kälteschauer durchrieselte den Erwachenden. Er erhob sich, fast lahm vor Müdigkeit, und ging langsam zum Haus hin, aber hier blieb er stehen, wie von einem elektrischen Schlag gerührt, der Blut und Leben wieder rasch durch seine Adern trieb. Als er den Blick zu Sofies Fenster emporhob, glaubte er, einen weißen Arm zu bemerken, der ihm gleichwie zuwinkte! ... Doch als er näher hinsah, entdeckte er, daß es Sofies weiße Katze war. Sofie hatte die Unart, über Nacht die Katze, die jetzt ihre Morgentoilette im Fenster machte, drinnen bei sich zu haben.

Es war endlich wohl überstanden, dieses erste, errötende Wiedersehen. Stumm, nicht eines Wortes mächtig standen sie einander gerade gegenüber. Jeder von ihnen war so überwältigt von seiner eigenen inneren Bewegung, daß der eine nicht die des anderen bemerkte. Sofies Äußeres war auch verändert – es ist schwer zu sagen, inwieweit. Der Sommer, das Glück, die Sehnsucht hatten es in der kurzen Zeit merkwürdig entfaltet; es war seelenvoller geworden, interessanter. Auch das verwirrte ihn. Der eine imponierte dem anderen, während sie sich beide innerlich verzagt fühlten.

Auf diese Weise verging einige Zeit. Kold brachte Sofie ein neues Lied oder ein Buch. Wenn sie es benutzt hatte, brachte sie es mit einem gewöhnlichen Dankeschön zurück, aber sie fanden kein Wort, sich hierüber näher auszudrücken. Beim Singen war Sofie unterdessen beredter. Hierin, in der Kunst, hatte sie einen eigenen Schutz gegen die Verzagtheit, unter welcher sie litt. Die Musik riß sie unwiderstehlich mit. Ihre Stimme, ihre ganze Persönlichkeit ging in der Idee des Liedes auf. Mehr als einmal flüchtete sie hinter diesen Schutz, so beruhigend für sie – so gefährlich für ihn.

Nach einer solchen Szene stürmte er eines Abends hinaus über die Felder. „Es ist vorbei", sagte er, „alles ist verloren. Ich habe ihr gegenüber keine Haltung mehr, sie hat mir die Macht über mich genommen. Heute abend nach Tisch, wie sang sie nicht! So hat sie noch nie zuvor gesungen ... Der Blick, der mich einmal über das Blatt hinweg streifte, war so abwesend, sie wußte kaum, daß ich anwesend war, während ich nur sie sah und hörte ... Als ich mich endlich sammelte, um etwas zu sagen, war sie verschwunden. Was muß sie denken? Ich, der ich so unbefangen reiste, so selbstzufrieden, als ob ich ihr die ganze Welt verehrt hätte! Ich könnte mich genauso gut direkt vor ihre Füße stürzen; aber das wage ich nicht. Ich habe noch nichts gewonnen, nichts, nichts! Ach, jene gemütlichen Gespräche, bei denen ich so belehrend, so mentorswürdig dasaß, sie kommen mir nun so unsagbar albern vor, und doch wünsche ich sie zurück. Warum konnten sie nicht wieder aufgetrieben werden? Sie müssen!"

Aber jene gemütlichen Gespräche wollten nicht zustandekommen. Er streifte auf den Feldern umher, er ging jeden Tag in die Grotte hinunter, aber er traf niemals diejenige, die er suchte. Da ermannte er sich einmal und fragte gerade heraus, ob sie nicht spazierengehen sollten. Wenn sie dann auf den alten Wegen zusammen wandern würden, dachte er, würde der alte Ton unmerklich von selbst wiederkommen. Sie war hierzu bereit, und er wartete auf der Treppe, froh und unruhig. Sofie kam, aber Amalie war dabei. Das geschah öfter, wenn er auf ein tête à tête gehofft hatte. Dann kam er entweder in die Stimmung, in welcher sich ein vernünftiger Mensch darin gefällt, zu quatschen, oder aber er wurde trocken und wortkarg. Es ging dann über die arme Amalie her, die seine Sarkasmen ertragen mußte. Aber er war auch bitter gegenüber Sofie. Das konnte sie wiederum nicht verstehen. „Alle Güte, alles Interesse für mich ist vorbei. Er verspottet mich sogar", sagte sie zu sich selbst. Aber gerade er fühlte sich verletzt und zog sich zurück. Er arbeitete den ganzen Tag in seinem Zimmer, während sie unruhig und ausschauhaltend herumschlich.

Als sie auf diese Weise einander eine ganze Zeit geplagt hatten, wurde es ihr zu unerträglich. An einem Tag ging sie ihm entgegen und sagte:

„Ich weiß nicht, wie ich von dem Unglück erzählen soll, das ich mit Ihrem Buch gehabt habe. Ich bin ganz verzweifelt darüber, besonders weil ich weiß, daß Sie es so sehr schätzen." Sie reichte ihm den Band von Paludan-Müllers ‚Psyche', den Lorenz Brandt zerrissen hatte.

„Oh, der Schaden ist nicht groß!", antwortete Kold, nicht weniger verwirrt. „Wie leicht kann so etwas doch geschehen, und wenn es Ihnen ein wenig Vergnügen bereitet hat – das Lesen meine ich – so soll es mir ein Vergnügen sein."

„Nein, ich selbst habe es allerdings nicht gemacht", antwortete Sofie und bezwang ein Lächeln. „Ich kann Ihnen gerne sagen, wie es geschehen ist. Lorenz Brandt war einmal hier, während Sie fort waren ... Er war in einem schrecklichen Zustand ..."

„Dann hat er das Buch entzweigerissen! Aber was brachte denn den armen Lorenz in solche Raserei?"

„Ich glaube fast, es war Ihr Name", aber im selben Augenblick stand die ganze Szene mit Lorenz Brandt wieder lebendig vor ihr. Die doppelte Bedeutung, die in diese Worte gelegt werden konnte, fiel ihr ein. Sie hielt inne, und eine glühende Röte überzog ihr Gesicht. Eine Pause trat ein, in welcher Kold sie forschend betrachtete, und er sagte, sofort das kleine Übergewicht fühlend, das Sofie ihm gab, munter und mit seiner gewöhnlichen Ungezwungenheit:

„Ist es möglich, daß Lorenz so aufgebracht über mich ist? Ich glaubte, daß wir die besten Freunde wären seit jenem Tag, als er mich so großmütig aus dem Wasser zog! Aber nehmen Sie sich nun bloß den Schaden nicht zu sehr zu Herzen. Ich werde Ihnen einen Tausch vorschlagen: Sie können mir stattdessen eines Ihrer Bücher geben."

„Ach, mehr als gerne, wenn ich nur eines hätte, das wert wäre, dieses zu erstatten."

„Oh, das erste beste ist gut genug, haben Sie nicht „Elisa oder das Musterbeispiel für Frauen"?

„Nein, habe ich nicht!", sagte Sofie trocken.

„So haben Sie doch auf jeden Fall Robinson – Platons Geographie – Balles Lehrbuch?"

„Nun", sagte Sofie in demselben Ton, „Sie haben recht vorzügliche Gedanken über meine Bibliothek! Dann bekommen Sie auch ‚Thiemes erste Nahrung ...'"

„ ... für den gesunden Menschenverstand'. Das ist ja herrlich! Sie wissen doch auch das beste für mich zu treffen!"

„Aber dann behalte ich Ihr Buch?"

„Das ist mehr als billig. Sie behalten die Überreste von meiner ‚Psyche', und ich bekomme stattdessen den ‚gesunden Menschenverstand'. Wenn ich ihn doch nur unbeschädigt behalten darf", fügte er plötzlich ernsthaft hinzu. Es kam jemand. Anstelle wie früher ungestört beim Thema zu bleiben, brachen sie verwirrt mit einigen Bemerkungen über das Wetter ab.

Das wahre Gefühl ist immer zweifelnd, wird behauptet. Doch mit Hinblick auf Sofie wagte man nicht einmal das zu sagen. Zweifel setzen eine Hoffnung voraus, der sie folgen wie der Schatten dem Licht. Aber Sofies Gefühl war durch die Hoffnungslosigkeit erzogen worden. Sie hatte nie an ein so grenzenloses Glück, ihr Gefühl erwidert zu sehen, gedacht oder davon geträumt. In ihren Erfahrungsrubriken war eine solche Möglichkeit noch nicht vorgekommen. Dieses Bewußtsein gab ihrem Wesen eine Festigkeit, eine stille, aber bestimmte Zurückhaltung, die ihn verwirrte und unruhig machte. Manchmal nahm diese Zurückhaltung etwas Unwilliges an, das ihn mit Schrecken an die alte Antipathie der Kindheit erinnerte.

Aber der Tag mußte auch kommen, an welchem die Hoffnung in ihre Seele einzog. Arme Sofie, wie sieht es in deinen stillen, dunklen Herzkammern aus? Gibt es dort auch Platz für diesen neuen, glänzenden Gast, und wie wird der mit den dunklen, freudenscheuen Geistern zurechtkommen, die dort einmal das Hausrecht erhalten haben? Schlecht genug, fürchten wir. Es wird Tummel und Verwirrung und Aufbruch und verzweifelte Kämpfe geben. Arme Sofie, wenn doch alle hellen, frohen Geister siegen wollten! Inzwischen lebe wohl, Friede, lebe wohl, Resignation!

Die milde, vermittelnde Natur löste endlich die erdrückende Spannung und ließ sie für eine Weile die Peinlichkeiten des häuslichen Lebens vergessen. Auf einer Vergnügungsfahrt, die die Familie nebst Kold zu einem Bauernhof in einer schönen Gegend unternahm, kam es zu einer Annäherung, und es entspann sich eine dieser Unterhaltungen ohne Inhalt, ohne Zusammenhang, von welcher man sich anschließend kein Wort ins Gedächtnis rufen kann, die aber ihren ganzen Zauber von dem bekam, was verborgen werden soll und doch nicht verborgen werden kann. Gleichwie Kinder gaukelten sie umeinander herum, wurden sie einen Augenblick getrennt, war es nur, um das Vergnügen zu haben, einander wieder aufzusuchen. Sie waren so vertieft, daß sie nicht die höfliche Sorgfalt der anderen, sie in Ruhe zu lassen, bemerkten. Es gibt eine Art, ein solches ineinander verlorenes Paar zu ignorieren, die beleidigender ist als das plumpe Stören, das nichts ahnt. Aber wie gesagt, sie bemerkten weder das eine noch das andere, sie waren glücklich, so glücklich, daß sie fanden, als sie zur Heimreise aufbrachen, daß dieser Tag sie für all die Leiden der vergangenen Wochen belohnt hatte. Leider sollten sie dieses Glück nicht ganz und gar nach Hause bringen.

Und wie kann auch die Rede von Glück sein in einem Zustand, der aus nichts anderem als Unruhe besteht, aus einem ewigen gegenseitigen Jagen und Fliehen, aus einem atemlosen Wippen zwischen allerlei streitenden Sinnesbewegungen, in diesem Zustand, den man niemals zu Ende beschreiben wird, von dem aber Goethe alleine es verstanden hat, die Summe in vier Zeilen niederzulegen:

,Freudvoll und leidvoll, gedankenvoll sein,
Hangen und Bangen in schwebender Pein,
Himmelhoch jauchzend, zum Tode betrübt
Glücklich allein ist die Seele, die liebt.'

Himmelhoch jauchzend für eine Bagatelle, zum Tode betrübt für eine Bagatelle, und es waren solche Bagatellen, die Sofie so oft aus ihrem Himmel wieder nieder in die Wirklichkeit stürzten.

So war es am Tag zuvor geschehen, daß sie eine schwedische Romanze gesungen hatte, von welcher Kold meinte, daß jedes Wort für ihn geschrieben sei. Plötzlich hatte ihre Mutter ihn gefragt, ob es nicht schön wäre. Er hätte leicht mit einem allgemeinen Zugeständnis davonkommen können, aber er war selbst allzu tief ergriffen. Nachdem er die Musik gelobt hatte, erklärte er die Worte für geschmackloses, albernes Zeug.

Auf dem Hofplatz stand der Wagen zur Heimreise vorgespannt. War es ein Drang, alleine zu sein und ihres Herzens Fülle in den frischen Herbstabend hinausströmen zu lassen, oder war es eine freiwillige Buße, die sie sich auferlegte, sich wenigstens hier seine Gesellschaft zu versagen, aber Sofie hatte keine Lust, im Wagen zu sitzen. Sie setzte sich auf den Kutschersitz. Kold, der hineingegangen war, um seine Zigarre anzuzünden, kam gerade hinzu, als die Frau rief:

„Willst du dort sitzen, Sofie? Na dann ... Aber dann muß Per hinten drauf stehen ... Und passen Sie gut auf das Holz auf, lieber Kold, und werfen Sie uns nicht allzu oft um", fügte sie neckend hinzu.

Sofie, zutiefst erschreckt über dieses Arrangement, von welchem er glauben konnte, daß sie ihren Anteil daran hatte, sprang schnell herunter vom Wagen, doch machte sie dadurch das Übel noch schlimmer. Denn er erklärte eben trokken und kurz, daß er gar nicht im Sinn hatte, Pers Platz einzunehmen, da er beabsichtige, nach Hause zu gehen.

„Gehen?", sagte die Frau, „hier ist doch Platz im Wagen." Die unglückliche Sofie hatte gerade einen davon eingenommen.

„Danke, ich gehe. Ich habe die Gesellschaft der Damen heute so lange genossen, daß es bedeuten würde, ein solches Glück zu mißbrauchen", sagte er mit einem Gesicht, das diese galante Redensart zu einer Unartigkeit machte.

Er war schon ein Stück des Weges.

„Nun", sagte die Frau des Amtmanns zu Amalie, „wir beide sollen uns nicht dafür rühmen, zuviel von seiner Gesellschaft bekommen zu haben."

Kold ging nach Hause, strahlend glücklich, ohne die geringste Ahnung davon zu haben, daß er Sofie verletzt hatte. Sie hingegen saß den ganzen Weg stumm, ärgerlich auf ihn, auf ihre Mutter, auf sich selbst. „Das ist die Strafe", sagte sie, „weil ich einen Augenblick an – das Unmögliche – glauben konnte."

Als sie nach Hause kamen, sprang sie ohne „Gute Nacht" zu sagen an ihrer Mutter und ihrer Schwester vorbei und eilte hinauf in ihr Zimmer, wo sie ihrem Mißmut in einem Tränenstrom Luft machte.

Am nächsten Tag war Sofie streng gegen sich selbst und zurückhaltend wie gewöhnlich. Ihr Betragen hatte jedoch nicht das Aussehen einer ängstlichen Flucht. Ihre Haltung war bescheiden und sicher, aber sie vermied auch eine jede Annäherung. Dies hatte er nicht erwartet, und es trieb seine Ungeduld zum Äußersten. Aber es sollte schlimmer werden. Am Mittagstisch kam das Mädchen mit einem Brief herein, den sie Sofie reichte, die ihn in offensichtlicher Verwirrung einsteckte. „Wer hat ihn gebracht?", fragte ihre Mutter. Das Mädchen hatte ihn von der Haushälterin bekommen, und diese hatte ihn von einem der Leute bekommen, und dieser wiederum hatte ihn von dem närrischen Ole bekommen, dem Gemeindejungen auf dem Hof. Aber hier hörten auch alle Nachforschungen auf, denn Ole hatte nur eine Antwort auf alle Fragen, in welcher Form sie auch vorgebracht wurden, und die war: „I weiß nit."

„Das sind doch geheimnisvolle Briefe, die du bekommst", sagte die Mutter.

„Es sind immer unsichtbare Hände, die sie bringen."

„Pah", sagte der Amtmann, „ein Billett von Breiens darüber, einen neuen Walzer oder ein Muster für einen Kragen geliehen zu bekommen. Das ist wohl das ganze Geheimnis."

„Breiens? Nein, mein Freund, von denen sind sie nicht, deren Gekritzel kenne ich."

„Ich weiß nicht, von wem der Brief ist", stammelte Sofie.

Aber das war zuviel für den armen Georg. In wahrer Seelenangst schritt er in seinem Zimmer auf und ab.

„Liebe nicht zu früh, Sofie! Wirf nicht das Kleinod deines Wesens weg! Sagte ich nicht einmal so? Welcher ironische Teufel erinnert mich gerade jetzt an diese Worte? Liebe nicht ... Oh, es hat keine Not, sei ganz ruhig! ... Ich glaubte es doch ... Ja, ich habe gewagt, davon zu träumen! Aber ich glaube es nicht länger. Diese Ruhe, diese freundliche Kälte ... Ein junges Mädchen kann sich nicht so beherrschen ... Und weshalb sollte sie das? Hat sie nicht verstanden, daß ich Ziererei und Unnatürlichkeit überhaupt nicht bewundere? Ich begreife sie nicht! Nach einem Tag wie dem gestrigen, als wir einander so innerlich zu verstehen schienen, daß das Wort, das hemmend zwischen uns geschwebt ist, mir überflüssig wie eine leere Formalität vorgekommen ist, nach einem solchen Tag, als ich meinte, wir müßten stumm an des anderen Brust fliegen, ist sie plötzlich gemessen und fremd ... Was ist das denn? ... Und doch verbirgt sie eine tiefe Regung, ich habe hunderte von Anzeichen dafür ... Wenn es für einen anderen wäre! Unbegreiflich, daß mir diese Möglichkeit zum ersten Mal einfällt ... Dieser heimliche Briefwechsel, ihre Verwirrung ... Sollte doch ein anderer ... Aber wer ist es? Wo ist er? Sie war lange genug in Kristiania ... Vielleicht sogar in Dänemark ..."

Hier hielt er lauschend inne, riß das Fenster auf und stand eine Weile mit zurückgehaltenem Atem. Milde Töne schwebten aus der Gartenstube herauf zu ihm. Sofie sang eine dieser Melodien von Kjerulf, in welchen hinter einer grauen Mauer aus nordischer Traurigkeit und Entsagung plötzlich eine südliche Lebenslust ihre Hände nach uns ausstreckt und uns schmelzende Blicke zusendet. Aber das Fenster sitzt so hoch! Wenn wir recht hinsehen, verwandelt sich die Prinzessin in unsere eigene, liebe Amme, die uns das alte, bekannte Kinderlied summt und uns bittet, uns schön nah am Haus zu halten.

Er ging hinunter, nahm einen Umweg durch den Garten und setzte sich unbemerkt auf die Gartentreppe. Es war ein dunkler, aber milder Septemberabend. Die Tür stand offen. Durch sie sah er Sofie vor dem Klavier sitzen. Der Schein der Lampe fiel auf ihr Gesicht. Welch Kontrast gegenüber dem vom Vormittag! Ihre Augen loderten, sie schienen größer und dunkler als gewöhnlich. Sie hatte wohl ihren Schmerz wach gesungen. Sie sang wie eine Frau nur zu singen wagt, wenn sie alleine ist. Sie sang, als ob das Herz zerspringen wolle. Nun hörte er auch die Worte, aber diese sehnsuchthauchenden Worte waren nicht dazu geschaffen, seine Unruhe zu dämpfen. Als sie sang:

„Meinen Gedanken sandte ich Dir,
ich sandte Dir meinen Blick"

hob sie zufällig die Augen in die Ecke, wo er stand. Er bebte. „Oh, warum kann ich nicht zu ihr hinstürzen! ... Was hält mich zurück? Ein Wort, ein einziges, kleines Wort; aber in diesem verbirgt sich eine Gewißheit, die ich nicht ertragen kann ... Oh, Sofie! Reich mir deine Hand über diesen Abgrund ... Gib mir ein Zeichen!"

Er machte eine Bewegung nach vorne, wandte sich darauf plötzlich weg und eilte hinunter in die dunkelste Ecke des Gartens ... Aber Sofies Stimme klang ihm noch wie ein schmerzlicher Ruf nach:

„Ach wie mein Herz brannte,
als ich keine Antwort bekam."

Am folgenden Nachmittag kam Kold von einem Spaziergang über die Felder nach Hause und traf die Damen des Hauses auf der Gartentreppe sitzend. Die Frau und Sofie nähten und Amalie strickte, eine Arbeit, die sie ab und zu unterbrach, um an einem ungeheuren Strauß aus Levkojen und Reseden zu riechen, den sie gerade aus dem großen Blumenbeet geraubt hatte. Dieses Beet war der Stolz der Frau Ramm, und es strahlte in diesem Herbst auch in einem ungewöhnlich reichen Flor.

„Das Wetter ist so schön", äußerte die Frau zu Kold, „daß wir uns nicht dazu überreden können, hineinzugehen. Welche Milde zu dieser Jahreszeit!"

„Das ist wahr, mir graut auch davor, in die stickigen Zimmer zu gehen. Man müßte die Häuser schließen und ganz hinaus in die Natur ziehen, so lange unsere kurze Herrlichkeit währt."

Man sprach eine Weile über Wetter und Wind, über die Ernte und die Nächsten. Als man zu dem letzten Thema kam, war die Frau besonders in ihrem Element. Sie hatte wirklich eine Art Stärke darin, zu erzählen. Sie kannte die internen Geschichten der Leute aufs Haar genau; selbst von denjenigen, von denen man es am wenigsten glauben würde, wußte sie etwas Merkwürdiges zu erzählen, woran sie gerne die ein oder andere lehrreiche Betrachtung knüpfte. Die Unterhaltung wurde plötzlich von Edvard unterbrochen.

Dieser junge Mensch war gerade in dem unglücklichen Übergang vom Schulzwang zu einer Freiheit, die man noch nicht richtig zu handhaben versteht, in welcher man in allen möglichen Tendenzen aufgeht, ohne eine einzige festzuhalten, in welcher man sich für alles interessiert und sich doch nicht mit etwas zu beschäftigen weiß. Er schrieb Verse, er spielte Pianoforte, er zeichnete Skizzen auf – alles zusammen gleichermaßen unbeständig und meistens störend für die anderen. Die Mutter, dessen Hätschelkind er war, sah in ihm ein reines Wunder aufgrund all dieser Anlagen. Sofie war die einzige, die Durchblick genug hatte, um zu beurteilen, daß all das zu nichts führte. Sie hielt ihm das bisweilen vor und bat ihn, diese Beschäftigungen ernsthaft zu betreiben, was der junge Herr natürlich nur böse aufnahm, indem er meinte, daß er nun selbst erwachsen sei.

Man hatte gerade gehört, wie er auf dem Pianoforte phantasierte, wie er anschließend seinen Hund abrichtete und ihn dazu brachte, ganz abscheulich zu heulen, wie er endlich durch verschiedene Türen hinaus- und hineinrannte, als er sich plötzlich der Gesellschaft in einer Art Verkleidung präsentierte, die aus einem Damenhut bestand, der vor zwanzig bis dreißig Jahren modern war und dessen Form und Größe uns nun wirklich so fabelartig vorkommen, daß man kaum begreifen kann, daß sie öffentlich auf der Straße benutzt worden sind. Man erinnert sich vielleicht an eine Sorte schwarzen Leders, mit einem Quast schwarzer Federn geschmückt, das, entgegen der gewöhnlichen Mode, diesen Schmuck obenauf anzubringen, steif in die Luft abstand. Ein roter, langer Schal und ein ungeheurer Nähbeutel vollendeten die Verkleidung. Begrüßt durch das Gelächter der anderen, näherte er sich verneigend, indem er in Gang und Miene eine alte Jungfer dort im Bezirk nachäffte.

„Ah, Jungfer Møllerup! Bitte schön! Setzen Sie sich, liebe Jungfer Møllerup ..."
Er öffnete seinen großen Beutel, sah gedankenvoll hinein, seufzte tief und schüttelte den Kopf. Darauf einen Augenblick nutzend, da Amalie an ihrem Strauß roch, bemächtigte er sich ihres Strickzeugs, zog die Stricknadeln heraus und begann es aufzuziehen. Aber hier kam sein Hund hinter ihm hergestürzt und brachte ihn ganz aus der Rolle. „Chasseur apportez!" Der Nähbeutel flog hinter die Hecke und die alte Jungfer und der Hund wie ein Wirbelwind hinterher.

„Jaja, wir lachen, Kinder!", sagte Frau Ramm, „aber es gab eine Zeit, als über Jungfer Møllerup nicht zu lachen war, sondern als sie im Gegenteil viele zum Weinen brachte. Damals war sie das schönste und am meisten gefeierte Mädchen im Umkreis vieler Meilen."

„Jungfer Møllerup? ... Das ist unmöglich! Das ist unglaublich! Jungfer Møllerup! Sie ist doch auch närrisch, die Arme!"

„Jungfer Møllerup war das schönste und am meisten gefeierte Mädchen seiner Zeit", wiederholte die Frau mit Nachdruck. „Ich kenne ihre Geschichte. Eine Tante von mir, die ihre intime Freundin war, hat mir alle Umstände davon erzählt. Sie ist sehr traurig, aber sie ist lehrreich. Sie könnte als Warnung für viele junge Mädchen dienen."

„Wie das, Mutter, in welcher Hinsicht?", fragten die Töchter.

„Das wird interessant!", sagte Kold und setzte sich auf die Treppenstufe. „Sie müssen uns wirklich die ganze Geschichte erzählen, gnädige Frau, damit ihre Töchter richtigen Nutzen davon haben können."

„Ach ja,", bat Amalie. „Es wundert mich, daß du sie uns nicht früher erzählt hast, da doch etwas Merkwürdiges daran ist."

„Wenn ich es nicht getan habe, mein Mädchen, so kannst du sicher sein, daß ich meine Gründe dafür hatte", sagte die Frau und nähte eifriger.

„Durchaus nicht, weil sie etwas im mindesten Anstößiges beinhaltet", fuhr sie fort, als sie niemand unterbrach. „Es gibt nichts darin, was ein junges Mädchen nicht hören kann, ohne rot zu werden. Aber die Geschichte der unglücklichen Jungfer Møllerup enthält Züge dieser Verirrungen der Leidenschaft, dieser Extreme, zu denen ein heftiger Sinn getrieben werden kann, wenn er sich nicht selbst zu beherrschen versteht. Und es ist meine Meinung, daß junge, unschuldige Gemüter nicht einmal in Gedanken von so etwas beunruhigt werden sollten ..."

„All das kann ja nichts anderes, als unsere Neugier auf das Schrecklichste anzuspannen", sagte Kold, der die Erzähllust der Frau allzu gut kannte, um nicht zu wissen, daß man ihr gar keinen Dienst damit erwies, ihre Gründe zu respektieren. „Da es also keine direkte Gefahr für uns junge, unschuldige Gemüter gibt, so werden sie uns nicht los. Also: Karoline Møllerup war das schönste und am meisten gefeierte Mädchen seiner Zeit ..."

„Das war sie. Sie war schön, doch war da besonders in ihrem Wesen etwas, das noch mächtiger war als ihre Schönheit. Sie war sehr ausgelassen, aber wenn sie in der Laune war, konnte sie auch kalt und abweisend sein. Sie war, was man ‚apart' nennt. Die Weihnachtsfeiertage und andere Gelegenheiten lockten gerne eine Menge junger Menschen herauf in die muntere, gastfreundliche Gegend, wo ihr Vater wohnte. Es war in der guten, alten Zeit, da man sich zu vergnügen verstand, als man seine zwölf, vierzehn Bälle über Weihnachten hatte. Da stand man nur auf, um sich für einen neuen Ball anzuziehen. Jungfer Møllerup war da das Zentrum, um das die jungen Herren herumschwärmten, und diese reisten nicht ab, bevor sie nicht ein halbes Dutzend von ihnen unglücklich gemacht hatte. Wenn ihr das jemand vorwarf und meinte, sie wäre gegen den einen oder anderen zu hart gewesen, antwortete sie: ‚Was kann ich dafür, ich habe ihn nicht ermuntert!' Und man kann es so auch nicht gerade sagen. Kokett war sie im Grunde nicht, obgleich man sie dessen beschuldigte. Aber einen Namen mußte man ihrem Wesen ja geben.

Was Karoline Møllerup in ihrem Kreis war, dafür galt Rittmeister B. in dem seinen, unwiderstehlich, uneinnehmbar. Das Gerücht über sie war zu ihm gedrungen. Er lag gerade mit einer großen Anzahl Offiziere in der Garnison in der Nähe – es könnte wohl in den Jahren 80, 81 gewesen sein. Es war daher eine leichte Sache für ihn, es so einzurichten, daß er eingeladen wurde, Weihnachten bei Møllerups zuzubringen. Einen Sinn wie den Karolines zu beugen, erschien ihm eine Aufgabe, die alleine für ihn bestimmt war. Er genoß den Triumph bereits im voraus, und es ist wahr, alles, was ein Mann aufbieten kann, um ein junges Mädchen zu gewinnen, setzte er auch in Bewegung. Bei allen Vergnügungen war er ihr beständiger Ritter. In der Komödie, die damals so in Mode war, war er immer der Liebhaber und sie die Geliebte. Aber dabei blieb es – bei der Komödie nämlich. Karoline blieb sich selbst treu, munter, lebensfroh, unerschöpflich darin, mit ihm zusammen neue Späße zu erfinden, zuvorkommend als Gastgeberin, aber wenn er die zärtliche Saite anschlug, fertigte sie ihn wie die anderen ab, neckend und kalt. Er begann, unruhig zu werden. Ein jeder hatte ihn sofort als denjenigen bezeichnet, der mit dem Siege davongehen sollte. Nun begann man von einem wahrscheinlichen Korb zu reden, und einige Kameraden, denen gegenüber er sich sehr sicher über seinen Sieg geäußert hatte, verbargen nur schlecht ihre Schadenfreude. Er verdoppelte seinen Angriff – vergebens. Der fatale Tag kam, als der Rittmeister zu seiner Schwadron mußte. Man sagte, daß er beim Abschied zitronengelb im Gesicht war und daß er Karoline noch einen Blick sandte! Ein Blick, der das gewisse Ding gewesen sein soll, wie die arme Jungfer erzählt, das sie nicht vergessen kann."

„War es denn nicht sein Ernst?", fragte Sofie, ganz bleich vor Erregung. „Mochte er sie nicht wirklich?"

„Das tut nichts zur Sache, mein Mädchen ... Unterbrich mich nicht! Nach diesem Tag ging eine sonderbare Veränderung mit Karoline vor. Man konnte geglaubt haben, daß dieser Blick sie verhexte. Sie wurde sehr still, und sie verlor in kurzer Zeit auffallend an Gewicht. Ein Jahr ging so dahin. Da vertraute sie meiner Tante an, daß sie vom ersten Augenblick B. geliebt hätte, aber, so gab sie zur Entschuldigung, sie hätte ihr Wesen nicht bezwingen können; aber beim nächsten Mal, wenn er wiedergekommen wäre, da würde sie anders zu ihm gewesen sein. Sie hatte gewartet und gewartet, doch vergebens. Endlich", hier versank die Stimme der Frau zu einem halben Flüstern, „hatten Angst und Sehnsucht sie dazu getrieben, ihm einen Brief zu schreiben, in welchem sie ihm in den leidenschaftlichsten Ausdrücken ihre Liebe gestand! ... ihn bittet, zurückzukommen! ... da sie nicht ohne ihn leben kann!"

Amalie ließ das Strickzeug fallen und verbarg ihr Gesicht in dem Blumenstrauß.

„Schrecklich!", hauchte Sofie, mit wirklichem Schreck in allen Mienen.

„Schauderhaft!", brachte Kold an.

„Das arme Mädchen! Laßt sie uns nicht zu hart beurteilen", fuhr die Frau fort. „Unsere Verirrungen ziehen selbst die Strafe nach sich. Hier folgte sie direkt auf dem Fuße. Meine Tante, ein sittliches, wohlerzogenes Mädchen, entsetzte sich, wie man sich denken kann, höchlich. Sie konnte sie endlich dazu überreden, einen neuen Brief zu schreiben, in welchem sie ihn in einem schicklicheren Ton beschwor, den Brief, den unglückseligen Brief zurückzusenden. Er kam, allzu bald, zusammen mit einem Brief von B., der, denkt Euch nur!, in wenigen Zeilen die Versicherung enthielt, daß er sich niemals von diesem kostbaren Dokument würde getrennt haben können, hätte er nicht glücklicherweise für verschiedene Abschriften davon gesorgt, die unter seinen Freunden zirkulierten, zur unschuldigen Zerstreuung in freien Stunden und zum Trost für diejenigen, die sich von einer schlauen Koketten hatten zum Narren halten lassen.

Von diesem Schlag erholte sie sich niemals. Sie fiel in eine langandauernde Krankheit, und als sie sich wieder erhob, war sie wahnsinnig. Sie schrieb unablässig Briefe, die man natürlich nicht absandte. Der Wahnsinn ging wohl vorüber, aber schwachsinnig war sie und blieb sie. Briefe zu schreiben und entzweizureißen, Strümpfe zu stricken und wieder aufzuziehen, ist seither ihre einzige Beschäftigung geworden."

Nach dieser Erzählung gab es eine lange Pause. Schließlich sagte Kold:

„Und nun die Moral, beste Frau?"

„Ich weiß nicht, was Sie mit Moral meinen, aber meinen Sie die Warnung, die Lehre, die andere aus einer solchen Geschichte ziehen können, dann finde ich, daß sie klar genug zu Tage tritt. Eine jede Überschreitung der Grenzen für das Anständige bestraft sich selbst auf das Härteste."

„Das ist sicher so, aber dennoch muß ich zugeben, bin ich mir nicht ganz im klaren. Derjenige, der hier die Anständigkeit kränkte, war, finde ich, der Rittmeister, aber Sie haben nicht erzählt, daß er bestraft wurde. Die arme Jungfer hingegen wurde mit Schmach und Wahnsinn und allen schrecklichen Dingen bestraft, aber was hatte sie denn eigentlich verbrochen?"

„Sie müssen nicht richtig zugehört haben, oder auch muß ich mich nicht sehr deutlich ausgedrückt haben. Sie war es, die Jungfer selbst, die ihm schrieb, ohne daß er sich ordentlich erklärt hatte."

„Doch, das habe ich ganz richtig verstanden, aber trotzdem ist mir das Verbrechen nicht ganz einleuchtend. Sie schrieb ihm, weil sie glaubte, daß sie etwas gutzumachen hätte, da sie ja die Unerbittliche war. Sie ging natürlich davon aus, daß der Rittmeister ein braver Mann und kein Schurke war ..."

„Aber mein Gott! Sie wollen doch wohl nicht einen solch wahnsinnigen Schritt verteidigen, einen solchen Bruch mit jeglichem weiblichen Takt! Ist es vielleicht Ihre Meinung, daß die Damen selbst freien und die Herren schamhaft Körbe verteilen sollen?"

„Nein, bewahre! Das ist ganz und gar nicht meine Meinung, damit würde man die Damen ja ihres kostbarsten Privilegs berauben. Ich glaubte bloß, daß auch bei ihnen – denn sie sind Menschen wie wir – ein jedes tiefe, echte Gefühl das Recht hat, sich eine Form zu geben, wenn sie sich nur innerhalb der erlaubten, das will also sagen, innerhalb der Grenzen der Grazie hält, und ich glaube weiter, daß die Umstände, die Persönlichkeit viele Ausnahmen vom Gewöhnlichen erlauben. Daß Jungfer Møllerup, von ihrer Leidenschaft getrieben und von dem Glauben betört, daß sie von dem geliebt wurde, den sie selbst verstoßen hatte, einen solchen Brief schrieb, war an und für sich nicht unweiblich; wie er geschrieben wurde, darauf, finde ich, kommt es nur an. Oh, ein solches Geständnis könnte so zart, so duftend wie ein Maiglöckchen sein, so weiblich mit anderen Worten."

„Ja, mein lieber Kold", sagte die Frau überlegen lächelnd, „es ist wie ich sage. Sie haben immer so aparte Meinungen, und wir müssen miteinander immer in Streit geraten. Nur lassen sich Ihre Theorien nicht im wirklichen Leben praktizieren. Ihr Herren duldet, wie bekannt, keine Erklärungen, wenn es auch ein leibhaftiger Engel Gottes selbst wäre, der sich die Mühe machte, und ich fürchte, daß mein kühner Ritter selbst am wenigsten die Probe bestehen würde."

„Es käme ganz darauf an, gnädige Frau."

„Gesetzt, daß Sie an Stelle des Rittmeisters gewesen wären, und Sie hätten einen solchen Brief erhalten, was würden Sie so getan haben?"

„Zeigen Sie mir den Brief, so werde ich Ihnen sagen, was ich getan hätte."

„Nun, ich nehme an, daß er von einem im übrigen liebenswerten Mädchen geschrieben war und daß er so nach Lilien und Rosen und nach allem, was Sie wollen, duftete ..."

„Wäre es ein wahrer und echt weiblicher Brief gewesen, da wäre ich stehenden Fußes aufgebrochen ... Und ich würde nicht geruht oder gerastet haben, bis

ich zu ihren Füßen gelegen hätte, bis ich es hätte ... Oh, bis ich es hätte ...!"
„Ja, sicher! Aber wenn Sie sie nun nicht liebten?"
„Wenn ich sie nicht liebte? ... Dann würde ich ... Oh, ich würde! ... Ich weiß nicht recht ... Dann würde ich die tiefste Achtung, Dankbarkeit fühlen – "
„Ja, besten Dank! Achtung, Dankbarkeit, das würde ihrem gekränkten Stolz so richtig helfen."
„Stolz, Stolz und immer Stolz! Weshalb sollte er gekränkt werden? Ist es denn für eine Frau eine größere Scham als für einen Mann, ein Gefühl, das dieselbe menschliche Quelle hat, unbeantwortet zu sehen?"

Hier traf ihn ein Blick von Sofie, ein Blick, dessen eigentümlichen Ausdruck er so gut kannte, Verwunderung, Schmerz, Zweifel und Freude mischten sich in ihm. Davon elektrisiert fuhr er fort:

„Weshalb darf dieses Gefühl nicht unseres treffen, es anleiten? Ja, anleiten, weil die weibliche Liebe einen bei weitem sichereren und tieferen Instinkt für die seelische Harmonie hat als unsere. Dieser führt zum Glück, nicht unserer. Ich kann nicht diese Weiblichkeit bewundern, die ihr Ideal in einer Passivität, einer Stummheit sieht, die sie allesamt zu Puppen und Automaten erniedrigt."

„Aber so verlangt die Welt nun einmal ein Frauenzimmer, und die Gesetze der Welt muß ein Frauenzimmer achten."

„Doch nicht, wenn ihr Lebensglück auf dem Spiel steht?"

„Gerade dann, gerade dann! Sich zu unterwerfen, ist die einzige Rettung für sie. Daher kann man einem jungen Mädchen nicht genug einschärfen, ihre Gefühle zu beherrschen und sie, wenn möglich, beizeiten auszurotten."

„Sie ausrotten! Gott erbarme sich, welch Wort! ... Wenn Sie hierin Recht hätten, gnädige Frau, müßte ja jedes junge Mädchen bei Gott darüber klagen, daß es geboren worden ist."

„Herr Kold!", sagte die Frau feierlich, „dies ist kein Thema, daß man in Gegenwart junger Mädchen bespricht. Glücklicherweise können solche Prinzipien, wie die, die Sie da aussprechen, für meine Töchter nicht gefährlich werden. Ich habe sie sittlich erzogen, nach Grundsätzen, die sich mehr fürs Leben schicken. Ich habe sie früh gelehrt, zwischen einer eingebildeten und einer wirklichen Welt zu unterscheiden. In den Romanen werden diese schönen, zärtlichen Gefühle immer erwidert, immer gekrönt, und die Treue ist ewig. Im Leben geht es nicht so zu. Da ist es ein reiner Glückstreffer, daß die Liebe eines jungen Mädchens erwidert wird, und die ewige Treue kann nichts nutzen, wenn sie nicht allesamt als alte Jungfern durchs Leben gehen wollen. Es ist ihre Bestimmung, Ehefrauen und Mütter zu werden, nicht ihr Leben damit zu vergeuden, über leeren Schwärmereien zu brüten. Je eher sie mit diesen fertig werden können, desto besser für sie! Denn sehen Sie, nicht einmal im Ballsaal zieht der stille Wunsch des jungen Mädchens ausgerechnet denjenigen hervor, mit dem sie tanzen will. Sie tanzt mit wem auch immer, und sie vergnügt sich dennoch. Nach dieser Lehre habe ich gelebt. Ich achtete meinen Mann ohne Leidenschaft, und unsere Ehe war, dessen

ungeachtet, glücklich. Ich habe mein Glück auf Resignation und auf die Erfüllung meiner Pflichten gesetzt. Meine ältesten Töchter haben auch nicht aus Zuneigung geheiratet, aber sie sind doch glückliche Frauen geworden ..."
Hier machte Sofie eine heftige Bewegung, als ob sie etwas sagen wollte; aber sie senkte nur den Kopf..
„Und meine Töchter", schloß Frau Ramm, „werden mir einmal dafür danken. Sie werden mir danken, weil ich sie gelehrt habe, daß die Verleugnung die schönste Tugend eines Frauenzimmers ist." Sie erhob sich majestätisch.
„Oh, das hätten Sie nicht tun sollen", rief Kold, indem er sich ebenfalls hitzig erhob. „Vergeben Sie mir! Aber Sie können nicht meinen, was Sie da sagen. Das ist ja eine empörende Sünde. Das ist Selbstmord! Es bedeutet ja, das Herrlichste, das ein Mensch besitzt, Glaube, Hoffnung und Liebe auf einmal, zunichtezumachen ... Und was bleibt dann übrig, womit man das Leben aushalten kann? ... Verleugnung! Diese bleichsüchtige Anstrengung der Seele, dieses Versteck für Lebensüberdruß, soll das das lebendige Gefühl, das alles leicht und mit Freude ertragen würde, ersetzen können? Sollen so die kostbarsten Kräfte, die Gott zum Segen der Geschlechter bestimmt hat, gewahrt werden? Die Mütter selbst erlegen ihren Kindern auf, sie wie eine Schande zu verbergen, sie wie eine Sünde auszurotten, sie sollen durch Tränen und lange Leiden ausgeheult werden. Und wenn dann eine solche Seele ausreichend gemartert und ausgeleert ist, dann ist es soweit, daß sie dem Mann angeboten wird. Auf den Ruinen des Tempels soll er sein Haus bauen!"
„Nein, nun übertreiben Sie allzu sehr. Auf solchen Ausflügen kann ich Ihnen nicht länger folgen ... Lieber Kold! Lassen Sie es das letzte Mal sein, daß wir über dieses Thema sprechen. Hier verstehen wir einander überhaupt nicht ... Gott, es ist schon acht Uhr! ... Kommt Kinder! Es ist wahrlich an der Zeit, daß wir aufbrechen. Während ich hier sitze und die Pflichten der Frauen abhandle, vergesse ich, meinem Mann Essen zu geben." Sie ging lachend hinein.
Aber Sofie hatte unter Kolds letzter Replik ihren Platz verlassen und war hinunter zum Blumenbeet gegangen. Sie stand über einen Busch gebeugt, als sich Kold näherte.
„Sie haben in unserem Streit keine Meinung gehabt, Fräulein Sofie, Sie haben nicht ein Wort gesagt." Seine Lippen bebten noch vor Erregung, seine Augen ruhten flammend auf ihr.
„Sehen Sie diese Rose", sagte Sofie errötend, „wie schön sie ist, kaum aufgeblüht, und das mitten im September! Ich bin im Streit mit mir selbst, ob ich sie abbrechen soll oder nicht"
„Nehmen Sie sie nur, ansonsten tut es ein Nachtfrost ... Aber das war keine Antwort auf meine Frage ... Sofie! ... Sehen Sie, da ist noch eine, eine richtig schöne!" Er steckte die Hand tief in die Dornen hinein und bekam sie mit Mühe zu fassen. „Die ist noch schöner!"
„Wirklich?", sagte Sofie mit einem feinen Lächeln. Sie hielt sie gegeneinan-

der. „Sehen Sie sie nun richtig an. Kann es nicht deshalb sein, weil Sie ihre Hand blutig gerissen haben und meine so leicht zu nehmen war?"

„Das kann wohl sein", sagte er verwirrt, „aber Sie haben noch immer nicht meine Frage beantwortet. Hatte ich recht oder unrecht?"

„Ich habe sie beantwortet."

„Gib mir diese Rose", sagte er, „das ist genau die, die ich haben will." Er warf seine weit weg.

„Nein, jetzt bekommen Sie sie nicht", sagte Sofie und hielt sie in die Luft. Und als er danach greifen wollte, lief sie schnell über die Beete hinweg die Treppe hinauf und verschwand hinter der Glastüre.

Wie ein Pfeil stürzte er hinterher, und als sich das junge Mädchen auch drinnen verfolgt sah, stieß sie einen dieser durchdringenden Schreie aus, in welchen die Überraschung bei spielenden Kindern solch eine unvergleichliche Mischung aus Jubel und Schreck hineinlegt. Dieser Schrei ließ ihn innehalten, und er blieb gedankenvoll mit dem Blick auf die Tür geheftet, hinter welcher sie verschwunden war, stehen.

Atemlos erreichte Sofie ihr Zimmer, wo sie sich der lange zurückgehaltenen Regung überließ. Wie alle tieffühlenden Menschen, die dazu gezwungen werden, sehr an der Oberfläche zu leben, hatte sie heftige Ausbrüche. Eine zuvor unbekannte, berauschende Freude durchströmte sie. Lange stand sie tief einatmend, um sich zu sammeln. Sie riß das Fenster auf, es war, als ob die Luft im Zimmer sie ersticken wollte. „Was war es, was er sagte, das mich so froh und so leicht macht? Nein, was war es? Ist es ein Traum? Ich fühlte mich so gering, so demütig in meiner Liebe, aber sie ist nun nicht länger gering, sie ist etwas, sie hat in seinen Augen Wert, ich wage stolz auf sie zu sein! Oh Gott", rief sie und streckte die Hände zu den blinkenden Sternen aus ... „Danke, danke, weil du es mir erlaubst, für ihn zu leben, den ich liebe! ... Aber nein, ich kann es nicht glauben. Es wird, es muß etwas dazwischen kommen! ... Womit sollte ich es verdient haben, so glücklich gegenüber meinen Schwestern, gegenüber Tausenden von meinen Schwestern zu werden!"

Gerüstet zur Jagd stand am nächsten Nachmittag Edvard mit einigen Kameraden draußen im Hof. Ein paar tüchtige Bauernschützen sollten den Zug anführen. Die Hunde zerrten ungeduldig an der Koppel. Man wartete nur noch auf Kold, der versprochen hatte, dabei zu sein. Als er fertig war und hinuntereilen wollte, hielt er unwillkürlich an einer Tür, an der er gewohnt war, Tag für Tag vorbeizugehen. Sie stand weit geöffnet, da das Mädchen gerade für das Wochenende sauber gemacht hatte, und erlaubte ihm den Einblick in ein Zimmer, das er, in den drei Jahren, die er auf dem Hof zugebracht hatte, doch nie zuvor gesehen hatte. Es war das Zimmer der jungen Töchter des Hauses. Es war niemand darinnen, und er konnte sich nicht enthalten, dieses kleine unbekannte und doch in Gedanken so oft besuchte Reich, das nun ausgebreitet vor ihm lag, von der Schwelle aus zu betrachten. Der Raum war groß und angefüllt mit sehr vielen verschiedenen Dingen. Die Wände waren mit Bildern aller Art und Größen bedeckt, die ohne irgendeine Auswahl nebeneinander hingen. Die Madonna della Sedia mußte sich darein finden, eine Kleopatra mit sterbenden, zum Himmel gewandten Augen an ihrer Seite zu haben. Die Feuersbrunst Kopenhagens trennte einen Abeillard de Grevedon von seiner trauernden Heloise. Kolds Blicke suchten vergeblich nach einer Spur von Sofies Dasein. Sie streiften umher, von einem Sekretär, der mit diesen tausend unnützen Dingen beladen war, die man Nippes nannte und die ihm ein Abscheu waren, vorbei an einem Füllhorn aus Wollgarn mit verstaubten Blumen darin und blieben endlich bei einer Harfe in der Ecke stehen, an welche das Mädchen in Vergessenheit einen langen Besen gelehnt hatte, gleichwie ein Plektrum. Er stand dort wie ein warnendes Beispiel dafür, daß die falsche Poesie sich fortwährend feindlichen Zusammenstößen aussetzt, wenn sie sich mit reichlicher Abscheu von gewissen Arten einfacher, täglicher Phänomene abwendet, anstatt sie in die gesamte Lebensauffassung einzugliedern. Dieser letzte Anblick nahm Kold jeden Zweifel. Dieser letzte Anblick nahm Kold jeden Zweifel darüber, in wessen Zimmer er sich befand. Eine Tür gerade gegenüber stand angelehnt. Hier, hier war das Heiligtum. Die alte Urgroßmutter an der Wand schien es streng zu bewachen. Sie sah ärgerlich auf ihn, als ob sie sagen wolle: „Zurück, Verhaßter, was suchst du hier? Du bist eine dieser Schlangen, die Unglück über die Geschlechter bringen, die die Herzen meiner Töchter mit dem Wahnwitz vergiften, den man Liebe nennt ... Zurück!"

Ja, hier wohnte sie. Die Luft, das Licht in diesem Zimmer waren andersartig. Natürlich dachte er so, aber es wird in den Augen des Lesers leider kaum irgendein Interesse wecken. Hier fand sich nichts von jener malerischen Unordnung, die in den Romanen so große Wirkung erzielt, die aber, in unsere unbarmherzige Wirklichkeit übertragen, nur bedeutet, daß die betreffende Madame oder das betreffende Fräulein eine unordentliche Madame oder ein unordentliches Fräulein ist. Beide Morgenschuhe waren da und standen einträchtig Seite an Seite auf dem blumigen Teppich. Auf dem Boden waren weder Musikalien, ein Reithut, Handschuhe oder solch pikante Dinge hingeworfen. Kein Stückchen von einem Brief, kein halbvollendetes Portrait auf dem Tisch. Schließlich sind wir auch genötigt zu bekennen, daß überhaupt kein schneeweißes, schmales, weißes Bett zu sehen war. Eine dunkelrote, faltenreiche Gardine verbarg die eine ganze Seite des Raumes. Alles atmete Frieden, Einfachheit und doch eine unsichtbare Eleganz.

Das Fenster zum Garten stand offen, die Schatten tanzten auf dem Fußboden; ein Buchfink zwitscherte draußen in einer der Pappeln seinen Abendgesang, und auf dem Fensterbrett saß die weiße Katze mit funkelnden Augen und schien mit gemischten Gefühlen zuzuhören.

Kold fühlte den Drang, auf die Knie herabzusinken, er konnte nicht einen Fuß bewegen. Da fiel sein Blick auf die Rose, die auf dem Tisch in ein Glas Wasser gestellt worden war. Sie stand dort so schön und frisch, und sich auf die grünen Blätter stützend, beugte sie sich so weit über den Rand hinaus, daß der blanke Tisch ihr errötendes Bild wiedergab. Bevor er wußte, was er tat, hatte er sie ergriffen und sie an seine Brust geheftet. Im nächsten Augenblick war er unten im Garten, und nun ging es lustig in den Wald.

Georg Kold war kurzsichtig. Er erlegte selten etwas auf seinen Jagden, was seiner eifrigen Jagdlust jedoch keinerlei Abbruch tat. Dieses Mal schien ihn das Glück zu suchen, als er am wenigsten daran dachte. Zwei Hasen liefen gleich zu Beginn in den Schuß des gedankenlosen Jägers, und eine arme Waldtaube lag vor seinen Füßen, bevor er wußte, wie es eigentlich zugegangen war. Fast erschreckt sah er auf das niedliche, kleine, blaue Geschöpf, während es warm und blutend in seiner Hand lag, und auf Edvards scherzende Beglückwünschung antwortete er, daß es aus reiner Unvorsichtigkeit geschehen wäre.

Die Morgenjagd war beendet, und die müden Jäger sammelten sich, um zu beratschlagen. Zuerst sollte man sich erholen und dann wollte man in die höheren Gebirgsfelder gehen, die reich an wilden Vögeln sein sollten. Aber Kold wollte weder von Ruhe noch von weiterer Jagd hören, und da man daran gewöhnt war, ihn seinen eigenen Weg gehen zu lassen, brachte dies keinerlei Störung in die Gesellschaft. Für ihn war die Jagd zu Ende – oder vielleicht nicht begonnen. Das Wild, mit welchem er stolz seine Schultern belud, war nur die sichtbare Trophäe eines glücklichen Tagewerks. Die Spannkraft seiner Seele war wieder erwacht. Die Bürde von Zweifeln und Unbestimmtheit, die ihn so lange erdrückt hatte, fühlte er mit einem Mal abgeworfen, und ein mutiger Entschluß füllte seine Brust. Er wollte sich Sofie erklären. Diese kleine Entfernung von ihr hatte endlich die Bande gelöst, die so lange seinen Willen in ihrer Nähe gebunden hatten, und als ob er alles fürchtete, das seinen Entschluß schwächen könnte, wollte er sich keine Ruhepause gönnen, bis er nicht die gefunden hatte, die er suchte. Der Bogen war gespannt, nun sollte der Pfeil unaufhaltsam sein Ziel erreichen.

Zu Beginn ging es schnell bergab. Während er unbewußt eine Melodie von der Jägerbraut summte, die er Sofie singen gehört hatte, hatte er schon den schwierigsten Teil des Gebirges zurückgelegt. Aber bald bemerkte er an seinen weniger sicheren, weniger energischen Schritten auf dem Gebirgsweg, daß ihm die Kräfte etwas zu schwinden begannen.

Er stand bei der Heckenpforte, die den Wald abschloß. Vor ihm, unterhalb des dünnen Roggenverhaus, stieg vom ersten kleinen Hof Rauch in den Himmel. Seine Augen suchten über den Abhang hinweg hin zu den fernen Ebenen, wo eine bläuliche Schattierung von Laubbäumen die dunklen Tannenmassen unterbrach. Es waren noch einige Stunden Weg dorthin. Doch ausruhen wollte er nicht zuvor ... Nur einen Augenblick Rast dort drüben am Abhang unter dem geschützten Klippenweg, dort, wo die Septembersonne so mild und gedämpft durch die Birken scheint! Und er streckte sich auf dem Moos aus. Es war so still. Nur der Laut der vielen Schellen von den Feldern klang melodisch zu ihm her. Die Tannen rauschten sanft und einschläfernd über seinem Kopf ... Ab und zu schlug ein Lüftchen wie ein mächtiger Flügelschlag nieder. Er erhob sich, aber nur in Gedanken. Die Erde hielt seine Glieder magnetisch fest. Noch hatte er nicht die mystische Grenze überschritten, aber seine Vorstellungen wiegten sich auf den luftigen Pfaden, die dorthin führen. Diese Vorstellungen nahmen nun phantastische Formen an, die sich seltsam mit der Wirklichkeit vermischten. Noch ist er im Wald, dieselbe Melodie summt in seinem Ohr. Die ganze Familie Sofies ist dabei, nur nicht sie selbst. Er schießt noch einmal die Waldtaube und hat so ein Gefühl davon, daß sie es ist, die er getroffen hat. Aber da liegt ja die Taube neben ihm im Gras, und die Birke an der Hecke schwankt geheimnisvoll mit den langen Zweigen.

Er träumte:

Auf dem handbreiten Absatz auf dem steilen Klippenpfad steht Sofie, sorglos frei, als ahne sie keine Gefahr. Das Licht umspielt ihre Figur. Sie sieht liebevoll auf ihn und winkt mit der Rose in der Hand. Er stürmt dort hinauf, ergreift sie, und zitternd vor Freude bringt er sie hinab auf den sicheren Grund. Aber als sie sich aus seinen Armen schlängelt, sieh!, da ist es nicht länger Sofie, sondern Frau Ramms schlanke, kleine Gestalt. Sie sieht mit den kalten, blauen Emailleaugen auf ihn, verneigt sich und sagt: „Vielen Dank für Ihre Mühe! Sie haben mich davor gerettet, entzweigeschlagen zu werden. Ich bin eine sehr kostbare Einrichtung, müssen Sie wissen. Alles ist komplett in mir, nur habe ich kein Herz ... Das braucht es auch nicht, denn *Verleugnung ist eines Frauenzimmers schönste Tugend* ..."

Es geschieht manchmal, daß man in einer Angst aufwacht, die in keinem vernünftigen Zusammenhang mit dem Inhalt des Geträumten steht. Kold erwachte mit einem Schrei, der kalte Schweiß stand ihm auf der Stirn. Er konnte lange den unangenehmen Eindruck nicht verwinden. Am Ende mußte er doch lachen. Das bißchen Ruhe, das er bekommen hatte, und die herrliche Luft stärkten ihn bald wieder, und er beflügelte seine Schritte. „Dies ist ein merkwürdiger Tag", sagte er, „alles will und muß mir glücken. Ich fühle Mut, die Götter herauszufordern."

Gegen Nachmittag erreichte er den Hof. Als er über den Pfad ging, der in den Garten führte, hörte er von den Leuten, die damit beschäftigt waren, Korn zu laden, daß Fräulein Sofie draußen bei ihnen gewesen wäre, aber daß sie vor kurzem hinunter zum Fluß gegangen sei. Er trennte sich von seiner Jagdbeute und nahm, wie er ging und stand, verstaubt und glühend vor Anstrengung, den Weg in die angegebene Richtung auf. Kaum war er durch die Heckenpforte und auf den Pfad gekommen, der an dem Flüßchen entlangführte, als er stehenblieb und lauschte. Durch das Brausen des Wasserfalls hörte er Stimmen und das Bellen eines Hundes. Dazwischen glaubte er, Sofies Stimme unterscheiden zu können, die sich durchdringend anhörte, wie in Angst. Wie ein Pfeil schoß er los und erreichte die Übergangsstelle über das Flüßchen, aber hier war zu seiner Verwunderung der Brückensteg abgeworfen. Es gab glücklicherweise nicht viel Wasser. Mit ein paar kecken Sprüngen kam er glücklich rüber, drängte durch ein Gebüsch hindurch und stand im selben Augenblick vor einer Szene, die seine Verwunderung und Wut weckte.

Seit jenem Treffen zwischen Brandt und Sofie hatte sie gar nichts mehr von ihm gesehen. Aber er verfolgte sie umso heftiger mit Briefen, die immer zudringlicher wurden. Das ist eine Art Belästigung, gegen welche ein junges Mädchen in unseren Neuansiedlerverhältnissen keinen Schutz hat. Auf dem Lande ist es schwierig, die Töchter passend verheiratet zu bekommen, und unsere ausgeprägte Gastfreundlichkeit erlaubt unterdessen welchem Fremdling auch immer den Zutritt zu den Familien. Man riskiert ja nichts dabei. In unserem sittsamen Land wagt es die Leidenschaft nur, in der erlaubten Form aufzutreten. Aber unter diesem tugendhaften Zweck gedeiht nichtsdestoweniger vieles, was das feinere Gefühl unmoralisch nennen würde. Im Namen dieses tugendhaften Zwecks werden nicht selten diese schreck- und mitleiderweckenden Mesalliancen geschlossen, in dessen Namen haben die mitleidwürdigsten Herren der Schöpfung das Recht, ein Mädchen zu belagern, es zu verfolgen, es zum Äußersten zu treiben. Sie haben natürlich die redlichsten Absichten, will sagen, sie haben den besten Willen, ihr Elend mit ihm zu teilen. Nun, der arme Lorenz war nicht von den Schlechtesten. Sofie beantwortete einen seiner Briefe, so wie man so etwas beantworten kann, ausweichend und auf die beste Art beruhigend, und ließ es seither sein. Aber nun ging er in seinen Briefen von Bitten zu Drohungen über und förmlichen Feindschaftsbekundungen. Er würde ihr schon auflauern, schrieb er, und dann sollte sie einen Grund haben, ihr Verhalten zu bereuen. Nun hatte er nichts mehr zu verlieren. Er verkaufte sein Leben für einen Schilling. Wollte sie nicht mit ihm leben, so sollte sie mit ihm sterben usw. ... Das arme Mädchen saß hier nun wirklich zwischen zwei Feuern. Das letzte Treffen mit ihm hatte, trotz seiner Gewaltsamkeit, ein tiefes, schmerzliches Mitleid bei ihr hinterlassen, das sie beständig dazu trieb, seine Partei zu ergreifen und, wenn es sich einrichten ließ, die gute Meinung von ihm aufrechtzuerhalten. Die Eltern in diese Affäre hineinzuziehen, würde bedeuten, den letzten Funken von Teilnahme für ihn auszulöschen. Aber die Notwendigkeit, in welche sie dadurch versetzt wurde, nämlich ihren Schrecken alleine tragen zu müssen, trieb sie zum Äußersten. Sie wagte sich kaum alleine auf die Felder und die Landwege. Sie fuhr zusammen, wann immer es in einem Busch raschelte.

An jenem Nachmittag, gerade als Sofie draußen auf dem Acker war, kam der kleine Gemeindejunge des Hofes und richtete ihr von ihrer Mutter aus, daß sie sofort hinunter zur Grotte kommen solle. Da sie kürzlich mit ihrer Mutter über eine Verbesserung, die dort unten vorgenommen werden sollte, geredet hatte, schöpfte sie keinen Verdacht, sondern flog leicht wie ein Vogel, gleichwie von dem glücklichen Traum, der sie erfüllte, getragen, dort hinunter. Gerade vor dem Eingang zur Grotte angekommen, trat ihr Lorenz Brandt aus dem Inneren entgegen. Er schwankte, und eine triumphierende Freude stand in seinen abgestumpften Zügen gemalt.

„Wo ist Mutter? ... Weshalb haben Sie mich hierunter gelockt? ... Das ist abscheulich!"

„Ich will dir nur versichern, teure Freundin, daß ich dich lieb habe ... unsagbar lieb", sagte Brandt mit lallender Zunge. „Ich habe diesen reizenden, romantischen Ort gewählt, um dir den Zustand und die Beschaffenheit meines Herzens zu erklären. Eine Beschaffenheit, die von der Art ist – "

„Lassen Sie mich gehen, lassen Sie mich einfach gehen!", flehte die entsetzte Sofie und versuchte, an Lorenz vorbeizukommen, der ihr den Weg versperrt hatte.

„Weshalb eine solche Angst, Angebetete! Was gibt es hier zu fürchten? Du bist schön, über die Maßen schön ... Aber keiner soll sich erdreisten, diese göttlichen Reize mit einem Blick oder einer Silbe zu beleidigen. Ja, wenn ich sie beleidigen würde, wäre ich kein Ehrenmann, sondern ein Halunke, ein verdammter, niedriger, gottvergessener Schlingel, ohne Lebensart und Forderung nach Bildung ... Ja, wenn ich dich beleidigen würde ..."

„Oh, nein, nein, das weiß ich ja! Aber lassen Sie uns gehen, zu Hause können wir ja darüber reden ..."

„Immer noch Schrecken in dieser holden Miene? Junges Mädchen, du kennst Lorenz Brandt nicht. Nein, du kennst ihn nicht. Er ist keiner dieser Schelme, dieser Schafe im Wollkleid, die um die schutzlose Unschuld umherschleichen, um sie zu locken und mit gefährlichen Künsten zu betören. Er ist ein Norweger des guten, alten Schlages ... Jeder Tropfen Blut in ihm ist echt, siehst du! ... Es ist ein anderes Erz in ihm als in diesem Truppisten, diesem feinen Schwächling, der einhergeht und dir Grillen in den Kopf setzt. Ich meine es redlich, ich! Was ich sage, sage ich aus der Überzeugung des Herzens ... aus vollster Überzeugung des

Herzens sage ich: Dich wähle ich von allen Mädchen der Erde ... Dir allein biete ich meine Hand und mein Herz! ... Zum Teufel mit all den anderen ... Oh, Mädchen! Erinnerst du dich an die stillen Tage unserer Kindheit!

„Zwei Pflanzen draußen im Hildingshof,
Zwei so schöne hat der Norden nie zuvor gesehen,
Sie wuchsen herrlich in dem Grün ..."

Hier machte Sofie eine verzweifelte Anstrengung, vorbeizukommen, aber Lorenz, stärker als sie, stieß mit einem einzigen Fußtritt den Brückensteg, der als Übergang über das Flüßchen diente, zur Seite. Bei diesem Manöver kam er etwas aus dem Gleichgewicht und griff nach Sofie, die nun in solchem Grade von Schrecken überwältigt war, daß sie alle Besinnung verlor. Ein wenig mehr Erfahrung würde sie gelehrt haben, daß hier eher eine eingebildete als eine wirkliche Gefahr vorhanden war. Ein ruhiges, furchtloses Auftreten würde ihn gänzlich in Schranken gehalten haben. Ihr bloßer Anblick hatte ihn ja bereits seine feigen Drohungen vergessen lassen. Aber die achtzehnjährige Angst überlegt nicht, sie ist instinktiv, unbändig, grenzenlos; sie wägt nicht ab, sie zittert bloß in der Nähe der Roheit.

Mit einem Schrei stürzte sie zurück zum Eingang. Da aber die Grotte den Hohlweg verschloß und ihr folglich keine Zuflucht bieten konnte, kletterte sie mit der Behendigkeit des Schreckens die schroffen Klippen hinauf. Es glückte ihr, die Mitte des steilen Abhangs zu erreichen, und hier blieb sie, ohne ausreichend Fuß zu fassen, hängen, sich an einen gebrechlichen Busch klammernd, der jeden Augenblick nachzugeben drohte, und rief alles, was sie konnte, um Hilfe. Unten erschöpfte sich Lorenz in den jämmerlichsten Bitten und Klagen, und der graue Pudel stimmte ein, indem er aus vollem Halse heulte.

Man soll nicht sagen, daß es der Wirklichkeit an genialen Momenten mangelt. Keiner der beflügelten Götter der Antike, keiner der lafontaineschen oder tromlitzschen Romanhelden hätte in einem ähnlichen Fall mehr à propos kommen können, als Kold in diesem Augenblick kam. In einem Nu hatte er Lorenz zur Seite gestoßen und mit einem kräftigen Sprung hatte er die Verängstigte erreicht, die sich mit einem Schrei der Verzückung in seine Arme warf. Wie er mit ihr über das Flüßchen kam, davon sagt die Geschichte nichts Glaubwürdiges, aber sie erzählt, daß er erst stehenblieb, als er die Heckenpforte bei den zwei großen Tannen erreicht hatte, und daß er hier seine Last sacht auf das Moos hinuntergleiten ließ.

Aber Sofie schlug die Augen auf und warf sich wieder heftig an seinen Hals. „Oh, laß mich nicht los, laß mich nicht los!", bat sie. „Haben wir nicht genug gelitten?"

„Was sagst du, Sofie! ... Ich bin es, ich bin es! ... Sofie ... Und du gestehst es! Oh, sag es noch einmal!"

„Ja, ja, ich gebe es zu", sagte sie, und hob die strahlenden Augen zu ihm auf. „Ich habe es gesagt, ich konnte nicht anders ... Verstoße mich nun, wenn du kannst! ... Du kannst es nicht!"

Wie viele Worte die Liebenden sagen konnten? Vielleicht nicht ein einziges. Sie küßten einander, sie klammerten sich aneinander in solch leidenschaftlicher Angst, als ahnten sie die bittersüße Bedeutung dieses Augenblicks für das ganze Leben.

Waren Minuten vergangen oder „waren es Sekunden nur, nicht länger kann die Seligkeit dauern", sagt ja der Dichter? Ach, daß es so sei, ach, daß es so sei! Die Norne, die dunkle, mürrische Norne rechnet nicht so genau mit einer Stunde, einem Tag mehr an den Zahltagen des Leidens, doch merkt sie, daß eine menschliche Freude herausspringen will, so zählt sie geizig die Sandkörner!

Sofie stieß einen sachten Angstschrei aus. Dicht hinter ihnen, oben auf dem Zaun stand eine kleine, häßliche Gnomengestalt und starrte mit unheimlich aufgesperrten Augen auf sie. In der Hand hielt sie einen langen Haselstock, welchen sie mit einer sonderbaren Grimasse auf sie ausstreckte. Die Erscheinung stand da so plötzlich, daß es buchstäblich aussah, als wäre sie aus dem Boden aufgeschossen.

Aber der Wasserfall brummte in der Nähe, und deshalb ging es ganz natürlich zu, daß sich Vesle-Ole, denn es war kein anderer als er, barfuß wie er war, unbemerkt an sie heranschleichen konnte.

„Was willst du!", fuhr Kold auf, selbst einen Augenblick zitternd vor Schreck.

Es gehörte eine eigentümliche, in die Kunst eingeweihte Begabung dazu, die Kold glücklicherweise besaß, um aus Ole herauszubringen, mit welchem Anliegen er gesandt war, wenn sich dies nicht auf die Aufgabe einer Brieftaube beschränkte, sondern in etwas bestand, was menschliche Gedanken oder Reden erforderte. Dieses Anliegen war auch von ungewöhnlich verwickelter Art. Es war Ole nicht allein auferlegt, Kold aufzusuchen, um ihm zu melden, daß ein Fremder auf den Hof gekommen wäre, der ihn besuchen wollte, sondern auch, daß der Fremde zusammen mit der Herrschaft ausgegangen war, ihn zu treffen.

„Hörtest du, wer es ist?", fragte Kold.

„I weiß nit!"

„Hast du ihn nie zuvor gesehen? War er nie zuvor auf dem Hof?"

„I weiß nit!"

„Ist es der Herr, der letztes Frühjahr hier war und der dir eine Mark gab, als du sein Pferd hieltest?"

Ein Lächeln, ein Grinsen erhellte Oles Gesicht; er begleitete das mit einem ausdrucksvollen Zeigen zum Hof hinauf.

„Müller!", flüsterte Kold mit verdüsterter Miene. Schon konnte er ein paar Damen, von einem Herren begleitet, auf dem Pfad über den Hügel kommen sehen.

Kold wandte sich zu Sofie, die, bebend von so vielen Sinnesbewegungen, sich gegen die Tanne stützte.

„Fassen Sie sich", sagte er, „gehen Sie ihnen entgegen ... Ich bleibe hier! ... Oh, seien Sie nett! Sie können das besser als ich ... Aber morgen! ... Oh, Sofie, Sofie!"

Sie war schon weg.

„Müller!", murmelte Kold. „Welcher Teufel führt ihn gerade in diesem Augenblick hierher? Aber er soll nichts erfahren. Diesen Satyrblick werde ich aus meinem Heiligtum heraushalten."

Von seinem Versteck konnte er Sofie sich der Gesellschaft anschließen sehen, die sich langsam den Pfad zwischen den Nußsträuchern herunterbewegte. Erst da wagte er sich hervor. Auf der Brücke blieb er stehen, um mehr Fassung zu gewinnen. Er beugte sich zum Wasserfall, als wolle er den Mächten der Tiefe sein junges Glück anvertrauen.

Es war zehn Uhr geworden. Sofie war den ganzen Abend wie in einem Traum gegangen. Ihre hochroten Wangen und der eigentümliche, verwunderlich abwesende Blick hätten einem scharfen Beobachter leicht verraten können, daß sich etwas Außergewöhnliches ereignet hatte. Glücklicherweise waren ihre Mutter und Schwester zu sehr mit dem Gast beschäftigt gewesen, um es weiter zu bemerken. Kold hatte durch eine ungewöhnlich redsame Munterkeit versucht, die Aufmerksamkeit davon abzuwenden. Sie wagte er überhaupt nicht anzusprechen, aber er hatte eine Gelegenheit gefunden, um ihr einen Zettel in die Hand zu stecken, in welchem er sie um eine Zusammenkunft um sechs Uhr am folgenden Morgen bat. Sie sollte unter den beiden großen Tannen stattfinden, den stummen Zeugen ihres Paktes, und er schlug diese Uhrzeit als die günstigste für ein flüchtiges Treffen vor, während das ganze Haus noch schlief. Sofie trug diesen Zettel bei sich. Jeden Augenblick griff sie zweifelnd danach, um sich davon zu überzeugen, ob er da war und ob es wirklich wahr war.

Es war zehn Uhr. Die zwei Freunde hatten gute Nacht gesagt und sich auf Kolds Zimmer zurückgezogen.

Es war endlich der Augenblick gekommen, da Sofie alleine mit ihren Gedanken zu sein wagte. Nur eine Aufgabe hatte sie noch auszuführen, die ihre Mutter ihr auferlegt hatte.

Ja, die Wirklichkeit hat ihre genialen Momente, bedeutungsvolle, poetische, künstlerisch vollendete Momente, in welchen das Dasein, inmitten seines Alltagsschlafs, plötzlich in Blüte und Duft ausschlägt. Aber sie hat auch Momente, Zusammenstöße, Kombinationen von Begebenheiten, die so fatal hervortreten, so unheilverkündend, mit so schneidender Ironie, daß man sehr an dem Glauben festhalten muß, daß auch diese ein Glied in einer allgütigen und allweisen Fügung der Vorsehung sind, denn sie sehen eher aus wie ein Stück aus einem Gedicht, im erfinderischen Hirn eines Dämons ausgedacht.

An Kolds Zimmer, nur durch eine dünne Bordwand abgetrennt, stieß eine Abstellkammer, die als Kleiderkammer des Hauses diente.

Es war diese Kleiderkammer, in welche Sofie geschickt wurde, um etwas Linnen zu holen. Als sie sachte die Tür öffnete, hörte sie Kold und Müller drinnen im Gespräch. Die beiden Stimmen klangen so klar und stark in der Stille des Abends, daß sie sich im selben Raum hätte wähnen können, hätte sie es nicht besser gewußt. Einen Augenblick stand sie darin verloren, der lieben Stimme zu lauschen. Da hörte sie ihren Namen genannt werden. Erschreckt suchte sie, was sie aus dem Linnenschrank holen sollte und wollte forteilen. Doch bevor ihr das geglückt war, hatte sie gegen ihren Willen so viel gehört, daß sie nicht mehr davongehen konnte. Wie angenagelt blieb sie stehen, ohne Bewußtsein für etwas außerhalb ihrer selbst. Ihre Seele lag in ihrem Ohr.

Drinnen im Zimmer bei den zwei Herren finden wir Müller auf seinem alten Platz auf dem Sofa; auf dem Fensterbrett des offenen Fensters saß Kold und schien aufmerksam die Baumspitzen und den klaren Nachthimmel zu betrachten. Die ersten einleitenden Äußerungen hat er aller Wahrscheinlichkeit nach etwas kurz und zerstreut beantwortet.

„Es kommt mir doch so vor", setzte Müller fort, „daß du nun eine gründliche Übersicht über die Pflichten und Rechte eines Amtmannes bekommen haben mußt, und die Nebenrolle, die du als Lehrer gespielt hast, ist ja auch zu Ende, seit der junge Herr Student geworden ist. Oder hast du vielleicht andere Nebenrollen hier im Hause?"

„Der Amtmann hat keine anderen Söhne."

„Nein, aber Töchter."

„Wovon aber keine nach meinem Wissen drängt. Die Älteste ist fast genauso alt wie ich selbst, und die andere ist gerade aus einem Institut in Kopenhagen gekommen."

„Nun, es könnte ja andere Nebenrollen geben. Also, du hast hier nicht das Geringste zu verrichten. Hör nun bloß. Die Anstellung in Stockholm, die du einmal so sehr begehrtest, steht dir jetzt offen."

„In Stockholm, sagen Sie?", rief Kold und wandte sich endlich um.

„Nun ja, in Stockholm, in Stockholm, ist das nicht verständlich?"

„Ach, lieber Müller, haben Sie noch solche Pläne mit mir? Ich glaubte, Sie hätten sie nun aufgegeben."

„Ob ich noch solche Pläne habe? Ja, Tod und Teufel, das habe ich, und schlimm wäre es, wenn ich sie nicht für dich hätte. Während du hier oben liegst und idyllisierst und an nichts oder an das, was noch schlimmer ist, denkst, haben wir für dich gehandelt. Wie es immer für schlechte Subjekte zu gehen pflegt, ist das Glück mit dir. Hör nun. N. hat ein Jahr Urlaub von Petersburg bekommen, und unser netter S. dort drinnen übernimmt seinen Posten, den er wahrscheinlich behalten wird, da gesagt wird, daß N. eine reiche Großkaufmannswitwe in Göteborg heiraten und kaum in die Diplomatie zurückgehen wird. Also, S. Platz wird frei und soll mit einem Norweger besetzt werden."

„Und den Platz könnte ich bekommen! Dem ist wohl nicht zu trauen."

„Du kannst ihn bekommen. Ich bin sofort zu Exzellenz D. gegangen, der glücklicherweise noch nicht abgereist war. Er gab mir die größte Hoffnung für dich. Du mußt bloß deine Bewerbung einreichen, und vor dem nächsten Frühjahr mußt du dich in Stockholm einstellen. Dein Onkel war seelenfroh. ‚Das ist eine richtige Stellung für Georg, er paßt wenig für die spießbürgerlichen Verhältnisse des Lebens', sagte er. Nun, mein Junge, spring, sing, tanz, aber fall mir nur nicht um den Hals."

„Ich danke Ihnen, Müller ... Wie gut Sie sind, daß Sie sich meiner derartig annehmen. Aber ..."

„Nun, aber?"

„Aufrichtig gesprochen, ich habe gänzlich die Lust auf diesen Posten verloren."

„So, du hast die Lust darauf verloren, aha ... Das ist doch sonderbar. Du glaubtest doch selbst einmal ..."

„Ach, das war eine Grille, ein Einfall. Für einen jungen, unreifen Menschen kann jene Karriere wohl etwas Lockendes haben. Im Grunde ist es doch ein Scheinleben, das man führt. Ich finde mich dafür nicht mehr geeignet. Ich fühle mich zu einer gediegeneren, selbständigeren Stellung hingezogen, sollte sie auch weniger beachtenswert sein."

„Nun, das ist lobenswert, das ist schön. Das verrät eine solide Anschauung, eine Anschauung, die in deinem Alter selten ist. Nur würde ich diese gediegenen Pläne gerne hören. Willst du vielleicht als Kopierer ins Revisionsdepartement gehen?"

„Ja, warum nicht?"

„Ja, warum nicht! ... Das ist eine solide und ehrenhafte Stellung, eine Stellung, in welcher man bisweilen die freudigsten Überraschungen erlebt, wie A., der wettete, daß er genau zum Ende des zehnten Jahres Bevollmächtigter werden würde, und sieh, er wurde es ein Jahr vorher. Das Glück ist mit dir, du kannst vielleicht binnen zwölf Jahren Bürochef sein."

„Das ist nicht unmöglich."

„Oder hast du Lust, Bezirksprokurator zu bleiben? Welch gemütlichen, kleinen polnischen Tanz du so an den Sonntagen mit den Bauern haben kannst! Das wäre etwas für dich! Oder findest du einen Lehnsmannsposten besser?"

„Das ist auch gut. Dann ist man ja so gut wie Stortingsmann! Nein, lieber Freund, ich denke im Grunde an nichts Bestimmtes. Ich habe es im Augenblick so gut, daß ich mich nicht mit der Zukunft plagen mag. Zu Neujahr ist meine Zeit hier abgelaufen, und an die Zeit, den Kummer denke ich."

Es entstand eine Pause, in welcher Müller große Rauchwolken ausblies und Kold sich damit vergnügte, seine Reitpeitsche zu mißhandeln. Endlich sagte Müller: „Sie ist schön, dein Geschmack ist nicht schlecht."

„Wer? Was meinen Sie?"

„Ich meine bloß", fuhr Müller ruhig fort, „daß sie schön ist und daß dein Geschmack nicht schlecht ist, ja, was mir zuvor fast niemals passiert ist, sie hat mich in Erstaunen versetzt. Sie kam uns auf dem Pfad entgegen, als wir raus mußten, um dich aufzusuchen."

„Ach, Sie meinen Fräulein Sofie?"

„Ganz richtig, Sofie, so nanntest du sie einmal. Sie traf uns, wie gesagt, auf dem Pfad, wo wir auch dich zu finden das Glück hatten. ‚Sie ist es also', dachte ich, ‚die dem armen Kold so viel Ärger und Zeitverschwendung verursacht hat, und die du letztes Mal als unheimliches, verschrobenes Wesen geschildert hast. Sie schien in einem erregten Zustand; ihre Stimme zitterte, und ihr schönes Haar, seines gleichen habe ich noch nie gesehen, befand sich in einer höchst malerischen Unordnung. Es war richtig schade, daß dieser Anblick an ein Mammutherz wie das meine verschwendet werden sollte. Die Frau fragte, wo sie ihren Hut gelassen hätte, worauf sie antwortete, daß sie sich zu weit hinauf ins Gebirge gewagt hätte, ausgeglitten wäre und ihn dort oben verloren hätte. Mama schimpfte über ihre Wildheit, aber mit einem Blick zu mir, als wolle sie sagen: ‚Haben Sie etwas Reizenderes gesehen?' Mich grüßte sie mit einer gewissen Kühle, und ich habe vergeblich versucht, mich ihr heute abend zu nähern. Es ist etwas Apartes an ihr. Aber schön und niedlich wie ein Unglück ist sie. Bist du vielleicht nicht dieser Meinung?"

„Ja, unstreitig, das ist sie. Fräulein Ramm ist ein sehr schönes Mädchen", sagte Kold und brach seine Peitsche durch. Sofies Lächeln, das eigentümliche, mit welchem sie ihm sein Glück verkündet hatte, stieg sofort verräterisch in seiner Erinnerung auf, und verschreckt fügte er hinzu: „Aber da ist ein Zug um den Mund, der nicht hübsch ist. Sie sagten, schien mir, daß S. schon in Petersburg ist? Kann es möglich sein?"

„Nach Petersburg. Den Zug um den Mund, der nicht hübsch ist, habe ich gar nicht bemerkt. Ihr Gesicht ist, glaube ich, von der Art, die nicht analysiert werden darf. Das Ganze macht einen frappanten Eindruck."

„Welchen Erfolg er in so kurzer Zeit gemacht hat! Und N., was war es, was Sie erzählten, daß er ...?

„N. zieht sich zurück, um zu heiraten ..."

„Ja, ja, richtig, mit einer reichen Witwe ... Aber er sollte doch Baron M.s Nachfolger im Kabinett werden. Wer bekommt denn den Posten?"

„Die Diplomatie beginnt plötzlich, dich zu interessieren. Noch vor einem Augenblick schien dich das Ganze nur wenig zu kümmern. Georg! ... Über alles werde ich dich nachher aufklären ... über alles, was du willst ... Georg, leg nur deine Peitsche hin. Ich werde später den Bruch verbinden ... Hör, lieber Georg, weiß Gott, ich meine es gut mit dir", sagte Müller mit einer Bewegung, als wolle er die Pfeife weglegen, während er sie langsam wieder zum Mund führte, ein Manöver, das Kold sehr gut kannte und das einen ungewöhnlichen Ernst bedeutete.

„Siehst du, ich würde so gerne etwas Ordentliches aus dir machen, und das würde auch gelingen, wenn du dir nicht immer selbst im Wege stündest. Diese ewigen Liebschaften sind für einen Menschen deiner Beschaffenheit ein reines Unglück. Sie bringen dich fortwährend aus dem Gleichgewicht, stören deine Laune und hemmen deine Entwicklung. Und am Ende wird es doch, trotz deiner Versicherungen, damit enden, daß du hängen bleibst. Ich sage nicht, daß es so mit deiner jetzigen Inklination geht. Es ist sehr wohl möglich, daß sie endet wie alle deine anderen geendet sind, aber ernsthaft oder nicht, so kommt sie verflixt ungelegen. Hör, Georg, reiß dich los ... Sofort, wenn du kannst ... Geh nach Stockholm und erlöse deine Seele! Wenn zehn Jahre vorbei sind, wenn du ein reifer, gemachter Mann bist, dann, in Gottes Namen, verlieb dich, heirate, so viel du willst."

„Aber Müller, hören Sie doch ... Es ist doch nicht die Rede davon ..."

„Eine verflixte Geschichte! Sag mir, wie weit bist du mit ihr fortgeschritten? Vielleicht kann das Übel noch abgewendet werden. Wenn du es nicht schaffst, dann könnte ich vielleicht mit dem Fräulein reden und zusehen, daß es auf eine nette Art erledigt wird."

„Sind Sie verrückt? Um Gottes Willen! Ich sage Ihnen doch, diese Sache hat nichts mit Fräulein Ramm zu tun. Sie hat nicht den geringsten Einfluß auf meine Zukunftspläne."

„Es würde mich freuen, wenn es in deiner Macht stünde, mich davon zu überzeugen."

„Sie davon überzeugen, daß sie nichts damit zu tun hat!", sagte Kold, zum Äußersten getrieben. „Aber verstehen Sie doch! Ich liebe sie nicht. Es gibt nichts, nichts zwischen uns."

Armer Georg! Liebe Leserin! Wenn du über zwanzig Jahre alt bist – bist du unter zwanzig, nützt es nichts – aber wenn du über zwanzig bist, so wollen wir hier, gerade hier, bevor du den Stab ganz über ihn brichst, ein Wort für ihn einlegen. Ja, es ist häßlich, sehr häßlich von ihm, und jeder kann sich nach seinem eigenen Geschmack eine bessere und liebenswürdigere Weise für ihn ausdenken, um darum herumzukommen. Er hätte zum Beispiel, wenn er derartig langsam auf die Folterbank gespannt wird, damit schließen können, auf den Tisch zu klopfen und zu sagen: „Ja, zum Teufel, es ist alles wahr, laß mich bloß in Frieden! Aber dann wäre es nicht Kold gewesen, unser Kold, und er hätte vielleicht nicht so warm geliebt, so eifersüchtig, so geizig ängstlich um seinen Schatz wie er es tat. Und laßt uns also ehrlich sein. Wer ist nicht auf diese Weise gereizt und schließlich an einen Punkt getrieben worden, von welchem er sich nicht mehr hat zurückziehen können, und wo er, ohne es zu wollen, fast ohne es zu wissen, Jesuit geworden ist? Ein jeder, der mit der Hand auf dem Herzen zu sagen wagt, daß er es niemals gewesen ist, daß er niemals etwas über seinen teuersten Freund gesagt hat, was dieser nicht hören durfte, und daß er den Mut hatte, alles schwarz auf weiß zu lesen, was dieser teure Freund über ihn gesagt hat, wohl an, derjenige, der das kann, der werfe den Stein. Und endlich wollen wir daran erinnern, daß ein jedes dieser unglücklichen Worte in eine Seele fallen kann, die am wenigsten von allen dazu geschaffen ist, sie zu verstehen, und daß er bei einem jeden dieser Worte, die ein schadenfroher Geist ihm auf die Zunge zu legen scheint, seines Lebens größter Freude entsagt.

„Du liebst sie nicht! Ja, ja, das ist eine andere Sache", sagte Müller, und die Glut seiner neugestopften Pfeife warf einen fast dämonischen Schatten über seine unschönen Züge. „Aber du kannst doch nicht leugnen, daß es verdammt unglaubwürdig klingt, daß du unter einem Dach mit einer achtzehnjährigen Schönheit leben können solltest, ohne angefochten zu werden."

„Sie sollten bessere Gedanken von mir haben, Müller", sagte Kold, indem er seine Zuflucht zu gekränktem Ernst nahm, „ich, der ich Ihnen erst kürzlich, schwarz auf weiß, meinen ganzen Untergang, alle meine Unglücke in dieser Richtung gebeichtet habe. Solche Erfahrungen pflegen doch die Leute besinnlicher zu machen. Die Macht der Schönheit räume ich willig ein, aber sind denn nicht Eigenschaften denkbar, die diese zunichte machen, und daß es gerade solche sind, die mich abstoßen?"

„Das müssen irgendwelche verbannten Eigenschaften sein, die eine so niederschlagende Wirkung auf dich ausüben können. Da du dich also nicht um die kleine Dame kümmerst, kannst du mir wohl anvertrauen, was es für Eigenschaften sind, die sie entstellen. Ist sie vielleicht ebenso faul und eigensinnig wie damals, als sie deine Schülerin war?"

„Faul und eigensinnig! ... Eine faule und eigensinnige junge Dame!", rief Kold, sich mit Mühe und Not bezwingend, „was wollen Sie damit sagen? Das ist doch ganz bedeutungslos!"

„Ist sie denn einfältig ... dumm? ... Du meintest einmal ..."

„Ich habe nichts gemeint. Sie war als Kind dumm, aber sie kann sich seither ja Verstand zugelegt haben. Ich glaube wohl, daß sie nun hat, was sie davon benötigt."

„Das dachte ich mir. Wenn es darauf ankommt, ist sie geradezu musterhaft. Zum Teufel, irgendetwas muß es doch sein! Ist sie kokett, leichtsinnig, intrigant, boshaft?"

„Was fällt Ihnen ein! Ich glaube, Fräulein Sofie hat das beste Herz. Es ist ein Mädchen mit Charakter, mit einer aufgeweckten, starken Seele ... Aber sie hat etwas Originelles, um nicht zu sagen Exzentrisches in ihren Anschauungen ... Wie gefällt Ihnen die Schwester?"

„Ah! Exzentrisch! Ich verstehe. Sie ist poetisch, verschroben, emanzipiert?"

„Genau, damit haben Sie es getroffen", sagte Kold und brach über die lächerliche Wendung in dem peinlichen Verhör in Lachen aus.

„Wirklich! Nein, ernsthaft ... Ist sie von dieser Sorte? Ja, sie sah nach so etwas aus. Eine norwegische ‚femme emancipée'! Das ist amüsant, das wäre etwas ganz Neues! Wie äußert sich das? Raucht sie Zigarren? Trägt sie Sporen? Sitzt sie zu Pferde wie die selige Königin Karoline?"

Kold errötete vor Verbitterung. Er hätte Müller ermorden können.

„Nun, sei nicht beleidigt. Sie raucht also keinen Tabak. Sie trägt keine Sporen. Sie ist eine geistige Amazone, eine nordische George Sand, die einen glühenden Haß gegen das ganze männliche Geschlecht und dessen Niedrigkeit und Despotie atmet?"

„Genau."

„Was diese Damen dennoch nicht daran hindert, ihre kleinen Privatinklinationen zu haben. Fräulein Sofie ist in dich verliebt?"

„Natürlich."

„Und du tust vermutlich, was du kannst, um die Flamme zu nähren?"

„Natürlich. Habe ich anderes zu tun?"

„Und ohne selbst zu entzünden?"

„Keine Angst. Es ist nur eine neue Blume, die ich in meinen Siegeskranz flechte. Die emanzipierten Damen sind außerdem die am wenigsten gefährlichen."

„Das habe ich gehört. Selbst habe ich es nicht erfahren. Meine arme Bolette war nicht von dieser Klasse Geschöpfe ... Hat sie sich schon erklärt?"

„Hm ... nicht ganz; aber ich erwarte, daß es ganz bald geschieht. Ich habe den Korb fertig, darauf können Sie sich verlassen."

Müller sah lange starr auf ihn. „So? Wirklich! ... Allerhand!"

Eine Pause trat ein, in welcher Müller in Gedanken zu fallen schien. „Höre, Georg, weißt du was, treib dieses Spiel nicht zu weit. Wenn du meinen Rat hören willst, so laß es ganz fallen. Im Grunde tut mir das arme Mädchen leid. Sei anständig zu ihr und bereite sie auf das Unumgängliche vor ... Nicht zu plötzlich ... Das taugt nichts ... nicht zu plötzlich."

Kold sah ihn stutzend an. Jetzt erst bemerkte er an Müllers Miene, die einen ganz eigenen Ausdruck angenommen hatte, daß dieser das Ganze als bittersten Ernst auffaßte. Es war ihm nie eingefallen, daß sich kluge, aber wenig gemütvolle Menschen in Gefühlssphären als manchmal außerordentlich einfältig erweisen können. Es erschreckte ihn fast, daß es ihm mit einem groben Scherz geglückt war, was er mit all seiner Vorstellungskraft nicht hätte erreichen können, nämlich Müller zu enttäuschen. Dieser Scherz brannte ihm wie eine Entheiligung auf den Lippen, und doch wagte er nicht, ihn zu widerrufen. Sollte er sich sein kostbares Geheimnis entreißen lassen, das er selbst kaum besaß, an das er selbst kaum zu glauben wagte, und das von einem Mann, der vielleicht einen wenig feinen Gebrauch davon machen würde?

In jeder weiblichen Natur ist der Keim, die Fähigkeit, man kann fast sagen der Trieb zu entsagen angelegt. Über dem Gesicht des Kindes, das mit seiner Puppe spielt, kann bereits diese Entsagung wie eine traurige Ahnung liegen. Sie klang durch die Antwort hindurch, die das kleine, sechsjährige Mädchen seiner Mutter gab, als es das erste Mal zu einem Kinderball eingeladen wurde und diese sich darüber wunderte, daß es so still und traurig dort stand – das kleine Mädchen, das nun seinen größten Wunsch erfüllt bekommen hatte: „Ach, Mutter, wäre es nur ein kleines Vergnügen, dann wäre ich wohl froh, aber solch eine große Freude, daraus wird sicher nichts werden." So lange dieses Entsagen der Reflex der Demut ist, die Gott in die Frauenseele gelegt hat, ist sie schön, rührend und segensreich; sie ist ihre beste Stütze gegen die Willkür des Schicksals. Sie ist es, die ihre Freude strahlender, ihre Hingabe und Ausdauer im Unglück größer macht, als die des Mannes jemals ist. Er redet und handelt, sie leidet und schweigt. Ja, er ist schön, dieser Wille zu leiden und zu schweigen, diese Schweigsamkeit Gottes und der Natur in ihr, sie ist dazu erschaffen, in ihrer Demut zu siegen, selbst die Macht und die Roheit beugen sich ihr willig. Aber die Menschen entdeckten, daß grobe Vorteile aus ihm gezogen werden konnten. Im Interesse ihrer Gesellschaft war es nicht genug, daß sie, die Frau, Opfer bringen und schweigen konnte, sie sollte auch herabgewürdigt werden können und immer noch schweigen. Und sie verwandelten jene Demut Gottes und der Natur in ihr in Feigheit und Verzagtheit, raubten ihr den Geist der Liebe und der Freiheit, und die Roheit beugte sich ihr nicht länger, sondern mißbrauchte sie. Und sie dachten sich einen Haufen peinlicher und despotischer Gesetze aus und umzäunten sie damit, um sie auf ewig in Furcht zu halten – mit einem Wort: sie erstickten in ihr den Glauben an das große Glück und gaben ihr als Entgelt dafür die kleinen Vergnügen.

Sofie war im Geiste dieser Sklaverei aufgewachsen. Sie hatte mit der Muttermilch die in dieser Sklaverei geltenden Lebensregeln eingesaugt, und niemals hatte sie in der begrenzten Sphäre ihres Heimatbezirks eine Versündigung gegen sie erlebt. Sie hatte ihre Schwestern, sich stumm beugend, ihr Leben als Opfer bringen sehen. Aber bei ihr hatte sich dennoch die Idee einer Weiblichkeit, wahrer und gottbeseelter als das Monstrum, das die Menschen so nennen, zeitig gerührt. Wir haben gesehen, wie diese sich unbemerkt gegen die Umgebung durchsetzte, bis Sofie sie selbst als Irrtum aufgab. Da lernte sie Kold kennen. Er hatte selbst gelernt, diese knechtische Gesinnung zu verabscheuen und eine andere, edlere, erhabenere Gesinnung in Margrethe zu erkennen. In jugendlichem Glauben sah er diese in Sofie wiederauferstehen, wiederauferstehen zum Glück, zum Leben. Er wollte bloß sein Zutrauen, seinen frohen, kecken Mut dazu geben. Während des kurzen Abschnitts zwischen ihrer Heimkehr bis zu seiner Reise nach Kristiania hatte er einen außerordentlichen Einfluß auf das junge Mädchen gehabt. Durch ihn wurde die Schimäre zur Wirklichkeit. Er eröffnete ihr Aussichten über das Leben, von welchen sie in ihren dreistesten Ausflügen niemals geträumt hatte. In seiner Wärme sah er weder die Hindernisse, die er bekämpfen mußte, noch die Gefahren, denen er seine Schülerin aussetzte. Sofie dachte ebenso wenig an Gefahren. Aber auch der Augenblick kam, als sie sich, weggerückt von ihrem sicheren Grund, alleine mit ihm sah, hoch über der ganzen restlichen Welt. Da hat sie wohl mit Beben gefühlt, daß er ihr auch Schutz geben mußte, daß das einzige, das sie hier retten konnte, seine Liebe war. Man wird daher begreifen können, wie ihr zumute wurde, als diese Unterstützung plötzlich nachließ, und in welche Tiefe der Mutlosigkeit sie zurücksank, als sie sich von ihm verraten glaubte.

Wie versteinert war sie in derselben Stellung stehengeblieben, in welcher sie jedes Wort der schrecklichen Unterhaltung aufgefangen hatte. Draußen reichte sie dem Mädchen, daß hinzukam, automatisch das Linnen, das sie in der Hand hielt. Sie schlich sich durch Amalies Zimmer in ihr eigenes, wo die kleine Nachtlampe auf der Kommode angezündet war. Deren gedämpftes Licht schmerzte ihre Augen, und der Raum kam ihr beängstigend groß und leer vor. Hinter dem Vorhang drückte sie sich zitternd auf einen Schemel nieder. Keine Ecke schien ihr eng und dunkel genug zu sein, um sich selbst, ihren Schmerz und ihre Demütigung zu verbergen. Wie es zugegangen war, was es für schreckliche Worte waren, die sie gehört hatte, das konnte sie nicht richtig fassen. Sie wußte nur, daß ihr kurzer Traum zu Ende war, daß er in Scherben lag. Betrogen, verhöhnt, ihre Liebe vor einem Fremden preisgegeben, zu einem Zeitvertreib herabgewürdigt! Daß das Ganze seinen Grund in ihrer eigenen Auffassung haben könnte, fiel ihr nicht ein. Einen jeden, der mit etwas Aufmerksamkeit Sofies Entwicklung verfolgt hat, wird dies nicht verwundern. Sofie faßte alle Eindrücke stark und unmittelbar auf. Die Ironie war ihr unverständlich, wo es die ernstesten Dinge des Lebens galt. Sie hatte sich noch nicht mit der Fertigkeit der Gegenwart vertraut gemacht, Gefühle zu verleugnen und, wenn es darauf ankommt, eine spottende Maske vor das Tiefste und Heiligste zu setzen. Ein jedes Wort, das sie gehört hatte, hatte tödlich in eine Seele eingeschlagen, die die Erziehung zweifelnd und furchtsam gemacht hatte. Sie war zunichte gemacht. Eine nagende Angst überfiel sie wie das Bewußtsein über eine begangene Schuld. Und ihre Schuld war, daß sie an das Glück geglaubt hatte, daß sie von ihm geträumt und mit dreister Hand nach ihm gegriffen hatte. Wie gering hatte sie nicht in ihrem Übermut Amalies Los geschätzt, wie lächerlich waren ihr nicht viele Male deren ehefraulichen Bestrebungen, ihr Elend auszuschmücken, vorgekommen! Noch am selben Tag war ihr eine Neckerei entschlüpft, die die Schwester gekränkt hatte. Oh, auf ihren Knien hätte sie sie um Vergebung bitten mögen. Sie hätte alle, den Elendigsten, um Vergebung bitten können, wenn sie ihrer Schuld einen Namen hätte geben können. Unter diesem Drang, für ihre verängstigte Seele etwas zu finden, das sie sich vorwerfen konnte, hatte sie begonnen, sich auszukleiden. Die ein oder andere Buße, eine bürdevolle Pflicht wären ihr in diesem Augenblick eine Linderung gewesen. Da erinnerte sie sich, daß ihre Mutter sie gebeten hatte, dafür zu sorgen, daß eine Pflanze, die die Nachtkühle nicht vertrug, aus dem Garten hineingetragen werden würde. Das hatte sie vergessen, aber es durfte nicht vergessen werden. Da das Mädchen bereits schlief, wollte und mußte sie es selbst erledigen. Sie schlich sich sachte hinunter und öffnete die Glastüre zum Garten ... Wie froh war sie nicht vor wenigen Stunden durch diese Tür hineingetreten! Der Nachtwind schlug ihr kalt entgegen und durcheiste ihre dünnbekleidete Gestalt. Geleitet durch den unsicheren Schein, den das Licht durch das Fenster auf die nächsten Büsche warf, fand sie, was sie suchte. Nur mit Anstrengung all ihrer Kräfte glückte es ihr, den schweren Steintopf zu heben und in die Stube umzusetzen. In der Tür entsann sie sich, daß der Tisch, auf welchem die Pflanze stand, vielleicht Schaden an der Feuchtigkeit nehmen würde, und mit einem Eifer, der den alten Selbstmärtyrern Ehre gemacht hätte, wandte sie sich noch einmal um, hob ihn zum Fenster hin und trocknete ihn vorsichtig mit einem Tuch ab. Glücklicherweise geriet der Rollogurt bei dieser Gelegenheit nicht in Unordnung, denn es wäre außerordentlich peinlich, solch ein unordentliches Rollo neu zu arrangieren, wenn die Seele vor Kummer schwer ist. Zurück in ihrem Zimmer, vollendete sie ihre Nachttoilette mit größerer Sorgfalt, als sie es sonst gewohnt war. Sie wusch sich, sie flocht und glättete ihr Haar und legte mit mechanischer Genauigkeit ein jedes Stück auf seinen Platz. Erst dann streckte sie sich blendend weiß von Kopf bis Fuß, wie zur Opferung fertig, in ihrem schmalen, kleinen, kalten Bett aus. Wagen wir es nun, sie zu verlassen, mit dem letzten stummen Wunsch, mit welchem man den Deckel auf dem Sarg schließt: „Schlummer in Ruhe! Nein, das Grab hat seine Privilegien. Wache, arme Lebende, wache, kämpfe und verblute, und der Himmel steht dir bei!"

Es ist süß, von der Freude geweckt zu werden! Wie mild, wie behutsam berührt sie nicht unser Augenlid, damit die Seele Zeit bekommt, sich zu füllen, damit sie nicht unter dem Übermaß zerbricht. So mild, so behutsam berührt sie unser Augenlid, daß wir bisweilen wie bei einer nachgiebigen Mutter wieder einschlummern. Aber es ist sicherer, dem Kummer zu vertrauen. Hast du diesen harten Wecker bestellt, kannst du sicher sein, gründlich geweckt zu werden, und du schläfst nicht einfach wieder ein. Auch bei Sofie klopfte er gerade zu dem Glockenschlag an, den sie in ihren Gedanken trug. Ihr Schmerz erwachte frisch und lebendig mit ihr. Er war nicht länger dumpf, versteinert, beängstigend wie am Abend; er drängte nach Luft und Bewegung. Sie war hinaus in den Garten geeilt. Während dieser noch unbesucht in der grauen Morgendämmerung lag, sollte er ihrem unruhigen Sinn eine Zufluchtsstätte bieten, weniger unerträglich als die enge Kammer. Wir sehen sie dort bald unbeweglich auf einer Bank, bald die Wege durcheilen und dann wieder grübelnd vor einer Blume innehaltend, als wolle sie jede Ader in deren Blättern studieren. Aber es war nur ihr Unglück, das sie studierte, es waren alle die feinen Drähte, woraus sich dieses entsponnen hatte, die sie zu sammeln strebte. Sie wollte sich ihrer Stellung klar bewußt werden.

Sie rief sich Kolds Benehmen in der ganzen letzten Zeit in Erinnerung, wie merkwürdig es gewesen war, wie es sie fortwährend zwischen Hoffnung und Furcht hatte schweben lassen. Da schlug plötzlich die Szene von gestern auf sie nieder, mit der Wonne der Weisheit berauschend ... eine Weisheit, die nicht nach Worten zu drängen schien. Sie waren unterbrochen worden. Trug auch sein Wesen nach dieser Stunde den Ausdruck davon, daß ein und dasselbe Bewußtsein sie beide erfüllte? Sie war vorausgeeilt, kurz danach war er zu der Gesellschaft gestoßen. Nun erst wurde ihr klar, mit welch froher Überraschung er Müller begrüßt hatte! Auf diese Weise empfängt man keinen unwillkommenen Glückszerstörer ... Wie aufgeräumt er den ganzen Abend gewesen war! Diese Lustigkeit, wie grell stach sie nicht von ihrer eigenen stillen Glückseligkeit ab! Sie erwog schließlich mit marterhafter Genauigkeit jedes Wort der aufgeschnappten Unterhaltung ... Ach, er liebte sie nicht. Es tat wenig zur Sache, ob er es mit den zum Teil lächerlichen Beschuldigungen gegen sie ernst gemeint hatte oder nicht – er hatte sie aussprechen können! Auch kümmerte sie sich wenig um die inneren Antriebe für sein Benehmen ihr gegenüber, ob dieses die Wirkung einer berechneten Falschheit oder eine einfache Leichtsinnigkeit war, eine zulässige männliche Koketterie ... Er liebte sie nicht! ... Mußte sie sich noch darüber grämen, daß er schlecht war? Noch gestern – vor wenigen Stunden – wie reich, wie stark, wie berechtigt fühlte sie sich nicht? Im Übermut ihres Glücks, in einem überströmenden Augenblick hatte sie sich über eine Form hinweggesetzt, der die Menschen eine solch ängstliche Wichtigkeit beimessen. Sie hatte das Wort vor ihm ausgesprochen, nicht bewußt und willensstark, aber natürlich wie ein Blumenkelch, der sich zur rechten Zeit öffnet, wie die Frucht, die sich durch ihr Eigengewicht vom Zweig löst ... Und da hatte sie Recht, Recht vor Gott und den Menschen! ... Denn selbst die Menschen vergeben bisweilen einen solchen Bruch ihrer Gesetze, wenn er nur gelingt, wie sie auch die Augen vor einem wirklichen Fehltritt schließen, wenn die Betreffende nur nicht verlassen und unglücklich wird. Gestern hatte sie Recht, heute hatte sie dieses Recht verloren, heute hatte sie Unrecht. Er liebte sie nicht! Jene unfreiwillige Hingabe, vor wenigen Stunden ihr Stolz, war zu einer Sünde geworden. Mit dem Blut ihres Herzens hätte sie sie zurückkaufen können. „Ach, hätte ich nur nicht, hätte ich nur nicht!", war der fortwährende Refrain auf ihre langen Betrachtungen. Welche Gedankenfolge sie auch begann, schloß diese doch immer mit demselben: „Oh, hätte ich nur nicht!"

In der Zwischenzeit rinnt der Tag unmerklich vorwärts. Die graue Dämmerung flüchtet, die Schatten verdichten sich und beginnen, Formen anzunehmen. Der dünne Mondenschein verschwindet ganz am klaren Himmel. Die geriefelte Wolkenschicht im Osten beginnt, sich rot zu färben. Sofie schien sich plötzlich zu besinnen. Gegen Osten, wo das rote Licht einströmt, wird der Garten von einer gewölbten Lindenallee begrenzt. Diese wird in der Mitte von einem Gang geschnitten, der durch ein Tor mit dem Feldweg zur Mühle hinunter verbunden ist.

In den dunklen Schatten dieses Gangs hat sich Sofie versteckt. Sie grübelt nicht mehr, sie lauscht. Hinter einem Baum versteckt, fängt sie zitternd jeden Laut auf, der sie oben vom Haus erreicht. Zwei Mal hat sie sich geirrt. Aber jetzt! Ja, das war ganz bestimmt die Glastüre, die geöffnet und geschlossen wurde. Es sind menschliche Schritte, die auf dem Sand knirschen. Sie nähern sich, sie streifen an ihr vorbei und verschwinden durch das Tor. Sehen konnte sie nichts von ihrem Versteck aus, aber sie kannte diese leichten, festen Schritte. Sie fühlte deren Lüftchen zu ihr hinwehen. Ihr Herz hob sich, als wolle es mitgehen. Ihr Wille zog es wieder zurück. Fast krampfartig schlang sie ihre Arme um den Baum, um sich festzuhalten ... So sitzt der Vogel im Käfig vor der geöffneten Tür. Er hört den lockenden Gesang von draußen, er fühlt den Sommer in den Käfig hereinströmen, aber er wagt sich nicht hinaus, die Gefangenschaft hat seinen Mut gebrochen. Mit einem Mal war Sofie aufgesprungen und pfeilschnell unter der grünen Wölbung dahingeeilt, dann wieder zurück und wieder vor. War es nur das verzweifelte Flattern des Vogels im Käfig, oder kämpfte vielleicht ein mutiger Entschluß in ihr? Gott weiß ... Aber als sie zum zweiten Mal zurückkehrte, stand sie Angesicht zu Angesicht mit einem Menschen, der in der Zwischenzeit unbemerkt den Hauptgang heruntergekommen war. Dieser Mensch war Müller.

„Ah, mein kleines Fräulein! Bewundern Sie so früh am Tag die Natur? Das nehme ich für mich in Anspruch. Ich bin auch aus diesem Anlaß herausgekommen, dann können wir uns ja zusammentun ... Aber ich habe Sie sicher erschreckt?"

Sofie hatte sich vom ersten Augenblick an von diesem Mann abgestoßen gefühlt. Es war etwas Zudringliches in seinen durchbohrenden Augen, das ihr sowohl Furcht als auch Mißbehagen einflößte. Und außerdem fühlte sie bereits den unwillkürlichen Unwillen, den man nicht gegen denjenigen unterdrücken kann, der das Werkzeug der Zerstörung einer Illusion geworden ist. Seine Stimme weckte eine erschütternde Erinnerung in ihr. Sie starrte ihn an, ohne ein Wort hervorbringen zu können.

„Ich habe noch gar nicht", fuhr er fort, „etwas von der Natur hier herum gesehen, obgleich ich doch verschiedene Male das Vergnügen gehabt habe, den Hof zu besuchen. Das ist nicht richtig, oder? ... Aber deshalb müssen Sie mich nun auch herumführen."

„Gerne", stammelte Sofie, „aber ich fürchte ... Sie dürfen nichts Großes erwarten. Hier gibt es keine besonderen Punkte, die einen Fremden zufriedenstellen können."

„Von der Grotte habe ich doch reden hören. Die soll höchst pittoresk sein. Wir kamen gestern nicht dorthin. Was meinen Sie, ob wir erst einen Spaziergang dorthin machten?"

„Zur Grotte? ... Nein, nein ... Das kann ich nicht ..."
„Bewahre! Hausen dort vielleicht noch die Bergtrolle? Doch wohl nicht länger als bis zum Sonnenaufgang?"
„Vielleicht", antwortete Sofie mit gezwungenem Lächeln. „Ich meinte ansonsten nur, daß ich es nicht wage, mich so weit vom Haus zu entfernen, da meine Anwesenheit drinnen bald notwendig wird. Wenn Sie wünschen, werde ich Sie durch den Garten führen. Hier ist eine Anhöhe, von wo man eine schöne Aussicht hat."
Sie erreichten den Gipfel der Anhöhe. Unter dem dichten Gebüsch waren einige Bänke angebracht, von welchen aus man eine weite Aussicht über das Tal hatte. Die ganze Landschaft, die Felsenkluft mit dem Dach der Mühle, der schäumende Fluß, der sich anschließend still über die Ebene schlängelte, lagen mild durch den roten Morgenhimmel beleuchtet. Der Horizont stand in Flammen, und die hintersten Höhenrücken verloren sich formlos vor dem geblendeten Auge gegen diesen Hintergrund. Zuerst schossen ihnen vereinzelte Strahlen, fein und glänzend wie Spinngewebsfäden, entgegen, dann immer mehr in unaufhaltsamer Hast, und schließlich lag das ganze Strahlennetz über der Umgebung ausgespannt. Die Sonne war aufgegangen. In einem solchen Augenblick geht es wie ein zurückgehaltener Atemzug, ein Schaudern der Andacht durch die ganze Schöpfung. Der Mensch steht stumm, und die Vögel schweigen, um anschließend umso voller ihren Gesang anzustimmen. Auch Sofie stand verloren in der erhebenden Szenerie. Das ist gerade das Schöne an der Natur wie auch an der Kunst, die, in dem Moment, in welchem sie uns ergreift, zu allererst Schmerz verursacht, diesen leicht schlafenden Wächter unserer Seele ... Auch ihre Sehnsucht, für einen Augenblick bezwungen, wurde nun mit doppelter Stärke geweckt. Sie vergaß, wo sie war und mit wem. Mit der einen Hand vor dem Auge auf dem Abhang stehend, suchte ihr Blick unter dem Glanz der Sonne nur einen Punkt, die Spitze der beiden Tannen hinter der Mühle. Sie fand, daß sie sich wie winkende Hände zu ihr herabbeugten. Der Wasserfall säuselte zärtlich und lockend ihren Namen.
„Fräulein, ich möchte Ihnen etwas sagen", sagte plötzlich eine fremde Stimme hinter ihr.
„Es ist nicht ganz zufällig", begann Müller, nachdem er mit einem Wink dem gewaltsam aus seinen Träumen gerissenen Mädchen bedeutet hatte, neben ihm Platz zu nehmen, „daß wir gemeinsam den Sonnenaufgang bewundern. Ich sah Sie vom Fenster, wie Sie, augenscheinlich die Beute einer unruhigen Stimmung, im Garten herumwanderten, und ich glaube, daß es ein guter Geist war, der mir den Gedanken eingab, die Gelegenheit zu einer Unterhaltung mit Ihnen zu ergreifen. Sehen Sie, mein bestes, kleines Fräulein, ich glaube nun, daß es für viele Schäden Rettung gäbe, wenn man frühzeitig die Hilfe eines Arztes annähme und sie nicht weibisch scheuen würde."
Sofie war bei dieser Einleitung zumute wie einem bei den Vorbereitungen für eine Zahnoperation zumute ist. Man sitzt auf dem Marterstuhl. Man sieht den

Arzt mit Höflichkeit näherkommen und sieht die fürchterliche Zange in der Hand versteckt. Das Herz krampft sich zusammen.

„Ein anderer als ich", fuhr Müller fort, „hätte es wahrscheinlich sein lassen; vielleicht würde ich es gegenüber einem anderen als Ihnen ebenso aufgegeben haben. Ihnen traue ich unterdessen genug Seelenstärke zu, um etwas Außergewöhnliches zu ertragen."

„Meine Seelenstärke ist bis jetzt nur wenig geprüft worden", sagte Sofie, „doch denke ich, daß das, was Herr Müller mir zu sagen hat, meine Kräfte nicht übersteigen wird." Ihre Zähne klapperten.

„Also ohne Umschweife. Ich kenne Ihr Verhältnis zu meinem Freund Kold. Erlauben Sie mir, daß ich Ihnen offenherzig meine Meinung sage, und denken Sie so gut von mir, daß es nicht niedrige Neugier ist, die mich dazu treibt, mich in die Sache einzumischen. Es gibt genug von denen, die sich bei solchen Gelegenheiten hinter einer falschen Delikatesse verstecken, die im Grunde nur Feigheit ist. Ich tue das nicht. Ich werde Ihnen einige Auskünfte geben, die Ihnen nützlich sein können. Kold kenne ich seit seinen frühesten Jahren; ich war sein Lehrer. Wir standen beide allein in der Welt, und wir schlossen uns einander an, obgleich in Alter und in allem ungleich. Ein jeder seiner Gedanken und jede seiner Handlungen haben klar vor mir gelegen. Niemand kennt darum besser als ich seine Liebenswürdigkeit, denn, nicht wahr, er kann liebenswürdig sein? Aber niemand kennt auch besser als ich seine Schwächen. Er ist Phantast, ihm mangelt es an Charakterstärke. Leicht aufflammend setzt er alles zur Seite, um ein Ziel zu erreichen, aber hat er es erreicht, so hat es im selben Augenblick seinen Reiz für ihn verloren. Kaum war er in die Welt hineingeschlüpft, als er eine ganze Reihe solcher Streiche beging, die eine Verliebtheit löste die andere ab, alle endeten sie auf dieselbe Weise – in Kälte und Überdruß. Mit ein paar Verlobungen, die er hatte, ging es nicht besser. Er ist, mit anderen Worten, einer dieser unglücklichen Idealisten, die niemals zufriedengestellt werden können. Es waren diese Torheiten von ihm, die ihn dazu brachten, einige seiner besten Jahre hier oben zu verträumen. Und nun will ich Ihnen etwas nahelegen. Endlich zeigt sich eine – ich kann nach unseren Verhältnissen sagen – glänzende Aussicht, ihn aus dieser Untätigkeit herauszuziehen und ihn in eine Sphäre zu bringen, die seine Fähigkeiten würdig beschäftigen und – so hoffe ich – stärkend auf seinen Charakter wirken wird. Ich bin genau aus diesem Anlaß hier heraufgekommen. Es scheint mir meine Pflicht zu sein, Sie darauf vorzubereiten, bestes Fräulein. Es wird Ihnen genügen, wenn ich sage, daß es eine unbedingte Notwendigkeit für ihn ist, frei und unbefangen von jeglichem Band zu sein ... Er reist. In kurzer Zeit wird er den Hof verlassen haben. In ein paar Monaten ist er in Stockholm."

„Ich verstehe nicht", stammelte Sofie, „was dazwischen kommen könnte ... Es gibt hier nichts, soweit ich weiß, daß ihn zurückhalten kann."

„Aber ich habe es gut verstanden, als ich Sie gestern zum ersten Mal sah."

„Ich verstehe wohl, worauf Sie abzielen, aber ich versichere Ihnen, daß Sie sich irren. Es gibt kein Verhältnis zwischen Ihrem Freund und mir, nichts, ganz und gar nichts, daß sein Glück verhindern könnte ... Er liebt mich nicht!", fügte sie schneidend hinzu.

„Eben das sage ich nicht. Wenn ich glaubte, daß das der Fall wäre, wenn ich glaubte, daß Ernst mit im Spiel wäre, so würde ich mich gewiß nicht einmischen – – "

„Wenn Sie sich dessen so sicher sind", unterbrach Sofie ihn mit bebender Stimme, „so sehe ich nicht ein, was Sie von mir zu befürchten haben."

„Aber jetzt genießt er das unverdiente Glück, daß ein junges, liebenswertes Mädchen wie Sie sich für ihn interessiert ..."

„Oh, Herr Müller! Sie haben kein Recht, das zu vermuten ..."

„Keine Vermutung, Fräulein, ich weiß es."

„Sie wissen es? ... Er hat es gesagt! ... Hat er doch? ... Und zu Ihnen! Das ist unmöglich!", rief Sofie und schlug die Hände vors Gesicht. Als sie sie wieder sinken ließ, beschien die Sonne ein Gesicht, das der Schmerz fast unkenntlich machte. „Oh Gott", flüsterte sie bei sich selbst, „so war es doch wahr ... Ich habe mich nicht getäuscht ... So war es doch wahr!"

„Was ist wahr? Liebes, bestes Mädchen, wie können Sie sich das so zu Herzen nehmen?", sagte Müller und zog sie sachte wieder auf die Bank herunter. „Wenn Sie nun wirklich diese kleine Schwäche hegten. Wenn Sie es ihm auch in einem schwachen Moment geständen, was wäre dann! Glauben Sie, ich würde es hart beurteilen? Wohl bin ich ein alter Bär, aber ich bin weder Pedant noch Philister. Wie leicht kann nicht ein armes Frauenzimmer dahinkommen, einen Bruch des Reglements zu begehen! Ein lebhaftes Temperament, ein Sinn, der sich unabhängig genug fühlt, sich über die Einschränkungen und Kleinlichkeiten seines Geschlechts zu heben ..."

„Nein, oh, nein! Alles, was heilig ist", unterbrach Sofie ihn, „Sie tun mir Unrecht! Ich bin nicht solch eine starke Seele, die sich über Einschränkungen und Kleinlichkeiten ihres Geschlechts heben wird. Das ist eine grausame Verleumdung! Ich bin nicht mutig, ich bin nicht unabhängig ... Das ist nicht wahr! ... Ich bin ein armes Mädchen, das sich so gut wie jedes andere Mädchen in Stille mißhandeln lassen kann ... Das sich zu Tode kränken lassen könnte, ohne daß irgendjemand zu wissen bekäme, auf welche Weise."

Müller fühlte sich merkwürdig schlecht zumute. „Weiß Gott, dieses schmerzt mich ... Ich bin soweit davon entfernt, Ihnen wehtun zu wollen. Sie sind es, die mir Unrecht tut ... großes Unrecht. Sie müssen mir glauben, daß wenn ich Ihnen aus Interesse für Kold diese Dinge gesagt habe, so habe ich in Wahrheit auch Ihr Wohl vor Augen gehabt. Beruhigen Sie sich, liebes Mädchen. Ich sage ja nicht, daß Kold gänzlich gefühllos für Sie ist ... Wie könnte er das sein? ... Allein das Interesse, das sie ihm schenken, kann nicht anders als ihm zu schmeicheln. Es beschäftigt ihn lebhaft, es wird ihn beschäftigen, so lange er in Ihrer Nähe ist. Aber ich befürchtete bloß, daß das, was für ihn ein Spiel ist, für Sie mit ernsthaf-

ten Unbehaglichkeiten enden könnte. Ich will nicht, daß Sie allzu plötzlich ... Ich wollte warnen ... Sie aufklären ..."
Während dieser Rede war jegliche Spur von Regung aus Sofies Zügen verschwunden. „Also um meinetwillen haben Sie das getan", sagte sie, leichenblaß, aber ruhig. „Ungeachtet, daß ich nicht weiß, womit ich das Interesse, das Sie, Herr Müller, mir erweisen, verdient habe, so danke ich Ihnen dennoch. Wenn es Ihre Absicht gewesen ist, mich aufzuklären, so haben Sie das erreicht. Sie haben mich ausreichend aufgeklärt. Haben Sie mir noch etwas zu sagen, bevor wir reingehen?"
„Gar nichts, rein gar nichts. Ich will Sie nur – noch einmal – bitten, daß Sie ... Daß Sie ..."
„Oh, Sie wollen mich darum bitten, daß ich ihn hernach in Ruhe lasse? Nicht um ein Gefühl flehe, daß er nicht hegt? Ihm nicht diese schöne Zukunft zu verderben, die Ihnen so auf dem Herzen liegt ... War es nicht das, worum Sie mich bitten wollten? ... Das verspreche ich Ihnen ganz, ganz gewiß."
„Sie mißverstehen mich ganz und gar", rief Müller ... „Fräulein, ich versichere Ihnen ...!"
Aber Sofie war bereits verschwunden.
„Eine höllische Unterhaltung!", sagte Müller zu sich selbst. „Puh! Ich weiß nur von zweimal, daß mir so zumute gewesen ist. – Das war, als ich den Brief von Bolettes Mutter las – und dann das erste Mal im Reichshospital. Wer kann auch aus diesen Wesen schlau werden! Sie erzählt mir selbst, daß Kold sich nichts aus ihr macht, sie ist ganz ruhig und vernünftig, aber kaum habe ich so behutsam wie möglich – Gott weiß, wo ich die delikaten Wendungen hergenommen habe – die Rede auf sie selbst gebracht, so wird sie verzweifelt. Zitterte sie nicht wie Espenlaub! Als sie ging, wollte sie ruhig erscheinen, aber sie war, zum Teufel, außer sich. Ich muß noch einmal mit ihr reden, bevor ich reise, ich muß versuchen, sie zu beruhigen."
Müller war in eine für ihn gänzlich ungewöhnliche Klemme geraten. Er war wahrscheinlich von dem Wunsch ausgegangen, Kold einen Dienst zu erweisen, aber als er Sofies Schmerz dabei sah, wurde er von einem sonderbaren Mitleid ergriffen. In Müllers Seele fand sich eine einzige sentimentale Saite, und das war der Gedanke an Bolette. Er glaubte, Sofie in einer vergleichbaren Situation zu sehen wie derjenigen, die Bolettes Tod beschleunigte. Aber hier war es ihm wie dem Bären gegangen, der die Fliege wegküssen will und der seinen Freund dabei totschlägt. Richtig schlecht zumute, schlich er sich wieder auf sein Zimmer, zufrieden, daß er niemanden getroffen hatte. Da er die Vorsichtsmaßnahme angewandt hatte, den Schlüssel mitzunehmen, hatte auch keiner seine Abwesenheit bemerkt. Das Mädchen, das kam und ihn bat, zum Frühstück herunterzukommen, war daher in dem guten Glauben, daß er geschlafen hatte, und bedauerte, daß er keinen Kaffee bekommen hatte. Müller fürchtete nicht ohne Grund, daß Sofies leidender Zustand in der Familie Aufmerksamkeit erregen und vielleicht Szenen

hervorrufen könnte. Umso mehr überraschte es ihn, sie am Frühstückstisch vollkommen gefaßt vorzufinden. Mit großer Zuvorkommenheit bot sie ihm einen Platz und erwies sich so eifrig in diesen kleinen Aufmerksamkeiten, die einer Gastgeberin obliegen, gleich so als wäre nichts passiert. Die Macht des jungen Mädchens über sich selbst flößte ihm ein unbekanntes Gefühl ein, etwas, das Respekt ähnelte; und sie machte den Wunsch bei ihm lebendig, ihr das sagen zu können, was er ein beruhigendes Wort nannte. Aber das war keine so leichte Angelegenheit. In einer Stunde sollte er abreisen, und Kold, der in der Zwischenzeit hinzugekommen war, machte es noch schwieriger. Seine Unruhe nahm zu, er antwortete zerstreut auf das Gerede der anderen und achtete auf eine jede von Sofies Bewegungen. Aber ob sie dies nun nicht verstand oder nicht verstehen wollte, sie machte alle seine Anstrengungen für ein solches tête à tête zunichte. Nach dem Frühstück setzte sie sich auf ihren Platz am Fenster und nähte, und diesen Platz behielt sie hartnäckig, bis der Kutscher vor der Türe stand. Der starke, harte Mann stand im Augenblick des Abschieds dem jungen Mädchen, das seine Kränkung in einer ihn so enttäuschenden Ruhe zu verbergen mochte, haltungslos und fast komisch verwirrt gegenüber. Kold hatte gar nichts bemerkt. Erst als das Mädchen mit Müllers Pfeife, die dieser vergessen hatte, angelaufen kam, stutzte er und eilte lachend auf den Botengang.

Sofies Wegbleiben vom Rendevouz hatte keinen eigentlichen Kummer bei dem Wartenden geweckt. Sie konnte ja auf tausend Weisen verhindert worden sein. Das würde sich schnell aufklären. Als endlich die erwünschte Stunde zum Frühstück schlug, war er in die Stube hinuntergeeilt, wo er Müller und die ganze Familie versammelt fand. Sofies Farbenwechsel bei seinem Eintreten entging ihm. Es war ihm auch nicht auffällig, daß ihre Augen die seinen nicht ein einziges Mal trafen. Er wagte kaum, sie auf sie zu richten, um keine Regung zu verraten. Wenn erst Müller abgefahren war! Aber als dieser abgereist war, verschwand Sofie im Haus. Nun – es war ja ihre Woche. So verging der Tag. Der Abend kam, doch noch hatte kein Zeichen, nicht einmal das schwächste, nur für sein wachsames Beobachten verständliche, ihr Einvernehmen verraten. Das fiel ihm schließlich auf. Doch sah er darin nur eine geschärfte Aufforderung, vorsichtig zu sein. Aber es begann, ihm unerträglich zu werden. Er fühlte einen außerordentlichen Drang, Sofie zu versichern, daß er es nicht länger aushalten könne. Sein einziger Trost war dann in der stillen Nacht, all seine Sehnsüchte, all seine Ungeduld auf dem Papier auszuschütten.

In einem unglücklichen Augenblick für Sofie war Müller ihr im Garten entgegengetreten. Sie stand zwischen zwei Möglichkeiten schwankend, ohne andere Leitung als die streitenden Stimmen in ihrer Brust. Denn – wir müssen es sagen – auch die Hoffnung hatte sich bei dem Laut seines Schrittes in ihr gerührt! Deren sachte Stimme, vielleicht auch der in unserem Herzen niemals verstummende Ruf nach Glück, hatten einen Augenblick alle Eingebungen des Zweifels und der Verzagtheit, alle Eingebungen der Knechtschaft betäubt. In solchen

Augenblicken ist alles, was ein armes Mädchen umgibt, Schicksal. Ein Hauch, ein Atom kann die Waagschale dazu bringen, auf eine der Seiten zu sinken. Ihr Gespräch mit Müller war der Stein in der bösen Waagschale geworden. Es gab ihrem Herzen den Todesstoß. Ihr Gefühl für Kold hatte einem tiefen Schrecken Platz gemacht. Nun galt es bloß, die Mauer aufzurichten, die sie trennen sollte, und sie richtig stark, richtig undurchdringbar zu machen, so daß keine Klage, kein unwillkürlicher Schmerzensseufzer hindurchdringen konnte. Derartig unerbittlich jedes Zeichen von dem zwischen ihnen Geschehenen ausschließend, würde er schließlich daran als an etwas Erlebtem zweifeln und auch das vergessen, was für sie die denkbar tiefste Demütigung war.

Indem Sofie diese Maßnahmen traf, ihr Wesen zu versteinern und all ihre Stärke zu sammeln, um dieses Opfer auf dem Altar der Weiblichkeit zu bringen, deren grimmige Gottheit sie erzürnt zu haben sich einbildete, dachte sie bloß an die Anfechtungen, die möglicherweise in ihrem eigenen Sinn entstehen konnten.In ihrem Unglück dachte sie nicht länger an Anfechtungen von seiner Seite. Man kann daher ihren Schrecken beurteilen, als sie am nächsten Morgen nach dem Tee, bei welchem Kold nicht zugegen war, diesen am Eingang traf, und er ihr mit einem Gesicht, in welchem sich seine ganze Ungeduld ausreichend verriet, einen Brief überreichte, den er in der Nacht geschrieben hatte. So war es doch wahr, was Müller sagte, so wollte er doch ernsthaft das grausame Spiel mit ihr fortsetzen? Eine warme, menschliche Wut loderte in ihr auf. Sie wich zurück, als zweifle sie daran, was sie sah. Ach, hätte sie dieser Wut Worte geben können, hätte sie bloß in diesem Augenblick geredet, dann hätte alles wieder gut werden können! Aber ihre Zunge war wie gelähmt. Sie verblieb stumm ... stumm, wie eine Frau, die nicht geliebt ist. Dieser Augenblick entschied ihr ganzes Lebensschicksal, und wie eine Warnung sollte die durchdringende schrille Stimme ihrer Mutter sie gerade in diesem Augenblick rufen. Sie folgte diesem Ruf und ließ Kold zurück, versteinert vor Verwunderung und durcheist von dem Blick, den Sofie auf ihn geheftet hatte. Der Brief war auf den Boden gefallen, und das Mädchen, das in diesem Moment vorbeiging, hob ihn auf und reichte ihn Kold zurück, während sie einen Blick hinter ihrem jungen Fräulein hersandte, der für diese Art Leute typisch ist, wenn sie glauben, eine Entdeckung gemacht zu haben.

Verwunderung, ja, das war der Ausdruck für seine Gemütsstimmung. Noch mischte sich kein Schatten der Sorge darein. Ein Mann hat das Vertrauen des Glücks, er läßt sich nicht so leicht von Phantomen erschrecken. Er ahnte daher kein Unglück, sondern ein Mißverständnis, einen dieser Knoten, die sich von selbst lösen werden. Er hatte eine innere, siegreiche Überzeugung davon, daß er von Sofie geliebt wurde. Dieser Moment der Hingabe war mit einer so unwillkürlichen Stärke hervorgetreten, so über alle Zweifel siegend, daß etwas Derartiges niemals mehr entstehen konnte. Aber wo sollte er den Grund für ihre plötzliche Entfernung von ihm suchen? Sein Mißtrauen fiel auf Müller. ‚Ja', dachte er, ‚er ist es. Es kann kein anderer sein. Er hat seine Drohung wahrgemacht, sich an sie zu wenden, und er hat ihre zärtlichsten Herzensangelegenheiten so brutal geschäftsmäßig behandelt, als wäre die Rede davon, ein Bein abzunehmen. Das war also der Grund für ihr Ausbleiben gestern! Während er wartete, hatte Müller sie aufgehalten und diese Stunde benutzt, die ihre junge Liebe besiegeln sollte, um sie zu zerstören.' In seiner Wut nahm er bereits Stift und Papier hervor, um diesem beschwerlichen Freund zu schreiben, als ihm einfiel, daß er vielleicht doch zunächst seiner Sache ganz sicher sein müßte. Unter dem einen oder anderen Vorwand konnte er aus dem Mädchen leicht herausgefragt bekommen, wie Müller den Morgen zugebracht hatte. Aber die Erklärung des Mädchens zeigte, daß diese Unterredung unmöglich stattgefunden haben konnte. Müller hatte Sofie also nicht beeinflußt. Ihre Kühle mußte folglich einen anderen, vielleicht tieferen Grund haben. Das konnte nichts anderes als seine Verwunderung vergrößern. Er war und blieb sehr, sehr verwundert.

Wir wollen unsere Leser nicht mit der Schilderung des Kampfes, der sich nun zwischen ihnen entwickelte, ermüden. Es ist peinlich, so vielen gescheiterten Versuchen, so vielen unermüdlichen Anschlägen auf der einen und einer ebenso behenden Unermüdlichkeit, diese zunichte zu machen, auf der anderen Seite zu folgen. Denn – man finde es glaubhaft oder nicht – es glückte ihm nicht. Leichter kann man das flüchtige Eichhörnchen fangen, das sich von Baumspitze zu Baumspitze schwingt, als man eine Frau dazu bekommen kann, parat zu stehen, wenn sie es nicht will. Der Zufall kam Sofie hierbei zur Hilfe. Die vielen heftigen Sinnesbewegungen hatten zu stark auf sie gewirkt. Sie wurde krank und dazu gezwungen, einige Tage das Bett zu hüten; und bevor sie sich wieder erholt hatte, mußte Kold eine der gewöhnlichen Geschäftsreisen für den Amtmann unternehmen. Er hatte unterdessen Zeit gehabt, sich zu beruhigen, und er trat die Reise an mit einer Art Begierde, wie eine lindernde Unterbrechung in der unnatürlichen Spannung. Außerhalb ihrer Nähe würde er außerdem besonnener das Geschehene und die Mittel, die ihn am leichtesten zum Ziel führen würden, überdenken können.

Es war ein schöner Herbstnachmittag, als er zurückkehrte. Der Himmel wölbte sich klar und dunkelblau, die Sonne, ihrem Untergang nahe, stand verborgen hinter einer Wolke, die, wie ein ungeheures Krokodil mit aufgerissenem Maul und goldenem Bauch geformt, sich über die westlichen Berge lagerte. Eine liebliche, farbenreiche Dämmerung ruhte über der Ebene; die fernen Höhenrücken glühten. Die Reise hatte belebend auf ihn gewirkt, er war unbefangener, und er hatte einen neuen Angriffsplan entworfen. Mit Ruhe wollte er fortan den passenden Moment abwarten. Wenn sie erst sicherer geworden war, würde er schon von alleine kommen. Aber je näher er dem Haus kam, desto mehr fühlte er diesen Vorsatz wanken, und als er aufgrund einer Wegbiegung unter den Bäumen das Haus, das seine Geliebte umschloß, undeutlich erkennen konnte, hatte er nur den einen eifrigen Wunsch, sich vor ihre Füße zu werfen und nicht aufzuhören, sie zu bestürmen, bis sie ihn angehört hatte.

In dieser Erregung, in die er geraten war, war es ihm zuwider, einen anderen Menschen zu treffen. Wie ein Dieb schlich er sich daher in sein Zimmer hinauf. Er öffnete vorsichtig das Fenster zum Garten und ließ die lange ausgesperrte Luft hereinströmen. Das Jahr 1834 hatte einen ungewöhnlich schönen Herbst. Er war mit milder Hand über die ganze Natur gegangen. Obschon mitten im Oktober blühten die Astern noch in reicher Fülle und vereinzelte Georginen standen in ihrer vollen Pracht und nickten hochmütig über den Beeten, wo die feinen Sommerblumen verwelkt waren. Die Baumspitzen spielten nur noch in den gesteigerten Farbnuancen, die dieses wunderliche Relief ergeben, das die

Maler so sehr lieben. Als er das Fenster öffnete, brach die Sonne eben durch den dunklen Wolkengürtel am Horizont und warf einen glühenden Schein über die ganze Gegend. Alle Farben strahlten in diesem Schein und spielten in tausend Nuancen aus Kupfer, Gold und Purpur ... Die Blumen funkelten wie Edelsteine. Aber unser junger Freund hatte in diesem Augenblick wenig Sinn für die unbeschreibliche Pracht der Natur. Seine Augen drangen spähend über alle sichtbaren Punkte im Garten, während er lauschend bestrebt war, einen Laut von der, die er suchte, aufzufangen. Da glaubte er, eine helle Gestalt sich in dem kleinen Gebüsch auf der Anhöhe bewegen zu sehen, gedämpfte Töne klangen zu ihm herauf ... Sein Herz sagte ihm, daß es Sofie war. Ebenso schnell war er unten, aber wie er in der Dämmerung, die der Sonnenuntergang plötzlich ausgebreitet hatte, in das Gebüsch bei der Gartenlaube eintreten wollte, stürzt sich die helle Gestalt mit einem: „Gott, bist du endlich da!" hervor und wirft sich in seine Arme. Ein neuer, schriller Schrei klärt den Irrtum auf. Die Gestalt verschwindet hinter der Hecke, und der arme Kold bleibt mit ausgebreiteten Armen, auf dem Flecken angewachsen, zurück. Der Sonnengott muß so ausgesehen haben, in dem Augenblick, als sich Arethusa in seinen Armen zu Wasser auflöste.

Es war nämlich Brøchers Geburtstag. Bereits seit einiger Zeit hatte Amalie sich darauf vorbereitet, ihn auf eine Weise zu feiern, die seiner Wichtigkeit entsprach. Sie hatte ein neues Lied zur Gitarre einstudiert, ein deutsches Lied, das mit der Zeile „In dieser heil´gen Runde" oder irgendeiner anderen deutschen Zeile begann und das im Grunde ein Freimaurerlied war, aber wie alle Freimaurerlieder so dunkel war, daß es für alle möglichen Dinge passen konnte. Lange Zeit war sie damit beschäftigt, eine Zeichnung in Wasserfarbe auszuführen, die das oben erwähnte Galterud darstellte, welches das irdische Paradies der beiden werden sollte. Die Familie und Bekannte fanden es sehr geglückt, und wenn man davon absieht, daß die ursprünglich schmutzige Baumfarbe auf dem Haus durch ein strahlendes Gelb ausgetauscht worden war und daß dieses durch einen Reichtum an smaragdgrünen Bäumen umkränzt war, war diese auch sehr getreu und genau. Ein Spötter, der unbedingt etwas daran auszusetzen finden wollte, würde vielleicht kleinlich ausrechnen können, daß das glückliche Paar, das unter einer Hängebirke bei der Türe saß, wenn es sich erhöbe, über den Schornstein ragen würde. Aber dieser kleine, technische Fehler schadete der Wirkung des Ganzen überhaupt nicht. Mit diesem Stück und einigen anderen Geschenken hätte Brøcher überrascht werden sollen, wenn er wie versprochen gekommen wäre, um den ganzen Tag mit ihnen zu verbringen. Am Vormittag hätte die Familie einen schönen Ausflug machen sollen. Die Lieblingsgerichte des Kaplans, Grünkohl mit Fleischklößen und Markpudding als Dessert, wozu der Amtmann eine Flasche Champagner hinzufügen wollte, erwarteten ihn zum Mittag. Der Tag verging, aber der Held des Tages blieb aus. Amalie begann bereits, das weiße Kleid, das sie angezogen hatte, im Freien etwas kühl zu finden, und das Bukett an der Brust verwelkte.Unzählige Male hatte sie von der Anhöhe, wie die „weißbusige Kolma vom Berg des Sturmes" über die Ebene gespäht. Als er um fünf Uhr immer noch nicht gekommen war, konnte sie es nicht länger aushalten. Sie lief zum Schreibtisch und gab ihrer marternden Ungewißheit in folgenden Zeilen Luft. Amalie las in jenen Tagen „Ossian".

„Der Tag sinkt und Du bist noch immer nicht gekommen. Wo bist Du, mein Geliebter, ach, wo bist Du? Warum kommst Du nicht? Acht unendliche Stunden habe ich mit wachsender Angst gewartet. In jedem Blatt, das bebte, habe ich geglaubt, Deine Schritte zu hören – aber kein Brøcher! Nun kann ich fast nicht mehr. Ich bin ruhig, fürchterlich ruhig. Es ist, als ob die Natur verstünde und mit mir litt. Der Tag war vorher so heiter, mit einem Mal ist es dunkel wie in meiner Seele geworden. Alle die kleinen Gaben, mit welchen ich Dir an diesem Tag eine kleine Freude bereiten wollte, sehen mich so wehmütig an, als wollten sie sagen: ‚Er kommt nicht!' Alles flüstert mir zu: ‚Er kommt nicht!' ... Wenn Du bloß nicht krank bist! Du hast doch nicht wieder Deinen Anfall bekommen? ... Ich sage, daß ich ruhig bin, oh, glaube das nicht. Du bist vielleicht krank, und ich sitze hier in untätiger Klage, anstatt zu Dir zu eilen ... Vergib mir, Geliebter, doch beeile Dich damit und beruhige Deine

Amalie."

Der Laufbursche Ole war, unter zahlreichen Ermahnungen, sich zu beeilen, mit diesem Brief weggeschickt worden, und es war in dieser Zwischenzeit, daß der Vorfall im Garten eintrat.

Als Kold später hinunterging, um bei der Familie vorstellig zu werden, blieb er zögernd in dem kleinen Vorzimmer vor der guten Stube stehen. Durch die halboffene Türe klang ihm eine laute Unterhaltung entgegen. Sie schien sich um Brøcher zu drehen. Frau Ramm hatte, gleich von jenem Tag an, als er Amalies Verbindung mit dem Probst in die Quere getreten war, etwas gegen ihn gehabt. Obgleich sie diesen Grund für ihren Unwillen gegen ihn nicht erwähnte, ergriff sie doch eine jede Gelegenheit, ihm Luft zu machen. Zwischen den heftigen und klagenden Stimmen Frau Ramms und Amalies konnte Kold die beruhigende und ein wenig vorwurfsvolle Stimme des Amtmanns unterscheiden. Das Zimmer war in einiger Unordnung. Eine Menge Reisezeug lag aufgestapelt auf Stühlen und Sofas. Ein wenig seitwärts der Lampe bemerkte er Sofie, die eifrig damit beschäftigt war zu nähen. Die gleichgültige Ruhe ihres Gesichts stach sonderbar von der Heftigkeit der anderen ab. Kold hatte große Furcht vor Familienszenen. Er war schon im Begriff, umzukehren, als ein allgemeiner Ausruf, gefolgt von einer Pause drinnen, ihn unwillkürlich erneut dazu brachte, innezuhalten.

„Sieh da", sagte der Amtmann, „so ist diese Sorge gestillt. Nun, Amalie, was schreibt er?"

„Lies du, Vater, ich kann nicht. Es ist gerade, als ob sich die Buchstaben vor mir drehen."

Der Vater las:

„Ich bedaure außerordentlich, daß die Umstände mich daran gehindert haben, zu kommen, umso mehr, als ich Dir, liebste Amalie, einige betrübliche Stunden bereitet habe. Hinsichtlich meiner Gesundheit kann ich Dich ganz beruhigen. Mein Anfall hat sich, Gott sei gelobt!, nur nach deutlichen Zeitabständen gezeigt und jedes Mal in merklich geringerem Grad. Deshalb kann mein süßes Mädchen ruhig sein."

„Aber, Gott, wo ist er denn dann?", unterbrach Amalie.

„Ich befinde mich in Fjerdingstad, beim Lehnsmann, wo ich von Punkt neun Uhr an in einer Armenkommission gesessen habe. Das Geschäft würde bestimmt zur gewöhnlichen Zeit beendet gewesen sein, wenn nicht die Frage betreffs der neuen Steuerbezirkseinteilung auf die Bahn gekommen wäre und uns bis sieben Uhr aufgehalten hätte. Es ist unbegreiflich, daß so etwas zum Gegenstand einer Diskussion werden kann, da es jedem Vorurteilsfreien, der sich bloß oberflächlich mit der Sache vertraut macht, einleuchtend sein müßte, daß die neue Einteilung in nur acht Steuerbezirke viel weniger zweckmäßig und zum Vorteil der Kommune gereichend ist, als die alte Einteilung in die doppelte Anzahl, nämlich sechzehn. Denn diese vereint – wenigstens meiner subjektiven Überzeugung nach – auf eine ganz andere befriedigende Weise alle Interessen, namentlich die des Armutswesens und des Schulwesens, und vornehmlich die des letzteren, wenn man sich der vielen Zeit erinnert, die die Wegstrecken den umhergehenden Schullehrer kostet. Ich werde Dir später auf zufriedenstellendere Weise die ganze Wichtigkeit meines in dieser Richtung gemachten Vorschlags auseinanderlegen, nun kein Wort mehr darüber, da ich weiß, daß meine Amalie wartet. Ich will also nur wiederholen, wie aufrichtig ich bedaure, diesen Tag nicht in Eurer Mitte verbracht haben zu können. Aber da unsere Abreise auf zwölf Uhr angesetzt ist, werde ich das Versäumte noch einholen können und morgen umso früher kommen, womit wir ein paar Stunden gewinnen, die wir unserer Liebe widmen können. Also um neun Uhr hast Du mich! Grüß alle Deine Lieben, aber selbst seist Du, mein geliebtes Mädchen, herzlichst gegrüßt von Deinem

Adolf."

„Was für ein Brief!", stieß die Frau mit einem Blick zur Decke aus.

„Hm, hm, da sieht man's", sagte der Amtmann mit einem verwunderten Gesicht und reichte Amalie den Brief. „Das dachte ich mir doch, daß etwas Derartiges dazwischengekommen war. Nun, Amalie, es mag dir ein Trost sein, daß er gesund ist."

Aber Amalie machte nicht den Eindruck, als finde sie diesen Grund zum Trost so ausreichend wie er erwartet hatte. Ohne ein Wort zu sagen, riß sie mit einer tragischen Bewegung das Bukett von der Brust und stürzte weinend hinaus.

„Was ist jetzt schon wieder los?", sagte der Amtmann, „nun glaubte ich, alles wäre gut und schön!"

„Und das kannst du fragen?", brach die Frau aus. „Erst das arme Mädchen den ganzen, langen Tag um seinetwillen in Angst verbringen zu lassen, ohne ihr die geringste Nachricht zu senden, ihre ganze Freude zu verderben, ihre Sehnsucht zu enttäuschen! Hier haben wir bis vier Uhr mit dem Essen gewartet ...!"

„Aber er schrieb doch ...", wandte der Amtmann ein.

„Ist das ein Brief, den ein Liebender schreibt? Aber das ist etwas, was du nicht verstehst, mein lieber Freund ... Hat man so etwas gehört! Sie obendrein mit seinen Steuerbezirkseinteilungen zu plagen! ... Ja, habe ich es nicht gesagt! Das ist keine Partie für ein Mädchen wie Amalie, mit ihren Gefühlen und ihrem reichen Herzen."

„Aber liebe Mariane", sagte der Amtmann ernsthaft ungeduldig, „Amalie muß sich wahrhaftig daran gewöhnen, es zu ertragen – trotz ihres reichen Herzens – daß der Mann in der Armenkommission sitzt, mit anderen Worten, seine Pflichten erfüllt."

„Ah", rief die Frau höhnisch, indem sie hinausging, „damit hat es keine Not. Wird Amalie erst seine Ehefrau, macht sie sich früh genug mit dem Armenwesen vertraut, dafür stehe ich ein."

Der Alte sah ihr kopfschüttelnd nach.

„Es ist gut, daß wir verreisen werden. Dieser Tag hat uns alle verrückt gemacht." Nach einer Pause fügte er in einem ganz anderen Ton hinzu: „Und meine kleine Sofie, wie geht es dir? Deine Unpäßlichkeit hat dich stark angegriffen. Du siehst ganz bleich und mitgenommen aus."

„Tue ich das, Vater!", sagte Sofie erschreckt, „du irrst dich ... Ich fühle mich gut, vollkommen gut."

„Auch habe ich deine gesegnete Stimme so lange Zeit nicht gehört ... Doch heute abend wage ich dich nicht zu bitten ...?"

„Leider, lieber Vater, Mutters Reisekappe muß ich fertig machen."

„Daran dachte ich nicht, aber du siehst wirklich so leidend aus, daß ich fürchte, es würde dich angreifen ... Und doch hätte es mir gerade heute abend so gut getan, dich zu hören."

Sofie erhob sich und ging langsam zum Klavier hin. Aber als sie an ihrem Vater vorbei kam, trafen sich ihre Augen. Sie warf sich an seinen Hals und brach in Tränen aus. Wieder wollte Kold zurücktreten, aber er kam nicht vom Fleck. Unter wachsender Unruhe hatte er von seinem Versteck aus diese Andeutungen auf eine nahe bevorstehende Reise gehört. Erst als Sofie, durch ein paar liebevolle Worte des Vaters, sich gefaßt hatte und endlich am Klavier Platz genommen hatte, wagte er sich hinein.

Sein Kommen heiterte den Amtmann offensichtlich auf. Nach einem herzlichen Willkommengruß sagte er:

„Wir erwarteten Sie nicht vor der nächsten Woche, da ich glaubte, Sie würden den Weg über A. nehmen. Und ich begann schon Skrupel darüber zu bekommen, daß Sie nach Hause kommen und den Käfig leer finden würden. Die Reiselust ist nämlich in uns alle gefahren. Nach vielen Erwägungen haben wir endlich beschlossen, unseren alten Freund, Probst Rein, zu besuchen und ein paar Tage auf seinem hübschen Pfarrhof zu verbringen. Wir gedenken, morgen mittag aufzubrechen ... Sie kennen ihn wohl von seinem Besuch hier im Sommer."

„Rein! Probst Rein?"

„Es ist auch wahr. Sie waren damals in Kristiania. Das war schade, da hätten Sie einen liebenswerten Mann kennengelernt. Aber wissen Sie was, Sie können ja mitkommen. Es ist noch Zeit. Kannst du begreifen, Sofie, daß uns das nicht vorher eingefallen ist? Kommen Sie mit, lieber Kold, es ist noch genau ein Platz im Wagen. Ich stehe Ihnen für die beste Aufnahme ein."

Kold stand einen Augenblick unschlüssig. Wie den Gestrandeten hatte ihn ein neckender Wellenschlag fortwährend zurückgespült. Nun galt es, zuzugreifen und festzuhalten.

„Du siehst, wie ungern Herr Kold will, lieber Vater. Er muß von der Reise auch so müde sein, daß es fast eine Sünde ist, ihn zu einer neuen Fahrt aufzufordern."

Sofies Miene widersprach in diesem Augenblick dem Harmlosen in ihren Worten. Ihr ganzes Gesicht drückte die angsterfüllte Spannung aus, mit welcher man erwartet, daß ein Unglück geschieht.

Er konnte sich nicht irren. Sofie flüchtete vor ihm. Der bloße Gedanke, daß er mitkommen könnte, flößte ihr Schrecken ein.

Ein unbeschreiblicher Schmerz durchfuhr ihn. In diesem Augenblick glaubte er, daß Sofie ihn nicht liebte.

In wenigen, aber bestimmten Worten schlug er das Angebot, mitzukommen, aus und eilte unter dem erstbesten Vorwand auf sein Zimmer.

Nein, er konnte es nicht glauben, nein, er konnte nicht. Noch einen Versuch wollte er machen, bevor sie abreiste. Er wollte schreiben. Die ersten Stunden der Nacht verwandte er darauf. Er bot in diesem Brief alles auf, was sie rühren konnte. Er flehte sie an, das fürchterliche Rätsel für ihn zu lösen, und dies zu tun, bevor sie abreiste und ihn nicht verzweifelt zurückzulassen.

Sofie bekam diesen Brief am Morgen. Stunde um Stunde wartete er auf die Antwort. Die Stunde der Abreise schlug. Der Wagen stand schon vorgespannt. Pünktlich um zwölf Uhr hatte Brøcher seine Schäferstunden in den Hainen des Gartens abgeschlossen und sich den Ledermantel mit der bunten Scherpe, die Amalie ihm verehrt hatte, angezogen. Die Damen hatten sich in dem mit Reisezeug dicht bepackten Wagen niedergelassen, und während der Amtmann und seine Frau damit beschäftigt waren, die Befestigung eines Koffers zu beurteilen, und Amalie ihre Augen auf die Karriole dahinter gewandt hatte, stand Kold am Wagentritt und bewachte alle Bewegungen Sofies, dem Verurteilten ähnlich, der bis zum letzten Augenblick wartet, das weiße Zeichen der Begnadigung zu sehen. Er segnete jeden neuen Zufall, der die Reise einige Minuten hinauszögerte. Es klang für ihn fast wie Spott, als der Amtmann seine Hand schüttelte und sagte: „Nun doch endlich! Endlich, mein lieber Freund, werden Sie uns los sein. Ich sehe, Sie haben völlig die Geduld verloren. Dann in Gottes Namen, Kinder, sind wir fertig! Aber liebe Mariane, hast du die Hutschachtel dorthin setzen lassen? Da fällt sie bestimmt runter." Während das untersucht wurde, beugte sich Kold zu Sofie hin und sagte: „Sofie, haben Sie mir nichts zu sagen?"

„Lebe wohl", sagte Sofie, so tonlos, so gebrochen!

Ein versiegeltes Papier, das Kold in seinem Zimmer fand, enthielt nur seinen eigenen ungeöffneten Brief. Er starrte eine Weile auf das leere Blatt, als könnten seine Augen unsichtbare Worte entzünden.

„Nicht eine Zeile!", rief er und zerknüllte den Brief in der Hand.

Der Teil des ...schen Kirchspiels, in welchem Probst Reins Pfarrhof liegt, war mit Recht bekannt für seine Naturschönheit. Wer könnte jemals diese glücklichen Gegenden vergessen, wenn er einmal in ihnen gelebt hat, und wer vergißt nicht über ihnen alle anderen, wenn er sie zum ersten Mal sieht! Unsere Reisenden hatten den gewundenen Weg entlang des Binnensees zurückgelegt und versuchten nun, sich den Anstieg der langen, beschwerlichen Sandbänke durch beständige Blicke zurück auf die unten liegende, sich immer herrlicher entfaltende Landschaft zu erleichtern. Oben auf der Anhöhe fesselte sie eine andere Szene. Ganz in der Nähe, die gesamte fruchtbare Ebene beherrschend, lagen der Pfarrhof und die Kirche. Der große Hof sah in seinem Kranz von herbstlich bunten Bäumen, überragt von den schlanken Turmspitzen der Kirche, herrschaftlich aus. Die ganze Fensterreihe glühte mild und verlockend in der Abendsonne, ein Anblick, der geeignet war, die frohen Gefühle zu wecken, mit welchen man sich unerwartet in der Nähe eines behaglichen Zieles sieht, mit der Fähigkeit zu genießen, die durch die Anstrengung nicht geschwächt worden ist. Der Abstand war jedoch trügerisch. Noch wand sich der Weg in einem weiten Kreis, bevor man die Einfahrt in die Allee erreichte. Welch herrliche Bäume! An dieser Kraft und Üppigkeit bemerkte man sofort den südlicheren Erdboden. Weshalb wird die norwegische Natur immer durch ihre Fichten repräsentiert? Man vergißt die Birken, die Hängebirken, diesen wahren nationalen Baum. Dänemark rühmt sich wegen seiner Eichen und Buchen. Aber sie sind gleichartig, sie haben nicht die Schönheit des Kontrastes. Wie schön sind nicht unsere hellen Hängebirken! Diese Anmut – sie ist rein weiblich, aber sie hat die Weiblichkeit einer Königin. Die Allee war unregelmäßig und konnte eher eine grüne Wölbung genannt werden. Sie bestand aus einer Mischung aus Hängebirken und dunkleren Baumarten, unten durch eine Hecke abgeschlossen, die nur sparsam die letzten spielenden Sonnenstrahlen einließ. Lautlos rollte der Wagen über den festen Sand dahin. Die Unterhaltung verstummte in dem Bewußtsein, bald empfangen zu werden. Am Ausgang der Allee bildeten die Bäume einen Halbzirkel um den Hofplatz; vor ihnen lag das stattliche Gebäude. Es war nach oben und unten von diesen offenen Galerien umgeben, die sich bisweilen, aber leider nicht oft, auf den größeren Höfen auf dem Lande finden und die eine so wohltuende Unterbrechung des monotonen, kastenförmigen Stils bilden. Für einen Pfarrhof war dies eine Seltenheit. Der Probst stand bereits auf der Treppe und empfing sie mit aufrichtiger Freude, die die Amtmännin mit einem Kuß belohnte, während er den beiden jungen Damen galanter die Hand küßte. In der Stube, vor dem wartenden Teetisch mit der surrenden Maschine und den seit langem angeordneten blauen Tassen aus Kopenhagen wurden sie von einer ältlichen Frau empfangen. Ihre Kleidung und ihr Wesen deuteten darauf hin, daß sie der dienenden Klasse angehörte, oder richtiger gesagt, daß sie zu jenen Wesen gehörte, die zu keiner Klasse in einem Haus gerechnet werden können. Sie trug einen schwarzen Morinrock mit einer breitschößigen Jacke, eine große, weiße Nesselschürze, und um das scharfe, aber wohlgeformte Gesicht mit dem zurückgekämmten Haar hatte sie eine sogenannte *Hølk*, eine Kappe mit gekräuselten Bändern. Ein kleines Mädchen von acht, neun Jahren, nicht hübsch, aber mit einem guten, milden Ausdruck, stand neben ihr.

„Das ist meine älteste Tochter Lina. Meine zwei Jungen sind in Kristiania", sagte der Probst, „und hier darf ich Ihnen unsere Dorthe vorstellen, die zur Zeit die Vorsteherin meines Hauses ist. Sie war die Amme meiner seligen Frau und ist ihr bis zuletzt treu gefolgt. Die alte Dorthe ist ein wenig schüchtern, die Honneurs für eine solche Gesellschaft zu machen, aber ich hoffe, daß Sie ihr etwas Mut machen." Frau Ramm unterbrach ihn hier mit einem Überfluß an charmanten Versicherungen, so daß die Alte, ganz schüchtern durch die Freundlichkeit der schönen, fremden Frau, nicht wußte, wie sie ihren Dank ausdrücken sollte. Das hinderte sie unterdessen nicht daran, sobald es sich unbemerkt machen ließ, die drei Damen mit scharfen, prüfenden Blicken zu mustern. Jetzt erst entdeckte man, daß sich im Zimmer noch ein Wesen befand, nämlich ein kleines drei- bis vierjähriges Mädchen, daß sich hinter Dorthes Rock verschanzt hatte. Bei näherem Hinsehen sah man in ein Paar große, verschreckte, dunkel verschleierte Augen – eine wahre Mignonsphysiognomie.

„Wie heißt du, mein süßes Kind?", sagte Frau Ramm.

„Sie heißt Adamine nach ihrer Mutter, aber wir nennen sie Ada", sagte Dorthe.

„So antworte doch, Ada, und sieh die Damen an!"

Aber die Aufmerksamkeit des kleinen Mädchens war im selben Augenblick von etwas anderem eingenommen, und das war Sofie, die leicht wie eine Elfe durch die offene Stubentüre kam und verschwand, damit beschäftigt die Kleidung zu ordnen. Mit einem eigenen Ausdruck, den man Verlorenheit nennen könnte, folgte die Kleine einer jeden Bewegung Sofies, und gleichsam, als wolle sie ihrer alten Pflegemutter ihre Verwunderung mitteilen, zog sie heftig an deren Rock.

Es ist wahr, dieser Anblick hätte auch andere Augen als die Adas fesseln können. Ein am Hals hochgeschlossenes, graues Merinokleid hob die feine Gestalt des jungen Mädchens und das Graziöse in ihren schnellen Bewegungen besonders hervor. Die frische Luft hatte die Locken aufgelöst und ihren Wangen etwas von der frischen, blühenden Farbe wiedergegeben. In diesem Augenblick ähnelte sie der früheren strahlenden Sofie. Nur der Blick hatte jenes Untrügliche, das verrät, daß der Gedanke weit von unseren geschäftigen Händen entfernt ist.

Während eines Gastbesuchs auf dem Lande nimmt das fremde Haus, seine Einrichtung, Lage usw. einen wichtigen Platz ein und erfordert einen nicht geringen Anteil unseres Interesses und unserer Aufmerksamkeit. Es ist hier nicht wie in den Städten, wo die Umgebung durch die alles gleichmachende Kultur mehr und mehr ihre Pracht verliert und nur noch den unbeachteten Rahmen abgibt, der eine vielleicht noch ein wenig mehr vergoldet oder verschnörkelt als der andere. Auf dem Lande sind die Behausungen mehr als Rahmen. Sie sind ein Teil der Bewohner selbst, ein Stück ihrer Bräuche, ihrer Denkweise, ihrer Eigentümlichkeiten. Daher kann man mit Fug und Recht sagen, daß der Besuch ebenso sehr dem Ort wie den Bewohnern gilt. Die erste Erfrischung wird immer in einer gewissen Zerstreuung verzehrt, während man sich im Stillen auf den Augenblick hintröstet, da man seiner Neugierde die Zügel schießen lassen kann. ‚Das ist also die Stube! ... Wen mögen die Portraits darstellen? Das ist doch ein merkwürdiger, alter Schrank, das!' Der Blick schlüpft durch jede aufgeschlossene Türe, um die Geheimnisse dahinter aufzuschnappen.

Diese erste Krise der Neugierde wurde unseren Gästen erheblich durch die offenen Flügeltüren erleichtert, die den Einblick in alles zuließen, doch noch mehr durch den freien, gemütlichen Ton, der sich sofort einstellte. Man gestand offenherzig seine Ungeduld, „sich umzusehen", und der freundliche Gastgeber kam diesem Wunsch mit der größten Bereitwilligkeit entgegen.

Der Hof war ursprünglich von einem dänischen Gutsbesitzer gebaut und dessen Sitz gewesen, aber später in einen Pfarrhof umgewandelt worden, wozu ihn die Nähe zur Kirche sehr geeignet machte. Er hatte bereits ein paar Pastorengenerationen als Wohnsitz gedient. Das Haus hatte ganz die Bauweise, die man bei Gutshöfen einer späteren Periode findet. Nirgends etwas von Enge oder Niedrigem. Hohe, breite Fenster und gewölbte Decken. Die Stube, in welcher man sich befand, war etwas dunkel, weil die Galerie draußen und einige schwere Topfpflanzen sehr starke Schatten warfen, aber gerade diese Dunkelheit gab dem Zimmer eine eigene, triste Gemütlichkeit. Von hier aus kam man in ein größeres Eckzimmer, dessen Fenster zum Garten hinaus lagen. Eine gewisse Eleganz, mit welcher es eingerichtet war, stempelte es zu der auf dem Lande unentbehrlichen Großstube. Die gewölbte, in reicher Stuckarbeit ausgeführte Decke sowie die bemalten Türstücke waren noch Reste der alten, aristokratischen Zeit. Im übrigen war es auf gewöhnliche Art eingerichtet. Man kannte noch nicht unsere moderne Unordnung in den Zimmern, die Möbel standen gemächlich entlang den Wänden und die Gemälde – einige sehr schöne Kupferstiche – hingen ruhig an ihren Plätzen. An dieses Zimmer stießen einige kleinere Zimmer, zwei hübsche Gästekammern, die Schlaf-und Studierkammer des Probstes sowie eine kleine Bibliothek, die die seltene Eigenschaft hatte, daß sie für jedermann zugänglich war, während solche, wenn sie sich finden, ansonsten gerne ausschließlich vom Hausherren benutzt werden. Alles, was man sah, hatte den Anschein von solidem, bescheidenem Wohlstand, der mit dem Sinn für das Schöne und Komfortable vereint war. Wo man in unserem Land noch solche Wohnsitze antrifft, bezeichnen sie den letzten, schwindenden Rest einer fremden, zu uns überführten Kultur oder den erfreulichen Beginn einer eigenen, neu angebrochenen Kultur.

Ein paar Stunden verliefen auf diese Weise unmerklich. Man wurde zu Tisch gerufen. In der Stube war der adrette Abendtisch gedeckt. Dorthes blendende Damasttischdecke, das blitzende Kristall und verschiedenes schwere Silberzeug nahmen sich unter dem Schein zweier solider Armleuchter gut aus. Keine Üppigkeit von Gerichten, aber alles vorzüglich zubereitet: frische Seeforellen, vortreffliches Wild, guter Wein, alles bekräftigte, daß der Gastgeber ein Mann war, der verstand, auf die richtige Weise zu leben, der verstand, daß jeder Genuß auf Schönheit und Mäßigkeit beruhte. Frau Ramm war unerschöpflich mit schmeichelnden Bemerkungen. Aber dahinter verbarg sie viele Seufzer, wenn sie daran dachte, daß Amalie die Herrscherin über all diese Herrlichkeit hätte sein können. Und ob es nun daher kam, daß Brøcher wirklich steifer und hölzerner als gewöhnlich war oder ob er neben dem gebildeten Gastgeber nur so wirkte, so hatte seine Schwiegermutter ihn nie unerträglicher gefunden und einen lebhafteren Drang gefühlt, ihm dies zu beteuern, als gerade an diesem Abend.

Der Probst selbst brach die lebhafte Stimmung und trieb seine Gäste zur Ruhe. Während er das Amtmannspaar nebst Brøcher in ihre Zimmer begleitete, schritt Dorthe mit dem Armleuchter in der Hand vor den beiden Schwestern die Treppe hinauf, um sie zu den ihren zu führen. Doch hatte sie ihnen versprochen, ihnen erst die ganzen oberen Räumlichkeiten zu zeigen.

„Diese Tür führt zum Kinderzimmer", flüsterte sie, „aber es lohnt sich nicht, hineinzugehen, denn dann wacht Ada auf, und dann Gnade uns Gott, es ist nicht leicht, sie wieder in den Schlaf zu kriegen."

Sie traten zuerst in einen großen Saal, der in Verbindung mit einigen kleineren Zimmern stand, die aber alle, bis auf einiges abgestellte Hausgerät, gänzlich leer standen. „Hier", bemerkte Dorthe mit einem wehmütigen Blick zu dem einsamen Kronleuchter unter der Decke, „war in den alten Zeiten, als die Frau lebte, der Ballsaal, aber seit dieser Zeit hat Vater zu so etwas keine Lust gehabt."

„Schade", äußerte Sofie, „daß solch schöne, geräumige Zimmer unbewohnt sein sollen ..." „Und solch ein herrlicher, glatter Boden nicht benutzt", fügte Amalie hinzu, und machte ein paar dröhnende Galoppschritte über ihn hinüber.

„Ach, wozu sollen wir sie benutzen! Wir haben Platz genug, mehr als genug, und Freude und Lustigkeit wird es hier im Haus wohl nicht mehr geben."

„Und dieses?", riefen die Schwestern überrascht, als Dorthe die Tür zu einem kleineren, vollständig möblierten Zimmer öffnete. „Wie ist es hier schön!"

„Das ist die Kammer Seiner Hochwürden."

„Ist das die Kammer des Probstes! Die ist doch unten!"

„Vom Probst! Nein, um Himmels Willen, das ist die Kammer des Bischofs."

Das Zimmer des Pfarrers, und nun sogar das des Probstes ist immer ein Heiligtum auf einem Pfarrhof, aber es ist noch nicht das eigentliche sanctum sanctorum, denn das ist die Kammer des Bischofs. Und wahrhaftig, diese schien ihrer erhabenen Bestimmung vollkommen würdig. Im Gegensatz zu den übrigen Räumen, die nur Holzwände hatten, war dieser mit Tapeten überzogen, die, recht gut erhalten, Hirtenszenen in Bouchers Manier darstellten. Wie frisch die Farben noch waren! Diese Hirtinnen lächelten noch genauso süß, das strahlende Azur des Himmels konnte nicht verblassen, die Zeit konnte nur einige Wolken darüber säen. Ein langer, schmaler Mahagonispiegel sah aus, als ob er sich in schlechter Gesellschaft fühle. Er sah schief zur Seite und verzog sein bleiches, grünliches Glas zu einem gräßlichen Zerrbild der glücklichen Hirtenwelt genau gegenüber. Nicht besser wurde der uralte, prächtig ausgeschnitzte Lehnstuhl mit dem spiegelblanken, neuen Tisch vereinigt. Gleichwie zwischen den Parteien vermittelnd, ein Bild von der Unveränderlichkeit der Zeit, saß ein chinesischer Mandarin oben auf einem Piedestal in der Ecke und nickte und wackelte mit dem abscheulichen Kopf, wann immer man über den Boden ging. Solch kleine Anachronismen in der Einrichtung muß man den Leuten auf dem Lande zugutehalten. Das Ganze sah trotzdem recht pompös aus. Es geschah auch mit einem gewissen Stolz, daß Dorthe die Bettgardinen zur Seite zog, damit sie die feinen, holländischen Laken, die einen Saum von einer halben Elle Breite hatten, und die gesteppte Seidendecke, die vielleicht die ein oder andere Urgroßmutter das halbe Leben beschäftigt hatte, richtig sehen konnten.

Von diesem Zimmer aus führte die Alte sie zu einem anderen hin, dessen Tür verschlossen war. Aber wie unterschied sich dies von dem Vorhergehenden! Es hatte nur ein Fenster, war einfach, aber nett möbliert; hier und dort entdeckte man die Spuren einer weiblichen Bewohnerin. Dessen ungeachtet hatte dieser Raum etwas so Verlassenes, die Luft darin war drückend, unbewohnt. Am Fuße eines weißen Bettes stand eine leere Wiege, mit einer gestickten Decke zugedeckt, und unter der Zimmerdecke hing ein Vogelkäfig, ebenfalls leer. Das Ganze war so entseelt, und die Schwestern fühlten auch etwas von jenem geheimnisvollen Rätsel, das uns bei der Betrachtung von Portraits ergreift, die nach Toten gemalt worden sind. Fragend sahen sie Dorthe an.

„Das ist die Kammer der seligen Frau", sagte sie flüsternd. „Hier starb sie vor vier Jahren im Kindsbett mit der kleinen Ada. Hier hat seit der Zeit kein lebender Mensch mehr gewohnt. Alle diese Dinge sind lauter Erinnerungen an sie, ihr Nähschrank und Arbeitskorb, und dort ihre Bibel, und dort ihr Portrait. Es wurde alles zusammen heraufgestellt, weil er es nicht ertrug, es unten zu sehen. Diese Decke hat sie selbst gestickt, seht nur das Genähte, das ist wohl ein Werk der Geduld."

„Und das Spinnrad dort in der Ecke, gehörte das auch der Frau Probst?"
„Ach ja, das können Sie glauben, das war gerade ihr Augenstein; sie hat es so gemocht, zu spinnen. Jeden Morgen um fünf Uhr im Sommer und um sechs Uhr im Winter war sie auf und spann ihre zwei Stunden, bevor sie zum Kaffeetisch ging. Herrgott, wie viele Male habe ich nicht zur Mutter gesagt: ‚Liebes Kind', sagte ich ... denn ‚mein Kind' nannte ich sie, obgleich sie meine Herrin war ... ‚Liebes Kind, wozu all das Spinnen? Du hast doch Gottes Segen an Gesponnenem und Gewebtem', sagte ich, ‚wieviel du auch weggibst, bleibt doch immer

genug übrig', sagte ich, ‚genieß lieber deine Morgenruhe in süßem Schlaf.' ‚Ach', sagte sie, ‚du weißt nicht, was du sagst. Derjenige, der glücklich ist, kann nie zu früh aufstehen', sagte sie, ‚er dürfte eigentlich nie schlafen, um jede Minute seines Lebens mit Dank an Gott genießen zu können. Wenn ich so an einem klaren Sommermorgen mit den Vögeln erwache', sagte sie, ‚was kann ich dann besseres tun als mit ihnen einzustimmen? So setze ich mich mit dem Spinnrad an das offene Fenster', sagte sie, ‚und niemals bin ich glücklicher, als wenn ich meine Stimme mit dessen munterem Summen und dem Gezwitscher der Vögel draußen mischen kann!' Ach, sie hatte wohl recht, daß man die Zeit nutzen und fleißig spinnen müsse. Ihr Lebensfaden war bald zu Ende gesponnen!"

„Die arme Ada wurde also sofort mutterlos?"

„Sofort, ach, allzu früh. Kaum hatte sie das Licht der Welt acht Tage erblickt. Nie vergesse ich diese Zeit! Da lag sie, er stand dort. Es war genau vier Uhr morgens. Präzise um vier Uhr kommt die Sonne zu dieser Jahreszeit hier herein, und da pflegte sie immer aufzuwachen. ‚Da ist die Sonne, nun komme ich!', sagte sie auch jetzt, und da nahm sie meine Hand und legte sie über die Wiege, als wolle sie sagen: ‚Gib auf sie acht!' ... Und im selben Augenblick stand die ganze Kammer in einer Glut, und sie schien auch auf sie, und sie lag da so schön und zart; es war unmöglich zu denken, daß sie tot war. Aber ihre Hand lag noch über der Kleinen. ‚Gib auf sie acht!' Ja, das meinte sie, und das habe ich getan, und das werde ich tun, solange ich Leben in mir habe! Aber es ist etwas in diesem Kind, das ich nicht beherrsche, der Ewige lege seine Macht dazu! Gott Vater weiß, woher sie den heftigen Sinn hat! Vater ist wohl schnell außer sich, aber er wird sofort wieder gut, und sie war gut wie die Engel des Himmels."

Diese Lebenszüge der frommen Pfarrersfrau rührten die Schwestern tief. Sie waren bleich darüber oder vielleicht vor Müdigkeit geworden, und unwillkürlich schmiegten sie sich aneinander, als sie Dorthe folgten, die, nachdem sie sorgfältig die Türe verschlossen hatte, vor ihnen zum Ende des langen Gangs hinunterschritt.

„Und hier ist das Zimmer der gnädigen Fräulein, möge es Ihnen behagen."

Ein Beifallsruf unterbrach Dorthe. Alle Ängstigung war wie weggeblasen, als sie den Fuß über die Schwelle setzten. Dieses Zimmer könnte als ein Muster seiner Art dienen. Das Unbeschreibliche, diese unerreichbare Gemütlichkeit kann nur ein Gästezimmer auf dem Lande haben. Man sage nicht, daß ein solcher Raum nicht auch eine Seele habe.

„Oh, welch ein Spiegel! Der ist unvergleichlich!", brachen die beiden aus, als ihnen ein in seiner Art sehr seltener Rokokospiegel, der sicher einem richtigen Antiquitätenjäger Schlaf und Appetit geraubt hätte, sofort in die Augen fiel.

„Der könnte in Prinzessin Sheherezades Gemach passen; hier sticht er fast ab! Wie schade, daß der Engel dort den Flügel verloren hat!"

„Ach ja, sagte ich es nicht!", murmelte Dorthe mit einer innerlich kummervollen Miene und schüttelte den Kopf. „Sagte ich es nicht zu Vater!"

„Und was denn, liebe Dorthe?"

„Daß dieser alte Plunder das Zimmer verunstaltet und daß es nichts ist, was man solchen Fräulein anbietet. Ich wollte den Bischofsspiegel nehmen, wollte ich! ... Aber er lachte nur und sagte: ‚Laß das sein, Dorthe. Schönen Damen ist besser damit gedient, sich in diesem alten Glas zu betrachten als im Bischofsspiegel.' Jaja, ich hab´s doch gesagt!"

„Nein, liebe Dorthe, du mißverstehst uns", versicherte Sofie, als sie endlich zu Wort kam. „Wir sind gerade so froh über das alte Stück, wir hätten es nicht missen wollen! Es ist so schön, so schön, und du wirst sehen, es kommt eine Zeit, da man es erkennen wird, und dann kommen die alten Dinge wieder zu Ehren. Aber auf eine Art hast du recht, dieser Spiegel müßte in die Kammer des Bischofs gebracht werden, denn da gehört er gerade hin, zwischen Hirten und Hirtinnen."

Aber Dorthe schüttelte noch immer ungläubig den Kopf, als ob sie dächte: ‚Sie sind nun so gut, sich in alles einzufinden, das ist eben die feine Erziehung!' Darauf blies sie sorgfältig ein verwelktes Blatt vom Marmortisch weg, warf einen Blick zu den Handtüchern an der Wand, ob diese noch genauso frisch und rein waren und ging, indem sie ihnen unendlich oft wünschte, daß sie einen süßen Schlaf hätten und daß sie behaglich träumten usw.

„Das muß ich sagen, das ist ein Witwer, der sich einzurichten weiß!", brach Amalie aus. „Dieses Haus ist durch und durch ein Paradies. Sieh dich doch um, Sofie, und steh nicht so verloren. Teppich über den ganzen Boden, die prächtigsten Levkojen und Astern in der Vase, und welch Bett! ..." Hier verstummte sie ganz beim Anblick des roten Gästebetts aus Seidendamast, das sich im Umfang dreist mit dem weltberühmten Bett des Ritters von Gleichen hätte messen können.

„Es gibt zwei Dinge, die ich an diesem Zimmer wohl verändert haben würde", fuhr Amalie fort, als der erste Bewunderungsrausch sich etwas zu legen begann, „ansonsten ist es komplett. Zuerst müßte es tapeziert sein, denn ich habe ganz und gar nicht deinen Geschmack, Sofie, die du so viel Poesie in den blanken Holzwänden findest, danach Gardinen. Diese verblichenen Chintzgardinen passen überhaupt nicht zu dem Ganzen. Würde ich hier herrschen, nähme ich sie sofort ab und hing stattdessen weiße, bestickte, mit vergoldeten Pfeilen angeheftete auf ... Wie ich mich nach dem Morgen sehne, um die Aussicht von diesen Fenstern zu sehen! Was mögen das für zwei Portraits sein? ... Goethe und B.Y.R.O.N. Biron!"

„Byron, vermutlich", sagte Sofie zerstreut.

„Nein, aber wem sieht er nur ähnlich! Ach, das ist ja ganz klar! Es ist ganz Kold!" Sofie fuhr zusammen. „Sieh nur", fuhr Amalie fort, „Stirn, Haar, Augen, die glatte Wange, der Bau des Halses; es ist frappant, besonders wenn man den unteren Teil des Gesichts bedeckt."

„Ja, es gleicht ihm!", murmelte Sofie, und ihr Blick hing eine Minute auf dem

Bild. Es war der Kupferstich von 1814, nach dem berühmten Gemälde von Phillips.

Ihr Kopf sank wieder tiefer hinunter, und sie griff bebend nach Halt an dem Marmortisch. Ein Blick von Amalie, der den ihren im Spiegel traf, weckte sie wieder aus der schmerzlichen Regung, und sie machte sich eifrig daran, das Haar zu lösen.

Amalie hatte in ihrer gutmütigen Plauderlust nichts bemerkt. „Der Probst hat wirklich recht, wenn er sagt, daß dieser Spiegel der Schönheit würdiger ist als irgendein anderer", fuhr sie fort. „Sieh dieses Glas, wie tief, wie wirklichkeitsnah! Ist es nicht, als ob deine Gestalt in Wirklichkeit innerhalb des prachtvollen Rahmens stünde! Man ist versucht, nach den Blumen zu greifen. Wie reizend du bist, Sofie, in diesem Kleid! Wenn du derartig deine Arme hebst, um die Flechten zu lösen, gleichst du dem Bild unten in der Stube, demjenigen, das eine der Geliebten des alten Malers darstellt. Ich bin sicher, daß sie nicht schöner als du gewesen ist ... Ich muß mich zur Seite stellen, sonst zerstöre ich das Bild."

„Nein, geh nicht", sagte Sofie, und zog in einem Anfall unbezwingbaren Schmerzes die Schwester zu sich. Wo sollte sie hin mit ihrem plötzlichen Tränenstrom!

„Gott, süße Sofie, was fehlt dir?"

„Nichts ... nichts ... Ich dachte nur ... Ich dachte daran – wenn du auch bald reist, so bin ich ganz verlassen."

„Rede nicht darüber, meine Sofie, wir werden uns nie, nie trennen. Meine Hütte wird niemals so eng, daß nicht auch Platz für dich wäre. Du, er und ich, welch glückliches Kleeblatt! Aber, ach, der arme Adolf, nicht einmal *Justedalen*! ... Wir können eine ganze Weile warten, bis er etwas bekommt!"

Es gibt Namen, Vorstellungen, die in gewissen Stimmungen dieselbe Wirkung tun wie ein kalter Sturz in der Hitze. Sofie richtete sich auf; jede Spur der augenblicklichen Regung war wie verbannt.

Das Licht war gelöscht. Auf dem kleinen Tisch brannte nur eine Nachtlampe.

Das Riesenbett hatte seine Daunenwogen über die zwei Schwestern geschlossen, jedoch nicht, bevor Amalie sorgfältig die Fensterscheiben gezählt und ein Kreuz über der Tür gemacht hatte. Wir erinnern uns wohl, daß das eine unfehlbare Zauberformel ist, mit welcher man, wenn man zum ersten Mal an einem fremden Ort schläft, wahre Träume heraufbeschwört.

„Ich weiß nicht, wie es ist", flüsterte sie nach einer Pause, „aber man fühlt sich so ängstlich zumute, wenn man das erste Mal an einem fremden Ort liegt. Wie viele Dinge könnten an einem solch alten Hof nicht passiert sein! Dieses Zimmer ist so freundlich, so gemütlich – und doch – wagte ich um nichts in der Welt hier alleine zu liegen – nicht eine halbe Stunde. Sofie, Sofie, wo willst du hin? Geh um Gottes Willen nicht von mir weg!"

„Ich will nur die Nachtlampe umstellen ... Ich kann solche Portraits in einem Zimmer nicht leiden; jedes Mal, wenn man die Augen aufschlägt, starren sie auf

uns."
„Bah, diese Portraits sind nicht gefährlich. Ich habe einmal von einem gelesen, ein Ölgemälde in Körpergröße, das plötzlich, während die Dame saß und sich vor dem Spiegel auszog, die Augen zu verdrehen begann ... huh ... Ich wage nicht, jetzt davon zu reden ... Gute Nacht!"
„Gute Nacht, Amalie, jetzt kein Wort mehr." Eine lange Pause folgte.
„Schläfst du, Sofie?"
„Nein."
„Hast du nichts gehört? Nicht einen fernen Laut, als ob jemand jammert?"
„Ich habe es lange gehört, aber ich wollte dich nicht erschrecken ... Vielleicht ist es der Wind, der heult."
„Der Wind? Es rührt sich ja kein Blatt. Jetzt wieder? Es klingt wie ein Jammern, ein Schrei. Es kommt von der Seite, wo das Zimmer der Pröbstin liegt. Hörst du nicht, wie schleppende Schritte den Gang hinunter? Sie nähern sich ... Horch!"

Die beiden Schwestern lauschten gespannt, aber alles war wieder totenstill.

Plötzlich ging die Tür auf, und eine weiße Gestalt, die mit der Hand ein Licht beschattete, dessen Schein scharf auf ein bleiches, eingefallenes Gesicht fiel, trat lautlos ein. Amalie fuhr mit einem Schrei unter das Federbett.

„Bist du es, liebe Dorthe", sagte Sofie, „was ist los? Es ist wohl niemand krank?"

„Nein, nein, zum Kreuz, wäre es doch etwas wie das!", sagte die Alte. „Es ist nichts, einfach nichts. Ach, ich weiß nicht, wie ich meinen Wunsch vorbringen soll. Lange habe ich draußen gestanden, weil ich glaubte, daß Sie schliefen, aber als ich hörte, daß Sie wach sind, so ...! Sehen Sie, Ada ist aufgewacht und schreit wie eine Besessene, sie wolle endlich die schönste, fremde Dame bei sich haben. Es ist wohl eines der Fräuleins, das sie meint", fügte sie diplomatisch an die beiden gewandt hinzu. „Ich habe ihr zugeredet und ihr das Blaue vom Himmel versprochen, aber was hilft es! Wenn sie sich etwas in den Kopf gesetzt hat, müssen wir alle gehorchen ... Und doch ... wäre es nicht, weil die Herrschaft gerade unten drunter läge! Ach! Ich kann nicht sagen, wie beschämt ich bin! ... Ich verwinde es nie."

„Nimm es dir nicht zu Herzen, liebe Dorthe, ich werde mit Vergnügen zu der kleinen Ada hineingehen", riefen beide Schwestern wie aus einem Mund. Keine hatte Lust, alleine zu bleiben, und das Ende war, daß sie beide gingen, angeführt von der untröstlichen Dorthe, die versicherte, daß es das erste Mal wäre, daß sie sich der Barberei schuldig gemacht hätte, die Nachtruhe der Gäste zu stören. Ihr war zumute, als wäre sie bei einem Kirchenraub gefaßt worden.

Als sie in das Kinderzimmer kamen, saß das kleine Mädchen mit strahlenden Augen, die starr auf die Eintretenden geheftet waren, am oberen Ende des Bettes. Als sie näherkamen, tauchte sie unter die Decke. Vergeblich waren Amalies Zureden und freundliche Worte, die eigensinnige Kleine blieb hartnäckig in ihrem Versteck. Erst als Sofie sich zu ihr hinunterbeugte, erhob sie sich langsam, und bevor diese ein Wort davon wußte, hatte sie ihre kleinen Arme mit leidenschaftlicher Heftigkeit um Sofies Hals geschlungen und sie geküßt. Daraufhin legte sie sich hin und schloß ihre Augen. Sofie war unsicher.

„Nun können Sie gerne gehen", flüsterte Dorthe, „jetzt schläft sie bald."

Als sie unbeweglich wie ein Marmorbild dalag, wurde Sofie erstmals auf die wundervolle Schönheit dieses Kindes aufmerksam. Sie hatte fast nichts von der kindlichen, drallen Fülle. Die ganze Gestalt war psycheartig, fein und zart. Es waren noch Tränen auf der Wange, aber über die marmorierten Züge ging ein seliges, zufriedenes Lächeln, in welchem zugleich ein Schalk lauerte, der erzählte, daß sie durchaus noch nicht schlief. Am Morgen, als die beiden Schwestern nach altem Brauch den Kaffee und die klitzekleinen, selbstgebackenen Zwiebäcke am Bett zu sich nahmen, wollte Amalie nicht recht damit heraus, was sie in der Nacht geträumt hatte. Es war deutlich, daß sie auf einen bedeutungsvolleren, poetischeren, prophetischeren Traum gehofft hatte. Das Ganze beschränkte sich darauf, daß sie damit beschäftigt gewesen war, die verblichenen Gardinen durch neue auszutauschen; ob die vergoldeten Pfeile dabei waren, war nicht einmal sicher. Sofie hatte sie damit beschäftigt gesehen, die beiden Portraits abzunehmen und das alte Bild der Großmutter wieder aufzuhängen.

„Und du, hast du von etwas geträumt?", fragte sie Sofie.

„Ich habe von Ada geträumt."

Hat man sich während eines Besuchs auf dem Lande ausreichend im Haus umgesehen, so kommt das nicht weniger Interessante, das Äußere an die Reihe. Das ist gerne die Aufgabe des nächsten Tages. Bevor man sich nicht richtig orientiert hat, ist nicht an einen ruhigen Genuß des Zusammenlebens zu denken. Unsere Gäste waren im Pferde-und Viehstall, auf dem Hühnerhof und im Kaninchenkäfig, in der Milchkammer und der Webstube, hatten sich Dresch- und Walzeinrichtungen angesehen. Alle diese Dinge, wiewohl alltäglich, fanden sich beim Probst in einem nicht gewöhnlichen Zustand. Man lobte, stellte Vergleiche an, faßte stille Pläne. Etwas ganz Ungewöhnliches war dahingegen die Schulanstalt auf dem Hof. Ein ehemaliges leeres Maschinenhaus (der Vorgänger des Probstes war ein erfolgloser Projektemacher gewesen) war für die armen Kinder der Umgebung in ein Schulgebäude umgewandelt worden. Hier wurden jeden Vormittag die Jungen vom achten bis zum vierzehnten Lebensjahr vom Schulmeister und dem Seminaristen des Hofes unterrichtet. Die andere Abteilung war für Mädchen bestimmt und stand nach dem Tod der Pröbstin unter Dorthes Aufsicht. Die Tochter des Küsters gab diesen in allen einfachen, nützlichen Handarbeiten Unterricht. Dazu übten sie das, was ansonsten noch im Haus anfiel. Es ging der Reihe nach, eine jede übte die Arbeit aus, die für ihr Alter und ihre Kräfte angemessen war. Bald verlangte die Hausjungfer von ihnen, zu bügeln und zu mangeln, bald das Küchenmädchen, zu scheuern, zu polieren, die Gartenkräuter zu säubern usw. Der ganze Vormittag wurde auf diese Weise genutzt, am Nachmittag waren sie zu Hause. Es war wirklich ein froher Anblick, die vielen reinlichen Kinder mit den vergnügten Gesichtern zu sehen. Als die Damen in die Stube eintraten, ließ die Neugier den surrenden Fleiß einen Augenblick innehalten, aber nur, damit er umso eifriger wieder beginnen konnte. Und die Webstühle klangen und die Spinnräder surrten und die Nadel ging so flink, daß es eine Lust war. Es war nichts beklemmend Anstaltsmäßiges bei dieser Tätigkeit. Alle Fenster standen offen, und draußen auf dem grünen Wall, der sich hinunter zum Teich erstreckte, gab es auch Leben und Geschäftigkeit. Hier lagen die weiße Wäsche und im Sommer auch das lange, glänzende Gewebe ausgebreitet. Einige der kleinen Mädchen spülten die Wäsche, andere wrangen sie und hängten sie auf – und ein kleines sechsjähriges, weißhaariges Dingelchen war damit beschäftigt, auf die späte Kükenbrut aufzupassen, daß diese sich brav hinter dem Damm aufhielt und nicht über die Wäsche lief. Sofie, die stille, in sich selbst vertiefte Sofie, schien hieran mehr Interesse zu finden als an allem, was sie ansonsten gesehen hatte. Sie verfolgte es mit einer gewissen gedankenvollen Aufmerksamkeit, als suche sie in ihrer Erinnerung Anknüpfungspunkte, erkundigte sich bei Dorthe nach allem und gab sich freundlich mit den Kindern ab.

Der Probst, der sich mit dem Amtmann und Brøcher länger in der Jungenschule aufgehalten hatte, kam nun hinzu, um sich zu entschuldigen, daß er sie verlassen müsse, da es an der Zeit war, daß er die Besuche von Bauern erwarten konnte. Mit ihm gingen auch die anderen Herren hinein, während die Damen, von Dorthe geführt, samt den Kindern den Garten besuchen und einen Spaziergang ins Tyridal hinunter machen sollten. So wurde die Ansammlung von verschiedenen Wirtschaften genannt. Eine bedeutende Ziegelei, eine Spiekerfabrik samt zwei Mühlen, die dem Probst gehörten, beschäftigten hier eine Menge Arbeiter. Der ganze Talstrich war daher stark bebaut. Die Kleinbauern des Hofes hatten von Arilds Zeit an ihre Plätze in diesem Landstrich, und allerlei Handwerker fanden ihre Rechnung dadurch aufgegangen, sich der kleinen Kolonie anzuschließen, die mit jedem Jahr an lebhafter Tätigkeit zugenommen hatte. Es war an diesem Ort, wo man die Früchte der Bestrebungen des Probstes richtig erkennen konnte. Die Stuben der Kleinbauern waren sehr unterschiedlich von den unsauberen Löchern, die man ansonsten auf dem Lande in unserem guten Norwegen sehen kann. Wohlstand und Reinlichkeit leuchteten durch die blanken Fenster aus jedem Haus heraus. Viele von ihnen waren nett bemalt, und die allerärmste Stube hatte ihren kleinen Garten, der bisweilen sogar mit Apfel- oder Kirschbäumen geschmückt war. Nirgendwo traf man den widerlichen Anblick von zerlumpten Kindern, die sich ansonsten an solchen Orten zusammenscharen, um sich gemeinschaftlich den Tag zu vertreiben.

„Ja, meine liebe Herrschaft", sagte eine alte, halbblinde Frau, die draußen vor einem Haus saß und sich in der Oktobersonne wärmte, „so sah es in meiner Jugend in Tyridalen nicht aus. Da gab es nichts anderes als Not und Elend und Saufereien und Schlägereien. Ein jeder kroch wie er konnte nach Nahrung, und wer sie nicht auf gesetzmäßigem Wege bekam, nahm sie auf ungesetzmäßigem. Da war jeder froh, die verhungerten Gören aus dem Nest zu kriegen, so daß der Tag, an dem sie den Konfirmandenunterricht hinter sich gebracht hatten und aufs Land kamen, wenn auch nur als Armenhäusler, ein Freudentag für die Eltern war. Nun hat keiner zu viele Kinder; es ist keine Hand so klein, daß sie nicht doch gebraucht werden kann. Jaja, glücklich können sie sich schätzen im Tyridal jetzt gegen früher. Solch ein Pastor findet sich wohl auch an keinem andern Ort, der Ewige möge ihn segnen und den frommen Gottesengel im Himmel erfreuen, denn sie, sehen Sie, die Probstfrau, sie hat uns so viel Gutes getan. Mit Verlaub, ist die Herrschaft aus der Familie?"

Als die Damen nach Hause kamen, hatte ihr Gastgeber seine Verhandlungen mit den Bauern noch nicht beendet. In der Vorstube zum Studierzimmer saßen noch ein paar und warteten. Alle kamen sie, um Rat und Aufmunterung bei „ihm, Vater" einzuholen, einer in geistlichen, ein anderer in weltlichen Angelegenheiten. Dorthe hatte bereits zum fünften Mal durch die Tür hereingeguckt, um zu sehen, ob nicht der letzte gegangen war, so daß sie anrichten konnte. Endlich kam er – ein Schatten von Mißmut oder Müdigkeit war in seinen Zügen sichtbar, aber dieser wich bald beim Anblick seiner Gäste und durch die Zauberkraft, die ein reizend gedeckter, wartender Tisch unwillkürlich auf uns ausübt.

Bei Tisch kam die Rede auf das, was in so hohem Grad das Behagen der Fremden geweckt hatte. Ein jeder hatte einen kleinen Auszug zu erzählen, und jeder suchte seine Anerkennung auszudrücken.

„Eine herrliche Aufgabe, erfolgreich durchgeführt", sagte der Amtmann.

„Höchst nachahmenswert", versicherte Brøcher. „Was meinst du, meine Amalie", sagte er halblaut zu ihr, „für uns, die wir am Anfang stehen, ist das ein schönes Beispiel."

„Langsam, langsam, laß uns erst selbst etwas finden, bevor wir daran denken, andere glückselig zu machen", flüsterte seine Schwiegermutter auf der anderen Seite. Der Amtmann warf ihr einen flehenden Blick zu, aber Brøcher, der an diese Art Pillen gewohnt war, schluckte sie geduldig herunter.

„Ja, ich habe Sie bewundert, Herr Probst", sagte sie mit holdseligstem Lächeln. „Man fühlt richtig, wenn man den Segen sieht, den Sie um sich herum ausgebreitet haben, daß etwas anderes dazugehört, als der gute Wille gewöhnlicher Menschen."

„Nein, in Wahrheit", sagte Rein, „mit dem guten Willen kommt man nicht weit. Es gehört ein, ich wage fast zu sagen, halsstarriger Eifer und eine ebenso starke, sich immer erneuernde Ausdauer dazu. Zu Beginn stieß ich auf so mannigfache Schwierigkeiten. Der einfache Mann hat immer einen Widerwillen gegen Reformen. Er glaubt nicht daran, wovon er nicht deutlich und so sicher die Folgen, wie von der Scheppe Hafer, die er in der Erde hat, berechnen kann. Als ich vor fünfzehn Jahren das Amt antrat, fand ich die Leute hier äußerst vernachlässigt. Alles war in Armut, Unwissen, Laster aller Arten herabgesunken. Ein alter, starrsinniger Griesgram stand an der Spitze der Kleinbauern. So lange er lebte, war es unmöglich, etwas auszurichten. Die Kinder waren faul und aufsässig gegen den Schulzwang; die Mütter schrien, daß man ihnen die Kinder wegnehme, daß sie eher Hilfe bedurften, als sie verringert zu sehen. Erst als der Alte tot war und sein Sohn seinen Platz übernahm, konnte es mir glücken, den Grund dafür zu legen, worauf ich seither mit Gottes Hilfe aufgebaut habe."

„Ja, lieber Freund", sagte der Amtmann, „wir anderen haben den Willen, Sie setzen ihn in die Tat um, das ist der kleine Unterschied! Wer hätte nicht einmal philantropische Ideen gehabt! ... Ich habe solche auch gehabt. Als ich meinen Hof antrat, dünkte es mir so leicht, Verbesserungen durchzuführen. Aber ich weiß nicht, wie es ging, es wurde nie etwas daraus. Meine Geschäfte waren von einer so ganz gegensätzlichen Art. Pastöre können es auch so viel besser als wir anderen. Nur sie können die geistliche Fürsorge für ihre Herde so schön mit der zeitlichen verbinden, so daß sie in doppeltem Sinn als deren Hirte bezeichnet werden können. Ich begnügte mich damit, zu geben, wenn die Not die Hand ausstreckte, und ich tröstete mich damit, daß, wo ich nicht gab, sie sich selbst nahmen. Ha, ha!"

„In unserem Kirchspiel rechnet man im Durchschnitt jährlich", bemerkte Brøcher, „daß von zwanzig Rechtsfällen zweidrittel Eingriffe in das Eigentumsrecht betreffen. Die Armensteuer ist deshalb auch enorm."

„Wir wissen hier fast nichts von Diebstahl", sagte der Probst, „und ich gebe niemals Almosen."

„Aus dem guten Grund, daß man es in Ihrer glücklichen Gegend nicht mehr benötigt", sagte die Frau.

„Früher gab es hier große Not, aber selbst damals gab ich nichts. Sie können glauben, daß ich ein hartherziger Mann bin."

„Ach, Herr Probst, das wollen Sie uns glauben machen! Mit Ihrer Menschenliebe! ..."

„Erlauben Sie mir, liebe Frau ..."

Aber die Frau ließ sich nicht so leicht die Gelegenheit nehmen, einen ihrer kleinen, salbungsvollen Vorträge zu halten.

„Sie sollten nicht der Wohltätigkeit huldigen? Sie sollten nicht die süße Befriedigung kennen, die Not anderer zu lindern? Ich sehe sie als eine der ersten christlichen Pflichten an und besonders als unentbehrlichen Schmuck eines Frauenzimmers. Daher habe ich auch frühzeitig bei meinen Töchtern den Drang dazu geweckt. Sie können sich nicht vorstellen, wie glücklich sie waren, etwas abzugeben. Zum Schluß hatte ich meine Not damit, ihre Lust zu steuern. Und viele Male winkte dann eine Strafe, wenn es allzu weit ging. Wer war es von euch kleinen Mädchen, die Löcher in ihr Kleid riß, daß es abgenutzt genug aussah, um weggegeben zu werden?"

„Das muß Amalie gewesen sein", sagte Sofie mit einem etwas ungeduldigen Gesicht.

„Nein, das war wirklich Sofie", versicherte diese.

„Jaja, du hast Recht, es war Sofie, die diese pfiffige Idee hatte."

„Ich erinnere mich auch", fuhr Amalie fort, „daß, wenn sie solche Kleider den Töchtern der Kleinbauern verehrte, diese ihr feierlich versprechen mußten, sie wieder zusammenzunähen."

„Ja, aber trotz des feierlichen Versprechens ist es doch niemals geschehen", fiel Sofie ein, „denn jedes Mal, wenn wir sie sahen, waren die Löcher größer und immer schlechter auszubessern, und so ging es immer. Die eine schob es darauf, daß sie keine Nadel habe, die andere hatte keinen Faden, die dritte konnte nicht nähen. Und eins, zwei, drei, war das Ganze ein Fetzen."

„Und da hattest du die Idee, eine Nähschule auf dem Hof errichten zu wollen", fügte die Frau hinzu. „Aber davon wollte Mama nichts wissen. Du hattest damals so viele Einfälle in deinem kleinen Kopf."

„Ach ja, das kann wohl sein, daß ich einige Einfälle hatte. Aber glaubst du, liebe Mutter, daß dieser einer der verrücktesten war? Ich fühlte bei mir selbst, daß etwas anderes dazu gehören müsse ... daß man leicht die Lust zu geben verlieren kann."

Sie richtete diese letzte Replik an den Probst, als erwarte sie Beistand von ihm.

„Die Lust zu geben verlieren!", sagte die Mutter ... „Nein, Gott sei Dank, da besteht keine Gefahr. Du bist freigebig genug; es wäre Sünde, etwas anderes zu sagen."

„Ja aber ... aber es bereitet mir lange nicht mehr die Freude wie früher."

„Still, mein Mädchen, so darfst du nicht sprechen. Du mißverstehst dich selbst."

„Vergeben Sie mir, gnädige Frau", übernahm nun der Probst das Wort, „aber ich glaube das gerne. Ich bin überzeugt davon, daß Fräulein Sofie recht hat. Sie hat im Grunde Ihre Äußerungen gegen mich beantwortet. Es liegt mir fern abzustreiten, daß es schön ist, zu geben. Es ist ein natürlicher Drang für jedes gute Herz. Meine Adamine ließ sich so leicht leiten, aber in Bezug hierauf wollte sie sich nichts sagen lassen. Sie stellte keine Betrachtungen an, sondern folgte bloß ihrem natürlichen Antrieb. Tausende machen dasselbe. So lange die Lage nicht besser ist, gibt es wahrhaftig keinen anderen Ausweg. Es gibt außerdem Fälle, wo die Freigebigkeit uns wirkliche Befriedigung gibt. Das ist dort, wo die Gabe wird, was sie sein soll, eine Unterstützung nämlich, wenn sie also beim Empfänger ein Bewußtsein von einem Streben nach besseren Verhältnissen voraussetzt. Aber wir reden hier nicht von solchen Drängenden, sondern von der niedrigsten Klasse. Wir reden von dieser tierischen, gedanken- und hilflosen Armut, von diesem von Generation zu Generation weitervererbten Elend, das nicht einmal sein Bewußtsein gegen etwas Besseres erhebt oder es vermißt; wir reden von denen, deren erbärmliche Hütten sich um einen jeden Hof auf dem Lande gruppieren wie der Insektenschwarm um eine heruntergefallene Frucht. Gerade ihnen gegenüber sehe ich die augenblickliche Freigebigkeit als unnütz, ja sogar als schädlich an. Ein jeder, der sie ausgeübt hat, wird, wenn er aufrichtig sein will, zugeben, daß man mehr Ärger als Freude dadurch hat. Es ist, als werfe man die Gabe in einen bodenlosen Schlund, und das ist auch wirklich der Fall. Man könnte mit demselben Nutzen gerne seinen halben Hausstand in diesen Schlund werfen, es würde sich doch ausweiten, es geht damit wie es mit den Löchern in Fräulein Sofies Kleidern ging. Solche Armen darf man nicht daran gewöhnen, entgegenzunehmen, sondern daran, zu erwerben. Nur das Erworbene werden sie pflegen und weiter darauf aufbauen. Man suche, ihr Ehrgefühl zu wecken, ihre moralische Kraft, man lehre sie, Almosen zu verachten. Man suche, ihnen den Sinn für eine bessere Lage beizubringen, ihr Verlangen nach ihr zu schärfen, ihnen Mittel zu zeigen, sie zu erreichen und sie zu der Einsicht zu bringen, daß ein jeder, auch der Geringste unter ihnen, über sein Schicksal gebietet. Arbeitslust, Sittlichkeit, Aufklärung, das sind die Grundpfeiler, und wo diese fehlen, nützt nichts. Hat man sich ihnen gegenüber ernsthaft diese Aufgabe gesetzt, wird man sofort merken, daß sie nicht leicht ist. Man muß ihnen hier viel mehr geben als irgendwelche abgelegten Kleider oder die Brocken seines Überflusses, die man nicht vermißt; man muß seine Zeit, seine Seele, seine beste Tätigkeit für sie entbehren. Die Gaben kommen dann anschließend, als Belohnung, als Aufmunterung. Es versteht sich von selbst, daß es die Jugend ist, welcher man sich annehmen muß – um nicht zu sagen: welcher man sich bemächtigen muß. Mit den Alten nützt es nichts, die muß man mit dem alten Laster sterben lassen. Es ist eine Saat, die spät wächst, aber man darf nicht müde werden, das quälende Unkraut zu jäten. Oder man darf auch nicht mutlos werden, wenn sich lange kein Zeichen auf eine Frucht zeigt. Jeder wirke so nach bester Fähigkeit in seinem Kreis, und der Segen wird nicht ausbleiben. Ich habe die Freude gehabt, hier im Kirchspiel verschiedene Nachahmungen anzuspornen. Und täglich kommen Bauern und Hausbesitzer und holen sich Rat und Aufklärung – oftmals auch bloß Neugierige. Meine kleine Kolonie hat einen Ruf bekommen, den sie sich mit der Zeit hoffentlich verdient."

„Wir müssen uns wohl ergeben, Herr Probst. Sie haben Ihr System so interessant entwickelt, daß wir nichts dagegen einwenden können. Meine kleine Sofie bekam ihre Sünde sofort gründlich absolviert."

„Falls ein unfreiwilliges Abkühlen für etwas, das mir früher Freude bereitete, eine Sünde genannt werden kann", sagte Sofie, „dann fühle ich mich wirklich darüber getröstet. Der Probst hat mir gezeigt, daß der Grund weniger bei mir selbst als an den Zuständen liegt. Aber weshalb müssen diese so sein, daß man nicht etwas Gutes tun kann, wenn man denn will? In anderen Ländern ist es doch sicher anders, oder nicht?"

„Nein, das darfst du nicht glauben", fiel ihre Mutter ein, „welche schauderhaften Schilderungen von Armut bekommen wir nicht gerade daher!"

„Ja", antwortete Sofie, „in den Städten ist es wohl fürchterlich, aber auf dem Land, wo es Güter und Bauern wie hier gibt, stellt sich die Lage sicher anders dar. Wenn ich in meiner Kindheit von dem Leben auf diesen Schlössern und Rittergütern las, machte das Verhältnis zwischen den Herren und den Untergebenen gerade den meisten Eindruck auf mich. Es war so schön, so rührend! Eine richtig edle Herrschaft betrachtete ihre Bauern beinahe wie Kinder, deren Leid und Wohl sie persönlich anging. Die Hausfrau schritt von Haus zu Haus, bald belohnend, bald tadelnd, tröstete die Kranken und wurde überall wie eine Mutter begrüßt. Und diese Feste, an denen die Herrschaft selbst teilnahm, wie schön waren sie nicht! Wenn ich über all das las, dachte ich mir, es könnte so herrlich sein, wenn auch nur im Kleinen, etwas Ähnlichem. Aber hier bei uns sehe ich so etwas nie. Überall auf den großen Höfen weiß man nur wenig von den schäbigen Geschöpfen, die in unserer Nähe wohnen. Wir sehen sie kaum, ausgenommen wenn sie ihre Arbeit für uns verrichten oder wenn man ihnen ein Almosen hinwirft. Man tut nichts, um sie zu belehren oder um sie besser zu machen, man straft sie nur, wenn sie sich vergehen."

„Na, ich muß sagen, das war eine schöne Beschreibung! So sieht also dein eigenes zu Hause aus, wir alle, deine Eltern auch, sind solch unbarmherzige Geschöpfe, wie die, die du schilderst?", sagte Sofies Mutter in dem Ton, der wie ein Perpendikel zwischen Spaß und Ernst schwebt.

„Sofie übertreibt ein wenig", sagte der Amtmann, „aber es ist leider viel Wahres daran. Wir kümmern uns allzu wenig um unsere Untergebenen."

„Oh, Mutter darf es nicht so ernst nehmen. Ich meine wirklich niemand Bestimmtes damit. Es ist bloß ein alter Eindruck, den ich schilderte, und ich habe wahrhaftig in letzter Zeit nicht großartig darüber gegrübelt. Heute wurde ich jedoch so lebhaft daran erinnert. Alle meine philantropischen Kindheitsträume traten wieder leibhaftig hervor. Bei jedem Schritt, den ich heute getan habe, fiel mir der alte Wunsch ein: An einem solchen Ort zu leben und zu arbeiten! Selbst dieses Glück um sich herum schaffen! Wie herrlich müßte das nicht sein!"

Sofie sagte das treuherzig an den Probst gerichtet. Ihre Wangen glühten; sie war nicht daran gewöhnt, so viel zu reden. Aber der Probst sah gar nicht auf. Er hielt einen Apfel auf der Spitze des Silbermessers und starrte so steif darauf, als ob er wirklich sehen wolle, wie er aussah, dieses kleine, runde, glatte, rotwangige Ding, das so viel Unglück in die Welt gebracht hat, und worin eigentlich das Unwiderstehliche für den armen Adam gelegen haben könnte ... Denn zu guter Letzt war vielleicht Adam noch schwächer als Eva, er wurde doch nur von seinesgleichen versucht, während sie sich gegen den Teufel selbst zu wehren hatte.

Nach einer Pause sagte der Probst mit unterdrückter Regung in der Stimme: „Gott vergönne Ihnen, liebes Fräulein, einen Wirkungskreis, der zu Ihrem edlen Herzen paßt." Daraufhin wandte er sich mit einer Bemerkung über die Armenbesteuerung an den Amtmann.

„A propos über die Armenbesteuerung", fiel Brøcher mit einem kleinen satirischen Lächeln ein, „Sie, Herr Probst, der Sie ein Mann der Reformen sind, haben vermutlich schon die neuen Steuerbezirkseinteilungen in Ihrem Kirchspiel eingeführt?"

Aber die Frau hob ihr Glas, und ihr „Sollen wir nicht unserem liebenswerten Gastgeber danken?" schnitt plötzlich die Wendung, die die Unterhaltung zu nehmen drohte, ab.

„Der Mensch", sagte sie, als sie ihrem Mann nach der Mahlzeit einen Kuß gab, „wird Amalie und uns alle wohl zu Tode langweilen, bevor er eine jämmerliche Stellung in irgendeinem Kaff bekommt, wo wir sie nie mehr zu sehen bekommen werden. Das arme, verblendete Mädchen! ... Wäre ich an ihrer Stelle, wüßte ich wohl, was ich täte."

„Laß uns das beste hoffen, meine Mariane, es kann besser gehen, als wir glauben."

Einige Tage vergingen so in behaglicher Ruhe. Probst Rein war wirklich ein ausgezeichneter Gastgeber, ausgezeichnet in einem anderen Sinn als es allgemein genommen wird. Er verstand es mit ganz wenig Mitteln, seine Gäste zufriedenzustellen. Man bemerkte keine Anstrengung, sie zu unterhalten. Einige Male machte man einen Ausflug in die Umgebung, noch seltener kam Besuch. In diesem letzten Punkt hatte Rein seine eigenen Anschauungen. Er hatte sich einige gänzlich antinationale Begriffe von der Unantastbarkeit des Hauslebens gebildet. Er galt als Sonderling, weil er sich seinen Kreis gewählt hatte und weil er sein Haus nicht zu einem Gasthaus machte, wo es jedem Fremden erlaubt ist, die Bewohner zur Nachtzeit wachzuklopfen. Aber war man erst als Gast in diesem Haus, fühlte ein jeder die Sicherheit, das stille Wohlbefinden, das nur die edle Gastfreundlichkeit hervorbringt. Es ging so ruhig und still zu. Man bemerkte keinerlei Störung im Haus, weil Gäste gekommen waren, aber ein jeder fühlte sich mild zu dessen Gebräuchen verpflichtet, ohne selbst belästigt zu werden. Nach dem Mittag zog sich jeder gerne in seinen Winkel zurück, um, wie es ihm am besten gefiel, die Ruhe zu genießen. Und dann sammelte man sich später wieder zum Tee.

Nach einer solchen Siesta finden wir die Familie in der Eckstube versammelt. Sofie sang zum Klavier. Sie sang klar, hübsch, kunstgemäß ein paar moderne Arien, aber ohne Regung. Alle lauschten und fanden, daß ihre Stimme merkwürdig klang. Nur der Probst war nicht der aufmerksame Zuhörer, der er zu sein pflegte. Er war zerstreut und warf seinen Blick oft aus dem Fenster, als ob er nach etwas sehe. Endlich – sie waren gerade in einer Pause in der Musik – zeigte sich die alte Dorthe mit der Posttasche in der Tür. Die Schnelligkeit, mit welcher er sich dieser bemächtigte, kam der Alten ungewöhnlich vor. Noch auffälliger war die abwehrende Bewegung, mit welcher er die Frage, die sie ihm im selben Augenblick stellte, abwies. Nicht einmal hören zu wollen, ob die zwei Braunen auf dem Gras getüdert oder losgelassen werden sollten! Das mußte etwas Wichtiges sein. Zögernd rüstete sie sich zum Gehen, als sie glücklicherweise entdeckte, daß die Kinder die Gardine in Unordnung gebracht hatten, gerade diejenige, die dem Probst am nächsten war. Hier von ihrem Ausguck konnte sie sehen, daß er nicht weniger als fünf Briefe mit großen Amtssiegeln, die alle die Aufschrift „wichtig" trugen, hinlegte, einen Augenblick enttäuscht aussah, und darauf die Tasche aufs neue gründlicher durchsuchte. Es glückte. Er zog einen kleineren Brief hervor, den er öffnete. Bei den ersten Zeilen erhellte sich sein Gesicht. Mehr brauchte die alte, treue Seele nicht. Die Gardine hatte gerade eben die gehörige Falte und Rundung erhalten, und sie ging sehr zufrieden hinaus. „Gott sei Dank! Es ist etwas Gutes, das sah ich, das ist sicher von den Jungs, Kristian ist vielleicht Abiturient geworden, jaja, das sind meine tüchtigen Jungs." Einen Augenblick später nahm der Probst den Amtmann und seine Frau samt Brøcher mit in seine Studienkammer und schloß die Türe. Die Schwestern wunderten sich darüber, was das bedeuten könnte, als Frau Ramm den Kopf herausstreckte und Amalie rief. Sofie blieb alleine, doch nur einen Augenblick, da kam Amalie stürmend heraus und warf sich mit einem Freudenschrei an ihren Hals.

Der Probst, der gesegnete Probst hatte Brøcher als seinen Kaplan eingestellt! In diesem Augenblick war die Mitteilung des Bischofs eingetroffen. Adolf sollte sein Amt schon zu Neujahr antreten, das war so vorteilhaft, so ungeheuer vorteilhaft! Sie sollten dort im Haus wohnen, und die ganze Reihe der leeren Zimmer oben sollte poliert und für sie eingerichtet werden.

Die Alten traten ein. Brøcher war bleich und gerührt, dieses Glück war allzu unerwartet für ihn gekommen. Er sah aus, als wollte er heulen, konnte es aber nicht. Er räusperte sich und putzte unablässig die Nase. Die Freude des alten Vaters war einfach und ohne Worte. Er küßte Amalie auf die Stirn und auf den Mund, nahm die Hand Brøchers in eine und die des Probstes in seine andere Hand und schüttelte sie herzlich. Frau Ramm war die einzige, die Worte fand. Wo andere Rührung empfanden, wurde sie immer feierlich, und nie hielt sie so vortreffliche Reden, wie da, wo andere nicht im Stande waren, ein Wort zu sagen.

„Gott segne euch, meine Kinder", sagte sie. „Ein seltenes, ein höchst unerwartetes Glück ist euch zuteil geworden. Verhaltet euch seiner würdig! Vergeßt nie, diesem edlen Mann dafür zu danken. Du, Amalie, denke daran, daß er, vor jedem anderen, Anspruch auf dein dankbares Herz hat. Sei ihm zum Trost, zur Aufmunterung, zur Bequemlichkeit, sei eine Zierde für sein Haus, eine Mutter für seine Kinder ..."

Hier rückte Brøcher unwillkürlich einen Schritt näher, als wolle er in Erinnerung bringen, daß er auch noch da war.

„Meine Tochter", fuhr die Frau fort, „du kannst in doppelter Hinsicht dein Schicksal preisen und dich zu Dank für die Vorsehung gestimmt fühlen. Du hast die Wahl deines Herzens getroffen, und das Glück tut das Seine dazu. Brøcher ist keine hochfliegende, poetisch ausgerüstete Natur, ach, das ist es nicht, was es ausmacht, es sind nicht die blendenden Gaben des Genies, die das stille, häusliche Glück sichern. Brøcher ist ein Mann mit gesundem, einfachem Verstand, ein ehrenhafter, in seinem Amt eifriger Mann, ein Mann, den ich schätze. Er wird für das weichere, schwärmerische Gemüt meiner Amalie gerade eine Stütze sein. Er wird sie glücklich machen."

Das war zu viel für Brøchers Bescheidenheit. Das Band, das seine Rührung zurückgehalten hatte, zerbarst und mit dem Taschentuch vor den Augen stürzte er aus der Stube.

Es war noch einer übrig, der noch nicht in die allgemeine Freude eingestimmt hatte. Das war Ada. Das kleine Mädchen hatte förmlich Leidenschaft für Sofie gefaßt. Sie folgte ihr wie ein Schatten, bewachte eine jede ihrer Bewegungen. Keiner der anderen konnte sich rühmen, bei ihr eine besondere Gunst zu genießen. Amalie konnte sie zur Not leiden, aber die Frau hingegen überhaupt nicht, ungeachtet dessen, daß diese sie mit allen Mitteln zu gewinnen suchte. Brøcher haßte sie. Er hatte sich einmal erdreistet, sie küssen zu wollen, und nannte sie seinen kleinen Liebling, und das vergaß sie nicht. Nun geschah es, daß Ada in der Küche Wind davon bekommen hatte, was drinnen passiert war – solche Dinge gehen durchs Schlüsselloch – und ob sie es nun mißverstanden hatte oder ob eines der Mädchen, das ihre Passion für Sofie kannte, unbarmherzig genug gewesen war, sie zum Narren zu halten, wohlan, sie hatte die Idee bekommen, daß es Sofie und nicht Amalie war, die kommen und im Haus wohnen sollte. Für sie sollten die leeren Zimmer poliert und eingerichtet werden. Mit allen Anzeichen der heftigsten Freude stürzte sie herein und zu Sofie hin. Diese hatte alle Mühe damit, ihr zu erklären, daß sie sich geirrt hätte, und als sie es endlich begriff, starrte sie Sofie mit ihren großen, dunklen Augen nur steif an und ging ohne ein Wort zu sagen aus der Stube. Dorthe, die sie eine Stunde später zu Bett bringen wollte, konnte sie nirgends finden. Die Schwestern gingen dann mit, um sie zu suchen. Sie war in deren eigenem Zimmer. Hier lag sie auf dem Sofa mit dem Kopf in den Kissen und schluchzte. Mit den süßesten Worten versuchten Amalie und die alte Dorthe, sie zu beruhigen. Sie versprachen ihr tausend Herrlichkeiten, wenn sie nur zu weinen aufhöre und sich in ihr Schicksal finde. Aber die Kleine blieb stur: „Sofie soll bei uns wohnen, kein anderer."

„Willst du denn, daß ich Brøchers Frau werden soll?", fragte diese.

Eine ausdrucksvolle Grimasse deutete an, wie unbeschreiblich unwürdig sie ihn dazu fand.

„Na, da siehst du es! Brøcher will nicht mich, sondern nur seine Frau bei sich haben."

„Aber ich will Brøcher nicht haben. Papa hat mich nicht danach gefragt, ich will Brøcher nicht zum Kaplan haben. Du sollst kommen, das hat Anne Küchenmagd gesagt, daß Papa gesagt hat, daß du in dem großen Saal wohnen sollst, der gelb gemalt werden soll, und ich soll in dem kleinen daneben wohnen, und der soll hellrot gemalt werden."

„Bekomme ich denn gar nicht die Erlaubnis, in dem gelben Saal zu wohnen?", fragte Amalie.

„Nein."

„Da werde ich so traurig, da weine ich:huh, huh, huh."

„Ja, aber du weinst keine Tränen, das sah ich gestern in der Kirche. Du machst nur so mit dem Taschentuch."

„Pfui, schäm dich", sagte die alte Dorthe, „jetzt bist du richtig unartig. Solltest du nicht froh darüber sein, daß das nette Fräulein kommt und bei dir wohnt, sie, die immer so lieb zu dir ist, die dir ein Herz aus Bernstein geschenkt hat und die dir so viele hübsche Pferde ausschneidet?"

„Nennst du das Pferde? Lina sagte, daß es Kamele wären, und die mit zwei

Buckeln wären Dromedare, und die mit drei – was sind das für welche?"

„Hör, ich werde dir was sagen, kleine Ada", sagte Sofie. „Wärst du lieb und fügsam gewesen, dann wäre ich gekommen und hätte dich und Brøcher und Amalie besucht, aber jetzt komme ich gar nicht."

Die Kleine sah sie starr an.

„Wie lange willst du dann bleiben?"

„Das weiß ich nicht, vielleicht einen ganzen Monat, vielleicht zwei, wenn du lieb bist."

„Willst du denn gar nicht kommen, ohne daß sie hier wohnt?"

„Nein, dann komme ich gar nicht."

„Dann kannst du die Erlaubnis kriegen", sagte sie zu Amalie, mit der Miene einer Königin.

„Aber ich will nicht, ohne daß Brøcher auch hier wohnt."

„Er kann die Erlaubnis haben", sagte sie, nach etwas längerem Bedenken.

„Du kleiner Engel!", rief Amalie. – „Das war das süße Mädchen, das mein eigenes Gold ist!", sagte die alte Dorthe, „da können Sie sehen, daß sie im Grunde gut ist, aber man muß sie ernst nehmen."

„Ja, das könnte wohl möglich sein", sagte Sofie lächelnd.

An diesem Abend kam man spät zu Bett. Die Unterhaltung hatte einen neuen, inhaltsreichen Stoff bekommen. Selbst Ada hatte sich wiederholte Male Aufschub erbettelt, bis sie auf dem bloßen Fußboden an Sofies Seite, mit dem braungelockten Haar auf den Falten von deren Kleid ruhend, eingeschlafen war. Alle waren froh oder schienen so. Frau Ramm war lauter Liebenswürdigkeit gegen alle. Sie hatte Amalie bereits die großzügigsten Andeutungen hinsichtlich der Aussteuer gegeben. Zum ersten Mal seit einem halben Jahr erkundigte sie sich bei Brøcher nach dem Anfall, an dem er litt.

Es war fast zwölf Uhr, bis sich die Schwestern alleine in ihrer Kammer fanden. Amalie kam tanzend und trällernd herein, doch kaum war sie über die Schwelle, als sie mit einer Gebärde, die so feierlich war, als wolle sie Geister beschwören, stehenblieb:

„Sofie, Sofie! Es herrschen dunkle, geheimnisvolle Mächte im Leben eines Menschen, die kein Verstand ergründen kann. Erinnerst du dich an meinen Traum?"

„Deinen Traum!", sagte Sofie zerstreut.

„So wurde es doch der Wille des Schicksals, daß ich in diesen fremden Räumen herrschen soll! – So stand es doch in den Sternen geschrieben, daß meine Hand diese alten Gardinen abnehmen sollte, daß meine Hand ..."

„Soll es Chintz oder Nessel sein?"

„Wohl überlegt, glaube ich, weder das eine noch das andere", sagte Amalie, die sich immer so willig wie ein Papierdrache von ihren Ausflügen in die Höhe herunterziehen ließ. „Es gibt eine Art bestickten Mulls, der hübsch sein soll ... Aber Sofie, jetzt mal ernsthaft, ist es nicht merkwürdig, wie mein Traum eintrifft? Nun wundert es mich, ob der zweite Teil, der, der dich betraf, buchstäblich in Erfüllung geht."

„Was träumtest du denn von mir?"

„Erinnerst du dich nicht? – Dich sah ich ja dort drüben stehen, eifrig damit beschäftigt, die Portraits abzunehmen und Urgroßmutter wieder aufzuhängen. Ich habe mir schon ausgerechnet, daß du mit hierhinkommst, und dann hilfst du mir, das ein oder andere zu arrangieren. Du hast so einen guten Geschmack."

„Kann schon sein."

„Im übrigen bedanke ich mich für den Wechsel. Ich will am liebsten meine Dichter behalten. Ich habe entdeckt, daß Goethe Adolf etwas in den Augen und im Profil ähnlich ist, besonders wenn man von einer bestimmten Seite guckt. Sieh einmal! Findest du nicht?"

„Nein, in keinster Weise!", sagte Sofie fast zornig. „Weder von der einen noch von der anderen Seite."

„Es ist allerdings nicht jugendlich genug – aber was ich sagen wollte – ich tausche sie nicht. Ich habe nie begreifen können, was du an der alten, grimmigen Fratze so schätzt und weshalb du dich nicht damit beeiltest, es los zu werden, als die Gartenstube eingerichtet wurde. Wenn ich nur in die Nähe davon komme, ist mir zumute, als sollte ich Schelte haben."

„Hab keine Angst, du bekommst es auch nicht. Urgroßmutter und ich haben uns nun einmal aneinander gewöhnt, und die eine zieht nicht ohne die andere um."

Wie sehr die kleine Familienbegebenheit, die wir erzählt haben, auch die Personen aneinander geknüpft und ihre Interessen um einen Punkt gesammelt hatte, so wirkte sie äußerlich doch störend. Die stille, ruhige Gemütlichkeit der ersten Tage war verschwunden. Die Herren verbrachten nun einen großen Teil des Tages drinnen beim Probst. Die Frau und Amalie waren in unablässiger Bewegung. Jede Ecke im Haus wurde durchsucht, die gründlichsten Überlegungen angestellt, wie es sich am besten einrichten ließe. Die Stube war fast ständig leer. Sofie begann, sich einsam zu fühlen. Es gab nichts in ihrer gegenwärtigen Stimmung, wovor ihr mehr graute als das.

Man kann die Erinnerung an eine Herzensangelegenheit auf höchst verschiedene Weise pflegen. In einem Fall wird man diese Erinnerung wie einen Trost, einen Gewinn aufsuchen können; in einem zweiten Fall wird man ihn dahingegen scheuen wie die Pest. Es ist leicht zu raten, welche dieser Alternativen am häufigsten das Los einer Frau wird. Für einen Mann wird die Betrachtung einer enttäuschten Liebe in den seltensten Fällen etwas Demütigendes an sich haben. Wenn er bei sich selbst weiß, daß er alles aufgeboten hat, was in seiner Macht steht, um auf die Geliebte zu wirken, daß er kein Mittel unversucht gelassen hat, um die Unerbittliche zu besiegen, so kann er ruhig sein, er hat sich nichts vorzuwerfen. Er hat sein Bestes getan. Er kann sich sicher bei der Betrachtung seiner Leiden ausruhen, sie besingen, wenn er kann, und sich selbst und andere rühren, während die Hoffnung auf einen neuen Kampf, eine neue Liebe süß aus dem abgemähten Grund hervorsprießt. Wenn sie hingegen bei sich selbst weiß, daß sie alles getan hat, was in ihrer Macht steht, um sich vor dem Geliebten zu verbergen, daß sie kein Mittel unversucht gelassen hat, um ihr Gefühl zu besiegen, daß sie ihre Sehnsüchte getötet hat, sorgfältig jeden furchtsamen Keim der Hoffnung herausgerissen hat, und wenn sie dieses Werk der Selbstzerstörung wie jene wilden Fakire, ohne eine Miene zu verziehen, hat vollstrecken können, dann, ja, dann hat auch sie ihr Bestes getan, aber es ist deshalb nicht gesagt, daß sie ruhig sein kann. Zur Bitterkeit des Entsagens wird noch die Reue und die Selbstanklage mit ihrer grausamen Sophistik hinzukommen. Ein Blick, ein schnellerer Pulsschlag, ein plötzliches Erröten, ein durch Weinen genügend gelöschter Freudenstrahl, eine Hoffnung, die am Abend mit seinen Schritten schwand, können sich bei ihr zu genauso vielen Gifttropfen verwandeln, die einer nach dem anderen in die Wunde tröpfeln und sie unheilbar machen. Sofie war eine dieser weiblichen Fakirnaturen, die das Gesetz der Weiblichkeit, nämlich sich selbst zu töten und selbst zu quälen, erfüllen mußte, und zwar so wie es ihr eingeprägt worden war, ganz und gar. Sie ertrug es nicht, an das Geschehene zu denken. Sofie hatte einmal das Angesicht der Medusa betrachtet; es hatte sie versteinert und ihr die unnatürliche Kraft verliehen, mit welcher sie bis zum letzten, bitteren Abschied widerstanden hatte. Mehr konnte sie nicht. Mit Begierde hatte sie die Reise als einen Anlaß ergriffen, zu entfliehen, und begierlich klammerte sie sich an jeden neuen Eindruck. Es darf uns deshalb nicht verwundern, sie teilnehmend, ihre Aufmerksamkeit für andere verdoppelnd zu sehen. Es war keine Verstellung, wenn sie sich mitteilsam, bisweilen sogar aufgeräumt zeigte. Sie wollte und mußte sich nur selbst entfliehen. Diese aufgezwungene Ruhe schwebte jedoch beständig in Gefahr. Es brauchte nicht mehr, als daß ein gewisser Name plötzlich genannt wurde oder daß das arme Mädchen zur Abendzeit sorglos in das Zimmer oben trat und ihre Augen dann plötzlich auf das Bild trafen, dessen verräterische Ähnlichkeit die Dämmerung noch ergreifender machte. In solchen Augenblicken bezwang sie sich gewaltig. Sie wagte noch nicht, den gebundenen Schmerz zu lösen; eine stärkere, erfahrenere Hand als ihre mußte das tun – und dann sehnte sie sich nach der Schwester, nach eben der Schwester, die sie so sehr liebte, die noch immer so mild und klar im Rosenschimmer der Kindesphantasie dastand. Sie, die gute Lovise, würde ihr helfen, das zu deuten, das ihr so rätselhaft unerklärlich vorkam. Sie wußte selbst, was Leiden bedeutete, sie würde zu trösten wissen. In ihren Armen wollte sie sich ausweinen ... Oh, wie würde sie weinen! ... Nun, bloß nicht daran denken ... Nur nicht daran denken!

Und dann konnte sie wieder, verängstigt wie ein Kind, das sich in der Dunkelheit fürchtet und vor seinem Schatten davonläuft, andere aufsuchen, sich an sie klammern, für sie singen und mit den Kindern scherzen.

Aber an diesem Tag war das Haus wie ausgestorben. Sofie fand die Stube leer, sie durchsuchte den Garten, aber auch hier war niemand. Traurig und beklommen wanderte sie die Allee hinunter, aus dem Tor und ohne eine bestimmte Überlegung auf den Waldweg hinaus, der hinunter in das Tal führte. Hier sah sie aber, wie ihr eine Gestalt entgegenkam, die eine von denen sein mußte, die sie suchte. Wer es war, konnte sie allerdings nicht erkennen, da sie nicht weitsichtig war. Es verringerte auch nicht ihre Freude, als sie endlich sah, daß es Rein war. Mit einem vergnügten Ausruf streckte sie ihm die Hand entgegen. Es war ganz der Ausdruck des die Dunkelheit fürchtenden Kindes, wenn die Mutter mit Licht kommt. Rein antwortete nicht sofort. Er war mit den Armen vor der Brust stehengeblieben, während er tief Atem holte. Sofie schimpfte mit ihm, weil er den Hügel zu schnell heraufgegangen war.

„Das beste Mittel dagegen", ergriff er das Wort, „ist, daß ich denselben Weg wieder mit Ihnen hinuntergehe. Sie wollten doch spazierengehen?"

Sofie war sofort dazu bereit, und ungewiß, ob es durch eine Bewegung von ihm oder von ihr geschah, ruhte ihr Arm in seinem, als sie den Abstieg begannen.

Auf dem Weg erzählte ihr Rein, daß er in der alten Mühle gewesen war, um einen Schaden zu besehen, der sich als beträchtlicher erwiesen hatte als erwartet. Durch ein unverzeihliches Versäumnis des Müllers war der beste Mühlstein kaputtgegangen und diverse andere Schäden verursacht worden. Als Sofie sich darüber wunderte, daß er so scherzend darüber redete, als wäre es nichts, versicherte er ihr, daß er sich angewöhnt hätte, sich Unglück niemals zu Herzen zu nehmen. Es war doch so untrennbar von allen menschlichen Bestrebungen wie der Schatten vom Licht. Das einzige, was man tun konnte, war, ihnen Trotz zu bieten und augenblicklich danach zu streben, ihre Wirkung zunichte zu machen – beherrschten wir sie nicht, würden sie uns beherrschen und würden damit enden, uns zu jämmerlichen Fatalisten zu machen, die mutlos die Hände in den Schoß legen.

Sofie fand diese Lebensphilosophie vortrefflich. „Ich will ernsthaft versuchen, sie mir zu eigen zu machen", versicherte sie.

„Versuchen Sie es einmal richtig", sagte Rein. „Betrachten Sie das, was wir Unglück nennen, im Zusammenhang mit dem Ganzen, und Sie werden sehen, daß sie sich als kleine, unschädliche, kaum sichtbare Punkte zeigen. Sehr oft sprießt sogar etwas wirklich Gutes aus ihnen, wenn man es auch nicht direkt erblickt. Es passiert mir wenigstens beständig."

„Gut", sagte Sofie, „wenn ich das nächste Mal wiederkomme, will ich wissen, was für ein Glück dieses Unglück nach sich gezogen hat. Sie müssen genaue Rechenschaft darüber ablegen, welche Herrlichkeiten der Mühlstein und das ramponierte Schleusenwerk Ihnen eingebracht haben."

„Ich werde Ihnen sofort einen Vorteil durch den Schaden sagen. Ich bin lange unzufrieden mit dem Müller gewesen, ohne aber einen erklecklichen Grund gehabt zu haben, ihm zu kündigen. Auf einen besseren Anlaß als diesen würde ich lange gewartet haben können, er hätte dann schon mein Haus abbrennen müssen. Zweitens, wäre das gesegnete Mühlrad nicht gewesen, so hätte ich Sie nicht getroffen", fügte er ritterlich hinzu, „und hätte nicht diesen schönen Spaziergang im verzaubernden Mondschein mit Ihnen unternommen ... Da ist er gerade über dem Rand der Bergrücken!"

Sie wanderten so durch das Tal bis zu dessen äußerstem Ende und wieder zurück. Ab und zu blieben sie vor den Häusern stehen, um mit den Bewohnern ein freundliches Wort zu wechseln. Erst als sie an dem letzten Haus vorbei waren und der Wald sie in seiner einsamen Dunkelheit aufnahm, wurde die Unterhaltung wieder zusammenhängend. Sofie, die in der Nähe von anderen, besonders in der Nähe ihrer Mutter, wenig redete, wurde lebhaft und mitteilsam. Rein vergaß ganz, daß es ein achtzehnjähriges Mädchen war, mit dem er sich unterhielt. Ein achtzehnjähriges Mädchen ist bei uns gewöhnlich etwas nahe an einem Unding, in jedem Fall ein lächerliches Zwischending zwischen einem großen Kind und einer unvollkommenen Dame. Niemals fällt es einem Mann ein, eine ernsthafte Unterhaltung mit einem achtzehnjährigen Mädchen zu führen, für das deshalb eine eigene Komposition aus Gefasel und Schmeicheleien erfunden worden ist. Bevor Rein es wußte, wurde er selbst beredt; seine besten, seit langem begrabenen Gedanken bekamen aufs neue Worte. An keiner Stelle wurden sie mißverstanden oder affektiert aufgenommen. Es erschien ihm sogar, als ob sie bereichert wieder zurückkämen. Die Bewunderung eines älteren Mannes ist immer wärmer als die eines jüngeren. Sie ist weniger egoistisch. Er lauschte mit Wohlbehagen ihren feinen, verständigen Antworten, die durch so viel kindliche Wohllaute in der Stimme hindurchklangen. Was ihn besonders freute, war die Frische und Ursprünglichkeit, die sich in ihrer Rede offenbarten. Ein junges Mädchen, das den Mut hatte, es selbst zu sein, das jeden Augenblick naiv den Schein und die Sitten vor den Kopf stieß. Der Schein und die Sitte, diese Götzenbilder seines Geschlechts, in welche es bereits von der Wiege an mystisch eingeweiht wird und denen es einen Kult aus Unwahrheit, Feigheit, Kleinlichkeit, Verstellung, tiefer, innerlicher Unwahrheit opfert. Oh, wie hatten sie nicht langsam auch seinen jugendlichen Enthusiasmus geschluckt, bevor er müde und nüchtern, jedoch zu mild, um Verachtung zu fühlen, beschlossen hatte, einsam zu leben. Er war auch bereits viele Jahre Junggeselle, als er sich aus verschiedenen Rücksichten dazu entschied, zu heiraten. Es war eine Musterehe geworden. Wenn man eine glückliche Ehefrau anführen wollte, nannte man Frau Rein. Inwieweit er in seiner tiefsten Seele es auch gewesen war, das hatte eine zweifelnde Zunge niemals ausgesprochen.

Der Mond war nun richtig hoch gestiegen. Er spiegelte sich auf dem blanken Ziegeldach des Hofes und zeichnete die ganze Reihe der Bäume in der Allee malerisch gegen den dunklen, tiefen Himmel. Ab und zu schimmerte Licht im Schatten. Aber wie war es zugegangen, daß sie schon so nahe dem Hof waren! Er mußte ausgewandert sein, sie zu treffen, denn es konnte nicht natürlich sein, daß er schon dort lag! Er ging diesen Weg ein paar Mal in der Woche, und dann – der Probst war ein ziemlich schwerer Mann – kam er ihm bisweilen anstrengend genug vor. Aber er wußte auch nicht, daß seine Schritte elastisch wie die eines Jünglings geworden waren. Er sah selbst nicht, wie seine dunklen Augen strahlten. Ebenso wenig hörte er den Klang seiner eigenen Stimme. Es gab niemanden, der das sah oder hörte. Er träumte unterdessen einen Traum, einen von den behaglichen, die man gegen Morgen hat und in denen man das seltsame Bewußtsein hat, daß es nur ein Traum ist, so daß sich mitten in unsere Freude eine wehmütige Angst davor mischt, daß man erwachen wird ... Er träumte nämlich, daß er sie gefunden hatte, die er so lange gesucht hatte, daß sie es war, die jetzt mit so leichten, schwebenden Schritten an seiner Seite wanderte, daß es seine junge Ehefrau war, die er selbst, jung und glücklich, am Tag zuvor heimgeführt hatte! ... Sie waren eine Runde im Mondenschein gewandert, um die Umgebung zu besichtigen, von der sie aber doch nichts gesehen hatten, und sie näherten sich nun dem Zuhause, ihrem Heim, das ihnen mit neuen, doppelten Freuden winkte.

Aber, ach, er brauchte bloß in den Kreis der anderen hereinzukommen, da war es vorbei. Das Blendwerk schwand, die Wirklichkeit trat in ihr unerbittliches Recht. Beim Schein der Lampe sah er Sofie wieder ... Nein, sie war doch auch verzweifelt jung und schön! „Daß jemand nach einer solchen Wanderung noch

Lust haben kann, Fangen zu spielen", sagte er fast ärgerlich bei sich selbst, als er sie von seinem bequemen Lehnstuhl schnell wie der Pfeil mit Ada den Tisch umkreisen sah ... „Man kann ganz schwindelig davon werden, es anzusehen!"
An diesem Abend war er zum ersten Mal still und wortkarg. Seine Gäste bemerkten diese Verstimmung auch gut, aber ein jeder unterließ es aus Diskretion, das zu berühren, was sie als den Grund dafür ansahen. Erst, als sie einander gute Nacht sagten, konnte Frau Ramm sich nicht enthalten, sie legte ihre noch schöne, stark beringte Hand auf den Arm des Probstes und sagte mit ihrer weichsten Stimme:

„Wie sollen wir unseren lieben Gastgeber wieder guter Laune bekommen? Wer wollte auch sagen, als wir uns gestern abend trennten, daß das schlimme Unglück Sie treffen würde? Wie hoch schätzen Sie ihren Verlust, lieber Herr Probst?"

„Der Verlust ist wohl das geringste", erwiderte der Amtmann. „Das schlimmste ist, daß, wenn solch alte Maschinen verrückt spielen, es keine Hilfe mehr für sie gibt. Man muß sie dem Teufel überlassen ... Reparaturen und Pfuschereien nützen in der Regel nichts."

„Kurios genug", bemerkte Brøcher, „träumte ich vergangene Nacht, daß eben diese Mühle in hellen Flammen stand."

„Ja, wirklich", sagte der Probst gutmütig lächelnd, „es ist schon kurios mit Träumen."

Rein verbrachte eine schlaflose Nacht, in welcher er jedoch nicht ein einziges Mal an den zersprungenen Mühlstein dachte, doch mit einem so schweren Sinn, als ob die beiden Hälften des Steins auf seiner Brust lägen. Wie war das gekommen! Er hatte doch ehrlich und männlich die Versuchung bekämpft, und nun stand er geradewegs wieder dem Ungeheuer gegenüber! Beseelt von einer edlen Resignation hatte er Sofie im Hause ihrer Eltern verlassen. Er war vollkommen ruhig, als er sie wiedersah; väterlich hatte er sich über ihre Liebenswürdigkeit gefreut, er ahnte nichts Schlimmes. Da sah er sich plötzlich – gleich jenen unglücklich in der Wüste Verirrten, die glauben, daß sie vorwärts schreiten, während sie doch nur einen Kreis beschreiben – in seinen eigenen, verlassenen Fußspuren wieder. Eines beruhigte ihn doch, das Unglück war weniger ihm selbst zuzuschreiben als Sofie. Sie hatte die Versuchung heraufbeschworen. Sie kam ihm so merkwürdig herausfordernd entgegen, niemand anderem, nicht einmal ihrem eigenen Vater, zeigte sie diese Herzlichkeit! Manchmal, wenn etwas an diesem fremden Ort sie ergriff, legte sie ihm gleichsam das Wort in den Mund und sah ihm obendrein dreist in die Augen. Kürzlich hörte er sie zu Ada sagen: „Wenn ich deine Mama wäre, dann ..." oder „Jetzt bin ich deine Mama ..." Gerade das sagte sie einmal, sie hatte Ada auf den Arm genommen ... er kam im selben Augenblick hinzu, da schlang die Kleine auch um seinen Hals einen Arm und zog sie zusammen ... verschreckt riß er das Kind an sich ... Was denkt sie bei solchen Äußerungen? „Oh, du alter Tor", flüsterte ihm wieder eine höhnische

Stimme zu, „nicht ein klitzekleines bißchen denkt sie sich. Ist dieses Geradeheraussein nicht gerade ein Zeichen dafür, daß ihr der Gedanke so fern liegt, daß er ihr nicht einmal einfällt? Einem jüngeren Mann würde sie das nicht zeigen." Als der Tag anbrach, wanderte er immer noch in seiner Kammer auf und ab. Aber es war dem braven Mann geglückt, sich das Gleichgewicht zu erkämpfen, das ihm gefehlt hatte. „Nein", sagte er, indem er die Lampe löschte und in den nebeligen Herbstmorgen hinausstarrte, „es wird nicht geschehen. Ich könnte sie begehren ... Ihre Eltern würden sie mir geben – ich glaube, mit Freude. Sie selbst würde vielleicht, kindlich unerfahren wie sie ist, einwilligen. Noch ist sie unberührt von der Einwirkung der Leidenschaft ... Ich habe wenigstens nichts gehört! ... Aber gerade deshalb nicht. Ich verabscheue solche Überfälle. Ich will kein Räuber sein. Diese Schönheit, diese rührende Anmut, diese ..." – hier kam das ganze Verzeichnis von allen Vorzügen Sofies – „sollen einem Jüngeren gehören, der glücklicher ist, als ich es bin. Wenn sie nur meine Tochter wäre! Wenn nur Ada ihr einmal gleichen würde! Morgen reisen sie ab. Es ist also nur dieser eine Tag, wo es ruhig zu sein oder: zu scheinen gilt. Ich hoffe, es sein zu können."

Der Himmel hörte ohne Zweifel den Vorsatz des würdigen Mannes und fand daran Behagen. Das Schicksal spinnt unterdessen ruhig und unbekümmert die Fäden, die den Lebensweg des Menschen lenken, und lacht über deren Berechnungen und Vorsätze.

Dorthe, alte brave Dorthe! Wer kennt nicht die alte Dorthe, wer hat nicht eine solche Dorthe in seiner Familie gehabt? Sie war es, die dir so viel Schönes erzählte, daß du einschliefst, bevor du das Ende gehört hattest. Sie war es, die für dich bat, wenn du Fenster zerschlagen hattest, und die jeden Tag mit beispielloser Unermüdlichkeit wieder zerstörte, was ein bißchen vernünftige Strenge aufgebaut hatte ... Sie war es, die so bitterlich weinte, als du das erste Mal, keck und unbefangen, aus dem Hause zogst, und die in der Woche, in der du wieder zu Hause erwartet wurdest, vor Freude nicht schlief ... Ach, bereichert mit den ersten, mißtönenden Welterfahrungen kamst du! ... Und als dann alle fort waren, auch der allerletzte, und kein einziger mehr übrig war, um ihn zu „verziehen", da blieb Dorthe verlassen und traurig zurück, und wie sie saß und verkümmerte, erinnerte sie sich plötzlich, daß sie selbst Freier gehabt hatte, und sie heiratete einen ihres Standes, das heißt: sie heiratete Not und Elend.

So bekam sie dann selbst ein Heim, aber sie hängt mit all ihren Herzenswurzeln in deinem fest. Dort lebt sie ihr eigentliches Leben. Es ist nun zu der Feenwelt geworden, die sie ihren Kindern aufschließt. Wenn wichtige Begebenheiten in der Familie eintreten, dann hat Dorthe bedeutungsvolle Träume und Gesichte gehabt, die sie zu vermelden kommt. Sie dichtet Verse bei festlichen Anlässen, die jedoch der Konfirmand, Braut oder Bräutigam nach Diktat selbst abschreiben muß, denn mit all ihrer Redegewandtheit und Belesenheit hat sie es doch nie dahin getrieben, ihre Inspirationen in die Feder zu leiten. Dorthe wartet nur darauf, wieder Witwe zu werden, dann schließt sie ihre Hütte, und gibt es den alten Arne nicht mehr, so wird sie deine aufsuchen, und sie wird sich mit der ganzen aufgestauten Zärtlichkeit ihres treuen Herzens über deine Kinder werfen.

Unsere alte Dorthe hatte in jungen Jahren im Vaterhaus der verstorbenen Frau Probst gedient. Sie hatte diese, die auch früh ihre Mutter verloren hatte, geammt und aufgezogen und war seither, nachdem sie eine kurze Zeit verheiratet gewesen war, in das Haus ihrer Pflegetochter gezogen. Aber Dorthes Erziehungswerk trug nicht immer dieselben glücklichen Früchte. Die kleine Ada hatte ganz und gar nicht die unverwüstliche, einfache, sanfte Natur der Mutter geerbt. Dorthes blinde Liebe und grenzenlose Nachgiebigkeit hatten in dem Mädchen alle die gefährlichen Anlagen entfaltet, die zu etwas Großem und Herrlichem, aber auch zu etwas höchst Unglückseligem gedeihen können. Die kleine Ada beherrschte das ganze Haus. Wenn sie zusammen mit Lina, die drei Jahre älter war, spielte, ließ diese ihr unbedingt ihren Willen, gerade so, als wäre es ganz natürlich. Selbst der Vater konnte Dorthes Bitten nicht widerstehen, wenn er ganz selten einmal streng sein wollte. Wenn ihn jemand beschuldigt haben würde, daß er bei seinen Kindern Unterschiede machte, würde er diese Beschuldigung sonderbar, um nicht zu sagen: ungerechtfertigt gefunden haben. War er nicht zu beiden gleich sanft, gleich nachsichtig? Sicher, doch er dachte nicht daran, daß die eine ein ebenso frommes und artiges Kind war wie die andere ein wildes und eigensinniges. Und doch verweilten die Augen des Vaters mit einem ganz anderen Ausdruck auf der kleinen Ada als auf der anderen Tochter. Wem würde es nicht so gehen? Die Schönheit hat eine wunderbare, betörende Macht, der zu widerstehen sich niemand rühmen kann. Dazu kam die Unruhe, die ein solches Kind in der Seele eines Vaters wecken mußte. Sie zwang ihn zu fortwährender Beschäftigung mit sich. Unbändig in Kummer und Freude, einschmeichelnd, wenn sie ein Ziel erreichen wollte, begabt mit starken Antipathien und Sympathien. Zwar gehörten die letzteren zu den Seltenheiten, doch wenn jemand so glücklich war, diese bei ihr zu wecken, gab es auch überhaupt kein Maß in ihrer Liebe. Derartig war die Hingabe, die sie für Sofie gefaßt hatte. Durch ihre Heftigkeit war sie mehr dazu geeignet, diese zurückzuschrecken als sie zu rühren. Das junge Mädchen war unterdessen unter all den Älteren die einzige, die etwas Macht über Ada ausübte. Einige Auszüge werden das am besten beleuchten.

An einem Tag war Ada unartig gewesen. Brøcher hatte vom Seminaristen einen abgerichteten Dompfaff in einem netten, kleinen Käfig geschenkt bekommen. Er fand großes Vergnügen daran, das kleine Tier zu füttern und es zum Singen zu verlocken. Mit einem Mal verschwand der Vogel, und es war ziemlich erweislich, daß Ada die Verbrecherin gewesen war. Ob sie ihn hatte entschlüpfen lassen oder was sie ansonsten mit ihm angestellt hatte, war unmöglich aus ihr herauszubringen.

Deshalb sollte nun ein Exempel statuiert werden. Sie sollte von einer Spazierfahrt zu Hause bleiben, die entlang des Sees bis zu einem Bauernhof führen sollte, der sowohl durch seine herrliche Lage als auch durch eine gewisse eigentümliche Bauweise zu einem Wallfahrtsort auch für entferntere Bewohner geworden war. Dorthe bettelte und bat ... Sie behauptete, daß der Vogel sich den Weg nach draußen selbst gebahnt hätte, sie versicherte sogar, daß sie ihn, der leicht an einer schiefen Schwanzfeder erkennbar war, gesund und munter in einem Baum im Garten gesehen hätte. Aber weder Dorthes glänzende Argumentation noch Adas Verzweiflung halfen, dieses Mal war der Vater unerbittlich. Gerührt von ihren Tränen und Bitten versprach die gutmütige Amalie ihr, daß sie zu Hause bei ihr bleiben würde, aber darum kümmerte sich die Kleine gar nicht. Sie sah zu Sofie hin, als erwarte sie dasselbe Angebot von dieser, aber Sofie sagte ernsthaft: „Ich will durchaus nicht bei dir zu Hause bleiben, Ada, und ich komme nicht zurück, bis du ganz artig geworden bist und es wiedergutgemacht hast." Ada schwieg plötzlich, ging hin und setzte sich auf die Treppe und sah ruhig zu, wie sie loszogen.

Es war eine unglückliche Redensart von Sofie, Ada zu bitten, „es wiedergutzumachen". Die Kleine, in ihrer Reue ebenso heftig wie in ihren anderen Gefühlen, hatte eine gewisse eskalierte Art, ein Ding wiedergutzumachen. Sie war oft schlimmer als das Vergehen.

Kaum war der Wagen außer Sicht, da sprang sie auf und lief in das Studierzimmer ihres Vaters. Hier glückte es ihr mit Hilfe eines Stuhls und eines Schemels an einen Eckglasschrank zu gelangen, in welchem der Probst ein kleines Naturalienkabinett eingerichtet hatte. Niemand störte sie in ihrem geheimnisvollen Treiben, da niemand auf die Idee kam, sie dort drinnen zu suchen. Aber daß sie selbst zufrieden damit war, das bezeugte ihr freudestrahlendes Gesicht, mit welchem sie die Heimkehrenden empfing. Klein-Ada war an diesem Abend so süß und einschmeichelnd, daß man es fast bereute, so hart gegen sie gewesen zu sein.

Die Lampe war gerade angezündet, da steckte Brøcher den Kopf zur Tür herein und winkte. Alle mußten ihm folgen. Selbst schritt er auf Zehen mit geheimnisvoller Miene voran. Mitten auf dem Tisch in seinem Zimmer stand etwas Zugedecktes, das er schelmisch enthüllte. Da saß der Dompfaff mit roter, leuchtender Brust gravitätisch auf seiner Stange.

„Er ist bedrückt, finde ich, er wird doch wohl nicht krank sein", sagte Amalie, als der Vogel trotz der lauten Ausbrüche sich noch nicht rührte. „Pfeife für ihn, Adolf!"

Adolf pfiff und reichte ihm Zucker. Aber die scharfen Augen des Probstes ließen sich nicht täuschen. Er nahm den ausgestopften Vogel und zeigte ihnen den Betrug, und nun brach die kleine Ada in solch einen unendlichen, ohrenbetäubenden Jubel aus, daß sie alle, ob sie wollten oder nicht, darin einstimmen mußten. Sofie stand am Fenster und grübelte. Sie dachte daran, ob dieser Jubel wirklich eine kindliche, naive Freude über ein begangenes Vergehen war oder ob ein kleiner Satan dahinter steckte. Als sie aufsah, trafen ihre Augen die Reins, die mit einem eigentümlichen, traurigen Ausdruck auf sie geheftet waren.

Ada liebte Pracht. Ihre Kleider waren niemals schön genug. Alles, was einfach, bescheiden oder häßlich war, verabscheute sie. Ungleich anderen Kindern fand sie kein Behagen daran, sich unten zwischen den Leuten zu tummeln und sich bei deren Beschäftigungen zu vergnügen. Das kleine hochmütige Mädchen sprach nie zu den armen Kindern, die täglich auf dem Hof unterrichtet wurden. Wie sich dieser Charakterzug mit der Zeit entwickeln würde, ließ sich unmöglich bestimmen, aber im Moment versprach er dem Probst in dieser Tochter keine besondere Unterstützung für seine philantropischen Bestrebungen.

Wenn Ada nicht bei den Erwachsenen drinnen sein durfte, deren Reden sie allzu scharf bewachte, trieb sie in dem einsamsten Teil des Gartens ihr Spiel. Ihr Lieblingsplatz war unter der Nußhecke, wo sie zwischen dem Laub die heruntergefallenen Nüsse suchte. Lange konnte der einsam Spazierende dieses geheimnisvolle Rascheln hören, bis plötzlich eine Elfe unter dem Busch hervorschoß, so fein und rein und luftig, daß der Schreck in Bewunderung hinstarb.

Es war der letzte Abend vor der Abreise, gerade bei Sonnenuntergang, als der Probst und seine Gäste von einem Spaziergang nach Hause kamen. Auf dem grünen Wall hinter dem Schulgebäude trafen sie die kleine Gänsemagd, die bitterlich weinte, weil Ada alle Küken weggejagt hatte und einfach nicht sagen wollte, wohin. Ada wurde auf der Stelle verurteilt, die kleine Stine um Vergebung zu bitten, und nicht hineinzukommen, bis sie die Flüchtlinge herbeigeschafft hatte. Man war nun schon halb im Scherz, halb im Ernst, daran gewöhnt, seine Zuflucht bei Sofie zu nehmen. Und nun fiel es dieser ein, zu sagen, daß sie die kleine Stine hereinnehmen und ihr Adas Kleider anziehen sollten, und dann könnte Ada an ihrer Stelle die Gänsemagd sein. Diese Drohung, bei der die Eitelkeit der Kleinen so gut berechnet war, wurde zum Schein ausgeführt. Einen Augenblick später kam Lina hereingestürzt und schrie, daß Ada Schuhe und Strümpfe ausgezogen habe und draußen mitten im Teich stehen würde.

Allzu buchstäblich hatte sie der diktierten Strafe Folge geleistet. Mit Kleid und Ärmeln hochgekrempelt war sie, so wie sie Stine es manchmal hatte tun sehen, ein Stück in den Teich hinausgewatet, der glücklicherweise nicht tief war. Hier stand sie lachend mit der Futterschüssel unterm Arm und warf das Korn aus. Um sie herum planschte und stritt sich der ganze schreiende Federviehschwarm, der gar nicht zu verschmähen schien, was ihm auf so ungewöhnliche Weise angeboten wurde. Adas Wangen glühten und das Haar flog im Wind. Der letzte schräge Sonnenstrahl glitt im selben Augenblick über den Teich hin und beleuchtete die Szene. Das Ganze schien einem phantastischen Märchen entnommen. Aber nun kam ein Locken und Rufen auf. Die alte Dorthe lief wie eine unglückliche Henne um den Teich herum, Schelte und Koseworte vermischten sich auf die sonderbarste Weise. Ada lachte und ging einen Schritt weiter hinaus. Erst als sich Stine in ihrer gewöhnlichen Kleidung zeigte, sprang sie an Land, wo Dorthe sie in ihren Armen auffing und hineintrug. Hier wurde sie sofort zu Bett gebracht. Sofie half selbst dabei und rieb ihre kleinen, kalten Füße warm. Sie machte sich tausend Vorwürfe, weil sie durch einen Scherz das exaltierte Kind zu einem solchen Spiel getrieben hatte. Diese Unruhe trieb sie noch einmal hinein zu dem Bett der Kleinen. Sie schlief mit hochroten Wangen, lachte im Schlaf und bewegte die Lippen. Beruhigt ging Sofie hinauf in ihre Kammer, wo sie vor der Abreise noch vieles zu ordnen hatte.

Um fünf Uhr am Morgen war bereits Unruhe im Haus. Die kleine Ada war krank geworden. Gegen Mitternacht war sie glühend und durstig aufgewacht, nun lag sie mit klappernden Zähnen im Bett. Es war nach einem Arzt geschickt worden, doch konnte dieser erst am Vormittag erwartet werden.

Der Arzt kam. Er erklärte die Krankheit der Kleinen als ein Fieber, das bald vorübergehen würde. Der Probst, der dadurch beruhigt war, wandte seine Aufmerksamkeit nun wieder seinen Gästen zu, die im Begriff standen, ihn zu verlassen. Der Reisewagen war vorgezogen worden. Aber nun kam ein kritischer Moment, an den man bisher nicht gedacht hatte: Sofies Abschied von Ada. Der

Arzt, der alles verboten hatte, was die Kranke aufregen konnte, wollte, daß Sofie ohne Abschied wegfuhr. Alle standen reisefertig. Da kam der alte Doktor L. eilfertig mit bedenklicher Miene zurück. Die kleine Kranke hatte weinend verlangt, daß Sofie kommen sollte, und er, der keine Vorstellung von der Heftigkeit der Kleinen hatte, hatte geglaubt, sie beruhigen zu können, indem er ihr sagte, Sofie wäre schon abgereist. Aber da war Ada in so einen gewaltigen Kummer ausgebrochen, daß er schließlich doch mit der Wahrheit heraus mußte. Nun bat er Sofie selbst, hineinzugehen, und ihre kleine Freundin zu trösten. Der Aufruhr, in welchem sie sich befand, konnte die gefährlichsten Auswirkungen haben. Eine Pause folgte diesen Worten. Alle standen ratlos. Als Sofie aufsah, trafen ihre Augen wieder die Reins, die mit einem unbeschreiblichen Ausdruck auf ihr ruhten, als erbettle er das Leben seines Kindes von ihr. Sie zögerte nicht lange. Mit einer schnellen Bewegung zog sie ihre Eltern zur Seite, und sie wurden bald einig.

Die Alten sollten mitsamt Brøcher abreisen, die beiden Schwestern hingegen sollten zurückbleiben, bis die Kranke stark genug war, die Trennung zu ertragen.

Sofie blieb. Die Schwestern blieben. Gegen Abend verschlechterte sich der Zustand des Kindes. Der Arzt machte eine bedenkliche Miene. Sofie dankte Gott, daß sie nicht abgereist war.

Nun folgte eine traurige Zeit auf dem kürzlich so glücklichen Hof. Sechs Tage lang schwebte die kleine Ada zwischen Leben und Tod, und als ob die Natur draußen auch mit dem Zustand drinnen sympathisierte, löste barsches Herbstwetter die vorherigen strahlenden Tage ab. Ein schneidender Südwind peitschte unabläßlich Regen gegen die Fenster.

Seltsame, mahnende, ernsthafte Tage für Sofie, an welchen sie hinter der Maske plötzlich einen Schimmer vom wahren Angesicht des Lebens sah! Ihr eigener Kummer trat unmerklich in den Hintergrund; mit der bleichen, stummen Angst dieses Vaters wagte sie ihn nicht zu messen. Eine Ahnung davon, daß es doch etwas anderes als die Erfüllung eines egoistischen Glücks gab, um dafür zu leben, berührte sie. Vielleicht muß dieses Glück erst in uns zerschmettert werden, um uns zu befähigen, für andere, für diejenigen, die leiden, zu leben. Die allzu Glücklichen tun das ja nicht. Wie trocken, wie abschreckend war ihr diese Lehre nicht bislang vorgekommen! Zum ersten Mal stieg der Gedanke daran milder, ja, fast tröstend zu ihr herab. Sie faßte es als einen Fingerzeig des Himmels auf, der ihr, so jung, so unerfahren, eine Mutterrolle zuteilte, sie ergriff sie jungfräulich eifrig, mit allem, was tief und innerlich in ihrer Seele war. Hatte sie früher die Liebe der kleinen Ada, die ihr zu heftig war, nicht ausreichend erwidert, schien sie nun gerne ihr Leben für diese geben zu wollen. Ach, wenn sie Ada dort so kraftlos liegen sah, ohne einen Blick für sie, nur mit dem bittenden, starren Ausdruck des Schmerzes, empfindungslos für ihre Liebkosungen, sie kaum erkennend, oh, dann fand sie, daß sie dieses Kind immer geliebt hatte, daß sie niemals aufhören könne, es zu lieben. Unermüdlich war sie an seinem Bett, und es glückte ihr schließlich, sich all die unmittelbare Pflege anzueignen, die ansonsten unter Dorthes Los fiel. Die Alte bemerkte es selbst nicht, denn Sofie hatte eine Art, dies zu bewerkstelligen, die sie glauben ließ, daß das junge Mädchen nach ihren Worten handelte.

Einfache Leute taugen nicht als Krankenpfleger. Es gibt etwas, das ihnen fehlt, das der beste, der liebste Wille nicht ersetzen kann: die Kultur. Sie sehen in dem Kranken nur die gestörte Maschine, die mit gewissen mechanischen Mitteln wieder in Ordnung gebracht werden muß. Sie kennen weder Vernunft noch Maßhalten. Da sie so nicht von einer seelischen Bekanntschaft zu dem Leidenden geleitet werden und selten einen Begriff von der Natur der Krankheit haben, wird jede Hilfe von ihnen oftmals zu ebensovielen Fehlgriffen. Oh, wenn du jemals hilflos einer solchen Sorgfalt überlassen auf einem Krankenlager gelegen hast, dann wirst du dich erinnern können, wie dich diese vortrefflichen Wesen peinigen und plagen konnten, wie sie gleichsam beseelt von einer dämonischen Fähigkeit deine Wünsche errieten und gegensätzlich handelten. Kannst du dich erinnern, wie sie dich gerade dann geweckt haben, als der Schlaf dich endlich einmal mitleidig umarmt hatte, wie sie gerade dann einschliefen, wenn dich die Angst wachhielt? Wie sie eine Sache kochen, wenn sie etwas erwärmt werden soll, oder, wenn sie ein Getränk abkühlen sollen, es eisig zurückbringen? Wie mißtönend kann ihre Stimme, wie unleidlich jede Berührung von ihnen werden! Nur eine feine, aber zugleich liebevolle Seele kann Kranke pflegen. Es gehört Inspiration dazu. Kein Mann, keine ungebildete Frau, selbst wenn sie Mutter ist, kann es richtig, kann so in dem Leben und den Gedanken des Leidenden aufgehen, daß sie wie dessen sichtbarer Wille werden. Eine solche Pflegerin scheint nur für die Capricen des Kranken zu leben, während sie dennoch nur dem vernünftigen Zweck dient. Kurz: Sie versteht den Körper durch die Seele zu behandeln. Die alte Dorthe plagte Ada mit liebevollen Fragen. Sie wollte sie dahin bringen, sie zu erkennen, sie zu verstehen. Sie ermüdete sie mit verzweifelten und vergeblichen Versuchen, sie dazu zu bekommen, Medizin zu nehmen. Sofie hatte eine andere Eingebung. Da ihre Bitten nichts halfen, nahm sie selbst den vollen Löffel, und mechanisch machte die Kranke es nach. Das wiederholte sich. Jedes Mal, wenn Ada Medizin haben sollte, schluckte Sofie zuerst den widerlichen Trunk. Sofie fühlte ihre eigene Unentbehrlichkeit selbst, und ein anderer fühlte sie auch, nämlich der alte Arzt. Ohne eine eigentliche Übereinkunft lösten diese beiden einander ab, so daß der eine oder der andere immer zur Stelle war. Vergeblich beschwor Amalie die Schwester, sich Ruhe zu gönnen und sie stattdessen eine Nacht wachen zu lassen.

So kam der Morgen des sechsten Tages. Der Kranken ging es sehr schlecht. Der Doktor hatte den Vater darauf vorbereitet, daß er keine Hoffnung mehr zu geben wagte. Kaum würde sie die nächste Nacht überstehen. Stumm und bleich standen alle um das Bett der Kleinen. Eine ungemütliche Stille, die Stille der Hoffnungslosigkeit, hatte die frühere Geschäftigkeit abgelöst.

Der Abend kam, und die Symptome veränderten sich. Das teilte der Arzt jedoch nur Sofie mit, da er seiner Sache sicher sein wollte, bevor er eine vielleicht falsche Hoffnung weckte.

Es war so still in der Krankenstube. Mitternacht war vorbei. Nur zwei Wesen wachten an dem kleinen Bett. Es waren der Arzt und Sofie. Stumm, kaum atmend bewachten sie eine jede Bewegung des kranken Kindes. Das Licht der Lampe fiel auf diese Gruppe, aber an der gegenüberliegenden Wand bildete der Tisch mit seinen vielen, dort aufgehäuften Dingen ein seltsames Schattenreich für sich. Der große Blumentopf in der Mitte streckte seinen Riesenbaum gegen die Decke, in seinem Schatten bewegte sich ein ganzer Mönchschor aus kurzhalsigen Flaschen und Medizingläsern. Linas Puppe streckte verzweifelt beide Arme gen Himmel. Ab und zu klang ein Laut aus dieser Schattenwelt heraus, wie ein Stöhnen, ein schwacher Wehruf eines Menschen. Er kam von der alten Dorthe, die in dem großen Lehnstuhl in der Ecke saß und mit dem Kopf schüttelte und herzzerreißende Seufzer ausstieß. Ein paarmal fiel ihr Kopf unwillkürlich in einer nickenden Bewegung herunter, die daraufhin deutete, daß die Müdigkeit bei der guten Alten mit dem Kummer um die Herrschaft stritt. Ein gedämpfter Schrei störte sie nicht. Diesen Schrei stieß Sofie aus, als Ada die Hand hochgestreckt und sie angelächelt hatte.

Unterdessen wanderte der arme Vater in seinem einsamen Zimmer umher und suchte sich auf den schmerzlichen Stoß vorzubereiten, den er für unumgänglich hielt. „Oh, Gott, es ist vorbei!", seufzte er, als er draußen die Schritte des Doktors hörte. Er sah nicht dessen strahlendes Gesicht.

Es war eine Weile später, daß Rein sich in das Kinderzimmer begab. Der Anblick, der ihn hier traf, brachte ihn einen Augenblick dazu, innezuhalten. Beim Schein der Lampe sah er Sofie in einer halb knieenden Stellung vor dem Bett, auf ihrem rechten, über dem Lager ausgestreckten Arm ruhte das kranke Kind seinen Kopf, wie es schien in ruhigem Schlummer, während sie mit dem anderen versuchte, das Gleichgewicht zu halten.

Sonderbarer würde doch die Unbeweglichkeit, die sie trotz ihrer gezwungenen, peinlichen Stellung wahrnahm, einem kälteren, vom Augenblick weniger ergriffenen Zuschauer als Rein vorgekommen sein. Selbst ihr Blick, den sie auf ihn heftete, war starr und unbeweglich. In ihrem weißen Nachtanzug glich sie einer der Marmorgenien, die eine milde Todessymbolik dabei darstellt, ihr Opfer wegzuführen.

Das junge Mädchen befand sich in der Krise, in welcher uns die Müdigkeit nach einer erschlafften Seelenanspannung endlich überwältigt, in diesem sonderbaren Doppelzustand, in welchem die Ideen sich bereits losgerissen haben und auf eigene Hand umherschwirren, während die Sinne noch in der Wirklichkeit verweilen und die Dinge um sie herum mit einer fast schmerzlichen Schärfe unterscheiden. Sofie sah Rein sich ihr nähern, sie sah seinen stummen Dankesblick zum Himmel, sie hörte den sachten, leichten Atemzug des kranken Kindes, aber all das in seltsamen Verbindungen. Es kam ihr vor, daß ihr eigenes Leben in das Kind hinübergeflohen war, und wenn sie sich nun bewegte oder nur mit den Augen zwinkerte, dann mußte die Kleine sterben.

Es war so still in der Krankenstube. Dorthe schlief fest in der Ecke. Der Wind schlug mit matten Schwingen gegen die Fensterscheibe, auch er war müde geworden.

Wie lange Sofie so verweilt hatte, ob eine Minute, ob eine Stunde, wußte sie nicht. Da hörte sie wie aus weiter Ferne die deutlichen Worte einer bebenden, klangvollen Stimme, die sie kannte.

„Sofie, können Sie dieses Kind verlassen? ... Nein, nein, Sie können es nicht ... Oh, bleib bei uns ... für immer."

Das junge Mädchen lauschte.

„Verstehen Sie, was ich meine?", ertönte die Stimme nun näher. „Sofie, werde die Mutter dieses Kindes ... Werde meine ... meine Ehefrau, alles, alles für uns."

Sofie war aufgesprungen, mit offenen Augen starrte sie um sich. Sie war alleine.

Es war so still in der Krankenstube. Dorthe schlief fest in ihrer Ecke, aber das Kind lag ruhig schlummernd wie zuvor auf seinem Kissen.

„War das ein Traum?", flüsterte sie.

Acht Tage später gab es wieder einen Reisetag auf dem Pfarrhof. Draußen vor der Tür standen zwei Fahrzeuge. Das eine war ein Gig, der geschickt worden war, um Amalie nach Hause zu holen, das andere war der kleine Einspänner des Probstes, der Sofie in die entgegengesetzte Richtung zu ihrer Schwester Lovise führen sollte, die noch einige Tagesreisen südlicher wohnhaft war. Zur Reise gekleidet trat Sofie zum letzten Mal in das Kinderzimmer, um Ada Lebewohl zu sagen. Sie fand die kleine Rekonvaleszentin aufrecht in ihrem Bett sitzend, umgeben von all ihrem alten Spielzeug, das mit einem Mal wieder in Gnaden aufgenommen war und ihr niemals so viel Freude bereitet hatte wie jetzt. Die Krankheit hatte die Heftigkeit der Kleinen gedämpft. Sie war mild und ganz resigniert über die bevorstehende Trennung. Nur mußte ihr Sofie zum zehnten Mal versprechen, daß sie auf der Heimreise bei ihnen hereinschauen und einige Tage bei ihnen verbringen würde.

Wehmütig sah Sofie sich in dem sonnendurchfluteten Zimmer um, das einmal so dunkel, so angstbeklommen war! Sie rief sich die darin erlebten Stunden bishin zu dem letzten verwunderlichen – Traum? – in Erinnerung. Ja, ein Traum mußte es gewesen sein. Nichts hatte sie seither darin bestärkt, daß die nächtliche Stimme etwas anderes gewesen war als der Spiegel ihrer Phantasie. Die folgenden Tage waren ebenso ruhig dahingeglitten wie sonst auch. Sie hatte sich aufs beste von der alten Dorthe pflegen lassen, hatte morgens lange geschlafen, gelesen, war spazierengegangen, wenn sie nicht bei Ada war und sich mit dieser unterhielt und für sie sang und ihr Märchen vorlas.

Auf dem langen Flur draußen traf sie Rein. Er nahm ihre Hand und führte sie durch die leeren Zimmer in eines der innersten Zimmer hinein, wo Geräusche durch einen weichen Teppich gedämpft wurden. Sie bekam keine Zeit, sich zu wundern, bis sie in dem großen Lehnstuhl in der Bischofskammer saß und sie den Probst einen Hocker nehmen und sich ihr gegenübersetzen sah.

„Bevor Sie reisen, schulde ich Ihnen eine Erklärung", sagte er, „Sie sollen uns nicht mit einem unklaren Eindruck verlassen. Sofie ... in der Nacht, in der Ada wieder zu sich kam, habe ich Worte zu Ihnen gesagt, die ich gerne zurücknehmen würde ... wenn ich es könnte. Ich habe Ihnen ein Geständnis gemacht ..."

Es gibt Situationen im täglichen Leben, friedliche, sonnenerhellte Situationen, in denen der Tapferste seinen Mut versagen fühlt und in denen es unsäglich willkommen wäre, wenn die Wände einzustürzen begännen oder wenn der Blitz ins Dach einschlüge. Der würdige Mann, der nun Sofie gerade gegenübersaß, befand sich in einer solchen Situation. Er hustete, um den tiefen Seufzer zu verbergen, der seine beschwerte Brust erleichtern sollte; er sah zur Tür hinüber, als erwarte er eine Unterbrechung. Aber es kam keine Unterbrechung. Das Zimmer war so ruhig, so gesegnet ruhig, es war richtig für eine vertrauliche, ungestörte Mitteilung geschaffen. Die niedrige Herbstsonne lugte durch die grünen Gardinen herein; die Hirtenszenen an der Wand schienen bei diesen Strahlen Leben zu bekommen. Der einzige Laut, der zu hören war, kam von einer großen Fliege, die, einmal bereits dem Wintertod anheimgefallen, wieder aufgewacht war und gleichsam trunken von der Sonnenwärme gegen die Fenster surrte.

Rein war aufgesprungen und ging mit der Lebhaftigkeit eines Jünglings im Zimmer auf und ab. Der Chinese auf dem Piedestal kam dadurch in Bewegung und schien ihm spöttisch Mut zuzunicken.

„Sehen Sie, Sofie", fuhr er, indem er seinen Stuhl näherrückte, mit einer Stimme, die nach und nach ihre Festigkeit zurückgewann, fort, „ich war so benommen in der Stunde, als Gott mir mein Kind wiedergegeben hat. Die Freude machte mich schwach, und ich verriet etwas, das – das müssen Sie mir glauben – dazu bestimmt war, nicht ausgesprochen zu werden. Habe ich Sie erschreckt? Werden Sie mir vergeben? ... Werden Sie mir vergeben, wenn ich jetzt erzähle, daß es keine flüchtige Regung, hervorgerufen durch den Überschwang des Augenblicks, war, sondern ein lange verborgenes, ernsthaftes Gefühl, das zu bekämpfen ich all meinen Verstand brauchte! Hören Sie, was meiner Entschuldigung dient! Als ich letzten Sommer Ihre Eltern besuchte, geschah das nicht ganz ohne Absicht. Ich suchte eine Ehefrau für mich, wie ein Mann in meinen Jahren eine solche sucht, mit ruhiger, bedächtiger Überlegung. Ich wußte, daß meine alten, niemals vergessenen Jugendfreunde noch eine erwachsene Tochter zu Hause hatten, die ein wenig über die ersten Jugendjahre hinaus war. Vielleicht hat sie, dachte ich, einige Eigenschaften, die sich für mich schicken, vielleicht wird es mir glücken, sie zu gewinnen! Ein besonderer Zufall wollte es, daß Sie, Sofie, alleine zu Hause sein sollten, und da ich davon überzeugt war, daß die jüngste Tochter noch ein Kind sei, nahm ich Sie für die Ältere. Das war bereits sehr schlimm. Inzwischen bestrafte ich mich selbst für diesen Irrtum. Sie wissen, daß ich eine Absage von Amalie erhielt. Aber was Sie nicht wissen, war, daß mein Gedanke bei Ihnen war und daß er mir nach Hause in meine Einsamkeit folgte. Ich dachte an Sie, ohne Hoffnung, ohne Wunsch, ohne Bedürfnis, kann ich sagen – so wie man an etwas sehr Schönes denkt, das man erlebt hat. Mit der wärmsten Freude sah ich Sie wieder. Wie sich dessen ungeachtet die Versuchung einschlich – oh, wer kann das sagen! ... Die stille Begeisterung, die Sie bei mir weckten, und der Ernst, der über Ihnen ausgebreitet ist, ließ mich in vielen Momenten den Unterschied in unserem Alter vergessen. Da, in solchen Augenblicken ... doch nichts darüber! ... Mein Verstand siegte immer bei solchen Anfällen. So kam der letzte Tag, mein Beschluß war unabänderlich gefaßt. Sagen Sie selbst, ob ich ihm nicht treu blieb, sagen Sie, ob Sie durch irgendetwas geahnt haben, was in mir vorging, bis zu der Stunde, als Sie abreisen sollten.

Aber Sie reisten nicht ab, Sie blieben, und die Versuchung sollte unter einer neuen Form beginnen. Ich sah Sie so treu, so zärtlich, so ganz sich selbst vergessend, um ein krankes Kind zu pflegen – mein Kind. In einer solchen Stunde vergaß ich meine Vorsätze. Der Himmel ist mein Zeuge, daß ich in Ihnen nicht das schöne, junge Mädchen sah, sondern das Wesen, das mir von allen am nächsten stand, mit mir vereint in einer Hoffnung, einer Sorge, und die in dem Augenblick meine Freude teilte. Meine Worte waren ein Freudenausbruch.

Und nun, meine junge Freundin, habe ich Ihnen mein Bekenntnis abgelegt. Mich hat es erleichtert, weil ich weiß, daß meine Gefühle für Sie anschließend in ihrem ruhigen, natürlichen Gang dahintreiben werden, wie es einem väterlichen Freund ansteht. Vergessen Sie nicht, Sofie, daß ich Ihr Freund bin und daß ich nichts anderes begehre. Mit der innigsten Teilnahme werde ich Ihnen auf Ihrem Weg durch das Leben folgen. Möge das Glück Sie begleiten. Aber sollte das nicht geschehen, wie ich es so inbrünstig wünsche, sollte die Welt gegen Sie sein, dann wissen Sie, Sofie, daß Sie hier ein Zuhause haben, das Ihnen immer offen steht, ein Zuhause, das auch das Ihrer Schwester wird. Kommen Sie zu uns, wenn Sie sorgenvoll werden. Können wir Ihnen nicht das Glück bieten, so werden Sie hier doch Frieden finden. Und nun segne Sie Gott!", sagte er und erhob sich. „Danken kann ich Ihnen nicht für das, was Sie für mein Kind gewesen sind! ... Kommen Sie jetzt ... plagen Sie sich nicht mit einer Antwort. Nicht wahr, Sofie, Sie vergessen nicht, daß ich Ihr Freund bin und daß Sie kommen und uns wie zuvor besuchen?"

Es war ganz überflüssig, Sofie aufzufordern, nicht zu antworten. Was sollte sie antworten? Überraschung, Scham, Verwirrung banden ihre Zunge, aber ihre tränenerfüllten Augen sprachen für sie. Sie machte eine Bewegung, als wolle sie sich an seinen Hals werfen, aber er ergriff ihre beiden Hände und küßte sie auf die Stirn.

„Kommen Sie jetzt, kommen Sie – ich habe Sie allzu lange aufgehalten. Haben Sie Ada Lebewohl gesagt? Ist der Koffer unten? ... Leben Sie wohl, leben Sie wohl!

„Leb wohl", nickte auch der Troll auf dem Piedestal.

In einer kleinen, höchst einfachen Stube finden wir zwei junge Damen. Es war gerade zur Dämmerungszeit, wenn die Prosa des Tages ihre knarrenden Mühlenflügel verlangsamt und sich die Herzen entfalten. Die einzig wahre Beleuchtung für eine Beichte, gerade so dunkel, daß man seine eigene Ängstlichkeit und das eigene Erröten verbergen kann, gerade so hell, daß man in den Gesichtszügen des anderen die Miene hinzaubern kann, die nötig ist. Eine solche Beichte mußte wohl schon stattgefunden haben. Die eine der beiden, das junge Mädchen, sah verheult und erschöpft aus. Sie lehnte in der Ecke des Sofas in einer so gebeugten Stellung, als täte es ihr weh, sich aufrechtzuhalten.

Es ist unmöglich zu sagen, ob die andere Frau, die mit dem Rücken zum Fenster auf einem Stuhl vor dem Mädchen saß und im selben Moment durch eine starke Flamme aus dem Ofen beleuchtet wurde, irgendwann einmal schön gewesen war. Sicher ist, daß sie es nicht länger war, es nicht sein wollte. All ihre Kleidung und ihre Haltung waren ganz die derjenigen Frauen, die vergessen haben, daß sie ein Äußeres haben. Eine Haube mit einem wenig reizenden Schnitt und von einer etwas zweifelhaften weißen Farbe bedeckte reiches, glänzend braunes Haar, und nahm sich wie einer dieser häßlichen Überzüge aus, mit welchem die häusliche Ökonomie das ein oder andere Prachtmöbel einzuhüllen pflegt. Die Schürze, dieses Geschmackloseste allen Damenschmucks – eine rotgestreifte noch dazu – das gestickte Seidentuch, das mit einer Nadel über der Brust befestigt war, und ein nachlässiges Chintzkleid vervollständigten den Eindruck. Neben der niedlichen, in seiner Einfachheit doch eleganten Gestalt, sah sie wie ein Dienstmädchen aus. Doch nur solange sie schwieg, war es möglich, sich eines solchen Irrtums schuldig zu machen. Es war gerade eine Pause eingetreten, in welcher die beiden bei einer Betrachtung über den Gegenstand der Unterhaltung zu verweilen schienen. Wenn man Frau Caspersen, ehemals Lovise Ramm, sprechen gehört hatte, bat man ihr willig dieses Versehen ab. Ihre Stimme war klangvoll, wenn auch bisweilen scharf; deren starke Modulationen unterstützte sie noch durch lebhafte Bewegungen einer kleinen, höchst wohlgeformten Hand, die bessere Tage erlebt zu haben schien. Die Sprache war darüber hinaus gebildet, sicher, ohne die geringste Spur von Dialekt. Was ihre Art, sich auszudrücken, anging, wird sie am besten für sich selbst sprechen. Eine solche Ausdrucksweise aus dem Mund einer Dame kann entweder eine geistige Überlegenheit oder ein inneres, namenlos tiefes Elend verkünden.

„So, er war grausam gegen dich, meine arme, kleine Schwester", sagte sie gleichsam zu sich selbst. „Wie ging es zu, sagtest du? Er bekam es wohl zu früh zu wissen, könnte ich mir denken. Du wußtest nicht, du, daß die Kälte der Leim ist, womit man diese Art Vögel fängt."

„Lovise!"

„Nein, nein, ich will bei weitem nichts Schlechtes über dich sagen. Ich müßte doch eher auf die Natur schimpfen, die uns nicht sofort den Kniff lehrt. Du hast dich nicht verstellen können, das ist die Sache."

„Und das glaubst du, Lovise, du glaubst wirklich, daß ich schwach und unvorsichtig gewesen bin? Wie soll ich dich davon überzeugen, daß du mir Unrecht tust? Ich versichere dir, ich bin nicht gewesen, was du unvorsichtig nennst. Es ist nicht, um mich dafür zu loben, es liegt ja in meinem Charakter. Ich habe ziemlich viel Macht über mich selbst."

„Nun gut, ich glaube dir, ich glaube dir. Du bist vom ersten Augenblick auf deinem Posten gewesen. Du hast es verstanden, diesen schlimmen Mittelweg zu treffen zwischen einer allzu auffälligen Kälte und der Erregung, die jeden Augenblick mit uns durchgehen will. All das will ich gerne glauben, aber es gibt trotzdem verschiedene, für mich unklare Punkte in dieser Geschichte. Du, so schüchtern, so mißtrauisch, konntest dich wirklich von seinen hübschen Phrasen einfangen lassen, darüber, Mut zu zeigen und ihm entgegenzukommen, über eine weibliche Feigheit usw. Und das glaubtest du?"

„Oh, nein, nein, Lovise", unterbrach Sofie sie etwas heftiger als zuvor, „es waren keine Phrasen! Auch hierin irrst du dich! Oh, könnte ich dir das doch richtig erklären! ... Er meinte es wirklich. Nichts kann mich dieser Überzeugung berauben, er meinte es; früher im Sommer, in unseren langen Gesprächen, während wir uns noch ganz ruhig gegenüberstanden, habe ich ihn sich darüber unverstellt aussprechen hören, mit solcher Innerlichkeit! Eine neue, glückseligmachende Idee der Weiblichkeit begeisterte ihn, und er suchte sie mir begreiflich zu machen. Ach, das rührte allzu bekannte Saiten. Ich fühlte mich so mutig; wenn ich einmal in eine solche Stellung komme, dachte ich, dann werde ich danach handeln, ich würde wahrhaftiger und natürlicher als all die anderen sein. Aber als es dann darauf ankam, war ich doch so feige ... so feige ..."

„Und doch dieser leidenschaftliche Ausbruch bei der Grotte?", fiel Lovise scharf ein.

Sofie senkte schweigend ihren Kopf.

„Ach, es ist das, was ich sage", fuhr ihre ältere Schwester fort. „Wahrheit und Natürlichkeit! Glückseligmachende Idee der Weiblichkeit! Ach, was! Große Worte! Es geschieht nicht in unserer Zeit, daß solche Dinge durchgesetzt werden. Es muß vorher viel Schlechtes, viel altes Elend ausgeschwitzt werden. Daß der ein oder andere junge, unreife Kopf darüber phantasiert, führt zu nichts. Gemeint hat er es, sagst du? Das kann wohl sein, aber das entschuldigt ihn nicht in meinen Augen. Du bist zu gut, um das Versuchskaninchen für neue Ideen zu sein. Er hat doch deine Schwäche für sich benutzt und dich über deine Grenzen getrieben. Denn glaube mir, ein Marder, der dreimal so viel tötet, wie er fressen kann, ist nicht gieriger als die Eitelkeit des Mannes nach solch einer Art Sieg. Du bist nur ein ganz gewöhnliches Opfer dafür gewesen. Er hat seine eigenen hübschen

Theorien geliebt, nicht dich, arme Sofie."

Sofie, die ein paar Mal die Lippen zu einem Einwand geöffnet hatte, verstummte bei diesen letzten Worten. In ihrer nackten, unsanften Form drückten sie doch ganz bestimmt ihren tiefsten Schmerz aus. Ihre Schwester bemerkte wohl den Eindruck, die sie gemacht hatten und wiederholte in einem Ton, den sie zu mildern suchte:

„Vergiß das alles. Gott segne dich, grüble nicht mehr darüber. Diese Geschichte ist nichts anderes als eine einfache und leider ganz gewöhnliche Einleitung zu deinem Leben, das nun erst beginnen soll. Wir werden nicht mehr davon sprechen, hörst du? Hiernach wirst du andere Gedanken, andere Interessen haben. Wir werden schon Rat finden. Heirate Probst Rein!"

Sofie sah sie zweifelnd an, als hätte sie nicht recht gehört.

„Ich rate dir ernsthaft, das Angebot des Probstes anzunehmen."

„Ist das dein Ernst! Du rätst mir dazu, du, die du ..."

„Du, die du, nur raus damit; du, die selbst eine Inklination gehabt hat, die erst kassiert werden mußte, bevor du den Nacken unter dem Joch gebeugt hast. War das nicht das, was du meintest? Höre, Schwester, ich will dir etwas sagen. Merke dir meine Worte gut. Als junge Mädchen schaffen wir uns alle einige sonderbare, höchst einseitige Begriffe vom Glück. Es gibt nur ein Glück, und das ist, den zu heiraten, den wir lieben; es gibt nur ein einziges Unglück, und das ist natürlich, ihn nicht zu bekommen. Das ist im Grunde rührend. Unser Herz ist noch so rein und unbescholten, so schwärmerisch, so voll des himmlischen Unverstands, so gänzlich ungeeignet für irgendeine irdische Berechnung. Kein Wunder also, daß es sich gegen den Gedanken an eine Verbindung – und barmherziger Himmel, welche Verbindung! – mit irgendeinem anderen als gerade ihm, dem einen, sträubt. Es kommt uns wie eine Entheiligung vor, wie Selbstmord, nicht wahr? Ja, es ist sonderbar mit dieser, unserer ersten Liebe. Man sollte gehörig meinen, daß Gott sie zu etwas bestimmt hatte, als er sie so stark und warm in unserer Brust niederlegte, und daß sie da war, um etwas richtig Großes und Gutes auszurichten, und nicht um wie eine unreife Frucht von unserem Lebensbaum abgerissen zu werden, denn anders wird ihr Schicksal doch nicht ... Den zu heiraten, den wir lieben! – Welch Luxus! Welch himmelsstürmende Forderungen! Nein, mein Mädchen, es ist nicht so gedacht, daß wir auf diese Art Vorschuß auf die himmlische Glückseligkeit haben sollen, daß wir sie bereits hier unten fix und fertig besitzen sollen. Dafür ist gesorgt. Die Männer betrachten es zu Recht als einen Eingriff in ihre Rechte. Es ist deshalb schon seit langem auf eine andere Weise geordnet. Wenn wir den bekämen, den wir haben wollen, wo sollten dann die Männer, die häßlich und unleidlich sind, Frauen herbekommen? Nun gibt es ja keinen so miserabel an Seele und Leib, daß er nicht doch noch eine Ehefrau bekommen kann, und sogar eine, die auch gut ist. Nein, das geht nicht an. Das würde die Weltordnung stören. Es ist also nicht die Rede davon. Mache nur beherzt einen Strich durch dieses erste, empfindsame Kapitel. Unser Glück ist, daß der Mann, der uns begehrt, uns nicht allzu sehr mißhagt, daß er brav, ganz einfach anständig ist, hörst du, und daß er uns gegen Mangel beschützen kann. Und willst du wissen, was Unglück ist", sagte sie plötzlich mit gedämpfter Stimme zu Sofies Ohr gebeugt, „dann werde ich dir bei Gelegenheit etwas darüber erzählen." Sofie schauderte.

„Siehst du, meine Sofie, wenn du vernünftig sein willst und nicht zu übertrieben in deinen Forderungen, so wirst du mit einem ganz kleinen Rechenstück dahinterkommen, daß das Angebot von einem Mann wie Probst Rein nicht allein ein Glück, sondern ein großes, ungewöhnliches Glück ist."

„Rein! Nein, das kann nicht dein Ernst sein. Und du vergißt, daß er jeden Gedanken an mich aufgegeben hat. Er hat mir versichert, daß er mich fortan nur wie zuvor ansieht ... als ..."

„Ein Vater, ein Freund, vermutlich?"

„Du glaubst es nicht, Lovise?"

„Ich glaube", sagte die Schwester und bezwang ein Lächeln, das ihre eingefallenen Augen umspielte, „daß er ein sehr bescheidener Mann ist, ein kluger Mann. Er hat dich nicht erschrecken wollen, und daran hat er gut getan. Was hingegen seine Freundschaft und seine väterlichen Gefühle angeht, so vertraue auf mich. Ich bürge dir dafür, daß sie kein bißchen zum Hindernis werden, falls du ihn bei passender Gelegenheit verstehen ließest, daß du ein vernünftiges Mädchen bist, das die Sache überdacht und gefunden hat, daß so viel wirklich Gutes den kleinen Unterschied im Alter wohl aufwiegen könnte."

„Wie? Ich sollte selbst ...?"

„Sag mir eins. Wie gefällt dir der Probst? Sag es ohne Umschweife."

„Du weißt ja, daß ich ihn mag, sehr mag. Das schrieb ich dir ja bereits im Sommer. Seither war ich in seinem Haus. Es war so behaglich, dort zu sein. Alles war so schön und wohlgeordnet. Es war gerade die Ruhe, die wir bisweilen zu Hause vermissen. Ich fand wirklich, daß Amalie glücklich war, daß sie dort wohnen und täglich mit diesem milden, liebenswürdigen Mann verkehren sollte. Nun ist es vorbei. Ich glaube, ich werde niemals mehr dorthin kommen."

„Du magst ihn sehr, du beneidest Amalie um das Glück, in seinem Haus zu wohnen! Aber im Namen des Himmels, was willst du denn mehr, unzufriedenes Kind!"

„Nichts, Lovise. Ich will nichts mehr in dieser Welt. Weshalb sollte ich das wollen! Mein Gefühl widersetzt sich dem. Es gibt keinerlei äußerliche Notwendigkeit dazu. Weshalb sollte ich heiraten?"

„Weil es einmal früher oder später geschehen muß. Ich habe dir ja erklärt, daß nicht die Rede davon sein kann, daß wir eine Wahl nach unserem eigenen Sinn treffen können, und nach diesem Tag wirst du eine solche weniger als jemals zuvor tun können. Schlag es dir um Gottes Willen aus dem Kopf. Die Mütter haben in diesem Stück recht, nur predigen sie zuviel darüber, sie machen die Sache für uns verzweifelter als sie ist, oder sie versuchen auch, die Pille zu vergolden, sie helfen uns, uns selbst einzubilden, daß ein wirkliches Gefühl vorhanden ist. Das will ich nicht tun, Sofie. Ich wende mich nur an deinen Verstand. Glaube mir, unsere Stellung im Leben ist ein reiner Glücksfall, ein Lotteriespiel, wenn du willst. Es geht wie in denjenigen Spielen zu, wo die höchsten Gewinne nur als Köder dastehen, sie kommen nie raus. Jage ihnen nicht glückskrank hinterher. Bietet dir das Schicksal ein einigermaßen anständiges Los, so greife zu – greife zu, solange noch Zeit ist. Es gibt etwas Beruhigendes an solch einem Los, das das beweinte Glück nicht hat, denn das hat nur eine Berechnung: die der Liebe. Durch sie soll man trotz allem gut und glücklich werden, sie soll alle Unebenheiten füllen, alle Wege bahnen, alle Entbehrungen tragen, ach Gott, sie sollte so viel, die arme Liebe, wenn sie nur die Erlaubnis bekäme! Aber dort, wo das Herz nicht mit im Spiel ist, kannst du deine Berechnungen sicherer anstellen, du kannst vorsichtig alle Vorteile in der Waagschale wiegen. Nimm seine Stellung, sein gutes Auskommen, die Achtung, die er genießt, verträgliche Familienverbindungen ... Glaube nicht, daß etwas davon unwichtig ist. Nenne das Glück! Frischer Mut, mein Mädchen, die Jugend geht bald vorüber, und mit ihr diese Herzensbeklommenheit, dann hast du alle diese soliden Güter, wenn das Alter kommt! ... Weißt du, was Unglück ist", fragte sie so plötzlich, daß es fast wie ein Schlag traf. „Sieh mich an. Erinnerst du dich daran, als ich zu Hause war, Sofie? Du findest vielleicht, daß ich mich verändert habe?"

Ein schmerzlicher, fast scheuer Blick auf die harten, scharfen Züge der Schwester war die Antwort. Dieser Blick weckte vielleicht eine Erinnerung. Die bittere Ironie, die über Lovises Züge bebte, verschwanden bei ihm, und sie wiederholte traurig:

„Du mochtest mich damals. Nicht wahr, ich war mild und gut? Ich hatte diese Milde, die für das ganze Leben auszureichen scheint. Sofie, hast du das Weizenfeld beachtet, wenn gerade die Ähren gesprossen sind und es bei einem sanften Wind wogt? Jede einzelne Ähre ist so rein und seidenweich und glänzend, und zwischen ihnen stehen die blauen Kornblumen, als ob es nicht schön genug wäre, sondern noch diesen Schmuck benötigte. So war meine Seele einmal. Hast du dasselbe Feld gesehen, wenn es im Herbst abgemäht ist und nur noch die scharfen Stoppeln stehen? Weißt du, was es heißt, einen verachtenswerten Mann zu haben und sich darein zu finden, mit ihm Mangel zu leiden? ... Oh, ihr jungen Mädchen, ihr glaubt, daß das so eine leichte Sache ist. Ihr denkt euch das Unglück immer poetisch, ihr träumt euch so erhaben, so resigniert unter ihm, aber ich kann dir sagen, daß das Schrecklichste bei einem solchen Unglück die Zerstörung ist, die es im Innersten unseres Wesens anrichtet. Die Frau, die den Mann, mit dem sie vereinigt ist, weder lieben noch achten kann, verliert nach und nach ihre Selbstachtung. Nicht daß man gerade zu Abschaum wird, man kann weiterhin ein anständiger Mensch bleiben, aber das Feinste, das Beste in uns, das, was – wie soll ich es nennen! – den Duft und die Süße, das Liebenswerte unseres Wesens ausmacht, das geht unter. Alle Mächte der Gnade mögen dich gegen dieses Unglück beschützen! Wähle, was immer du willst im Leben, lebe einsam und verlassen, plage dich, bettel, um zu leben, aber lasse dir nicht wie ich ein unwürdiges Schicksal aufzwingen."

„Aufgezwungen!", hauchte es unmerklich von Sofies Lippen. Sie war über das, was sie hörte, versteinert ... „Oh, du wurdest nicht gezwungen ..."

„Wenn du mit Zwang meinst, daß man mit Drohungen zu etwas bewegt wird, nein, dann wurde ich nicht gezwungen. Ich wurde nicht mißhandelt, nicht zum Altar geschleppt, aber du weißt nicht, du, wie sicher, wenn auch unmerklich der tägliche Tropfen der Überredung wirkt, so lange der Verstand noch ungefestigt ist und der Sinn so weich wie Wachs. Wie sinnig ein jeder kleine Umstand im Dienste des Ziels benutzt werden kann. So erinnere ich mich z. B., daß Mutter, um bei mir mit einem gewissen unbehaglichen Eindruck fertig zu werden, immer die Nettigkeit und Sauberkeit bei einem Mann als etwas höchst Unwichtiges hervorhob, ja, als etwas, das nicht selten auf große, innere Mängel deutete ... Mein Gemahl war damals, wie er noch heute ist, ein Schmutzfink, und du erinnerst dich wohl, daß ich gerne sauber und nett sein wollte."

Hier errötete Sofie. Sie dachte daran, daß ihre Mutter, wenn die Rede auf Kold kam, gerade die gegenteiligen Eigenschaften als ein Verdienst bezeichnet hatte.

„Ich glaubte wirklich zuletzt, daß ein Herr, der in seinem Äußeren sorgfältig war, entweder ein Pedant oder ein Dummerjan sein mußte. Und derartig ging es mir mit vielen Dingen. Mein Widerwille war entwaffnet, bevor ich mich ernsthaft zur Wehr setzen konnte. Wenn dann ein junges Mädchen einwilligt, dann heißt es, daß es seinem freien Willen gefolgt ist und das Unglück, falls es kommt, selbst verschuldet hat. Die Ratgeber haben keine Verantwortung. Oh, meine Eltern müssen das vor Gott verantworten!"

„Lovise, sag das nicht! ... Rede nicht so hart! Oh, liebe, liebe Lovise! ... Mutter hat es doch sicher gut gemeint, und wüßte sie, könnte sie ahnen, wie unglücklich du nun bist ... Oh, das würde ihr Herz brechen!"

„Glaubst du?"

„Und Vater, er hat doch keinen Anteil hieran gehabt, nicht wahr? Er hat dir nicht dazu geraten oder auf irgendeine Weise dafür gewirkt?"

„Er hat es nicht abgewehrt, er ließ es zu", sagte Lovise dunkel. „Kannst du mir sagen, du, was es für ein Wahnwitz ist, der so oft Eltern ergreift, wenn sie ihre Töchter verheiraten sollen? Die besten unter ihnen verlieren gleichsam jede Bedächtigkeit. Sie sind schlimmer als die Wilden, die nicht früh genug ihr Gold und ihr Sandelholz gegen europäischen Nürnbergerkram umgetauscht bekommen können. Wenn sie eine einzige Tochter haben, die ihr Trost und ihre Bequemlichkeit ist, so schicken sie diese gerne nach Tranquebar, sie finden sich in jede Entbehrung, darein, sie niemals mehr vor ihren Augen zu sehen, für die Freude zu wissen, daß sie an der Koromandelküste sitzt ... wenn sie bloß verheiratet ist, wenn man bloß sagen kann: meine Tochter, Frau soundso ... Ja, Sofie, es gibt Momente in unserem Dasein, die es nicht wert sind, zu tief darüber nachzudenken. Gut, daß es so wenige tun. Wir, die wir in der Reihe der Schöpfungen Gottes doch ebenbürtig mit den Männern sind, die wir ebenso edel und ebenso begabt sind, unberührt von Lastern, wir werden doch, solange wir der Gegenstand ihres Suchens und Verschmähens sind, so sonderbar geringgeschätzt. Möglich, daß das Vermögen andernorts dieses Mißverhältnis ausgleicht, aber bei uns, wo die Töchter im allgemeinen kein Vermögen haben, sind sie nicht viel besser als eine Ware, die nicht schnell genug umgesetzt werden kann, die hervorgeholt, ausgekramt, taxiert wird und die der Kaufmann lieber zum halben Preis gehen läßt, als daß sie in den Regalen liegen bleibt ... Nach diesem System bin ich, nach ihm ist Maria aufgeopfert worden. An Maria erinnerst du dich wohl kaum?"

„Nur dunkel. Sie war hochgewachsen und schlank, sie glich Amalie ..."

„Amalie! Die schöne, stille, ernsthafte Maria! Ja, wie eine echte Perle einer aus Wachs ähnelt. Ich war noch so jung, es hatte mit mir keine Eile ... Aber Maria war fünfundzwanzig Jahre geworden – ein schreckliches Unglück! – ohne daß es Aussicht auf eine Verlobung gab. Und so sollte sie, sie, die eines Königs wert gewesen wäre, an Broch, den langweiligen Kerl, einen so unendlich, unverbesserlich bornierten Per Nittengryn, weggeschmissen werden. Er hatte unglücklicherweise ein kleines Amt im Nordfjordbezirk bekommen, und im Zuge der Wichtigkeit dieser Ernennung begann er, auf lächerliche Art Maria den Hof zu machen, was damit endete, daß die arme Maria klein beigab. In Nordfjord schlug er sich zu den Pietisten, und weil es keine Vergnügen gab, die er der Hausfrau verbieten konnte, verbot er ihr, sonntags in einem guten Buch zu lesen, wenn es nicht fromm war. Maria hielt es nicht lange aus. Sie hatte keine Kinder, und bevor drei Jahre um waren, hatte sie sich zu Tode gelangweilt oder, wie es in der Anzeige hieß: ‚Sie ging gottergeben nach einer langandauernden Schwächung.' Sie welkte dahin wie die Pflanze in der Botanisiertrommel, sie. Maria hatte Vaters fromme, geduldige Seele ... aber ich, Sofie, ich habe mehr von Mutters Natur, ich kann nicht so leicht sterben ... ich kann nur ..."

Sie schwieg und mit einem unbeschreiblichen Ausdruck des Kummers – des Kummers über sich selbst – schlug sie die Hände vors Gesicht.

Sofie konnte nichts sagen. Sie war herangetreten und schlang ihren Arm um die Schwester. Bei dieser Bewegung sah Lovise auf und brach fast erschreckt aus: „Oh, was habe ich gesagt! Wie bin ich dazu gekommen, dir all das zu erzählen! ... Das ist nichts für dich! ... Glaube mir, das war nicht meine Absicht. Dein Schicksal war es, von dem wir sprachen. Du standest nun an demselben Scheideweg wie ich damals, und so ... und so ..."

„Rede nur, rede, wenn es deinen Sinn erleichtern kann", sagte Sofie. „Oh, Lovise, das ist gerade dein großes Unrecht, daß du das nicht früher gemacht hast. Du hast Sünde an dir selbst begangen, an deinen Eltern und Geschwistern, daß du uns niemals Vertrauen gezeigt hast. Du wolltest nicht schreiben, du wolltest nicht kommen und uns besuchen."

„Und wozu? Was sollte ich zu Hause! Um zu jammern und zu klagen? Ich

sollte nach Hause kommen, um diesen ungeheuren Kummer auf euch alle zu legen!"
„Oh, du hättest nicht zu klagen brauchen. Hätten wir nicht trotzdem deinen Kummer teilen können? Du hättest es an allem gemerkt, an unserer Zärtlichkeit für dich, an unseren Bestrebungen, dich aufzumuntern. Oh, wir wären so gut, so gut zu dir gewesen."
„Arme Schwester, du wohl. Ich war einmal zu Hause, wie du weißt, es war drei Jahre danach, aber ich war nicht länger froh noch schön. Sofie, es sind nur die schönen, glücklichen Kinder, die zu Hause willkommen sind. Wohin ich kam, bemerkte ich, daß ich es nicht länger war. Es ist nun einmal so, dieselbe Welt, die uns kaltblütig aufopfert, fragt uns anschließend mit verwundertem Tadel, weshalb wir nicht glücklich sind. Weder Vater noch Mutter haben Kraft genug, mein Unglück in all seiner Nacktheit zu ertragen. Vor allem Mutter braucht es, sich einzubilden, daß ich glücklich bin. Deshalb schreibe ich kurze, trockene Briefe. Lieber als zu heucheln will ich als unliebe Tochter gelten. Ich habe noch mehr getan. Als Vater hier zu Besuch war, stellte ich mich vergnügt und zufrieden, ich hatte nur ein Bestreben, dieses Jammertal vor seinen Augen zu verdecken ... Glaubst du nicht, daß ich mich nach Hause sehne? ... Viele Male, wenn ich bloß vor die Türe gehe, um frische Luft zu schnappen, finde ich mich mit einem Mal wie ein Pilger so eifrig den Weg entlang wandern, mit bloßem Haupt, in Kälte und Dunkelheit, das ist gleichgültig, und da denke ich, daß ich weitergehen und gehen muß, bis ich zu meines Vaters Hof komme, zu dem Ort, wo ich einmal sang und lachte und niemals einen bitteren Gedanken hatte ... Wie lebt Vater, Sofie? Du hast mir noch nicht genug von ihm erzählt! Oh, erzähl mehr! Kommt er noch immer so still die Treppe herunter und schließt die Tür so sachte auf, daß man kaum bemerkt, daß er hereinkommt? Beginnt er, kahlköpfig zu werden oder hat er noch seine schönen, grauen Locken? Weißt du, was ich so oft träume? Daß ich auf seinen Knien sitze, wie in alten Tagen, und seine Hände küsse und sein graues Haar, und seine Augen sehen mich so lieb an! Könnte ich ... könnte ich ... bloß ein einziges Mal ..."

Ihre Stimme versagte, und sie brach in ein krampfartiges Heulen aus.

Die arme Sofie war wieder übel dran. Kaum einer schwierigen Situation entschlüpft, fand sie sich in einer neuen. Sie hatte bei der Schwester Zuflucht gesucht, um Trost zu finden, und fand sich einer Untröstlichen gegenüber. Ja, die Rollen waren in dem Grad vertauscht, daß sie vergaß, wovon ihre Unterhaltung ausgegangen war. Mit höchst widersprechenden Gefühlen hatte sie Lovises fast unfreiwilligen Ausbruch angehört. Schmerzliches Mitleid, Unwille, Schrecken mischten sich mit Erstaunen über die Veränderung, die in diesem Wesen vorgegangen war. Lovise stand in ihrer Erinnerung als ein mildes, glückliches Geschöpf, das sorglos und mit unschuldiger Koketterie die Huldigung genoß, die sie überall antraf. Keine eigentümliche Geistes- oder Charakteranlage trat damals bemerkbar bei ihr hervor; sie war niedlich, einnehmend, viel mehr wußte man nicht und nach mehr fragt man ja auch nicht bei einem jungen Mädchen. Es soll ein Rätsel sein, ansonsten ist es kein junges Mädchen. Oh, wie schrecklich kann das Leben dieses Rätsel nicht lösen! Welche Möglichkeiten können nicht unter dieser schönen, jugendlichen Hülle verborgen liegen ... welche dämonischen Anlagen, welche geniale Fähigkeit, unglücklich zu werden oder unglücklich zu machen! Sieh jenes junge Mädchen! Es ist so scheu, so schweigsam, so reizend. Vielleicht zu schweigsam, wirst du sagen. Ach! Freue dich darüber, aber sei ihr nicht böse; und wunder dich auch nicht, wenn du es einige Jahre später als eine altkluge, zudringliche Klatschtante wiedertriffst. Frage kein junges Mädchen, was es werden will, frage sein Schicksal, frage die Hände, in die es fällt.

War es jene Lovise, die sprach? Welche Anschauungen! Welche Sprache! Diese Sprache hatte mitten in ihrer rücksichtslosen, energischen Bitterkeit doch eine Macht der Wahrheit, die die jüngere Schwester gegen ihren Willen ergriff. Sie bekam keine Zeit, Worte zu bemerken und sich über sie zu ärgern; entsetzt sah sie durch ein jedes dieser Worte hinunter auf den Grund einer Seele, die von jeglicher Poesie, jeglicher Hoffnung, jeglichem Glauben verlassen schien. Doch Sofie war selbst so jung. Sie verstand ein Unglück nicht, das so schreckliche Wirkungen hervorbringen konnte, und im Bewußtsein ihrer eigenen Ohnmacht war sie stumm geblieben, fast teilnahmslos. Aber nun weinte Lovise. Beim Anblick ihrer Tränen erhielt das junge Mädchen plötzlich ihre Sprache zurück. Sie hatte sich vor der Schwester auf die Knie gelegt und ließ ihr Herz in lieben Worten überströmen. Lovise hörte eine Weile schweigsam und träumend zu, wie man Vogelgezwitscher zuhört. Sie verlor sich in dem Anblick dieses anmutigen Gesichtes, das in der undeutlichen Beleuchtung einem barmherzigen Engel zu gehören schien, der herabgestiegen war, um ihre Not zu hören. Ihre Tränen flossen milder. Mit einem Mal stieß sie Sofie von sich und blieb einige Sekunden gespannt lauschend sitzen. Noch hatten Sofies Ohren keinen Laut eingefangen, als Lovise ausbrach:

„Geh, geh! Das ist er."

Das Rollen einer Karriole über den Hofplatz, ein darauf folgendes Pfeifen, das von einem starken Peitschenknall begleitet wurde, meldete, daß der Prokurator von einer seiner Bezirksreisen nach Hause kam.

Wir wollen nicht detailliert, sondern nur soweit es für den Gang der Erzählung notwendig ist, die Verhältnisse im Haus des Schwagers schildern. Wo gemunkelt wurde, daß diese ‚nicht waren wie sie sein müßten', war man in einer Hinsicht ziemlich einig: darin nämlich, die Schuld auf sie abzuwälzen und ihn zu bedauern. Lovise hatte sich in der Gegend nicht beliebt gemacht. Sie hatte es von Beginn an nicht der Mühe wert gefunden, jemandem zu behagen. Er hingegen war wohl gelitten. Er war überall ein willkommener Gast. Seine immer gute Laune, seine Unerschöpflichkeit an lustigen Einfällen, seine Bereitschaft, sich an die Spitze von allerlei Unternehmungen zu setzen, ob sie nun Vergnügungen oder ernsthafte Dinge zum Ziel hatten, machten ihn zu einer derjenigen Personen, die auf dem Lande ebenso kostbar wie unentbehrlich sind. Außerdem war er freigebig, und es war etwas an seiner Persönlichkeit, das trotz der Roheit und obwohl er selbst gleichsam dagegen protestierte, anziehend genannt werden konnte. Kurz, er hatte nicht wenige dieser außerhalb des Hauses behaglichen Eigenschaften, für welche die Ehefrau zu Hause mit tausendfacher Bitterkeit im Herzen büßt. An diese Seite des Mannes hielt man sich, für diese wagte man sicher, ohne in Verlegenheit zu kommen, Rechenschaft abzulegen. Was hingegen seinen Ruf – das, was die Franzosen mit Reputation bezeichnen – anging, so mußte dieser bereits vorsichtiger behandelt werden. Man berührte selten diese Seite an ihm, aber wenn es geschah, war es gerne, um den einen oder anderen ehrlichen Zug zu berichten. Mit diesem Ruf verhielt es sich unterdessen so, daß er weder schlechter noch besser war als der so vieler anderer in ähnlichen Stellungen, die mit gewissen Gewerben gemeinsam haben, daß es für denjenigen, der sie ausübt, schwierig ist, sich ganz reinzuhalten. Das war nicht gut, das war auch nicht schlecht; das war wie Wild, das etwas zu lange gehangen hat; es ist einem am besten damit gedient, es nicht in der Küche zu sehen, sondern zu warten, bis es auf den Tisch kommt. Man könnte nicht nachweislich einen schlechten Zug an ihm hervorheben, ja, bei einer geschickten Zubereitung bekommt man sogar einige Eigenschaften heraus, die gut und edelmütig genannt werden könnten.

Nur eine Tatsache ließ sich nicht so leicht wegdenken. Man wußte sehr wohl, daß Lovises Mann einen großen Teil seiner unregelmäßigen Einkünfte für gewisse niedere Verbindungen außerhalb des Hauses verpulverte, während er sein Kind, einen Jungen von zehn Jahren, zu Hause sich selbst überließ, ohne Wissen und Erziehung. Wenn man dann, wie es sich gehört, dies gebührend getadelt hatte, glaubte man nach diesem Opfer am Altar der Wahrheit und Moral umso getrösteter hinzufügen zu können: im Grunde ist es dem armen Mann nicht zu verdenken, daß er andernorts ein wenig Trost sucht; wer könnte es aushalten, immer die saure, kalte Miene zu sehen? Man drängte danach, das beste zu glauben, weil man ihn benötigte.

Es gab nur einen, der strenger urteilte als alle anderen. Das war das Wesen, das in solchen Fällen entweder das blindeste ist oder es sein will, das aber, wenn das Band der Liebe fehlt, das Wesen ist, welches am unbarmherzigsten klarsieht. Aber welche Erfahrungen dieses eine Wesen auch zum Anlaß gehabt hatte, dies mit Hinsicht darauf zu tun, was am tiefsten die Seele einer ehrbaren Ehefrau angreift, seine Redlichkeit und seinen unbefleckten Charakter, so berührte sie diese Züge nicht mehr vor der Schwester. Ihm gegenüber sprach sie niemals etwas aus, das einem Zweifel glich, aber dieses eisige Schweigen sprach vernehmlicher als alle Vorwürfe, alle Klagen. Lovise verachtete ihren Mann.

Achtbarkeit ist, wenn von gebildeten Menschen die Rede ist, ein so negativer Begriff, daß man förmlich in Verlegenheit gerät, wenn man das Wort gebrauchen soll. Sie ist das Gegebene, sie ist die Luft, die man atmet, woran man nur denkt, wenn sie Mängel hat, sie ist der unbemerkte Hintergrund, auf welchem die Liebenswürdigkeit glänzt und uns verzaubert. Aber wenn sie aufhören wird, der Hintergrund zu sein, wenn sie selbst etwas sein will, so wird sie anmaßend und unbehaglich und treibt die Liebenswürdigkeit zur Flucht. Lovise hatte genug damit zu tun, achtbar zu sein, sie mußte es ja für zwei sein. Aber liebenswürdig war sie nicht, die arme Lovise. Sie war dunkel und unzufrieden, nie wurde ein Lächeln auf ihrem Gesicht gesehen, ach, allzu oft erinnerte sich Sofie an ihren eigenen Vergleich von dem abgemähten Weizen! Da konnte sie oft aus tiefstem Herzen seufzen: „Oh, Gott, mache mich unglücklich, wenn es denn dein Wille ist, aber nicht bitter, nicht wie ..." Sie hatte nicht das Herz, den Gedanken zu vollenden. Auch bei ihren Dienstleuten war Lovise nicht beliebt. Sie haßten sie wegen der strengen Arbeitsamkeit und Ökonomie, die durchzusetzen sie gezwungen war, die die Leute aber nicht mit der flotten Lebensweise ihres Hausherren vereinen konnten. Sie selbst ging in diesem rastlosen Fleiß auf, der in einem Haus so unerquicklich sein kann. Sie war immer auf dem Dachboden, in der Küche oder in der Webstube zu finden; in diesem Haus war die Stube immer leer und kalt.

Er schien sich nicht groß darum zu kümmern. Wenn er bloß an den Abenden, an denen er zu Hause war – welches seltene Ausnahmen waren – seine Kartenpartie und seinen Grog mit seinen zwei unentbehrlichen Freunden bekam, schien er die häusliche Bequemlichkeit, die ihm zu bereiten sie sich so wenig Mühe machte, ganz und gar nicht zu vermissen. Der eine dieser Freunde, ein Bauernsohn, eine Art halbstudierter Räuber mit einem verschmitzten Kopf, aber einem etwas gemeinen Ruf, war der Vertraute des Prokurators und sein Faktotum in allem. Der dritte Mann, ein alter Major auf Wartegeld, ein leidenschaftlicher Kartenspieler, besaß etwas Geld. Er war immer die Zielscheibe für ihre Scherze, wenn nicht der Gegenstand für etwas noch Schlimmeres. Wahr ist, daß der arme Major fast immer verlor, bisweilen nicht unbedeutende Summen. Aber er hatte die Schwäche, daß er gerne mit seinem Glück im Spiel prahlte, und nach einem solch gründlich unglücklichen Abend mußten seine Freunde ihm immer versprechen, ihn nicht zu verraten; ein Versprechen, das sie nicht nur gaben, sondern mit einer eigentümlichen Gewissenhaftigkeit hielten.

Diese Spielabende waren allerdings die aller unleidlichsten von allen. Lovise flüchtete, so weit sie konnte, um deren Gelächter und lautstarke Witze nicht zu hören. Und Sofie sah sich in der Regel in ihr eigenes, kleines Zimmer verbannt, wo sie nur die Möglichkeit hatte, beim Schein einer einsamen Talglampe eine Handarbeit hervorzuholen.

Dies war der Aufenthaltsort, in dessen milder, lauer Atmosphäre das junge Mädchen die erste Heilung für ein enttäuschtes Herz gesucht hatte. Jeden Morgen wurde sie früh durch den Schlag des Webstuhls in einem nahegelegenen Zimmer geweckt. Das würde ihren Schlaf kaum abgebrochen haben, denn in ihrem Alter schläft man, trotz der Sorgen, sonderbar fest, aber es war Lovise, ihre rastlose, unglückliche Schwester, die diese Schläge schlug. Lovise arbeitete für ihr Kind. Auch in diesem, ihrem einzigen, versprach ihr die Zukunft keine Freude. Dieser Junge verriet im Charakter bereits starke Ähnlichkeit mit dem Vater, und da er, wie gesagt, auf sich selbst gestellt war, sah Lovise mit wachsender Sorge, daß ein längerer Aufenthalt zu Hause ihn völlig verderben würde. Sie schloß daher eigenhändig mit einem Kaufmann in der nächsten kleinen Stadt eine Übereinkunft, ihn in seinem Haus aufzunehmen und wie seine eigenen Kinder aufzuziehen. Lovise war eine tüchtige Weberin. Da sie den Kaufmann nicht in Geld vergüten konnte, hatte sie ihn überredet, Produkte ihres Hausfleißes anzunehmen. Ach, wie viele tausende und aber tausende solcher Schläge zog nicht ihre feine Hand, bevor sie eine Summe erreicht hatte, die vielleicht nur halb den Wert der Gabe aufwog, die ihr Mann am Tag zuvor fortgeschleudert oder in einem leichtsinnigen Tauschhandel verloren hatte! Wie hart, wie hastig hörten sich diese Schläge nicht an, als ob die Arme ihrem bitteren, ungeduldigen Herzen mit ihnen Luft machte! Sofie schlief niemals von diesem Augenblick an, da der Webstuhl zu gehen begann. Die ersten Tage war sie aufgestanden und zur Schwester hineingegangen, aber diese hatte sie fast heftig zurückgetrieben und sie gezwungen, sich wieder ruhig hinzulegen.

Welchen Eindruck all das auf das junge Mädchen machen mußte, kann sich ein jeder vorstellen.

Lovise, diese einmal so graziöse, mit so viel Schönheitssinn ausgerüstete Lovise, die nur für ein harmonisches und elegantes Dasein geschaffen schien, in einer Umgebung wie dieser! Welch bittere Parodie auf sich selbst, wenn sie derartig am Webstuhl saß, wie ein Dienstmädchen gekleidet oder wenn ein Fremder zur Tür hereintrat und sie mit unsicherem, messendem Blick nach der Frau des Hauses fragte! Die Schuld lag nicht allein in den kleinen Verhältnissen, denn auch über diesen kann die Zufriedenheit etwas Graziöses ausbreiten, das dem ganzen dieses Rührende gibt, das bei größeren Mitteln vielleicht verfehlt werden würde – hierin liegt vielleicht das Geheimnis von dem, was wir gemütlich nennen – aber hier waren es kleine Verhältnisse, die den mildernden Schleier verschmähten und sich in ihrer kalten Nacktheit gefielen. Es war ein Unglück, das sich nicht einen Augenblick selbst täuschen wollte. Sofie ergriff einmal die Gelegenheit, Lovise halb scherzend vorzuhalten, daß sie eitler sein und sich netter kleiden müsse. „Für wen?", war die lakonische Antwort. „Um deiner selbst willen", hatte Sofie antworten wollen, aber sie schwieg traurig, als sie daran dachte, daß Lovises besseres Ich nicht mehr existierte. Aber selbst versuchte sie, ihrer Kleidung den ärmlichsten Anstrich zu geben, um nicht allzu sehr von der Schwester abzustechen.

An die vierzehn Tage hatte Sofie sich im Hause des Schwagers aufgehalten, als Amalie ihr in einem Brief mitteilte, daß Kold sie bereits verlassen habe. Seine Zeit war eigentlich erst am Jahresende abgelaufen, ja, es gab sogar eine alte Absprache, daß er Weihnachten mit ihnen verbringen sollte, aber sofort nach ihrer Heimkehr war er aufgrund einiger unaufschiebbarer Verpflichtungen abgereist. Der Vater war traurig darüber gewesen. Auch Mama war schlechter Laune und wollte, daß Sofie nach Hause kommen sollte. Diese fühlte sich nicht aufgefordert, ohne Notwendigkeit einen so unbehaglichen Aufenthalt zu verlängern. Sie bewaffnete sich daher mit diesen Gründen, als sie der Schwester so schonend wie möglich ihren Wunsch vortrug, vor der festgesetzten Zeit abzureisen.

„Daran tust du recht", sagte Lovise, ohne von ihrer Arbeit aufzusehen.

Die Unterhaltung zwischen den beiden Schwestern, die wir oben mitgeteilt haben, bei welcher sie sich noch unter der ersten Wärme des Wiedersehens gegenseitig vertraulich das Herz ausgeschüttet hatten, diese erste Unterhaltung war auf eine Weise auch die letzte geblieben. Nach jenem fast unfreiwilligen Ausbruch lag Lovises Sinn dunkel und still wie ein Vulkan, der sich nach der Eruption geschlossen hat.

Ein einziges Mal, nur ein einziges Mal berührte das Gespräch wieder vertrauliche Gegenstände, aber Lovise verblieb kalt und unbewegt, als wäre die Rede von irgendjemand anderem als ihr selbst gewesen.

Es war in der Dämmerung. Sofie hatte ihre Arbeit bereits abgelegt, aber Lovise hatte einen ganzen Haufen Leinen vor sich auf dem Boden, woraus sie schnitt und fleißig nähte. Furchtsam sprach Sofie die schmerzlichen Vorwürfe ihrer Kindheit aus, daß sie, obwohl ihre Gedanken auf einen anderen gerichtet waren, sich so schnell, scheinbar so leichtsinnig in ihr Schicksal ergeben hatte. Sie stellte ihr eine Frage nach diesem Geliebten ihrer Jugend.

Fast tonlos und ohne die Arbeit fallenzulassen, erzählte Lovise:

„Er war in seinem Kreis angesehen und bedeutsam, ich glaube nicht eigentlich beliebt. Seinen eigentlichen Charakter kannte ich nicht, möglich, daß er große Fehler hatte ... Es ist nicht das, worauf es ankommt. Nicht ihn sollen wir ergründen, sondern uns selbst. Uns selbst müssen wir die Frage stellen, und ich hatte sie mir beantwortet. Für ihn hätte ich leben können, hätte ich mit all meiner Seele leben wollen. Wir wählen einen Mann nicht, weil er der beste ist, sondern weil wir bei ihm am besten werden."

„Und er, erwiderte er denn deine Gefühle?"

„Er gab mir allen Grund, das zu glauben. Aber ich glaubte es nur, ich wußte es nicht. Die Männer sind in solcher Hinsicht sicherer als wir, denn all unser Flitter aus Lügen und Verstellung hilft uns im Grunde zu nichts. Es ist dagegen schwieriger für uns, zu beurteilen, wenn das Gefühl nicht derartig Verstecken spielen muß. Wir heucheln, um es zu verbergen, und sie heucheln, um damit zu prahlen, und da ist es nicht leicht, wahr von falsch zu unterscheiden. Er war sich meiner also sicher, allzu sicher. Ich fuhr nach Hause ..."

Hier machte sie eine Pause, während sie sorgfältig das Leinen ausmaß.

„Du fuhrst nach Hause ...?"

„Fünfundsechzig Ellen, wie oft kann man das durch vier teilen?"

„Lovise, du reistest nach Hause, und was dann, was dann?"

„Ja, ich reise nach Hause, ohne daß es zwischen uns zu irgendeiner Erklärung kam. Aber ich war so sicher, daß der erste Brief, der mir in die Hände fiel, von ihm sein würde. Es kam nichts. Mit jeder Woche sank mein Mut, und in dieser Mutlosigkeit brach mein böses Schicksal über mich ein ... Frag nicht, wie so etwas vor sich geht ... Hast du die Schere?"

„Oh, Gott, wußte er etwas davon?", sagte Sofie, und reichte ihr mechanisch, was sie gerade in der Hand hatte. „Hätte er es nicht zu wissen bekommen können?"

„Doch, das konnte er sicher, wenn es ihm jemand gesagt hätte. Du weißt, ich war nur kurze Zeit verlobt. In einem verzweifelten Augenblick schrieb ich ihm einen Brief, aber ich verbrannte ihn; ich schrieb wohl noch einen, aber ich wagte nicht, ihm diesen zu senden. Er beherrschte mich, aber ich hatte nicht dieses alles besiegende Vertrauen, das bewirkt, daß man sich unbedingt dem Edelmut eines Mannes übergibt. Woher sollte man das auch bekommen? Er hätte mich vielleicht mit Freude und Glück belohnen können, aber er hätte ebenso leicht meinem Unglück eine Demütigung mehr hinzufügen können. Ich wagte es nicht ... Nachher, da war es zu spät ..."

„Oh, Gott, was dann?"

„Nachher, als es zu spät war, bekam ich einen Brief von ihm. Sieh her, nun bin ich fertig." Hier tat sie einen Schnitt mit der Schere und riß krachend ein Stück Leinen ab. Sofie fragte nicht mehr, aber der häßliche Laut tönte noch lange in ihren Ohren.

Über ihre eigenen Angelegenheiten sprach Sofie nie mehr mit der Schwester. Diese hatte sie einmal in einem Anfall tiefer Mutlosigkeit angetroffen. Sie weinte und sagte, daß sie sterben wolle. „Bah", sagte Lovise mit ihrem bitteren Lächeln, „erwarte das nicht, man stirbt nicht an Kummer, ansonsten würde ich das erste Recht darauf haben. Es ist mit diesen Jugendsorgen wie mit den ersten Wehen. Man meint sofort, daß man es nicht aushalten kann, aber die Madame sitzt mit verschränkten Armen ruhig vor uns und sagt: ‚Das genügt nicht, das genügt nicht,

es wird noch schlimmer!"'
Sofie verstummte bei solchen Äußerungen, es war als ob eine brennende Hand ihre Tränen abtrocknete. Die Schwester hatte ihren Kummer nicht richtig verstanden oder nicht richtig verstehen wollen. Von der Gletscherhöhe ihres Unglücks hatte sie vornehm überblickend auf ihn herabgeschaut. Jede von ihnen scheute die Berührung ihrer tiefsten Verletzung.

Das hinderte Lovise unterdessen nicht daran, für die praktische Lebensphilosophie zu sprechen, und wo es sich machen ließ, prägte sie ihrer jungen Schwester nützliche Lebensregeln ein. Sie hatte damit eine eigene Art, deren eigentliche Herzensangelegenheit zu behandeln, sie umging sie nämlich, als ob sie nicht existierte.

Die Wirkung blieb nicht aus, obwohl Sofie selbst es am wenigsten bemerkte. Sie war viel weitergekommen, als sie selbst wußte, als sie selbst für möglich gehalten hatte, und es wäre auch nicht möglich gewesen, falls Lovise als die zärtliche Schwester sich daran gemacht hätte, Sofies Schmerz zu pflegen. Sie hatte bebend in einen Abgrund hinuntergeschaut, und von dem Augenblick an wagte sie nicht mehr, zu den hellen, sonnenbeschienen Gipfeln der Liebe emporzusehen. Es gibt Augenblicke, da man froh ist, die Erde unter den Füßen zu haben.

An einem klaren Novembernachmittag, als die Sonne bereits begann in den farbenreichen Dunstkreis zu sinken, hielt endlich das junge Mädchen draußen vor der Pforte der Allee, die hinauf zum Hof des Probstes führte. Der Bestimmung nach hätte sie schon am Abend zuvor dort sein sollen, aber sie hatte vorgezogen, im nahegelegenen Gasthaus zu übernachten. Je näher sie dem Ziel gekommen war, desto ängstlicher schlug ihr Herz. Sie hatte diesen Hof verlassen, sicherlich überrascht genug durch das, was ihr begegnet war, aber doch so ruhig, als ob Reins Antrag sie nichts anginge. Er hätte ihr ebenso gut ein Kapitel aus einem Roman vorlesen können. Mit derselben Ruhe hatte sie auch daran gedacht, ihr Versprechen, auf der Heimreise dort abzusteigen, zu halten. Nun war sie an der Pforte, aber hier überfiel sie die Angst so stark, daß sie das Pferd anhielt.

Wie friedlich war das Bild, das vor ihr lag! – Dort konnte man gut und ruhig leben!

Noch ruhte ein Schein der herbstlichen Schönheit über der Umgebung. Ein leichter Rauhreif entlang der Zäune und Büsche bezeichnete in ungewissen schwebenden Umrissen, wohin die Sonnenstrahlen nicht vorgedrungen waren. Aber die Felder waren grün und wurden in den zartesten Übergängen zu dem violetten Rand des Waldes hin undeutlich. Noch waren die Birken in ihrer entlaubten Gestalt majestätisch. Ein paar Vogelbeerbäume weiter hinten in der Reihe ragten hochmütig mit ihren prahlenden roten Kronen empor, als ob sie sagen wollten, daß nun ihre Zeit gekommen sei. Tausende von Wacholderdrosseln führten ihr eigentümliches Konzert auf, das aus einem einzigen, unablässigen, doch nicht unmelodischen Lärm aus schnurrenden, pfeifenden, flötenden, lockenden, schnarrenden Stimmen besteht. Wehmütig ließ Sofie den Blick zum Hof hin schweifen, der neben dem nahen Kirchturm seinen bläulichen Schattenriß gegen den roten Nachmittagshimmel zeichnete. Ihre Ohren strengten sich an, um den ein oder anderen bekannten Laut aufzuschnappen. Sie dachte sich, mit welch stürmischem Jubel Ada ihr um den Hals fliegen würde, wenn sie plötzlich in die Stube trat, aber so ertönte es wieder in ihrem verängstigten Gedanken: „Arme Ada! Oh, komme ich auch irgendwann in diese Stube?" Als ob die Kleine diesen Gedanken gehört und beantwortet hätte, erklang im selben Augenlick ein langer, anhaltender, darauf langsam verhallender Klageschrei vom Hof herunter. Vielleicht war es ein Gertrudsvogel in der Ferne, vielleicht nichts anderes als die zahmen Enten, die auf diese Weise dagegen protestierten, zu früh in ihr Wintergefängnis gekommen zu sein, aber Sofies Gedanken an ihre kleine Freundin und die Enttäuschung, die sie ihr bereiten würde, war so lebhaft geweckt, daß ihre Unsicherheit darüber, was sie machen sollte, ihren Höhepunkt erreichte. Sie wünschte schließlich, daß ein Zufall für sie bestimmen würde, und kaum war diese Bitte ausgesprochen, als das Pferd, von ein paar grünen Halmen angelockt, die der Frost verschont hatte, plötzlich einige Schritte zur Pforte hineinmachte. Diese Bewegung weckte unterdessen Sofies schlummernde Willenskraft. Mit der unwillkürlichen Macht des Instinktes faßte sie die Zügel mit beiden Händen, zog das Pferd zurück, und mit einer Schnelligkeit, die einer Flucht gleichkam, nahm sie den Weg in die entgegengesetzte Richtung.

Kold hatte einen stillen, aber arbeitsamen Winter verbracht. Wir finden ihn an seinem Arbeitstisch in seiner Wohnung in Kristiania wieder. Er erhob sich gerade, nachdem er einige Stunden beharrlich geschrieben hatte. War er krank oder war es der Schein des sich neigenden Märztages in dem an sich etwas traurigen Zimmer, aber sicher ist, daß er bleich und mitgenommen aussah. Und sein Gesicht hatte nicht den zufriedenen Ausdruck, den wir von seinen ländlichen Tagen als Bevollmächtigter kennen. Er ging einige Male schnell auf und ab, ab und zu blieb er am Fenster stehen, um einen zerstreuten Blick auf die schmutzige Straße zu werfen. Nicht ohne Freude sah er Müller um die Ecke kommen und den Weg zu seiner Wohnung nehmen.

Sie sahen sich noch ziemlich oft. Jeglicher Schein von Offenherzigkeit war unterdessen auf Kolds Seite verschwunden. Er hatte endlich das Recht ergriffen, er hatte kurz und bestimmt jegliches Eindringen in Bereiche, von denen er wußte, daß Müller ihn nie verstehen würde, bestimmt abgewiesen. Müller respektierte das, und machte dahingehend auch keinen Versuch, ohne daß es jedoch – das müssen wir zu seinem Lob sagen – sein wirkliches Interesse, das er seinem jungen Freund zeigte, schmälerte. Dieser drang von seiner Seite nach Müllers Gesellschaft als Zerstreuung. Er war doch ein Individualist. Seine eigentümliche, etwas krasse Art, Dinge aufzufassen, amüsierte Kold, ebenso wie es ihn viele Male erstaunen konnte, die chirurgische Sicherheit zu sehen, mit welcher Müller über jedes Lebensphänomen, an welchem es etwas Illusorisches wegzuschneiden gab, fuhr. Halbe Stunden konnte er stumm sitzen und seine launischen, oftmals barocken Erklärungen anhören, und weil Müller wie alle lebhaften, redefreudigen Menschen in einem stummen Zuhörer immer einen guten Zuhörer sah und zur Not etwas vom eigenen Überfluß auf ihn überführte, bemerkte er wenig von Kolds Schweigsamkeit. Er ging nach solchen Monologen gerne mit dem Eindruck fort, daß sein Georg doch ein selten unterhaltsamer Mensch war, ein Mensch, mit dem man reden konnte.

Kold hatte eine Kiste Tabak mitten auf den Tisch gestellt und einen Wachsstab angezündet, eine Zubereitung, die Müller mit einem zufriedenen Nicken und einer Frage nach seinem Befinden belohnte. Es war ihm in der letzten Zeit nicht recht wohl gewesen.

„Du solltest nicht rausgehen", fuhr er mit einem prüfenden Blick auf Kolds Züge fort. Diese erschienen ihm, gerade von der Flamme beleuchtet, über welcher Kold sich eine Zigarre anzündete, auffallend scharf und leidend. „Es herrscht eine abscheulich tückische Luft, vor der sich sogar Gesunde in Acht nehmen müssen. Gib mir deine Hand."

„Ach, Unsinn", erwiderte Kold abwehrend. „Sie machen zuviel Aufhebens darum."

Nach Müllers unglücklichen Operationen bei der Amtmannsfamilie vermied er alles, was den Gedanken auf jene Szenen bringen konnte. Kold erwähnte fast nie seinen Aufenthalt dort. Sie fühlten vielleicht beide, daß das ein Punkt war, der zwischen ihnen keine Erklärung duldete.

Mit der Müller eigenen Beweglichkeit war die Unterhaltung bereits über die verschiedensten Gegenstände geglitten, als er plötzlich ausbrach:
„Was sagst du zu der Neuigkeit von den Amtmanns?"

Kold warf einen Blick zur Seite, wie ein Mensch, der eine Mine entzündet hat, die ihn und alles andere in die Luft sprengen wird ... „Welche Neuigkeit?"

„So, du hast sie noch nicht gehört? Die kleine Sofie ist verlobt. Sie wird mit Probst Rein verheiratet, einem Hochehrwürden um die fünfzig, der Haus, bewegliches Gut und Kinder hat, alles fix und fertig. Mama kann sich die Sorge um die Aussteuer sparen. Sieh, das nenne ich einen raschen Entschluß. Ja, es gab wirklich etwas Apartes an der Kleinen, sie sah determiniert aus."

„Das ist nicht wahr."

„Vielleicht, aber sicher ist es doch. Edvard Ramm hat es mir gerade eben erzählt. Die Hochzeit soll sehr bald abgehalten werden, und die zwei Schwestern, sowohl die kleine, niedliche Sofie als auch die schwärmerische Amalie sollen auf einmal getraut werden. Ich kann dir sogar, so genau wie eine Klatschtante, den Tag nennen. Laß sehen, am ersten Juni, dem Geburtstag der Frau Amtmann. Es wird großer Staat gemacht, und als alter Bekannter bekommst du sicher auch eine Einladung."

„Das kann wohl geschehen."

„Es ist doch lächerlich mit diesen Hochzeiten", fuhr Müller fort. „Herrgott, welche Anstalten, wieviel Lärm und Spektakel um einer Formalität willen! Denn wenn es drauf ankommt, ist sie es doch, deren Magerkeit darunter verdeckt werden soll. Nimm einmal den Flitterstaat weg, dann werden wir sehen. Nimm das Brautkleid, den ganzen wohldressierten Chor weinender, geschmückter Frauen und Jungfrauen, gewisse Gruppierungen und Manöver, z. B. daß die Braut auf der rechten Seite zum Altar gehen soll und dann auf die linke herübergeschubst wird, womit vermutlich symbolisch angedeutet wird, daß hier das ritterliche Verhältnis des Mannes in das des Herrschers übergeht ... Nimm den Gesang und den Klang und Mamas Augapfel, die Brautkammer ... Oh, oh, mir scheint, ich sehe Frau Ramm an diesem Tag vor mir! ... Nimm so endlich die Rede, die man allerdings am besten meiden sollte, so haben wir das nackte Formular übrig. Aber wer in aller Welt würde das ausreichend finden? Keine junge Dame würde finden, daß sie durch die bloße und rein geistliche Handlung richtig verheiratet wäre. Würde ich einmal über den Verdienst hinaus so glücklich, daß ich Hochzeit halten sollte, so soll es ohne Aufwand geschehen. Am allerliebsten würde ich mir die Braut ohne Zeremonien holen. Ich würde trotzdem ein ebenso vortrefflicher Mann werden, ebenso sicher in die Witwenkasse einzahlen, und wir würden noch einig werden, mit demselben Anstand und derselben Treue uns das Leben hindurch zu plagen, als ob der Pastor unsere Hände zusammengelegt hätte."

Kold hörte diese Rede mit ungefähr dem gleichen Gefühl wie Lord Nigel am Tag, bevor er das Schafott besteigen soll, hört, wie ihm sein humoristischer Freund, Sir Mungo, die Hinrichtungsszenen, denen er beigewohnt hat, schildert.

Noch nachdem Müller gegangen war, stand er wie versteinert. „Unmöglich! Unmöglich!" war das einzige, was sein Gedanke faßte und was unaufhörlich auf seine Lippen hinaufstieg. Er suchte Edvard in dessen Wohnung. Mit Gewißheit, der Gewißheit der Hoffnungslosigkeit, verließ er ihn. Edvard war erstaunt über den Aufruhr, in welchen diese Nachricht seinen ansonsten so ruhigen und bedächtigen Lehrer versetzte. Verwundert starrte er ihm nach.

Nein, nach Hause konnte er nicht gehen. Drinnen würde er ersticken. Er hatte Müller später erklärt, daß er, während er durch die Straßen stürzte, ein Gefühl hatte, als ob sich die Häuser bewegten und ihm den Weg versperrten und jeden Augenblick damit drohten, über ihn herzufallen. Als er sich außerhalb der Stadt sah, fühlte er sich erleichtert, und es trieb ihn unaufhaltsam voran in die Richtung, in welche seine Gedanken ihn zogen, den nördlichen Weg entlang.

Es war am Ende des Monats März, dieser in unserem Klima so tristen Jahreszeit, da sich die Natur auf ihr langwieriges, mühsames Werk vorbereitet: das Joch des Winters abzuwerfen, der damals, nach einem allzu schönen Sommer, strenger als gewöhnlich gewesen war. In dieser Zeit tritt die Natur fast häßlich bei uns hervor. Die braunen Felder mit ihren vereinzelten grellen Schneeflecken zerstören jeden Umriß und nehmen der Landschaft jegliche Perspektive. Der wimmernde Schrei der Frühlingsvögel, das dumpfe, unterirdische Brausen der Bäche flößen dem Sinn Unruhe ein, ein unbeschreibliches Sehnsuchtsweh. Es gilt, die Forderung, daß der Winter nun vorbei sein soll und muß, mit dem Bewußtsein zu vereinigen, daß dies eine Täuschung ist und wir im Grunde das Schlimmste übrigbehalten. Die Luft ist mild, aber die Erde dampft diese eisige Feuchtigkeit aus, die empfindlicher als die strengste Winterkälte wirkt.

Kold war am botanischen Garten vorbeigekommen und stürmte die beschwerlichen Hügel oberhalb aufwärts. Gott weiß, wie lang sein innerer Aufruhr ihn noch getrieben hätte, denn er fühlte unter einem heftigen Schmerz bloß die Linderung dieser Bewegung – wenn ihn nicht eine halbfertige Weganlage gestoppt hätte. Er kehrte um; unterhalb lag Kristiania in seinem ewigen Nebelschleier.

Von dieser Seite hat der Anblick des Tales, in welchem unsere Hauptstadt liegt, etwas Unkultiviertes, Zerstreutes, das aufs höchste den malerischen Effekt zerstört, der erst mit größerem Abstand wiedergewonnen wird. Das ist weniger bemerkbar, wenn der Sommer seine weichen, schmelzenden Zinnen über die Landschaft ergießt, aber in diesem Augenblick spiegelte es ganz das Zerrissene in der Gemütsstimmung des Betrachters. Vor ihm lag die Stadt, die mit ihrer dunklen, unregelmäßigen, noch von keinem Turm belebten Häusermasse, mit den unzähligen, im waldfreien Tal rundherum hingestreuten Koppeln und kleinen Häusern, wie eine niedergestürzte Stadt, ein ungeheurer Trümmerhaufen, der seine Reste ringsumher verstreut hatte, wirkte, während der Fjord mit seinem weißen Leichenkleid die Verwüstung halb zu verbergen suchte. Ein scharfer Wind blies ihm entgegen, als er hinuntereilte. Er war ohne Mantel, aber er merkte davon vielleicht nichts, da das Fieber bereits in seinen Adern klopfte. Am Tag danach sandte seine Wirtin einen Boten zu Müller, aber dieser war unglücklicherweise fortgereist, und als er zwei Tage später, ohne etwas zu ahnen, ruhig die Treppe zu seinem jungen Freund hinaufstieg, fand er ihn in Fieberphantasien.

Sofie war verlobt. Sie war verlobt mit unserem braven, liebenswürdigen Probst. „Unmöglich!", wird ein jeder ebenso wie Georg ausrufen wollen, „unmöglich!" Ein junges Mädchen, mit größerem Selbstbewußtsein, größerer Widerstandskraft als die meisten ausgerüstet, mit dem noch blutenden Herzen einer kürzlich entrissenen Zuneigung, willigt freiwillig ein, einen Mann zu ehelichen, der dem Alter nach sein Vater sein könnte und den es gewißlich ebenso wenig zu heiraten gedacht hatte wie den Großmogul. Nicht unmöglich, Zartfühlender! ... Oft, so oft stellt uns das Leben solche Mißverhältnisse, ja, viel schlimmere als dieses, vor Augen, und dann wecken sie keine Verwunderung. Die Gewohnheit bewirkt das. Das flüchtige Stutzen darüber beruhigt sich damit, daß es angehen kann, und daß es angehen kann, das ist gerade das Geheimnis der Gesellschaft, ein Mysterium, das der bescheidene Erzähler nur mit scheuer Ehrerbietung halb zu enthüllen wagt. Wir umgehen also die Kämpfe, die Sofie gegen sich selbst zu bestehen gehabt haben mag, während wir versuchen, einige der äußeren zusammenwirkenden Kräfte hervorzuheben, die sie in den Kreis hereinmahnten, aus dem es keinen Ausweg mehr gibt.

Man sollte wirklich meinen, daß es wahr ist, was behauptet wird, daß alle Frauen Lust und ein angeborenes Talent haben, Partien zu stiften. Sicher ist, daß die Männer in dieser Richtung nicht begabt sind. Nein, dem Himmel sei Dank, sie verwirren nur ihre eigenen Angelegenheiten, aber ihnen scheint sowohl die Fähigkeit als auch die Lust zu fehlen, sich mit den Angelegenheiten anderer zu befassen. Eine sonderbare Bosheit der Natur ist das! Ist es nicht, als ob sie heimlich danach strebte, etwas von dem Gleichgewicht zu errichten, indem sie der Hälfte der Menschheit, der die Erlaubnis in den Angelegenheiten, wo das Gefühl und nur das Gefühl herrschen sollte, für sich selbst zu sorgen, verweigert wird, diese geniale Fähigkeit gibt, in die Angelegenheiten anderer einzugreifen? Merkwürdig ist, daß die Verbindungen, in welchen eine solche kleine, unscheinbare Hand ihr Spiel gehabt hat, oftmals glücklicher werden, und doch wieder nicht so merkwürdig, wenn man beachtet, daß eine weibliche Zuneigung gewöhnlich den Ausgangspunkt bildet.

Lovise, die so selten nach Hause schrieb, und immer sehr kurze Briefe, hatte in einem solchen Gelegenheit gefunden, ihrer Mutter die Attacke des Probstes auf Sofies Hand mitzuteilen – in aller Heimlichkeit, versteht sich. Damit legte sie die Sache in die geeignetste Hand. Nach der ersten Überraschung fühlte Frau Ramm, daß dies eine schwere, eine sehr schwer zu lösende Aufgabe war, selbst für eine mehr als gewöhnliche Tüchtigkeit. Es galt hier ein Angebot, das kein Angebot war, eine abschlägige Antwort, die keine abschlägige Antwort war. Es war ein Angebot, das zurückgenommen worden war, eine abschlägige Antwort, die niemals gegeben worden war. Sie kannte ihre jüngste Tochter gut genug, um zu wissen, daß man auf gewöhnlichen Wegen, durch Überredungen usw. kaum etwas erreichen würde, kurz – es war eine Sache, die äußerste Behutsamkeit erforderte.

Das erste, was sie zu beachten hatte, war, die tiefste Unwissenheit über diesen Punkt zu heucheln. Von diesem Versteck aus richtete sie ihre Geschütze. Amalies Stellung zum Probst und sein Haus gaben hierzu die beste und willkommenste Gelegenheit.

Wenn sie und die Töchter an den langen Winterabenden mit ihrem Nähzeug in der Stube saßen, drehte sich das Gespräch meistens darum. Es sollte ja Amalies Zuhause werden, wie natürlich also für eine Mutter bei den guten Seiten und Behaglichkeiten zu verweilen und sie hervorzuheben! Und alle diese guten Seiten und Behaglichkeiten hatten ihren Ursprung in einer einzigen Person. Nun erinnerte sie sich an hunderte kleinster Züge, die alle darauf berechnet waren, diese Person in das günstigste Licht zu setzen. Frau Ramm redete sehr gut, und die Winterabende auf dem Lande sind lang. War sie mit Sofie allein, nahmen diese Äußerungen einen elegischeren Anstrich. In einem schwesterlichen, vertraulichen Ton konnte sie dann ausbrechen: „Ach, Sofie, du kannst glauben, daß es oftmals sehr hart ist, zu denken, wie Amalie ihr eigenes Glück verspielt hat. Wenn ich daran denke, was sie hat und was sie hätte haben können! Aber wir Eltern raten in dieser Hinsicht zu nichts, wir können nur wünschen. Dein Vater ist alt und schwach, wir können ihn jeden Augenblick verlieren; ein schwerer Gedanke muß es für ihn sein, daß er nicht eine seiner Töchter richtig glücklich verheiratet sehen soll ... Ich bin stärker und trage es leichter! ... Welche Freude würde es nicht für ihn sein, Amalie mit Rein vereinigt zu sehen! ... Ja, ruhig könnten diejenigen Eltern ihre Augen schließen, die ihre Kinder in solchen Händen wüßten!"

Die Wochen gingen dahin. So kam ein Tag, als sie schweigsam, verschlossen war; auf ihrem Gesicht ruhte ein wehmütiger, gedankenvoller Ausdruck. Es kamen verschiedene solcher Tage. Besorgt fragte Sofie, als sie sie an einem Abend auf dem Sofa liegend fand, mit Augen, die aussahen, als hätten sie geweint, ob sie krank wäre. „Nein, ich bin nicht krank", erwiderte ihre Mutter, „aber ich habe etwas gehört, daß mich tief erschüttert hat. Sofie, ich weiß, daß Probst Rein dir einen Antrag gemacht hat, und daß du ihm noch keine Antwort gegeben hast.

Fürchte nicht, mein Kind", fuhr sie fort, als sie den Schrecken sah, der sich in Sofies Miene abmalte, dadurch, daß sie ein Geheimnis mißbraucht sah, das ihr kaum selbst gehörte, vielleicht auch dadurch, daß sie erfuhr, daß sie ihm noch keine Antwort gegeben hatte. „Fürchte nicht! ... Was deine Eltern in dieser Hinsicht wünschen könnten, weißt du, aber das darf dir nicht den geringsten Zwang verursachen. Dein armer, alter Vater soll es nicht einmal ahnen, und ich selbst werde den Wunsch auf meinen Lippen zu unterdrücken wissen."

Mit einer wahrlich beispiellosen Ausdauer hielt sie das Versprechen. Fiel die Rede auf Amalies zukünftiges Heim, so blieb sie wortkarg, wo sie vorher so beredt gewesen war. Sie unterbrach sie oft mit einem unterdrückten Seufzer, einer schmerzlich ergebenen Miene. Diese mütterliche Resignation ergriff Sofie umso mehr, da sie wußte, daß sie in vergleichbaren Fällen gegen ihre Schwestern nicht ausgeübt worden war. Allein um ihretwillen erlegte sich die Mutter diese Selbstverleugnung auf.

Aber es war nicht Frau Ramms Absicht, einen günstigen Posten zu verlassen, ohne eine andere Stärke in der Rückhand zu haben. Sie weihte Amalie in die Sache ein. Die beiden Schwestern mochten einander inniglich. Die bevorstehende Trennung war oftmals ein wehmütiges Thema zwischen ihnen. Die Möglichkeit, daß das Schicksal sie doch nicht trennen wollte, sondern ihnen auf eine so schöne Weise gestattete, zusammenzuleben, klang für Amalie eher wie ein Märchen als wie etwas, an das sie wirkliche Hoffnungen knüpfte. Deshalb und vielleicht aus einer angeborenen Scheu vor Sofie heraus, fiel es ihr nicht ein, ein Versteckspiel zu versuchen; sie schmückte nur ihr Märchen aus, sie malte mit ihren besten Farben die Herrlichkeit eines solchen Zusammenlebens aus. Es ist nicht unwahrscheinlich, daß diese ungekünstelt schwesterlichen Ausbrüche mehr Eindruck auf Sofie machten als alle Überredungen gemacht haben würden, ob sie sich entweder in eindringlichen Bitten geäußert oder sich in falsche Resignation eingehüllt hatten, und daß sie mehr als alles andere dazu beitrugen, sie mit dem Gedanken vertraut zu machen und ihm unbemerkt den Schrecken zu nehmen.

Denn fremd war er ihr nicht, der Gedanke. Wann er eigentlich zum ersten Mal geweckt worden war – ob bereits in Lovises Haus – kann niemand bestimmt sagen. Es geschieht nicht auf glücklichem Nährboden, daß diese Art Kräuter sprießen, sie drängen weder nach Pflege noch nach Schutz. Es ist der Samen der Enttäuschung und der Bitterkeit, der in einer Nacht hochschießt wie Bab-al-Babas Schwert im Märchen, scharf und bereit, seinen eigenen Besitzer zu verletzen. Das betrogene, von seinem Glück herabgestürzte junge Mädchen wird einen solchen Gedanken fassen können, aber das junge Mädchen, das noch seine Träume hat, wird das schwer können.

Wieviele solch verzweifelter Entschlüsse würden doch vielleicht bekämpft oder von sich aus still dahinsterben! Aber die sonderbare Stellung eines jungen Mädchens zur Außenwelt wird in den seltensten Fällen das stille Werk einer solchen Eigenprüfung erlauben. Sie wird keine Zeit dazu bekommen, keine Ruhe. Ist erst der schwächste Keim für eine Möglichkeit vorhanden, wird die Welt tausende von Beschwörungsmitteln in Bereitschaft haben, und da muß es sich in acht nehmen. Die Luft ist schwanger mit ihnen. Von allen Ecken werden geheimnisvolle Worte herklingen, wovon jedes einzelne unschädlich ist, die zusammen aber eine ganze Zauberformel bilden. Das Mädchen hört sie im Seufzer der Mutter, in der Schweigsamkeit des Vaters, in der unschuldigen Rede der Geschwister ... Und dann Freundinnen und Gerüchte und das Geschwätz der Leute!

Wir haben von den Anregungen geredet, die Sofie durch ihre Angehörigen erfahren hatte. Auch eine andere Gestalt schritt mahnend an ihr vorbei, eine uns bekannte Gestalt, der unglückliche Lorenz Brandt.

Auf dem Hof hatte man den ganzen Herbst hindurch von Brandt weder etwas gehört noch gesehen. Zwei Topfpflanzen, eine Geranie und eine Myrthe, die sofort verblühten, waren zu unterschiedlichen Zeiten auf eine geheimnisvolle Art in Sofies Zimmer gesetzt worden. Sie wollte nicht fragen, aber sie ahnte, daß es ein Gruß von ihm war.

An einem tristen Februarmorgen war sie in ihrem Zimmer beschäftigt, da hörte sie die tapsenden Schritte eines Hundes im Vorzimmer. Krøsus sprang ihr wedelnd entgegen, und bevor das erschreckte Mädchen dazu kam, die Türe zu schließen, stand Lorenz Brandt schon auf der Schwelle.

Er war es, und er war es nicht. Seine Kleidung, seine Haltung waren anders, als das, was man gewohnt war zu sehen, und diese Verwandlung erstreckte sich geradezu bis auf seine Figur, die kleiner und dünner als gewöhnlich schien. Er hatte einen anderen abgedankten Rock, der, sorgfältig gebürstet, doch nicht um seiner selbst willen Aufmerksamkeit zu fordern, sondern nur da zu sein schien, um so gut wie möglich eine gleichfalls bunte Samtweste, dazu neue Stiefel, die stark knirschten, und einen ganz sauberen Hemdkragen zu verbergen. Über das Ganze war eine gewisse kümmerliche Nettigkeit ausgebreitet, die ein tieferes Studium erfordert, einen größeren Aufwand an Zeit und Kunst als die reichste Toilette.

Sofie wich unwillkürlich zurück, aber ein Blick auf Lorenz überzeugte sie davon, daß er nicht gekommen war, um ihr Furcht einzujagen, sondern vielleicht gerade, um jeglichen Rest dieses Gefühls bei ihr zu besiegen.

Er hatte sich bescheiden auf einem Stuhl an der Türe niedergelassen. Während er dort mit dem Ellbogen auf das Knie gestützt und seinem Kopf in der Hand ruhend saß, wurde die Veränderung auch in seinen Gesichtszügen auffällig.

Das unnatürlich Aufgedunsene war verschwunden, hatte aber hohle und scharfe Züge hinterlassen. Derartig sinkt der Strom, der lange angeschwollen gewesen war, oftmals zu niedrig, so daß die unsichtbare Harmonie zwischen ihm und seinen Ufern gestört wird. Die Bleifarbe war einem matten Terracotta-Gelbton gewichen, der noch mehr das ursprünglich Reine, das fast Klassische in seinen Zügen hervorhob. Ein unvoreingenommener Betrachter, der ihn in Ruhe hätte ansehen können, während er mit einem Blick wie verzaubert so dasaß, würde gesagt haben, daß hier eine herrliche menschliche Form zugrunde gegangen war, die selbst in ihrer Ruine eigentümlich anzuschauen war.

Wir wollen nicht Wort für Wort das peinliche Gespräch oder richtiger: den Monolog wiedergeben, der nun stattfand. Leser! Hast du einmal geträumt, daß du eine Rede halten sollst, auf der dein Wohl und das der Welt beruht, vor einem gespannten Publikum, und daß du dich plötzlich nicht an ein einziges Wort erinnern kannst? Ein solches Gefühl mußte Lorenz haben, als er seine erste, stammelnde Einleitung begann. Er sprach von seiner Verbesserung, von seiner wirklichen Verbesserung, von den Opfern, die er für diese gebracht hatte, er sprach von einigen Hoffnungen, die er darauf hegte, in eine geachtete Stellung hineinzukommen. Aber er glaubte vielleicht selbst nicht daran, er faselte vor und zurück, er stammelte, als wäre es etwas Schlechtes, das er bekennen wollte. Sein Humor, seine Beredtsamkeit, seine vertrauensvolle Unverschämtheit hatten ihn verlassen, und während er sich der Selbstüberwindung rühmte, die diese Dämone vertrieben hatte, hätte er vielleicht im selben Augenblick sein Leben gegeben, wenn ihm einer davon zu Hilfe gekommen wäre. Die Ströme seiner Seele waren auch unter den Wasserstand gesunken, wo sie aufhören, Ströme zu sein und wo sie kaum die Spuren des Todes und der Verwüstung überdecken können, die sie auf dem Grund verbergen.

Sofie hatte noch nichts gesagt. Sie hatte selbst, seit sie ihn zuletzt gesehen hatte, so viel Schmerzliches erlebt, sie hatte Worte gehört, die wie Messerstiche durch ihr Herz gegangen waren, sie hatte gelernt, wie leicht jedes Wort verletzend werden kann. Sie stand unbeweglich mit der Hand auf den Tisch gestützt, den stillen, gedankenvollen Blick starr auf ihn geheftet. Wohin schwebten ihre Gedanken in diesem Moment? ... Weit, weit von ihm weg. Sie dachte an die kranke Ada. Sie hörte vielleicht nicht die Hälfte von dem, was er sagte, und einen Augenblick war es, als ob sie die Augen des leidenden Kindes wieder bittend auf sich gerichtet sah.

Dadurch mutiger, daß Sofie weder Schrecken noch Abscheu zeigte – er glaubte, vielleicht sogar eine Antwort durch die milde, traurige Miene zu hören – gewann Lorenz nach und nach Sicherheit und Ruhe in seinen Erklärungen wieder. Er erzählte ihr, wie er, seit der Veränderung, die mit ihm vorgegangen war – eine Veränderung, die von dem Tag herrührte, als er ihr so viel Schrecken verursacht hatte – sich verlassener und verstoßener als jemals zuvor gefühlt hätte. Die Siege, die er über sich selbst gewonnen hatte, kamen ihm so ungeheuer, so übermenschlich vor, daß alles, was existierte, sich über sie wundern mußte. Wenn er durch einen Wald ging, schien es ihm, daß die Vögel davon zwitscherten ... Sein Hund hatte ihm seither doppelte Demut, doppelte Hingabe erwiesen. Nur die Menschen, die klugen Menschen wollten es nicht glauben, nur sie waren ihm mit Kälte und höhnischem Zweifel begegnet. Die Vorwürfe seiner Mutter trafen ihn jetzt wehrlos. Und dieser Drang nach einem einzigen aufmunternden Menschenblick war in der letzten Zeit verzehrend geworden. Er war an einen Punkt gekommen, wo er fand, daß noch ein weiteres hartes Wort ihn rettungslos in die Tiefe zurückstürzen würde. Und da war er zu ihr gekommen, die ihn am meisten verachten mußte, mutlos, zerknirscht ... Und sie hatte nicht das harte Wort gesagt, sondern ihren milden Blick auf ihm ruhen lassen.

„Nun fühle ich mich doch gestärkt und mutig und reich", schloß er, „obwohl ich nur vier Schilling in meiner Tasche besitze, und die sind für eine Kugel für den armen Krøsus bestimmt, der alt wird und beginnt, schlechte Tage bei mir zu bekommen."

Krøsus hob den Kopf von den Pfoten und sah wedelnd auf seinen Herrn, als ob er verstünde, was er sagte, und diesen Beweis seiner Zärtlichkeit würdigte.

„Ja, Junge, ja, armer Junge, du sollst sie haben! ... Und nun werde ich dir Lebewohl sagen, Sofie", sagte Lorenz und näherte sich ihr. „Ich will deine Güte nicht mißbrauchen. Ich habe dich gesehen, du hast mich geduldig angehört, mehr verlange ich dieses Mal nicht. Gott segne dich dafür. Leb wohl!"

Er war schon bei der Tür, doch er hielt verlegen inne. „Sieh, Sofie", sagte er und nahm unsicher ein Päckchen unter dem Rock hervor, das sich unter seiner sorgfältigen Hülle – einem gelben Baumwolltaschentuch, danach einem grauen Papier und endlich einem Stückchen feinen Seidenpapiers – als ein kleines, poliertes Holzkästchen erwies, von jener Art, die man auf den Märkten für eine Bagatelle kauft ... „Nimm es nicht übel, Sofie", sagte er, „aber ich möchte dir das so gerne als Erinnerung geben ... Denn es wird lange, sehr lange dauern, bis du mich wiedersiehst ... Nicht bevor das geschehen ist, was ich dir gesagt habe. Laß es auf deinem Tisch stehen, nicht unten ... Wenn du es siehst, so denk an mich und schicke ein Gebet für mich nach oben ... Sieh, hier sind Schere und Fingerhut und dieser kleine Spiegel, in welchem ich mir eingebildet habe, dein Bild zu sehen, ebenso wie jetzt ..."

Eine scharfe Stimme unterbrach sie hier. Frau Ramm stand in der Tür, die dunklen Brauen bedrohlich hochgezogen und mit einem lebhafteren Ziegelsteincolorit als gewöhnlich. Sofie verstand sofort aus der Miene, der ihre Mutter den Ausdruck gleichgültiger Verwunderung zu geben suchte, daß sie im Vorzimmer gewesen war und alles gehört hatte.

„Was um alles in der Welt! Sind Sie es, Brandt? Ich konnte nicht begreifen, was das für knirschende Stiefel hier oben waren! Kennen Sie sich noch so wenig im Haus aus, daß sie sich so in der Tür irren konnten? Es ist deine eigene Schuld, Sofie, weil du sie offenstehen läßt. Möchten Sie Frühstück haben, Brandt, so steht das nun unten. Aber ich sage Ihnen im voraus, daß Tee getrunken wird und nichts anderes."

„Nein, danke, gnädige Frau", stammelte Lorenz bleich wie der Tod.

„Wie Sie wollen. Wir nötigen niemanden."

Sie öffnete die Tür und machte eine lockende Bewegung: „St ... st ... Lorenz ... was sage ich! ... Karo, Krøsus, raus mit dir."

Durch die offene Tür schlichen sich der Hund und sein Herr.

„Warte ein wenig. Ist das nicht Ihr Kästchen? An Ihrer Stelle, Brandt, würde ich versuchen, den Besitzer davon wiederzufinden. Ich würde annoncieren. Doch, wegen mir können Sie tun, was Sie wollen, ich forsche nicht nach, wo Sie es bekommen haben."

„Oh, Mutter!", rief Sofie empört.

Als sie alleine war, warf sie einen Blick um sich, einen dieser Blicke, mit welchem man ein Rettungsmittel sucht, etwas, womit man eine Blutung stillen kann. Da reißt man das Beste, das Kostbarste entzwei, das man gerade zur Hand hat. Ja, hier stand sie einer dieser Wunden gegenüber, für die der einzelne keine Heilung bringen kann, nicht einmal Linderung. In Sofies Alter ist es noch so ungewohnt, sie zu sehen, noch hat die Gewohnheit nicht den Eindruck verschleiert, man meint, daß man, um dieses Leiden zu mildern, einen Teil von sich selbst geben müsse. Und man hat nichts anderes als Almosen, und immer Almosen! Man möchte so gerne einen Segen, ein ‚Gott stärke dich!' auf dieses elendige Haupt legen, das versucht, sich zu erheben, doch das wird nur eine Beleidigung; man möchte aufmuntern, aber man kommt mit einer weiteren Demütigung. Das junge Mädchen fühlte das umso schmerzlicher, seit sie selbst ein Werkzeug im Leben dieses Unglücklichen geworden war, die, da sie nicht vermochte, ihn heraufzuziehen, ihn vielleicht noch tiefer herabstoßen konnte.

Verstört schloß sie alle ihre Schubladen auf und ab, zweimal hatte sie schon all das Geld, das sie besaß, in der Hand und mit Ekel wieder weggeworfen. Nichtsdestotrotz nahm sie dieses Geld, sie leerte Amalies Behälter, und schon war sie auf der Treppe ... Nein! Es brannte ihr in der Hand. Er sollte es wenigstens nicht sehen. Wieder eilte sie hinein, steckte es in einen Umschlag, versiegelte ihn und stürzte davon.

Das Wetter war mild und still, es taute leicht, und es tropfte von den Dächern, auf welchen noch die Spur einer flüchtigen Schneeschicht war. Vereinzelte große Schneeflocken wehten in der stillen Luft und schienen ihr Dasein foppend zu genießen, bis sie auf der nassen, schmutzigen Erde vergingen. Man hörte die dumpfen Schläge des Dreschflegels, wenn er auf die vollen Garben fiel. Es war das richtige Wetter für die Spatzen, die in großen Gruppen im Hof umherflogen und zwitscherten und üppig lebten.

Sofie hatte die Allee erreicht. Sie konnte eine Gestalt, die sie für Lorenz hielt, sich weit weg bewegen sehen, aber plötzlich verschwand sie, und sie fürchtete, daß er einen zu großen Vorsprung bekommen hatte. Sie beflügelte ihre Schritte, als sie ihren Namen mit der Überraschung der Freude nennen hörte.

Am Rande der Gruft saß Lorenz damit beschäftigt, mit einem Klappmesser einige Scheiben Brot für seinen Hund abzuschneiden. Als er Sofie sah, warf er das Ganze seinem Hund zu.

Das junge Mädchen war vor Gemütsbewegung und durch den schnellen Gang atemlos. Und Lorenz, der nicht mit dem Glück gerechnet hatte, sie noch einmal zu sehen, starrte sie sprachlos an.

„Ich komme", sagte sie endlich, „ich wollte nur ... Lorenz, warum gingst du so hastig? ... Ich soll dir das von Vater geben."

Röte überzog seine Wange. Sie hatte ihn nie zuvor mit dem schwesterlichen Du vergangener Tage angeredet. Aus ihrem überströmenden Herzen gab sie ihm das, da sie nichts anderes hatte. Er lauschte entzückt.

„Ich soll dir das von Vater geben", wiederholte sie. „Es ist für einen Dienst, den du ihm getan hast."

„Ja, sicher, einen Dienst", erwiderte Lorenz lächelnd, „ich habe ihn sechs Monate nicht besucht. Ein großer Dienst ist das."

„Wer sagt das! Du weißt selbst, was es ist. Du hattest ja Schreibereien für ihn zu erledigen."

„Ja, sicher, ja sicher, etwas zu schreiben ... Eine nicht unbedeutende Schreiberei", sagte Lorenz mit einem Anstrich seiner alten Laune, und blinzelte mit dem Auge.

Er las die Aufschrift auf dem Brief, sah lächelnd auf Sofie und dann wieder auf den Brief.

„Sofie, wenn ich nun voll wäre – sei nicht bange! Ich sage nur, wenn ich es wäre ... Es ist doch besser darüber zu reden, als es zu sein, das ist immer ein Schritt, nicht wahr, ein Schritt nach vorn? ... Wenn ich nun voll wäre, würde ich dir eine donnernde Rede halten, über Stolz und Menschenwürde, ich würde damit enden, dir das Geld verächtlich vor die Füße zu werfen ... bevor ich es in die Tasche steckte ... Und selbst jetzt brodelt etwas aus der Tiefe meiner Seele herauf, das gegen dieses Geld protestiert. Aber es sind Wallungen, Sofie! Sie kommen nicht weit genug herauf, und ich kann die alten Worte für sie nicht finden. Woran ich mich hingegen deutlich erinnere, ist, daß diese Stiefel nicht bezahlt sind und daß ich seit zwei Tagen nicht zu Mittag gegessen habe. Danke für dieses Geld ... Es kommt gelegen."

Die Tränen strömten Sofies Wangen herunter. „Oh, Lorenz, beschäm mich nicht, sprich nicht darüber. Weg damit! ... Lorenz, gehe zu deiner Mutter, sag ihr all das Gute und Hoffnungsvolle, das du mir gesagt hast. Sie wird dir glauben, sie muß dir glauben. Oder wenn du es nicht kannst, so sage es dir selbst, in deiner innersten, tiefsten Seele sag es dir. Einer wird es hören, der dir mehr geben wird, als die Menschen dir geben können. Ach, Lorenz, die Menschen können einander nichts geben, nein, nichts, nichts, sie können nur verletzen und einander wehtun."

„Hast du das schon entdeckt, Sofie", sagte Lorenz, und sah nun forschend auf das früher so frische Gesicht, auf welchem der Kummer schon sein erstes, kaum sichtbares Zeichen gesetzt hatte. „Es ist zu früh, um solche Erfahrungen zu machen. Was hast du erlebt?"

„Vieles, vieles; leb wohl!"

„Leb wohl", sagte er traurig und hielt ihre Hand fest. „Leb wohl, Engel der Barmherzigkeit ... Du Strahl auf der Kerkerwand, leb wohl!"

Sie war schon einige Schritte fort, als sie sich noch einmal umwandte. „Lorenz", sagte sie mit einem Lächeln, „du wolltest mir doch das kleine Kästchen geben. Soll ich es nicht haben?"

„Oh, Gott ... Sofie! Wie soll ich dir das vergelten! Du wirst mich nie mehr sehen, nie mehr."

„Darüber verfüge Gott, sei stark und hoffe auf ihn." Sie nahm das Kästchen unter den Schal und ging langsam heimwärts.

Wieder führte der Gedanke sie zu Adas Heim. Sie fühlte etwas von der Erquickung, dem wunderlichen Frieden, der sich unter der Fürsorge der Angst um das kranke Kind über sie gesenkt hatte, und sie verlor sich in einer Reihe von Möglichkeiten und Bildern.

Lorenz starrte ihr nach, so lange noch ein Zipfelchen von ihr zu sehen war.

Gerüchte und das Geschwätz der Leute! Von allen Schreckensbildern im Leben einer Frau das Chimärischste, von allen Chimären die schrecklichste! Nichts hat eine größere Macht, sie zu unterdrücken und zum Gehorsam zu beugen. Nichts greift dämonischer in ihr Leben ein als diese herren- und verantwortungslosen Angriffe, die wir gewöhnlich mit jenen Namen bezeichnen. All das Übrige hat nur den Grund bearbeitet, diese werden das bittere Gewächs hervortreiben. Es braucht nichts Schlimmes oder Ehrenrühriges zu sein, was gesagt wird, nein – dank des tiefen Billigkeitsgefühls unserer Gesellschaft, das das reine Kristall der Weiblichkeit mitten in seine eigene Unreinheit aufstellt, aber mit der Forderung an das Kristall immer klar zu sein – es braucht keinen Anstrich, nur einen Atemhauch, um es zu verdunkeln. Es muß nur geredet werden. Es ist unbeschreiblich, was für ein mystisches Grauen dieses elendige Tohuwabohu auf ein junges Gemüt ausüben kann.

Eine junge Frau hat Herzenskummer. Ihr Sinn hat sich wie eine Mimose darüber geschlossen, vielleicht so lange, so lange bis das feine, strahlende Insekt, die Liebe, tot ist. Dann faltet sie es still und voller Schmerz wieder vor der Welt, vor dem Licht aus. Sie glaubt naiv, daß es niemand bemerkt hat, sie glaubt das im Bewußtsein des Adels und der Unantastbarkeit ihres Schmerzes. Sie hat nichts fortgegeben, sie besitzt ihr Geheimnis. Arme Mimose! Dein Geheimnis besitzen alle, du kannst es in den Blicken aller lesen. Von allen Ecken wirst du es interpretiert hören, beschönigt, verdreht, besudelt. Hier ein Gegenstand für Mitleid, dort für Spott. Ist es sehr interessant, wird es vielleicht in den Buchläden feilgeboten. Ein Grauen ergreift sie dann; sie will zurück in ihr eigenes Inneres fliehen. Aber das Heiligtum ist ja geschändet, das Kleinod ist fort, und sie wirft sich dann in die Arme des ein oder anderen Unglücks, das immer zur Hand ist.

Unsere arme Sofie war darüber ebensowenig erhaben wie jede andere. Ihre Mutter hatte sie bei jeder zartesten Andeutung auf ihr Verhältnis zu Georg erbleichen sehen. Von dieser Seite war es wert, einen Angriff zu wagen, und so beschloß ihre Mutter, ihn von eben dieser Seite zu unternehmen.

Eines Tages kam sie von einem Besuch bei der erwähnten Frau Breien nach Hause. Mit dem Eifer mütterlicher Indignation erzählte sie ihren Töchtern eine Szene, die zwischen ihr und der genannten Dame vorgefallen war. Frau Breien hatte mit heuchlerischer Teilnahme nach Sofies Befinden gefragt und endlich, nach gebührenden Umschweifen, die Meinung geäußert, daß deren leidendes Aussehen seinen Grund in einer verschmähten Liebe zu dem fortgereisten Hauslehrer hätte. Das war wahrlich nicht ihre Ansicht alleine, sondern die Meinung aller, hatte sie hinzugefügt, als sie die pikierte Miene von Frau Ramm sah. Ein Mädchen, das bei Amtmanns gedient hatte und später zu einer anderen Familie gekommen war, hatte erzählt, daß sie mit eigenen Augen gesehen hätte, wie das Fräulein in höchster Erregung ihm einen Brief gereicht hatte, den er nicht entgegennehmen wollte, so daß er auf den Boden gefallen war, und als das Mädchen ihm den Brief reichte, da mußte er ihn nehmen. Man wird jene Szene erinnern, als Sofie seinen Brief zurückwies. Der Postbote hatte mehrere Male Briefe von Sofie zum Posthaus gebracht, und sie hatte sich so damit beeilt, von dem Besuch bei ihrer Schwester nach Hause zu kommen, nur um Kold zu treffen, sie war aber doch zu spät gekommen, der Vogel war bereits weggeflogen.

„Oh", rief ihre Mutter, die nicht wirkte, als wolle sie sich beruhigen lassen, „sollen wir noch immer Schaden von diesem Menschen haben! Es ist nicht genug, Sofie, daß er dich zum Narren gehalten hat, nun soll obendrein das Klatschmaul des Bezirks die Geschichte aufgabeln und ein oder zwei Jahre leeres Stroh damit dreschen. Am besten wäre es, wenn du eine Weile fort sein könntest, bis man ausgeredet hat ... Ja, wirklich – so hart es für mich wäre, dich loszulassen, nun, da auch Amalie reist – es wäre doch das Beste für dich. Wäre es nicht unmöglich, ich würde dir vorschlagen, mit ihr zu ziehen und einige Zeit dort zu bleiben."

„Es ist nicht unmöglich", murmelte Sofie, weiß wie ein Tuch im Gesicht.

„Ja, mein Mädchen, mit deiner Delikatesse würde ich mir das doch überlegen ... Ja, ich weiß nicht ... nach meinem Gefühl wollte ich es nicht."

„Als seine Ehefrau kann und will ich das", sagte Sofie kalt und ruhig, aber mit lauter Stimme.

Mit einem Freudenschrei stürzte sich Amalie um ihren Hals.

Am Abend schrieb Sofie einen Brief an den Probst, und vierzehn Tage später war die Antwort in der besten Form eingelaufen.

Erst dann wurde der Vater in das Geheimnis hineingezogen.

Der Alte wollte es nicht glauben. Es kam ihm allzu unerwartet.

„Wie denn? Sofie! Der Probst! Sofie, sagst du? ... Mariane", fügte er fast erschreckt hinzu, „wir haben doch keine Schuld? ..."

„Wir eine Schuld? ... Was fällt dir ein? Nicht mit einer Silbe ist Sofie beeinflußt worden, nicht mit einer Silbe. Ich falle ja selbst wie aus allen Wolken, als mir das Kind das erzählt."

„Sofie! Der Probst! Meine kleine Sofie! ... Nein, sieht man mal! ... Mein armes Mädchen! ... Das ist ja ein großes Glück!", sagte er und starrte vor sich hin.

Vier Wochen wachte Müller an Kolds Krankenlager. Stumm, ohnmächtig, verblüfft stand nun der kalte Verstand der unverschleierten Leidenschaft gegenüber. Müller hatte sich daran gewöhnt, diese wie eine Krankheit zu betrachten, die eine eigene Behandlung erforderte, ebenso wie Typhus und Nervenfieber, und die nicht mehr gefährlich war, wenn sie ihre Krisis überwunden hatte, die Nähe. Die fremdartige Wendung, die Kolds Krankheit nahm, brachte ihn etwas aus der Fassung. Halb erstaunt, halb neugierig saß er an seinem Bett und hörte diese Ausbrüche, die sich mehr oder minder verwirrt immer um einen Namen drehten, sich immer an eine Person wandten, die er abwechselnd anflehte und beschuldigte. Es war sowohl erbärmlich als auch herzzerreißend zugleich, den Kranken, der sein so teuer erkauftes Geheimnis davor gehütet hatte, Müllers Beute zu werden, unabläßlich den Gang der unglücklichen Geschichte aufsagen zu hören, und das mit der Umständlichkeit der Wiederholung, der Innerlichkeit des Leidens wie wenn man einer zärtlichen Mutter beichtet. War er hingegen bei Bewußtsein, erwies er Müller eine Kälte, ein Mißtrauen, das oftmals voller Bitterkeit war, aber hier muß man diesem lassen, daß er wirklich das Lob verdiente, das sonst nur einer unermüdlichen, immer nachsichtigen Mutter gebührt. Mit der Geduld eines Stoikers ertrug er die Launen des Kranken. Müller verstand vielleicht nicht ein einziges Wort des ganzen Zusammenhangs, aber das Ganze hatte ein ungemütliches Gefühl bei ihm geweckt, und er fragte sich selbst, ob er nicht wirklich doch etwas Schuld am Leid seines Freundes hatte.

Die Maisonne schien kräftiger in das Krankenzimmer herein. Kold konnte aufsitzen. Es kamen Freunde und besuchten ihn. Es wurde geplaudert und Karten gespielt. Wie alle Rekonvaleszenten war Kold lebhaft und nahm an jeder Unterhaltung teil. Aber Müller war nun mißtrauisch geworden. Diese Lebhaftigkeit gefiel ihm nicht, und aus einem gewissen vertieften Hinstarren mitten in einer solch aufgeräumten Stimmung verstand er, daß der ein oder andere fixe Gedanke Kold beschäftigte. Irgendeine Reise oder ein anderer gewaltiger Schritt konnte es kaum sein. Der Tag, der ominöse Tag, da Sofie mit Rein vereinigt werden sollte, war dazu zu nahegerückt. Konnte er den Patienten nur glücklich und wohl über diesen bringen, so war dieser gerettet. Kold hatte vielleicht nicht so genau das Datum beachtet, den ersten Juni, und es war seither nicht mehr zwischen ihnen erwähnt worden.

Ein junger, geistreicher Schwede, den sie beide kannten, besuchte damals Kristiania. Müller wollte ihn samt einiger anderer Freunde an diesem Tag zusammenbitten und mit einem Abendgelage im Grünen die Erlaubnis feiern, daß Kold das erste Mal draußen sein durfte. Eine halbe Tonne Austern und eine Kiste mit feinen Weinen, die Müller von einem dankbaren Geheilten aus einer der Städte im Westland geschickt worden waren, kamen gerade wie zum Fest bestellt.

Es war der dreißigste. Sehr zufrieden mit dem sinnigen Plan, den er ausgeheckt hatte, trennte sich Müller am Morgen von Kold. Den Abend verbrachte er damit, einen Ort für das Fest zu suchen und einige Vorbereitungen zu treffen. Erst gegen Mittag des nächsten Tages konnte er Kold wieder aufsuchen.

Kaum ins Haus hereingekommen, kam ihm die Wirtin mit einem beunruhigten Gesicht entgegen. „Ach, sind Sie es, Herr Doktor! Und er ist auch nicht bei Ihnen?"

„Wen meinen Sie?"

„Ei, den Kandidaten natürlich. Wie Sie gestern von ihm gegangen sind, ging er hinaus und ist seither nicht zu Hause gewesen. Wäre er nicht solch ein stiller, ordentlicher Mensch, müßte man glauben, er hätte sich ein Unglück angetan. Ich habe, so wahr mir Gott helfe, die ganze Nacht kein Auge zugemacht."

Müller hörte nicht mehr. Er war schon oben. In Kolds Zimmer war alles in Eile verlassen. Auf dem Tisch war ein Zettel.

„Nicht böse sein, lieber Müller, nicht böse – Sie hätten mich doch nicht aufhalten können. Ein Streit mit Ihnen würde mir bloß die wenigen Kräfte geraubt haben, die ich so nötig habe. Wenn ich Sie wiedersehe, bin ich ruhiger. Glauben Sie mir, ich bin nicht undankbar G..

Bitten Sie meine Wirtin, meine Fenster zu öffnen und sie offenstehen zu lassen, bis ich zurückkomme."

‚Hinter ihm her!', war Müllers erster Gedanke. „Der Rasende!", sagte er, sich besinnend, „er ist schon da oben."

Die Reise zum Hof des Amtmanns hinauf dauerte in der Regel zwei Tage. Indem er den ganzen Tag und die folgende Nacht mit vorbestellter Kutsche reiste, glückte es Kold, schon im Tagesgrauen die letzte Station zu erreichen, von welcher aus es nun nur ein kurzer Spaziergang hin zum Hof war. Er gönnte sich hier eine kurze Frist, um sein verstörtes Äußeres in Ordnung zu bringen, und begab sich darauf zu Fuß auf das letzte Stück des Weges.

Es war etwa sieben Uhr, als er die Einfahrt zur Allee erreichte. Er ging erst einige Schritte darauf herunter, sprang dann über den Zaun und folgte dem kleinen Feldweg, der über einen Umweg unbemerkt in den Garten führte. Von dem dichten Gebüsch aus konnte er das Haus und jeden, der es verließ, beobachten.

Es war ein recht schöner Frühlingsmorgen, so klar und warm! Die Natur entfaltete schon ihre erste, frühlingsfrische Pracht. Jeder Baum, jeder Busch schien stolz darauf, das junge, glänzende Laub zu zeigen, das der Brand der Sonne noch nicht verdunkelt oder ein einziges Staubkörnchen berührt hatte. Der Garten war gerade geputzt und fertig. Um alle Beete schlangen Pfingstlilien und Aurikeln ihre Kränze. Auf den frisch gerechneten Wegen zeigte sich noch keine menschliche Spur, aber der Apfelbaum und die Vogelkirsche hatten ihre Blätter festlich auf sie heruntergestreut. Kold beachtete jedoch nichts davon. Sein Blick war unverwandt auf das Haus gerichtet. Dort drinnen herrschte bereits Leben und Geschäftigkeit. Man hörte die Geräusche von Küchengeräten und viele surrende Stimmen; durch diese hindurch drang Frau Ramms Diskantstimme kurz und diktatorisch wie die eines Generals durch den Schlachtenlärm. Von dem offenen Fenster mischte der Kanarienvogel seine schmetternde Stimme mit der des Buchfinken draußen ... Ein Mädchen putzte die Fenster in der Gartentüre, die in der Morgensonne glänzten. Aber Sofies Fenster in der oberen Reihe stand offen, eine weiße Gardine wehte wie ein Gruß – oder wie ein Abschied – heraus und hinein. „Sie ist bereits unten", sagte er. Das war das, was er wissen wollte. Nun verließ er seinen Posten und suchte zwischen den einsamsten Wegen im Garten zu dem wohlbekannten Tor hin, das hinaus aufs Feld führte und nahm den Weg zur Mühle.

Der Tau glänzte noch auf dem Pfad, diesem Pfad, auf dem er so oft Sofies Spur verfolgt hatte. Erst hier verlangsamte er seinen Schritt und ließ den Blick umherstreifen. Jeder Busch grüßte ihn wie einen alten Freund, er kannte jede einzelne, kleine Blumenfamilie wieder. Ein solch steiniger Wiesenboden entwickelt auch vorzugsweise eine bunte Flora, die man in den fetteren Grasfeldern vergeblich sucht. Die Schlüsselblume war schon da und die rosenrote Waldzier; die Sumpfdotterblume stand in vollem Flor ... Über den braunen Mooshügeln breiteten die letzten Anemonen rötliche Teppiche. Die Maiglöckchen knospten hinter den breiten Blättern, aber hatten noch nicht eine einzige ihrer reinen Glocken entfaltet; vielleicht weigerten sie sich, dem Fest ein Opfer zu bringen. Überall flatterte und rührte es sich, überall ein Summen, ein Flüstern, ein Knistern von tausend kleinen, unsichtbaren Lebewesen. Der arme Kold, gerade seinem Wintergefängnis entschlüpft, hatte nicht an den Frühling gedacht, er war nicht auf diesen neuen, mächtigen Eindruck gefaßt. Eine sanfte, wehmütige Musik tönte über die Gegend dahin, es war der schwachsinnige Ole, der auf einem Hügel saß und auf einer Huppe blies. In den dösigen Blaubeeraugen rührte sich kein Zeichen der Verwunderung oder des Wiedererkennens, als Kold vorbeiging ... Ungestört klang die Flöte. Der zarte, träumende, frühlingshafte Laut ergriff ihn mit neuer Erinnerung und weckte den ganzen Vergleich zwischen früher und jetzt. Wie keck hatte er nicht zuvor auf diesem Pfad den Frühling begrüßt! Und noch das letzte Mal – es war gerade in jenen Tagen, als Sofie zu Hause erwartet wurde – mit welcher Sehnsucht und schwellender Erwartung! ... Nun schlich er sich wie ein Fremder auf ihm entlang, krank, verkannt, gekränkt, von Angst und Ungewißheit gemartert – alles überwältigte ihn. Der süße, berauschende Duft des Feldes erschütterte seine Nerven und weckte ein unsäglich schmerzliches Gefühl. Er warf sich auf die Erde nieder und brach in einen Tränenstrom aus. Einen Augenblick fühlte er Wut gegen sich selbst über diesen unfreiwilligen Ausbruch, und er sah sich drohend um, ob das ein oder andere Rotkehlchen es bemerkt hatte.

Diese Tränen stärkten ihn. Sie hinterließen ein Gefühl des Zornes, des Zornes gegen sie, gegen ihn selbst ... Nur der Gedanke daran, was er erlitten hatte, und daß ihr Anblick ihn vielleicht schmelzen würde, konnte ihn rasend machen. Nein, nein, keine Weichheit, keine Schwäche sollte ihm dieses Treffen zerstören, dieses teuer erkaufte Treffen, von welchem Leben und Tod abzuhängen schienen.

Von der Mühle sandte er mit einem Vorbeigehenden einen Zettel, danach wollte er in der Grotte auf sie warten.

Mit schnellen Schritten eilte er den bekannten Hohlweg hinauf. ‚Ob er nun sicher in ihre Hände gerät ... Wie würde sie es aufnehmen ... Ob sie kommen wird – sofort – willenlos, wie man dem Verlangen eines Sterbenden gehorcht.' All das beschäftigte ihn so, daß er nichts wahrnahm, bis er beim Eingang der Grotte war. Er stand gerade vor Sofie.

Sie saß auf der breiten Steinbank in der Klippe. Der weiße Schal, den sie umgeschlungen hatte, verschmolz in der Beleuchtung von oben so mit ihrem weißen Hals und ihrem bleichen Gesicht, daß die gesamte Erscheinung etwas Büstenartiges annahm. Einen Augenblick glaubte Kold ernsthaft, daß seine Einbildungskraft ihm diese Gestalt, die fortwährend seine Gedanken beschäftigte, vorgaukelte. Aber die Gestalt machte eine Bewegung, sie erhob sich halb und sank wieder zurück, mit dem Blick steif auf ihn gerichtet. Eine Weile starrten sie einander an.

„Sie erkennen mich wohl nicht, Fräulein Ramm?", sagte Kold endlich mit unsicherer Stimme, als ob er fürchte, die Erscheinung schwinden zu sehen.

„Ich erkannte Sie sofort ... ‚obwohl ...". Ein verwunderter Blick auf sein verändertes Aussehen vollendete ihren Gedanken. „Haben Sie Vater schon getroffen? Sollen wir ihn aufsuchen?" Sie wollte sich wieder erheben.

„Ich bin nicht gekommen, um Ihren Vater aufzusuchen. Ich bin gekommen, um ein Gespräch mit Ihnen zu suchen. Nun, da wir uns von Angesicht zu Angesicht gegenüberstehen, darf es mir vielleicht einmal glücken ..."

„Ich habe nie gewußt, daß Ihnen dieser Wunsch so wichtig ist. Zum ersten Mal erfahre ich das jetzt."

„Das ist wahr, Sie haben meine Briefe nicht gelesen. Sie haben mir jeglichen Zugang verweigert. Selbst ein Verbrecher hat doch das Recht, sich zu verteidigen."

„Weil ich davon überzeugt war, daß Sie, Herr Kold, mir nichts, nein, nichts zu sagen hatten, das ich hätte hören müssen."

„Nicht, Fräulein Sofie, wirklich nicht? Glauben Sie denn, daß ich gerade aus dem Krankenbett hier heraufgestürmt wäre, daß ich mich diesem Tort ausgesetzt haben würde, an einem Tag wie diesem hier gesehen zu werden ... daß ich gutwillig an Ihrem Hochzeitstag als Dekoration dienen würde? Und glauben Sie schließlich, daß ich dem Schlimmsten von allem, Ihnen zur Last zu fallen, getrotzt haben würde, wenn das, was ich zu sagen hätte, nicht gerade etwas wäre, das Sie hören müßten? Und wollen Sie mich denn nun hören? ... Ist es Ihnen gelegen?"

Alle Farbe war aus Sofies Wangen gewichen. Sie erhob sich und sank wiederum zurück. Ein Blick, flehend und gewichtiger als Worte, traf ihn.

„Ich will Sie nicht erschrecken. Lassen Sie uns ruhig sprechen ... Sie sehen, wie ruhig ich bin ... Sofie, seien Sie aufrichtig ... Es gibt etwas zwischen uns, einen Punkt, einen dunklen Punkt, den ich nicht deuten kann ... Erklären Sie ihn mir! ... Warum haben Sie mich so mißhandelt?"

„Habe ich Sie mißhandelt?", sagte Sofie und sah ihn mit einem Lächeln an, das erzählte, was sie gelitten hatte.

„Erinnern Sie sich an den Tag, als Sie, wie von einer himmlischen Eingebung getrieben, mir Ihr kostbarstes Geheimnis anvertrauten? ... Sie warfen sich an meinen Hals und sagten, daß Sie mich liebten."

„Soll ich daran erinnert werden", brach Sofie aus und verbarg ihr Gesicht in beiden Händen.

„Erröten Sie nicht darüber. In jener Stunde waren Sie wahr und natürlich, etwas, das Ihr Geschlecht nie zu sein wagt. Wissen Sie, wie ich das aufgefaßt habe? Ich war berauscht von meinem Glück, ich konnte es kaum glauben. Als ich Sie wiedersah, waren Sie kalt und gemessen. Ich glaubte noch, daß es der Zwang war, den Ihnen die Umgebung auferlegte, und ich wartete geduldig ... nein, nicht geduldig, aber ich wartete doch. Ein solch zwangfreier Augenblick kam nicht, und Sie waren es, die ihn scheute. Sie waren und blieben unzugänglich und zeigten eine beispiellose Geschicklichkeit, jedem Anlaß zu einer Erklärung auszuweichen. Sagen Sie selbst, ob ich etwas versäumt habe, womit ich Sie rühren konnte! Glauben Sie, daß ich nicht gelitten habe! Es gibt nichts, das einen Mann mehr martern kann, als das Unverständliche, das, was er nicht angreifen kann und gegen das er fortwährend seinen Kopf stößt wie gegen eine unsichtbare Mauer. Ich würde Ihnen gedankt haben, hätten Sie mir in reinen, trockenen Worten gesagt, weshalb Sie mich so behandelten. Sagen Sie es mir jetzt. Sagen Sie mir das Härteste, daß das Ganze ein Irrtum war, daß Sie in jener Stunde Worte aussprachen, die sie vielleicht selbst in dem Schrecken, in welchem Sie waren, nicht begriffen haben ... Nicht wahr, so verhält es sich?"

„Nein", sagte Sofie, die mit sonderbaren Blicken seinen Worten gelauscht hatte, „so verhält es sich nicht. Ich sagte die Wahrheit, und ich wußte genau, was ich sagte."

„Sie wußten es? Dieses Glück, das ich fühlte, das teilten Sie auch?"

„Ja, auch ich war glücklich."

Er grübelte ein wenig.

„Hat mich jemand bei Ihnen verleumdet?" Sofie schüttelte den Kopf. „Oh, war es nichts anderes. Niemand könnte Ihnen besser als ich selbst so etwas gesagt haben. Ja, ich bin schwach gewesen, ich habe Irrtümer begangen, ich habe wie die meisten Menschen Reueflecken in meiner Seele, von denen ich wünschte, ich könnte sie auslöschen! Aber Sie dürfen doch glauben, daß ich alles verabscheue, was niedrig und unrein ist. Ich habe keines Menschen Unglück auf meinem Gewissen. Verlangen Sie es, und ich werde jede Falte in meinem Leben vor Ihnen ausbreiten."

„Ich habe an Sie gedacht, aber ich habe nie an Ihre Tugenden oder Fehler gedacht", sagte Sofie mit einer geringschätzigen Betonung. „Was Sie mir auch anzuvertrauen gehabt hätten, würde ich niemals – so viel weiß ich – zu wissen verlangt haben ..."

„Nicht wahr, die Liebe weiß alles, sie verträgt alles, sie vergibt alles?", sagte Kold bitter. „Und dieses Gefühl, das so erhaben, so unbedingt war, es lebte einen ganzen Tag zu Ende, und dann erlosch es wie ein anderes Nachtlicht, das man verschläft und an das man sich am Morgen nicht mehr erinnert ...?"

„Weil es ausgelöscht werden mußte, Sie haben es ja selbst ausgelöscht. Nicht ich, nicht irgendein anderer trägt die Schuld ... Sie selbst riefen ein Geständnis hervor, um es später zu verspotten und zu verhöhnen!"

„Ich? Wie?"

„Nun will ich Ihnen alles sagen. Gerade an dem Abend kam einer Ihrer Freunde, um Sie zu besuchen."

„Doktor Müller! Hm, ja ... Das war genau an dem Abend. Er kam ungelegen genug."

„Ihm vertrauten Sie alles an, was in Ihrer Seele vorging, die ich zu einfältig zu durchschauen war. Ich hörte Ihr Gespräch, erst unfreiwillig, später weil ich es zu Ende hören mußte und wollte. Diesem Fremden, der, wie ich wußte, Ihr vertrautester Freund war, verrieten Sie ungefähr, was zwischen uns vorgegangen war. Sie verleugneten Ihr eigenes Gefühl und gaben meines spöttisch preis ..."

Atemlos hatte Kold zugehört. Eine unbeschreibliche Mischung aus Erstaunen, forschender Unruhe, Ungewißheit und Hoffnung bewegte sich in seinen Zügen. „Sofie", sagte er nach einem Augenblick des Schweigens, „ist dieses Gespräch, das Sie gehört haben, das einzige, das uns getrennt hat?"

„Ja, das einzige."

„Ist das sicher? ... Schwören Sie mir, gibt es nichts anderes als das, das Ihr Herz von mir abgewendet hat?"

„Nichts anderes! Nichts anderes!", wiederholte Sofie schmerzlich für sich selbst. „Nun wohl, nein, es gibt nichts anderes ..."

„Oh, Gott sei Dank", brach Kold jubelnd aus. „Dann kann alles noch gut werden! Was habe ich gesagt? ... Ich weiß es nicht mehr! ... Habe ich Sie verleugnet? ... Das ist schon möglich. In dieser Zeit hätte ich einen Mord begehen können, bevor ich jemandem unser Geheimnis verraten hätte ... Und ihm, meinem Freund, sagen Sie? Er war der letzte auf Erden, dem ich es anvertraut haben würde. Oh, Sie wissen nicht, was einem in solch einer Stunde zu sagen einfällt! ... Es gibt Menschen, in deren Nähe man einen Drang fühlt, alles zu verdrehen, das herunterzureißen, das uns am kostbarsten ist ... Aber das verstehen Sie nicht. Oh, alles wird gut werden, aber wir müssen Mut haben! Es ist nicht eine Minute zu vergeuden."

Sie saß unbeweglich und starrte ihn an. Die Hand, die er ergriffen hatte, war kalt und schwer wie Marmor.

Und er bat sie. Alles, was die fliegende Angst beredt auf eine Menschenzunge legen kann, alles, was wahre Zärtlichkeit aufbieten kann, um zu rühren und zu bewegen, das versuchte er.

„Sofie", sagte er, „seit Sie ein Kind waren, habe ich Sie gemocht. Von den anderen verstoßen und mißverstanden, fanden Sie bei mir immer eine stumme Verteidigung. Vor dieser Willenskraft, vor dieser jungen Selbständigkeit, die diese kindlichen Eigensinn nannten, beugte ich mich. Vielleicht drängte mein Charakter nach dieser Unterstützung bei einem anderen. Als Sie reisten, blieb ich ... um auf Sie zu warten ... glaube ich ... Oh, alles, was ich gedacht und geträumt hatte, fand ich übertroffen, als Sie mir bei Ihrer Heimkehr entgegentraten! Meine selbstverliebte Angst davor, mich enttäuscht zu sehen, verwandelte sich in eine andere, viel schlimmere Angst. Ich wollte entweder das Höchste oder nichts. Ihre Liebe sollte bewährt und echt sein, und ich schwor bei mir selbst, daß ich sie auf eine edle Art gewinnen sollte. Sie sollten zuerst lernen, mich zu achten. Sie sollten so vertrauensvoll werden, daß Sie mir wie ein Kind um den Hals fliegen und es mir selbst erzählen konnten. Habe ich meine feine Blume nicht geschont. Ich war doch vor mir selbst auf dem Posten. All die Roheit, das unwürdige Spiel, das ein Mann sich so oft in einem Verhältnis wie diesem erlaubt, der Rausch an den Leiden des anderen, das sollte nie an Ihnen geübt werden. Sie waren zu naiv, das zu verstehen, zu stolz, es zu ertragen ... Oh, Gott, und nun soll das unselige Mißverständnis eines Augenblicks, eines einzigen Augenblicks ..."

„Mißverständnis! Nein, nein, kein Mißverständnis. Wie konnte ich an dem, was ich hörte, zweifeln? ... Und wäre ich einen Augenblick schwach genug gewesen, um zu zweifeln, so sollen Sie wissen, daß ... Ich wollte es Ihnen erst nicht sagen ..."

„Was, was?"

„Daß Ihr Freund, daß Dr. Müller später alles bestätigte, was ich gehört hatte. Ihr Gefühl für mich war nur ein Vorübergehendes, eines von diesen, die Sie zuvor selbst öfter enttäuscht hatten ... Sie standen im Begriff, eine Stellung, eine glänzende Stellung anzutreten; aber um das zu können, mußten Sie von jeglichem Band frei sein ... Er flehte mich an, Sie loszulassen."

„Wirklich? ... Darum flehte er Sie an! ... haha! ... Müller? Aber er redete doch nicht mit Ihnen?"

„Er suchte mich am Morgen auf, um mir das zu sagen."

„Also doch. Müller! ... Und all das hat er Ihnen so ruhig und trocken erzählt ... Und so gründlich! Arme Sofie, ja, auch du hast gelitten. Aber beschuldige nicht mich oder diesen Freund, wie du ihn nennst. Dein eigener, grenzenloser Mangel an Vertrauen trägt die Schuld. Mir hättest du glauben sollen, nicht meinen Worten. Oh, ich verstehe alles! ... Mein Fehler, mein ungeheurer Fehler war, daß ich dieses Vertrauen nicht gewinnen konnte. Ich vermochte nicht, dir mein Wesen verständlich zu machen, ich konnte dich nicht zu dem Punkt emporheben, wo du das gelernt haben würdest! ... Aber meine Liebe hatte ich doch – denn ich habe dich geliebt, Sofie, ja, ich habe! – Und gerade weil ich sie vor allen anderen verbergen wollte, weil ich wußte, daß nicht einer in diesem abgeschlafften Geschlecht, das vergessen hat, was Liebe ist, und vermessen glaubt, sie im Leben und in der Dichtung entbehren zu können, ein Gefühl wie das meine verstehen würde, gerade weil ich es so hoch gehalten habe, mußte es so gehen! ... Aber daß auch du an ihm zweifeln konntest! Daß du so ein entsetzliches Mißverständnis von mir, von dir selbst zulassen konntest ... Sofie! ... Und wenn es möglich war und du wirklich glauben konntest, daß ich solch ein schändlicher Schurke war, wie du glauben mußtest ... wie du glaubtest, daß ich war ... weshalb fordertest du mich nicht zur Rechenschaft? Weshalb zerschmettertest du mich nicht mit deiner Verachtung! ... Oh, Sofie, Sofie, weshalb redetest du nicht!"

Das arme Mädchen warf bloß einen Blick auf ihn, wie das gebundene Reh, welchem man einen Schmerz zufügt.

„Komm, komm", sagte er heftig, und ergriff ihre Hände, „wir vergeuden die Zeit mit Gerede. Es ist nicht zu spät. Es ist *unsere* Hochzeit, die man bereitet ... Dein Vater ist uns gut ... Ich nehme alle Schuld auf mich ... Oh, laß uns nur gehen!"

Aber wenn die Engel des Himmels im selben Augenblick herabgestiegen wären und ihre Bitten mit seiner vereint hätten, würde das doch Sofie auch nicht bewegt haben.

Nicht leichtsinnig, sondern mit dem tiefen Ernst ihrer Seele, nachdem sie glücklich und wohl ihr Herz entwöhnt hatte – vielleicht als den letzten Akt dieses Werkes der Selbsttötung – hatte sie ihr neues Dasein ergriffen und sich damit vertraut gemacht. Sie hatte selbst dem Mann, dem sie gehören sollte, die Hand über die freiwillige Kluft gereicht, die er zwischen ihnen gelegt hatte. Ebenso vertrauensvoll wie sie gegeben war, ebenso vertrauensvoll, ebenso dankbar war sie empfangen worden. Ihre natürliche Redlichkeit wurde allein bei dem Gedanken daran, ein Vertrauen wie dieses zu enttäuschen, empört. Aber nun verlangte ihr Geliebter, daß es auf eine aufsehenerregende, das heißt eine richtig kränkende Art geschehen sollte. Hier war nicht mehr die Rede von jener Aufkündigung, die die Welt sanktioniert, wenn sie in vertragsmäßiger Zeit geschieht und sie ihre Eile in einem kleinen, feinen, gutversiegelten und gutfrankierten Stück Velins versteckt. Es war Aufruhr, Mord, Brandstiftung, es war ein Rückzug im Augenblick der Schlacht, es war ein Bruch am Tage vor einer Hochzeit. Sie sollte Verwirrung in das festlich geschmückte Haus bringen, Kummer und Entsetzen über alle die Ihren! Zu gewaltig, zu unvorbereitet kam das über sie. Ebenso wenig wie die ersten warmen Strahlen, die die Märzsonne auf die gefrorene Erde herabsendet, hindurchdrängen und das gefesselte Leben da unten lösen können, ebenso wenig vermochte die Stimme ihres Geliebten in diesem Augenblick in ihre Brust zu dringen. Die jugendliche Keckheit, mit welcher sie einmal das Erstgeburtsrecht der Liebe gegenüber der ganzen Welt verteidigt haben würde, sie war gebrochen, elendig gebrochen, zusammen mit dem Mut, mit der Hoffnung und dem Vertrauen. Ein unendlicher Schrecken hatte sie vom ersten Wort zwischen ihnen ergriffen. Er lähmte fast ihre Fähigkeit, zu reden, zu verstehen, wovon sie später mit solch furchtbarer Klarheit jedes Wort erinnerte. Eine Stimme in ihr übertönte alles: „Läßt du dich auf den Kampf ein, so ist alles verloren, Pflicht, Ehre, Glück, alles auf einmal – zerschmettere, mach es zunichte – aber mach es nur kurz." Sie suchte nach der Waffe, die den Schlag am tödlichsten führen konnte.

„Du liebst mich doch?", sagte er, entsetzt über ihre Regungslosigkeit.

Sie bewegte die Lippen, aber man hörte keinen Laut.

„Du liebst mich doch?" Er beugte sein Ohr zu ihrem Mund herunter.

Was sie sagte, würden sie kaum gehört haben, die lauschenden Berggeister, die so schadenfroh die jammervollen Geheimnisse der Menschen belauschen, aber er hatte es gehört. Im nächsten Augenblick stand er mit den Händen vor dem Gesicht gegen die Felswand gelehnt.

„Ja", fuhr Sofie in sonderbarer Hast fort, „ja, ich habe mich in mir selbst geirrt. Es war ein Blendwerk, das in jener Stunde schwand, als Ihre Worte so verletzend in mein Herz drangen. Wir passen nicht zueinander! Zu einfältig, zu ernsthaft bin ich für Sie ... Ihm, dem Guten, dem Direkten will ich angehören. Er hat mich gerne, er achtet mich und nie wird er diese Achtung vor anderen verleugnen ... Ja, die seine bin ich, ich habe es ihm versprochen ... Ich werde auf seine Kinder aufpassen! ... Oh, ich werde eine gute Ehefrau werden, das versichere ich Ihnen."

„Ich zweifle nicht daran; Sie werden ein Musterbeispiel sein", sagte er ohne Ironie, aber betäubt. „Und jetzt haben Sie diese Einsamkeit gesucht, um Ihre Gedanken zur Erfüllung dieser Pflichten zu sammeln ... Und ich! ... Allzu lange bin ich Ihnen zur Last gefallen."

„Jaja, so ist es, gerade deshalb habe ich die Einsamkeit gesucht. Um über diese Pflichten nachzudenken ... Oh, auf Knien müßte ich den Himmel um Stärke anflehen, sie zu erfüllen! ... Ja, es ist wahr, Sie hätten mich nicht stören sollen. Sie haben eine Sünde damit begangen, eine große Sünde ..."

Er sank in unaussprechlicher Angst vor ihr nieder. „Nimm sie zurück, diese grausamen Worte; du weißt selbst nichts von ihnen, nein, du weißt selbst nichts von ihnen. Du sagst sie bloß, dein Herz weiß nichts von ihnen ... Es ist doch meins, dieses Herz, ich besitze es mit einem heiligeren Recht als jeder andere! Oh, Sofie, verstoße mich nicht! ... Geliebte ... Teure!"

„Fort, fort mit solchen Worten!", schrie Sofie, fast im Fieberwahn. „Einer von uns muß hier weggehen, und wollen Sie es mir nicht erlauben, dann müssen Sie ... Oder bleib! Bleib! Aber so wahr mir Gott helfe, kein Wort soll mehr zwischen Ihnen und mir gewechselt werden."

Sie zog den weißen Schal über den Kopf, hüllte sich hinein wie in ein Grabkleid und blieb sitzen.

Es war ganz still in der Grotte. In großen Abständen hörte man nur das Fallen eines Tropfens, wenn er mit einem Laut wie ein klagender Seufzer in die Höhlung herabfiel. Es erklangen viele solcher Seufzer. Es war so still in der Grotte. Sofie sah empor. Wie aus einer Versteinerung aufgewacht, fuhr sie auf und mit einem dumpfen Ausruf, fast wie ein Schrei, stürzte sie hinaus. Das Licht fiel auf ihr leichenblasses Gesicht, dessen eine Wange die Erregung mit einem dunklen, flammenden Punkt gezeichnet hatte. Und sie flog davon, erst zögernd, spähend, als fürchte sie das, was sie suchte, aber, als sie nichts sah, nichts fand, mit der sich steigernden Schnelligkeit der Angst.

Sie begegnete niemandem auf ihrer seltsamen Jagd. Doch, ja, auf der Brücke traf sie einen alten Kleinbauern mit seinem Jungen, die beide schwere Kornsäcke zur Mühle trugen. Sie sollten nicht ausruhen, bis sie diese erreicht hatten. Aber oben auf dem Hügel hatten der alte Kleinbauer und sein Junge eine Jammergestalt getroffen, von der sie meinten, daß sie sie kennen müßten, und da hatten sie ihre Säcke abgesetzt und ihr nachgestarrt, und darauf ganz schweigsam ihre Last wieder auf den Nacken geladen, um sie zur Mühle zu tragen. Aber bei der neuen Erscheinung, die an ihnen vorbeistürzte, setzten sie wieder ihre Säcke ab und starrten ihr hinterher, solange sie konnten, und wanderten dann stumm weiter. Was dachte der alte Kleinbauer, während er der Erscheinung hinterhersah und bedächtig den Priem im Mund wendete? Vielleicht fiel es ihm ein, daß ein solcher Sack sicherlich eine Bürde war, daß aber nicht alle Bürden Säcke waren, daß es vieles andere geben konnte, das schwer zu tragen war, und daß unser Herrgott das Schwere gleichmäßiger an seine Geschöpfe austeilt, als solch ein alter armer Mann vielfach denkt.

An der Tür ihres Vaters hielt Sofie inne. Sie konnte nichts anderes hören als ihren eigenen Herzschlag. Es war ganz still da drinnen. Er war allein. Alleine! Weshalb sollte er nicht alleine sein? Sie hörte ihn ruhig das Blatt in einem Buch umdrehen. Arme Sofie! Nicht über den friedlichen Alten vergießt du deinen auflodernden Mut! Er hat nur ein Herz, einen Seufzer für deine Not, und das hilft gar nichts. Da unten geht die brausende Maschinerie, die den Zipfel deiner neuen Hoffnung ergriffen hat, halte sie an, wenn du kannst.

Da unten wird eine Hochzeit bereitet.

Eine Hochzeit! „Ein lächerliches Ding im Grunde", hatte Müller es genannt. Nein, nicht lächerlich, fürchterlich ist das Fest, das wir Hochzeit nennen. Wir wollen nicht einmal von diesem Zurschaustellen der Schönheit der Braut und der errötenden Wangen reden. Wenn er das Herz auf dem rechten Fleck hat und es überhaupt gedacht werden kann, daß er einen Sinn mitbringt, den die Sitte nicht ganz abgestumpft hat, müssen der Zorn, die marternde Eifersucht an einem solchen Tag alle anderen Gefühle übertönen. Hiervon sprechen wir, wie gesagt, nicht, sondern nur von dem banalen Punkt, mit welchem das Heiligste aufgeputzt wird und mit dem man sich die Mühe macht, ihn seiner erhabenen Einfachheit zu berauben. Die Trauung, das, worauf Gott selbst seine Hände legt, ist für die getrauten Herzen eingesetzt, die glücklichen Bräute, aber Hochzeiten sind für die Unglücklichen erfunden. Sie erfüllen denselben Nutzen wie die Zimbel und die Pauken bei den Opferungen der Wilden, sie betäuben das Opfer und übertönen dessen Schrei.

Vor einer Trauung würde ein widerstrebendes Herz immer den Mut finden, sich zu retten – Gott ist barmherziger als die Menschen –, aber vor einem Hochzeitsfest gibt es keine Rettung.

Vielleicht hätten unsere Liebenden, die einander zu spät gefunden, einander zu spät gewonnen hatten, gerettet werden können; vielleicht hätten die beiden Edlen, die über ihr Schicksal walteten, sich entschließen können, diese Kinder glücklich zu machen, wenn es ohne Aufsehen hätte geschehen können, aber es konnte nicht ohne Aufsehen geschehen. Die Hochzeit war proklamiert, die Freundinnen hatten bereits Geschenke genäht, die Gäste waren geladen und der Pastor hatte aus seinem geistigen Herbarium eine Rede hervorgekramt und auswendig gelernt, die so alt war, daß sie als ganz neu gelten konnte.

Mit einem Ruf um Rettung auf den Lippen war Sofie nach unten geeilt. Die Vorstube war mit Laub und Kränzen angefüllt, die Fenster und Türen standen offen, und in den Zimmern waren eine Menge Dienstleute dabei, Möbel zu verrücken. Es war keiner von denen da, die sie suchte. Aber aus der Küche kam ihr Amalie freudestrahlend entgegen. „Es ist gekommen! Es ist gekommen!", rief sie und zog die willenlose Sofie mit sich.

Die Kiste, die lang erwartete Kiste aus der Stadt war gekommen. Die Kiste mit dem Hochzeitsstaat, der bei den ersten Modehändlerinnen in Kristiania gefertigt worden war, und mit den vielen anderen schönen Dingen zum Fest. In der Stube zum Garten stand Frau Ramm damit beschäftigt, auszupacken. Die etwas echauffierte Miene zeugte von Geschäftigkeit und einem hohen Grad von Wohlzufriedenheit. Tische, Stühle und dazu die Fensterbänke lagen voll mit ausgepackten Sachen. Überall glänzte das festliche Weiß in Atlas, Bändern und Flor. Amalie lief bewundernd von dem einen zum anderen. Sofie war auf einen Stuhl niedergesunken.

„Nein, sieh die Schleier, Mutter!", rief Amalie. „Wie allerliebst! Sind sie gleich? ... Sieh einmal, wie er sich auf Sofie ausmacht!" Sie warf den Schleier über Sofies Haar, dessen reiche Flechten unter dem schnellen Lauf runtergefallen waren.

„Ja, ich danke", sagte Frau Ramm aufgeräumt, „das wird etwas, wonach man gaffen kann. Ich möchte euch beide sehen!"

„Mutter", sagte Sofie, aber so leise, so gebrochen. Niemand hörte es.

„Und die Kleider!", fuhr Amalie fort, „wie prächtig sie sind! Nein, solche Atlaskleider sind wirklich zu elegant für ein paar Provinzfräulein wie wir es sind. Ich werde in meinem ganz schüchtern sein."

„Ach, Unsinn", sagte ihre Mutter, „du wirst dich schon dareinfügen. Ich finde jetzt, daß ein Brautkleid, das nicht aus Atlas ist, kein Brautkleid ist. Ich habe in Atlas Hochzeit gemacht und mir selbst gelobt, daß, wenn ich die Mittel dazu hätte, meine Töchter das auch sollten."

„Mutter ...", sagte Sofie wieder. Es klang wie ein entfernter Notschrei, der letzte Schrei der Not; es war einer dieser Schreie, die man am Tage hört, doch glaubt man dann, daß es Einbildung war oder daß die Lumme geschrien hat. Niemand hat ihn gehört.

Doch, ja, zum Ohr der Schwester drang er. Er drang tiefer, zu ihrem Herzen. Sie starrte in den Spiegel. Die erhobenen Arme, mit welchen sie gerade einen Schmuck befestigte, hielten inne und mit einem Angstruf: „Oh, Mutter, Sofie wird ohnmächtig!" stürzte sie hin und griff die Hinsinkende.

Die gewöhnlichen Mittel wurden angewendet. Frau Ramm löste Sofies Kleid, aber Amalie nahm weinend den Schleier fort und küßte sie auf die bleiche Stirn.

„Sei nicht ängstlich, Amalie, das geht bald vorüber. Ich habe es akkurat genauso gehabt. Das kommt nur daher, wenn man mit nüchternem Magen rausgeht ... Und meine Sofie! Mit den dünnen Schuhen im Tau! ... Siehst du, nun erholt sie sich. Eine Tasse Kaffee wird sie stärken! Amalie, eine richtig gute Tasse!"

„Die Frau darf nicht darauf vertrauen, daß der Probst erst heute abend kommt", rief die Haushälterin in der Türe. „Per erzählt, daß die Kutsche auf Bratli für ein Uhr bestellt ist. So wird es doch das beste sein, wie ich sagte, sich auf das Mittagessen vorzubereiten."

Ein Strom der unterschiedlichsten Befehle beantwortete diese wichtige Nachricht.

„Ist es nun besser, mein süßes Kind?", fragte die Mutter.

„Ja, viel besser."

Unsere Erzählung endet hier, und die Leser, die zufrieden sind, ja, vielleicht seit langem zufrieden sind, können hier gut das Buch weglegen. Aber für die Leser, die nicht zufrieden sind, sondern die wie die Kinder, denen man ein Märchen erzählt hat, gerne mehr wissen wollen, fügen wir noch einige Worte hinzu, mit denen wir versuchen wollen, in wenigen Zügen die späteren Schicksale der Personen zusammenzutragen, soweit es uns möglich war, diese aufzutreiben.

Georg Kold war nach Kristiania zurückgekehrt. Es ist eine alte Sage, daß sich der Herzenskummer eines Mannes heftiger äußert, aber weniger andauernd ist als der einer Frau. Vielleicht. Er besitzt im entscheidenden Augenblick nicht die Fassung der Enttäuschung, er ist nicht wie eine Frau auf sie vorbereitet. Sicher ist, daß Georgs Schmerz darüber, seine Hoffnung aufgeben zu müssen, nicht diese Fassung hatte. Er tobte gegen sich selbst, gegen Müller, er schloß sich lange Zeit ein und wollte keinen Menschen sehen – er reiste nach Stockholm. Aber laß jenen Satz auch im allgemeinen gelten, so wissen wir aus sicheren Quellen, daß sein Kummer in all seiner Heftigkeit tief und andauernd war, daß er lange einen wehmütigen Schatten über all seine Freuden warf und daß er unter den vielen Konflikten seines späteren Lebens und auf einer Bahn, wo die Ehre und das Glück seither seine beständigen Begleiter waren, niemals seine erste Geliebte vergaß.

Von Müller wissen wir nur, daß er gezwungen war, sich einige Wochen im Haus eines Beamten im Trondheimischen aufzuhalten, um einen gefährlichen Anfall, an welchem er litt, zu kurieren. Aber hier fiel er selbst wie ein Opfer seines menschenliebenden Eifers oder, wenn man will, der niemals schlummernden Nemesis. Er verliebte sich in die Tochter, verlobte sich und heiratete. Die Hochzeit war großartig und sehr munter. Es fehlte an keinen Formalitäten. Durch die häufigen Versicherungen, die er in seinen Briefen an Kold fallen läßt, über die Macht, die er als Ehemann hat, und die Ängste, die er davor hegt, daß ein Charakter wie der seine ein solch schwaches, zerbrechliches Gerät wie eine Ehefrau zermalmen werde, schließt Kold, daß er unter den Pantoffel gekommen ist, eine Vermutung, die auch von denjenigen geteilt wird, die Gelegenheit haben, Dr. Müllers Häuslichkeit aus der Nähe zu betrachten.

Sofies erster Gedanke, als sie sich im Besitz zeitlicher Wohlfahrt und des Vertrauens ihres Mannes sah, war Lorenz Brandt. Sie hatte seit langem das Interesse des Probstes für ihn geweckt. Aber ein anderer Beschützer, mächtiger als dieser, der treuer aushält und keinen Dank begehrt, war ihm zuvorgekommen. Brandts Verbesserung war ernst gemeint gewesen, und die Verwandlung war wirklich vor sich gegangen. Nur unterlag er ihr. Er hatte nicht genügend Kräfte, um diesen für die Menschennatur vielleicht schwierigsten und schmerzlichsten von allen Prozessen durchzugehen. Wie viele haben in Wahrheit diese Qualen des wiedergeweckten Selbstbewußtseins ausgehalten, wo man über die Geringschätzung durch andere hinaus noch das Bitterste ertragen muß, nämlich die eigene Geringschätzung, und das, während man den schon untergrabenen Körper märtyrisiert? Er scheute mehr und mehr die menschlichen Wohngebiete und bisweilen, wo andere Obdach suchten, sah man ihn und seinen Hund nicht selten auf dem bloßen Feld oder unter dem gastfreundlichen Dach einer Tanne schlummern. Ein Bauer, der eines Abends im Sommer vom Wald mit einer Fuhre neugeschlagenen Grases herunterfuhr, um es auf den Ebenen zu trocknen, wurde ein Stück von einem grauen Hund verfolgt, der eine auffällige Unruhe zeigte. Von diesem geführt, fand er Brandt wenige Schritte vom Wege mitten im Heidekraut mit den Armen unter dem Kopf liegend, aber mit ruhigen, milden Gesichtszügen, als ob er schlafe. Er mußte ganz kürzlich gestorben sein. Über seinem Kopf sang die Singdrossel eine schmelzende Kantate, aber der Bauer legte ihn auf das duftende Gras und fuhr ihn, geführt von dem trauernden Krøsus, nach Hause.

Mit heißen Tränen beweinte Sofie ihn. Sie barg das kleine Kästchen wie eine Reliquie. Es sind nur die Glücklichen und diejenigen, die das größte Glück verbreiten, die von allen beweint werden. Aber bitterer, brennender fließt die verstohlene Träne für diejenigen, die in doppeltem Grad die Verheißungen zum Glück mitbrachten, die aber betrogen wurden und die sich selbst um sie alle betrogen, für diejenigen, deren reichste Fähigkeiten sich wie ein Spott gegen sie selbst wandten, deren allzu üppige Lebensforderung, in einer notdürftigen Wirklichkeit ungestillt, in der Erniedrigung erlosch – für diese Unglücklichen schließlich, deren Unglück ‚man auf Erden zu nennen scheut, deren Kummers Name nur im Himmel bekannt ist.'

Und Sofie! ... Leser, wir haben Sofie in ihrem Heim wiedergesehen. Sie war älter geworden, dahingegen hatte das Glück ihn verjüngt, was bewirkte, daß der Unterschied in ihrem Alter gar nicht auffällig war. Sie schien nur für andere zu leben. Nicht zufrieden damit, das Licht und der Trost ihrer Nächsten zu sein, das bewunderte Ideal ihres Mannes und Adas liebe Freundin, sucht sie alles, was leidend ist, in den lindernden Kreis ihrer Zärtlichkeit und Fürsorge hineinzuziehen. Welches Leben von höherem Licht und von Frieden noch in ihr entstehen wird und wozu dieses Jahr ihres Lebens, dessen viele Kämpfe und Regungen diese Blätter nur unvollkommen wiedergegeben haben, vielleicht schon einen kräftigen, wenn auch unsichtbaren Keim gelegt hat – das gehört der Zukunft an. Aber eine Ahnung davon berührt uns lindernd, indem wir uns von ihr trennen.

Lovise ist Witwe geworden, und die Schwestern besuchen einander oft.

Amalies geliehene Romantik hat der Verbindung mit Brøcher nicht standgehalten. Sie hatte spurlos die Flucht ergriffen und die reine, unverfälschte Prosa hinterlassen. Das Weiche, Schmachtende in ihrem Wesen hatte einer gewissen trockenen, hausbackenen Vernunft Platz gemacht, die sie weniger gut kleidet.

Das Zimmer der Schwestern im oberen Stock war einigen Veränderungen unterzogen worden. Amalie hatte es tapezieren lassen, und es waren wirklich weiße Mullgardinen hineingekommen. Wenn wir uns nicht irren, waren diese mit vergoldeten Pfeilen angeheftet. Aber von der Wand sind die Sänger der Liebe fortgenommen, und die alte Urgroßmutter sieht streng und triumphierend auf ihr junges Geschlecht herab.

Berit Klein

Nachwort

Das traditionelle Frauenbild

Der vorliegende Roman „Die Töchter des Amtmanns" der Norwegerin Camilla Collett (1813-1895) ist der erste Roman Norwegens überhaupt, gleichzeitig aber auch der erste Frauenroman des Landes. Erstmalig 1854/55 in zwei Teilen erschienen, fiel er in eine Zeit, in der die Frauenfrage im gesamten skandinavischen Raum allmählich zu einem Politikum wurde. Wenn man sich in unserem modernen Zeitalter mit dieser Thematik auseinandersetzt, so bedarf es der Rücksichtnahme und Einfühlsamkeit. Sich mit den Anfängen der Frauenfrage zu befassen, verlangt, daß man nicht mit der Arroganz der Gegenwart an die Lektüre herangeht. Man darf keinen kämpferischen Inhalt erwarten. Es ging den Schriftstellerinnen jener Zeit nicht unbedingt direkt um politischen Einfluß und Gleichberechtigung mit dem Mann. Die ersten Werke dieser Art, allen voran die Alltagsgeschichten der dänischen Schriftstellerin Thomasine Gyllembourg (1773-1856), betonten zunächst einmal, daß jede Frau das Recht auf Gefühl habe. Demzufolge muß man sich im Gegenteil für die Thematik sensibilisieren und den Roman aus den damals bestehenden Bedingungen heraus beurteilen. Wie also sah das Frauenbild im 19. Jahrhundert aus? Welche Rechte hatten Frauen?
Die allgemein verbreitete Auffassung von der Unterlegenheit der Frau ist nicht erst eine Erscheinung des 19. Jahrhunderts. Vielmehr hatte sie sich bereits seit der Antike verfestigt. Mit ausschlaggebend für diese Auffassung war die naturwissenschaftliche Theorie, daß beim Zeugungsprozeß der Mann den aktiven Part darstelle, wohingegen die Frau passiv seinen Samen entgegennehme, der bereits alle Erbanlagen enthalte. Die Frau hingegen stelle dem Samen lediglich Platz zur Verfügung, wo er sich zu einem Menschen entwickeln könne. Man kann diese Vorstellung bei so weisen Philosophen und Dichtern wie Aischylos, Platon und Aristoteles finden. Im 17. Jahrhundert, nach der Erfindung des Mikroskops, die die Entdeckung der Spermatozoiden ermöglichte, behauptete eine Richtung der Embryologie, daß kleine Menschengestalten durch das Mikroskop im Sperma zu sehen seien. In abgewandelter Form findet sich diese Theorie noch bei Schriftstellern wie Lawrence Sterne und August Strindberg. Erst als im Jahre 1827 das weibliche Ei entdeckt wurde, wurden die Grundfesten dieser Theorie erschüttert.
Neben diese naturwissenschaftliche Theorie gesellte sich die Anschauung der Kirche. Bereits im Alten Testament lassen sich Sprüche finden, in denen der Mann über die Frau gestellt wird. So heißt es im Buch Genesis (Moses 3, 16):

„Zur Frau sprach er: ... Du hast Verlangen nach deinem Mann; er aber wird über dich herrschen." Im Buche Jesus Sirach (26, 1-3) steht zu lesen: „Eine gute Frau – wohl ihrem Mann! Die Zahl seiner Jahre verdoppelt sich. Eine tüchtige Frau pflegt ihren Mann; so vollendet er seine Jahre in Frieden. Eine gute Frau ist ein guter Besitz; er wird dem zuteil, der Gott fürchtet." Auf diese Verkündigungen griff später der Apostel Paulus zurück, dessen Subordinationslehre die Kirche besonders beeinflußte. In seiner Versammlungshierarchie stellt die Frau das unterste Glied dar, wohingegen der Mann als Abbild Christi angesehen wird. Weiter verkündet Paulus (1 Kor. 11, 7-9): „Der Mann darf sein Haupt nicht verhüllen, weil er Abbild und Abglanz Gottes ist; die Frau aber ist der Abglanz des Mannes. Denn der Mann stammt nicht von der Frau, sondern die Frau vom Mann. Der Mann wurde auch nicht für die Frau geschaffen, sondern die Frau für den Mann." Im ersten Brief an Timotheus (1 Tim. 2, 11-12) heißt es: „Eine Frau soll sich still und in aller Unterordnung belehren lassen. Daß eine Frau lehrt, erlaube ich nicht, auch nicht, daß sie über ihren Mann herrscht; sie soll sich still verhalten." Die untergeordnete Stellung der Frau begründet Paulus damit, daß Eva nach Adam geschaffen worden sei und daß sie es war, die zuerst gesündigt habe.

Thomas von Aquin und Martin Luther knüpften viele Jahrhunderte später an diese Auffassung an. Thomas von Aquin betrachtete die Frau als einen defekten Menschen, der dem Mann in Vernunft, Willensstärke und Moralempfinden unterlegen sei. Ihre Existenz scheint ihm nur dadurch berechtigt, daß sie hilft, das Menschengeschlecht zu erhalten. Martin Luther wertet die Frau mit Hinblick auf ihren Intellekt und ihr Moralempfinden ab. Auch andere kirchliche Schriften wie Gebetbuch, Kirchenhandbuch, Andachtsbuch oder erhaltene alte Predigten zeigen ein und dasselbe Frauenideal: die demütige, untertänige, dienende Frau, die sich dem Mann unterstellt und ihre Aufgabe in der Ehe und im Gebären von Kindern sieht. Wollte man an der gesellschaftlichen und ehelichen Rolle der Frau etwas ändern, mußte man folglich gegen die vorherrschende Lehre der Kirche kämpfen. Für das beginnende 19. Jahrhundert hatte neben der Kirche Jean-Jacques Rousseau auch in Skandinavien besonders großen Einfluß auf das Frauenbild. Im letzten Buch seiner pädagogischen Abhandlung „Émile ou de l´éducation" aus dem Jahre 1762 setzt er sich mit der für Frauen seiner Meinung nach adäquaten Erziehung auseinander. Hier steht zu lesen:

> „Von der guten Konstitution der Mutter hängt zunächst die der Kinder ab; die erste Erziehung der Männer hängt von der Fürsorge der Frauen ab; von ihnen hängen ihre Sitten, ihre Leidenschaften, ihre Neigungen, ihre Zerstreuungen, selbst ihr Glück ab. So muß sich die ganze Erziehung der Frauen im Hinblick auf die Männer vollziehen. Ihnen gefallen, ihnen nützlich sein, sich von ihnen lieben und achten zu lassen, sie großziehen, solange sie jung sind,

als Männer für sie sorgen, sie beraten, sie trösten, ihnen ein angenehmes und süßes Dasein bereiten: das sind die Pflichten der Frauen zu allen Zeiten, das ist es, was man sie von Kindheit lehren muß."

Damit wird der Mann zum einzigen Lebensinhalt für Frauen gemacht; er allein verschafft ihrem Dasein Berechtigung. Seit der Veröffentlichung von Rousseaus „Émile" waren die Begriffe „behaglich", „zu behagen" und „Behagen" zu Schlüsselwörtern für das Verhältnis der Frau zum Mann geworden. Nur darauf zielte die Erziehung der Mädchen ab.

Die Romantik endlich maß der Frau einen neuen, höheren Wert bei, doch galt ihre Verherrlichung der Frau in den traditionellen Rollen von Ehefrau, Mutter und Hausfrau. In dieser Epoche wurden Frauen als geschmeidig, innig, gefühlvoll, phantasievoll und intuitiv charakterisiert. Man betonte besonders die Bestimmung der Frau zur Ehefrau und Mutter, was mit dem Hinweis auf die göttliche Schöpfungsordnung als die für die Frau natürliche Bestimmung dargestellt wurde. Frauenemanzipatorischen Bestrebungen wirkte die Romantik mit diesem Frauenideal stark entgegen.

Geschichtliche Zeugnisse, religiöse Erfahrungen, psychologische Beobachtungen und medizinische Untersuchungen jener Zeit unterstützten allesamt das Ungleichheitsdogma. Für das beginnende 19. Jahrhundert läßt sich sagen, daß die konservative Meinung überwog. Zwar existierte die Idee von der Befreiung der Frau, doch wurde sie nur von einer Minderheit vertreten.

Im Jahre 1929 schreibt Virginia Woolf in ihrem Essay „A Room of One's Own", in dem sie sich Gedanken zum Thema „Frauen und Fiktion" macht: „Wohin man auch immer guckt, dachten Männer über Frauen nach ..." Es waren über die Jahrhunderte hinweg immer Männer gewesen, die das Bild von der Frau in Ehe und Gesellschaft definiert hatten. Die Frauen ergaben sich dem Druck ihrer Umwelt. Zum anderen wurden junge Mädchen im Sinne des traditionellen Frauenbildes erzogen, sie bekamen die Rolle der Frau in Ehe und Gesellschaft von ihren Müttern vorgelebt. Das traditionelle Frauenbild wurde von den Frauen nicht in Frage gestellt.

Bedenken muß man außerdem, daß das Problem in den unterschiedlichen Gesellschaftskreisen mehr oder weniger stark ausgeprägt war: Die Frauen des Adels hatten keine finanziellen Probleme, die Frauen der Bauern und Arbeiter waren von jeher in das Arbeitsleben einbezogen. Das Problem kulminierte mit dem Aufstieg des Bürgertums, das im 19. Jahrhundert die Gesellschaft bestimmte. Für die Frauen des Bürgertums wurde die Rechtslage des 19. Jahrhunderts zu einem schwerwiegenden Problem.

Die Rechtslage der Frauen im Norwegen des 19. Jahrhunderts

Was für das Frauenbild galt, hatte auch für das Gesetz Gültigkeit, denn dieses war ebenfalls von Männern festgelegt worden. Damit wurden Frauen auch juristisch von Männern dominiert. Die Unmündigkeit der Frau war eine der Hauptursachen für viele ihrer Probleme. Als Tochter stand sie unter der Vormundschaft des Vaters, nach dessen Tod unter derjenigen eines Bruders oder eines anderen männlichen Verwandten. Nach der Eheschließung übernahm der Ehemann diese Rolle.

Die Vormundschaft hatte weitreichende Folgen. Zum einen mußte der Vormund einer Eheschließung zustimmen. Heiratete eine Frau gegen seinen Willen, konnte sie enterbt werden. Der Ehemann als Vormund seiner Gattin wiederum hatte das Recht, in allen gemeinsamen Angelegenheiten zu bestimmen. Er wählte den Wohnsitz, er legte den Tagesrhythmus fest, er stellte Knechte und Mägde ein, er bestimmte über die Erziehung der Kinder, und er teilte die Arbeitskraft seiner Frau ein.

Besonders verhängnisvoll war aber, daß die Vormundschaft auch das Verwaltungsrecht des Mannes beinhaltete. Das heißt, der Mann verwaltete neben dem gemeinsamen Eigentum auch das Eigentum seiner Ehefrau. Nach dem geltenden Recht war er in dieser Beziehung zwar insofern eingeschränkt, daß er ohne die Zustimmung seiner Frau deren persönliches Eigentum nicht austauschen, verpfänden oder verkaufen durfte. Es ist dennoch oft genug vorgekommen, daß das Eigentum einer Frau durch unvernünftiges Handeln ihres Vormundes verloren ging. Benachteiligt war die Frau auch im Hinblick auf das Erbrecht. Unter den Kindern wurde ein Erbe nicht zu gleichen Teilen aufgeteilt. Vielmehr erhielten Söhne zwei, Töchter aber nur ein Drittel des Erbes.

Besonders stark wurden Frauen durch die Gesetze zur Erwerbstätigkeit in ihrer Bewegungsfreiheit eingeschränkt. Handel und Handwerk waren zum Beispiel nur dem erlaubt, der Bürgerrechte erlangen konnte. Dieses Privileg war – fast möchte man sagen: natürlich – den Männern vorbehalten. Zwar gab es Nischen, die es Menschen ohne Bürgerrechte möglich machten, Handel mit bedeutungslosen Waren zu treiben. Auch verheirateten Frauen stand diese Nische prinzipiell offen, doch sie benötigten die Zustimmung ihres Ehemannes. Der Ehemann mußte auch zustimmen, wenn seine Frau in einem anderen Haushalt arbeiten wollte. Ohne seine Zustimmung hatte sie nicht das Recht, frei über ihre eigene Arbeitskraft zu verfügen. Es war ihr unmöglich, Arbeitsverträge einzugehen. Tat sie es dennoch, gab es für den Mann kein gesetzliches Zwangsmittel, sie zurückzuholen, doch konnte er ihr vorwerfen, den Ehefrieden gestört zu haben.

Die Möglichkeit der Ehescheidung existierte, doch war eine Scheidung ein langwieriger Prozeß. Zunächst wurden die Eheleute verwarnt. Wenn dies nicht half, den Unfrieden zu beheben, wurde ein Bußgeld erhoben. Änderte auch das nichts an den Verhältnissen, so wurde das Paar ein Jahr lang von Tisch und Bett ge-

trennt. Erst wenn dann immer noch keine Änderung erfolgt war, wurde das Paar geschieden. Für den Mann war es tendenziell sicher leichter, der Frau Pflichtversäumnisse vorzuwerfen und ihr damit die Schuld am Unfrieden zuzuweisen, als umgekehrt.
Welches Bild ergibt sich aus dieser kurzen Auflistung von Gesetzen über die Stellung der Frau? Von der Erwerbstätigkeit per Gesetz so gut wie ausgeschlossen, stand jede unverheiratete Frau vor dem Problem, wie sie versorgt werden sollte. Diese Frage betraf nicht nur sie selbst, sondern auch ihre Eltern. Die Heirat stellte häufig die einzige Lösung des Problems dar. Diese finanzielle Abhängigkeit erklärt zugleich, weshalb im Bürgertum so viele unglückliche Ehen geschlossen wurden. Der erstbeste Mann, der um die Hand der Tochter anhielt und der vermögend genug war, kam den Eltern, die einer Eheschließung ihrer Tochter ja zustimmen mußten, gerade recht. Für sie war es eine Beruhigung und natürlich auch eine finanzielle Entlastung, weil mit dem Tag der Eheschließung die Tochter versorgt war, auch über den Tod der Eltern hinaus.
In der Ehe stand die Frau dann unter der Vormundschaft ihres Mannes. Sie war damit seinem Willen unterworfen. Ihr Wirkungsfeld war einzig und allein der Haushalt, mit dem Hauptaugenmerk darauf, dem Ehemann das Leben so angenehm wie möglich zu machen.

Reformen

Daß schließlich Reformen durchgesetzt wurden, lag nicht etwa daran, daß man die gesetzlich verankerte gesellschaftliche Stellung der Frau als ihrer unwürdig ansah. Vielmehr bedeuteten Industrialisierung und moderne Technik Veränderungen für den Privathaushalt, die Reformen zwingend notwendig machten. Was früher im Haushalt hergestellt wurde, konnte nun zumeist fabrikneu gekauft werden. Damit wurden in den einzelnen Haushalten immer weniger Hilfskräfte benötigt.
Dies hatte besonders für unverheiratete Frauen schwerwiegende Folgen. Zumeist waren unverheiratete Frauen in den Haushalten von Verwandten aufgefangen worden. Hier halfen sie bei der Herstellung der verschiedenen Gebrauchsgüter und waren auf diese Weise versorgt. Gerade für sie mußten nun neue Versorgungsmöglichkeiten gefunden werden. Daher mußte im Rahmen des Erwerbslebens das Gesetz geändert werden. Für Frauen aus niederen Gesellschaftsschichten war es einfach, in den Fabriken Arbeit zu finden. Frauen aus höheren Gesellschaftskreisen mußten sich das Recht auf Arbeit erst erkämpfen.
Die ersten Gesetzesänderungen in Norwegen wurden zumeist wegen konkreter sozialer Probleme vorgenommen, nicht aber, weil man davon überzeugt war, daß auch Frauen prinzipiell das Recht auf Arbeit hätten. In diesem Sinne ist bei-

spielsweise das Handwerksgesetz aus dem Jahre 1839 zu verstehen, das nur diejenigen Frauen als Handwerksmeister zuließ, die über vierzig Jahre alt und etwas schwächlich waren und sich nicht anders versorgen konnten. Auch das Handelsgesetz, 1842 erlassen, wandte sich nur an unversorgte Frauen. Witwen, von ihren Männern getrennt lebende und unverheiratete Frauen durften fortan Handel treiben. Für letztere galt das Gesetz jedoch nur, wenn sie durch Bewilligung des Königs für mündig erklärt worden waren. Doch damit nicht genug: Unverheiratete Frauen mußten für jedes Geschäft erneut um Mündigkeit ersuchen. Da sich dies als sehr aufwendig herausstellte, erhielten Frauen über 25 Jahre ab 1845 per Gesetz den gleichen Rechtsstatus wie minderjährige Männer. Aus diesem Grund blieben unverheiratete Frauen von ihrem Vormund abhängig, ohne dessen Zustimmung sie weder kaufen noch verkaufen konnten. Ebensowenig durften sie einen Wechsel zirkulieren lassen, den nicht auch der Vormund unterschrieben hatte.

Erst 1863 wurden alle unverheirateten Frauen über 25 ebenso mündig wie Männer. Sechs Jahre später wurde das Gesetz dahingehend geändert, daß sowohl Frauen als auch Männer im Alter von 21 Jahren die Mündigkeit erhielten. Ein neues Erbgesetz, das Frauen denselben Erbanteil wie Männern zusprach, war 1854 verabschiedet worden.

Durch die Entwicklung des neuen Erwerbslebens gab es für Frauen neuartige Arbeitsplätze; weibliche Arbeitskräfte wurden geradezu unverzichtbar. So arbeiteten Frauen in Büros, Banken, Versicherungsgesellschaften, in Telegraphenbüros und als Lehrerinnen. Schon seit Mitte des Jahrhunderts waren Frauen in Volksschulen tätig, wenn auch zumeist nur als Hilfslehrerinnen. Sie arbeiteten auch als Lehrerinnen in Schulen für Kleinkinder oder in Handarbeitsschulen, immer aber ohne reguläre Anstellung. Erst die Schulgesetze aus den Jahren 1860 und 1869 ermöglichten feste Anstellungen auch für Frauen.

Festzuhalten bleibt, daß die Gesetzesänderungen nicht das Ergebnis einer politischen Artikulation weiblicher Forderungen waren, sondern die notwendigen Konsequenzen, die man aus einer sozialen Problemlage heraus gezogen hatte. Deshalb stießen sie bei der durchweg männlichen politischen Elite kaum auf Widerstand, sondern wurden im Gegenteil eher begrüßt, denn nun wußte man Töchter und Schwestern gut versorgt.

Die fünfziger, sechziger Jahre des 19. Jahrhunderts stellten in Skandinavien eine Zeit des Umbruchs für die gesellschaftliche Stellung der Frau dar. Die genannten Gesetzesänderungen verhalfen der Frau zu größerer Teilhabe am gesellschaftlichen Leben, während sie zuvor zu völliger Passivität gezwungen war und ihr einziger Wirkungskreis in ihren häuslichen Pflichten bestanden hatte. Welche Motive hinter den Gesetzesänderungen standen, ist letztendlich unbedeutend. Entscheidend ist allein, daß die Frau um die Mitte des letzten Jahrhunderts als mündiges Wesen anerkannt wurde, dem man nach jahrhundertelanger Unter-

drückung und Bevormundung allmählich zutraute, oder besser: zutrauen mußte, auf eigenen Füßen zu stehen.
Es wäre aber falsch, davon auszugehen, daß der Schritt in die Öffentlichkeit für Frauen leicht war. Sie selbst, aber vor allem die Männer mußten regelrecht lernen, umzudenken. Bei letzteren brauchte der Abbau von Vorurteilen seine Zeit. Die Frauen selbst aber mußten eine anerzogene Zurückhaltung abschütteln.

Der Alltag bürgerlicher junger Frauen im 19. Jahrhundert

Das Erwerbsleben war den Frauen nun also in beschränkten Maßen zugänglich gemacht worden, doch galt die Erwerbstätigkeit nur als Notlösung für diejenigen, die partout keinen Mann an ihre Seite bekommen konnten. Als Versorgungsbasis wurde noch immer die Ehe angesehen. Es stellt sich daher die Frage, wie sich der Alltag von jungen, heiratsfähigen Frauen des Bürgertums besonders in der ersten Hälfte des 19. Jahrhunderts gestaltete. Zeitgenössische Äußerungen junger Frauen beweisen, daß sie sich eingesperrt und unnütz vorkamen. Während ihre Brüder Schulen besuchen konnten, mußten die jungen Mädchen zu Hause bleiben, wo sie ein wenig bei der Hausarbeit zur Hand gingen. Während sich ihre Brüder frei bewegen konnten, war ihnen nicht erlaubt, alleine spazierenzugehen. Kennzeichnend ist, daß junge Mädchen im Kindesalter mehr Freiheiten genossen als später in ihrer Jugend. Grund für diese strenge Obhut war der Moralkodex jener Zeit, der verlangte, daß junge Frauen ihre „Anständigkeit" bewahrten. Man versuchte, vermeintlich schädliche Einflüsse von den jungen Frauen fernzuhalten, indem man ihnen die außerhäusliche Welt vorenthielt. Selbst wenn junge Frauen das Glück hatten, ein wenig wenn auch nur unorganisierten Unterricht zu erhalten, war dieser spätestens mit der Konfirmation im 15., 16. Lebensjahr beendet. Diese beendete gleichzeitig auch die Kindheit. Die junge Frau wurde fortan als heiratsfähig angesehen – ein wichtiges Moment in einer Zeit, in der die Ehe als einzige Zukunftsperspektive galt. Anstatt nun aber die Suche nach dem passenden Mann in die eigenen Hände nehmen zu können, mußten die jungen Frauen im Hause ihrer Eltern warten und hoffen, daß irgendwann ein geeigneter Heiratskandidat erschien. Die Wartezeit wurde mit Handarbeiten überbrückt. Die einzigen Attraktionen im Leben junger Frauen stellten Bälle dar. Hier konnten sie sich präsentieren und hoffen, die Aufmerksamkeit eines möglichen Heiratskandidaten auf sich zu ziehen. Es liegt daher nahe, die Bälle als einen kontrollierten Markt für den Heiratshandel zu betrachten.
Daß Frauen sich in der Zeit vor der Reformgesetzgebung nicht selbst versorgen konnten, machte eine Ehe zwingend notwendig. Der ökonomische Zwang ließ für Gefühle nicht viel Raum. Es ist verständlich, wenn Eltern darauf bedacht waren, daß der zukünftige Mann ihrer Tochter genügend Einkommen aufzuweisen hatte, denn nur dann war deren Versorgung dauerhaft gesichert. Die heute so

verpönte Vernunftehe war damals also das Resultat einer bitteren Notwendigkeit, denn blieb eine Frau unverheiratet, war ihre Versorgung unsicher. Zwar wurde versucht, die unverheirateten Frauen in der Familie aufzufangen, wo sie als alte Jungfer oder Tante endeten. Doch mit der steigenden Zahl solcher Frauen wurde deren Versorgung immer schwieriger.
Das Leben der jungen Frauen des Bürgertums war wie ein Käfig. Der Wunsch, aus diesem auszubrechen, mag bei vielen Frauen vorhanden gewesen sein. Doch war ihnen in der Zeit vor den Reformen der Weg in die Unabhängigkeit durch ihre Unmündigkeit und durch ihre gesetzlich bedingte Erwerbslosigkeit versperrt, wohingegen der Mann eine schulische Ausbildung, später dann die Möglichkeit, die Welt kennenzulernen, bekam. Er erlernte einen Beruf, verdiente Geld und war damit unabhängig. Die Frau hingegen war bei gleichen geistigen und praktischen Anlagen und Fähigkeiten dazu verdammt, häuslichen Pflichten nachzukommen. Sie wurde dazu erzogen, ihrem zukünftigen Mann eine ruhige und harmonische Privatsphäre zu schaffen, in der er sich von dem harten, durch Konkurrenz- und Machtkampf gekennzeichneten Arbeitsleben in der Außenwelt erholen konnte. Die Möglichkeit, persönliche Neigungen und Talente auszuleben, auszubauen und zu verbessern, blieb der Frau verschlossen. Dennoch wurde von ihr ein gewisses Maß an Allgemeinbildung verlangt, damit sie ihren Mann unterhalten konnte. Diese rollenspezifische Ausbildung hatte bis weit ins 19. Jahrhundert hinein Gültigkeit.

Frauen und die Schriftstellerei

Da die öffentliche Sphäre dem Mann allein vorbehalten war, liegt auf der Hand, daß ausschließlich er es war, der schriftstellerisch tätig wurde. In der Tat galt das Schreiben als Männertätigkeit. Dementsprechend abwertend äußerten sich Männer darüber, wenn doch einmal eine Frau in diese Männerdomäne einbrach. Von dem dänischen Dichter Poul Møller ist der Ausspruch überliefert, daß alle Dichterinnen geistige Mißgestalten und Mißgeburten seien. Eine schreibende Frau widersprach seiner Anschauung von Weiblichkeit. In Deutschland schreibt Adolph Freiherr von Knigge 1788 in seiner Abhandlung „Über den Umgang mit Menschen":

> Ich tadle nicht, daß ein Frauenzimmer ihre Schreib-Art und ihre mündliche Unterredung durch einiges Studium und durch keusch gewählte Lectur zu verfeinern suche, daß sie sich bemühe, nicht ganz ohne wissenschaftliche Kenntnisse zu seyn; aber sie soll kein Handwerk aus der Literatur machen; sie soll nicht umherschweifen in allen Theilen der Gelehrsamkeit."

Es errege Mitleid, wenn nicht gar Ekel, so Knigge weiter, Zeuge davon zu werden, wie sich eine Frau an einem Thema versuche, das seit Jahrhunderten von Männern untersucht worden sei, ohne daß diese Klarheit gewonnen hätten. Die Tatsache, daß das Schreiben als Männertätigkeit angesehen wurde, und die damit einhergehenden Vorurteile schreibenden Frauen gegenüber sind Gründe für die Anonymität und die männlichen Pseudonyme, hinter denen sich Schriftstellerinnen noch im letzten Jahrhundert verbargen: „George Sand" als Pseudonym für Amandine-Aurore- Lucie Baronne de Dudevant; die Schwestern Charlotte, Emily und Anne Brontë versteckten sich hinter den Pseudonymen Currer, Ellis und Acton Bell. Besonders weit trieb die bereits erwähnte dänische Dichterin Thomasine Gyllembourg das Versteckspiel: Sie bestritt rundweg die Tatsache, daß sie die Verfasserin der in Dänemark und ganz Skandinavien allseits beliebten „Alltagsgeschichten" war. Daß sie das tat, lag an einem inneren Konflikt, den sie mit sich selbst auszufechten hatte. Selbst schriftstellerisch tätig, verurteilte sie jede Frau, deren Schriften bekannt wurden. Sie sah die Schriftstellerei als einen groben Verstoß gegen die traditionelle Rolle der Frau an. Selbst zu schreiben und die Novellen auch noch zu veröffentlichen, war für sie nur dadurch möglich, daß sie ihre Anonymität wahrte und pflichtbewußt ihren häuslichen Aufgaben nachkam. Literarische Erfolge in aller Öffentlichkeit zu genießen, war dadurch ausgeschlossen.

Ein anderes Problem für Frauen, die schreiben wollten, lag darin, daß ihr Wirkungskreis lediglich auf häusliche Tätigkeiten beschränkt war. Worüber sollten und konnten sie schreiben, wenn sie von der Welt nichts anderes sahen als ihr eigenes Heim? In „A Room of One's Own" geht Virginia Woolf dieser Frage nach und kommt dabei zu dem Ergebnis, daß das literarische Training für Frauen im 19. Jahrhundert darin bestand, Charaktere zu beobachten und Gefühle zu analysieren. Basis für diese Studien bildete der Aufenthaltsraum der Familie: Hier versammelte sich nicht nur die Familie, sondern auch Besucher, hier wurden Emotionen ausgelebt und persönliche Bindungen offen dargelegt. Die Charakterstudien, die sensible Frauen hier betreiben konnten, schlugen sich in ihren Romanen nieder – und konnten, wie Woolf behauptet, nur in Romanen und nicht etwa in Gedichten ihren Ausdruck finden. Der Roman eröffnet nicht nur ein weites Feld für ausführliche Charakterstudien. Er bietet einer Schriftstellerin vielmehr auch die Möglichkeit, ein langes, unglückliches, zur Passivität verdammtes Frauenleben vom Kindesalter bis in den Ehealltag hinein detailliert darzustellen. Woolfs Theorien finden nicht nur durch Jane Austen, die Brontë-Schwestern oder George Eliot Bestätigung, sondern auch durch die zeitgenössischen skandinavischen Schriftstellerinnen wie eben Thomasine Gyllembourg und die ebenfalls dänische Mathilde Fibiger, die Schwedin Fredrika Bremer und eben auch die Norwegerin Camilla Collett. Für den Mann waren Reise, das Sich-Loslösen vom Elternhaus, das Erkunden der Welt Alltag und damit realistisch. Für die Frau war die Bindung an das Haus Alltag. Wollte sie glaubhaft wirken, so war sie in der Wahl ihrer literarischen Thematik ebenfalls auf das Haus festgelegt.

Camilla Collett

Es stellt sich nun die Frage, in welchem Maße das traditionelle Frauenbild und die traditionelle Rolle der Frau in Ehe und Gesellschaft sich auf das Leben der Camilla Collett ausgewirkt haben. Finden sich die typischen Merkmale des Patriarchats in ihrem eigenen Leben wieder?
Camilla Collett, geborene Wergeland, wurde wie ihre Geschwister auch von den Eltern zugleich liebevoll und streng erzogen. Die Kinder mußten sich einem festgelegten Tagesablauf einfügen. Wer sich verspätete oder anderweitig gegen diesen Ablauf verstieß, wurde bestraft. Auf Ordnung und korrektes Benehmen wurde sehr viel Wert gelegt. Daß ihr Vater despotisch veranlagt war, irritierte die kleine Camilla und stellte einen bedrückenden Zwang für sie dar. Doch entsprach ihr Vater mit seiner unnachgiebigen, tyrannischen Strenge lediglich dem Zeitgeist. Erstaunlich ist vielmehr, daß Nicolai Wergeland, der an der Ausarbeitung der norwegischen Verfassung von Eidsvoll (1814) mitgewirkt hatte, mit sehr viel Liebe an seinen Kindern hing. Wenn Camilla in ihrer Kindheit krank war, konnte er nächtelang an ihrem Bett wachen. Als sie später unter Liebeskummer litt, war der seelische und körperliche Verfall seiner Tochter für ihn unerträglich, weshalb er sie zur Zerstreuung zu einer Reise nach Paris einlud.
Von den strengen Zurechtweisungen abgesehen, konnten die Kinder im Hause Wergeland eine recht ungezwungene Kindheit verbringen. So war es sogar den Töchtern erlaubt, sich in der Natur frei zu bewegen und herumzutollen. Diese Freiheit machte es für Camilla Wergeland aber schwierig, sich in eine fremde Umgebung einzufügen und ein stärker reglementiertes Leben zu führen. In zwei Mädchenschulen erhielt sie den letzten Schliff als junge Dame, zunächst in Kristiania (heute Oslo), dann an der renommierten herrnhutischen Mädchenschule im dänischen Christiansfeld. An beiden Orten hatte Camilla Probleme mit ihren Mitschülerinnen. Den jungen Mädchen erschien sie andersartig und fremd. Und ebenso fühlte sich Camilla auch, denn damenhaftes Auftreten hatte sie bis dahin nicht gelernt.
Zurück im heimischen Eidsvoll häuften sich Erfahrungen, die ihr das eingeengte, untergeordnete Dasein von Frauen verdeutlichten. Nach ihrer Konfirmation 1829 wurde vieles verboten, was ihr als Kind erlaubt gewesen war. Während sie sich zuvor überall in der freien Natur hatte aufhalten dürfen, wurden ihr nun starke Einschränkungen auferlegt. Zum einen hatte sie sich nun damenhaft zu bewegen, was bedeutete, daß sie nur spazierengehen, nicht aber laufen durfte. Zum anderen durfte sie jetzt nur noch die vorhandenen Wege begehen, nicht aber kreuz und quer durch den Wald streifen. Sie war fortan mehr an das Haus gebunden.

Einen nachhaltigen Eindruck hinterließ bei Camilla das Schicksal ihrer Schwester Augusta. Diese liebte einen Bauernsohn, den die Eltern Wergeland als nicht standesgemäß ablehnten. Augusta gab diese Liebe schließlich auf und heiratete stattdessen einen Kaplan, den sie nicht liebte. Es wäre falsch zu behaupten, das Ehepaar Wergeland hätte seine Tochter in diese Ehe gezwungen. Richtiger ist vermutlich, daß die Tochter sich dazu veranlaßt sah, den Erwartungen der Eltern zu entsprechen. Camilla jedenfalls erkannte, daß ihre Schwester in dieser Ehe unglücklich war – und daß sich niemand darum kümmerte. Für die Eltern zählte allein die Tatsache, daß die Tochter versorgt war. Später sollte Camilla Collett schreiben, ihre Mutter sei der Meinung gewesen, daß Töchter verheiratet werden müßten und daß jeder gute Mann, der sie versorgen könne, passend sei.

Zu diesen Erfahrungen und Beobachtungen kam eine weitere, bedeutende hinzu, die mit zunehmendem Alter für Camilla immer schmerzlicher wurde: Die Begabung und Intelligenz ihres älteren Bruders Henrik Wergeland, des späteren großen norwegischen Nationalromantikers, wurde frühzeitig entdeckt und fortan gefördert. Camillas sicher gleichwertiger Begabung aber wurde kaum Beachtung geschenkt. Und da Frauen zu Selbstbeherrschung und stoischer Unterdrückung ihrer Emotionen erzogen wurden, konnte Camilla den Eltern gegenüber ihre Gefühle und Gedanken nicht artikulieren. Ein Brief an ihren jüngeren Bruder Oscar zeigt aber, daß sie ihrem Schicksal als Frau skeptisch gegenüberstand. In diesem Brief bezeichnet sie ihre Zukunft als hoffnungslos, da ihr Leben ohne Bedeutung bleiben werde. Das Eheglück, das allgemein die einzige Zukunftsaussicht für junge Mädchen darstellte, erklärte Camilla für nicht begehrenswert. Alles in allem beneidet sie ihren Bruder darum, daß er bald sein eigener Herr sein könne, während sie bei den Eltern leben müsse. Später wird sie ihre zunehmende Unzufriedenheit noch deutlicher zum Ausdruck bringen. In einem weiteren Brief an Oscar schreibt sie, er sei ein Mann, sei frei, jung und kräftig und könne aktiv in das Leben eingreifen. Sie selbst sei auch jung, habe eine starke Seele, doch sei sie eine arme Frau, die in der Einöde Eidsvolls am Spinnrad ausharren müsse. Es ist offensichtlich, daß Camilla Wergeland ihr Dasein als Frau als bedrückend empfand.

Bedrückend war für sie auch die Erfahrung ihrer großen Liebe. Im Jahre 1831 lernte sie in Kristiania den Dichter Sebastian Welhaven kennen und verliebte sich leidenschaftlich in ihn. Sie trafen sich auf Bällen und sonstigen gesellschaftlichen Anlässen, doch so oft sie sich auch trafen, verblieb ihre Bekanntschaft förmlich und distanziert. Die für Mädchen übliche Erziehung hatte auch Camilla gelehrt, daß es für eine Frau unschicklich ist, einem Mann gegenüber ihre Liebe einzugestehen. Welhaven selbst mag entweder selbst zu zurückhaltend gewesen oder aber tatsächlich nicht in Camilla verliebt gewesen sein. Es kam jedenfalls niemals zu einer klärenden Aussprache zwischen den beiden. Dieser Schwebezustand dauerte etliche Jahre und zehrte an den Nerven der sensiblen Camilla, die hier erneut unter der den Frauen vorgeschriebenen Passivität zu leiden hatte und es

zutiefst bedauerte, als Frau nicht die Initiative ergreifen zu können.
Ihr Roman wurde von vielen ihrer Zeitgenossen als eine Aufarbeitung dieser nicht erwiderten Liebe zu Sebastian Welhaven verstanden. Man würde aber Camilla Collett unrecht tun, wollte man ihr Werk, das sie später selbst als ihren „lang zurückgehaltenen Schrei" bezeichnen sollte, nur darauf reduzieren. Es spielen vielmehr alle Erfahrungen, die Camilla im Laufe ihrer Kindheit und Jugend machte, in die Produktion hinein. Und somit wird der Leser bei der Lektüre des Romans „Die Töchter des Amtmanns" vieles wiedererkennen, was hier im Nachwort kurz angerissen worden ist.

Literatur:

*Sigurd Aa. Aarnes (Hrsg.), Søkelys på Amtmandens Døtre, Oslo/Bergen/Tromsø 1977.
*Anna Caspari Agerholt, Den norske kvinnebevegelses historie, Oslo 1973.
*Aagot Benterud, Camilla Collett. En skjebne og et livsverk, Oslo 1947.
*Karin Westmann Berg (Hrsg.), Könsroller i litteraturen från antiken till 1960-talet, Stockholm 1968.
*Alf Collett, Camilla Colletts livs historie belyst ved hendes breve og dagbøger, Oslo 1911.
*Kristian Elster d.y., Camilla Colletts kjærlighetshistorie, in: ders., Livet og diktningen. Essays, Oslo 1928, S. 135-192.
*Elisabeth Møller Jensen, Emancipation som lidenskab. Camilla Colletts liv og værk. En læsning i „Amtmandens Døttre", Charlottenlund 1987.
*Ellisiv Steen, Diktning og virkelighet. En studie i Camilla Colletts forfatterskap, Oslo 1947.
*Ellisiv Steen, Den lange strid. Camilla Collett og hennes senere forfatterskap, Oslo 1954.

Für die Erstellung des Anmerkungsapparates war die Textausgabe von Ellisiv Steen sehr hilfreich:
*Camilla Collett, Amtmandens Døtre. Tekstutgave med dikterens egen språkform.
Innledning og kommentarer ved Ellisiv Steen, Oslo 1969 (Gyldendals Studiefakler).

Kommentar:

S. 16: Kristiania: das heutige Oslo. Im Mittelalter in Anlehnung an einen alten Handelsplatz von Harald III. als „Åslo" gegründet. Im Jahre 1624 brannte die Stadt nieder und wurde unter König Christian IV. wieder aufgebaut. So erhielt sie den Namen Kristiania, den sie bis ins Jahr 1924 behielt.

S. 18: Tenotomie: hier: Operation am Augenmuskel gegen das Schielen

S. 21: Lafontainesche: A. L. Lafontaine (1758-1831), deutscher Schriftsteller, der durch seine sentimentalen Romane berühmt wurde

S. 23: „mit schüchternen ...": Zitat aus Friedrich Schillers (1759-1805) Gedicht „Das Lied von der Glocke"

S. 28: „Schöne Minka ...": russische Volksweise

ebd.: Woher kommst du ...": aus Dänemarks Melodiebuch III

S. 30: „herrlich ...": aus Schillers „Das Lied von der Glocke"

S. 40: „Ob Kummer ...": Zitat aus dem Gedicht „Naturen og Kunsten", ebenfalls von Hertz

S. 47: Antiochus und Stratonike: Stratonike war zunächst mit dem Vater des Antiochus verheiratet, der später aber in eine Heirat mit Antiochus einwilligte

S. 50: Mesdemoiselles Danaiden: Die fünfzig Töchter des Danaos in Argos. Sie ermordeten ihre Männer und mußten zur Strafe in der Unterwelt Wasser in durchlöcherte Fässer schöpfen

S. 54: Werg: auch Hede genannt: kurze, verworrene Fasern, die sich beim Hecheln des Flachses, Hanfs usw. in den Hechelzähnen ansammeln und teils zu Gespinsten geringerer Qualität (Werggarn, Hedegarn) versponnen werden

S: 63: „wer kann wissen ...": Heinrich Heine (1797-1856) über die Pariserinnen in „Florentinische Nächte" (1837)

S. 68: „So schmal wie ...": Zitat aus E. Tegnérs (1782-1846) „Fritiofs Lycka" Strophe 9 aus „Fritiofs Saga" (1825)

S. 68: „Der schöne Wassermann": Zitat aus Johannes Ewalds (1743-1781) Drama „Fiskerne", III, 4 (1779)

S. 68: Modernere Ärzte: bezieht sich auf F. J. Gall (1758-1828) und seine Lehre

S. 69: Nereidegruppe: eine Skulptur im Schloßgarten von Versailles

S. 87: Pygmalion: in der griechischen Sage der König auf Kypros. Er verliebte sich in eine Frauenskulptur, die er aus Elfenbein geformt hatte und der Aphrodite auf seine Bitte hin Leben gab

S. 87: Madame Dudevants Romane: Aurore Dudevant (1804-1876), französische Schriftstellerin, die unter dem Pseudonym George Sand schrieb. In ihren Werken setzte sie sich für die freie Liebe ein, d.h. sie war der An-

sicht, daß eine Ehe nicht dauerhaft sein mußte und daß der gesellschaftliche Rang keine Rolle für eine Beziehung spielt.
S. 94: Thorvaldsen: Bertel Thorvaldsen (1768-1844), dänischer Bildhauer
S. 95: Vesta: römische Göttin, Beschützerin von Heim und Familie
ebd.: Einherjer: [=vortreffliche Kämpfer], aus der nordischen Mythologie. Die Einherjer sind die im Kampfe gefallenen Helden, die nun Walhall bewohnen. Aus 540 Toren ziehen tagsüber je 800 Mann zum Kampf heraus.
S. 106: „Wovon sich der Gott ...": Annäherung an Frederik Paludan-Müllers (1809-1876) „Danserinden", 2. Gesang, Strophe 132 aus dem Jahr 1833.
S. 107: Daphnis: eine bekannte Gestalt aus der Hirtendichtung
S. 114: „Ritter, treue Schwesterliebe ...": aus Schillers Ballade „Ritter Toggenburg"
S. 135: Paludan-Müllers ‚Psyche': Paludan-Müller, dänischer Dichter, dessen Werk zwischen Romantik und Realismus steht. Das Werk „Amor og Psyche" stammt aus dem Jahr 1834
ebd.: „Elisa oder das Musterbeispiel für Frauen": stammt aus der Feder von M. Toxén
ebd.: Balles Lehrbuch: E. J. Balle schrieb 1786 einen Beitrag zur Verbesserung der Kindererziehung
S. 137: „Freudvoll und leidvoll ...": Zitat aus Goethes (1749-1832) Drama „Egmont", III, 2 (1787)
S. 148: Plektrum: Plättchen aus Holz, Horn, Elfenbein, Schildpatt oder Metall, zum Anreißen oder Schlagen eines Zupfinstrumentes
S. 153: „Zwei Pflanzen ...": Anlehnung an Tegnérs „Fritiofs Saga"
S. 154: „waren es Sekunden nur ...": Zitat aus Henrik Wergelands (1808-1845) Gedicht „Den første haandtryck"
S. 157: Exzellenz Due: Frederik Due (1796-1873), Kanzleichef der Staatsratsabteilung in Stockholm in den 1830er Jahren, später Staatsminister
S. 158: Storting: das norwegische Parlament
S. 159: Baron M.: Freiherr Chr. R. L. Manderström (1806-1873), schwedischer Kabinettssekretär und Diplomat.
S. 176: „weißbusige Kolma ..." die Heldin aus Macphersons (1736-1796) „Calthon and Colmal" (1765)
S. 186: Francois Boucher: französischer Maler (1703-1770)
S. 187: Prinzessin Sheherezade: Erzählerin in „Tausend und eine Nacht"
S. 188: Ritter von Gleichen: deutscher Kreuzzugsritter mit zwei Ehefrauen und einem Ehebett für drei
S. 193: Spiekerfabrik: Spieker sind Nägel, die zum Schiffsbau verwendet werden
S. 227: Per Nittengryn: Ausdruck für einen Pedanten
S. 231: Wartegeld: ein Teil des Gehalts der Beamten
S. 264: Atlas: Seidenstoff

Kay Hoff
Voreheliche Gespräche oder Im Goldenen Schnitt
Roman

1996. 174 S. Gb. ∗ DM 39,80 / ÖS 280,-- / SFr 36,--
ISBN 3-932212-00-2

„Das war für mich unheimlich wichtig", sagte er und zündete sich eine neue Zigarette an. „Schon damals, als Kind: Distanz. Verstehst Du? Ich brauchte Spielraum, um mich entscheiden zu können, sonst fühlte ich mich eingeengt, bedrängt. Und entscheiden muß man sich schließlich – rechts oder links, schwarz oder weiß. Ehrlich: Ich bin für Klarheit: Ja oder Nein. Anders kann ich nicht leben."

Voreheliche Gespräche oder Im Goldenen Schnitt ist gleichzeitig ein Buch über die Liebe und ein Buch über die Wandlungen des Wahrnehmens und Erkennens in unserer Zeit, ein kritischer Abriß der Gegenwart ebenso wie ein Buch über die deutsche Vergangenheit. In Dialogen und Erinnerungen, in Briefen, Tagebucheinträgen und in vielen farbigen Geschichten erzählt der Roman von dem unerbittlichen Fragen und von dem Selbstbetrug, von dem harschen Unverständnis und von dem lustvollen Einvernehmen jener Generationen, die die letzten zwei Jahrzehnte unseres Landes nachhaltig geprägt haben. Der Leser ist nicht nur Zeuge, sondern wird in besonderer Weise auch einbezogen in wesentliche Ereignisse unserer jüngeren Geschichte.

„Kay Hoff hat einen Volltreffer an Authentizität und Plastizität geliefert." (*Impressum*)

„Der Roman hat mich vom Anfang bis zum Ende gefesselt". (*Walter Hinck*)

Kay Hoff (geb. 1924), mehrfach ausgezeichneter Hörspielautor, Lyriker und Romancier. Der Autor lebt in Lübeck.

Ingo Porschien
Big Sur
Roman
1996. 349 S. Gb. * DM 48,-- / ÖS 340,-- / SFr 44,--
ISBN 3-932212-01-0

„*Es ging darum mitzuspielen. Und wenn es nun Nacht war, dann boten sich zahllose Varianten an, zum Mitspieler aufzusteigen. Und es war Nacht. Im Sommer für knapp sechseinhalb Stunden. Irgendwo in der Nähe geschah es. Alles, was das Leben sich ausmalte und was es auszeichnete. Hier, das heißt unmittelbar auf der Straße, dort unten, also fünfzig Meter tiefer, ereignete sich nichts. Es war nichts zu sehen.*"

Drei Deutsche, zwei Männer und eine Frau, sind die Hauptfiguren des Romans *Big Sur*. Unabhängig voneinander reisen sie durch den amerikanischen Westen. Und die Neue Welt drängt sich an sie heran, umschlingt sie mit Banalitäten und mit Kuriositäten. Und mit Menschen, die sich Amerikaner nennen. Hoffnungen und Beteuerungen und Widersprüche und Versprechen beschildern die Wege der drei Reisenden. Wege, die Landschaften sind. Und diese Landschaften faszinieren. Und diese Landschaften drohen. Übermütige Metropolen, dämonisch starre Flecken und eine grandiose Natur bieten sich feil. Auf ein paar Stunden schneiden sich die Wege der drei Reisenden in dem kleinen Ort Big Sur. Geschichten ranken umeinander und ineinander. Blicke zurück, Augenblicke, Blicke nach vorn. Blenden und Blendungen. Big Sur schneidet. Scheidet. Wie anders könnte eine Reise verlaufen, die das Leben ist!

„Vom Autor haarfein seziert, wird das Zur-gleichen-Zeit-am-gleichen-Ort-Sein ein Bild menschlicher Begegnung schlechthin." (*Aktuelles*)

„Ungewöhnlich an diesem sehr lebendigen Werk [...] ist vor allem der Handlungsaufbau und Spannungsbogen."
(*Rhein-Zeitung*)

Ingo Porschien (geb. 1961), Erzähler und Romancier. Der Autor lebt in Siegen.

Angelika Jakob
Muss wandeln ohne Leuchte
Annette von Droste-Hülshoff – eine poetische Biographie

³1997. 120 S. Gb. • DM 27,-- / ÖS 197,-- / SFr 25,--
ISBN 3-932212-10-X (ehemals: 3-927104-66-3)

„*AN DICH! Annette Kokette (so ungern »kleine Nette«!), Schwester, Freundin, Geliebte, Hexe, Mütterlein, unbezähmbare Tochter, Wildvogel, Fieberrose, zerstörbare Jungfrau und Adelsfräulein, vom Sprungbrett der Zeiten darf ich dich mit vielen Namen nennen, mit manchen hast nur du dich verstohlen selber getauft, eingepfercht ins Gerüst deiner Lebenstage, horchend auf der Mutter lehrende Scheltworte, auf Seufzer [...] der Amme.*"

Eine »poetische Biographie« der Droste – diese Idee ist nicht neu. Neu und im Ergebnis überraschend ist die Art, wie Angelika Jakob diese teilweise fiktionale Lebensbeschreibung verfaßt hat: Wichtige Phasen und Momente im Leben der Dichterin werden blitzlichtartig beleuchtet und einfühlsam vergegenwärtigt. So entsteht ein aus tatsächlichen und erdachten Mosaiken zusammengesetztes ungewöhnliches Lebensbild der großen Westfälin.

> „Wer sich für die Dichterin interessiert, wird sich der Faszination dieser ‚poetischen Biographie' nicht entziehen können." (*Darmstädter Echo*)

> „Die Biographin erweist sich als einfühlsame Geistesverwandte, vor allem dort, wo sie das Gefühlsleben der Lyrikerin beschreibt." (*Augsburger Allgemeine*)

> „[...] gleichermaßen eine anspruchsvolle Biographie wie ein poetischer Roman. [...] voll dichterischer Phantasie". (*Kultur aktuell im Blick*)

Angelika Jakob, Lyrikerin und Erzählerin. Die Autorin lebt in Siegen.

Theodor Weißenborn
Der Nu oder Die Einübung der Abwesenheit
Roman

1999. 190 S. Gb. * DM 38,-- / ÖS 270,-- / SFr 35,-- ISBN 3-932212-18-5

„*In dieser Nacht begleite ich den Wind, der sich erhoben hat im Bourbonnais, wo er Kräfte gesammelt hat am späten Tag, mit Wolken aufsteigend aus der lauen Nässe der Äcker und Weiden, anrückend gegen die Berge im Süden, die zu überwinden sind in einer langen Nacht aus Finsternis, Kälte und Regen. Wie er eingetroffen ist in Clermont, in der Dämmerung des Abends, war im Westen noch Licht, rötete sich und verblaßte der Himmel [...].*"

Stephan Wanderer, ein deutschstämmiger Wahlfranzose jenseits der Siebzig, ist der Ich-Erzähler dieses Romans, mit dem Theodor Weißenborn seine Romantriologie (*Hieronymus im Gehäus*, 1992; *Die Wohltaten des Regens*, 1994) abschließt. Stephan Wanderer ist durch einen Schlaganfall ans Krankenbett gefesselt. Das Bewußtsein, über keine große Zukunft mehr zu verfügen, läßt ihn frei werden für ein intensives, um Grundfragen der menschlichen Existenz kreisendes Bedenken von Vergangenheit und Gegenwart. Der Autor präsentiert dieses Bedenken als einen furiosen, aus aktuellen Beobachtungen und Erfahrungen, aus Reflexionen, Erinnerungen und Rückblenden bestehenden inneren Monolog.

> „Ein wort- und gedankenreiches Buch, das den Leser tief beunruhigt zurückläßt." (*Rheinische Post*)
>
> „[...] ein Psychogramm, von dem sich auch gerade Sinnsucher [...] herausfordern lassen sollten." (*Bayernkurier*)
>
> „Natur- und seelenbeschreibende Prosapassagen, die [...] geradewegs in Literaturlehrbuch gehören."
> (*Michel Raus*)

Theodor Weißenborn (geb. 1933), vielfach ausgezeichneter Hörspielautor, Essayist und Romancier. Der Autor lebt in der Eifel.

Gerson Stern
Weg ohne Ende
Ein jüdischer Roman
Hrsg. v. Friedrich Voit
1999. 366 S. Gb. ♦ DM 46,-- / ÖS 320,-- / SFr 43,--
ISBN 3-932212-19-3

„*Wohin gehen wir, Vaterleben?' fragte Davidel. ‚Frag nit, Davidel,' antwortete Ruben. ‚Wir gehen nicht, wir wandern.' ‚Ist wandern weit?' fragte Davidel zurück. ‚So weit, daß das Ende im Allmächtigen ruht,' sagte mehr zu sich Ruben. Sein Kopf war sehr gebeugt. Keiner konnte seine feuchten Augen sehen. [...] Er sah vom ganzen Wege nichts als diese kleinen Kinderfüße, die zum Allmächtigen wanderten.*"

Mit dem 1934 erstmals erschienenen, sehr erfolgreichen Roman *Weg ohne Ende* liefert Gerson Stern (1874 – 1956) eine ebenso lebendige und bewegende wie historisch genaue Schilderung jüdischen Lebens in der ersten Hälfte des 18. Jahrhunderts. Im Geschehen des Romans entwickelt sich dessen eigentliches Thema: Jüdische Selbstorientierung und jüdisches Selbstbewußtsein angesichts der in der Diaspora-Geschichte immer wieder erlittenen Reaktionen seitens der nichtjüdischen Umwelt, die von Intoleranz über Unterdrückung und Verfolgung bis hin zu mordlüsterner Vernichtung reichen. In jenen Jahren, als sich das nationalsozialistische Regime systematisch anschickte, Juden und jüdische Traditionen auszugrenzen und schließlich zu vernichten, war es eben diese mit großer imaginativer, sprachlicher und ethischer Kraft vorgetragene Thematik, die dem Roman *Weg ohne Ende* bei seinem Erscheinen eine außerordentliche Resonanz bei jüdischen Leserinnen und Lesern verschaffte.

„Ich war einfach baff bei der Lektüre." (*Guy Stern*)

„Für den Leser unserer Tage eine ‚Wiederentdeckung ersten Ranges', die ihn menschlich bewegen [...] wird."
(*Weg & Fähre*)

Friedrich Voit (geb. 1947) ist Professor für deutsche Sprache und Literatur an der University of Auckland, Neuseeland